ULRICH HEFNER

Blutinsel

GOLDMANN
Lesen erleben

Buch

Auf der einsamen, sturmumtosten Insel Hell's Kitchen, die inmitten gefährlicher Riffs und Untiefen im Golf von Maine liegt, hat sich ein grausiger Mord ereignet. Das Opfer ist der Leuchtturmwärter Gabriel Jefferson, und seine Leiche wurde am Rand einer der Klippen gefunden, übersäht mit entsetzlichen Wunden und an ein Holzkreuz genagelt. Detective Cathy Ronsted und ihr Kollege Brian Stockwell vom Portland Police Department werden auf die Insel gerufen, um die mysteriöse Bluttat aufzuklären. Kaum sind die beiden auf Hell's Kitchen angekommen, geschehen weitere ebenso bestialische wie unbegreifliche Morde – und dennoch begegnen ihnen die Inselbewohner, verstrickt in Aberglauben und eine schuldhafte Vergangenheit, abweisend, ja feindlich.

Während die Ermittlungen ins Stocken geraten, fliehen auf dem amerikanischen Festland, 300 Meilen entfernt, vier Schwerverbrecher aus einem Gefängnis. Sie hinterlassen eine Spur aus Blut und Gewalt, die schließlich nach Hell's Kitchen führt …

Autor

Ulrich Hefner, geboren 1961 in Bad Mergentheim, ist neben seiner Laufbahn als Polizeibeamter ein erfolgreicher Schriftsteller und hat bereits mehrere Romane veröffentlicht. Mit seiner Familie lebt er in Lauda, Baden-Württemberg. Er ist u.a. Mitglied in den Autorenvereinigungen »Das Syndikat« und »Die Polizei-Poeten« und Gewinner des eScript Literaturpreises des ZDF. Weitere Informationen zu Ulrich Hefner finden Sie unter www.ulrichhefner.de.

Mehr von Ulrich Hefner:

Die dritte Ebene. Thriller
Die Bruderschaft Christi. Thriller
Mutiert. Thriller

Ulrich Hefner

BLUTINSEL

Thriller

GOLDMANN

MIX
Papier aus verantwortungsvollen Quellen
FSC® C014496

Verlagsgruppe Random House FSC® N001967
Das FSC®-zertifizierte Papier *Pamo House* für dieses Buch
liefert Arctic Paper Mochenwangen GmbH.

1. Auflage
Taschenbuchausgabe März 2015
Wilhelm Goldmann Verlag, München,
in der Verlagsgruppe Random House GmbH

Dieses Werk wurde vermittelt durch
die Michael Meller Literary Agency GmbH, München
Redaktion: Jürgen Christen
Umschlagkonzeption: UNO Werbeagentur, München,
unter Verwendung der Gestaltung von Johannes Wiebel | punchdesign
Umschlagmotive: Shutterstock
KS · Herstellung: Str.
Druck und Bindung: GGP Media GmbH, Pößneck
Printed in Germany
ISBN: 978-3-442-48176-7
www.goldmann-verlag.de

Besuchen Sie den Goldmann Verlag im Netz

… sei vorsichtig, denn du weißt nie,
wer dein Nachbar ist …

… versunken im tiefen Ozean des Vergessens,
rufen die Seelen der Geschundenen
nach Rache, bis der einst kommen mag,
der ihr Jammern vernimmt und sich
ihrer Pein erbarmt, doch sein Rachedurst
wird erbarmungslos sein,
bis denn alle Schuld ist getilgt mit
dem Blute der Verdammnis …

Jonathan Sinclair, der Ältere,
im Jahre des Herrn 1916

für
Tim und Nico

Prolog

Southern Shoals, 19. April 1971, 04.10 Uhr (Montag)

Es war ein stürmischer Tag, der 19. April im Jahr 1971. Die Jonathan Sinclair war am Vorabend in Boston ausgelaufen und hatte Kurs nach Norden genommen. Mit zwölf Knoten durchpflügte das Küstenfrachtschiff der Boston Shipping Company die aufgewühlten Gewässer des Porpoise Basin. Kurz nach vier Uhr in der Frühe war das Inferno über das Schiff hereingebrochen. Heftige Westwinde türmten das Wasser des Atlantischen Ozeans zu hohen Wellen auf, und die Gischt nahm den Männern die Sicht. Das Wasser schoss über die Reling und durchnässte die Kleidung der Passagiere, die sich auf dem Vordeck eng zusammengekauert hatten und mit angsterfüllten Augen in die Dunkelheit spähten.

Die Jonathan Sinclair, benannt nach dem Vater des Schiffseigners, war ein kleines Frachtschiff mit 270 Bruttoregistertonnen und sechs Mann Besatzung, das vorwiegend zum Transport von Weizen nach Quebec oder Curchill in der Hudson Bai eingesetzt wurde, doch am heutigen Tag waren die Laderäume leer. Vierzig Passagiere drängten sich stattdessen auf dem Vordeck eng zusammen. Männer und Frauen, deren Leiber vor Angst und Kälte zitterten. Vierzig Auswanderer, Filipinos allesamt, unterwegs nach Hell's Kitchen Island, um dort in der Fischfabrik der Atlantic Seafood Inc. ihren neuen Job anzutreten.

»Halten Sie Kurs, Manning!«, rief Kapitän Ronald Haywood seinem Steuermann durch das Brausen und Tosen des Sturms zu, während er mit dem Fernglas nach dem Leuchtfeuer von Fenners Rock Ausschau hielt. Das Schiff rollte und stampfte in der schweren See, und der Steuermann hatte Mühe, den Frachter auf Kurs zu halten. Querab rollten die schäumenden Wellen auf die Jonathan Sinclair zu, gierig griffen die spitzen Wellenkämme nach der Steuerbordseite des Schiffs, und die Gischt spritzte über die Brüstung.

»Halten Sie Kurs, um Gottes willen, halten Sie Kurs, Manning!«

Der Steuermann hielt das Ruder fest umklammert. Schweiß trat aus den Poren. Der Rudergänger sprang hinzu und unterstützte den Steuermann dabei, das reißende und zerrende Steuerrad zu fixieren.

»Sie zieht wie ein Büffel«, antwortete der Steuermann atemlos.

»Dort!«, rief der Kapitän und wies aus dem Fenster des Brückendecks in die Dunkelheit.

»Mister Manning, vier Strich Backbord voraus!«

»Aye, Kapitän«, gab Manning zurück und blickte auf den Kreiselkompass. Langsam ließ er das Steuerrad nach links gleiten, bevor er sich wieder mit der ganzen Kraft seines Körpers an die Holme klammerte.

»Kurs liegt an!«

Erneut traf eine tosende Welle die Steuerbordseite des Frachters, das Schiff rollte nach Backbord und Kapitän Haywood geriet ins Straucheln. Das Fernglas fiel zu Boden, als er sich an den Kartentisch klammerte.

»Halten Sie das Schiff auf Kurs!«, befahl Haywood. »Die Southern Shoals liegen nördlich von unserer Route, sobald wir die Südspitze der Insel umfahren und Goose Rock passiert haben, sind wir in Sicherheit. Dort ist das Gewässer ruhiger.«

Der Steuermann warf einen Blick durch die Glasscheibe hinaus auf das Vordeck. Obwohl die Scheibenwischer auf vollen Touren liefen, gab es draußen nur ein Gemisch aus Gischt, Schlieren und Dunkelheit zu sehen. Erneut zitterte das Schiff, als ein weiterer Brecher die Wandung an der Steuerbordseite traf, und der Rudergänger krallte sich noch fester ans Steuerrad. Er schickte ein Stoßgebet zum Himmel.

Der Wind blies heulend um die Kommandobrücke, und das Tosen des Sturms erfüllte die Nacht. Der Kapitän hielt sich am Kartentisch fest, der mit der Außenwand verschraubt war, die linke Hand hob er in die Höhe: »Still!«, rief er, den Sturm übertönend. »Still, hier stimmt etwas nicht!«

Das Gebet des Rudergängers erstarb, und auch der Steuermann lauschte stumm gegen das Getöse.

»Was?«, unterbrach er nach einem kurzen Augenblick das Schweigen.

Der Kapitän tastete sich am Tisch entlang und nahm das Sprachrohr von der Wand, das ihn direkt mit dem Maschinenraum verband. »Carrygan!«, brüllte er in den Trichter. »Carrygan, melden Sie sich!«

Doch der Maschinist schwieg.

»Was ist los, Kapitän?«, fragte der Rudergänger mit großen Augen.

»Hört ihr es nicht?«, versetzte Haywood. »Die Maschinen, die Maschinen sind ausgefallen.«

Der Steuermann blickte sich ängstlich um, plötzlich wurde das Vorschiff wie von einer Riesenfaust in die Höhe gehoben. Das Geräusch berstenden Stahles drang in das Ruderhaus. Und dann ertönte nach einem kurzen Augenblick unheilvoller Stille ein Heulen, es klang wie der Gesang eines verwundeten Wales. Gleichzeitig lief ein Zittern durch das Schiff, und der Vortrieb erstarb, so dass der Kapitän zu Boden geschleudert wurde.

»Wir haben … wir haben etwas gerammt!«, schrie der Rudergänger.

Der Kapitän raffte sich auf und stürzte zur Tür. Als er sie öffnete, erfasste ihn eine mit Gischt durchtränkte Böe. Im trüben Licht der Scheinwerfer erkannte er den Felsen, der an der Backbordseite in die Höhe ragte.

»Die Shoals, wir sind mitten in den Southern Shoals!«, rief er dem Steuermann zu.

»Aber das kann nicht sein, wir haben doch erst das Feuer von Fenners Rock passiert«, murmelte Kapitän Haywood, als sich das Schiff aufbäumte. Erneut traf eine Welle den Rumpf, und die Jonathan Sincalir rollte nach Backbord. Haywood hielt sich an der Reling fest, doch die Wucht der Welle war zu stark. Das metallische Stöhnen, als das scharfkantige Gestein die Wandung zerschnitt, war das letzte Geräusch, das er vernahm, bevor er den Halt verlor und in den schwarzen Schlund der tobenden See stürzte. Doch sie verschlang ihn nicht sogleich, sein Körper schlug hart auf dem kalten Gestein auf, und die Wucht des Aufpralls brach ihm das Rückgrat. Regungslos lag er auf dem Felsen, der hoch aus dem Meer aufragte. Zur Untätigkeit verdammt, musste er mit ansehen, wie sich das Heck der Jonathan Sinclair hoch aufreckte und das Schiff wie ein Pfeil in der Tiefe verschwand. Ein Stöhnen kam über seine Lippen. Wie durch einen Schleier sah er das Ende des Frachters, der durch die starke Unterströmung in dem Meeresgebirge der Southern Shoals, unmittelbar vor der Insel Hell's Kitchen Island gelegen, in die Tiefe gezogen wurde und mit Mann und Maus versank. Als ein Brecher den Felsen traf und ihn mit sich riss, war es für ihn wie eine Erlösung.

Der Kapitän gehört zu seinem Schiff, war der letzte klare Gedanke, den er im Diesseits dachte, bevor ihn die eisige See verschlang und auf den Grund der Southern Shoals zu seinem kühlen Grab geleitete.

Die Jonathan Sinclair war nur drei Minuten, nachdem sie gegen die scharfkantigen Klippen von Feargalls End gestoßen war, in den Fluten des Atlantiks gesunken. Keiner überlebte das Unglück. Sechsundvierzig Menschen fanden am Morgen des 19. April im Jahre 1971 den Tod – und was das Meer sich geholt hatte, das gab es niemals wieder her … es sei denn …

Sechsunddreißig Jahre später …

Norwood, Massachusetts,
12. März 2007, 07.35 Uhr (Montag)

Der grüne Bus des Cedar Junction Department of Corrections fuhr mit mäßiger Geschwindigkeit die Maine Street hinab. Norwood lag noch knapp eine Meile entfernt. Der Fahrer gähnte und rieb sich die Augen. Vor zwanzig Minuten war der Bus im Staatsgefängnis von Cedar Junction losgefahren, um einige Gefangene nach Boston in eine zahnmedizinische Klinik zur Behandlung zu bringen. Vier schwere Jungs, gefesselt an Armen und Beinen, zusammengekettet und fest mit dem Bus verbunden, lagen träge in den Sitzreihen und ließen gelangweilt die Landschaft an sich vorüberziehen. Zweihundert Jahre Knast wurden von den beiden Wachmännern bewacht, die in den hinteren Reihen des Busses Platz genommen hatten und, mit Schrotgewehren bewaffnet, argwöhnisch die Gefangenen beobachteten.

Die Männer in den gelben Overalls des Gefängnisses von Cedar Junction machten es sich ob der frühen Stunde so bequem, wie es nur möglich war.

»Hey Dan!«, rief Aufseher Bloomfield einem der Gefangenen zu. »Ich will deine Hände sehen, verdammt!«

Dan Lukovic, der Angesprochene, ein Mörder, der noch vierzig Jahre in Cedar Junction zu verbüßen hatte, war der gefährlichste unter den Insassen. Zwei erfolglose Ausbruchsversuche hatte er bereits hinter sich; bei einem hatte er einen Wachmann als Geisel genommen, bevor ihn der gezielte Schuss eines Scharfschützen außer Gefecht setzte. Ihm galt Aufseher Bloomfields besonderes Augenmerk.

Lukovic nahm seine Hände hinter dem Rücken hervor und reckte sie in die Höhe, soweit er durch die Fesseln konnte.

»Schon besser, und keine Tricks.«

»Schon gut, Officer Bloomfield«, antwortete Lukovic gedehnt. »Solange ich solche Schmerzen an der Backe habe, will ich nichts weiter als einen Zahnarzt.«

»Dann lass deine verdammten Hände dort, wo ich sie sehe«, fluchte Bloomfield.

»Ich freu' mich schon auf die Tussis«, flüsterte Frank Duval, ein Räuber und Totschläger, seinem Nachbarn Wesley Tyler zu.

Der rümpfte nur die Nase. »Was hast du schon davon, du wirst sie nur von weitem sehen.«

»So lange, wie ich jetzt schon im Knast schmore, ist das fast so gut wie Sex.«

»Ruhe, da vorne!«, ermahnte Bloomfield die beiden Schwätzer.

Duval verzog seine Mundwinkel und grinste frech.

Sie hatten Walepole hinter sich gelassen. Der Busfahrer beschleunigte. Sie fuhren knapp an die sechzig Meilen, als er plötzlich laut aufschrie. »Was macht denn der Idiot?«

Noch bevor sich die Gefangenen aufrichten konnten, trat der Fahrer mit voller Wucht auf die Bremse. Plötzlich krachte es, und der Bus neigte sich bedrohlich zur Seite. Ein wildes Rufen und Geschrei durchlief das Gefährt. Der Fahrer riss die Hände vor das Gesicht, als der Bus hinab in den Graben schoss und auf die Seite kippte. Erneut krachte es laut, Glas splitterte, und das Metall ächzte von der Wucht des Aufpralls. Einer der Wachmänner wurde an den Gefangenen vorbeigeschleudert und prallte mit dem Kopf gegen einen der Sitze, bevor er zu Boden stürzte. Dann blieb der Bus auf der Seite liegen, Stille kehrte ein. Wesley Tyler fasste sich an den Kopf und spürte warme Feuchtigkeit in seinen Haaren.

Dan Lukovic war der Erste, der zu sich kam und die Situation erfasste. Der Wachmann war ihm direkt vor die Füße gefallen. Er beugte sich zu ihm hinab und zog die Pistole aus dem Halfter. Dann durchsuchte er die Taschen des Mannes, der ihm mit stumpfen, offenen Augen ins Gesicht blickte. Ein Freudenschrei kam über Lukovics Lippen, als seine Hände mit einem Schlüsselbund auftauchten.

»Was … was ist passiert?«, fragte Martin Simmrock, der vierte Gefangene, der wieder zu sich gekommen war. Er hörte das Klimpern der Schlüssel.

Stöhnend wankte Officer Bloomfield durch den auf der Seite liegenden Bus. »Bleibt sitzen, rührt euch nicht!«, befahl er mit gefährlicher Stimme. Sein Schrotgewehr zielte den Gang entlang. Plötzlich drehte sich Lukovic herum. Drei Schüsse krachten und schlugen in Bloomfields Oberkörper ein. Der Wachmann wurde wie von einer unsichtbaren Faust zu Boden gestreckt, das Schrotgewehr fiel ihm aus der Hand. Schon war Lukovic über ihm. Ein weiterer Schuss brach. Das Projektil traf den schwer verwundeten Wachmann oberhalb der Nasenwurzel. Ein letztes Stöhnen kam über seine Lippen, bevor er starb.

Lukovic lachte wie von Sinnen, dann warf er Simmrock den Schlüsselbund zu. »Heute ist unser Glückstag«, triumphierte er laut.

»Was ist mit den beiden anderen?«, fragte Duval.

Lukovic zeigte auf den Wachmann, dem er die Waffe aus dem Halfter genommen hatte. »Der ist alle, wahrscheinlich hat er sich das Genick gebrochen«, sagte er lakonisch. »Hätte sich wohl auch besser angeschnallt.«

Nachdem sich Simmrock befreit hatte, warf er Duval den Schlüsselbund zu.

»Der Fahrer macht es auch nicht mehr lange«, rief Lukovic den anderen zu. Dann stellte er sich auf den Fahrersitz und hangelte sich geschickt bis zur zerborstenen Frontscheibe, durch die er schließlich hinaus ins Freie stieg. »Ihr solltet euch beeilen«, forderte er die anderen auf, bevor er verschwand.

Duval beobachtete, wie Simmrock Lukovic folgte. Er beugte sich zu Tyler hinab und löste dessen Fesseln.

»Komm, mein alter Zellengenosse«, raunte Duval Tyler zu. »Die Freiheit winkt.«

»Ich habe nur noch ein paar Monate«, erwiderte Tyler und fasste sich erneut an den Hinterkopf. »Außerdem hat es mich erwischt. Wenn du verschwinden willst, dann lass dich nicht aufhalten. Geh, ich bleibe hier.«

Duval lächelte. »Ich lass dich doch nicht so einfach zurück, wir gehen gemeinsam oder wir bleiben beide hier.«

Tyler schüttelte den Kopf. »Du hast noch fünfzehn Jahre vor dir«, entgegnete er. »Ich werde in acht Monaten entlassen.«

Duval schüttelte den Kopf und zeigte auf den erschossenen Wachmann. »Wenn wir verschwinden, dann werden sie dir die Sache in die Schuhe schieben. Sie brauchen einen Schuldigen. Und du weißt, die nehmen jeden, den sie gerade kriegen können.«

Tyler richtete sich auf. Sein Kopf schmerzte. Draußen war das Geheul einer Sirene zu hören. Noch war das Signal weit entfernt, doch es näherte sich unaufhaltsam.

»Komm jetzt!«, drängte Duval.

Tyler überlegte kurz, schließlich nickte er.

»So eine gottverdammte Scheiße«, fluchte er, als er sich zusammen mit Duval durch die zerborstene Frontscheibe hangelte.

*

»Dan Lukovic, Martin Simmrock, Frank Duval und Wesley Tyler«, sagte der Offizier in der Uniform des Cedar Junction Department of Corrections. Walt Jenkins war der diensthabende Wachgruppenleiter in Cedar Junction und unmittelbar nach der Meldung des Unfalls an das örtliche Police Department über den Sachverhalt informiert worden.

»Lauter schwere Jungs«, antwortete der Sheriff.

»Drei davon«, versetzte Jenkins. »Es wundert mich, dass Tyler mit von der Partie ist. Er hatte nur noch acht Monate. Wie ist das passiert?«

Der Sheriff wies auf die abgesperrte Straße. Die Rotlichter der Streifenwagen zuckten in den morgendlichen Himmel. Polizisten des Norfolk Sheriff Departments zeichneten Spuren an und fotografierten die Unfallstelle. Rechts der Straße lag der grüne Bus unterhalb einer knapp drei Meter hohen Böschung, und auf der gegenüberliegenden Seite stand ein vollkommen zerbeulter Dodge Ram.

»Der Kerl mit dem Dodge kam aus dem Feldweg«, erklärte der Sheriff. »Er hat den Bus in voller Fahrt gerammt. Ist nur leicht verletzt, aber vollkommen stoned. Er sitzt bei uns in der Zelle. Ist ein Typ aus Walpole, ein Junkie. Wir kennen ihn und haben ihn schon ein paar Mal hopsgenommen.«

»Dann war das also ein Unfall«, überlegte Jenkins laut.

»Ein Unfall«, fuhr der Sheriff fort. »Aber das, was danach geschah, war kaltblütiger Mord. Einer der Wachmänner wurde von vier Kugeln getroffen. Eine Kugel haben sie ihm in den Kopf gejagt. Der Coroner meint, die Waffe wurde aus nächster Nähe abgefeuert. Wir haben die US-Marshalls in Boston verständigt. Müssten eigentlich schon längst hier sein«.

»Und die Gefangenen?«

»Die sind längst über alle Berge. Wir haben die Anwohner befragt. Sie sind einer nach dem anderen aus dem Bus gekrochen und haben das Weite gesucht. Der Erste soll ein hellhäutiger Glatzkopf gewesen sein, hielt eine Waffe in der Hand, da haben sich die Leute wieder in ihre Häuser verkrümelt. War wohl auch besser so.«

»Ein hellhäutiger Glatzkopf«, wiederholte Jenkins.

»So hat ihn der alte Mann aus dem Haus gegenüber beschrieben«, bestätigte der Sheriff.

»Das muss Lukovic gewesen sein. Ein ganz übler Bursche. Hat drei Menschenleben auf seinem Gewissen. Ihm würde ich zutrauen, dass er einen Wehrlosen einfach so hinrichtet.«

»Ihr zweiter Officer hat sich wohl beim Unfall das Genick gebrochen, und der Fahrer schwebt ebenfalls in Lebensgefahr. Die Fahndung läuft, wir warten noch auf einen Hubschrauber aus Boston.«

Jenkins schaute auf seine Armbanduhr. Der Sheriff bemerkte seinen Blick.

»Vierzig Minuten Vorsprung«, sagte er. »Sie haben sich getrennt. Die beiden Letzten, ein älterer Kerl mit grauen Haaren und ein junger, dunkelhaariger Typ mit auffallend dunklem Teint, sind zusammen in Richtung Süden geflüchtet. Der Jüngere hat den Älteren gestützt. Vielleicht kommen die beiden nicht weit, der Alte ist verletzt.«

»Das müssen Tyler und Duval gewesen sein«, erklärte Jenkins. »Sie sitzen seit ein paar Jahren in der gleichen Zelle. Die beiden sind wie Vater und Sohn. Wir müssen die Suche auf Lukovic und Simmrock konzentrieren. Wenn Lukovic im Besitz einer Waffe ist, dann hinterlässt er eine blutige Spur auf seiner Flucht. Der Kerl ist ein Psychopath. Und Simmrock ist nicht weniger gefährlich.«

Der Lärm eines Hubschraubers übertönte das Gespräch. Der Sheriff hielt seinen Hut fest, als der Jet Ranger mit dem Wappen des US-Marshall-Büros in der Nähe auf einer Wiese aufsetzte. Noch während der Rotor sich drehte, stieg ein dunkelhäutiger Riese mit der Figur eines Preisboxers aus. Die schwarzen Haare waren kurz geschnitten und erinnerten an die Frisur eines Marineinfanteristen. Der elegante Anzug saß perfekt, und die dunkle Krawatte lag korrekt in der Kragenmitte, als wäre sie mit einem Lot ausgerichtet worden. Ihm folgte das krasse Gegenteil: Den Kragen des Hemdes halb geöffnet und mit einem alten, abgewetzten dunkelgrauen Zweireiher bekleidet, stolperte ein untersetzter Mann mit schwammiger Figur seinem um einen halben Kopf größeren Kollegen hinterher. Vor Jenkins und dem Sheriff blieben die beiden stehen. Der Große streckte die Hand aus. »Mein Name ist Noah Fleischman, und das ist mein

Kollege Rodger Donovan. Wir übernehmen ab jetzt. Weisen Sie uns bitte in die Lage ein, Sheriff!«

Donovan nickte stumm, kaute auf einem Kaugummi und präsentierte seinen Dienstausweis, der ihn als US-Marshall legitimierte.

»Gut, dass Sie endlich hier sind«, mischte sich Jenkins ein. »Das sind verdammt gefährliche Gewaltverbrecher, die jetzt in dieser Gegend unterwegs sind. Wir müssen uns vorsehen, sie sind zu allem fähig und außerdem bewaffnet. Die Presse wird uns zerreißen, wenn die Kerle durchdrehen.«

»Die Presse ist Ihr Problem«, entgegnete Noah Fleischman kühl. »Wir fangen sie nur wieder ein. Tot oder lebendig.«

1

The Village, Hell's Kitchen Island, Maine,
12. März 2007, 16.35 Uhr (Montag)

Hell's End, die einzige Bar in der einzigen Ortschaft von Hell's Kitchen Island, hieß deshalb Hell's End, weil sie tatsächlich am nördlichsten Ende von The Village lag. Dabei hatte die kleine Bar nicht das Geringste mit der Hölle zu tun, ganz im Gegenteil. Für die Bewohner von Hell's Kitchen Island war sie so etwas wie eine Zuflucht, um zumindest für eine Weile dem kargen und windgepeitschten Leben auf der Insel vor der Küste von Maine zu entfliehen. Hier versammelten sich die Einwohner des Dorfes am Südufer des Hell's Cove, um miteinander zu reden, ein paar Pint zu trinken und ihre abgeschlossene Gemeinschaft zu pflegen. Denn das Festland war beinahe zwanzig Meilen entfernt.

Hell's Kitchen, inmitten des Golfs von Maine, war eine von beinahe fünfhundert Inseln, die sich um die Küste des Bundesstaates schmiegten, wie die Perlen einer Kette um den Hals einer wunderschönen Frau. Rund vier Dutzend Menschen lebten hier. Einige im Dorf, das den einfallslosen Namen The Village trug, andere auf den grasbewachsenen Hochebenen des Verdana Uplands oder der Steilküste am Western Peak. Früher, als die Atlantic Seafood Inc. noch existierte und frischer Meeresfisch in den großen und mittlerweile maroden Hallen am New Haven zerteilt, ausgenommen und filetiert wurde, lebten auf der Insel beinahe dreimal so viele Menschen wie heute. Doch das war Jahre her, und nur der verblasste, bläulich schimmernde Schriftzug an den verfallenen Mauern der Fabrikhallen erinnerte noch an die

Zeit, als auf Hell's Kitchen Island die Fangschiffe der nördlichen Atlantikflotte ihre Ladung löschten.

Neunundvierzig Bewohner waren in dem Melderegister der Insel im Village verzeichnet. Dazu kamen noch die vier Mönche, die das alte Kloster Saint Benedictus am Violent Beach im Norden bewohnten. Jedoch grasten beinahe dreitausend Schafe auf der Hochebene des Verdana Uplands. Zwei Familien beherrschten seit Generationen schon das Grasland im Osten bis zu den steilen Felsen des Northern Face. Die Breeds, auf Peterson Grange im Norden, waren sehr gläubige Menschen. Eine Großfamilie, die vor zweihundert Jahren aus England nach Amerika ausgewandert war und dem Quäkertum angehörte. Im Südosten lebten die Bratts, die auf der Sunlight Grange residierten und ebenfalls seit mehreren Generationen Schafe züchteten. Niemand wusste genau, wo der Ursprung der Familienfehde zwischen den beiden Schäferdynastien lag und wie lange die Feindschaft der Familien bereits andauerte, doch wusste jedermann auf dieser Insel, dass sich die Breeds und die Bratts nicht ausstehen konnten.

Zu den Stammgästen im Hell's End gehörte Kenny Logan, der den einzigen Laden auf der Insel betrieb, in dem man von Lebensmitteln über Stoffe, Nadel und Faden bis hin zu Pastellfarben und Pinseln alles erwerben konnte, was rechtzeitig bestellt worden war. Als er sich gerade an der Theke zwischen den beiden Fischern Henry Phelps und William Evans niedergelassen hatte und sehnsüchtig auf sein Bier wartete, das Mia Honeywell, die Betreiberin der Bar, für ihn zapfte, flog die Tür auf. Ein Schwall Regen, durchsetzt vom eisigen Windhauch des seit Tagen tobenden Sturms, drang zusammen mit dem alten Joshua Breed in die mollige, warme Idylle aus dunklem Eichenholz. Joshua Breed schob mit seinen Stiefeln die Tür zu, nahm seinen Südwester ab und schüttelte das Wasser achtlos auf die hölzernen, dunklen Bohlen des Fußbodens.

»Hier sitzt er und hält Maulaffen feil, während die Rattenbrut der Bratts die gesamte Insel verwüstet«, polterte der alte Breed los, trat an den Tresen heran und warf dem verblüfft dreinschauenden Kenny Logan eine Kette vor die Füße.

Logan sprang erschrocken von seinem Stuhl auf und starrte auf die metallenen Glieder, von denen eines in der Mitte aufgesägt war.

»Was soll das, Josh!«, maßregelte Mia Honeywell den triefenden Gast.

»Seit Stunden bin ich auf der Suche nach ihm«, versetzte Joshua Breed und zielte mit seinem nassen Zeigefinger auf Logan, als wolle er ihn damit durchbohren. »Das ist ihr Werk. Nichts ist ihnen heilig, an allem vergreifen sie sich, diese Ratten und ihre dahergelaufenen Vagabunden.«

Kenny Logan, der vor zwei Jahren von den Bewohnern zum Master of the Island gewählt worden war, was in etwa dem Amt eines Bürgermeisters entsprach, bückte sich und hob die nasse und kalte Kette auf. Eingehend betrachtete er das aufgesägte Glied. »Ich habe dir schon ein paar Mal erklärt, dass die Schutzhütten auf dem Verdana Upland für alle Schäfer zugänglich sind. Für deine Jungs ebenso wie für die der Bratts. Du hast kein Recht, die Hütten mit einer Kette zu verschließen.«

»Ich habe die Hütte am Sandfort mit eigenen Händen wieder aufgebaut, nachdem sie der Wind im letzten Jahr umgerissen hat«, protestierte Joshua Breed lauthals. »Und da soll ich kein Recht haben, mein Eigentum zu schützen?«

Logan warf die Kette auf den Tresen. »Ich bin der Master auf der Insel, und ich alleine übe hier die Polizeigewalt in Vertretung des Portland Police Department aus. Du hast kein Recht, die Schutzhütten für dich alleine zu beanspruchen. Diese Hütten wurden vor mehr als hundert Jahren erbaut und stehen jedem Schäfer offen, der auf der Ebene seine Schafe hütet und vor dem Wetter Zuflucht sucht. So ist es festgeschrieben in den Verordnungen. Die Hütten und die Weiden sind frei und stehen allen zu. Wenn ich noch einmal erfahre, dass du vor den Eingang eine Kette legst, dann werde ich ein Ordnungsgeld gegen dich verhängen.«

»Und was ist mit meinem Stall und mit der Scheune am Poundrell Spring?«, widersprach Joshua Breed. »Gehört das auch jedem hier auf der Insel, obwohl ich sie im Schweiße meines Angesichts mit meinem eigenen Holz erbaut habe?«

»Das ist etwas anderes.«

»Die Rattenbrut ist dort eingedrungen und hat den gesamten Boden umgegraben. Soll ich das etwa auch dulden?«

»Ich sagte doch, das ist etwas anderes und war außerdem im letzten Jahr. Ich habe den Täter noch nicht ermitteln können, es ist nicht sicher, dass es Otis oder seine Männer waren.«

»Hier an diesem Ort der Sünde bei Braten und Bier wirst du ihn auch niemals finden. Es war diese Rattenbrut, wer denn sonst. Ich will …«

Logan hob abwehrend die Hände. »Ich sagte, das eine hat mit dem anderen nichts zu tun. Auch bei den Bratts wurde eingebrochen und in die Henderson-Villa ebenfalls. Dennoch hast du kein Recht, die Schutzhütten abzusperren. Wenn du das noch einmal tust, dann wird es dich eine Kleinigkeit kosten.«

»Ha, du willst mir drohen, das kannst du nicht. Jedermann hat das Recht in diesem Land, sein Eigentum zu schützen. Und du kannst mir dieses Anrecht nicht nehmen.«

Logan schüttelte den Kopf. »Ich bin der Master der Insel und der Richter in Yarmouth wird dir schon zeigen, welches Recht ich habe.«

Joshua Breed trat einen Schritt vor und griff nach seiner Kette. »Und ich habe dich nicht gewählt, weil du zu weich bist«, zischte er, ehe er seinen Südwester wieder aufsetzte und eilends hinaus in den Sturm verschwand.

Mia stellte das Bierglas vor Kenny Logan auf den Tresen.

»Dieser verbohrte alte Mann«, bemerkte sie. »Führt sich auf wie die Axt im Walde.«

»Was ist denn überhaupt in ihn gefahren?«, fragte William Evans.

Logan zuckte mit der Schulter. »Ich sage euch, wenn ich gewusst hätte, auf was ich mich da einlasse, dann hätte ich mich nie zur Wahl gestellt. Gestern war Otis bei mir und beschwerte sich darüber, dass Josh die Schutzhütten auf dem Verdana Upland mit Ketten sichert, damit seine Jungs bei diesem Sauwetter draußen auf der Weide bleiben müssen. Ich habe ihm geraten, sie einfach aufzubrechen. Diese beiden Gipsköpfe werden sich wohl nie ändern.«

Henry Phelps grinste. »Die Breeds und die Bratts, die sind wie Feuer und Wasser. Und das wird immer so bleiben.«

Logan griff nach seinem Bier und nahm einen kräftigen Schluck. »Na ja«, seufzte er. »Wir können froh sein, dass sie sich nicht die Köpfe einschlagen. Aber komisch ist es schon. Ich möchte wirklich zu gerne wissen, wer damals in die Scheune und die Villa eingebrochen ist und warum er diese Löcher im Boden hinterließ.«

»Du hättest die Polizei aus Yarmouth holen sollen«, sagte Mia beiläufig, während sie ein gespültes Bierglas abtrocknete.

»Ich habe sie informiert, aber sie hatten kein Interesse«, entgegnete Logan. »Sie behaupteten, solange nichts weggekommen ist, liegt nur ein Hausfriedensbruch vor, und deswegen kommt kein Detective auf die Insel. Da muss schon bedeutend mehr passieren.«

Henry Phelps warf einen Dollar auf den Tresen und schaute auf die Uhr über den Spiegeln. »Es ist Zeit für mich«, sagte er.

»Was willst du tun?«, fragte Evans. »Dieser verdammte Sturm wird noch eine ganze Weile hier wüten, vor nächster Woche können wir nicht hinaus.« Wie zur Bestätigung erhellte ein Blitz die kleine Bar am Ende des Village. Der Donner grollte.

»Im Radio wird in einer Stunde eine Krimilesung gesendet«, verabschiedete sich Phelps und warf seinen Mantel über. »Das will ich nicht versäumen. Ich liebe Krimis.«

Americana Motel, Old Orchad Beach, Maine,
12. März 2007, 17.40 Uhr (Montag)

Die Vorhänge in dem kleinen Apartment des Americana Motel in Old Orchad waren zugezogen und hielten das Licht der untergehenden Sonne draußen zurück. Die bedrückende Stille wurde durch die schweren Atemzüge von Wesley Tyler unterbrochen, der mit schmerzhaft verzerrtem Gesicht auf dem Bett lag und die Arme vor seinem muskulösen Bauch verschränkt hatte.

Tyler hatte bislang wenig Glück in seinem Leben. Er war kaum geboren, als sein Vater, der sich mehr schlecht als recht mit kleinen Diebereien und Einbrüchen über Wasser hielt, nach einem Einbruch in ein Juweliergeschäft von einer Polizeikugel getroffen wurde und mitten in einem Abfallcontainer zwischen matschigen Tomaten und verfaultem Obst sein Leben aushauchte. Kaum drei Jahre später, seine Mutter hatte ihm ein Dreirad zum Geburtstag geschenkt, wurde ihm eine abschüssige Straße zum Verhängnis, die ihn direkt unter die Hinterachse eines Kleinlasters führte. Mehrere Knochenbrüche, einen Milzriss und einen Schädelbruch trug er von der Begegnung mit dem harten Stahl des Lasters davon, doch zumindest hatte er überlebt. Schlimm erging es ihm, als seine Mutter einen wesentlich älteren Mann kennenlernte und nur ein paar Wochen später ehelichte, denn der neue Vater hielt nicht viel von ihm und ließ ihn seine Abneigung auch deutlich spüren. Die Schule war ein notwendiges Übel, und so trieb er sich die meiste Zeit am Hafen und in der Stadt herum, anstatt die Schulbank zu drücken. Als er acht Jahre alt war, lernte er seinen drei Jahre älteren Stiefbruder kennen, der nach dem Tod der leiblichen Mutter vom Stiefvater ins Haus geholt wurde.

Mehr als einmal lief Wesley Tyler von zu Hause weg, doch immer wieder wurde er von der Polizei nach Hause gebracht, wo ihn sein Stiefvater windelweich prügelte und seine Mutter tatenlos zusah. Nur sein neu gewonnener und anfänglich mit Verachtung gestrafter Stiefbruder hielt in dieser Zeit zu ihm. Trotz der Freundschaft, die sich zwischen den beiden entwickelte, geriet Tyler auf die schiefe Bahn. Seine erste Haftstrafe saß er mit vierzehn in einer Besserungsanstalt ab, weil er bei einem nächtlichen Besuch in einem Supermarkt mit seinen Stiefeln in einem Sicherungsgitter eines Kellerschachtes hängen blieb und erst von den heraneilenden Polizeibeamten befreit werden konnte. Doch dabei sollte es nicht bleiben.

Am 19. Oktober 1987, Tyler war neunundzwanzig Jahre alt und hatte inzwischen sieben Jahre seines Lebens in verschiedenen Haftanstalten zugebracht, überfiel er in der Nähe von Duxbury nahe Boston zusammen mit mehreren Komplizen einen Goldtransport. Zunächst lief alles nach Plan, doch dann ging der Überfall gründlich schief. Zwei Wachmänner kamen dabei ums Leben, und an den Goldbarren im Wert von dreißig Millionen Dollar hatten er und seine Helfershelfer nur kurze Zeit Freude, denn zwei Wochen später klickten nahe Brunswick die Handschellen, und der Traum von einem Leben im Luxus irgendwo in der Karibik zerplatzte wie eine Seifenblase. Die Richter gingen nicht zimperlich mit ihm um. Zwei Tote und dreißig Millionen in Gold, die spurlos verschwunden waren, brachten ihm eine hohe Haftstrafe ein. Zwanzig Jahre verbrachte er im Zuchthaus von Cedar Junction, und nun, als er kurz vor seiner Entlassung stand, passierte dieser verdammte Unfall mit dem Gefängnisbus. Jetzt war er wieder vor der Polizei auf der Flucht, denn die anderen Mitgefangenen waren durchgedreht und hatten die Wachen einfach erschossen. Er wusste, dass ihm niemand geglaubt hätte, wäre er zurückgeblieben. Ein halbes Jahr, ein gottverdammtes halbes Jahr, und er hätte seine Strafe abgesessen und Cedar Junction als freier Mann verlassen können.

Diese infernalischen Schmerzen in seinem Bauch raubten ihm den Verstand. Wahrscheinlich waren mehrere Rippen gebrochen, und hätte Frank Duval, sein langjähriger Zellengenosse, ihn einfach an der Unfallstelle zurückgelassen, so würde er längst wieder in Cedar Junction sitzen und auf seinen neuen Prozess warten. Immerhin war er bei der Flucht und bei den Morden an den Wachmännern dabei gewesen. Und bei seiner Vergangenheit würde ihm niemand glauben, dass er unschuldig am Tod der Wachleute war.

Frank Duval war beinahe zwölf Jahre jünger als Tyler und stammte aus Boston, wo er geboren und auch aufgewachsen war, bis man ihn auf Nantucket Island nach einem Raub mit Todesfolge auf einen Geldboten verhaftete und nach Cedar Junction gesteckt hatte. Fünfundvierzig Jahre sollte er dort auf die Freiheit warten. Mit Tyler teilte er sich eine Zelle und der brummige, aber gutmütige Mann aus Maine wurde für ihn nach anfänglichen Startschwierigkeiten zu einem väterlichen Freund, der ihn vor den reißenden Wölfen im Knast bewahrte. Auch wenn Tyler nicht zu den durchgeknalltesten und gefährlichsten Knastis in Cedar Junction gehörte, so hatte er sich dennoch einen hohen Rang erdient, der ihn nahezu unantastbar machte. Und dabei war er nicht einmal brutal oder aggressiv, nein, im Gegenteil, Wesley Tyler war eher ein ruhiger und fügsamer Gefangener, der den Rest der Meute ignorierte und der sich aus allen Konflikten heraushielt. Vielleicht lag sein Standing innerhalb der Knastgesellschaft einfach nur daran, dass man hinter seinem Rücken munkelte, er sei noch immer im Besitz von dreißig Millionen in Gold. Duval hatte zweifellos von seinem väterlichen Freund im Knast profitiert. Auch er wurde von den unterschiedlichen Gruppen, die sich in dem Mikrokosmos hinter Gittern gebildet hatten, weitestgehend in Ruhe gelassen.

Freundschaft gepaart mit einer gehörigen Portion Dankbarkeit waren es gewesen, die Frank Duval dazu veranlasst hatten, den schwer verletzten Kumpel nicht einfach in seinem Schicksal zurückzulassen. Gemeinsam hatten sie sich bis ans Ende von Walepole durchgeschlagen, wo sie in ein Ferienhaus einbrachen, das offenbar seit längerer Zeit nicht mehr genutzt worden war. Und diesmal stand Tyler entgegen seiner sonstigen Erfahrung das Glück zur Seite, denn neben reichlich passenden Klamotten fanden sie einen Führerschein mit einem Passbild, das Duval sehr ähnlich war, ein paar Dollar Münzgeld und die Schlüssel eines Ford Pinto, der mit halbvollem Tank in der Garage stand.

Unbehelligt waren sie bis nach Old Orchad Beach gefahren und hatten sich in das Motel eingemietet, in dem sie die Nacht und den darauffolgenden Tag verbrachten.

»Wenn es dir morgen nicht besser geht, dann werde ich irgendwo einen Arzt auftreiben«, sagte Duval, nachdem die schweren Atemzüge Tylers in ein rasselndes Stöhnen übergingen. Er saß am Fenster und spähte durch den schmalen Schlitz des Vorhangs hinaus auf den Parkplatz des Motels.

»Es geht schon«, stammelte Tyler. »Meine Rippen sind gebrochen, das schmerzt höllisch, aber ich werde es überleben.«

Duval erhob sich von seinem Stuhl und trat neben das Bett. Er schenkte ein Glas Wasser ein und nahm drei Aspirin aus der Packung, die er auf dem Weg in einer Drogerie besorgt hatte. Er wartete, bis sich die Tabletten im Wasser auflösten, beugte sich zu dem Verletzten hinab und hob vorsichtig seinen Kopf an.

»Was ist das?«, fragte Tyler.

»Gegen die Schmerzen«, antwortete Duval und hielt das Glas an Tylers Lippen.

U.S.-Marshall Service, District Headquarters, Boston, 12. März 2007, 17.55 Uhr (Montag)

An der Wand im Büro der US-Marshalls standen zwei hölzerne Stellwände, an denen Bilder, Notizen und Vergrößerungen von Aktenauszügen aus den Strafakten der Flüchtigen scheinbar chaotisch, jedoch für Rodger Donovan in einer eigenen, durchschaubaren Ordnung mit kleinen Reißnägeln festgemacht waren. Auf einem daneben stehenden Flipchart hatte er mit rotem Filzstift die Städte markiert, aus denen Lukovic, Simmrock, Duval und Tyler stammten.

Mittlerweile hatte er die Akten der Ausbrecher auf das Gründlichste studiert. Nur wenn man genau wusste, hinter wem man eigentlich her war, konnte man wissen, wo man nach seiner Zielperson suchen musste. Rodger Donovan war ein kühler und überlegter Pragmatiker, ganz im Gegensatz zu seinem impulsiven und zuweilen ungestümen dunkelhäutigen Kollegen Noah Fleischman, der die Akademie in Westpoint genossen und nach seiner Zeit als Armyoffizier den Posten des US-Marshalls angetreten hatte. Er selbst hingegen hatte sein halbes Leben in den neonbeleuchteten Büros des taktischen Planungsstabes der NSA am Computer mit der Auswertung von Daten zugebracht und nur in den Mittagspausen oder nach Feierabend das pulsierende Leben auf der Straße erlebt. Vielleicht waren sie genau wegen dieser Gegensätzlichkeit zu einem unschlagbaren Team zusammengewachsen.

»Sie haben sich getrennt«, murmelte Donovan. »Es gibt nichts, was die vier miteinander verbindet, außer dass sie zufällig im selben Bus saßen.«

Noah Fleischman betrachtete beiläufig das Foto von Wesley Tyler. »Er wäre in einem halben Jahr freigekommen«, murmelte er. »Was hat ihn dazu bewogen, sich an der Flucht zu beteiligen?«

»Es war keine geplante Flucht«, erklärte Donovan. »Durch

den Unfall ergab sich die Gelegenheit. Ich nehme an, Tyler ist nur abgehauen, weil der Wachmann erschossen wurde. Ich denke, er hat sich ausgerechnet, dass er einen schlechten Stand hat, wenn er einfach im Bus zurückbleibt. Außerdem scheint er so etwas wie eine väterliche Beziehung zu Duval zu haben. Vielleicht hat Duval Tyler zur Flucht überredet.«

Die Tür wurde aufgestoßen und Carter betrat den Raum. Eilends ging er zu der Stellwand, an der eine große Landkarte des Distrikts hing, und steckte, nachdem er einige Sekunden gesucht hatte, eine rote Markierungsnadel in die Karte. Die Nadel steckte kaum zwei Zentimeter von der Stelle entfernt, an der sich der Unfall mit dem Bus ereignet hatte.

»Von einem Parkplatz in der Summer Street wurde ein Wagen gestohlen«, berichtete er und nahm seine Brille von der Nase. »Ein roter Mazda mit Bostoner Zulassung. Ich habe die Beschreibung und das Kennzeichen an die Straßensperren durchgegeben.«

Fleischman warf Tylers Bild auf den Schreibtisch und blickte auf die Uhr. »Das erste Lebenszeichen.«

»Hat jemand etwas gesehen, und wie lange fehlt der Wagen schon?«, fragte Donovan.

Carter setzte seine Lesebrille auf und nahm das Fax zur Hand. »Der Wagen gehört der Angestellten einer Firma in der Summer Street. Sie hat gearbeitet und den Diebstahl erst nach Feierabend bemerkt. Geparkt hatte sie ihn sechs Stunden zuvor.«

»Dann könnten die Kerle maximal sechs Stunden Vorsprung haben«, sagte Fleischman, erhob sich von seinem Stuhl und trat vor die Karte.

»Es wäre aufgefallen, wenn sie versucht hätten, eine Straßensperre zu passieren. Vier Mann im Wagen, da würde doch der dümmste Cop hellhörig.«

Donovan erhob sich und stupste Carter an der Schulter. »Wer sagt denn, dass sie noch zusammen sind? Ich bin mir sicher, dass sich Tyler und Duval abgesetzt haben.«

»Wie kommst du darauf?«

»Ich habe ihre Akten gelesen. Lukovic ist ein Psychopath und ein eiskalter Mörder, der als Geldeintreiber für eine örtliche Mafiagröße in Philadelphia gearbeitet hat. Und Simmrock ist ein durchgeknallter Junkie. Ich glaube nicht, dass sich Tyler mit ihnen einlässt. Und Duval hält sich mit Sicherheit an seinen großen Bruder. Ich bin felsenfest davon überzeugt, sie haben sich getrennt. Der alte Mann, der die Flüchtigen gesehen hat, sagte selbst, dass die beiden ersten Gefangenen in eine andere Richtung davonrannten als die beiden nachfolgenden.«

Fleischman trat vor die Stellwand und wies auf das Bild von Dan Lukovic. »Er wird versuchen, sich nach Philadelphia durchzuschlagen, dort hat er Freunde, die ihm weiterhelfen könnten.«

»Simmrock hat keine Wurzeln, er wird sich an Lukovics Fersen heften.«

Es klopfte an der Tür.

»Ja!«

Magret Mcpherson, die Sekretärin, die alle nur Macphie nannten, öffnete die Tür. »Sheriff Jenkins erwartet unseren Rückruf. Er will wissen, wie lange er die Straßensperren noch aufrechterhalten soll. Er sagt, die Kerle sind doch längst über alle Berge.«

»Klugscheißer«, entgegnete Carter.

»Danke, Macphie, ich rede mit ihm«, gab Donovan zurück. »Ich denke, Noah hat recht, wir konzentrieren uns auf Philadelphia. Lukovic wird früher oder später dort auftauchen. Die Chancen, dass sich Tyler selbst stellt, sind groß. Nach Einschätzung des Gefängnispsychologen ist er nicht gewalttätig.«

2

Verdana Upland, Hell's Kitchen Island, Maine,
13. März 2007, 02.35 Uhr (Dienstag)

Seit sieben Tagen regnete und stürmte es beinahe ununterbrochen. Die Frühjahrsstürme in diesem Jahr waren die heftigsten und längsten, die Malcom Hurst je auf dieser Insel erlebt hatte, und dabei arbeitete er bereits seit unzähligen Jahren als Schafhirte bei den Bratts.

Dicht an dicht standen die Schafe mit ihrem triefenden Wollfell aneinandergereiht in der Koppel unweit der Northern-Trail-Schutzhütte, in der Malcom vor dem beginnenden Unwetter Schutz gesucht hatte. Die Herde war unruhig. Als es vor einer Stunde zu donnern begonnen hatte, trieb er die Schafe zusammen mit Puky und Chivas, den beiden English Shepherd-Hunden, in das Gatter. Normalerweise grasten die Schafe Tag und Nacht auf den Hochflächen des Verdana Uplands. Doch bei solch einem Unwetter war es an den steilen Klippen des Northern Trails sicherer, die Herde in die einfachen Gatter aus Rundbalken unweit der Schutzhütte zu sperren. Vor beinahe zehn Jahren war eine durch ein Unwetter in Panik geratene Herde über die Klippen in den Tod gestürzt. Beinahe zweihundert Schafe mussten die Bratts damals abschreiben. Seit diesem Tag gab es die Anweisung an die Hirten, die Tiere bei Unwetter in die Einfriedung zu treiben. Hurst hatte sich die gelbe Öljacke angezogen und den Südwester aufgesetzt, dennoch war er durchnässt bis auf die Haut, ehe er zu seiner Schutzhütte zurückkehrte. Der böige Wind wehte den salzigen Duft des Atlantiks über die Wiesen des Hochlandes, und ein greller Blitz erhellte die Nacht. Nachdem er die Tür geschlossen hatte, befreite er sich von der nassen Kleidung. Es war lange her, als er das letzte Mal dermaßen getrieft hatte. Damals arbeitete er noch für die Atlantic Seafood Inc. und fuhr auf einem der Trawler hinaus in den Golf, wo es vor Fischen nur so wimmelte. Nach einer Woche harter Arbeit an Bord, mit aufgerissenen Händen und durchweichter Haut, waren sie nach Hell's Kitchen zurückgekehrt, die Laderäume prall gefüllt mit Fisch. Egon Henderson, der Besitzer von Atlantic Seafood, bezahlte eher schlecht als recht, doch als die riesigen Fabrikschiffe die Häfen der großen Städte im Osten verließen und mit ihren Schleppnetzen die Fanggründe entlang der Ostküste bis hinauf an die Hudson Bai leerfischten, war die Zeit der Trawler vorbei. Henderson schloss seine Fischfabrik auf der Insel und verkaufte die Schiffe, ehe er kaum ein Jahr später starb. Malcom blieb auf der Insel, so wie die meisten, die für Henderson gearbeitet hatten. Schafwolle war damals sehr begehrt und Otis Bratt suchte Hirten und Wollscherer, die seine beinahe zweitausend Tiere zählende Herde hüteten. Malcom ließ sich nicht zweimal bitten. Zwar hatte er einen gehörigen Teil seines Geldes, das er im mühevollen Akkord bei Henderson und der Atlantic Seafood verdient hatte, gut verzinst angelegt, doch noch liefen die Verträge, und die Auszahlung ließ noch ein ganzes Jahr auf sich warten. Weniger als die Hälfte an Salär brachte der neue Job als Schäfer ein, dafür waren die Mahlzeiten frei, und er konnte auf der Insel bleiben, auf der er geboren und aufgewachsen war. Nun war er bald sechzig und dies sollte seine letzte Saison auf den Weiden des Verdana Uplands werden, ehe er sich endgültig zur Ruhe setzte.

Er entzündete das Feuer des kleinen Ofens, und als sich langsam eine mollige Wärme ausbreitete, setzte er sich auf das Feldbett und trocknete seine Haare mit einem Handtuch. Chivas warf ihm einen treuherzigen Blick zu, ehe er sich neben dem Ofen auf einer Decke niederließ.

»Dieses elende Sauwetter«, murmelte er. »Seit Tagen regnet und stürmt es. Es scheint, als hat uns die Sonne einfach vergessen, mein Guter.«

Chivas öffnete sein Maul und gähnte, während Puky mit lang ausgestreckten Gliedern vor der Tür lag und die Augen geschlossen hatte.

»Schlaf jetzt, mein Bester«, sagte er zu dem braun-weiß gefleckten Hund vor seinen Füßen. Er warf das Handtuch auf den Stuhl neben den Tisch und legte sich mit einem Seufzer auf das Feldbett. Er lag kaum eine Minute, als sich Puky aufrichtete und lauthals zu bellen begann. Mit seinen Pfoten schabte der schwarze Shepherd an der Tür. Auch Chivas sprang auf und huschte zur Tür, um lauthals zu bellen und zu knurren.

Hurst fuhr auf. »Was zum Teufel … was ist in euch gefahren?«

Er erhob sich, warf sich die Jacke über und griff nach dem Gewehr in der Ecke. Auf der Insel gab es nur wenige natürliche Feinde, die in der Lage waren, ein Lamm zu reißen. Ein paar Füchse, die bei Tender Hollow hausten, und einen Adler, der ab und zu über der Insel durch die Lüfte streifte. Aber die ausgewachsenen Schafe hatten nur den Metzger zu fürchten, der ab und zu ein paar Schafe zur Schlachtbank führte. Es gab weder Bären noch Luchse und auch keine Wölfe auf der Insel, dafür hatten die Bratts und auch die Breeds gesorgt. Der letzte Luchs war vor über einhundert Jahren geschossen worden.

Die Hunde vollführten ein Spektakel, bellten, knurrten und schabten an der Tür, als ob der Teufel höchstpersönlich draußen auf sie wartete.

»Beruhigt euch!«, befahl Hurst, doch die Tiere waren panisch vor Erregung. Ein grollender Donner erschütterte die Nacht. Malcom trat an das kleine Fenster neben der Tür und warf einen Blick hinaus in die Dunkelheit. Nichts als Finsternis war zu erkennen. Plötzlich zuckte ein Blitz vom Himmel und tauchte das Grasland in eine grelle Helligkeit. Er fuhr zusammen, als er die Gestalt erkannte, die keine drei Meter von der Hütte entfernt stand und auf die Tür starrte. Sein Atem stockte. Der Mann erschien groß wie ein Riese, trug einen dunklen Mantel und einen Südwester auf dem Kopf. In der Hand hielt er einen Haken, einen Stauerhaken, wie er an Bord eines Schiffes zum Verladen von Säcken verwendet wurde. Malcom fuhr der Schreck in die Glieder. Die Augen des Fremden schienen rot zu funkeln. Eine Gänsehaut lief über seinen Rücken, dann breitete sich die Dunkelheit der Nacht wieder aus, und ein Donnerschlag ließ die Hütte erzittern. In Windeseile verriegelte Hurst die Tür, lief zurück zu seinem Bett und holte die Taschenlampe. Als er durch das Fenster nach draußen leuchtete, war der unheimliche Fremde verschwunden, auch Chivas und Puky kamen langsam wieder zur Ruhe.

Malcom Hurst wischte sich den Schweiß von der Stirn. Sein Gesicht war weiß wie Kalk. »Belfour, der Franzose, hilf mir Gott, er ist auf die Insel zurückgekehrt, weil ihn die unschuldigen Seelen nicht in Ruhe lassen«, murmelte er, ehe er den Tisch vor die Tür schob, sich auf das Bett setzte und das Gewehr fest an sich zog.

North Attleboro, Super 8 Motel, Maine,
13. März 2007, 07.25 Uhr (Dienstag)

Noah Fleischman zerbiss einen Fluch auf seinen Lippen. Der junge Kerl, der vor ihm hinter dem Tresen stand, machte ihn nervös. Ständig spielte er mit seinen Fingern, so als ob er sie keinen Moment stillhalten konnte.

»Ich hab es im Radio gehört«, erzählte der Portier des Super 8 Motels in North Attleboro. »Heute früh bin ich rausgegangen, da stand der rote Mazda hinter dem Haus. Mir fiel sofort auf, dass etwas nicht stimmte.«

Noah seufzte und steckte die Bilder der Gesuchten wieder zurück in seine Jackentasche. »Wie viele Gäste haben Sie derzeit?«

Der Portier wandte sich um und blickte auf das Schlüsselbrett. »Man zahlt hier im Voraus. Es haben alle ihre Schlüssel abgegeben, alle außer Mister Larkin aus 7b. Komisch ist nur, dass sein Wagen nicht mehr auf dem Parkplatz steht.«

»Was für einen Wagen fuhr er denn?«, hakte Rodger Donovan nach.

»Einen grauen Buick, der stand direkt vor dem Apartment.«

Fleischman verdrehte seine Augen und trat ein Stück näher an den Tresen heran. »Lassen Sie sich nicht alles aus der Nase ziehen, die ganze Geschichte, aber plötzlich, wenn ich bitten darf!«

»Ich kann nicht viel …«

»Larkin, wann kam er, was tut er, wie sieht er aus?«, zischte Fleischman ungehalten.

»Ich … er … er kam gestern, so gegen sechs, wie jeden Montag«, stotterte der Portier. »Er steigt immer bei uns ab, wenn er seine Tour macht. Er trank ein Bier, dann ging er in sein Apartment. Normalerweise reist er ziemlich früh wieder ab. Er ist Schmuckhändler, wissen Sie. Heute Morgen, als ich die Rezeption öffnete, stand sein Wagen nicht mehr auf dem Parkplatz, aber seinen Schlüssel hat er nicht abgegeben. Ich machte meine Runde und entdeckte den roten Mazda. Ich habe im Radio gehört, dass ein paar Schwerverbrecher aus Cedar Junction abgehauen und mit einem roten Mazda unterwegs sind. Dann rief ich sofort die Polizei.«

»Wie sieht Larkin aus?«

»Er ist klein, fast einen Kopf kleiner als ich, und hat eine Glatze«, erklärte der Portier.

»Haben Sie einen Blick in Larkins Zimmer geworfen?«

Der eingeschüchterte Portier schüttelte den Kopf. »Ich lass mir doch meine Birne nicht wegpusten.«

Fleischman zog seine Glock unter der Jacke hervor und überprüfte den Ladezustand.

»Willst du nicht warten, bis das Squadteam eintrifft?«, fragte Donovan.

»Wir gehen rein!«, entschied Fleischman. »Die Typen sind längst über alle Berge. Und wer hat überhaupt der Presse gesteckt, dass wir einen Mazda suchen? Ich sagte doch ausdrücklich, dass wir keine Meldung nach draußen geben.«

Donovan griff ebenfalls nach seiner Waffe. »Das kann nur der Sheriff aus Norwood gewesen sein«, erwiderte er.

»Sie bleiben hier!«, befahl Noah dem Portier, ehe sie die Rezeption verließen und sich dicht an der Wand in Richtung von Larkins Apartment schlichen. Vor der Tür verharrten sie einen Augenblick. Mit ihren Blicken verständigten sie sich, nachdem sich Donovan auf der gegenüberliegenden Seite postiert hatte. Leise zählte Fleischman von drei auf eins, bevor er mit dem Fuß gegen die Tür trat. Holz splitterte, das Schloss brach aus dem Türblatt und fiel zu Boden, ehe die Tür aufflog und gegen die Wand krachte. Sofort sprang Fleischman mit der Waffe im Anschlag ins Zimmer und stürmte nach links. Donovan folgte und schlug den Weg nach rechts ein.

»US-Marshall!«, brüllte Fleischman, doch als sein Blick auf das Bett fiel, verstummte er.

Der Mann war nackt bis auf die Unterhose. Seine Haut war bleich und hatte bereits einen bläulichen Schimmer angenommen. Ein Kissen lag quer über seinem Kopf.

Noah Fleischman wandte sich der offenen Tür zu, die zum Badezimmer führte. Kurz verschwand er darin, während Donovan an das Bett trat und das Kissen von dem Gesicht des Mannes entfernte. Er blickte in seine gebrochenen Augen.

»Ich sagte doch, die Kerle sind längst über alle Berge«, bemerkte Noah Fleischman, als er zurück in das Schlafzimmer kam.

»Das muss Larkin sein«, empfing ihn Donovan. »Die

Kerle haben anscheinend alles mitgenommen, sogar seine Kleider.«

»Der Sheriff ist ein Arschloch. Ich werde ihm gehörig den Marsch blasen.«

Hell's End Bar, Hell's Kitchen Island, Maine,
13. März 2007, 21.35 Uhr (Dienstag)

»Und wenn ich es euch sage«, beteuerte Malcom Hurst. »Belfour, der Franzose, stand direkt vor mir, er war keine zehn Schritte entfernt. Er trug seinen schwarzen wallenden Mantel, seinen schwarzen Südwester und hielt einen Stauerhaken in seiner Hand. Und wenn ich es euch sage, seine Augen glühten wie Feuer. Ich schwöre es. Puky und Chivas sind beinahe wahnsinnig geworden.«

»Du bist wahnsinnig«, entgegnete Dan Boyd. »Belfour ist seit über zweihundert Jahren tot und längst verfault, wenn ihn nicht die Fische gefressen haben.«

»Er wurde nie gefasst und ist einfach verschwunden, wie ein Licht, das man einfach ausknipst«, fügte William Evans hinzu. »Er verschwand von der Bildfläche und wurde nie wieder gesehen.«

Henry Phelps nippte an seinem Bier. »Hat dir Otis eine Flasche von seinem selbstgemachten Brandy mitgegeben? Man sagt, der weckt sogar Tote auf.«

Gelächter breitete sich am Tresen aus. Hurst schlug mit der Faust auf den Tisch. »Ich habe nichts getrunken, Belfour ist aus der Hölle zurückgekehrt, und das Meer hat ihn einfach wieder ausgespuckt.«

Mia Honeywell stellte ein Bier vor Evans auf den Tresen. »Es ist kein Wunder bei diesem Wetter, dass hier langsam alle durchdrehen. Belfour hat die *Freedom* vor beinahe dreihundert Jahren versenkt. Aber das kommt davon, wenn der kalte Wind um eure Ohren pfeift, da friert langsam das Gehirn ein.«

»Wenn ich es dir sage«, widersprach Malcom Hurst. »Der Kerl stand vor der Hütte und wollte hinein. Wenn ich den Riegel nicht vorgeschoben hätte, dann würde ich jetzt nicht mehr leben.«

Mia lachte schnippisch, während sie mit einem feuchten Tuch die Bierränder vom Tresen wischte. »Was macht dich so sicher, dass es Belfour war? Es kann jeder hier gewesen sein, der dir einen Streich spielen wollte. Und du bist darauf hereingefallen. Und jetzt machst du dich selbst zum Affen.«

Die Anwesenden brachen in glucksendes Gelächter aus.

»Es war Belfour«, beharrte Hurst auf seiner Behauptung. »Er sah aus wie auf dem Bild, das in der Townhall hängt.«

Als die Tür zur Bar geöffnet wurde, fegte ein kalter Windstoß über die Männer am Tresen hinweg. Logan trat ein und schob die Tür wieder zu. Er entledigte sich seiner triefenden Jacke und rieb sich die kalten Hände, als er sich neben den anderen am Tresen niederließ.

»Mia, bring mir einen heißen Tee mit Rum!«, brummte er. »Dieses Scheißwetter, langsam gehen die Lebensmittel aus. Wenn wir nicht bald ans Festland kommen, dann wird es knapp. Ist Aiden hier?«

»Aiden liegt im Bett«, antwortete Mia und schaltete den Tauchsieder ein. »Er hat Grippe und fühlt sich nicht gut.«

»Kein Wunder, bei dem Wetter.«

William Evans rückte ein Stück näher. »Hast du schon gehört, Logan? Malcom ist in der Nacht am Northern Trail beinahe überfallen worden. Er glaubt, Belfour ist seinem Grab entstiegen, weil ihm die unschuldigen Seelen der Siedler keine Ruhe lassen.«

Logan grinste. »Hab schon gehört, Malcom. Du machst einigen auf der Insel Angst mit deinen Geschichten.«

Malcom Hurst hob abwehrend die Hand. »Das sind keine Geschichten.«

»Wenn uns jemand in den nächsten Tagen umbringt, dann ist es das Wetter und nicht dein erfundener Geist.«

Hurst erhob sich und trat ein Stück näher. »Ich würde gerne eure Gesichter sehen, wenn er hier durch die Tür käme. Mich jedenfalls bringt niemand mehr an den Northern Trail. Er war es sicher auch, der in die Scheune und die Villa eingebrochen ist und die Löcher in den Boden grub. Er sucht nach etwas, ohne das er nicht zur Ruhe kommt.«

Logan nippte an seinem heißen Tee. »So, er sucht also nach etwas. Und was meinst du, sucht er?«

Hurst fuhr sich mit der Zunge über seine Lippen. »Er sucht nach seinem Herzen, das ihm gestohlen wurde, denn nur dadurch ist er zu diesem herzlosen Piraten geworden, der harmlose Seeleute und Siedler abschlachtete. Und solange er sein Herz nicht gefunden hat, wird er auf dieser Insel herumspuken. Fragt den Admiral, er hat ihn im letzten Jahr am South Bench gesehen.«

Logan winkte ab. »Der Admiral hat schon oft Gespenster gesehen.«

»Und weiße Mäuse«, fügte Evans hinzu.

»Immer wenn er zu tief ins Glas geschaut hat, kommen die ungebetenen Besucher. Bald sind es rosafarbene Elefanten.«

Die Männer am Tresen brachen in lautes Gelächter aus und klopften sich auf die Schenkel.

»Ihr werdet schon sehen, wenn Belfour vor euch steht«, brummte Hurst, griff nach seinem Mantel, setzte seinen Hut auf und verschwand durch die Tür im Regen.

3

South Bench Lighthouse, Hell's Kitchen Island, Maine,
13. März 2007, 23.20 Uhr (Dienstag)

Der Leuchtturm von South Bench stand im Südosten der Insel an der steilen Küste oberhalb der Southern Shoals und lag beinahe einhundert Meter über dem Meeresspiegel. South Bench war wohl der zugigste Ort, den es auf der Insel gab, denn beinahe das gesamte Jahr wehte der Wind vom Meer aus über das kleine Eiland. Der Leuchtturm war längst außer Betrieb gestellt, denn mittlerweile gab es GPS und Funknavigation, dennoch lebte Gabriel Jefferson zusammen mit seiner Frau Ava gerne an diesem Ort, an dem er beinahe sein gesamtes Leben zugebracht hatte.

Vor beinahe fünfzig Jahren war er zum Leuchtturmwärter auf Hell's Kitchen Island ernannt worden, und er nahm seine Arbeit sehr ernst, denn die Untiefen und kantigen Felsen der Southern Shoals waren unzähligen Seefahrern zum Verhängnis geworden. Vor zehn Jahren war der Leuchtturm außer Dienst gestellt worden, aber Gabriel war geblieben. Nun war er vierundsiebzig und bezog eine schmale Rente, doch dafür hatte man ihm und Ava ein lebenslanges Wohnrecht im kleinen Häuschen neben dem Leuchtturm von South Bench eingeräumt, und Gabriel und Ava hatten beschlossen, an diesem Ort auch zu sterben.

Er hatte sich zusammen mit seiner Frau sein kleines Stückchen Erde unmittelbar am Abgrund liebevoll hergerichtet. Das kleine schmucke Holzhaus mit dem Schuppen in unmittelbarer Nähe zum Leuchtturm war in freundlichen, hellen Pastelltönen getüncht und ein kleiner Garten, in dem Ava Salate und Gemüse anbaute, war gegenüber dem Haus angelegt. Anfänglich waren noch ein paar versprengte Schafe in sein Reich eingedrungen und hatten sich an den frischen Kräutern gütlich getan, doch ein eilends errichteter, schmiedeeiserner Zaun hatte Schlimmeres verhindert. Im Village waren Ava und Gabriel nur selten zu sehen. Er war Leuchtturmwärter mit Leib und Seele gewesen, und er liebte es, die Einsamkeit an der unwirtlichen Steilküste am South Bench mit dem einzigen Wesen zu teilen, für das er jemals etwas empfand: mit Ava, die er bereits seit seiner Schulzeit kannte und die er schließlich in Freeport zum Altar führte, nachdem er in der Libanon-Krise als Soldat einer US-Marine-Division an der Operation Blue Bat teilgenommen hatte.

Ab und zu, wenn er Lebensmittel oder neues Material und Werkzeuge für seine Leidenschaft, der Schnitzerei, ergänzte, fuhr er mit seiner Indian Chief, Baujahr 1948, in das Dorf. Dort belud er seinen Beiwagen oder den selbst konstruierten Motorradanhänger und verschwand so schnell wieder, wie er gekommen war. So war es kein Wunder, dass er im Dorf den Ruf eines eigenbrötlerischen Sonderlings innehatte, doch das kümmerte ihn nicht. Er mochte die anderen Insulaner nicht, bis auf Joshua Breed, mit dem ihn eine entfernte Freundschaft verband.

Von ihm hatte er sich auch den Lastwagen geliehen, als er vor ein paar Jahren ein großes Holzkreuz, beinahe drei Meter hoch, direkt an der Steilküste errichtete, das in Richtung der Southern Shoals blickte und den vielen Seefahrern und Fischern gewidmet war, die in den unberechenbaren Untiefen ihren Tod gefunden hatten. Die Southern Shoals bezeichneten ein der Insel vorgelagertes Seegebirge, dessen einzelne Gipfel manchmal nur wenige Zentimeter aus dem Meer ragten und in dem zahlreiche Verwirbelungen und Tiefenströmungen das Wasser ständig in Bewegung hielten. Von der Steilküste aus betrachtet, erschien es beinahe bis zum Horizont wie das Brodeln und Sprudeln von siedendem Wasser in einem Topf. Und eben diese Strömungen waren es, die der Insel den Namen Hell's Kitchen verliehen, denn hier kochte der Teufel höchstpersönlich eine brodelnde Suppe, die unzählige Seelen in die Tiefe gerissen hatte. Nur eine schmale, schiffbare Rinne zwischen den Shoals und der Nachbarinsel Elm Island im Südosten ermöglichte den Weg hinaus auf die offene See.

Ava schlief bereits tief und fest, als Gabriel weit nach Mitternacht zu Bett ging. Er hatte noch im Schuppen an einer neuen Skulptur für seinen Skulpturengarten gearbeitet. Die beinahe zwei Meter große Holzfigur eines Seemannes. Draußen tobte wie bereits in den letzten Tagen ein heftiger Sturm, und der windgepeitschte Regen prasselte beinahe waagrecht gegen die östliche Hauswand. Bevor er sich niederlegte, warf er noch einen Blick aus dem Fenster. In der schummrigen Dunkelheit erkannte er die helle Gischt der Wellen, die die felsigen Riffe unterhalb der Steilküste umspülten. Die leisen Atemzüge von Ava erfüllten den Raum. Er setzte sich auf das Bett, doch noch bevor er das Licht gelöscht hatte, hörte er draußen ein lautes Klopfen, zuerst ein einzelner Schlag, dann wiederholte es sich immer und immer wieder. Klopf … klopf … klopf …, es klang, als schlage eine Tür gegen die Hauswand. Hatte er vergessen, den Schuppen zu verriegeln? Hatte der heftige Wind womöglich die Tür aufgedrückt?

Mit einem Seufzer erhob er sich, warf seinen Ölmantel über und ging hinaus in die stürmische Nacht. Doch noch bevor er den Schuppen erreicht hatte, gefror ihm das Blut in den Adern.

Otter-Brook-Damm, Keene, New Hampshire,
13. März 2007, 21.50 Uhr (Dienstag)

Seit sieben Stunden hatten sie nichts mehr gegessen. Mitten in der Einöde hatten sie ihren Wagen zurücklassen müssen, nachdem ihnen der Sprit ausgegangen war. In der Dunkelheit waren sie dann quer durch den Wald gestapft, bis sie nahe der Sullivan Road auf eine kleine, unbewohnte Jagdhütte stießen. Wesley Tyler ging es schlecht. Frank Duval hatte ihn die meiste Zeit stützen müssen, doch Tyler hatte nicht aufgegeben und durchgehalten. Eine halbe Stunde hatten sie im Schatten eines mächtigen Baumes abgewartet und die Hütte beobachtet, die auf einer kleinen Lichtung stand und deren Silhouette sich aus dem Mondlicht schälte. Erst als sie sich sicher waren, dass niemand in der Nähe war, schlich sich Duval zur Tür, die mit zwei Bügelschlössern gesichert war. Das erste Schloss ergab sich bereits nach einer Minute, doch das andere, massivere, leistete erheblichen Widerstand. Duval musste sich mächtig anstrengen, bis er es mit einem Schraubenzieher, den sie im gestohlenen Wagen gefunden hatten, endlich aufhebeln konnte. Nachdem er die Hütte gründlich durchsucht hatte, holte er Tyler, der im Schatten des Baumes zurückgeblieben war und schwer atmend auf dem Boden kauerte.

»Komm! Du schaffst es.«

Tyler versuchte sich zu erheben, doch seine Beine knickten wieder ein. Duval ergriff ihn am Arm und zog ihn hoch. Er schwitzte, nachdem er ihn zur Hütte geschleppt hatte. In der Dunkelheit nahm er nur Umrisse wahr, aber die helle Couch in der Ecke hob sich gut vom dunklen Hintergrund ab. Tyler stöhnte laut auf, als er sich auf der Couch niederließ.

»Leg dich hin und ruh dich aus«, sagte Duval. »Ich schau mal, ob ich etwas zu essen finde.«

Tyler seufzte, als sich Duval den Schränken zuwandte. Auf einer Anrichte fand er eine Öllampe. Streichhölzer lagen daneben. Das Licht breitete sich gleichmäßig aus, als er das Streuglas über den brennenden Docht stülpte. Er öffnete eine Tür des Hängeschrankes und pfiff freudig überrascht durch die Zähne.

»Na, das ist wohl ein Glück, das Schicksal meint es gut mit

uns«, rief er, als er die Konservendosen im Schrank entdeckte. In einer Schublade fand er einen Dosenöffner. Er ging hinüber zur Couch und stellte die offene Dose auf den Tisch.

»Roastbeef«, sagte er und hielt Tyler ein Stück Fleisch unter die Nase, das er mit dem Messer aufgespießt hatte.

Tyler öffnete seine Augen und schüttelte den Kopf. Ihm war nicht nach essen zumute.

»Du musst essen, wenn du wieder zu Kräften kommen willst.«

»Ich kann nicht!«, jammerte Tyler.

»Wir sind schon so weit gekommen, du darfst jetzt nicht aufgeben. Denk nur an die Palmen und an die weißen Strände in der Karibik, wir werden reich sein und unser Leben genießen.«

»Ich gebe nicht auf, gib mir nur etwas Zeit.«

»Natürlich gebe ich dir Zeit, wir bleiben erst einmal hier. Im Schrank lagern Konserven, die ein halbes Jahr reichen. Morgen schaue ich mich etwas in der Umgebung um.«

»Wenn sie den Wagen finden, werden sie den Wald durchsuchen.«

Duval lächelte und wischte Tylers Bedenken mit einem Handschlag beiseite. »Der Wagen ist gut versteckt, so schnell finden sie ihn nicht. Und jetzt schlaf erst mal. Ich werde dir eine Suppe kochen. Wir haben hier alles, was man zum Leben braucht.«

U.S.-Marshall Service, District Headquarters, Boston, 14. März 2007, 05.55 Uhr (Mittwoch)

»Grünes Nummernschild, 4378 MBA aus Massachusetts«, bestätigte Donovan. »Ein grauer Buick Century, Baujahr 1998, der Wagen ist registriert auf einen gewissen Jimmy Ray Larkin aus Dalton, Massachusetts.«

Er umklammerte den Telefonhörer, während Fleischman die

Akte studierte, die ihm Macphie auf den Schreibtisch gelegt hatte.

»Nein, er ist nicht mit dem Wagen unterwegs«, schnauzte Donovan ins Telefon. »Wir gehen davon aus, dass zwei Ausbrecher aus Cedar Junction den Wagen gestohlen haben. Zuvor haben sie Larkin umgebracht. Die beiden Verbrecher sind bewaffnet und gefährlich. Es handelt sich um einen gewissen Dan Lukovic und …«

Nach einer kurzen Pause buchstabierte er den Namen in einer Lautstärke, dass Fleischman nur noch mit dem Kopf schüttelte.

»… und der andere heißt Martin Simmrock, Simmrock mit S, S wie Sierra.«

»Ist dein Gesprächspartner schwerhörig«, unkte Fleischman.

»… sofort Nachricht an das US-Marshall-Büro, das versteht sich von selbst, klar!«

Donovan knallte den Telefonhörer auf die Gabel. »Schwerhörig ist gar kein Ausdruck, eher schwer von Begriff, der Deputy von Lawrence. Aber ich glaube, er hat am Ende doch noch kapiert, was ich will. Die Straßensperren stehen jedenfalls. Zivilstreifen entlang der Highways und den Interstates.«

»Hoffentlich gibt es diesmal keine weitere Pressemeldung. Wir können nicht riskieren, dass die beiden Kerle weitere Leute um die Ecke bringen, das beschert uns eine schlechte Publicity.«

»Der Sheriff von Norwood hat es jedenfalls kapiert, so wie du ihn fertiggemacht hast.«

Fleischman lächelte. »Normalerweise verspeise ich solche Idioten zum Frühstück, er hat noch Glück gehabt.«

Donovan deutete auf die Akte. »Wie sieht es aus?«

Fleischman schob ihm die Akte über den Schreibtisch zu. »Fingerabdrücke von Lukovic im Bad, auf einem Glas und neben dem Bett, Simmrocks Prints waren auf der Klobrille, auf dem Lampenschirm und an der Zimmertür. Damit besteht wohl kein Zweifel mehr an der Täterschaft. Letztlich ist es egal, wer abgedrückt hat, wenn wir sie kriegen, dann kommen sie nie mehr aus dem Knast.«

»Eben, das ist genau, was mir Sorgen macht«, entgegnete Donovan. »Lebenslang hatten sie schon vor ihrer Flucht, mehr geht nicht. Und genau deswegen gehen sie so sorglos vor und versuchen erst gar nicht, ihre Spuren zu verwischen. Ich glaube nicht, dass sie sich so einfach festnehmen lassen. Die gehen bis zum Äußersten.«

»Price ist informiert, die Kollegen in Philadelphia sind Gewehr bei Fuß. Sobald sie dort auftauchen, stehen zwei Squad-Teams bereit. Sie wissen, wie gefährlich Simmrock und Lukovic sind, da mache ich mir keine Sorgen. Vielmehr hoffe ich, dass sie nicht zufällig auf einen übereifrigen Streifenpolizisten treffen, der sich auf einen Schusswechsel mit ihnen einlässt. Das könnte ganz schön ins Auge gehen.«

Donovan warf einen Blick auf die Pepsi Cola-Uhr an der Wand. »Sie benutzen bestimmt Nebenstraßen, in ein bis zwei Stunden könnten sie es bis Philadelphia schaffen.«

»Du hast Recht«, antwortete Fleischman. »Der Hubschrauber steht bereit.«

Donovan erhob sich und nahm seine Pistole aus der Schublade. Er versicherte sich, dass sie geladen war, ehe er sie ins Holster steckte.

»Also, auf nach Pennsylvania!«

Fleischman zog sich seine Jacke über und öffnete die Tür.

»Es geht los!«, rief er den Gang hinunter, wo sich die Büros der Deputy-Marshalls befanden.

Conner Macqueen und Kyle Clarkson stürmten aus ihren Zimmern.

»Lasst uns die Kerle dingfest machen«, wurden sie von Donovan empfangen, ehe alle vier den Fahrstuhl auf das Dach bestiegen, wo ein Sikorsky-Hubschrauber des US-Marshall-Bureau of Boston auf sie wartete.

Peterson Grange, Hell's Kitchen Island, Maine,
14. März 2007, 09.22 Uhr (Mittwoch)

»Du bist der Master hier auf der Insel, du kannst die Dinge nicht einfach als dummes Geschwätz abtun«, hatte Meg Logan zu ihrem Mann gesagt, als er ihr von Hursts nächtlichem Erlebnis in der Schutzhütte am Northern Trail erzählt hatte. Im Grunde genommen hatte sie Recht. Als Master of the Island war er die einzige Instanz, die sich auf dem sturmgeplagten Eiland im Golf von Maine um Recht und Ordnung kümmerte. Dafür erhielt er sogar ein paar Dollar Aufwandsentschädigung im Jahr vom Cumberland County, dem zuständigen Regierungsbezirk für Hell's Kitchen Island.

Also hatte er sich am frühen Morgen in seinen Toyota Pickup gesetzt und war die schlammigen Straßen über den Poundrell Spring hinauf an den Northern Trail gefahren. Zweimal wäre er auf der durchnässten und schmierigen Piste beinahe stecken geblieben, und einmal schaffte er eine Anhöhe nur dank seines Allrad-Antriebes und im zweiten Anlauf. Auf der Peterson Grange hatte er Halt gemacht und mit Joshua Breed und seiner Frau Ella gesprochen und gefragt, ob ihnen etwas Ungewöhnliches aufgefallen war. Breed hatte sich wie immer über seinen Konkurrenten Otis Bratt beschwert, der zunehmend die offenen Weiden am Northern Trail für sich vereinnahme. Doch als Logan ihn in seinem Redeschwall bremste und ihn auf die vergangene Nacht ansprach, schüttelten Joshua wie auch Ella den Kopf. Zuerst hatte er es vermieden, über den nächtlichen Vorfall am Northern Trail zu berichten, doch dann war Alex Breed, Joshuas ältester Sohn, zu der kleinen Gruppe gestoßen und hatte sofort von Malcom Hursts Gruselgeschichte angefangen, während Joshua Breed zunehmend die Zornesröte ins Gesicht stieg.

»Da machst du dich wegen so einem Spinner und Säufer bei diesem Wetter auf den Weg«, polterte der alte Breed, »und wenn ich mich bei dir beschwere, dann sitzt du tatenlos in diesem Sündenpfuhl, die sich Bar nennt, und schenkst mir ein müdes Lächeln.«

Logan hob abwehrend die Hände. »Ich sagte dir schon, Joshua, deinen Clinch mit Otis musst du alleine austragen. Solange alles nach Recht und Ordnung verläuft, mische ich mich in diese Sache nicht ein. Und die Schutzhütten mit Ketten abzusperren, das ist nun einmal nicht in Ordnung.«

Alex nahm Logan ein Stück zur Seite. »Ach, Vater und diese Bratts, das wird niemals mehr enden«, seufzte er. »Aber ich kann dir versichern, dass keiner unserer Leute in der Nacht am Northern Trail war. Otis grast mit seiner Herde dort, wir sind an den Poundrell ausgewichen, da pfeift der Wind nicht ganz so stark, und das Gras dort ist saftig und wächst im Überfluss. Von unseren Männern hat Malcom keiner einen Streich gespielt. Ich glaube eher wie Vater, dass der die Geschichte einfach erfunden hat. Wenngleich irgendetwas auf dieser Insel in den letzten Tagen und Wochen nicht stimmt.«

Logan wurde hellhörig. »Was meinst du damit?«

Alex beugte sich verschwörerisch ein Stück vor und begann zu flüstern. »Randy war vor drei Tagen am Violent Beach. Er meint, dort kurz vor Sonnenuntergang eine Gestalt gesehen zu haben. Ein Kerl hat sich in der Nähe des Klosters herumgetrieben, und er hat ihn nur bemerkt, weil die Schafe plötzlich unruhig wurden.«

»Und warum habt ihr das nicht gemeldet?«

Alex zuckte mit der Schulter. »Es hätte auch jemand aus dem Dorf sein können oder der neue Lover von unserer Diva, der keinen Schlaf findet und draußen herumwandelt.«

»Bei dem Wetter?«

Alex runzelte die Stirn. »Na ja, du hast recht, bei diesem Wetter geht keiner freiwillig hinaus, der nicht hinaus muss. Aber du kennst Vater, wenn Randy etwas gesagt hätte, dann würde Vater wieder das alte Lied vom Alkohol und der Sauferei anstimmen. Du kennst seine Einstellung. Und Randy trinkt nicht. Aber in so einem Fall hält man besser den Mund. Ich meine ja nur, schließlich gab es ja auch diese komischen Einbrüche.«

»Du meinst die Scheune mit den Löchern im Boden?«

»Genau«, bestätigte Alex. »Irgendein Spinner treibt sich in der Nacht hier auf der Insel herum, und da es in den beiden letzten Wochen stürmt, blitzt und hagelt und kein Schiff vom Festland auf die Insel gekommen ist, kann es nur einer von der Insel sein.«

Logan nickte nachdenklich. »Vielleicht hast du Recht. Und wer käme dafür deiner Meinung nach in Frage?«

»Ich sagte doch schon, der neue Lover von unserer Schreiberin. Er ist erst seit dem Winter bei uns. Oder vielleicht Travis, diesem Sonderling würde ich es ebenfalls zutrauen. Ich meine, wer lebt schon seit Jahren ohne Kontakt zu den Menschen im Dorf auf der Insel. Wenn man einsam ist, dann wird man eben irgendwann sonderbar.«

»Gabriel und Ava lassen sich auch nur ab und zu im Dorf blicken«, entgegnete Logan.

Alex zuckte mit der Schulter. »Gabriel ist ein alter Mann, der zeit seines Lebens am Leuchtturm lebte, und außerdem hat er Ava und seine Holzfiguren. Er ist es mit Sicherheit nicht gewesen, aber dieser dunkelhäutige Afroamerikaner stammt aus einer großen Stadt. Ich würde mich nicht wundern, wenn er in dieser Einsamkeit mit der alten Crawford langsam den Inselkoller kriegt.«

Logan nickte und bedankte sich bei Alex Breed.

»Und was machst du jetzt?«, fragte er Logan, der sich anschickte, in seinen Wagen zu steigen.

»Ich denke, ich fahre mal hoch an den Northern Trail, mal sehen, ob ich etwas entdecke. Außerdem ist es bestimmt kein Fehler, mal bei Gabriel und Ava am Leuchtturm vorbeizuschauen.

Die beiden waren schon über einen Monat nicht mehr im Village. Vielleicht haben sie etwas bemerkt.«

»Dann wünsche ich dir viel Glück bei deiner Suche nach dem Inselphantom, und nimm Vater nicht ernst, du kennst ihn ja.«

Logan nickte, schlug die Tür zu und startete den Wagen. Als er vom Hof fuhr, winkte ihm Alex nach. An der Abzweigung bei Sandfort bog er links in Richtung des Northern Face ab. Der Tag war noch jung. Es regnete leicht, und der stürmische Wind der Nacht hatte nachgelassen. Doch die Wolken, die von Osten über die Insel zogen, waren noch immer dunkel und hingen tief am Horizont.

4

County Road 47, Sunderland, Massachusetts,
14. März 2007, 09.35 Uhr (Mittwoch)

Deputy Alan Merrywheather war es langweilig. Seit über einer Stunde saß er bewaffnet mit einer Radarpistole hinter dem Steuer seines Dienstwagens und beobachtete den Verkehr auf dem River Drive. Anwohner aus dem Wohnviertel an der Old Amherst Street hatten sich darüber beschwert, dass vor allem die Lastwagen die Geschwindigkeitsbeschränkung auf dem River Drive missachteten und regelrecht an den Häusern vorbeidonnern würden. Es wäre nur eine Frage der Zeit, bis Schlimmeres passiere und Menschen zu Tode kämen.

Als Alan heute nach einem dreiwöchigen Skiurlaub in den Catkills in das Office kam, hatte ihn der Sheriff bereits erwartet und ihn nach Sunderland geschickt. Der Bürgermeister erwartete umgehend Bericht, und das Unwetter der letzten Tage, das sich langsam besserte, hatte die Kollegen des Sheriff Departments im Franklin County derart auf Trab gehalten, dass bislang noch keine Zeit für die Verkehrsüberwachung des River Drives geblieben war.

»Und komm mir bloß nicht vor drei Stunden zurück!«, hatte ihm der Sheriff noch nachgerufen, als er sich die Radarpistole und eine Pumpgun geschnappt hatte und mit dem alten Lincoln hinunter nach Sunderland gefahren war. Abseits der Straße, verdeckt hinter einem Gebüsch, hatte er sich am Ortsausgang der kleinen Stadt aufgestellt und den Verkehr beobachtet, doch in der vergangenen Stunde waren genau zwei Lastwagen auf dem River Drive in Richtung Springfield gefahren. Der erste Truck war zweiunddreißig Meilen, der zweite, knapp eine halbe Stunde später, siebenunddreißig Meilen schnell gewesen. Fünfunddreißig waren an der Stelle erlaubt. Von wegen *donnern,* selbst die Personenwagen schlichen auf der vielbefahrenen Straße entlang. Diese Anwohnerbeschwerde entstammte zweifellos der Phantasie einiger verschreckter Bürger, die den Fahrzeugverkehr wohl am liebsten ganz aus der Stadt verbannt sehen würden. Dennoch wagte es Alan nicht, einfach seinen Posten zu verlassen. Drei Stunden mindestens, hatte ihm der Sheriff befohlen. Und da er kurz vor seinem Urlaub einen Riesenbock geschossen und eine lange vorbereitete Observationsaktion der Border Patrol bezüglich Alkoholschmuggel aus Kanada zunichtegemacht hatte, wollte er nicht schon wieder auffallen. Gegen die Anweisungen des Sheriffs hatte er damals einen präparierten Truck kontrolliert, und das alles nur, weil er wieder einmal das Briefing verpasst hatte. Also würde er jetzt hier ausharren und später sein Kontrollergebnis in einem schönen Bericht zusammenfassen und dem Sheriff auf den Schreibtisch legen. Auch heute hatte er das Briefing versäumt, aber diesmal war er nicht schuld daran, diesmal hatte es der Sheriff zu verantworten, schließlich hatte er ihn ja sofort an die Kontrollstelle geschickt.

Alan hatte das Funkgerät leise gedreht und das Radio umso lauter. Radio WKIT brachte in der Serie »The Classics« ein Feature über die Band *Boston* und spielte einen Hit der Band nach dem anderen.

Es war kurz nach halb zehn, als der graue Buick Century den River Drive entlangschoss. Alan Merrywheather, der sich lässig in den Fahrersitz gelümmelt und das rechte Bein auf dem Beifahrersitz abgelegt hatte, richtete sich auf und griff zur Radarpistole. Kurz visierte er den grauen Buick an und drückte ab. Ein Zweiklang als Signalton zeigte ihm, dass die Messung erfolgreich gewesen war. Als der Wagen an ihm vorbeifuhr, blickte er auf das Display. Der Messwert lag bei 58 Meilen.

Alan startete seinen Lincoln und nahm die Verfolgung auf. Der Buick fuhr mit gleichbleibender Geschwindigkeit den River Drive entlang. Offenbar hatte der Fahrer noch gar nicht bemerkt, dass ein Streifenwagen des Franklin County die Verfolgung aufgenommen hatte. Erst als sich Alan knapp hinter dem Buick befand, schaltete er die Rotlichter und das Signal ein und gab dem Buick-Fahrer Lichthupe zum Zeichen, dass er anhalten sollte. Der Buick verlangsamte, die Bremsleuchten flammten auf, und der Fahrer setzte den rechten Blinker. In Höhe der Feuerwache hielt der graue Wagen am rechten Straßenrand an. Die Straße war leer, nur von weitem näherte sich ein Lastwagen. Alan stoppte seinen blau-weiß lackierten Streifenwagen direkt hinter dem grauen Buick mit einem Kennzeichen aus Massachusetts. 58 Meilen, das würde eine saftige Verwarnung für den Fahrer geben. Alan griff nach seinem Schreibblock und stieg aus. Noch immer dudelte Rockmusik aus dem Radio. Langsam näherte er sich dem Wagen, in dem zwei Männer saßen. Die rechte Hand legte Alan auf seinen Fünfundvierziger, der in einem Holster steckte, während er in der linken Hand seinen Verwarnungsblock hielt. Vor der Fahrertür blieb er stehen. Ein glatzköpfiger, unrasiert und übernächtigt aussehender Mann blickte zu ihm auf. Das Seitenfenster war heruntergekurbelt.

»Hallo Mister«, begrüßte Deputy Alan Merrywheather den Raser. »Sie haben es wohl ein klein wenig eilig? Schalten Sie bitte den Motor ab.«

Die Hände des Buick-Fahrers waren nicht zu sehen, obwohl jedermann wusste, der jemals einen Führerschein in den Staaten erworben hatte, dass er seine Hände gut sichtbar auf dem Lenkrad zu platzieren hatte. Noch bevor Alan etwas sagen konnte, tauchte die Mündung einer Pistole unterhalb des Fensters auf. Alan versuchte noch, seinen Revolver zu ziehen, als es plötzlich furchtbar krachte und eine Feuerzunge nach ihm griff. Er spürte einen heftigen Schlag in der Schulter und taumelte rückwärts. Erneut knallte es, doch der zweite Schuss verfehlte ihn. Er riss seinen Revolver aus dem Halfter und drückte ab, mehrmals zog er den Abzugshahn durch, bevor ihn erneut ein Projektil herumwirbelte. Mit schmerzverzerrtem Gesicht stürzte er auf die Knie. Erneut schoss er auf den Wagen, das Geschoss durchschlug die Fahrertür knapp unterhalb des Zierstreifens. Kurz bevor er ganz zu Boden ging, hörte er noch das Quietschen des anfahrenden Buicks, dann ergriff die Dunkelheit von ihm Besitz. Aus dem Radio seines Streifenwagens tönte der Boston-Hit *Don't look back …*

South Bench Lighthouse, Hell's Kitchen Island, Maine,
14. März 2007, 10.20 Uhr (Mittwoch)

Als Logan seinen Pick-up über die schlammige Piste des Northern Trails bis zum Verdana Upland hinauf lenkte, überraschte ihn ein Wolkenbruch, der ihn zum Anhalten zwang. In der Nähe des Shepherds Wood unweit der Hütte am Northern Face stoppte er und wartete beinahe eine halbe Stunde, bis er endlich weiterfahren konnte. An der Schäferhütte am Northern Trail verweilte er eine Weile im Wagen, denn noch immer goss es wie aus Kübeln, und die Wiesen verwandelten sich in einen schmierigen Sumpf. Er wartete, bis der Regen nachließ, stieg aus und zog sich seine Gummistiefel über, bevor er sich zu Fuß auf den Weg zur Hütte machte. Sicherheitshalber hatte er sein Gewehr mitgenommen, das über seiner Schulter hing. Außer ein paar versprengten Schafen mit roter Markierung am Ohr, die zweifellos zu Joshua Breeds großer Herde gehörten, scheuchte er einen pudelnassen Fuchs auf, der sich flugs in Richtung des Waldes davonmachte. Er lächelte, als er unter all den rot markierten Schafen auch einige mit einer gelben Markierung entdeckte, die zu Otis Bratts Herde gehörten.

»Sieh an«, murmelte er. »Die Feindschaft zwischen den Bratts und den Breeds scheint euch Schafe wohl kaum zu kümmern.«

Außer einem Blöken bekam er keine Antwort, aber das erwartete Logan auch nicht. An der Hütte angekommen, sah er sich ein wenig um, doch wenn es irgendwelche Spuren gegeben hatte, dann hatten sie der Wind und der Regen schon längst davongeweht oder in der Regenflut ertränkt. Die Tür zur Hütte war nicht verschlossen, so wie es die Regeln vorschrieben, denn die Hütten standen jedem Hirten zum Schutz vor Wind und Wetter zur Verfügung, egal ob er für Otis oder für den kauzigen Joshua arbeitete. In der Hütte gab es neben einem einfachen Feldbett nur noch einen Tisch und einen Stuhl. Sollten wider Erwarten einmal zwei Schäfer die Hütte aufsuchen, so musste eben der zu spät kommende mit dem staubigen Bretterboden vorliebnehmen. Logan schaute sich in der Hütte um. Unter dem Bett fand er eine leere Flasche Wild Turkey Kentucky Straight Bourbon. War diese Flasche Whiskey an Malcom Hursts Erscheinung schuld?

Logan stellte die Flasche auf den Tisch und verließ die Hütte. Er ging zurück zum Wagen, zog sich die schmutzigen Stiefel aus und legte sie in den Werkzeugkasten auf der Ladefläche seines Pick-up, bevor er einstieg und in Richtung Süden davonfuhr. Hier jedenfalls, am Northern Trail, gab es keine Anzeichen dafür, dass auf Hell's Kitchen Island ein vor über zweihundert Jahren verstorbener Piratenkapitän sein Unwesen trieb. Logan beschloss, auf seinem Rückweg noch einen Abstecher an den South-Bench-Leuchtturm zu machen und Gabriel und Ava Jefferson einen Besuch abzustatten. Vielleicht hatten sie ja etwas von einem seltsamen nächtlichen Wanderer auf dem Verdana Upland mitbekommen. Und wenn nicht, dann reichte es bestimmt zu einer Tasse Kaffee und einem Stück Apfelkuchen, den Ava meistens parat hatte, wenn er bei den Jeffersons Halt machte.

Der Regen ließ nach, als er South Bench erreichte. Schon als er sich dem kleinen Haus der Jeffersons unmittelbar neben dem rot-weiß gestreiften Leuchtturm näherte, spürte er, dass etwas nicht stimmte. Der Wind ließ nach, und die dunklen Wolken, die der Wind nach Westen über die Insel geblasen hatte, wurden durch weiße, unbefleckte Wolken abgelöst. Hier und da riss sogar der Himmel auf und tauchte die Insel in ein gelbliches, diffuses Sonnenlicht. Die Tür zum Schuppen sowie auch die Haustür von Jeffersons Haus standen sperrangelweit offen. Logan parkte seinen Wagen und stieg aus. Diesmal verzichtete er auf die Gummistiefel, denn das felsige Land der South-Bench-Klippen war nur spärlich mit Gras bewachsen.

»Gabriel, Ava!«, rief er in die Stille, doch niemand antwortete ihm. Direkt neben dem durch einen schmiedeeisernen Zaun geschützten Garten, der aufgrund der Jahreszeit noch brachlag, standen mannshohe Skulpturen. Tiere, Menschen und andere Phantasiefiguren. Gabriels Skulpturengarten versetzte ihn ein ums andere Mal in Erstaunen.

»Ava, Gabriel«, rief er noch einmal. Doch nur das winddurchsetzte Schweigen erhielt er zur Antwort. Er ging auf den Schuppen zu und warf einen Blick hinein. Er zuckte zusammen, als er die mannsgroße Figur direkt hinter der Tür erblickte, doch sein Schreck verzog sich, als er realisierte, dass es nur eine weitere Holzfigur war. Ein Seemann, mit einem langen wallenden Mantel und einem Südwester auf dem Kopf, Gabriel war sehr begabt, und seine Fingerfertigkeit hatte trotz seines hohen Alters nichts eingebüßt. Die Figur wirkte, als ob sie lebte. Nur der Stauerhaken, der im linken Auge der Skulptur steckte, passte nicht ins Bild.

»Ava, Gabriel, wo seid ihr?« Logan schaute auf die Kanzel des Leuchtturms, doch auch dort war niemand zu sehen. Ihm wurde unheimlich. Was sollte der Stauerhaken im Auge des hölzernen Seemannes, der zweifellos den Piratenkapitän Belfour darstellte? War Gabriel mit seinem Werk nicht zufrieden und hatte ihn die Wut darüber dazu getrieben, die Figur zu verunstalten? Und war es Zufall, dass Malcom Hurst ausgerechnet zu der Zeit behauptete, den Geist des Piratenkapitäns gesehen zu haben, wo Gabriel an dieser Skulptur arbeitete? Hatte sich Gabriel vielleicht einen üblen Scherz mit dem Schäfer erlaubt?

Er fasste an das Holz und stellte fest, dass es trocken war. Außerdem wog diese Figur bestimmt hundert Pfund. Wie sollte sie Gabriel durch den Regen und den Sturm über das Verdana Upland bewegen? Nein, dieses mannshohe Stück Holz hatte in den letzten Tagen diesen Schuppen nicht verlassen. Verständnislos schüttelte Logan den Kopf. Er ging zurück zu seinem Wagen und holte sein Gewehr. Er fühlte sich damit ein klein wenig sicherer, doch diesmal hängte er es nicht über seine Schulter, diesmal behielt er es in den Händen, als er das Haus betrat. Zimmer um Zimmer durchsuchte er. Im Schlafzimmer war die rechte Seite des Bettes zerwühlt, die andere noch vollkommen unberührt. In der Küche standen noch zwei Tassen auf dem Tisch, doch ansonsten war alles ordentlich aufgeräumt und sauber. Sauber, bis auf die zwei Schmutzränder, die ein schlammiger Stiefelabdruck auf dem Teppich im kleinen Flur hinterlassen hatte.

»Ava, Gabriel, wo steckt ihr nur, ich bin es, Logan!«

Auch im Haus Totenstille! Er ging hinaus und zum Leuchtturm. Die Tür war abgeschlossen. Gabriel schloss die Tür immer ab, denn niemand hatte etwas in seinem Turm zu suchen. Zwar war der Leuchtturm längst ausgemustert, dennoch sorgte ein Lichtsensor dafür, dass sich bei Anbruch der Nacht die Elektronik in Bewegung setzte und einen grellen Strahl hinaus über das Wasser schickte. Außerdem befand sich die gesamte Elektronik des modernen Seefunks unter dem Dach des Turms.

»Gabriel, jetzt komm schon, ich bin nicht zum Scherzen aufgelegt!«

Doch Gabriel und auch Ava antworteten nicht. Logan umrundete den Leuchtturm und schlug den Weg zu den Klippen ein, wo Gabriel vor ein paar Jahren seine erste übergroße Skulptur geschaffen hatte. Ein Holzkreuz, beinahe drei Meter hoch. Die Balken aus einer amerikanischen Weißeiche hatte er bei ihm im Laden bestellt, und Logan hätte ihm das Holz auch angeliefert, doch Gabriel hatte es sich nicht nehmen lassen, selbst für die Abholung zu sorgen. Als Logan aus dem Schatten des Leuchtturms trat, traute er seinen Augen nicht. Das Holzkreuz stand nicht mehr an der Stelle, an der es Gabriel aufgestellt hatte, sondern lag auf dem steinernen Fels vor den Klippen. Und noch etwas lag dort. Logan hastete näher. Auf dem Kreuz lag ein menschlicher Körper, nein, er hing vielmehr am Kreuz, so wie Jesus. Der alabasterfarbene Leib war mit Wunden übersät. Lediglich mit einer Unterhose bekleidet, die Glieder mit langen Zimmermannsnägeln aus Darkington, das Stück zu zwei Dollar zwanzig, ans Kreuz genagelt, lag der leblose und ausgemergelte Körper da. Logan trat ein Stück näher und umrundete das Kreuz. Sein Blick fiel auf das Gesicht des Gekreuzigten. Dort wo sich die Augen befunden hatten, gähnten nur noch leere Höhlen. Dunkle Ränder über die Wangen ließen erahnen, wo sich das Blut seinen Weg zum Boden gesucht hatte. Doch der Regen hatte es längst fortgewaschen und in die Erde gespült.

Logan ließ das Gewehr fallen. »Gabriel!«, schrie er laut, bevor er auf die Knie sank und sich übergab.

Hell's End, Hell's Kitchen Island, Maine,
14. März 2007, 11.50 Uhr (Mittwoch)

Admiral Anthony Broon, einst ein verdienter Navy-Offizier und schon bald an die achtzig Jahre alt, hatte sich die Insel für seinen Lebensabend ausgesucht, um noch immer jeden Tag das Rauschen des Meeres zu hören und die salzige Luft in seinen Lungen zu spüren. Eine Insel, so sagte er immer, ist fast wie ein Schiff.

Sie hat einen Bug, sie hat ein Heck, und sie schwimmt wie ein Schiff auf dem Wasser. Der Admiral saß an dem großen runden Tisch neben dem Tresen und zog mit den alten Seemannsgeschichten von Captain Black und seiner grausamen Piratenbrut jeden Anwesenden in seinen Bann. Alle, bis auf Mia, die hier und da den Kopf ob der blutrünstigen Geschichten schüttelte, hörten dem alten Mann zu, der sich mittlerweile die siebte Tasse Tee mit Rum gönnte.

»Und wenn ich es euch sage«, brummte der Admiral. »Es gibt Dinge zwischen Himmel und Erde, die sich nicht mit unserem Verstand erfassen lassen. Überlegt nur, dieser Copperfield hat alleine durch seine Gedankenkraft einen Eisenbahnzug verschwinden lassen. Einfach so. Ein Tuch darüber und weg war er. Ich habe es mit eigenen Augen gesehen. Und Geister umgeben uns, das ist so sicher wie das Amen in der Kirche.«

Aiden Honeywell rümpfte die Nase. »Ein billiger Trick, nichts als Illusion.«

»War Belfour auch eine Illusion?«, fragte Evans. »Malcom schwört, dass er ihn mit eigenen Augen gesehen hat.«

»Belfour hat damals ein ganzes Siedlerschiff aufgebracht und die Menschen auf der Freedom einfach abgeschlachtet«, erklärte Jonathan Bergman. »Die letzten seiner Opfer hat er auf unserer Insel hingerichtet, er hat ihnen einfach den Kopf abgeschlagen.«

»Das ist Jahrhunderte her«, wandte Mia ein.

»Ja, aber es gibt immer noch die Gerüchte, dass er seinen Schatz hier irgendwo auf der Insel versteckt hat«, mischte sich Joseph Stone in die Unterhaltung ein, während er an seinem Bierglas nippte.

Der Admiral kratzte sich am Kopf. »Vielleicht hat deswegen jemand die Löcher im Schuppen am Poundrell Spring gegraben. Vielleicht sucht jemand nach Belfours Schatz.«

»Auf fast jeder dieser verdammten Inseln im Golf von Maine gibt es eine Geschichte von einem vergrabenen Schatz, warum sollte sich Belfour ausgerechnet Hell's Kitchen ausgesucht haben, wo es doch jede Menge unbewohnter Inseln hier im Umkreis von fünfzig Meilen gibt«, erwiderte Aiden Honeywell.

»Auf alle Fälle ist es jemand von unserer Insel, wenn es kein Geist ist«, fügte Mia hinzu. »Seit zehn Tagen kann man mit dem Schiff nicht zum Festland fahren, und kein Mensch hält es bei diesem Wetter lange draußen aus.«

Evans nickte zustimmend. »Die meisten von uns leben schon seit Jahren auf dieser Insel, die Schafhirten kommen jedes Jahr, die kennen wir, bleibt einzig und allein der Nigger.«

»Du meinst Cole, den neuen Stecher unserer Literatin?«, fragte Stone.

»Wen sonst!«

Das Gespräch verstummte, als Logan völlig durchnässt und außer Atem in das Lokal stürmte. Er riss sich die Kapuze vom Kopf. Sein Gesicht war kalkweiß.

»Gabriel«, schrie er. »Gabriel wurde ermordet. Jemand hat ihn ans Kreuz genagelt und die Augen ausgestochen. Es … es ist furchtbar.«

»Belfour!«, rief der Admiral.

»Oder der Nigger«, wandte Evans ein.

»Und was ist mit Ava?«, fragte Mia besorgt und schenkte dem vollkommen aufgelösten Logan einen Whiskey ein.

»Sie ist verschwunden«, antwortete Logan. »Einfach weg, wie vom Erdboden verschluckt.«

Mia schob Logan den Drink zu. »Ich verständige Doktor Cameron.«

»Und vergiss die Polizei nicht!«, mahnte der Admiral.

»Die Polizei brauchen wir hier nicht«, widersprach Evans. »Wir schnappen uns den Nigger. Seit er hier auf der Insel ist, gerät alles aus den Fugen.«

Evans erhob sich und reckte die Fäuste in die Höhe. »Kommt, Leute, schnappen wir uns den Kerl!«

Einige unter den Gästen erhoben sich, doch noch bevor Evans die Ausgangstür erreichte, schoss Mia hinter dem Tresen hervor und verstellte ihm den Weg. »Vorhin war es deiner Meinung nach noch der Geist von Belfour, und jetzt soll es plötzlich Crawfords neuer Liebhaber sein. Du solltest dich mal reden hören.«

»Mia hat Recht«, bestätigte Aiden, ihr Ehemann, der an ihre Seite getreten war. »Wir rufen die Polizei und keiner verlässt das Lokal. Wir brauchen jeden Mann, wir können den alten Gabriel nicht einfach so am Kreuz hängen lassen.«

Gemurmel machte sich breit, und selbst Evans wandte sich um und kehrte an seinen Tisch zurück.

Mia legte Logan den Arm um die Schultern. »So wie du aussiehst, war Gabriel kein schöner Anblick«, sagte sie.

Logan leerte den Whiskey in einem Zug. »Ihr hättet ihn sehen sollen, es ist, als treibt der Teufel hier auf der Insel sein Unwesen«, seufzte er.

Homicide Squad, Portland Police Department, Maine,
14. März 2007, 13.20 Uhr (Mittwoch)

Captain Stoddart komplimentierte Detective Sergeant Brian Stockwell förmlich in sein Büro, schaute sich noch einmal verschwörerisch um und schloss die Tür. Die Luft war zum Schneiden dick, und es roch nach kaltem Rauch.

»Setzen Sie sich, Stockwell!«, forderte er den Detective auf, bevor der die Jalousien herunterließ und sich eine Zigarette anzündete.

»Was ist, Captain, gibt das ein Verhör, dann will ich einen Anwalt«, scherzte Brian.

»Machen Sie keinen Blödsinn!«, fuhr Stoddart seinen Untergebenen an. »Mir ist nicht nach Späßen, wir haben eine Leiche.«

»Eine Leiche, wo?«

»Draußen auf einer der Inseln«, entgegnete der Captain. »Commissioner Blight hat mich informiert. Der Tote wurde übel misshandelt, wahrscheinlich eine Art Ritualmord. Ich will, dass Sie und Ronsted den Fall übernehmen.«

»Cathy, das ist nicht Ihr Ernst, das ist doch mehr eine Sache für Hagen.«

»Hagen arbeitet zusammen mit Smith an der Rockwell-Sache und Jarwood hat Urlaub. Es bleiben nur Sie und Ronsted.«

»Aber Cathy ist erst ein halbes Jahr bei uns, außer ein paar Suiziden und einen Totschlag unter Landstreichern hat sie noch keinen Fall bearbeitet.«

»Deswegen will ich, dass Sie ihr unter die Arme greifen. Sie sind der Einzige hier im Squad, der wenigstens einigermaßen mit ihr zurechtkommt. Sie sind quasi ihr Mentor.«

»Ich bin Sergeant, und Cathy ist Lieutenant.«

Ein Hustenanfall schüttelte Stoddart ordentlich durch. Der Captain fasste sich an seine Brust, einen kurzen Augenblick schwieg er, ehe er einmal tief durchatmete. »Sie sollten nicht so viel rauchen, Captain, das tut Ihnen nicht gut.«

Stoddart lächelte zynisch. »Das sagt mein Arzt auch immer«, fuhr er fort. »Aber Spaß beiseite, Stockwell, Sie werden das Ding schon schaukeln, und Sie werden mir regelmäßig Bericht erstatten. So wie Blight mir sagte, leben auf der Insel genau zweiundfünfzig Menschen. Vier davon sind Mönche, der Master, ein gewisser Logan, hat die Leiche gefunden, und die Barbesitzerin hat uns verständigt. Die Frau des Toten fehlt ebenfalls. Sie ist wahrscheinlich über die Klippen gegangen. Vor der Küste stürmt es seit Tagen, und Blight schließt aus, dass jemand bei diesem Wetter mit dem Boot vom Festland übersetzen konnte. Bleiben also noch vierundvierzig Verdächtige, das scheint mir eine lösbare Aufgabe, selbst für Ronsted.«

»Ich komme auf einundfünfzig Verdächtige«, widersprach Brian Stockwell.

Der Captain schaute verdutzt. »Wieso einundfünfzig?«

»Es wäre nicht das erste Mal, dass Kirchenmänner jemanden um die Ecke bringen, und anrufen kann auch der Täter, der übrigens auch sein eigenes Opfer finden kann.«

»Dann wären wir bei fünfzig.«

»Vergessen wir nicht die Ehefrau«, entgegnete Brian. »Bevor sie nicht gefunden wurde, können wir ihre Täterschaft ebenfalls nicht ausschließen.«

»Na ja, gut, Sie werden das Ding schon schaukeln, und jetzt schicken Sie mir Ronsted. Aber kein Wort über unser Gespräch, verstanden!«

Knapp eine Minute später klopfte Cathy Ronsted an die Tür des Captains.

»Ja«, brüllte Stoddart.

Cathy kam herein. »Sie wollten mit mir reden.«

»Ja, richtig, nehmen Sie Platz.«

Cathy zog sich den Stuhl heran und rümpfte die Nase.

»Ich habe einen Mord auf einer Insel vor der Küste«, berichtete Stoddart und erzählte ihr alles, was er bislang darüber wusste. »Ich möchte, dass Sie die Sache übernehmen. Ich denke, nach einem halben Jahr bei uns dürfte das kein Problem für Sie sein. Stockwell wird Sie begleiten.«

»Okay. Mein erster Mordfall«, murmelte Cathy. »Gut. Ist die Küstenwache informiert oder muss ich mich selbst darum kümmern?«

»Ein Hubschrauber wird Sie und Stockwell morgen früh zur Insel bringen. Vorher lässt das Wetter keine Flüge zu.«

»Morgen früh, aber was ist mit der Sicherung des Tatortes, mit der Spurensicherung und …«

Captain Stoddart wischte Cathys Einwände mit einer Handbewegung einfach zur Seite. »Das Wetter kann ich auch nicht ändern. Es fahren keine Boote, und der Pilot weigert sich aus Sicherheitsgründen zu starten. Morgen gegen acht soll es aufklaren, vorher kommen weder Sie noch die Spurensicherung und auch der Coroner aus dem Yarmouth County nicht auf diese verfluchte Insel. Aber das ist auch gar nicht relevant, Sie werden das schon machen. Die Zahl der Verdächtigen ist überschaubar, und bei Ihren Fähigkeiten sehe ich darin kein Problem. Sie genießen mein vollstes Vertrauen, Miss Ronsted.«

Cathy blieb noch einen Augenblick lang sitzen und starrte mürrisch auf den Captain, der sich längst schon seiner Zeitung gewidmet hatte.

»Ist noch was?«, fragte er.

»Das mit dem Vertrauen ist so eine Sache«, antwortete Cathy zögerlich. »Ich habe ein feines Näschen dafür, wenn jemand flunkert, Captain, und Sie nehmen mich gewaltig auf den Arm. Hagen und Smith arbeiten an der Rockwell-Sache, und Jarwood hat Urlaub. Verkaufen Sie mich nicht für dumm, und Stockwell wird mein Aufpasser werden. Stimmt's?«

Der Captain schlug die Seite der Zeitung um und blickte kurz auf. »Machen Sie Ihren Job, dafür werden Sie bezahlt, und machen Sie ihn ordentlich, Mädchen. Stockwell ist ein ausgezeichneter Mann, der sich schon viele Auszeichnungen verdient hat, Sie hingegen stehen noch am Anfang der Karriere. Sie sollten bei diesem Fall auf ihn hören. Und nun raus hier, ich habe noch zu tun.«

Cathy Ronsted erhob sich und zupfte ihre Bluse zurecht. »Und wie heißt diese gottverlassene Insel, auf die Sie mich schicken, oder soll ich das auch Stockwell fragen?«

Der Captain schob die Zeitung beiseite und kramte in seinem Postkorb. Schließlich schob er ihr einen braunen Ordner zu. »Es geht direkt in die Hölle«, sagte er und zeigte auf die Bürotür als unmissverständliches Zeichen, dass er nicht weiter gestört werden wollte.

5

County Road 47, Sunderland, Massachusetts,
14. März 2007, 19.35 Uhr (Mittwoch)

Kurz nach Mittag hatte der Sturm eingesetzt, und ein böiger Wind trieb dunkle Wolken vom Atlantik vor sich her ins Landesinnere. Dicke Regentropfen machten eine weitere Spurensicherung beinahe unmöglich. Eilends hatte das Crime Scene Investigation Team des Franklin County ein Zelt über dem Streifenwagen errichtet. Deputy Alan Merrywheather war mit Schusswunden in der Schulter und im Oberschenkel in das Cooley Dickson Hospital nach Northhampton eingeliefert worden. Vom grauen Buick gab es bislang noch keine Spur, doch die Videoaufzeichnungen im Streifenfahrzeug belegten eindeutig, dass Deputy Merrywheather den gesuchten Buick angehalten hatte, mit dem die beiden Ausbrecher Lukovic und Simmrock aus North Attleboro geflüchtet waren. Donovan hatte sich zusammen mit dem Sheriff aus Franklin die Videoaufzeichnungen angeschaut. Deutlich war zu sehen, wie der Fahrer des grauen Buick ohne Vorwarnung aus dem geöffneten Seitenfenster auf den Beamten das Feuer eröffnete. Der Deputy hatte mehrmals zurückgeschossen, als er bereits am Boden lag.

»Er hat verdammt großes Glück gehabt«, berichtete Donovan seinem Kollegen, der im Hubschrauber saß und den Funkverkehr verfolgte. »Auf seiner Schussweste war ein Einschuss, ungefähr in der Höhe der Brust. Er hatte Glück, dass er das Ding unter dem Hemd angezogen hat.«

»Lesen diese verdammten Dorfsheriffs keine Dienstanweisungen«, murmelte Noah Fleischman. »Wir haben alle Dienststellen von Norwood bis nach Philadelphia angewiesen, die Finger vom Wagen zu lassen. Wenn wir Pech haben, dann haben sie hier in der Nähe ihr Fahrzeug gewechselt und wir wissen nicht mehr, mit welchem Wagen sie unterwegs sind.«

»Unser Ring um die Stadt ist perfekt«, antwortete Donovan. »Die Informanten stehen bereit, es ist egal, mit welchem Wagen die beiden Mörder in Philadelphia ankommen. Einer unserer V-Männer wird uns schon den richtigen Tipp geben. Darauf kannst du dich verlassen. Die Belohnung wurde auf einhunderttausend Bucks erhöht. Das lässt sich niemand entgehen.«

»Ich will mich nicht auf das Gesindel verlassen müssen«, entgegnete Fleischman verschnupft. »Wir haben unsere Leute und unsere elektronischen Überwachungssysteme dort unten im Einsatz. Wir kennen ihr Ziel, und wir waren ihnen die ganze Zeit einen Schritt voraus, aber jetzt müssen wir ihnen wieder hinterherjagen. Das ist unbefriedigend.«

»Wir kriegen sie!«

Der Sheriff näherte sich dem Hubschrauber. »Meine Männer haben den Buick gefunden«, erklärte er. »Er steht zwei Meilen von hier entfernt in der Plumtree Road, hinter einer Feldscheune versteckt. Meine Leute befragen gerade die Nachbarschaft. Bislang fehlt kein Wagen in der Umgebung.«

»Wir fliegen dorthin«, versetzte Fleischman entschlossen und zog seine Beine in den Hubschrauber. »Ich will, dass alle Häuser in der Gegend durchsucht werden. Diese Typen haben in einem Motel einen Mann umgebracht, um an ein Fluchtfahrzeug zu kommen. Es ist durchaus möglich, dass sie es wieder versuchen und in ein Haus eindringen.«

Der Sheriff spuckte auf den durchgeweichten Boden und zog seinen Mantelkragen höher. »Ich habe siebzehn Leute im Einsatz, mehr kann ich derzeit nicht mobilisieren.«

»Ist schon in Ordnung, Sheriff«, entgegnete Donovan und rutschte ein Stück zur Seite. »Unser Squadteam trifft in zwanzig Minuten hier ein.«

Der Sheriff stieg in den Hubschrauber, während der Pilot den Motor startete. »Da ist noch etwas«, rief der Sheriff gegen den Lärm an. »In der Fahrertür gibt es drei Einschusslöcher, und auf dem Fahrersitz haben meine Leute eine ganze Menge Blut entdeckt.«

Donovan schaute seinem Kollegen verdutzt ins Gesicht. »So wie es auf dem Video aussah, ist Lukovic gefahren.«

»Und er ist verletzt«, antwortete Fleischman. »Sheriff, gibt es einen Arzt in der Nähe des Fundorts des Wagens?«

Der Sheriff überlegte. Schließlich schüttelte er den Kopf. »Nur Doktor Caven, aber der ist Tierarzt. Die nächste Klinik ist in Newhampton.«

»Wo wohnt Caven?«

»Er wohnt in der Amherst Road«, erwiderte der Sheriff.

»Wie weit ist das von dem Buick entfernt?«, fragte Noah Fleischman.

Der Sheriff zuckte mit der Schulter. »Knapp eine Meile.«

Landsman's Chapel, Hell's Kitchen Island, Maine,
14. März 2007, 20.50 Uhr (Mittwoch)

»Bei diesem Wetter startet kein Hubschrauber«, hatte der Captain des Yarmouth Police Department zu Logan am Telefon gesagt, als dieser mit dem zuständigen Department über seinen grauenvollen Fund am South Bench sprach.

»Es handelt sich zweifelsfrei um Mord«, hielt Logan dagegen.

»Gegen den Sturm kommen wir aber nicht an«, antwortete der Polizeioffizier. »Sobald sich das Wetter bessert, werden wir Ihnen Beamte des Morddezernats aus Portland schicken, aber zurzeit können wir Ihnen nicht helfen. Sichern Sie den Tatort und schauen Sie, dass dort nichts verändert wird. Der Wetterbericht hat für morgen Besserung vorausgesagt. Vorher können wir leider nichts tun.«

»Ich kann den armen Gabriel doch nicht bis morgen einfach draußen liegen lassen«, murmelte Logan.

»Gibt es einen Arzt auf Ihrer Insel?«

Logan schüttelte den Kopf, obwohl es der Captain durch das Telefon nicht sehen konnte. »Wir haben eine ausgebildete Ersthelferin und Krankenschwester hier und einen Tierarzt.«

»Legen Sie die Leiche in einen Sack und halten Sie sie kühl«, wies ihn der Captain an. »Achten Sie darauf, dass Sie keine Spuren vernichten, nehmen Sie Handschuhe und ziehen Sie sich etwas Steriles an, Sie wissen, was ich meine.«

Logan atmete tief ein. »Hören Sie, Officer, ich bin hier der Master auf der Insel, aber ich bin kein Polizist, ich habe keine Ahnung, wie ich vorgehen soll. Warum schicken Sie nicht einfach jemand rüber auf die Insel?«

»Guter Mann, es ist einfach nicht möglich bei diesem Wetter! Verstehen Sie?«

Logan fuhr sich mit der Hand über die feuchte Stirn. »Ich verstehe.«

»Sie werden schon tun, was Sie für richtig halten«, beendete der Captain das Gespräch.

Noch vor Anbruch der Dunkelheit hatten sich Logan, Doktor Cameron sowie die Ersthelferin Sophia Stone und ihr Mann Joseph nach South Bench aufgemacht, um die Leiche von Gabriel zu bergen. Logan hatte ein flaues Gefühl im Magen, und auch Doktor Cameron und Sophia mussten schlucken, als sie Gabriels Leiche betrachteten. Alle vier trugen Gummistiefel, wasserdichte Wathosen aus PVC und Öljacken sowie unförmige Handschuhe. Gemeinsam machten sie sich daran, Gabriels sterbliche Überreste vom Kreuz abzunehmen.

»Mein Gott«, sagte Sophia. »Wo ist bloß Ava?«

»Ich habe überall nach ihr gesucht«, gab Logan zurück und wies auf die nahen Klippen. »Sie kann überall stecken, du siehst doch, was der Mörder mit Gabriel gemacht hat.«

»Bestimmt treibt sie schon in den Southern Shoals«, fügte Joseph Stone hinzu. »Wer da hineinfällt, der wird von der Strömung einfach unter Wasser gezogen und taucht nie wieder auf.«

Nachdem sie die Leiche geborgen und auf den Pick-up geladen hatten, riss der Himmel auf, und die untergehende Sonne schickte ihre blutroten Strahlen auf das kleine Eiland im Golf von Maine hinab.

Schweigend fuhren die vier zurück ins Village. Im Anbau der kleinen Kapelle, Landsman's Chapel genannt, bahrten sie Gabriels Leiche in einem der zwei Kühlfächer auf. Die Stones waren längst gegangen, als Logan und der Doktor die Tür zur Kapelle verschlossen.

»Können Sie sagen, woran Gabriel gestorben ist?«, fragte Logan, als er den Bartschlüssel im Schloss umdrehte und der Riegel mit einem lauten Knacken ausfuhr.

»Bei diesen Verletzungen und so wie die Leiche zugerichtet war, gehe ich davon aus, dass Gabriel bei lebendigem Leib verblutet ist«, erklärte Doktor Cameron. »Ich habe so etwas noch nie gesehen. Wie viel Hass muss in einem Menschen stecken, der so etwas fertigbringt.«

»Im Dorf ist man der Meinung, dass der Geist des Piratenkapitäns Belfour wiedererwacht ist«, antwortete Logan.

»Sie glauben diesen Blödsinn doch nicht etwa. Ein Geist! Die Menschen hier sind manchmal schon ein klein wenig einfältig«, wischte der Doktor Logans Bemerkung beiseite. »Nein, glauben Sie mir, das war ein sadistischer Psychopath. Er hat sich am Leiden seines Opfers ergötzt. So ein Martyrium kann drei, vier oder sogar noch mehr Stunden dauern. Wer so etwas tut, der hat keine Seele und kein Herz.«

»Ein Geist ist eine verlorene Seele und hat ebenfalls kein Herz.«

Doktor Cameron legte Logan die Hand auf die Schulter. »Logan, bleiben Sie wenigstens auf dem Teppich, wenn schon das ganze Dorf aus den Fugen gerät. Sie sind der Master hier auf der Insel, und Sie haben einen klaren Verstand. Werden Sie nicht zu einem dieser abergläubischen Einfaltspinsel. Gabriel wurde ermordet, und wir brauchen hier so schnell es geht die Polizei, denn der Mörder ist noch immer unter uns.«

Schweigend starrte Logan auf den Boden. Schließlich seufzte er. »Doktor Cameron, Sie haben Recht. Die Polizei wird morgen hier eintreffen. Aber ich wüsste niemanden, dem ich eine solche Tat zutrauen würde.«

»Ich ebenfalls nicht, Logan«, erwiderte Doktor Cameron. »Vielleicht ist er überhaupt nicht von der Insel.«

»Bei diesen Frühjahrsstürmen kann niemand vom Festland aus übersetzen. Seit Tagen liegen unsere Boote im Hafen, und niemand fährt hinaus. Es ist viel zu gefährlich.«

Cameron wies mit dem Finger in Richtung Western Peak. »Er kann ja schon ein paar Monate hier auf unserer Insel sein.«

»Sie meinen Cole?«

»Ich habe nichts gesagt, ich halte es nur für möglich«, gab Cameron zur Antwort. »Kennen Sie ihn, wissen Sie, wo er herkommt und wer er eigentlich ist?«

Logan zuckte mit der Schulter. »Er lebt bei der Crawford und ist ihr derzeitiger Lebensabschnittspartner, mehr weiß ich nicht.«

Doktor Cameron ging die Stufen hinab. »Na ja, das ist Sache der Polizei. Aber wir sollten in den nächsten Tagen auf der Hut sein. Es kann ja sein, dass der grenzenlose Sadismus des Mörders bald nach einem neuen Opfer schreit.«

Saint Benedict Abbey, Hell's Kitchen Island, Maine,
14. März 2007, 21.10 Uhr (Mittwoch)

Die Saint Benedict Abbey lag im Norden der Insel in unmittelbarer Nähe zum Violent Beach. Als Ort der Ruhe und der inneren Einkehr hatten sie die Benediktinermönche Anfang des Jahrhunderts auf Hell's Kitchen erbauen lassen, um ihren entkräfteten und müden Brüdern eine Zufluchtsstätte in einer abgelegenen und urwüchsigen Landschaft, abseits des großen Trubels der Städte und Gemeinden zu bieten. Auf dass die Kraft und die Zuversicht wieder bei ihnen einkehren möge und der Glaube sie stärke und für das Leben in der Enthaltsamkeit vorbereite. Einst lebten siebzehn Benediktiner in dieser Abtei, doch in den letzten Jahren hatte ihre Zahl stark abgenommen. Nur noch vier Brüder beherbergte das kleine Kloster unweit der Northern Shoals.

Der kräftige Wind hatte die Wolkendecke aufgerissen, und der Mond stand hoch am Himmel und erhellte die angebrochene Märznacht. Es war spät geworden, zu spät für Marsha Haynes, die sich seit über zehn Jahren um den Haushalt im Kloster kümmerte. Heute hatte sie die Chorstühle im alten Kirchenschiff gereinigt und über alles die Zeit vergessen, denn auch im Refektorium war noch nicht geputzt worden. Erst als Pater Phillip nach der Abendandacht das Kirchenschiff durchquert hatte und in das Refektorium gegangen war, wo Marsha noch immer den steinernen Boden wischte, wurde ihr gewahr, dass es draußen längst dunkel geworden war. Inzwischen hatte sich auch bis in das Kloster herumgesprochen, was Gabriel am Leuchtturm bei South Bench widerfahren war.

»Marsha, ich kann Sie unmöglich bei der Dunkelheit mit dem Rad zurück in das Dorf fahren lassen«, sagte der Prior und wies auf die Fenster, durch die der helle Mondschein in das Refektorium fiel. »Nicht nach dem, was heute geschehen ist.«

»Es heißt, der Geist habe Gabriel gekreuzigt, wie unseren Herrn in Jerusalem«, antwortete Marsha und wrang den schmutzigen Putzlappen im Eimer aus.

»Das ist eine ungeheuerliche Blasphemie«, entrüstete sich der Prior. »Du glaubst doch nicht wirklich im Angesicht des Herrn, dass ein Geistwesen diese Freveltat beging!«

»Die Männer erzählen davon, dass die verdammte Seele des alten Belfour aus der Hölle zurückgekehrt ist und grausame Rache nimmt.«

»Marsha, gute Marsha«, schüttelte der Prior lächelnd den Kopf. »So viel Aberglaube im Hause Gottes. Es sind die Menschen, die verderbt sind und Böses tun. Böses mit den Geschöpfen, die uns Gott schenkt, und auch Böses zu Gott selbst. Doch der Tag des Jüngsten Gerichts wird alle Sünden zu Tage fördern, die auf den verderbten Seelen lasten, auf dass sie ewiglich brennen im Feuer der Verdammnis.«

»Wenn es nicht Belfour war, wer soll es sonst gewesen sein?«

»Es sind die Menschen, die Übles im Schilde führen«, erwiderte der Prior. »Gottes Geschöpfe sind grausam geworden, der Teufel hat sich ihrer bemächtigt. Wir können nur beten für unser aller Seelenheil.«

Marsha blickte auf den Mond, der durch das Seitenfenster blickte. »Lionel macht sich sicher schon Sorgen, und Tamy wird bald verrückt vor Angst«, sagte sie nachdenklich. »Es ist spät geworden, ich muss nach Hause.«

Der Prior lächelte. »Es kommt gar nicht in Frage, dass ich dich der Gefahr aussetze und dich den langen Weg zurück ins Dorf bei Dunkelheit mit deinem Rad fahren lasse. Nicht in diesen dunklen Tagen. Pater Thomas wartet auf dich im Hof. Er ist mit dem Lastwagen vorgefahren. Dein Rad ist bereits verladen.«

Marsha nickte dankbar. »Bis morgen, Hochwürden.«

»Gottes Segen, und kommt gut ins Dorf, Schwester. Ich bin gespannt, mit welcher Wohltat du unseren Gaumen morgen verwöhnen wirst.«

»Morgen steht Gemüse auf dem Speiseplan, Hochwürden.«

Der Prior lächelte. »Grüße deine Tochter und deinen lieben Mann und sage ihm, dass wir ihm danken, weil er das Aggregat trotz seines betagten Alters wieder zum Laufen gebracht hat. Wir stehen tief in seiner Schuld.«

Marsha winkte dem Prior noch einmal zu, ehe sie den Eimer mit dem Putzwasser in den Hof hinausleerte, wo Bruder Thomas in einem fünfzehn Jahre alten roten Ford F 150 auf sie wartete.

Otter-Brook-Damm, Keene, New Hampshire,
15. März 2007, 03.20 Uhr (Donnerstag)

»Was ist mit dir?«, fragte Duval, der durch das laute Stöhnen seines Begleiters aus dem Schlaf gerissen worden war.

»Diese … diese verdammten Schmerzen«, stöhnte Tyler. »Es ist, als wenn es dir die Eingeweide zerfrisst.«

Duval erhob sich und entzündete die Lampe. »Ich hol dir Wasser.«

»Lass mich zurück, ich glaube, ich bin am Ende«, flüsterte Tyler.

»Du bist wohl verrückt. Wir sind zusammen abgehauen und wir stehen das hier gemeinsam durch. Ich lass dich nicht zurück.«

»Die Bullen werden uns erwischen, du musst verschwinden, irgendwann wird jemand hier auftauchen …«

Duval kehrte mit einem Glas Wasser zurück, setzte sich auf den Rand der Couch und hob den Kopf seines Gefährten an. Langsam flößte er ihm Wasser ein.

»Lass mich zurück, ich halte dich nur auf.«

Frank Duval war am frühen Morgen aufgebrochen und hatte die Umgebung erkundet. Die Jagdhütte lag beinahe fünf Kilometer von der nächsten Ansiedlung entfernt. Mitten im Wald war er auf eine kleine Wohnsiedlung getroffen. Ein Haus, an dem alle Rollläden geschlossen waren und unter dessen Vordach ein roter Pontiac Aztek unter einer durchsichtigen Plane abgestellt war. Er hatte sich bis zu dem Haus geschlichen und die Umgebung erkundet. Ein Schild mit der Aufschrift *For Sale* und der Telefonnummer einer Immobilienfirma aus Keene bestätigte seinen Verdacht, dass das Objekt unbewohnt war. Als er den Wagen inspizierte, sah er, warum er hier zurückgeblieben war. Die gesamte Beifahrerseite war eingedellt, aber vielleicht war der Wagen ja doch noch fahrbereit. Die Beifahrertür war jedenfalls unverschlossen. Duval sah sich um. In der Umgebung war niemand zu sehen. Die zum Waldstück gelegene Hintertür schien kein besonderes Hindernis darzustellen. Er tastete sich an der Hauswand entlang und hebelte die Tür mit einem Schraubenzieher auf, den er zur Sicherheit mitgenommen hatte. Die Wohnung war leer geräumt, und außer der Einbauküche befand sich kein Mobiliar in den Zimmern. Den Schlüssel für den Wagen musste er nicht lange suchen, er hing am Schlüsselbrett neben dem Eingang zur Küche. Nachdem er das Haus durchsucht und nichts Brauchbares gefunden hatte, wandte er sich wieder dem Carport zu. Er entfernte die Plane und stieg über die Beifahrerseite in den Wagen. Der Schlüssel passte, und der Motor sprang beim ersten Versuch an. Sogar der Tank war noch über drei viertel gefüllt. Dieses Auto würde so schnell niemand vermissen, dachte er bei sich, als er sich in den Wald zurückzog und zur Jagdhütte zurückkehrte. Das einzige Problem war der lange Weg durch den Wald bis zum Wagen. Tyler war zu schwach, um einen Fußmarsch über fünf Kilometer zu überstehen. Also beschloss er abzuwarten, bis sich Tyler einigermaßen erholt hatte. Bestimmt hatte er sich ein paar Rippen gebrochen. Nur so waren Tylers infernalische Schmerzen zu erklären.

Als er zur Hütte zurückkehrte, schlief Tyler. Sein Kopf war heiß, er schwitzte. Zweifellos hatte er Fieber.

»Ich lass dich nicht zurück«, widersprach er Tylers erneuter Aufforderung. »Ich habe einen neuen Wagen für uns gefunden. Dir wird es bald besser gehen, dann brechen wir auf.«

Tyler schüttelte den Kopf. »Es hat keinen Sinn.«

»Ruh dich jetzt aus, morgen früh geht es dir sicher schon besser.«

»Ich glaube, dass es nichts mehr wird mit uns zwei«, versetzte Tyler. »Du musst die Frauen auf Martinique alleine verwöhnen. Ich fürchte, ich kann dich nicht begleiten.«

»Hör auf damit!«, gab Duval streng zurück, ehe er das Licht löschte.

Homicide Squad, Portland Police Department, Maine, 15. März 2007, 08.00 Uhr (Donnerstag)

»Sie hat ihren Namen von den unberechenbaren Strömungen und Untiefen vor der Südküste«, erklärte Cathy Ronsted, als sie zusammen mit Brian Stockwell in den Fahrstuhl stieg. »Es heißt, vor der Insel würde der Teufel persönlich seine brodelnde Suppe kochen.«

Brian lächelte. »Ich sehe, du hast dich gut auf unseren Trip vorbereitet.«

»Es gibt insgesamt achtundvierzig gemeldete Einwohner, dazu leben noch vier Mönche in einem alten Benediktinerkloster. Drei davon sind schon weit über siebzig, die können wir wohl als Täter ausschließen.«

»So weit würde ich nicht gehen, ohne sie zumindest mal überprüft zu haben. Das Opfer war nicht viel jünger. Und noch immer wird seine Frau vermisst.«

»Du hast recht. Ich bin gespannt, was uns dieser Logan zu erzählen hat.«

Der Fahrstuhl stoppte auf dem Dach, wo ein orange-rot lackierter Hubschrauber der Coast Guard auf sie wartete.

»Kenneth Logan ist der Master of the Island«, entgegnete Brian.

»Ich weiß, er ist quasi der Bürgermeister der Insel und übt dort auch die Polizeigewalt aus.«

Als die elektrischen Türen des Fahrstuhls sich öffneten, kniff sie die Augen zusammen. Gleißend helles Sonnenlicht empfing sie, dennoch war es zugig auf dem Dach. Die Temperatur lag bei drei Grad Celsius.

»Wir haben Glück mit dem Wetter«, unkte Brian. »Das gibt einen ruhigen Flug.«

»Es ist schon komisch«, antwortete Cathy. »Diese Inseln sind bei Sturm wie von der Welt abgeschnitten. Niemand kommt hinüber und niemand zurück ans Land.«

Brian lachte. »Sei froh, das engt den Kreis der Verdächtigen ein, dennoch wird das kein Spaziergang. Ich hatte vor ein paar Jahren einen Mord auf Graffham Island. Dort leben nur ein paar eisenharte Fischer. Es gibt keinen Strom und kein fließend Wasser. Die Insulaner sind schon ein ganz eigenwilliges Volk. Zehn Tage habe ich dort ermittelt, aber der Mörder wurde nie gefasst, obwohl ich sicher war, dass das Opfer im Streit von seinem Nachbarn umgebracht wurde.«

»Dann hast du ja diesmal Glück«, unkte Cathy. »Hell's Kitchen ist an das Atlantikkabel angeschlossen, schließlich gab es dort mal eine große Fischfabrik.«

Als sie zum Hubschrauberlandeplatz gingen, öffnete der Co-Pilot des Sea King die Schiebetür zur Kabine. Cathy blieb stehen. »Ich dachte, die Spurensicherung fliegt mit uns«, sagte sie.

»Die sind schon vor einer Stunde gestartet«, erwiderte Brian. »Sie haben einen Hubschrauber des Police Department benutzt, weil sie ihre komplette Ausrüstung benötigen und hier zu wenig Platz ist.«

Cathy atmete auf. »Und ich dachte schon, ich muss selbst den Spurensicherungskoffer holen.«

Als sich die beiden an Bord befanden, startete der Pilot die Rotoren. Der Lärm in der Passagierkabine wurde nahezu unerträglich. Cathy hielt sich die Ohren zu.

»Also dann, auf in die Atlantische Hölle«, rief ihr Brian zu, als der Sea King langsam abhob, doch Cathy konnte ihn vor lauter Motorenlärm nicht hören.

6

Amherst Road, Sunderland, Massachusetts,
15. März 2007, 08.30 Uhr (Donnerstag)

»Aus der Nachbarschaft hat niemand etwas beobachtet«, berichtete der Deputy.

Fleischman kniff die Lippen zusammen und betrachtete sich die Blutlache im Behandlungszimmer. Die Spurensicherung hatte ihre Arbeit erledigt, und die Suche nach dem Doktor im Haus und der Umgebung war ergebnislos verlaufen.

»Lukovic hat viel Blut verloren«, murmelte er. »Das macht die beiden nur noch gefährlicher.«

Donovan betrat das Zimmer. »Die Fahndung nach Cavens Wagen läuft. Alle Stellen sind informiert. Ich bin sicher, dass die beiden den Arzt als Geisel mitgenommen haben. Sie werden ihn noch brauchen.«

Ein Deputy trat durch die Tür, eine Frau mit langen, dunklen Haaren in einem grauen Regenmantel folgte ihm. Als die Frau die Blutlache entdeckte, schlug sie die Hände vor das Gesicht. »Mein Gott, Doktor Caven«, stammelte sie.

Fleischman blickte auf.

»Das ist Miss Barnes, sie arbeitet hier«, beeilte sich der Deputy zu erklären.

Donovan trat an ihre Seite. »Wir glauben nicht, dass das Blut von Doktor Caven stammt«, beruhigte er die Frau.

»Wo ist der Doc?«, fragte sie. »Was ist hier passiert?«

Fleischman räusperte sich. »Wir gehen davon aus, dass sich der Doktor in den Händen zweier gefährlicher Verbrecher befindet. Einer von ihnen wurde auf der Uferstraße bei einer Polizeikontrolle angeschossen.«

»Aber der Doktor ist doch Tierarzt«, wandte Miss Barnes ein.

»In der Not …«, hob Fleischman an, doch den Rest des Spruches verkniff er sich. »Warum sind Sie eigentlich so früh hier?«

Die Frau schaute auf die Uhr über dem Schreibtisch. »In einer halben Stunde beginnt die Sprechstunde.«

Donovan wies auf den Rollwagen, der neben dem Behandlungstisch stand. »Können Sie uns sagen, ob etwas fehlt?«

Miss Barnes sah sich im Zimmer um, schließlich ging sie hinüber zu dem kleinen Wandschrank, der die Medikamente enthielt, und öffnete die Glastür. Sie schob einige der braunen Medikamentenfläschchen zur Seite.

»Die Tasche mit den Instrumenten und eine Flasche Embutramid fehlen«, erklärte die Arzthelferin den beiden US-Marshalls.

»Dann ist der Doc mit Sicherheit noch am Leben«, mutmaßte Donovan.

Fleischman wandte sich noch einmal an die Arzthelferin. »Sagen Ihnen die Namen Martin Simmrock oder Dan Lukovic etwas?«

Donovan warf seinem Kollegen einen fragenden Blick zu.

»Ich meine, hat der Doc jemals einen dieser Namen erwähnt?«

Die Frau überlegte, schließlich schüttelte sie den Kopf. »Ich glaube nicht, sind das die Verbrecher, die den Doktor in ihrer Gewalt haben?«

»Wir gehen davon aus«, antwortete Fleischman. »Allerdings stellt sich die Frage, warum die beiden hier gelandet sind. Haben Sie eine Idee, Lady?«

»Ich glaube nicht, dass Doktor Caven irgendwelche Verbrecher kennt.« Die Arzthelferin war empört. »Er ist ein sehr feiner Mensch, müssen Sie wissen. Außerdem stehen unsere Werbetafeln überall entlang der Uferstraße.«

Fleischman lächelte verbindlich. »Danke, Miss. Aber wir müssen in alle Richtungen ermitteln.«

Nachdem Miss Barnes von einem Deputy aus dem Raum geführt wurde, wartete Donovan, bis die Tür wieder geschlossen war. »Musstest du die Dame derart erschüttern?«

Fleischman zuckte mit den Schultern. »War nur so eine Idee.«

Gulf of Maine, Atlantic Ocean,
15. März 2007, 09.15 Uhr (Donnerstag)

Das Dröhnen im Hubschrauber pegelte sich auf einem erträglichen Maß ein, nachdem der Sikorsky-Hubschrauber die angestrebte Flughöhe erreicht hatte. Die Maschine flog in einen strahlenden blauen und wolkenlosen Himmel. Nach den Stürmen der letzten Tage lag die See ruhig zu ihren Füßen. Brian blickte aus dem Kabinenfenster, unter ihnen schipperten ein paar Segelschiffe über die ruhige See des Golfs von Maine.

»Was hat dir Stoddart über mich erzählt?«, rief ihm Cathy über den Motorenlärm zu.

»Wieso Stoddart, was meinst du?«

»Ich bin erst seit einem halben Jahr bei euch, ich weiß, dass ich in eurem Team nicht willkommen bin«, erklärte Cathy. »Du warst vor mir bei Stoddart, er hat dir sicherlich gesagt, dass du ein Auge auf mich haben sollst. Er traut mir nicht zu, dass ich diesen Fall richtig anpacke, das ist mir klar. Aber ich habe keine Lust, unter Aufsicht zu stehen. Deine Hilfe nehme ich gerne an, aber ich weiß nicht, inwieweit ich mich auf jemanden verlassen kann, der mir als Aufpasser vom Chef über die Schultern schauen soll, verstehst du?«

Brian blies seine Backen auf und ließ die Luft langsam aus dem Mund entweichen. »Du musst die Jungs verstehen«, antwortete er. »Eigentlich dachten wir alle, dass Luzio der neue Lieutenant wird. Und plötzlich wirst du auf den Posten versetzt. Das Sittendezernat und die Mordkommission, das sind zwei grundverschiedene Abteilungen. Da geht es nicht darum, ein paar illegale Nutten hochzunehmen. Ich meine, was sollen die Jungs denken, dein Vater ist Inspector im Headquarter.«

»Glaubst du auch, dass ich diesen Job nur wegen meines Vaters bekommen habe?«

»Ich … ich weiß nicht … vielleicht, ich mach mir darüber keine Gedanken«, antwortete Brian. »Ich bin Sergeant und ich habe keinen Bock mehr darauf, die Schulbank an der Akademie zu drücken, um Lieutenant zu werden. In drei Jahren werde ich fünfundvierzig, dann habe ich fünfundzwanzig Dienstjahre auf dem Buckel und steige aus. Ich nehme meine Prämie und ziehe nach Anchorage. Mein Onkel hat mir ein klein wenig Geld vererbt, er hatte einen Laden in der Stadt. Dort warten ein schönes Haus, ein Boot und ein neues Leben auf mich. Ich habe keine Lust mehr auf Leichen und will noch etwas anderes mit meinem Leben anfangen, als Verbrechern nachzujagen.«

»Was sagt deine Frau dazu?«

Brian zuckte mit der Schulter. »Sie ist mit den Kindern zu ihrer Mutter nach Chicago gezogen. Ich weiß nicht, ob sie jemals wieder zurückkommt.«

Cathy kniff ihre Lippen zusammen.

»Für Jarwood bist du die Quotenfrau in unserer Abteilung«, fuhr Brian fort. »Aber ich halte nicht viel von solchem Geschwätz. Ich halte mich da raus.«

»Und bist loyal zu Stoddart«, fügte Cathy bissig hinzu.

»Stoddart ist der Captain.«

Cathy atmete tief ein. »Okay, reden wir Klartext, Stoddart ist ein Arschloch und ich kann es nicht leiden, wenn man mich hintergeht. Mich hat schon einmal jemand hintergangen, und er hat es schmerzhaft bereut. Ich will, dass wir zusammenarbeiten, aber ich hasse es, wenn man versucht, mich zu verarschen.«

»Ich bin nicht dein Ehemann«, entgegnete Brian trocken.

»Mein Ehemann, woher weißt du …?«

»Es ist ein offenes Geheimnis«, erklärte Brian. »Jeder in der Abteilung weiß, dass du deinen Mann mit deiner besten Freundin im Bett erwischt und ihm den Kiefer gebrochen hast. Der Kerl hat es vielleicht sogar verdient, aber ich bin nicht mit dir verheiratet. Du bist der Lieutenant, und ich bin Detective Sergeant, und wir haben einen Mord aufzuklären. Deshalb fliegen wir auf diese verdammte Insel, und ich sage dir, das wird keine Vergnügungsreise. Diese Insulaner sind manchmal dickköpfig wie Büffel und sprechen nicht mit jedem.«

»Ich weiß, und genau deshalb will ich wissen, ob ich dir vertrauen kann.«

»Ich soll jeden Abend den Captain über den Fortgang unserer Ermittlungen informieren, und ich soll ein klein wenig auf dich aufpassen, das ist alles, was Stoddart zu mir sagte.«

Als die rote Lampe in der Kabine aufflackerte und signalisierte, dass die Landung bevorstand, reichte Cathy Brian die Hand.

»Partner?«, fragte sie.

Brian griff nach ihrer Hand und drückte sie. »Partner«, antwortete er.

Die Maschine verlor rasch an Höhe. Ein rot-weiß lackierter Leuchtturm tauchte im kleinen Ausschnitt des Bullauges an der Schiebetür auf.

»Wir sind am Ziel«, sagte Brian, als der Hubschrauber die Wiese unterhalb von South Bench ansteuerte.

Saint Benedict Abbey, Hell's Kitchen Island, Maine,
15. März 2007, 09.35 Uhr (Donnerstag)

Logan war früh aufgebrochen, um mit dem Prior von Saint Benedict zu sprechen. Im Dorf herrschte eine angespannte

Stimmung. Logan suchte nach Unterstützung bei dem Prior des Klosters, denn die Menschen auf Hell's Kitchen sahen überall nur noch Geister und Gespenster. Vor allem der alte Admiral schürte mit seinen schaurigen Seemannsgeschichten die Stimmung. Im Dorf gab es, so urteilte Logan, zwei Lager. Ein Teil der Menschen, vor allem die älteren, dachten allen Ernstes, dass der arme Gabriel und seine Frau vom Geist des Piraten Belfour getötet worden waren. Der andere Teil, um Evans und Stone, hielten Nathan Cole, den Lebensgefährten der Schriftstellerin Linda Crawford, für den Täter. Cole war dunkelhäutig. Seit die Fischfabrik geschlossen worden war, hatte kein Dunkelhäutiger mehr auf dieser Insel gelebt. Vor knapp einem halben Jahr war Linda Crawford mit Cole auf der Insel aufgetaucht. Sie bewohnten die Henderson-Villa am Western Peak, die sie vor ein paar Jahren gekauft hatte, weil ihr der Blick auf das Meer die notwendige Inspiration für weitere Romane gab. Doch schon seit Jahren hatte sie keinen Bestseller mehr geschrieben. Ihr zweiter Roman, *Am Ende der Welt,* hatte ihr einen unermesslichen Erfolg beschert, und noch heute lebte sie von den Tantiemen des Bestsellerromans, der in achtundvierzig Sprachen übersetzt und von Hollywood verfilmt wurde sowie monatelang auf Platz eins der Büchercharts gestanden hatte.

»Sie müssen mit den Menschen sprechen«, bat Logan den Prior, der den Master der Insel in seinem Arbeitszimmer empfangen hatte. »Gleich am Sonntag, in der Kapelle. Sie müssen die Leute wieder zur Vernunft bringen, bevor etwas Schreckliches geschieht.«

»Die Polizei wird die Ermittlungen übernehmen«, erwiderte der Prior. »Sie werden den Täter schon ausfindig machen.«

»Der Polizei ist unsere Insel egal«, widersprach Logan. »Gabriel liegt im Kühlraum der Kapelle, und von Ava gibt es keine Spur. Ich habe in Yarmouth angerufen, doch der Officer gab mir zu verstehen, dass sie niemand herüberschicken können. Das war gestern, und erst heute kommen ein paar Officer. Ein ganzer Tag ist verstrichen. Ich verstehe nicht viel von Spurensicherung, aber ich kann mir nicht vorstellen, dass es gut ist, einen ganzen Tag verstreichen zu lassen.«

Der Prior beugte sich auf seinem Stuhl vor und faltete die Hände vor seinem Gesicht. »Kenny, du bist ungerecht«, sagte der Prior sanftmütig. »Du weißt selbst, dass gestern noch ein Sturm herrschte, der es der Polizei unmöglich machte, auf die Insel überzusetzen. Niemand, der noch einen Funken Verstand hat, wäre bei diesem Wetter hinausgefahren oder hätte versucht, mit einem Helikopter die Insel zu erreichen. Und das weißt du auch, mein Sohn.«

Logan nickte.

»Dennoch ist es genau dieser Umstand, der mir Sorgen macht«, fuhr der Prior fort.

Logan blickte den Prior fragend an.

»Wenn niemand zur Insel übersetzen konnte, dann heißt das nur, dass der Mörder, der diese grausame Tat verübt hat, noch immer unter uns ist«, argumentierte der Prior. »Und da bei uns kein Fremder abgestiegen ist, bedeutet dies, dass es jemand von uns war. Jemand, den wir kennen, jemand, der unter uns lebt, mit uns lacht, mit uns spricht und mit uns betet.«

»Cole«, murmelte Logan.

»Cole oder ein anderer«, bestätigte der Prior. »Es kann jeder sein, Mister Cameron, der sich um die Tiere kümmert, Haynes, der unsere Fahrzeuge repariert, Sie, Kenny, oder ich. Sorgen Sie dafür, dass sich alle am Sonntag um zehn in der Kirche versammeln. Ich werde zu den Leuten sprechen. Wir müssen nun zusammenstehen und stark sein im Namen des Herrn. Es geht ein Wolf um unter all den Schafen, und ihn dürstet nach Blut.«

»Danke, Hochwürden«, antwortete Kenny Logan.

South Bench, Hell's Kitchen Island, Maine,
15. März 2007, 10.10 Uhr (Donnerstag)

Cathy warf einen gespannten Blick aus dem Bullauge der Schiebetür. Sie erfasste das kleine Holzhaus und den angrenzenden Schuppen und sah überall weiß gekleidete Gestalten. Dann kam der Leuchtturm ins Bild und unweit davon ein Hubschrauber der Yarmouth Police in schwarz-weißer Lackierung. Das Spurensicherungsteam hatte sich offensichtlich schon an die Arbeit gemacht. Die Spezialisten der CSI in ihren weißen, sterilen Papieranzügen waren jedenfalls nicht zu übersehen.

»Collingdale heißt der Einsatzleiter des Teams«, sagte Brian, als die Rotoren zum Stillstand gekommen waren. »Ich habe schon ein paar Mal mit ihm zusammengearbeitet. Er ist ein äußerst gewissenhafter Mann. Wenn es an diesem Tatort noch etwas zu finden gibt, dann findet er es.«

Die Schiebetür der Sikorsky wurde geöffnet, und der Co-Pilot der Maschine klappte die kleine Leiter herunter und reichte Cathy die Hand. Als sie hinaus ins Freie trat, traf sie eine kalte Windböe. Sie zog ihren Mantelkragen höher und beobachtete das flatternde Absperrband. »Hier auf der Insel ist es immer zugig, Ma'am«, erklärte der Co-Pilot. Cathy nickte und blickte sich um. Der Hubschrauber war außerhalb des Absperrbandes gelandet. Ein brach liegender Garten lag zu ihrer Rechten. Daneben standen mannshohe Holzfiguren.

»Was ist das?«, fragte Cathy.

»Der Ermordete schnitzte die Figuren selbst«, ertönte eine Stimme hinter Cathy. Sie fuhr herum und blickte in die eisblauen Augen eines barhäuptigen Mannes, der einen weißen Papieroverall trug. Brian stand daneben.

»Gestatten, Dave Collingdale, CSI Yarmouth.«

Cathy nickte freundlich. »Cathy Ronsted, Portland Police Department. Können Sie schon etwas sagen, Dave?«

Collingdale wies hinüber zum Leuchtturm. »Wir haben allerhand Spuren gesichert, aber ich fürchte, sie stammen von den Leuten, die sich bei der Leiche herumtrieben. Zwei Stiefelabdrücke und ein Turnschuh, Größe 6, wahrscheinlich von einer Frau.«

»Haben Sie auch einen Hinweis auf die vermisste Frau des Opfers?«

Collingdale schüttelte den Kopf. »Das Haus ist unberührt, keine Kampfspuren. Es muss in der Nacht passiert sein, eines der Betten, vermutlich das der Frau, war zerwühlt, das andere noch unbenutzt. Sie hat wohl geschlafen und sich nicht zur Wehr gesetzt.«

Collingdale fasste Cathy an der Schulter und führte sie vorbei an den riesigen Vögeln, dem Einhorn und dem Walfisch aus Holz in Richtung des Schuppens. Er hob das Absperrband an und ließ Cathy und Brian passieren. »In diesem Bereich sind wir fertig«, sagte er. »Kommen Sie, Lieutenant, ich will Ihnen etwas zeigen.«

Er führte die beiden Ermittler zum Schuppen und öffnete die Holztür. Cathy trat vor und blieb urplötzlich stehen, als ihr ein großgewachsener Mann mit wallendem Mantel und Südwester gegenüberstand. Erst als sie noch einen Schritt vorwärts ging, erkannte sie die Holzmaserung im Gesicht der Gestalt. Collingdale grinste. »Das ist wohl die Skulptur, an der das Opfer zuletzt gearbeitet hat. Sehen Sie sich das linke Auge an, darin steckte ein Stauerhaken.«

Cathy trat vor die Skulptur. Im schummrigen Licht des Schuppens erkannte sie das zerstörte Auge. »Was hat das zu bedeuten?«

Collingdale zuckte mit der Schulter. »Diese Figur stellt einen Piratenkapitän dar, der vor etwa dreihundert Jahren auf der Insel sein Unwesen trieb. Die Piratenskulptur sieht fast lebendig aus, finde ich. Ich glaube nicht, dass ihr Schöpfer so unzufrieden mit seinem Machwerk war, dass er es selbst zerstört hat. Außerdem fehlten dem Opfer die Augen. Ich denke schon, dass das von Bedeutung ist.«

»Gibt es Fingerprints auf dem Haken?«, fragte Brian.

»Sauber, als wäre zuvor Waschtag gewesen«, entgegnete Collingdale.

»Gibt es sonst noch etwas, das wir wissen müssen?«

Collingdale nickte. »Doktor Sparks nimmt sich gerade die Leiche vor. Das Opfer wurde grausam gefoltert. Er wurde mit Zimmermannsnägeln ans Kreuz geschlagen, sein Körper ist mit unzähligen Schnitten übersät, manche oberflächlich, andere bis in den Muskel. Außerdem fehlten seine Augäpfel. Das war nicht einfach nur ein Mord, dies war eine grausame Hinrichtung. Wer immer das getan hat, der hat längst alle Hemmungen und allen Respekt vor dem Leben verloren.«

»Die Leiche schauen wir uns später an«, antwortete Cathy und wandte sich um. Als sie aus dem Schuppen in die Sonne trat, sah sie vor der Absperrung einen schwarzen Pick-up anhalten. Ein Mann in blauer Latzhose und dickem Pullover stieg aus und unterhielt sich mit einem von Collingdales Beamten. Der Beamte winkte Collingdale zu.

»Ich glaube, er will mit Ihnen reden«, sagte der Chef des CSI-Teams. »Das ist der Inselbürgermeister. Logan ist sein Name, er hat die Leiche gefunden.«

»Wurde er bereits vernommen?«, wollte Cathy wissen.

»Von mir nicht«, erwiderte Collingdale. »Ich kümmere mich wieder um den Tatort. Sie finden mich hinter dem Leuchtturm.«

Cathy wartete noch einen Augenblick, bevor sie den Fußweg entlangging und vor Logan stehen blieb, während Brian noch immer die Figuren des Skulpturengartens betrachtete.

»Sie sind der Master auf der Insel, Mister Logan?«, sprach sie ihn an.

Logan nickte kurz und wies auf den knapp dreißig Schritt entfernten Brian. »Kann ich mit Ihrem Chef sprechen?«, fragte Logan, ohne Cathy einen Blick zu widmen.

»Ich leite die Ermittlungen in diesem Fall«, gab Cathy ihm Bescheid. »Sie werden schon mit mir vorliebnehmen müssen.«

Logan musterte Cathy erstaunt und mit sprachlos geöffnetem Mund.

»Stimmt etwas nicht?«

»Aber … aber … Sie … Sie sind eine Frau … und dazu noch farbig …wie kann das sein«, stammelte Logan.

»Mister Logan, auch wenn Sie hier auf einer Insel leben, auf der die Zeit wohl einen anderen Rhythmus hat als auf dem Festland, so ist doch auch hier bereits das 21. Jahrhundert angebrochen«, antwortete Cathy schnippisch. »Ich bin Detective Lieutenant Cathy Ronsted und dort hinten steht mein Kollege Detective Sergeant Brian Stockwell. Wir werden gemeinsam die Ermittlungen führen. Haben Sie damit ein Problem?«

Logan fasste sich verlegen an die Hosenträger seiner Latzhose und senkte den Kopf. »Nein, nein, keineswegs, nein, ich dachte nur … entschuldigen Sie, ich wollte Ihnen nicht zu nahe treten.«

»Und jetzt erzählen Sie mir, was hier passiert ist und was Sie gesehen haben!«

»Ja, Sir, ich meine Ma'am.«

7

Amherst Road, Sunderland, Massachusetts,
15. März 2007, 11.30 Uhr (Donnerstag)

Die Spurensicherung im Haus von Doktor Caven war abgeschlossen. Fingerprints von Lukovic und Simmrock waren im gesamten Behandlungssaal verstreut. Sie hatten sich keine große Mühe gegeben, ihre Spuren zu verwischen. Weshalb auch, auf sie wartete sowieso eine Gefängniszelle im Hochsicherheitstrakt, die sie lebend wohl nie mehr verlassen würden. Doch genau dieser Umstand machte sie so gefährlich wie reißende Raubtiere. Noah Fleischman wusste, dass sie alles und jeden aus dem Weg räumen würden, denn sie hatten nichts zu verlieren. Nichts, außer ihrer vor kurzem erlangten trügerischen Freiheit.

Die Fahndung nach dem roten Jeep Comanche des Doktors lief auf Hochtouren. Die Streifen aller Sheriff-Departments entlang der Küste waren verständigt. Inzwischen wusste wohl jeder Polizist, wie gefährlich die beiden Verbrecher waren, die in einem roten Comanche mit einer Zulassung aus Massachusetts auf der Flucht waren.

»Sie werden den Doc nicht töten, solange sie auf ihn angewiesen sind«, sagte Fleischman und schnippte das Zigarillo in hohem Bogen auf die Straße.

»Ich hoffe für den Doc, dass du dich nicht irrst«, antwortete Donovan.

»Gibt es Neuigkeiten von unseren beiden anderen Kandidaten?«

»Tyler und Duval?«

»Nein, Laurel und Hardy«, versetzte Fleischman genervt. »Natürlich, wen sollte ich sonst meinen?«

Donovan schüttelte den Kopf. »Noch keine Spur, es scheint, als seien sie vom Erdboden verschwunden. Macphie und Carter überprüfen alle außergewöhnlichen Ereignisse. Diebstähle, Einbrüche, gestohlene Wagen, aber bislang Fehlanzeige.«

»Tyler und Duval sind mit Sicherheit die härtere Nuss, die wir zu knacken haben«, folgerte Fleischman nachdenklich und kratzte sich am Kinn. »Sie verwischen ihre Spuren und machen sich unsichtbar. Ich denke, Tyler ist in diesem Duo die treibende Kraft. Nach allem, was ich aus seiner Akte herauslesen konnte, hat er Grips.«

»Wenigstens lassen sie keine Leichen zurück. Was machen wir jetzt?«

Fleischman öffnete die Wagentür des Dienstwagens, der ihm vom Sheriff des Franklin Countys überlassen worden war, und kramte im Handschuhfach.

Er fluchte, weil er die Landkarte nicht sofort fand. Schließlich tauchte er wieder auf und breitete die Karte auf der Motorhaube aus. Mit dem Finger zeigte er auf die Amherst Road, in der sie sich befanden. Er schaute auf seine Uhr.

»Sie waren gestern Abend gegen neun hier, jetzt ist es kurz vor Mittag. Angenommen, die Behandlung dauerte ein bis zwei Stunden, bevor sie aufgebrochen sind. Sie haben etwa zwölf bis vierzehn Stunden Vorsprung. Die Straßensperren entlang der Küstenstraße stehen seit zehn Uhr, und bislang gibt es keine Sichtungsmeldung. Das heißt, sie haben Springfield bereits hinter sich gelassen. Sie könnten schon längst in Philadelphia sein.«

Donovan beugte sich über die Karte. »Sie müssen damit rechnen, dass wir wissen, mit welchem Wagen sie unterwegs sind. Sie werden versuchen, den Wagen zu wechseln.«

»Gibt es neue Meldungen über gestohlene Wagen von hier bis nach Pennsylvania?«

Donovan schüttelte den Kopf. »Es könnte sein, dass sie noch immer hier in der Gegend sind oder nach Westen fahren, um New York zu umgehen.«

Fleischman faltete die Karte zusammen. »Das Office soll uns jede Straftat von hier bis nach Montgomery melden, ich will sofort verständigt werden, wenn sich etwas ereignet, das mit unseren beiden Flüchtenden zusammenhängen könnte. Unsere Leute sollen Augen und Ohren offen halten, rund um die Uhr.«

»Das ist verdammt viel, was du verlangst. Du weißt, dass wir knapp an Leuten sind. Sie arbeiten seit sechsunddreißig Stunden und müssen auch mal schlafen.«

»Wann hast du das letzte Mal geschlafen?«, gab Fleischman zurück.

Donovan fuhr sich über die Stirn, bevor er sich an den Magen fasste. »Geschlafen habe ich im Wagen, aber etwas zu essen könnte ich vertragen.«

»Dann gehen wir jetzt essen. Schlafen können wir noch, wenn die Kerle wieder hinter Gittern sitzen.«

South Bench, Hell's Kitchen Island, Maine,
15. März 2007, 11.45 Uhr (Donnerstag)

»Sie haben noch nicht einmal nach der Frau gesucht«, fluchte Cathy.

»Logan hat vielleicht recht, der Täter hat sie wohl über die Klippen gestoßen«, antwortete Brian Stockwell, der sich locker gegen das Geländer des Aufganges zum Leuchtturm lehnte. Logan wartete in einiger Entfernung hinter dem Absperrband an seinem Wagen.

»Collingdale hat keine Hinweise gefunden, dass die Frau über die Klippen gestoßen wurde, deswegen müssen wir davon ausgehen, dass sie noch lebt.«

»Der Mann hing an einem drei Meter hohen Kreuz, das wird wohl kaum seine Ehefrau gewesen sein«, wandte Brian ein.

»Das habe ich auch nicht behauptet, aber solange wir keine sicheren Anzeichen dafür haben, dass sie tot ist, gehen wir erst einmal davon aus, dass sie noch lebt. Der Täter könnte sie entführt haben, oder sie ist vor lauter Panik einfach davongelaufen. Logan hat es nicht für notwendig gehalten, nach ihr zu suchen, aber er ist kein Polizist, er ist ein einfacher Fischer, der zum Master der Insel gewählt wurde. Ich will, dass die Insel durchkämmt wird. Ich will, dass wir nach der Frau suchen, mit allen Mitteln, die uns zur Verfügung stehen.«

»Vielleicht sollten wir im Dorf …«

»Und ich will, dass die Polizei nach ihr sucht und niemand von dieser verdammten Insel kommt, hier kann jeder Bewohner der Täter sein.«

Brian richtete sich auf und salutierte. »Okay, Lieutenant. Ich werde alles in die Wege leiten. Der Chief von der Yarmouth Police wird aber nicht begeistert sein.«

»Das ist mir scheißegal, ich leite hier die Ermittlungen, falls du es schon vergessen hast.«

Cathy ging auf Logans Wagen zu.

»Was machst du, wenn ich fragen darf?«

Sie blieb stehen und drehte sich noch einmal um. »Ich fahre mit Logan ins Dorf und sehe mir die Leiche an, bevor sie weggebracht wird.«

»Und ich bleibe hier?«

»Ja, dann bleibst du hier und wartest auf die Kollegen aus Yarmouth.«

»Das kann ganz schön lange dauern«, gab Brian zu bedenken.

»Sobald ich mir die Leiche angeschaut habe, komme ich wieder hierher zurück.«

»Gut.«

Cathy ging ein paar Schritte weiter, ehe sie sich nochmals umwandte.

»Ach so, falls du heute noch mit Stoddart sprichst, dann sag ihm liebe Grüße von mir.«

Brian grinste und hob abwehrend die Hände. »Partner«, rief er ihr nach. »Wir sind doch Partner!«

Als Cathy den schwarzen Pick-up erreichte und zielstrebig auf die Beifahrertür zuging, beeilte sich Logan, ihr die Tür zu öffnen.

»Fahren Sie mich in das Dorf!«, sagte sie mit befehlsgewohnter Stimme.

»Aber ich dachte …«

»Was ist denn nun schon wieder?«

»Sie fahren alleine, ich meine, ohne Ihren Kollegen?«

»Haben Sie damit ein Problem?«, reagierte Cathy schlagfertig und zog einfach die Tür zu. Logan umrundete den Wagen und setzte sich hinters Steuer. Wortlos startete er den Wagen. Er fuhr über den Northern Trail hinunter ins Dorf. Als sie die Peterson Grange passierten, zeigte Cathy auf den Hof. »Wer wohnt dort drüben?«

»Das ist der Hof von Joshua Breed, ein unangenehmer Zeitgenosse. Die Schafe, die dort hinten grasen, gehören ihm.«

»Wir sollten anhalten und fragen, ob er etwas gesehen hat«, schlug Cathy vor.

»Das halte ich für keine gute Idee«, konterte Logan.

»Weshalb nicht?«

»Ich habe schon mit ihm und seinen Kindern gesprochen, sie haben nichts Ungewöhnliches bemerkt.«

»Ich würde mich gerne selbst davon überzeugen.«

»Der alte Josh ist etwas griesgrämig, wenn sich Fremde auf seinem Hof herumtreiben. Er ist Quäker, müssen Sie wissen, und sehr konservativ.«

»Sie meinen, er hat etwas gegen Fremde, wenn sie dunkler Hautfarbe sind?«

Logan zuckte mit der Schulter.

»Soviel ich weiß, waren es Quäker, die vor Hunderten von Jahren die ersten Sklaven freikauften, so schlimm kann es also gar nicht werden. Fahren Sie auf den Hof!«

Logan seufzte, befolgte aber Cathys Anweisung. Als der schwarze Pick-up vor dem weiß getünchten Haupthaus anhielt, trat Joshua Breed aus der Tür. Auf der Treppe blieb er stehen.

»Warten Sie«, sagte Logan, »ich spreche …«

Noch bevor er seinen Satz zu Ende gesprochen hatte, öffnete Cathy die Tür und stieg aus. Langsam schlenderte sie auf Breed zu, der auf der obersten Stufe der Treppe stehen geblieben war und die Frau misstrauisch musterte.

»Ich bin Detective Lieutenant Cathy Ronsted von der Portland-Police«, stellte sich Cathy vor und präsentierte ihre Polizeimarke. »Ich untersuche den Mord an Mister Jefferson, dem Leuchtturmwärter.«

»Und was habe ich damit zu schaffen?«, gab Breed barsch zur Antwort.

»Ist es nicht unsere Christenpflicht, die Sündigen zu finden und sie auf den rechten Weg zurückzuführen?«, erwiderte Cathy.

»Kommen Sie, Officer!«, forderte der bärbeißige Schäfer Cathy auf. »Aber Ihren Fahrer lassen Sie im Wagen, er steckt mir seinen Kopf zu oft mit dem lausigen Pack der Bratts zusammen.«

Logan blieb verlegen vor seinem Wagen stehen und beobachtete, wie der alte Joshua und Cathy im Haus verschwanden. Kaum eine halbe Stunde später kehrten sie zurück, Joshua Breed winkte ihr noch freundlich nach. Logan hatte wieder im Wagen Platz genommen, als sie sich auf dem Beifahrersitz niederließ.

»Wie … wie haben Sie das gemacht?«, fragte er ungläubig. »Der alte Josh ist normalerweise nicht so handzahm.«

»Das mit den Fremden müssen Sie missverstanden haben, Logan. Er kann Sie nicht leiden, aber gegen Fremde hat er nichts, vor allem, wenn sie bibelfest sind.«

Logan musterte die Frau mit großen Augen.

»Aber Sie haben Recht«, fuhr Cathy fort. »Er hat nichts Ungewöhnliches bemerkt.«

Im Dorf fuhr Logan bis zum Haus des Doktors, dort hielt er an.

»Ich sage Doktor Cameron Bescheid«, sagte er.

»Ist er der Arzt, der die Leichenschau durchgeführt hat?«

»Er ist Veterinär«, erklärte Logan. »Wir haben keinen Arzt auf Hell's Kitchen Island.«

Doktor Cameron begrüßte Cathy liebenswürdig, als er mit Logan zurück zum Wagen kam. »Ich bin Doktor Cameron. Wie ich hörte, leiten Sie die Ermittlungen. Ich muss zugeben, ich beneide Sie nicht.«

»Sie haben sich die Leiche betrachtet?«

»Logan hat mich darum gebeten«, antwortete der Tierarzt. »Ich habe so etwas noch nicht gesehen. Gabriels gesamter Körper ist von Wunden übersät. Es muss ein Psychopath gewesen sein. Ein Mensch, der noch einen Funken Mitleid besitzt, wäre dazu nicht fähig.«

»Wissen Sie, woran er starb?«

»Er wurde gefoltert, ich nehme an, dass während der Tortur einfach seine Organe versagt haben. Der Blutverlust war zu hoch.«

»Sind Sie sich sicher?«

Doktor Cameron lächelte. »Wissen Sie, Detective, die Physiologie eines Menschen und eines Schweins sind sich gar nicht so unähnlich. Vor Jahren wurde ich zu einer Muttersau gerufen, die von wilden Hunden angefallen worden war. Der Körper des Schweins war von unzähligen Bissen übersät. Es starb, weil die Vielzahl der Verletzungen einfach dazu führte, dass die Organe ihren Dienst versagten, und die Sau verblutete. Bei Gabriel ist es ähnlich.«

»Ich verstehe«, antwortete Cathy.

Eine halbe Stunde später, nachdem sie sich in der kleinen Leichenhalle von Landsman's Chapel den Leichnam des Ermordeten angesehen hatte, wusste sie, was Doktor Cameron meinte. Gabriel Jefferson war nicht nur ermordet worden, man hatte ihn zu Tode gequält. Als sie auf der Treppe der Kapelle stand und eine Zigarette rauchte, klingelte ihr Handy. Sie meldete sich. Brian Stockwell war am Apparat.

»Der Chief vom Yarmouth Police Department hat nicht genügend Männer für eine Suchaktion. Er kann einen Helikopter mit Wärmebildkamera schicken. Aber mehr als zwanzig Mann kann er nicht abstellen. Und vor morgen früh läuft sowieso nichts mehr.«

Cathy überlegte. »Haben Sie eine Möglichkeit, ins Dorf zu kommen?«

»Collingdale braucht noch zwei bis drei Stunden.«

Cathy wandte sich an Logan. »Mister Logan, macht es Ihnen etwas aus, wenn Sie meinen Kollegen am Leuchtturm abholen und hierher bringen?«

Logan schüttelte den Kopf.

»Brian, hören Sie, Mister Logan holt Sie in zwanzig Minuten ab.«

Brian bestätigte, bevor Cathy das Gespräch beendete.

»Fahren Sie mit?«, fragte Logan.

Cathy schüttelte den Kopf. »Es soll hier eine Pension geben«, sagte sie.

Logan wies in Richtung des Gebäudes am Ende der Straße. »Hell's End, gleich gegenüber.«

»Gut«, erwiderte Cathy. »Bringen Sie meinen Kollegen bitte dorthin.«

»Soll ich Sie nicht besser begleiten?«

»Danke, Logan, aber ich komme schon zurecht, ich bin ein Stadtkind, müssen Sie wissen.«

Hell's End Bar, Hell's Kitchen Island, Maine,
15. März 2007, 13.25 Uhr (Donnerstag)

Cathy wartete, bis Logan in seinen Wagen gestiegen und losgefahren war, ehe sie sich den Gräbern auf dem angrenzenden Friedhof zuwandte. Zwei Möwen flogen zeternd und kreischend im Tiefflug über sie hinweg. Tief atmete sie die salzige Seeluft in ihre Lungen, ehe sie über den Friedhof in Richtung Straße schlenderte. Die kleinen, weiß getünchten Holzhäuser gegenüber der Main Street wirkten wie aus einem Prospekt, das für einen idyllischen Urlaub auf einer der schönen Inseln im Golf warb. Bevor sie das Hell's End aufsuchte, schlenderte sie noch zum Hafen hinunter. Das halb verfallene Fabrikgebäude, an dem noch der verblasste Schriftzug Atlantic Seafood Ltd. zu lesen war, passte nicht recht in die malerische Umgebung und trübte den Eindruck einer Ferieninsel. Doch schon als sie am Anleger angekommen war und hinaus auf die raue See blickte, fand der Hochglanzprospekt seine Fortsetzung. Sie setzte sich auf einen der Polder an der Hafenmauer und schaute hinüber zum Bootshafen, wo ein Seemann in gelber Latzhose damit beschäftigt war, ein Fischerboot zum Auslaufen vorzubereiten. Sie erinnerte sich an ihren letzten Segeltörn, zusammen mit Viona, der nun bereits über zwei Jahre zurücklag. Nach der Trennung von Doug, der sie auf das Tiefste verletzt hatte, war Viona ihre einzige Freundin gewesen. Mit ihr konnte sie über alles reden. Damals hatten sie sich täglich getroffen, und Viona war es zu verdanken, dass sie nicht an ihren dunklen Gedanken erstickte, aber ihr letztes Treffen lag nun schon über zwei Monate zurück. Es wurde höchste Zeit, sich mal wieder mit ihr zu verabreden.

Die Schreie der Möwen rissen sie aus ihren Gedanken. Sie erhob sich, verließ den Hafen und schlug den Weg zur Pension ein.

Hell's End, das Ende der Hölle, welch ein seltsamer Name für eine Herberge, dachte sie, als sie die Tür öffnete. Eigentlich hatte sie eine Rezeption erwartet, doch plötzlich stand sie mitten im Gastraum einer Kneipe. Eine Frau war hinter dem Tresen mit dem Spülen von Gläsern beschäftigt. Die meisten Plätze waren leer, nur neben dem Tresen an einem runden Tisch saßen drei ältere Männer, die verstummten und ihr argwöhnische Blicke zuwarfen, als sie sie entdeckten.

»Hat sich wohl ein Paradiesvogel zu uns verirrt«, sagte einer der Männer mit einem dichten grauen Bart. Die anderen am Tisch lachten. Cathy trat vor den Tresen, während die Frau ein Glas auf der Spüle platzierte.

»Ich hörte, hier ist so etwas wie ein Hotel?«, fragte Cathy.

»Motel, Pension, Bar, Restaurant und Café«, antwortete die Frau hinter dem Tresen. »Alles, was Sie wollen, und absolut konkurrenzlos im Umkreis von zweihundert Meilen.«

»Gut, ich suche zwei Zimmer.«

»Da sind Sie hier aber ganz falsch, am anderen Ende der Insel steht eine Villa, ich glaube, da sind Sie viel besser aufgehoben«, sagte der bärtige Mann, der am runden Tisch saß und sich erhob. »Da passen dann auch die Farben viel besser zueinander.«

»Halt's Maul, Malcom«, wies ihn die Frau hinter dem Tresen barsch zurecht. »Ich bin Mia Honeywell, die Besitzerin dieses Etablissements. Ich hätte zwei Zimmer für Sie frei, Miss …«

»Ich dachte nur, bestimmt gehören Sie zu diesem Cole und der Crawford«, bemerkte der Bärtige abfällig, ehe er sich wieder niedersetzte und mit seinen Tischnachbarn tuschelte.

Cathy lächelte und trat an den runden Tisch, sie zückte ihre Polizeimarke und streckte sie dem Bärtigen vor die Nase. »Ich bin Detective Lieutenant Ronsted, und Sie müssen Malcom Hurst sein, wenn ich mich nicht irre.«

Hurst schaute Cathy verdattert an. »Ja«, krächzte er verlegen.

»Hatten Sie bei dem Gespenst, das Sie auf der Hochebene gesehen haben, auch so eine große Klappe?«

Er wurde weiß wie eine Wand. »Ma'am, woher wissen Sie …?«

»Ich leite die Ermittlungen im Mordfall Jefferson, und ich denke, wir sollten uns unterhalten. Morgen, sagen wir um zehn, hier in dieser Pension.«

Der Mann in der Ecke, der wohl noch ein paar Jahre älter als Malcom Hurst war und wie ein Aristokrat aus dem alten England wirkte, erhob sich, ließ seine Hacken zusammenknallen und salutierte. »Admiral Anthony Broon, US-Navy!«, sagte er förmlich. »Zu Ihren Diensten, Ma'am. Einige der besten Offiziere meines Kommandos waren Farbige.«

»Du bist nicht mehr bei der Navy«, konterte der Dritte im Bunde.

»Sie sind …?«

»Stone, Joseph Stone, Miss … ähm … Officer«, stotterte der Angesprochene.

Cathy lächelte in die Runde. »Ich denke, wir werden uns alle noch einmal unterhalten müssen, später, und falls Sie noch keine Farbigen gesehen haben, gehen Sie einfach aufs Festland, dort laufen viele davon herum. Und Sie werden es nicht glauben, aber sie tragen Anzüge und keinen Lendenschurz. Also, meine Herren, Admiral, einen schönen Tag noch.«

Als sie sich Mia Honeywell zuwandte, grinste die Wirtin breit. »Denen haben Sie es aber gegeben, diesen alten, senilen Holzköpfen«, flüsterte sie.

8

Landsman's Chapel, Hell's Kitchen Island, Maine,
15. März 2007, 15.45 Uhr (Donnerstag)

Collingdale streifte seine Einweghandschuhe ab und schüttelte fassungslos den Kopf. »Man hat ihn regelrecht abgeschlachtet«, sagte er und schob den kleinen Plastikcontainer in seinen Spurensicherungskoffer. »Glaube nicht, dass wir viel finden werden, der arme Kerl hat zu lange im Regen draußen gelegen, bis man ihn endlich geborgen hat.«

Gemeinsam verließ Collingdale mit Brian und Cathy den kleinen Aufbahrraum neben der Kapelle von Landsman's Chapel. Logan wartete draußen. »Es ist alles gerichtet, das Büro in der Parish Hall steht zur Verfügung. Dort gibt es auch ein Telefon und einen Computeranschluss. Diese Insel ist an das Atlantikkabel angeschlossen. Aber bei Sturm fällt auch das zeitweilig aus.«

»Und zwei Zimmer haben wir auch«, antwortete Cathy, »dann kann also nichts mehr schiefgehen.«

Stockwell reichte Collingdale den Schlüssel zur Kapelle.

»Wir holen ihn ab, sobald wir alles gepackt haben«, versprach Collingdale.

Abseits des Friedhofs hatten sich einige der Dorfbewohner versammelt und beobachteten aus der Ferne das Spektakel. Der Hubschrauber des Yarmouth Police Departments war auf einer Wiese hinter der Kapelle gelandet. Cathy erkannte den alten Admiral, der vor einer Gruppe von Männern stand und mit dem Stock herumfuchtelte, als würde er die Funktionsweise des Hubschraubers erklären.

»Irgendeiner von denen ist der Mörder«, brummte Brian leise, so dass nur Cathy es hören konnte.

»Es gibt noch zwei große Schaffarmen und eine Villa auf der Insel, in denen ebenfalls Menschen wohnen«, gab Cathy zu bedenken.

Collingdale verließ die kleine Gruppe und ging hinüber zum Helikopter, wo drei Mann seines Spurensicherungstrupps auf ihn warteten. Er redete kurz mit ihnen und übergab ihnen den Schlüssel zur Kapelle.

»Keine schöne Vorstellung, mit einer Leiche im Gepäck nach Hause fliegen zu müssen«, seufzte Brian.

Cathy nickte nur und wandte sich Logan zu. »Mister Logan, nachdem wir geklärt hätten, wo wir uns niederlassen können, gibt es noch ein weiteres Problem. Wir brauchen unbedingt einen Wagen, damit wir uns auf der Insel bewegen können.«

Logan winkte ab. »Das ist kein Problem, Sie können meinen Wagen haben«, sagte er und reichte ihr den Autoschlüssel.

Während Collingdales Männer in der Kapelle verschwanden, um kurz darauf wieder mit einer Bahre aufzutauchen, auf der sich in einem schwarzen Plastiksack Jeffersons Leichnam befand, schlenderten Logan, Brian und Cathy zum Wagen.

»Wohin bringen sie ihn?«, fragte Logan trocken.

»Er kommt in das Gerichtsmedizinische Institut nach Portland«, erklärte Brian.

Als die Leiche verladen war und die Männer einstiegen, startete der Pilot das Triebwerk. Es dauerte eine Weile, bis die Rotoren auf Touren kamen, schließlich hob der Helikopter ab und schwebte in den blauen Himmel. Eine Weile schauten sie dem Hubschrauber nach, bevor Cathy das Wort ergriff. »Machen wir uns an die Arbeit«, sagte sie. »Mister Logan, Sie werden uns unterstützen. Wir werden jetzt jeden Einwohner dieser Insel unter die Lupe nehmen und mit ihm reden. Außerdem brauchen wir eine detaillierte Karte der Insel, auf der jedes

Haus, jeder Baum und auch jeder Strauch verzeichnet ist. Gibt es so etwas hier?«

Logan nickte.

»Morgen früh um zehn wird Collingdale mit einem Suchtrupp hier eintreffen«, berichtete Brian.

»Gut«, bestätigte Cathy. »Ich habe morgen früh einen ersten Gesprächstermin mit Mister Hurst, Sie werden die Suche leiten und Mister Logan wird uns unterstützen, Sie haben doch sicher nichts anderes vor.«

Logan zuckte mit der Schulter. »Um zehn, geht klar.«

»Um zehn am Leuchtturm, dort beginnen wir mit der Suche«, stellte Brian klar, als sie den Wagen bestiegen. Cathy reichte Brian den Schlüssel und nahm neben ihm auf dem Beifahrersitz Platz.

»Glauben Sie, dass Sie den Mörder finden werden?«, fragte Logan kleinlaut.

»Genau deswegen sind wir hier«, antwortete Cathy entschlossen.

Lincoln, Loon Mountain Trail, New Hampshire,
15. März 2007, 19.00 Uhr (Donnerstag)

Die Nacht war furchtbar gewesen. Wesley Tyler hatte keinen Schlaf gefunden und vor Schmerzen gestöhnt. Erst als die Sonne aufging, fiel er in einen unruhigen Schlaf. Gegen Mittag erst war er aufgewacht. Frank Duval hatte ihm eine Suppe gekocht, und Tyler aß mit Heißhunger. Er fühlte sich deutlich besser, und das Fieber, das ihn während der Nacht quälte, hatte sich genauso lautlos davongeschlichen, wie es gekommen war.

»Wie fühlst du dich?«, fragte Duval, nachdem Tyler den zweiten Teller Suppe geleert hatte.

»Es geht, kleinere Bäume könnte ich schon wieder ausreißen«, gab Tyler mit einem gekünstelten Lächeln auf den Lippen zurück.

»Glaubst du, du könntest einen längeren Fußmarsch überstehen?«

Tyler nickte. »Wenn wir keinen Dauerlauf daraus machen.«

Eine Stunde später, nachdem sie in der Hütte einige Konserven und anderes Brauchbares in einem großen Rucksack verstaut hatten, brachen sie auf. Sie kamen gut voran, und Tyler hielt sich auf den ersten Kilometern tapfer. Erst als sie abseits des Pfades, der zum Damm führte, weitergingen, wurde es für ihn zunehmend beschwerlicher. Die Schmerzen in der Brust kehrten zurück, und das Atmen fiel ihm schwer. Nach einer längeren Rast gingen sie weiter und stapften über den weichen Waldboden in Richtung der kleinen Siedlung, die Duval gestern entdeckt hatte.

Beinahe zwei Stunden waren sie unterwegs, bis Duval den Rucksack auf dem Boden abstellte. »Du wartest hier«, sagte er. »Ich checke erst einmal die Lage.«

Tyler ließ sich auf dem Boden nieder und lehnte sich schwer atmend an einen Baum. Die Schmerzen waren zurückgekehrt.

»War wohl doch ein klein wenig zu früh für mich«, keuchte er.

»Wenn du erst einmal im Wagen sitzt, wird es schon gehen«, beruhigte ihn Duval. »Warte hier und ruh dich aus. Ich beeil mich.«

Beinahe eine Stunde verging, ehe er zurückkehrte. Tyler war eingedöst.

»Hey, du kannst gleich weiterschlafen«, riss ihn Duval aus dem Halbschlaf und rüttelte an seiner Schulter. »Komm, ich bring dich zum Wagen.«

Tyler brauchte eine Minute, bis er wieder klar denken konnte.

»Ich habe den Wagen etwa einen Kilometer von hier im Wald abgestellt«, sagte Duval.

»Ging alles glatt?«

»Ich glaube, die ganze Siedlung steht leer. Keine Menschenseele weit und breit, und der Wagen läuft wie eine Eins. Nur an Frischluft wird es uns nicht fehlen, die hintere Seitenscheibe auf der Beifahrerseite ist kaputt.«

Tyler lächelte. »Frische Luft schadet nicht«, antwortete er, bevor ihn ein Hustenanfall schüttelte. Es dauerte eine Weile, bis er wieder zur Ruhe kam. Als er seine Hand betrachtete, die er vor den Mund gehalten hatte, sah er die roten Schlieren, doch ehe Duval es ebenfalls sehen konnte, wischte er seine Hand an der Hose ab.

»Geht es wieder?«

»Ich bin okay«, krächzte Tyler. »Ist es noch weit?«

»Ein paar Schritte noch, dann sind wir da.«

Zehn Minuten später erreichten sie den Wagen, den Duval auf einem Waldweg neben der Straße zum Damm abgestellt hatte. Bevor sie ins Auto stiegen, versicherte sich Duval, dass auch wirklich niemand in der Nähe war.

»Rot ist meine Lieblingsfarbe«, presste Tyler hervor, als er sich auf dem Beifahrersitz niederließ.

»Und der Tank ist beinahe noch voll«, bemerkte Duval. »Ich schätze, fünfhundert Kilometer werden wir damit fahren können.«

»So weit brauchen wir gar nicht«, erwiderte Tyler. »Ich denke, die Küste ist keine zweihundert Kilometer von hier entfernt.«

Duval nahm hinter dem Steuer Platz und startete den Motor. Über den Waldweg fuhren sie zurück zur Straße und schlugen dann den Weg nach Osten ein. Nach einer Stunde Fahrt über kleinere Landstraßen, die durch üppige Wälder führten, erreichten sie Lincoln, wo sie im Schatten des Loon Mountain auf einem abgelegenen Rastplatz eine Pause einlegten.

Naugatuck, Ansonia Expressway, Connecticut,
15. März 2007, 22.20 Uhr (Donnerstag)

Es war kalt geworden, als die Dunkelheit über das Land hereinbrach und der Vollmond sein fahles Licht verströmte. Mitten durch die Einsamkeit eines dichten Waldes stolperte ein Mann mit auf dem Rücken gefesselten Händen über einen schmalen Pfad in Richtung Osten. Er war entkommen. Einen Augenblick lang hatten sie nicht aufgepasst, und er hatte die Gelegenheit genutzt und war aufgesprungen und in das nahe Gestrüpp eingetaucht. Die Dornen waren tief in die Haut seines Gesichts gedrungen und hatten blutige Wunden hinterlassen, doch er hatte nicht aufgegeben und war einfach weitergelaufen. Immer tiefer in das Gestrüpp. Nur kurz hatte er einen seiner Peiniger hinter sich gehört.

»Ich knall dich ab!«, hatte der Kerl gerufen, doch das Gebüsch hatte den Verfolger zurückgehalten. Der Kerl hatte die Jagd aufgegeben, war ihm nicht durch die Dornen gefolgt, sondern zurückgeblieben.

Als er das Gebüsch durchquert hatte, lag ein dichter Tannenwald vor ihm. Nur schemenhaft erkannte er die Umgebung, nachdem sich seine Augen an die Dunkelheit gewöhnt hatten. Er hetzte voran, auch wenn die Fesseln auf seinem Rücken tief in seine Handgelenke schnitten und er das Blut spürte, das über seine Wangen rann. Er durfte nicht aufgeben. Auch wenn einer von ihnen schwer verletzt war und ihm bestimmt nicht nachlaufen konnte, gab es noch einen zweiten Entführer, der ihn ohne weiteres verfolgen konnte. Und der Kerl hatte eine Waffe und würde sie auch gebrauchen, daran gab es keine Zweifel.

Kurz verharrte er und horchte in die Nacht, doch von seinem Verfolger war nichts mehr zu hören. Er hetzte weiter und sprang über den Stamm eines umgestürzten Baumes. So gut es ging, rannte er durch den Wald, bis er auf einen kleinen Pfad stieß, dem er weiter folgte. Erneut blieb er stehen und lauschte. Motorenlärm drang zu ihm vor. Vorbeifahrende Autos. In der Nähe musste sich eine Schnellstraße befinden. Er versuchte zu orten, woher der Lärm kam, doch in dem dunklen Wald schien es, als würde das Getöse von allen Seiten auf ihn herabstürzen. Er lief weiter auf dem Pfad entlang, bis er zu seiner Rechten vorbeihuschende Lichter erspähte. Der Wald wurde lichter und er verließ den Pfad. Als er weiterging, stolperte er über einen Ast. Er stürzte und schlug hart auf dem Boden auf. Einen Augenblick lang war er versucht, einfach liegen zu bleiben, ehe erneut ein Lastwagen in unmittelbarer Nähe an ihm vorbeidonnerte. Die Lichter verschwanden in der Ferne, dafür fiel das Mondlicht durch die lichten Baumkronen. Er erhob sich und ging weiter, bis er an eine steile Böschung kam, eine breite Straße lag vor ihm. Langsam stapfte er weiter, bis die Böschung abflachte. Nur wenige hundert Meter entfernt erhellte das Licht einer Tankstelle die Nacht. Er mobilisierte seine letzten Kräfte und hetzte weiter. Das Gelände stieg wieder an. Vorsichtig versuchte er die Böschung zu überwinden, doch er geriet ins Straucheln und stürzte erneut.

»Verdammt!«, fluchte er, als er sich oberhalb der Böschung auf den Hosenboden setzte und einfach hinunterrutschte. Unsanft kam er unten auf. Einen Augenblick blieb er liegen, bevor er sich wieder aufraffte und weiterstolperte. Erneut fuhr ein Lastwagen mit hoher Geschwindigkeit an ihm vorbei. Mit letzter Kraft erreichte er endlich das Tankstellengelände. Ein Mann im blauen Overall und mit langem, grauem Bart stand vor einer Zapfsäule und betankte einen Lieferwagen.

»Hilfe … helfen Sie mir!«, stöhnte er, als er auf die Zapfsäule zulief.

Der Mann wandte sich um. Mit weit aufgerissenen Augen starrte ihn der Bärtige an.

»Um Gottes willen, was ist mit Ihnen passiert?«

»Mein Name ist Caven, ich wurde entführt«, stöhnte er. »Rufen Sie die Polizei, die Kerle sind hier ganz in der Nähe.«

Western Peak, Hell's Kitchen Island, Maine,
15. März 2007, 23.30 Uhr (Donnerstag)

Die Henderson-Villa lag unter einer undurchdringlichen Glocke aus aufsteigendem Nebel, der an den steilen Klippen des Western Peak emporkroch. Das Mondlicht war hinter den Wolken verschwunden, die der sanfte Ostwind in Richtung des Festlandes trieb.

Linda Crawford hatte sich früh zu Bett begeben, sie litt an Migräne und war schon den ganzen Tag über unausstehlich gewesen. Nathan Cole lag auf der weißen Ledercouch und starrte auf das Satellitenfernsehen, wo das Spiel der Detroit Red Wings gegen die Vancouver Canucks übertragen wurde. Der Fernseher war seine einzige Verbindung zur Außenwelt, und er hoffte, dass der März endlich vorüberging und sich Linda davon überzeugen ließ, ihr neues Buch erst einmal bis zum nächsten Jahr zurückzustellen, um neue Eindrücke vom Festland in sich aufzunehmen. Seit sechs Monaten war er nun auf der Insel, und die Einsamkeit schlug ihm immer mehr aufs Gemüt. Zu Beginn ihrer trauten Gemeinsamkeit war es noch amüsant und eine ganz neue Erfahrung für ihn gewesen, die Monate hier abseits des gewohnten Lebens auf dieser Insel zu verbringen. Doch inzwischen hatten das Eiland und Linda immer mehr an Reiz verloren. Linda wurde zunehmend unausstehlicher, und sein morgendlicher Dauerlauf entlang der Klippen des Western Peak war mittlerweile schon zur Routine geworden, um wenigstens für eine Stunde ihrer steten Nähe zu entfliehen. Die Menschen im Dorf waren nicht viel mehr als zurückgebliebene Hinterwäldler, und nach seinen ersten Besuchen im Hell's End im letzten

Jahr hatte er auch keine Lust mehr, in der Bar angestarrt zu werden wie ein Elefant mit zwei Rüsseln. So hatten sich seine Besuche im Ort in den letzten Wochen auf das Nötigste beschränkt. Er fühlte, wie ihm allmählich die Decke auf den Kopf fiel. Das war der Preis dafür, dass er mit einer weltbekannten und reichen Schriftstellerin zusammenlebte, die Ruhe und Muße zum Schreiben brauchte, auch wenn sie seit Jahren nichts Vernünftiges mehr zu Wege brachte. Dennoch, das letzte Jahr war für ihn ganz gut gelaufen, denn seine Engagements in der Werbebranche hielten sich schon seit geraumer Zeit in Grenzen. Linda war reich und ein paar Jahre älter als er. Doch was tat man nicht alles für ein sorgenfreies Leben. Er musste sie einfach davon überzeugen, diese Insel schnellstmöglich zu verlassen, bevor ihre Gehirngänge ganz verstaubten. Er sehnte sich nach der Sonne Floridas. Er sprang auf, als Pat Eaves das 1:0 für die Red Wings erzielte. Detroit war seine Geburtsstadt, und die National Hockey League war alles, was ihn auf der Insel vom Trübsinn ablenken konnte. Bevor er sich wieder auf der Couch niederließ, ging er in die Küche, um sich ein eiskaltes Bier zu holen. Als sein Blick durch das Fenster hinaus in den Nebel fiel, blieb er wie versteinert stehen. Es war, als ob der Nebel rot glühte. Erstaunt fuhr er sich über die Augen. Plötzlich splitterte die Scheibe und etwas Großes flog auf ihn zu. Nathan Cole ließ sich zu Boden fallen. Ein lauter Schrei kam über seine Lippen, als der Stein auf dem Küchenschrank landete und eine große Macke im lackierten Holz hinterließ.

»Verschwinde endlich, du Mörder!«, brüllte jemand. Nathan war voller Angst. Auf dem Boden robbte er aus dem Zimmer. Das Licht im Flur flackerte auf.

»Was ist denn da unten los, Nat?«, rief Linda Crawford durch das Treppenhaus. »Ich habe Migräne und will schlafen.«

»Bleib oben und ruf die Polizei!«, schrie Nathan Cole. »Uns will jemand überfallen.«

»Du spinnst!«, entgegnete Linda Crawford und kam die Treppe herab. Sie sah Nathan, der hinter einem Sideboard auf dem Boden kauerte und ein Küchenmesser in den Händen hielt.

»Da draußen ist jemand … sei vorsichtig!«

»Ich schreibe doch keine Gruselromane«, erwiderte Linda und betrat die Küche. Sie warf einen langen Blick durch das zerborstene Fenster.

»Was soll das, da ist niemand. Was ist denn passiert?«

Nathan Cole erhob sich zögerlich, das Messer hielt er umklammert. In der anderen Hand hatte er einen faustgroßen Stein.

»Der flog durchs Fenster, beinahe hätte es mich erwischt.«

»Diese elenden Schweine«, brüllte Linda und griff nach dem Stein. »Hast du jemanden gesehen?«

»Draußen war ein Licht, dann kam der Stein durch das Fenster geflogen«, stammelte Nathan. »Ich habe mich geduckt. Sie haben gerufen, dass wir verschwinden sollen.«

Linda stürmte zur Eingangstür und riss sie auf. »Ich sorge dafür, dass ihr alle im Knast schmort!«, rief sie in die Dunkelheit.

Nathan Cole blieb in der Tür stehen und wartete, bis Linda lauthals fluchend zurückkehrte.

»Diese feigen Hunde … das lasse ich mir nicht bieten. Ich rufe die Polizei, ich gebe nicht eher Ruhe, bis die Kerle hinter Gittern sind«, schrie sie und griff zum Telefonhörer.

9

Naugatuck, Ansonia Expressway, Connecticut,
16. März 2007, 00.20 Uhr (Freitag)

Der Sheriff vom New Haven County hatte keine Sekunde verstreichen lassen und sofort nach dem Auftauchen des Tierarztes aus Sunderland an der Tankstelle am Ansonia Expressway den U.S.-Marshall Sevice in Boston verständigt.

Donovan, der gerade Bereitschaftsdienst schob, hatte ebenfalls keine Zeit versäumt und war sogleich mit dem Einsatzteam im Hubschrauber der Flugbereitschaft nach Connecticut geflogen. Doktor Caven war in das nahe Waterbury Hospital eingeliefert worden, doch zuvor hatte er dem Sheriff noch erzählt, an welcher Stelle er aus dem Wagen seiner Entführer entkommen war. Inzwischen waren Straßensperren errichtet worden, und ein Suchtrupp, ausgestattet mit zwei Spürhunden, durchsuchte die Umgebung um den Laurel Park. Der kleine Waldparkplatz war leer. Die Kerle hatten offenbar ihre Flucht im Auto des Doktors fortgesetzt.

Während Fleischman auf einer Tagung in Portland weilte, übernahm es Donovan, den Einsatz vor Ort zu koordinieren. Doktor Caven hatte zwar einige Blessuren davongetragen, aber es ging ihm den Umständen entsprechend gut. Donovan war mit einem Wagen des Sheriff Departments ins Waterbury-Krankenhaus gefahren, wo Doktor Caven nach der Erstversorgung seiner Verletzungen auf dem Zimmer lag.

»Ich habe unheimlich Glück gehabt«, sagte der Tierarzt und verkniff seine Tränen. Der Doktor sah furchtbar aus. Die Kerle hatten ihn übel zugerichtet, doch er lebte.

»Wenn sie mich nicht gebraucht hätten, dann wäre ich längst tot.«

Donovan nickte und zeigte dem Doktor das Fahndungsfoto von Dan Lukovic. Caven nickte kurz und wandte den Kopf zur Seite, damit er das Bild seines Peinigers nicht länger betrachten musste.

»Wie schwer ist seine Verletzung?«, fragte Donovan.

»Ich würde sagen, wenn er in den nächsten Stunden nicht richtig behandelt wird, dann wird sich die Wunde entzünden. Den Steckschuss aus seinem Oberschenkel konnte ich entfernen, aber es steckt noch ein weiteres Projektil in seinem Knie, das kann nur ein Spezialist entfernen. Ich bin Tierarzt.«

»Könnte er an seiner Verletzung sterben?«

»Das ist schon möglich«, antwortete Doktor Caven. »Auf alle Fälle wird er sein Bein nie mehr richtig gebrauchen können, ich könnte mir sogar vorstellen, dass es amputiert werden muss.«

»Haben die beiden irgendetwas gesagt? Was haben sie vor, wohin wollen sie?«

Caven schloss seine Augen und überlegte, schließlich schüttelte er den Kopf: »Ich hatte verdammtes Glück, und ich bin sicher, die Kerle hätten mich kaltblütig umgebracht. Aber sie haben nur wenig miteinander gesprochen. Der Verletzte schlief die meiste Zeit.«

Donovan steckte seinen Notizblock wieder ein. »Sie sind entkommen, Doktor. Wie kam es eigentlich genau dazu?«

»Wir sind den ganzen Tag querfeldein gefahren«, erzählte Doktor Caven. »Ich weiß gar nicht, wo wir überall waren. Sie mieden die Hauptstraßen, weil sie davon ausgingen, dass ihr längst nach dem Wagen sucht. Diesem Lukovic ging es schlechter. Ich saß hinten, sie hatten meine Hände auf dem Rücken gefesselt und mich zusätzlich noch mit Handschellen an der Tür festgemacht, damit ich nicht abhauen konnte. Die Wunde begann wieder zu bluten, und ich musste den Verband wechseln.

Anschließend hat mich der andere wieder gefesselt, aber er hat die Handschellen vergessen. Ich wusste, dass ich keine Chance gegen ihn hatte, aber dann musste der Kerl pissen und ging in den Wald. Ich hatte Lukovic ein Beruhigungsmittel gespritzt. Nachdem der andere weg war, bin ich aus dem Wagen gesprungen und in den Wald geflüchtet. Plötzlich kam mir Lukovics Komplize nach und drohte mir, mich zu erschießen, aber ich bin entkommen. Gott sei Dank, ich bin entkommen.«

»Ja, Doktor«, bestätigte Donovan. »Sie haben unheimlich Glück gehabt. Jetzt ist es erst einmal wichtig, dass Sie sich erholen.«

Donovan erhob sich und schob den Stuhl zurück an den Tisch, der neben dem Krankenbett stand. »Ich lasse Sie jetzt alleine, wir werden die Kerle schnappen, darauf können Sie sich verlassen.«

Noch bevor Donovan die Tür erreicht hatte, räusperte sich der Doktor. »Da ist doch etwas, an das ich mich erinnere. Die Kerle sprachen von einem Clay, mit dem sie sich treffen wollten.«

»Clay?«

»Ja, Clay oder so ähnlich. Aber einen Ort haben sie nicht genannt.«

»Clay«, wiederholte Donovan. »Das ist schon was, wir werden es überprüfen.«

»Sie müssen diese Schweine erwischen«, fügte Caven hinzu. »Die gehen über Leichen und sind zu allem fähig.«

»Das wissen wir, Doktor Caven«, antwortete Donovan und wies auf die Visitenkarte, die er auf den Nachttisch gelegt hatte. »Rufen Sie mich an, wenn Ihnen noch etwas einfällt. Egal ob Tag oder Nacht.«

The Village, Hell's Kitchen Island, Maine,
16. März 2007, 00.30 Uhr (Freitag)

Logan rieb sich seine müden Augen und fuhr sich über seine zersausten Haare, als er die Tür öffnete.

»Was ist denn los?«, brummte er verschlafen.

Cathy Ronsted stand vor der Tür, Brian Stockwell wartete mit laufendem Motor im Pick-up.

»Schnell, ziehen Sie sich etwas über und kommen Sie!«, sagte Cathy im Befehlston.

»Was ist denn passiert?«, fragte Logan verdattert.

»Jemand schleicht um die Henderson-Villa und hat einen Stein durchs Fenster geworfen. Linda Crawford hat den Notruf in Yarmouth angerufen, und die haben uns verständigt. Und jetzt ziehen Sie sich etwas über, wir müssen so schnell wie möglich zur Villa.«

Logan schnürte den Gürtel seines Morgenmantels enger. »Gut, ich komme«, erwiderte er und verschwand. Die Tür ließ er offen. Nicht einmal eine Minute später tauchte er in Jeans und mit gelber Öljacke wieder auf. Cathy hastete zum Wagen.

»Sie fahren, Sie kennen den Weg«, rief sie Logan zu, der hinter ihr herlief. Brian stieg aus und machte Logan Platz. Durch die Dunkelheit fuhren sie hinaus aus dem Village und schlugen den Weg zum Western Peak ein.

»Hat die Crawford gesagt, wer um ihr Haus schleicht?«

»Was glauben Sie?«

Logan räusperte sich. »Ich glaube, das sind ein paar Idioten aus dem Dorf. Viele meinen, dass Crawfords Liebhaber hinter dem Mord steckt.«

»Und weshalb sollte er das getan haben?«

»Keine Ahnung«, entgegnete Logan. »Ist nur komisch, dass auf der Insel seltsame Dinge vorgehen, seit er auf Hell's Kitchen ist.«

»Diese Löcher im Schuppen meinen Sie«, mischte sich Brian ein.

»Ja«, bestätigte Logan, während sich die Scheinwerfer des Pick-up durch die nebulöse Dunkelheit tasteten.

»Eine Idee?«, fragte Cathy.

»Ich selbst finde es ja auch weit hergeholt, aber einige im Dorf meinen, dass dieser Cole den sagenumwobenen Schatz des Piratenkapitäns Belfour sucht. Er wäre nicht der Erste, es gab vor Jahren mal einen Heimatforscher aus Billings, der hier aufgetaucht ist und bei Tender Hollow nach dem Schatz graben wollte. Er meinte, er habe in alten Dokumenten Hinweise gefunden, dass Belfour seine Beute dort oben in den Höhlen versteckt hätte.«

»Und, hat er etwas gefunden?«

Logan lächelte. »Vier Gruben hat er ausgehoben. Einige aus dem Dorf haben ihm geholfen. Aber gefunden haben sie nichts. Ich habe dann über das County District Office veranlasst, dass die Grabungen eingestellt wurden, sonst sähe heute unsere Insel aus wie ein Schweizer Käse.«

»Glauben Sie, dass es diesen ominösen Schatz gibt?«, wollte Brian wissen.

»Ich gebe zu, ich habe selbst ein klein wenig nachgeforscht«, antwortete Logan. »Also diesen Piratenkapitän gab es tatsächlich. Er hatte es auf Siedlerschiffe aus Europa abgesehen, die Neuengland ansteuerten. Aber er trieb sein Unwesen nicht nur hier, und es gibt hunderte von Inseln, auf denen er den Schatz versteckt haben könnte, wenn es überhaupt einen Schatz gab.«

»Was wurde aus Belfour, wurde er geschnappt?«, fragte Cathy.

»Plötzlich war er verschwunden. Niemand weiß, was mit ihm geschah. Es war zu der Zeit, als sich die Franzosen in den Norden zurückzogen und den Engländern diese Gebiete überließen. Wahrscheinlich ist er einfach seinen Landsleuten gefolgt, weil er keinen Platz mehr fand, wo er sich verkriechen konnte.«

Der Weg machte eine Linkskehre, und im Scheinwerferlicht tauchte ein Gatter auf.

»Aber Gabriel kann er nicht umgebracht haben, denn heute wäre er wohl dreihundert Jahre alt«, fügte Logan scherzend hinzu, als er nach dem Gatter nach rechts abbog und vor einem großen, weißen Haus im Stile der Südstaaten-Villen stoppte.

»Wir sind da!«, sagte er.

»Es ist am besten, wenn ihr euch hier etwas umschaut, ich rede mit der Crawford und ihrem Freund«, wies Cathy ihre Begleiter an.

»Wenn es Stone, Evans und die anderen Konsorten waren, dann sind sie längst über alle Berge«, schimpfte Logan, als er sich eine Taschenlampe schnappte.

Henderson-Villa am Western Peak, Hell's Kitchen Island, Maine, 16. März 2007, 00.55 Uhr (Freitag)

Linda Crawford öffnete die Tür, nachdem Cathy zum zweiten Mal die Glocke neben dem Eingang betätig hatte. Sie wirkte wie eine Diva aus einem der alten Hollywood-Schinken. Sie trug einen zartrosafarbenen Morgenmantel aus Seide mit Pelzbesatz und hatte ihre blonden, lockigen Haare hochgesteckt. In der Hand hielt sie ein Glas, das mit einer zähen dunklen Flüssigkeit gefüllt war.

»Da sind Sie ja endlich!«, bemerkte die Frau schnippisch. »Hier kann man mehr als einmal umgebracht werden, bis endlich Hilfe eintrifft.«

»Wie ich sehe, leben Sie noch«, gab Cathy scharfzüngig zurück.

Die Frau ließ die Tür offen und rauschte einfach davon. Cathy hatte Mühe, ihr in den Salon zu folgen, wo sie sich auf einer weißen Ledercouch niederließ.

»Wollen Sie auch einen?«, fragte sie und zeigte auf das Glas.

»Sie sind ganz schön vertrauensselig, wenn Sie mich einfach hier hereinspazieren lassen«, stellte Cathy fest.

»Ich kenne Logans Wagen, und außerdem sagten mir Ihre Kollegen, dass Sie kommen werden. Ehrlich gesagt, gibt es nicht viele auf der Insel, die einen bronzefarbenen Teint zur Schau tragen.«

»Wo ist Ihr Freund?«

»Er zieht sich etwas an, aber erschrecken Sie nicht, Lady, er ist ein großer, schwarzer Mann.«

Linda Crawford lächelte hochmütig und wies auf den Ledersessel. Cathy nahm Platz.

»Haben Sie etwas gesehen?«

Linda Crawford zog die Stirn kraus, was ihrem Gesicht noch ein paar weitere Falten hinzufügte, die trotz ihres aufwändigen Make-ups nicht zu verbergen waren.

»Dunkel, Nebel, Lady, ich bin ein Mensch, keine Eule.«

Durch eine Schiebetür betrat ein großgewachsener, dandyhafter Typ das Zimmer. Er trug einen Freizeitanzug und Tennisschuhe und ging schnurstracks auf Cathy zu. Cathys Einschätzung nach war er beinahe zwanzig Jahre jünger als Linda Crawford, und irgendwie kamen ihr seine Gesichtszüge bekannt vor. Sie erhob sich, als er nach ihrer Hand griff und sich leicht verbeugte. »Nathan Cole«, stellte er sich vor. »Ich bin überrascht, jemanden wie Sie hier zu sehen, ich dachte nämlich schon, dass man hier auf der Insel noch einen Sklavenmarkt betreibt.«

»Cathy Ronsted, Portland Police Department«, antwortete Cathy und zückte ihre Polizeimarke.

»Na, genug Süßholz geraspelt«, fiel ihm Linda Crawford ins Wort. Sie erhob sich und ging zu einer Anrichte. Als sie zurückkehrte, legte sie einen faustgroßen Stein und einen Zettel vor Cathy auf den Tisch.

»Ich will, dass Sie diese Idioten verhaften und in den Knast stecken«, sagte sie.

Cathy zog einen Einweghandschuh aus ihrer Jackentasche und zog ihn über, bevor sie nach dem Zettel griff und ihn vorsichtig auffaltete.

Verschwinde, du Mörde, stand darauf in roter Farbe geschrieben. Die Schrift war krakelig und bei dem Wort *Mörder* fehlte der letzte Buchstabe.

»Sie wissen, dass auf der Insel ein Mord geschah?«, fragte Cathy.

»Sicher«, bestätigte Linda Crawford. »Gott sei Dank liegt das Dorf mit diesen einfältigen Idioten weit entfernt, aber trotzdem verbreiten sich alle Neuigkeiten auf der Insel wie ein Lauffeuer.«

»Können Sie etwas dazu sagen?«

»Soll das jetzt ein Verhör werden«, schnitt ihr Linda Crawford entschieden das Wort ab. »Ich habe Sie nicht gerufen, damit Sie uns verdächtigen, sondern weil es einen Anschlag auf uns gab.«

»Einige der Dorfbewohner sind der Meinung, dass es seit Ihrem Auftauchen hier auf der Insel zu sonderbaren Vorfällen gekommen ist«, hielt ihr Cathy vor.

»Sie meinen doch sicherlich, seit meinem Auftauchen«, berichtigte Cole.

»Auf dieser Insel gibt es nur die Einfalt«, ereiferte sich Linda Crawford. »Diese Leute hier haben den Verstand von Kindern. Es ist nicht gut, wenn man abgeschottet von der Welt lebt und alles draußen lässt, was Fortschritt in die verstaubten Gehirne dieser armen einfältigen Wesen bringen könnte.«

»Dann verstehe ich nicht, warum Sie hier auf der Insel leben«, konterte Cathy.

Linda Crawford ging zu einem Buchregal und zog ein Buch heraus, das sie neben Cathy auf den Sessel legte. »Schon mal gesehen?«, fragte sie.

Cathy zuckte mit der Schulter.

Linda Crawford lächelte kalt. »Sie arbeiten bei der Polizei, deswegen weiß ich, dass Sie sich über die Leute erkundigen, zu denen Sie gerufen werden. Daher wissen Sie sicherlich, dass ich Schriftstellerin bin. Ich lebe hier mit Nat, weil ich Muße und Ruhe zum Schreiben brauche. Das dürfte wohl auch jemand verstehen, der bei der Polizei arbeitet.«

»Sicher«, entgegnete Cathy und wandte sich demonstrativ von Linda Crawford ab und Nathan Cole zu, der auf der gegenüberliegenden Seite auf einem Barhocker Platz genommen hatte.

»Mister Cole, haben Sie schon einmal etwas von einem gewissen Herrn Belfour gehört?«

Nathan Cole zog die Stirn kraus und überlegte. »Sollte ich?«, fragte er.

»Keine Idee?«

Nathan Cole kratzte sich am Kinn. »Hier auf der Insel«, murmelte er. »Keinen blassen Schimmer. Belfour, ganz unbekannt ist mir der Name nicht. Aber ich … doch, Moment … hieß so nicht ein Stürmer der Chicago Blackhawks?«

»Blackhawks?«, wiederholte Cathy.

»NHL … oder National Hockey League, Sie schauen wohl kein Eishockey?«

»Bedauere, nein.«

»Soll ich schon einmal ins Bett, wenn ich störe«, mischte sich Linda Crawford in das Gespräch. Doch ehe Cathy antworten konnte, klingelte es an der Tür.

»Würdest du bitte …«

Nathan Cole nickte galant und verschwand im Flur. Einen Augenblick später kehrte er mit Logan und Brian im Schlepptau wieder zurück.

»Nichts!«, erklärte Brian.

»Habe ich mir schon gedacht«, erwiderte Cathy und erhob sich. Den Zettel und den Stein verstaute sie in einer Plastiktüte.

»Wir melden uns, sobald wir etwas in Erfahrung gebracht haben«, sagte sie.

»Also in meinem nächsten Leben«, unkte Linda Crawford.

»Nein, ich komme bestimmt früher«, antwortete Cathy. »Wir befragen alle Bewohner dieser Insel, ob sie im Zusammenhang mit dem Mord etwas bemerkt haben.«

»Oh, dann können Sie sich den Weg hier herauf sparen«, entgegnete Linda Crawford. »Wir verlassen unsere Festung nur, um ein paar Lebensmittel zu kaufen, ansonsten haben wir keine Lust auf das Mittelalter, verstehen Sie. Und zum Zeitpunkt, als der Mord geschah, hat mich Nat im Schlafzimmer verwöhnt. Er ist so zärtlich, da vergisst man leicht die Zeit, verstehen Sie.«

»Sie wissen, wann der Mord passierte«, warf Cathy ein.

»Na ja, zumindest in der Nacht, als es wahrscheinlich passiert ist, waren wir die ganze Zeit über zusammen, so wie jeden Abend.«

Nat nickte. »Man kann sich hier in diesem Haus nur ganz schlecht aus dem Weg gehen«, fügte er hinzu.

Fünf Minuten später bestiegen Cathy, Brian und Logan den Pick-up und fuhren zurück ins Village.

»Das ist eine ganz furchtbare Schreckschraube«, sagte Cathy. »Und ihr Freund kommt mir irgendwie bekannt vor.«

»Er spielt in Werbespots mit und ist Schauspieler oder so was Ähnliches«, erklärte Logan.

Cathy fasste sich an den Kopf. »Stimmt, jetzt fällt der Groschen, die Wilkinson-Werbung mit dem Nassrasierer.«

»Ich benutze ein Rasiermesser«, murmelte Brian Stockwell.

10

U.S.-Marshall Service, District Headquarter, Boston, 16. März 2007, 07.00 Uhr (Freitag)

Rodger Donovan hatte dunkle Ringe unter den Augen und sein Gesicht war weiß wie eine gekalkte Wand. Die dunkelblonden Haare hingen ihm wirr in die Stirn. Vor einer Stunde war er in Boston auf dem Vorplatz des John Joseph Moakley Courthouse gelandet. Alle Stockwerke waren verwaist, nur beim Bereitschaftsdienst im Erdgeschoss brannte Licht. Donovan nahm den Fahrstuhl und begab sich auf direktem Weg in sein Büro. Die Suche in der Umgebung von Naugatuck war negativ verlaufen. Um drei Uhr hatten sie die Fahndung ergebnislos abgebrochen. Die Verbrecher waren mitsamt Doktor Cavens Wagen verschwunden.

Donovan war nicht nach Hause gefahren, er hatte sich hinter seinen Schreibtisch gesetzt und den Computer hochgefahren. Möglicherweise hatte Doktor Caven einen wichtigen Hinweis auf den Verbleib der beiden flüchtigen Schwerverbrecher aufgeschnappt. Nachdem der Computer hochgefahren war, öffnete er das Startmenü und holte sich die Akte von Dan Lukovic auf den Bildschirm. Lukovic war ein schweres Kaliber, der für eine Mafiafamilie namens Moroni im Süden Philadelphias die Drecksarbeit erledigt hatte. Er war 45 Jahre alt und in Woodbury geboren. Obwohl sein Name einen slawischen Einschlag hatte, stammten seine Vorfahren aus der Gegend um Undine in Italien. Man verdächtigte ihn in mehreren Mordfällen, doch in Cedar Junction saß er wegen zweifachen Totschlags ein. Er war zu fünfzig Jahren Haft ohne Aussicht auf vorzeitige Entlassung verurteilt worden, weil er in einer Auseinandersetzung mit Vietnamesen zwei Menschen erschossen hatte. Die Morde an zwei Geschäftsmännern in Middle City East hatten ihm nicht nachgewiesen werden können, aber Donovan zweifelte keine Sekunde daran, dass Lukovic damals die beiden Bankangestellten entführt und kaltblütig ermordet hatte. Die Ermittlungen des Homicide Squad von Philadelphia waren ins Stocken geraten, weil zwei wichtige Zeugen spurlos verschwunden waren. Zwei weitere Verdächtige gab es, doch der Name *Clay* tauchte in der Akte nicht auf.

Dan Lukovic hatte in der Vine Street in einem Apartment gewohnt. Eine Frau oder Freundin gab es nicht, und auch Familienangehörige waren in Philadelphia nicht mehr wohnhaft. Seine Mutter war vor drei Jahren gestorben und sein Vater, ein Alkoholiker, starb bereits, als Dan Lukovic sieben Jahre alt gewesen war. Es gab eine jüngere Schwester, die mit einem US-Soldaten verheiratet war, der in Rammstein, Deutschland, stationiert war. Donovan rief das Strafregister auf, insgesamt gab es vier Verhaftungen und drei Schuldsprüche. Lukovic hatte vor seiner Haft in Cedar Junction bereits drei Haftstrafen in unterschiedlichen Strafanstalten verbüßt. Bei seiner ersten Verurteilung wegen gefährlicher Körperverletzung im Jahr 1979 war er siebzehn Jahre alt gewesen. Er wurde in das Juvenile Justice Center in Philadelphia überführt, wo er seine zehnmonatige Strafe absaß. Die zweite Inhaftierung folgte 1985. Zwei Jahre wegen schweren Diebstahls in Rahway, New Jersey. Aber auch in diesem Fall war niemand mit dem Namen *Clay* involviert. Donovan fluchte. Nun gab es schon diese aufwändige EDV-Anlage, dennoch musste er Fall um Fall durchgehen, um nach Mittätern, Komplizen oder Zellengenossen zu forschen. Als er die Datei der dritten Verurteilung, drei Jahre und zwei Monate im Jahr 1989 wegen eines Raubdeliktes, öffnete, sank sein Kopf auf die Tastatur und er schlief ein.

Er fuhr erschrocken auf, als Magret Mcpherson die Tür zu seinem Büro öffnete.

»Habe ich richtig gesehen, hier brennt Licht«, sagte sie und betrachtete Donovan. »Was machst du so früh im Büro?«

»Wie spät ist es?«, fragte Donovan und rieb sich den Schlaf aus den Augen.

»Kurz nach sieben«, antwortete Magret, »im Übrigen siehst du aus, als hätte dich ein Wookie ausgekotzt.«

»Ich war die ganze Nacht unterwegs«, erklärte Donovan. »Während Macphie selig schlief, habe ich hart gearbeitet. Doktor Caven ist aufgetaucht.«

»Lebend?«

»Er hatte Glück und ist den Kerlen entkommen. Lukovic macht es nicht mehr lange, wenn er nicht ordentlich behandelt wird.«

»Woher weißt du …?«

»Der Doc hat es mir erzählt. Und er hat mir erzählt, dass die Kerle zu einem gewissen Clay unterwegs sind. Jetzt sitze ich hier vor dieser Höllenmaschine, aber sie spuckt mir keine Antworten auf meine Fragen aus. Ich frage mich, wozu wir diese Scheiße hier brauchen, wenn wir damit nur Zeit vergeuden.«

Magret trat an seine Seite und schaute auf den Bildschirm.

»Und was suchst du genau?«, fragte sie.

»Na, was wohl, das Rezept für einen Caipirinha.«

»Hast du schon eine kombinierte Fragmentsuchanfrage gestartet?«

»Eine was?«

Macphie schob Donovan ein Stück beiseite und setzte sich neben ihm auf den Bürostuhl. »Wir fassen alle Fälle zu einem Bundle zusammen und machen daraus eine Stapeldatei, schau, so geht das.«

Macphies Finger tanzten wie Flamencotänzerinnen über die Tastatur. Donovan fuhr sich über die Stirn.

»Und wenn die gesamten Dateien zusammengefasst sind, dann rufen wir die Schlagwortsuche auf. Hier, so sieht die Maske aus.«

Das Bild auf dem Monitor veränderte sich.

»Und jetzt tragen wir das Suchwort in die Maske ein.«

»Clay … schreib Clay«, drängelte Donovan.

»Clay, okay. Und jetzt: Abschicken!«

Auf dem Bildschirm tauchte eine kleine Uhr an der Stelle auf, an der normalerweise der Pfeil angezeigt wurde.

»Was ist hier los?«, tönte die sonore Stimme von Noah Fleischman durch den Raum. »Ihr solltet die Tür schließen, wenn ihr intim miteinander werden wollt.«

Macphie erhob sich und umrundete den Schreibtisch, während Donovan ungeduldig auf die kleine Uhr starrte.

»Was passiert jetzt?«, fragte er Macphie, die zur Tür ging.

»Jetzt koche ich erst einmal einen starken Kaffee. Die Suche kann etwas dauern.«

Hell's End Bar, Hell's Kitchen Island, Maine,
16. März 2007, 08.35 Uhr (Freitag)

Der Frühstückstisch war reichhaltig gedeckt. Brian aß bereits sein fünftes Toastbrot, während Cathy lediglich eine Tasse Kaffee vor sich stehen hatte und eine Zigarette rauchte.

»Du solltest zugreifen«, sagte Brian schmatzend. »Das Frühstück ist das wichtigste Essen am Tag, behaupten zumindest die Ernährungswissenschaftler.«

Cathy zog an ihrer Zigarette und blies den blauen Dunst in die Luft. Sie saßen in einer Ecke der Bar, Cathy schaute aus dem Fenster, wo einzelne Regentropfen ein kleines Rinnsal bildeten und langsam der Schwerkraft nach unten folgten. Die Bar war leer, sie waren die einzigen Gäste.

Mia Honeywell gesellte sich an ihren Tisch und stellte eine Thermoskanne vor Brian ab.

»Ich habe Tee für Sie gemacht«, sagte die Barbesitzerin.

»Danke«, antwortete Brian und blickte dabei demonstrativ in Cathys Richtung. »Wenn ich schon bei diesem üblen Wetter raus in die Kälte muss, dann ist es gut, wenn man ein heißes Getränk bei sich hat.«

»Du wirst schon nicht erfrieren«, gab Cathy kurz angebunden zurück.

Brian biss in seinen Toast. »Du bleibst ja hier und machst es dir gemütlich«, stichelte Brian weiter.

Mia lächelte. »Wenn Sie noch eine Kanne …«

»Ich denke, eine wird reichen«, fiel ihr Cathy ins Wort.

Mia nickte und wandte sich um. Sie verschwand in der Küche.

Nach dem nächtlichen Einsatz am Western Peak hatte Cathy die Liste der Einwohner an ihre Dienststelle nach Portland gefaxt und gebeten, jeden einzelnen genau unter die Lupe zu nehmen. Sie war erst gegen drei Uhr zu Bett gegangen, während Brian eine ganze Stunde länger geschlafen hatte.

»Wann holt dich Logan ab?«, fragte Cathy.

Brian bestrich ein weiteres Toastbrot mit Erdnussbutter. »Findest du es eigentlich gut, dass wir Logan in unsere Karten schauen lassen? Schließlich ist er auch ein Insulaner und lebt hier. Er käme also auch als Mörder in Frage.«

»Glaubst du ernsthaft, er könnte es gewesen sein?«

Brian schüttelte den Kopf. »Eigentlich nicht, aber man weiß ja nie.«

Cathy drückte ihre Zigarette im Aschenbecher aus. »Ich lasse Logan nicht in meine Karten schauen. Es ist nur, er kennt sich hier aus und ist so etwas wie der Polizist hier im Ort. Wir benutzen ihn quasi als Scout, aber wir halten ihn auf Abstand. Hast du daran etwas auszusetzen?«

»Nein«, antwortete Brian. »Bin mal gespannt, was die Überprüfung der Meldeliste ergibt. Vielleicht finden wir einen Ansatzpunkt.«

»Glaubst du eigentlich an den Blödsinn mit der Schatzkarte des Piratenkapitäns?«

»Könnte schon sein, aber Cole sieht mir eher wie ein Heiratsschwindler und Erbschleicher aus. Ich kann mir nicht vorstellen, dass er hier ist, um nach einem Schatz zu suchen. Der nimmt diese Alte aus, das kannst du mir glauben. Und mit dem Tod des Leuchtturmwärters hat er wahrscheinlich nichts zu tun.«

Draußen fuhr ein Wagen vor und bremste vor der Bar. Logan stieg aus.

»Ich will, dass ihr das Gebiet am Leuchtturm und den Wald auf der Hochebene gründlich durchsucht.«

Brian erhob sich, nachdem Logan das Lokal betreten hatte, und griff nach seiner Jacke.

»Dir wünsche ich viel Erfolg bei der Befragung dieser einfältigen Hinterwälder«, sagte er.

»Lass dein Handy eingeschaltet«, antwortete Cathy und steckte sich eine neue Zigarette an.

Nahe Augusta, Kennebec County, Maine,
16. März 2007, 09.40 Uhr (Freitag)

Nachdem sie bei Lincoln eine Pause gemacht hatten, waren sie über die Loon Mountains nach Osten gefahren. Beinahe einhundert Kilometer über Waldstraßen und enge Wege hatten sie zurückgelegt, bis sie unweit von Augusta am Kennebec River eine weitere Rast einlegten. Tyler hatte die meiste Zeit auf dem Beifahrersitz geschlafen. Erst als Duval den Motor abstellte, wachte er auf.

»Wo sind wir hier?«, fragte er, als er sich umsah und nur Sträucher und Buschwerk um sich wahrnahm.

»Augusta«, gab Duval zur Antwort. »Dort hinten liegen die Kiesgruben am Fluss.«

Tyler atmete tief ein und stöhnte, denn jeder tiefere Atemzug brannte wie Feuer in seiner Brust.

»Alles okay?«

»Geht schon.«

»Du bist dir wirklich sicher, dass es das Boot noch gibt? Schließlich ist es fast zwanzig Jahre her«, überlegte Frank Duval.

»Es ist eine Sea Ray, die ist unverwüstlich. Sie hat einen Mercury-Motor, der generalüberholt wurde. Außerdem steht sie im Schuppen, da kommt niemand ran, und sie ist vor Wind und Wetter geschützt. Onkel Eugene hat das Boot bis zu seinem Tod gepflegt.«

»Ich hoffe, du irrst dich nicht. Hast du Hunger?«

Tyler schüttelte den Kopf und fasste sich an den Brustkorb.

»Schmerzen?«

»Es ist auszuhalten. Ich glaube, der Gewaltmarsch hat mich wieder ein Stück zurückgeworfen, aber wenn wir erst einmal in Sicherheit sind, dann kann ich mich ausruhen.«

»Wir machen eine Rast und fahren erst bei Anbruch der Dunkelheit weiter. Hier scheinen wir sicher zu sein.«

»Wenn wir erst einmal in Freeport sind, dann ist der Rest ein Kinderspiel.«

Duval griff nach dem Rucksack auf der Rückbank. Er nahm eine mit Roastbeef gefüllte Dose heraus und öffnete sie mit dem Büchsenöffner. »Bis Freeport sind es noch gut sechzig Kilometer, das schaffen wir in einem Rutsch.«

Tyler lehnte sich zurück und schloss die Augen. Seine rasselnden Atemzüge waren das einzige Geräusch, das die Stille im Wagen durchbrach. Frank Duval warf ihm einen skeptischen Blick zu. Tyler musste es einfach schaffen, er brauchte ihn. Tyler war der Schlüssel zu einem Leben in Freiheit auf irgendeiner Insel in der Karibik, mit der es keinen Auslieferungsvertrag mit den Staaten gab. Nur noch ein paar Tage, dann hätte er es geschafft, dann wäre er reich und konnte das Leben in vollen Zügen genießen. Hoffentlich hielt Tyler durch, er war auf Gedeih und Verderb auf ihn angewiesen.

The Village, Parish Hall, Hell's Kitchen Island, Maine, 16. März 2007, 10.35 Uhr (Freitag)

Cathy Ronsted hatte es vorgezogen, die Befragung von Malcom Hurst in ihrem notdürftig eingerichteten Büro im Gemeindehaus durchzuführen. Die erste Begegnung in der Bar hatte ihr gezeigt, dass Hurst in Gegenwart seiner Freunde kein leichter Gesprächspartner werden würde. Sie hatte die Stunde genutzt und sich ausreichend auf den Termin vorbereitet. Brian hatte ihr vor kurzem mitgeteilt, dass Collingdale mit einem Suchtrupp, bestehend aus vierzehn Mann und zwei Spürhunden, am Leuchtturm eingetroffen war. Ein Hubschrauber der Küstenwache hatte sie dort abgesetzt. Sie warf einen Blick aus dem Fenster und schmunzelte. Der Regen hatte zugenommen, und ein kalter Nordwind pfiff durch die Straßen des kleinen Dorfes. Bestimmt war der Wind auf South Bench noch viel heftiger.

Es klopfte an der Tür. Cathy platzierte sich eilends hinter ihrem Schreibtisch und schlug einen Aktenordner auf. Sie wartete, bis es ein weiteres Mal klopfte, ehe sie ein gespielt genervtes *Herein* in Richtung der Tür rief.

Schon als Malcom Hurst eintrat, wusste sie, dass sie gewonnen hatte. Hurst trug einen gelben Ölmantel, schwarze Gummistiefel und hielt seinen Südwester mit beiden Händen knapp unterhalb seines Bauchansatzes fest. Sein grauer Bart war vom Regen und dem Wind zerzaust. Mit niedergeschlagenen Augen, verlegen auf den Boden blickend, blieb er vor dem Schreibtisch stehen, wie ein ungezogenes Schulkind, das zum Schuldirektor befohlen worden war.

Cathy tat, als wäre sie noch immer in die Akte vertieft. Beinahe eine Minute lang ließ sie ihn stehen, bevor sie den Aktendeckel zuschlug und ihn zum Hinsetzen aufforderte. Artig gehorchte der alte Hurst, der in der Bar noch eine große Klappe gehabt hatte.

»Sie sind Malcom Hurst, geboren am 3. Mai 1947 auf Lanes Island?«, fragte sie ihn, als sie das Mikrophon ihres Aufzeichnungsgerätes ausrichtete.

»Ja, Ma'am«, antwortete er schüchtern. Er beugte sich vor und sprach in das kleine Mikro.

»Sie können ruhig sitzen bleiben, das Gerät zeichnet alles auf«, erklärte Cathy.

Hurst nickte und ließ sich auf dem Stuhl zurücksinken.

»Mister Hurst«, begann Cathy mit ihrer Befragung. »Sie wissen, dass Gabriel Jefferson auf seinem Anwesen am Leuchtturm von South Bench ermordet worden ist?«

»Ja, Ma'am.«

»Wann haben Sie Jefferson das letzte Mal gesehen?«

Hurst runzelte die Stirn und überlegte. »Das muss vor vier Wochen gewesen sein. Wir haben am Benchmark nach ein paar versprengten Schafen gesucht. Ich arbeite für die Bratts und hüte ihre Schafe, müssen Sie wissen. Wir kamen am Leuchtturm vorbei, da hat Gabriel an einer Holzskulptur gearbeitet. Das ist … das war sein Hobby, die Schnitzerei. Ich habe ihn gefragt, ob er unsere Schafe gesehen hat. Aber das hatte er nicht. Dann sind wir weitergefahren.«

»Wer ist wir?«

»Dan Boyd hat mich begleitet, er arbeitet ebenfalls für Otis, ich meine für Mister Bratt.«

»Hat Jefferson etwas zu Ihnen gesagt, haben Sie etwas Ungewöhnliches bemerkt?«

»Ungewöhnliches?«, wiederholte Hurst und zuckte mit der Schulter.

»Hatte er Besuch?«

»Nein.«

»War seine Frau ebenfalls dort?«

»Im Haus vielleicht, gesehen habe ich sie nicht. Wir waren nicht länger, als man braucht, um ein Schnapsglas zu leeren. Gabriel hatte Besuch nicht so gerne, er blieb lieber für sich.«

Cathy öffnete den Aktendeckel. »Wie ich hörte, kam er nur selten ins Dorf und mied den Umgang mit den Dorfbewohnern. Gab es da mal einen Vorfall oder einen Grund, warum er sich zurückzog?«

Hurst schüttelte den Kopf. »Früher war er oft hier, aber seit vier, fünf Jahren blieb er bei seinem Leuchtturm und schnitzte diese Figuren. Er war schon ein komischer Kauz. Ich dachte mir, es liegt an Ava, dass sie ihn nicht gehen lässt.«

Cathy nahm zwei Hochglanzfotos aus dem Aktenordner und legte sie vor Malcom Hurst auf den Schreibtisch. Es waren Bilder, die den toten Gabriel Jefferson zeigten. »Können Sie sich vorstellen, wer ihm das angetan haben könnte?«

Hurst zuckte zusammen, als er die Bilder betrachtete. Die Fassungslosigkeit stand ihm ins Gesicht geschrieben. »Das … das … das ist … das ist Gabriel?«, stotterte er.

»Ganz schön übel zugerichtet, was?«, bemerkte Cathy flapsig.

»Das kann nur Belfour gewesen sein«, stammelte Hurst.

Cathy lächelte. »Erzählen Sie mir von Ihrem Geist, den Sie gesehen haben!«

In aller Einzelheit schilderte Malcom Hurst seine nächtliche Begegnung mit dem Phantom auf dem Verdana Upland. Er erzählte mit solch einer Inbrunst, solch einer Überzeugung, dass Cathy den Eindruck gewann, er würde es tatsächlich für möglich halten, dass ein dreihundert Jahre alter Piratenkapitän sein Unwesen auf Hell's Kitchen trieb. Als er den Stauerhaken in der

Hand des Phantoms erwähnte, wurde Cathy hellhörig. Sie suchte das Bild aus ihren Unterlagen, das den Stauerhaken zeigte, der im Auge der Skulptur steckte.

»War es so etwas?«, fragte sie.

»So, genau so sah er aus«, antwortete er wie aus der Pistole geschossen.

Cathy überlegte. Zweifellos war Malcom Hurst dem Mörder Gabriel Jeffersons begegnet, doch mit der Beschreibung, die ihr der bärtige Schafhirte lieferte, konnte sie überhaupt nichts anfangen. Nach Hursts Schilderung stand er einem beinahe zwei Meter großen Riesen im schwarzen Regenzeug und einem übergroßen Südwester gegenüber. Noch nicht einmal in Madame Tussauds Kuriositätenkabinett würde sie eine Person finden, die der Beschreibung ihres Zeugen entsprach.

»Haben Sie eine Idee, weshalb der Geist von Kapitän Belfour ausgerechnet auf diese Insel zurückgekehrt ist und hier die Bewohner terrorisiert und ermordet?«

Hurst nickte. »Das ist seine Insel, und wir haben hier nichts zu suchen«, erwiderte er voller Überzeugung.

Cathys Fragen waren erschöpft. Ein Hungergefühl keimte in ihr auf. Sie blickte auf die Uhr, es war kurz vor zwölf.

»Halten Sie sich zur Verfügung, falls ich noch Fragen habe«, sagte sie.

»Ich bin hier, wohin sollte ich sonst gehen? Mein ganzes Leben habe ich schon hier auf der Insel verbracht. Mein Vater war Fischer, und ich bin es ebenfalls.«

»Ich dachte, Sie sind Schäfer.«

»Nicht mehr, seit die Firma pleiteging, aber einmal Fischer, immer Fischer«, antwortete er, als er sich erhob. »Das mit den Schafen mache ich nur, weil ich nicht mehr so oft hinausfahre und es sonst nichts anderes gibt, womit man hier sein Geld verdienen kann.«

Noch bevor er an der Tür war, erhob sich Cathy. »Eine Frage

hätte ich noch, Mister Hurst. Wo waren Sie heute Nacht, so gegen Mitternacht?«

Hurst senkte den Blick. »Ich habe geschlafen«, antwortete er etwas zu schnell.

»Gibt es Zeugen dafür?«

Hurst schüttelte den Kopf.

Cathy umrundete den Schreibtisch. »Wir werden es sowieso bald wissen«, murmelte sie. »Die Spurensicherung kümmert sich darum, und ein Stein ist ein hervorragender Spurenträger. Ich bin mir nämlich sicher, dass der Geist mit der Sache heute Nacht an der Henderson-Villa nichts zu tun hat.«

»Ich …«, begann Hurst leise.

»Wollen Sie etwas dazu sagen?«

Einen Augenblick lang zögerte Hurst, schließlich schüttelte er den Kopf.

»Wir werden schon herausfinden, wer sich um Mitternacht am Western Peak herumtrieb«, antwortete Cathy. »Das war es erst mal, Mister Hurst, wir sehen uns bestimmt bald wieder. Und jetzt entschuldigen Sie mich, ich habe noch zu tun.«

Goose Rock, vor Hell's Cove, Maine,
16. März 2007, 11.45 Uhr (Freitag)

Kelvin Bould drosselte den Motor seiner Norstar und nahm das Fernglas vor die Augen. Er hatte sich nicht geirrt, ein paar Meter westlich trieb ein Boot. Bould lebte auf Hell's Kitchen und war nach einem Symposium für Ornithologen in New Heaven auf dem Rückweg zur Insel im Golf von Maine, wo er im Auftrag der Staatlichen Gesellschaft für Vogelkunde arbeitete und die Vogelpopulationen auf den umliegenden Inseln beobachtete. Vierzehn Tage hatte er in New Heaven zugebracht. Vor einer Stunde war er von Falmouth aufgebrochen, wo er sein Boot festgemacht hatte. Kelvin Bould drehte am Einstellrad des Fernglases, bis er die Umrisse des dahintreibenden Bootes klar erkennen konnte. Das Boot schaukelte wild im unruhigen Wasser, ein Passagier war nicht zu erkennen. Er setzte sich hinter das Steuer seiner Norstar und beschleunigte. Mit knapp zehn Knoten näherte er sich dem treibenden Boot. Schon von Weitem war zu erkennen, dass es sich um William Evans' Carolina Skiff handelte. Doch von Evans war weit und breit nichts zu sehen. Kelvin schaute sich um, er war nur wenige Meter vom Goose Rock entfernt, wo auf einer Leuchtboje ein rotes und ein grünes Licht leuchteten, um die Einfahrt zum Hafen von Hell's Kitchen zu markieren und vor den Riffen zu warnen, die sich in unmittelbarer Nähe befanden und scharf genug waren, um den Rumpf eines Bootes aufreißen zu können. Als er die Carolina erreichte, gab er Gegenschub, bis seine Norstar so weit verlangsamte, dass sie nur noch gemächlich vorwärts trieb. Den Motor schaltete er ab.

»Willy!«, rief er über das Wasser, doch Evans antwortete nicht. Als er nahe genug heran war, sah er, dass sich niemand im Boot befand. Doch noch etwas machte ihn stutzig. Auf dem Schiffsboden hatte sich eine rote Flüssigkeit angesammelt. Wasser hatte sich mit dem Blut vermischt. Erschrocken zuckte Kelvin zusammen.

»Willy, hörst du mich?«, rief er noch einmal. Hatte Evans sich verletzt, war er auf ein Riff gelaufen und über Bord gegangen? Der Rumpf der Carolina schien unversehrt. Mit einer langen Stange, die sich an Bord seines Motorbootes befand, bekam er ein Seil des anderen Motorbootes zu fassen. Er konnte es nicht einfach in die Southern Shoals treiben lassen. Er nahm es ins Schlepptau und ergriff erneut das Fernglas. Bedächtig suchte er die Wasseroberfläche ab. Falls ein Körper im Wasser treiben würde, so wollte er ihn nicht übersehen. Als er mit seinem Fernglas den Goose Rock absuchte, erkannte er etwas, das unmittelbar vor dem knapp zweihundert Meter entfernten Felsen im Wasser trieb. Er startete seinen Motor und fuhr mit halber Kraft zum Felsen. Die Carolina folgte brav in seinem Fahrwasser. In ausreichender Entfernung stoppte er. Das seltsame Etwas am Felsen war ein menschlicher Körper. Kelvin Bould schluckte, als er näher heran war. Der Oberkörper trieb auf dem Wasser, graue Haare schaukelten auf der Oberfläche hin und her.

»Mein Gott, Willy«, stammelte Kelvin.

Dann entdeckte er die straff gespannte Kette, die vom Gerüst des kleinen Leuchtfeuers ins Wasser führte und deren Ende um den Hals des treibenden Körpers geschlungen war. Er beugte sich über die Reling und nahm seine Stange zu Hilfe. Zunächst musste es ihm gelingen, den regungslos treibenden Körper umzudrehen. Der erste Versuch scheiterte, und erst beim dritten Mal bekam die Stange, an deren Ende sich ein Bootshaken befand, den dahintreibenden Körper zu fassen. Kelvin brauchte all seine Kraft, um ihn umzudrehen. Als der Kopf aus dem Wasser auftauchte und Kelvin in das Gesicht blickte, erschrak er. Der Mann, der hier im Wasser trieb und mit offenen Augen in den Himmel blickte, war tatsächlich der Fischer William Evans. Die Kette, die um seinen Hals lag, hielt ihn knapp oberhalb der Wasserlinie gefangen, doch Willy war ohne Zweifel tot, und dort, wo seine Nase sitzen sollte, gähnte ein dunkles Loch.

Kelvin Bould rutschte die Stange aus der Hand. »Nein!«, brüllte er, als er vor Schrecken rücklings in sein Boot stürzte. Er raffte sich wieder auf, griff nach dem Funkgerät und schaltete auf den Notrufkanal.

»Mayday, Mayday«, schrie er in das kleine Handmikrofon.

»Hier Boothbay Harbor Coast Guard Station«, tönte es aus dem Lautsprecher. »Identifizieren Sie sich, und geben Sie Ihre Position durch.«

Kelvin unterdrückte seinen Würgereflex. »Schnell, hier ist eine Leiche im Wasser, bei Goose Rock vor Hell's Kitchen Island.

43°45′29.50″Nord, 69°56′36.47″West, kommen Sie schnell, ich glaube, der Mann wurde ermordet.«

Noch bevor der Funker die Position bestätigt hatte, atmete Kelvin Bould tief durch. Dieses Bild würde er wohl nie wieder vergessen.

11

U.S.-Marshall Service, District Headquarter, Boston, 16. März 2007, 11.55 Uhr (Freitag)

Es dauerte dreieinhalb Stunden, bis das Suchprogramm der EDV-Anlage des U.S.-Marshall Service die Ergebnisse ausspuckte. Donovan hatte sich in seinem Büro aufs Ohr gelegt, nachdem er Fleischman darüber informiert hatte, was in der vergangenen Nacht geschehen war und dass Doktor Caven einen wertvollen Hinweis zur Fahndung nach Lukovic und seinem Komplizen geliefert hatte. Noah Fleischman war von Anfang an der Überzeugung gewesen, dass Lukovic und Simmrock versuchen würden, sich nach Philadelphia durchzuschlagen, um bei den Moronis im Süden der Stadt unterzukriechen, wo die Cosa Nostra noch immer unangefochten die Stadtteile kontrollierte. In diesen Vierteln verfügte die Mafiaorganisation über vielfältige Möglichkeiten, um von der Polizei Gesuchte für eine Weile zu verbergen. Außerdem wäre es ein Leichtes, Vertraute und verdiente Mitarbeiter außer Landes zu schaffen, wenn nur genug Zeit war, um die Vorbereitungen zu treffen. Dennoch gab es ein unkalkulierbares Risiko. V-Männer der Polizei, des FBI, der ATF und der Drogenpolizei waren stets zur Stelle, wenn sie die Möglichkeit witterten, ein paar Dollar für eine Verhaftung zu kassieren. Und der U.S.-Marshall Service genoss einen guten Ruf im Land und galt bei den anderen Sicherheitsbehörden nicht als Konkurrenz, weshalb die Zusammenarbeit meist hervorragend funktionierte. Fleischman hatte die Kollegen in Philadelphia angewiesen, alle möglichen Quellen anzuzapfen und das

Gebiet entsprechend zu überwachen. Eine Verfolgungsjagd war eine Möglichkeit, ein Wild zur Strecke zu bringen, doch eine viel bessere Option war es, sich am Bau seines Beutetieres auf die Lauer zu legen, denn irgendwann würde es genau dorthin zurückkehren.

Doch Fleischman hatte sich offenbar geirrt, denn nicht die Moronis waren das Ziel der Flucht, sondern ein gewisser Clay. Und wenn man in Erfahrung bringen konnte, um wen es sich bei diesem Mann handelte, so hatten sie gute Aussichten, Lukovic und Simmrock endlich zu schnappen.

Donovan wischte sich den Schlaf aus dem Gesicht, nachdem Macphie in sein Büro gekommen war und ihn an der Schulter gerüttelt hatte, bis er endlich wach wurde.

»Clay erwartet dich«, sagte Macphie.

Donovan kratzte sich verschlafen am Kopf. »Was ist?«

»Der Computer hat uns sieben Männer namens Clay ausgespuckt, die mit Lukovic in Verbindung stehen.«

»Sieben«, wiederholte Donovan enttäuscht. »Das ist eine ganze Menge.«

Macphie lächelte und zog ihren Notizblock hervor. »Während du geschlafen hast, habe ich alle sieben überprüft. Das Programm sucht nur nach dem Schlüsselwort und unterscheidet nicht nach Beziehung, Herkunft oder Stand.«

»Ich verstehe nicht …« Donovan stand am Waschbecken und versuchte, seine widerborstigen Haare zu einer vernünftigen Frisur zu formen.

»Zwei dieser Clays sind Polizisten, die einmal mit ihm zu tun hatten, ein weiterer ist Richter am Philadelphia Courtyard und hat ihm als Jugendlichen zu zehn Monaten Haft im Juveline Justice Center verholfen. Ich denke, die drei dürften ausscheiden. Ein weiterer Clay war Zeuge gegen ihn im Strafverfahren wegen Raubes im Jahr 1989, und dann gab es noch einen Komplizen, der vor zwei Jahren in Rykers verstorben ist.«

»Also bleiben zwei«, resümierte Donovan.

»Clay Baker war ein Komplize in einem Fall wegen versuchter Nötigung. Die Anklage wurde aber niedergeschlagen, weil die Beweise nicht ausreichten.«

»Wann war das?«

»1988«, antwortete Macphie.

»Und der Letzte?«

»Clay Stearn«, sagte Macphie. »Teilte mit ihm sechs Jahre lang die Zelle in Cedar Junction und wurde vor einem Jahr entlassen.«

»Das ist der Kerl«, stieß Donovan aus und griff nach Macphies Notizblock.

»Dachte ich mir auch«, bestätigte Macphie. »Und stell dir vor, Stearn ist auf Bewährung entlassen worden und hat einen Wohnsitz in Philadelphia angemeldet.«

»Bingo«, rief Donovan. »Wo ist Noah?«

»Er telefoniert gerade mit Deputy Commissioner Blackburn vom Philadelphia Police Department.«

»Er weiß Bescheid?«, fragte Donovan zerknirscht, schließlich hatte er die Ermittlung angeleiert und wollte auch der Erste sein, der vom Erfolg seiner Nachforschungen erfuhr.

»Er war einfach schneller als du«, entgegnete Macphie.

Goose Rock, vor Hell's Cove, Maine,
16. März 2007, 13.05 Uhr (Freitag)

Cathy schaute aus dem Fenster von Hell's End auf die Hauptstraße. Die kleinen, weiß getünchten Häuser auf der gegenüberliegenden Straßenseite mit ihren bunten Fensterläden reckten ihre Dächer in den Mittagshimmel. Der Regen hatte aufgehört, und ein paar Sonnenstrahlen verirrten sich auf die Insel. Cathy fühlte sich ein klein wenig träge, nachdem sie zwei Teller Irish Stew gegessen hatte. Mia Honeywell hatte nicht zu Unrecht behauptet, dass sie das beste Irish Stew außerhalb des irischen Eilandes zubereitete. Das geschmorte Lammfleisch war zart und verband sich mit den Kartoffeln, dem Weißkohl, dem Knollensellerie und den Gewürzen und Kräutern zu einem wohlschmeckenden und würzigen Eintopf. Mia hatte darauf bestanden, dass sich Cathy eine zweite Portion einverleibte. Nachdem Cathy den Teller leer gegessen und sich eine Zigarette angezündet hatte, setzte sich Mia zu ihr an den Tisch. Cathy war ihr einziger Gast.

»Ich frage mich schon die ganze Zeit, was bewegt eine junge hübsche Frau wie Sie, sich diesen Job anzutun?«, fragte Mia, als sie eine Tasse dampfenden Kaffee vor Cathy hinstellte.

Cathy nickte dankbar. »Schon mein Großvater war bei der Polizei, genauso wie mein Vater. Meine ältere Schwester wurde Lehrerin, wie meine Mutter, also was blieb mir schon anderes übrig? Nachdem es keinen Stammhalter gab, trat eben ich in Dads Fußstapfen.«

Mia Honeywell stützte ihr Kinn auf die Hände und betrachtete Cathy nachdenklich. »Ich glaube, dass Sie Gabriels und Avas Mörder finden werden, ich sehe es in Ihren Augen.«

Cathy zog an ihrer Zigarette. »Was sehen Sie in meinen Augen?«

»Ich sehe, dass Sie stark sind, dass Sie nicht so schnell aufgeben und dass Sie etwas im Kopf haben. Wissen Sie, hier auf der Insel ist es manchmal ein wenig einsam und es zieht manchmal furchtbar, und wenn es nicht zieht, dann regnet es, oder der Nebel hüllt die Insel in ein weißes Tuch. Die Leute hier sind einfach, und es vergeht kein Tag, an dem sich nicht die Breeds mit den Bratts streiten oder der Admiral mit seinen Gruselgeschichten die einfachen Gemüter meiner Gäste beunruhigt. Aber im Grunde genommen ist es für mich das schönste Fleckchen Erde, das es auf der Welt gibt. Sie müssen diesen Mörder schnappen. Irgendein Wahnsinniger hat auf dem weißen Leinen einen blutigen Fleck hinterlassen. Er hat dieser Insel die Unschuld geraubt, verstehen Sie?«

»Können Sie sich vorstellen, wer das getan haben könnte?«

Mia Honeywell zog die Stirn kraus. »Seit Gabriel ermordet wurde, ist nicht eine Nacht vergangen, in der ich nicht darüber nachgedacht habe, aber ich kann mir wirklich nicht vorstellen, dass es jemand von unserer Insel war. Vielleicht ist doch ein Fremder hier.«

»Ich dachte, bei Sturm kann man nicht auf die Insel übersetzen.«

»Vielleicht ist er schon länger hier, als wir alle glauben«, erwiderte Mia Honeywell. »Es gab vor ein paar Monaten diese Einbrüche …«

»Logan hat mir davon erzählt. Jemand hat Löcher in den Boden gegraben. Können Sie sich vorstellen, warum?«

Mia lächelte. »Ich sagte schon, das hier ist eine Insel und manche unserer Leute sind ein wenig einfältig. Ich glaube, dass jemand den Schatz dieses Piratenkapitäns sucht. Aber wenn Sie mich fragen, ist das nur eine erfundene Legende, so wie es viele gibt.«

»Hatte Gabriel Jefferson Feinde?«

»Hier auf der Insel?«

»Jemand, der ihn bis aufs Blut gehasst hat?«

»Sie meinen, jemand, der ihn zu Tode gequält hat? Jeder weiß, wie Gabriel gestorben ist. Sophia Stone ist unsere Krankenschwester, sie war dabei, als man Gabriel ins Dorf geholt hat. Sie hat schon dafür gesorgt, dass jeder erfahren hat, wie übel der arme Gabriel zugerichtet war. Aber ich sage Ihnen, ich kenne niemanden, dem ich so etwas zutrauen würde. Früher war Gabriel öfter im Dorf, in den letzten Jahren wurde es immer weniger, aber Feinde hatte er hier nicht.«

Cathys Handy klingelte. »Sie entschuldigen«, sagte sie und wandte sich ab. Mia erhob sich und ging zurück zum Tresen, als

Cathy das Gespräch annahm. Es war der diensthabende Offizier des Police Departments von Yarmouth.

»Etwa eine Meile vor der Insel hat ein Bootsführer eine Leiche gefunden«, berichtete der Polizist. »Die Leiche ist an einen Felsen gekettet und übel zugerichtet. Es soll ein Fischer von der Insel sein. Wir schicken ein Boot der Coast Guard rüber. Es holt Sie in dreißig Minuten am Hafen ab.«

Cathy nickte stumm und beendete das Gespräch.

»Ist etwas passiert?«, fragte Mia Honeywell.

»Ich weiß nicht«, antwortete Cathy. »Schreiben Sie das Essen auf meine Rechnung.«

*

Das Boot der Küstenwache lief pünktlich im Hafen ein. Cathy wurde von einem Offizier an Bord der kleinen Barkasse geholfen. Die See war ruhig und die Wellen mäßig, dennoch war es Cathy nicht wohl im Bauch. Die Fahrt dauerte kaum zehn Minuten, bis die Maschinen stoppten und die Barkasse direkt neben einem Seenotrettungskreuzer der Küstenwache festmachte.

»Wo ist die Leiche?«, fragte Cathy den Offizier in der blauen Uniform, der ihr über die Strickleiter an Bord des großen Kreuzers half.

»Doktor Perkins untersucht sie gerade«, gab der Offizier zurück und deutete auf das Vorschiff.

Cathy wankte über die schaukelnden Planken in die angegebene Richtung. Der Offizier folgte ihr und zeigte über die Reling auf einen Felsen, der in kurzer Entfernung aus dem Wasser ragte und auf dem ein Trapez aus rostigem Stahl installiert war, auf dem sich blinkende Lichter befanden.

»Das ist Goose Rock«, erklärte der Seemann. »Die Leuchtzeichen markieren die Fahrrinne durch die Southern Shoals zum Hafen von Hell's Cove.«

Vom Trapez lief eine großgliedrige Kette herab, die im Wasser verschwand.

»Die Leiche war an der Kette festgemacht, so dass sie nicht fortschwimmen und auch nicht untergehen konnte. Das Boot des Toten trieb eine halbe Meile westlich. Der Mann wurde wohl im Boot ermordet und dann mit der Kette am Felsen festgemacht.«

»Woher wissen Sie das?«, fragte Cathy.

»Wir haben das Boot geborgen und ins Schlepptau genommen, es ist voller Blut.«

Sie kamen am Vorschiff an, wo sich ein Mann im weißen Overall über den Leichnam eines Mannes gebeugt hatte, der auf einer Trage lag und mit Gummistiefeln, gelber Ölhose und einem dicken blauen Pullover bekleidet war. Cathys Blick fiel auf das Gesicht des Toten. Dort wo eigentlich eine Nase sein sollte, gähnte ein dunkles Loch. Die Haut des Mannes hatte eine leicht violette Färbung, ansonsten schien es auf den ersten Blick keine weiteren Verletzungen zu geben. Der Mann im weißen Overall erhob sich, als Cathy neben ihn trat.

»Doktor Perkins von der Seerettung«, stellte sich der Mann vor. »Sie sind die Polizistin, die uns avisiert wurde?«

»Cathy Ronsted, Portland Police Department«, entgegnete sie und zückte ihre Dienstmarke. »Können Sie schon etwas sagen?«

Der Arzt zupfte sich die Einweghandschuhe von den Händen und warf sie in einen Eimer. »Ihr Fall, Ma'am«, sagte er. »Ich bin zwar kein Gerichtsmediziner, aber der Mann wurde auf alle Fälle ermordet. Irgendjemand hat ihm einen Meißel durch seine Nase mitten ins Kleinhirn getrieben und ihn dann an den Felsen gekettet.«

»War die Tatwaffe noch …«

»So wurde er gefunden«, entgegnete der Arzt. »Das Mordinstrument fehlt. Aber die Kette ist noch da.«

Cathy wandte sich dem Offizier zu. »Gehört die Kette an den Felsen?«

»Ich glaube nicht«, antwortete er.

»Ich wäre Ihnen dankbar, wenn Sie die Kette bergen könnten. Ich meine, ohne allzu viel Spuren zu vernichten, wenn es geht. Und hat jemand einen Fotoapparat?«

Der Offizier nickte. »Ich schicke ein Team rüber«, sagte er. »Außerdem sind wir auch oft bei Schiffsunfällen im Einsatz. Da gehören Bilder zum Standardrepertoire. Meine Jungs haben bestimmt hundert Bilder gemacht, bevor wir die Leiche bargen. Ich sorge dafür, dass die Bilder auf einen Chip überspielt werden.«

»Das ist gut, danke«, rief Cathy dem Offizier nach, der sich bereits in Richtung des Ruderhauses entfernte.

Sie wandte sich wieder dem Arzt zu. »Wie lange ist der Mann tot, was glauben Sie?«

»Oh, es ist eine relativ frische Leiche«, stellte Perkins fest. »Vor sechs bis sieben Stunden lebte er noch.«

Cathy schaute auf die Uhr. »Das heißt, er wurde zwischen fünf und sechs Uhr ermordet«, murmelte sie.

»Der Mann, der ihn gefunden hat, befindet sich unter Deck«, fuhr der Arzt fort. »Er steht unter Schock, ich musste ihm ein Beruhigungsmittel geben.«

»Wissen Sie, wer es ist?«

»Ein Ornithologe, der auf die Insel wollte. Bould oder so ähnlich ist sein Name, er kennt den Toten.«

»Kann ich mit ihm sprechen?«

Perkins wies in Richtung des Ruderhauses. »Nur zu, ich habe nichts dagegen, aber halten Sie das Gespräch kurz.«

Cathy fand den Mann auf einer Liege unter Deck. Ein Sanitäter der Coast Guard betreute ihn.

»Hallo, ich bin Cathy Ronsted von der Portland Police. Ich untersuche den Todesfall«, stellte sie sich vor.

Der Mann auf der Liege versuchte, sich aufzurichten. »Kelvin Bould«, antwortete er. »Ich war auf dem Weg zur Insel, da sah ich Willys Boot im Wasser treiben. Ich habe das Boot geborgen, aber von Willy gab es keine Spur. Nur das Blut in seinem Boot. Dann habe ich ihn gefunden, er hing am Felsen an einer Kette. Dieses Schwein, irgendein Schwein hat ihn umgebracht.«

»Sie kennen den Toten?«

Der Ornithologe versuchte sich aufzurichten, doch er sank kraftlos wieder zurück. »Ja, sicher, das ist Willy Evans, er ist Fischer und wohnt auf Hell's Kitchen Island.«

»Bleiben Sie ruhig liegen«, fuhr Cathy fort. »Sie sind Ornithologe und leben auf Hell's Kitchen?«

»Ja, das stimmt.«

»Warum waren Sie hier draußen unterwegs?«

Bould hustete. »Ich war vierzehn Tage auf einem Symposium für Vogelkundler in New Heaven und wollte heute auf die Insel zurück. In der letzten Woche konnte ich nicht, wegen der Stürme.«

»Haben Sie sonst noch eine Beobachtung gemacht, sind Sie jemandem begegnet, einem anderen Boot?«

Bould schüttelte den Kopf. »Hier war niemand, nur ich und … Willy. Ich möchte nur wissen, wer ihm das angetan hat. Es ist schrecklich …«

»Wir sind hier, um das herauszufinden.«

Cathy überlegte, ob sie den Mann auf der Liege mit dem Tod von Gabriel Jefferson konfrontieren sollte, doch Kelvin Bould stand noch immer merklich unter dem Eindruck seines schrecklichen Erlebnisses, so dass sie zum Schluss kam, ihn später noch einmal genauer zu vernehmen.

Der Offizier kam den Niedergang herab und gesellte sich an Cathys Seite. »Wir haben die Kette geborgen. Ist ein verflucht altes Teil. So etwas wie eine alte Ankerkette.«

»Und woher könnte sie stammen?«, fragte Cathy.

»Ich glaube, kleine Frachtschiffe haben solche Ketten.«

»Ich würde Sie bitten, alles fein säuberlich zu verpacken und nach Portland zu bringen. Ich organisiere, dass unsere Spurensicherungsabteilung die Spurenträger im Hafen abholt.«

»Und die Leiche kommt ebenfalls nach Portland?«

»Sicher«, antwortete Cathy und griff nach ihrem Handy. Sie hatte in all der Eile ganz vergessen, Brian zu informieren. Sie wählte seine Nummer, doch die Leitung blieb tot.

»Hier draußen gibt es keinen Empfang«, erklärte der Offizier. »Der Übersetzer steht auf Jenny Island, direkt hinter der Insel. Das ist wie ein Windschatten. Aber Sie können unser Satellitentelefon benutzen, das funktioniert immer.«

Bartol Island, Freeport, Yarmouth County, Maine,
16. März 2007, 16.45 Uhr (Freitag)

Die letzte Etappe auf dem Festland war problemlos verlaufen. Nur einmal waren sie auf dem Highway einer Polizeistreife begegnet, doch diese schien sich offenbar überhaupt nicht für einen roten Pontiac zu interessieren. Duval grinste und schaute auf die Tankuhr. Sie stand kurz vor Viertel. Dieser Wagen war ein echter Glücksfall gewesen, wahrscheinlich hatte überhaupt noch niemand bemerkt, dass der Pontiac fehlte. Tyler ging es schlechter. Er litt unter heftigen Atembeschwerden und führte es auf die Anstrengung des langen Fußmarsches durch den Wald am Otter-Brook-Damm zurück.

Sie hatten Freeport umfahren und waren dann in Richtung des Harraseeket Harbors abgebogen und die Freeport Road an der bewaldeten Küste entlanggefahren, bis sie zu dem Anwesen an der Bartol Island Road gelangten. Im Schutze eines Waldweges hielt Duval den Wagen an.

»Wir warten hier, bis es dunkel ist«, sagte er und öffnete die Fahrertür.

»Es ist niemand hier, das Anwesen steht seit Jahren leer«, erwiderte Tyler.

»Woher willst du das wissen, du warst neunzehn Jahre im Knast, in der Zeit geht hier draußen das Leben weiter.«

»Ich weiß es, weil Onkel Eugene gestorben ist und das Anwesen an seine Tochter vermachte, die in Australien lebt. Er war der Einzige, der mich jedes Jahr mindestens einmal besuchte und mir Briefe schrieb.«

»Und wenn seine Tochter das Anwesen samt deinem Boot längst verkauft hat?«

»Hat sie nicht«, wehrte Tyler energisch ab und wurde daraufhin von einem Hustenanfall geschüttelt.

Duval beugte sich zu Tyler herüber. »Was ist mit dir?«

Tyler hob abwehrend die Hand, und als der Anfall vorüber war, stöhnte er leise: »Eugenes Tochter lebt mitten im Outback, sie kommt nicht mehr in die Staaten zurück, weil eigentlich mir das Anwesen gehört. Onkel Eugene hat ihr Geld geschickt und ihr mitgeteilt, dass ich das Anwesen gekauft habe, aber wegen der Steuer nicht offiziell als Besitzer auftreten kann, da ansonsten das ganze Gelände samt Haus und Hof gepfändet werden würde.«

»Und das hat sie geschluckt?«

»Sie ist nur seine Stieftochter, und er hat ihr unmissverständlich klargemacht, dass das Grundstück und das Geld, das er ihr schickte, an den Staat verfällt, wenn sie Mätzchen macht. Er konnte Fabienne nie leiden, ich übrigens auch nicht.«

»Na gut«, gab sich Duval mit der Erklärung zufrieden. »Dann bleibst du hier im Wagen, und ich erkunde die Gegend. Wenn du recht hast, dann bin ich in einer halben Stunde zurück.«

Tyler ließ sich in seinen Sitz zurücksinken und schloss die Augen. »Ist okay«, antwortete er und wartete, bis Duval im Schatten der Bäume verschwunden war. Erst dann wischte er sich seine blutige Hand an seiner Hose ab. Das Atmen fiel ihm zunehmend schwerer.

Hell's Cove, Hell's Kitchen Island, Maine,
16. März 2007, 17.00 Uhr (Freitag)

Die Barkasse, die Cathy zurück nach Hell's Kitchen brachte, legte gegen 17.00 Uhr im Hafen an. Schon von weitem sah Cathy die Menschenmenge, die sich am Hafen eingefunden hatte. Etwas erstaunt blickte sie drein, als das Boot am Anleger festmachte und sich Logan aus der Menge schälte und auf sie zukam. Der Seemann der Coast Guard half ihr an Land, grüßte kurz, und schon legte die Barkasse wieder ab.

Es war alles veranlasst. Die Leiche des ermordeten Fischers wurde bereits in der Gerichtsmedizin in Portland erwartet, und um die Ankerkette wie auch das Boot, das inzwischen mit einer wasserdichten Persenning abgedeckt worden war, würde sich die Spurensicherung des Portland Police Departments kümmern. Sollte der Täter Spuren hinterlassen haben, so würden die Spezialisten der Crime Scene Investigation die auch finden.

»Wir haben es bereits gehört, Evans wurde ermordet«, empfing sie Logan auf dem Anleger. Ein junger Mann, etwa Mitte dreißig und mit dem smarten Aussehen eines Wall-Street-Brokers, folgte Logan. Lediglich das typische Outfit eines Fischers störte diesen Eindruck.

»Woher wissen Sie …«

»Ihr Partner wurde von Ihren Kollegen aus Yarmouth angerufen«, erklärte Logan.

»Ist er hier?«

Logan schüttelte den Kopf. »Er ist noch oben am South Bench. Wir haben dort in den Klippen ein blutverschmiertes Nachthemd entdeckt. Es könnte Ava gehören. Nur ist es nicht so einfach, an die Stelle zu gelangen. Es musste erst einer der Männer abgeseilt werden. Die Klippen sind dort ziemlich schroff. Er hat gebeten, dass er später dort abgeholt wird. Nachdem ich von Willys Tod erfuhr, musste ich unbedingt hierher zurück.«

»Und wer ist der junge Mann in Ihrer Begleitung?«

»Das ist Henry, Henry Phelps«, erklärte Logan. »Er fuhr heute früh zur gleichen Zeit wie Willy hinaus.«

Cathy wandte sich dem Vorgestellten zu. »Wissen Sie noch, wann Sie heute Morgen den Hafen verlassen haben?«

»Gegen vier«, antwortete Phelps. »Gestern gab es die Meldung über einen großen Sardinenschwarm vor Elms Island, der nach Norden zieht. Ich habe mein Boot klargemacht und bin hinausgefahren. Willy war ebenfalls auf seinem Boot. Er wollte auch nach Elms Island.«

»Haben Sie mit ihm gesprochen?«

»Kurz, zwei oder drei Worte. Er sagte, er bräuchte noch ein wenig, weil sich vom langen Regen Wasser im Boot angesammelt hatte und er es rauspumpen wollte. Als ich rausfuhr, war er noch mit seinem Boot beschäftigt.«

»Haben Sie sonst noch jemanden gesehen?«

Phelps kratzte sich am Kinn. »Ich bin mir nicht sicher, es war noch dunkel, und die drei Lampen hier im Hafen sind viel zu wenig, um etwas zu sehen. Wir haben das Logan schon ein paar Mal gesagt, dass wir noch weitere Lichter brauchen. Es ist nicht leicht, im Halbdunkeln sein Boot fertigzumachen.«

Cathy winkte ab. »Da mögen Sie recht haben, also was haben Sie gesehen?«

Phelps deutete ans Ende des Anlegers. »Wenn ich richtig gesehen habe, dann stand dort vor dem Anleger ein Mann.«

»Ein Mann, sind Sie sicher?«

»Nicht zu einhundert Prozent, aber von der Größe und der Statur her muss es ein Mann gewesen sein. Ein Mann, der einen dunklen Mantel trug. Ölzeug, glaube ich, weil sich das Licht in der Oberfläche des Mantels matt spiegelte.«

»Haben Sie den Mann erkannt?«

»Gott behüte, ich bin mir nicht einmal sicher, dass mir meine Augen keinen Streich spielten.«

»Es war auf alle Fälle ein Mann?«

»Es könnte natürlich auch eine große Frau gewesen sein.«

Cathy wanderte den Steg entlang. »Schicken Sie die Leute weg«, sagte sie zu Logan, der ihr folgte.

Logan überholte sie und trat vor die Menge. Zögerlich wichen die Leute, Cathy schätzte ihre Zahl auf etwa fünfzehn, ein paar Schritte zurück.

»Was haben Sie dann gemacht?«, fragte sie Phelps.

»Was schon, ich fuhr hinaus nach Elms Island und habe dort gefischt, aber der Schwarm war wohl schon durch, außer ein paar Blaufischen habe ich nichts gefangen. Ich wunderte mich noch, weil Willy nicht auftauchte.«

Als Cathy an der Stelle ankam, an der Phelps den geheimnisvollen Mann stehen gesehen haben wollte, schaute sie sich aufmerksam um. Ihr Blick strich über den Boden, fast so, als wolle sie die Fußspuren der dunklen Gestalt auf dem zum Teil geschotterten Boden aufspüren. Doch selbst wenn das Phantom Spuren hinterlassen hätte, wären sie längst von der ungeduldigen Meute der Inselbewohner zertreten worden. Sie schaute in Richtung der nächsten Straßenlaterne. Sie war weit genug entfernt, dass sich der Mann in der Dunkelheit tarnen konnte. Zweifellos hatte er diesen Beobachtungsplatz mit Bedacht gewählt.

»Belfour hat wieder zugeschlagen und sich den Nächsten von uns geholt«, brüllte der alte Admiral aus der Gruppe über Logans Schulter. »Selbst der Polizei gelingt es nicht, ein Gespenst zu fangen, geschweige denn, es von weiteren Morden abzuhalten.«

12

U.S.-Marshall Service, Market Street, Philadelphia,
16. März 2007, 17.15 Uhr (Freitag)

»Wir konzentrieren uns auf Stearn, er bewohnt ein Apartment in South Philadelphia in der Johnston Street. Er ist bei einer alten Freundin untergekrochen«, sagte Noah Fleischman zu seinen Kollegen, die sich im großen, nüchternen Konferenzsaal eingefunden hatten. Fotos hingen an der Wand und zeigten eine heruntergekommene Wohngegend und ein mehrstöckiges Wohnhaus, an dem bereits der Putz abbröckelte.

»Seit zwei Stunden wird Stearn von den Kollegen aus Philadelphia überwacht. Donovan und ich sind uns sicher, dass Lukovic und Simmrock dort auftauchen werden. Den letzten Kontakt zu den Flüchtigen hatten wir am gestrigen Abend gegen zehn Uhr in Naugatuck, das liegt etwa 220 Kilometer nordöstlich. Was wir bisher wissen, ist, dass sie Nebenstraßen benutzen und ihre Fahrzeuge wechseln, wenn es zu heiß wird. Und nachdem ihre Geisel entkommen konnte, müssen wir davon ausgehen, dass der Wagen des Doktors irgendwo in der Landschaft steht und sie längst mit einem anderen Fahrzeug unterwegs sind.«

Rodger Donovan erhob sich. »Unsere Auswertung hat bislang noch keinen Fahrzeugdiebstahl im Umkreis von dreißig Kilometer um Naugatuck verzeichnet. Lukovic ist schwer verletzt, er wurde angeschossen, er kann keine öffentlichen Verkehrsmittel benutzen.«

»Wo hält sich Stearn in diesem Moment auf?«, fragte einer der anwesenden Beamten der Tactical Operation Division, die als

Spezialeinheit für den Zugriff und die Überwachungsaktionen der Operation zugeordnet worden war.

»Augenblicklich ist er zu Hause«, erklärte Fleischman. »Seine Lebensgefährtin ist ebenfalls im Haus. Die Telefonüberwachung steht seit zwei Stunden. Bislang gingen weder auf dem Festnetzanschluss noch auf seinem Handy Anrufe ein. Die Ausgänge werden überwacht. Wir werden ab 6.30 Uhr übernehmen und die Kollegen des Police Departments ablösen. Meine Herren, dann ist die Operation ganz alleine unser Spiel. Lukovic und Simmrock sind extrem gefährlich, sie haben bereits einen Deputy in Sunderland angeschossen und schwer verwundet. Wir gehen weiterhin davon aus, dass Dan Lukovic bei seiner Flucht einen Wärter kaltblütig erschossen hat. Bislang ist bekannt, dass sie im Besitz der Pistole des erschossenen Wachmannes sind. Es handelt sich um einen Colt Double Eagle mit 8-Schuss-Magazin. Bei dem Schusswechsel in Sunderland wurden von Lukovic mindestens drei Schüsse abgefeuert. Bei der Flucht der Geisel in Naugatuck wurde mindestens einmal gefeuert. Der Doktor bestätigte inzwischen, dass sie noch immer diese eine Pistole besitzen, eine weitere Waffe ist ihm nicht aufgefallen. Dennoch, meine Herren, bei diesem Zugriff werden wir mit einem Schusswechsel rechnen müssen.«

»Was ist mit Stearn, ist er gefährlich?«, fragte ein weiterer Beamter.

Fleischman nickte Donovan zu. Donovan trat vor den Projektor und schaltete das Gerät ein. Das Bild eines bärtigen Mannes mit Stirnglatze wurde auf die Leinwand geworfen.

»Clay Stearn, geboren am 7. Juni 1969 in Wilmington. Ein Schläger und Kleinkrimineller, der wegen versuchten Totschlags in Cedar Junction einsaß und vor einem Jahr auf Bewährung entlassen wurde. Er hat insgesamt sieben Vorstrafen, alle wegen Gewaltdelikten. Eine Waffe, außer einem Messer im letzten Fall, war in den Unterlagen nicht verzeichnet.«

»Der Mann ist auf Bewährung draußen«, stellte Fleischman nüchtern fest. »Bei Verstößen gegen die Bewährungsauflagen hat er noch fünf Jahre abzubrummen.«

»Er hat also auch etwas zu verlieren«, fügte Donovan hinzu.

Fleischman nahm die Fernbedienung und klickte das nächste Bild an. Ein alter, klappriger Ford Pinto, dessen gelbe Lackierung von rostig braunen Flecken durchsetzt war, wurde an die Wand projiziert. »Das ist der Wagen von Emma Grade, Stearns Lebensgefährtin. Kollegen von der Technischen Einheit haben den Wagen inzwischen verwanzt. Wir werden ihn also per GPS-Peilung verfolgen können, solange er nicht in einer Tiefgarage oder einem Tunnel verschwindet. Nach unseren Ermittlungen verfügt er über kein weiteres Fahrzeug.«

»Glauben Sie, dass die Typen am Haus auftauchen?«, fragte der Einsatzleiter des Tactical Operation-Teams.

»Es wäre denkbar«, antwortete Fleischman. »Wir glauben, dass sich die Flüchtigen bei Stearn melden werden und einen Treffpunkt ausmachen. Ich glaube zwar nicht, dass sie wissen, wie dicht wir ihnen auf den Fersen sind, aber die beiden Kerle sind sehr vorsichtig und werden nicht so einfach blindlings in eine Falle tappen.«

Die Tür zum Konferenzraum wurde geöffnet, und ein uniformierter Beamter trat ein. In seinen Händen hielt er ein Blatt. Er ging schnurstracks auf Fleischman zu und übergab ihm die Nachricht. Aufmerksam las er das Fax, das von der Auswertestelle des U.S.-Marshall Services aus Boston stammte, und reichte es Donovan.

»Zwei Meilen von Naugatuck entfernt wurde der Wagen von Doktor Caven gefunden. Er wurde in einem kleinen Weiher versenkt. Eine weitere Meile entfernt, an einem Ferienhaus bei Beacon Falls, fehlt seit heute Morgen ein schwarzer GMC-Van mit einem Kennzeichen aus Connecticut. Es lautet 411 PZW. Das passt genau ins Muster.«

Donovan erhob sich. »Also meine Damen und Herren, es wird Zeit für den Aufbruch. Oder gibt es noch Fragen?«

Er wartete eine Weile, bis sich die Anwesenden erhoben hatten und zur Tür strebten.

»Heute Nacht holen wir sie uns«, wandte sich Fleischman entschlossen an Donovan.

»Dann los, verlieren wir keine Zeit.«

South Bench, Hell's Kitchen Island, Maine,
16. März 2007, 17.45 Uhr (Freitag)

Cathy war zu Logan in den Wagen gestiegen, als er losfahren wollte, um Brian Stockwell von South Bench abzuholen.

»Ich frage mich, wie der Mörder von Evans entkommen konnte«, grübelte Cathy. »Das Boot trieb abseits der Fahrrinne im Wasser, beinahe zwei Meilen vom Hafen entfernt. Geschwommen ist er wohl nicht. Wie viel Grad hat das Wasser, sieben, acht?«

Logan legte den ersten Gang ein. »Ja, wärmer wird es wohl kaum sein. Entweder er hatte ein zweites Boot, das er am Goose Rock festmachte, oder er schipperte mit Evans' Boot nach Headland und ließ es von dort aus einfach treiben, nachdem er von Bord gegangen ist. Da gibt es zwei, drei Flachstellen, wo man anlanden könnte. Dort ist die Strömung noch ungefährlich, wenn man sich auskennt. Von Goose Rock bis dahin ist es etwa eine Seemeile.«

Cathy überlegte. »Ja, so könnte es gewesen sein«, sagte sie nachdenklich.

Eine Weile schwiegen sie. Über den Shepherd Trail lenkte Logan den Wagen den sanft ansteigenden Hügel hinauf.

»Glauben Sie, der Mörder wird noch einmal zuschlagen?«, fragte Logan, als sie das Village hinter sich gelassen hatten.

»Haben sich Evans und Jefferson gut gekannt?«, entgegnete Cathy ausweichend.

»Natürlich haben sie sich gekannt«, antwortete Logan.

»Ich meine, gibt es etwas, das die beiden verbindet, ein gemeinsames Hobby, eine Leidenschaft, eine alte Freundschaft oder so etwas?«

»Ach, ich verstehe, Sie meinen, ob es etwas gibt, das die beiden miteinander verbindet, etwas, das der Mörder zum Anlass nehmen würde, die beiden umzubringen«, folgerte Logan aus Cathys Frage.

Cathy lächelte. »Jetzt denken Sie langsam wie ein Polizist.«

»Ein Motiv«, wiederholte Logan und wich einer Pfütze auf dem unbefestigten Weg zum South Bench aus. »Mir fällt nicht ein, was die beiden gemeinsam haben könnten. Gabriel war sein ganzes Leben lang Leuchtturmwärter, bis man ihn nicht mehr brauchte und ihn samt seinem Turm in Pension schickte, und Willy war Fischer. Er hat für die Fabrik gearbeitet und ist zum Fischen hinausgefahren. Als die Firma Pleite machte, reichte es ihm noch nicht für seine Pension, also musste er weiter hinausfahren, um Geld zu verdienen. Wenn man bedenkt, wie die Preise auf dem Markt aussehen, dann musste er ganz schön hart arbeiten, um zu überleben. Die großen Fabrikschiffe beherrschen die Ozeane. Sie fangen die Fischgründe leer und verarbeiten den Fang auf dem Meer. Für Leute wie Evans oder auch Phelps bleibt da nicht viel über.«

Sie passierten Sunlight Grange und bogen bei Benchmark nach Süden ab. Der Leuchtturm kam schnell näher. Logan schaltete die Scheibenwischer ein, denn der Ostwind blies feine Wassertropfen über die Hochebene des Verdana Uplands.

»Gabriel war früher mindestens einmal in der Woche in der Stadt«, erklärte Logan. »Er kam mit seinem Motorrad, ging zu Mia, trank zwei, drei Bier und verschwand wieder. So richtig gesellig war er nie. Meist saß er stumm am Tresen. Verstehen Sie mich nicht falsch, Ma'am, er hatte keinen Krach mit den Leuten aus dem Village oder mit den Schafhirten. Er hatte wohl bloß keine Lust auf eine Unterhaltung. Ich kann nicht sagen, dass Willy und Gabriel Freunde waren, aber Feinde waren sie auch nicht. Wenn es sich ergab, dann redeten sie miteinander, und wenn nicht, dann war es eben auch gut.«

»Ich höre immer, dass Gabriel Jefferson früher öfter in der Stadt war und sich plötzlich zurückzog«, fragte Cathy. »Gab es einen erklärbaren Grund dafür, einen Streit oder irgendeinen Vorfall zwischen Jefferson und den Leuten im Dorf?«

Logan lenkte den Wagen auf den Vorplatz von Jeffersons Anwesen und stoppte. Unweit des Leuchtturms stand ein Hubschrauber der Coast Guard.

»Ich glaube nicht, dass es einen Streit oder so etwas zwischen Gabriel und den Leuten im Village gab. Ich glaube einfach, er hatte keine Lust mehr auf Geselligkeit und war viel lieber hier draußen bei seiner Frau. Vielleicht war es ja auch sein Alter. Gabriel war schon über siebzig und hatte nur ein Motorrad.«

Cathy öffnete die Beifahrertür und folgte Logan, der sie zur Steilküste hinter dem Haus führte, wo ein paar Männer in Uniformen vor der Klippe standen. Der Wind hier draußen war stürmisch und angefüllt mit Wassertropfen, so dass sich Cathy die Kapuze über den Kopf zog. Sie erkannte Collingdale und ging auf ihn zu. Er stand unmittelbar vor dem Abgrund und brüllte heiser ein paar Befehle in die Tiefe. Eine motorisierte Seilwinde stand in der Nähe, die mit Tauen und Haken auf dem Felsen fixiert war. Bäume gab es hier keine, um das Sicherungsseil festzumachen.

Collingdale richtete sich auf, während Cathy einen Blick in die Tiefe warf. Auf halber Höhe baumelte ein Mann im Seil.

»Wir haben auf dem kleinen Felsvorsprung ein paar Fetzen eines Kleidungsstücks gefunden«, erklärte Collingdale. »Der Hubschrauber hat es entdeckt. Die Fetzen stammen von einem

Nachthemd, und es befindet sich Blut daran. Außerdem haben wir mit Luminol Blutspuren am Fels gefunden, das in eine wind- und regengeschützte Nische eingedrungen ist. Also wenn Sie mich fragen, Lieutenant, dann hat man die Frau die Klippen hinuntergeworfen.«

»Macht es Sinn, Taucher einzusetzen, um nach der Leiche zu suchen?«, fragte Cathy.

»Vergessen Sie es«, wehrte Collingdale barsch ab. »Dort unten gibt es Strömungen und Gegenströmungen, da geht kein Taucher rein, nicht mal, wenn Sie ihm zwei Sicherungsseile um den Bauch binden. Wer da reinfällt, der wird unter Wasser gezogen und einfach auf das offene Meer hinausgespült. Der taucht nie mehr auf.«

Cathy hatte verstanden. Sie klopfte Collingdale auf die Schulter. »Wo ist mein Kollege?«, fragte sie.

Collingdale deutete in Richtung des Leuchtturms. »Musste telefonieren«, antwortete Collingdale.

Während Logan an der Klippe blieb und Collingdale und seinen Männern zusah, schlenderte Cathy hinüber zum Leuchtturm. Sie atmete tief ein, die salzige Luft tat gut, auch wenn der Wind ihr ordentlich in den Rücken blies. Das Meer war unruhig, und die Wellen stießen im hohen Bogen ihre weiße Gischt aus, wenn sie auf die Felsen der Southern Shoals trafen. Einen Augenblick verharrte sie und genoss den Anblick des wilden und ungezähmten Wassers. Dunkle Wolken schoben sich auf das Festland zu, und Cathy war sich sicher, dass es bald zu regnen beginnen würde. Sie ging weiter und wollte den Leuchtturm umrunden, als der Wind ihr Brian Stockwells Worte zuwehte. Sie blieb stehen.

…für sie wohl eine Nummer zu groß …

… das ist eine Mordserie, ein Serienkiller ist hier auf der Insel unterwegs, und ich glaube nicht, dass sie der Sache gewachsen ist …

... Ja, Captain, ich halte hier die Stellung und warte, bis Hagen hier eintrifft ...

... ja, das ist überhaupt kein Problem ...

Cathy wusste sofort, mit wem Brian Stockwell telefonierte. Wie eine Furie hetzte sie los. Zielstrebig lief sie auf Brian zu, dem es vor lauter Schreck die Sprache verschlagen hatte. Mit offenem Mund stand er vor ihr und hielt das Handy am Ohr. Sie riss es ihm aus der Hand.

»Hören Sie, Captain«, sprach sie aufgebracht in das kleine Mikrophon. »Schicken Sie Hagen meinetwegen dorthin, wo der Pfeffer wächst. Das hier ist mein Fall! Sie selbst haben ihn mir übertragen. Wenn Sie ihn mir jetzt entziehen, dann möchte ich dafür im Beisein des Commissioners die Gründe wissen. Und jetzt stören Sie nicht länger, ich habe zu arbeiten.«

Sie klappte das Handy zu und warf es Brian vor die Füße.

»Wenn du dir endlich darüber klar wirst, auf welcher Seite du stehst, dann treffen wir uns am Wagen, wenn nicht, dann flieg mit dem Hubschrauber und Collingdale zurück ans Festland. Ich komme hier alleine besser zurecht, als wenn mir mein Partner andauernd in den Rücken fällt.«

»Warum hast du mich nicht angerufen, als du von der Leiche im Hafen erfahren hast?«, versetzte Brian vorwurfsvoll.

»Ich hatte keinen Empfang, außerdem war es überhaupt nicht notwendig. Du warst hier draußen beschäftigt.«

»Nicht notwendig!«, wiederholte Brian spitz. »Siehst du, genau das ist es, was ich meine. Hier läuft irgend so ein Psycho herum und bringt wahllos Leute um, und du, du hältst es nicht für notwendig, deinen Partner zu informieren. Das ist alles eine Nummer zu groß für uns beide, wir brauchen ein Team hier, verstehst du!«

»Du warst mir hier mehr von Nutzen als draußen auf dem Wasser«, erklärte Cathy. »Jetzt wissen wir, dass Ava Jefferson mit hoher Wahrscheinlichkeit tot ist. Das ist mir wichtiger, als wenn wir beide von der Reling eines Bootes auf eine Leiche geglotzt hätten, die an einen Felsen gefesselt wurde, damit man sie ja nicht übersieht. Aber lass gut sein, Brian Stockwell, ich wünsche dir einen guten Flug.«

Ohne ein weiteres Wort wandte sie sich um und ging zurück zur Klippe.

Bartol Island, Freeport, Yarmouth County, Maine,
16. März 2007, 18.15 Uhr (Freitag)

Wesley Tyler sollte Recht behalten, das Anwesen, bestehend aus einer Stallung, einem Wohnhaus und einem Bootshaus, das bis in das Wasser der kleinen Bucht am Bartol Island reichte, stand leer. Die Fensterläden waren geschlossen, und das Gras und Unkraut auf der Wiese waren in die Höhe geschossen und bis zu den beiden Häusern vorgedrungen. Hier war schon seit Jahren niemand mehr gewesen.

Frank Duval hatte den Wagen an der Zufahrt mitten im hohen Schilfgras abgestellt, dort würde ihn so schnell niemand entdecken. Er musste Tyler stützen, als sie durch das hohe Gras hinüber zum Bootshaus gingen. Das nächste Anwesen lag über eine Meile entfernt, und bald würde es dunkel werden. Sie hatten keine Zeit zu verlieren. Ein rostiges Bügelschloss verwehrte den Zugang, doch ein heftiger Ruck genügte, dass es aus der Verankerung sprang.

Der schlanke, helle Kunststoffkörper der Sea Ray erschien so sauber, als ob er erst vor kurzem geschrubbt worden wäre. Das knapp sechs Meter lange Motorboot stand auf einem Bootsanhänger, der vor einer abschüssigen Slipanlage innerhalb des Schuppens abgestellt worden war. Sie mussten einfach nur den Hänger die abschüssige Rampe hinunterschieben, um das Boot zu Wasser zu bringen. Duval schaute sich im Schuppen um. Zwei Kanister gefüllt mit Benzin standen in der Ecke.

»Wie alt ist das Zeug?«, fragte er, nachdem er den Deckel eines Kanisters abgeschraubt hatte und seine Nase hineinsteckte.

»Das ist noch gut, es verdirbt nicht.«

»Aber es stinkt fürchterlich.«

Tyler zeigte Duval, wo der Benzintank saß, und wartete, bis er die zähe Flüssigkeit umgeschüttet und den zweiten Kanister an Bord abgelegt hatte.

Er schaute auf die abschüssige Slipanlage.

»Bringen wir es ins Wasser!«, sagte Tyler

Vier kräftige Hände hätten damit kein Problem, doch als Tyler Hand anlegte und versuchte, zusammen mit Duval den Anhänger anzuheben, war es, als ob sein Brustkorb explodierte. Stöhnend brach er zusammen.

»Was ist los mit dir?«, fragte Duval und beugte sich zu Tyler hinab.

»Ich kann dir nicht helfen«, stöhnte Tyler. »Es geht nicht. Du musst das Boot alleine zu Wasser bringen.«

»Das ist viel zu schwer«, entgegnete Duval.

Die Schmerzen wurden langsam wieder erträglich. Heftig atmend richtete sich Tyler auf. Er schaute auf den Flaschenzug, der an der Decke des Schuppens hing. Kurz überlegte er, schließlich erhob er sich.

»Hol den Wagen!«, sagte er zu Duval.

Der folgte Tylers Blick. »Du hast recht, mit dem Wagen müsste es gehen«, antwortete er und verschwand durch die Tür.

Parish Hall, Hell's Kitchen Island, Maine,
16. März 2007, 22.05 Uhr (Freitag)

Cathy hatte keine Minute warten müssen, bis Brian Stockwell die Fondtür öffnete und sich wortlos in den Wagen setzte.

Sie würdigte ihn keines Blickes, als Logan den Motor startete. Schweigend fuhren sie über den Shepherd Trail hinunter ins Dorf. Erst als Logan vor dem Gemeindehaus stoppte und sie aus dem Wagen aussteigen ließ, bevor er weiterfuhr, räusperte sich Brian. »Es tut mir leid«, sagte er. »Ich wollte dich nicht hintergehen, aber Stoddart ist nun mal der Boss. Und in einem Fall wie diesem sollten wir ein Ermittlungsteam bilden. Dieser zweite Mord ändert alles. Der Mörder ist noch auf der Insel, und er hat noch nicht genug.«

»Du glaubst, dass ich diese Sache nicht durchstehe«, sagte sie, als sie auf die Tür des Gebäudes zuging und Brian ihr folgte.

»Das ist meine Meinung. Das ist dein erster großer Fall, und wir haben noch gar nichts, noch nicht einmal die Spur eines Verdachts. Das ist nicht besonders ermutigend, findest du nicht?«

»Wir sind gerade mal einen Tag hier«, hielt sie dagegen.

»Ja, das stimmt. Und wir haben bereits drei Leichen.«

Sie betraten das Gebäude und suchten die Räume auf, die Logan ihnen als provisorisches Office überlassen hatte. Cathy zog ihre Jacke aus und warf sie achtlos über einen Stuhl, bevor sie sich hinter ihren Schreibtisch setzte und den Laptop einschaltete.

Brian ging an ihr vorbei und blieb vor dem Fenster stehen. Er schaute die Hauptstraße hinunter, die zum Hafen führte.

»Der Mörder hat Gabriel Jefferson ans Kreuz geschlagen und ausgestellt«, murmelte er. »Jeder sollte ihn sehen. Jeffersons Frau hat er von der Klippe geworfen, sie war nur im Weg. Um sie ging es nicht bei der Sache. Es ging einzig und alleine darum, Gabriel Jefferson bestialisch zu ermorden und die Tat öffentlich zu machen. Jeder sollte sehen, was dem armen alten Mann widerfahren ist.«

Cathy lud die Bilder von dem Speicherstick herunter, der ihr von der Coast Guard vom Tatort am Goose Rock übergeben worden war. Als das Bild die festgekettete Leiche von William Evans zeigte, drehte sie den Laptop zu Brian. »Mit Evans ist es ebenso«, sagte sie. »Es ist derselbe Täter. Evans wurde gefoltert und ermordet und dann mit einer Kette an einem Felsen festgemacht, damit er nicht untergeht. Er sollte gefunden werden, und jeder sollte sehen, was mit Evans geschehen ist. Auch er wurde vor seinem Tod gefoltert. Tatort war sein eigenes Boot.«

»Worum geht es bei diesen Morden?«, fragte Brian.

»Logan sprach von einem Schatz, der hier auf der Insel versteckt worden sein soll. Das Vermächtnis dieses Piraten, der hier in den Gewässern sein Unwesen trieb. Mal angenommen, diesen Schatz würde es wirklich geben und …«

»Das ist doch Quatsch«, fiel ihr Brian ins Wort. »Das war vor dreihundert Jahren, und solche Legenden gibt es viele hier in der Gegend.«

Cathy öffnete das nächste Bild; es zeigte das Boot des ermordeten Fischers.

»Evans ist in aller Frühe mit dem Boot hinausgefahren, weil ein Sardinenschwarm vor Elms Island gesichtet worden sei. Wusstest du, dass es eine Webseite des Staatlichen Fischereiverbandes gibt, auf der das Zugverhalten der Fischschwärme überwacht wird? Man will damit eine Überfischung verhindern und legt darin ein Fangkontingent fest.«

»Ja und?«

»Da gibt es auch einen Chatroom, in dem sich die Fischer hier im Golf von Maine unterhalten. Viele Fischer bedienen sich dieser neuen Technik, damit sie gezielt zum Fischen hinausfahren.«

»Woher weißt du das?«

»Von Henry Phelps, einem Kollegen des Ermordeten, der ebenfalls wegen dieses Eintrages im Chatroom heute früh hinausgefahren ist.«

»Und ich dachte, Fischen hätte noch etwas mit Romantik zu tun«, warf Brian ein.

»Das Komische daran ist, dass es vor Elms Island überhaupt keinen Sardinenschwarm gab«, fuhr Cathy fort. »Der Eintrag im Chatroom war offenbar falsch. Auf der Hauptseite des Fischereiverbandes sind zwei Schwärme verzeichnet, die knapp einhundert Meilen südlich an der Küste entlangziehen.«

»Du meinst, jemand hat das Forum benutzt, um Evans in aller Frühe aufs Meer zu locken«, folgerte Brian.

Cathy schloss das Bildprogramm und rief die Seite des Fischereiverbandes auf. Über den Link zum Chatroom kam sie an das Forum, doch der Zugriff wurde ihr verwehrt.

»Da kommt man nur rein, wenn man sich angemeldet hat«, sagte sie.

Brian beugte sich zum Computer hinab. »Das ist ja …«

Cathy schloss die Internetseite und klickte einen Ordner an, auf dem sie die Nachricht gespeichert hatte. »Der Eintrag stammt von einem *JHunter* und wurde gestern Abend um 19.12 Uhr ins Netz gestellt«, sagte sie. »Sardinen, großer Schwarm, passiert Jenny Island um 6.00 Uhr morgens, Richtung Elms Island. – Dann sind die Geodaten angegeben, und der Absender wünscht auch noch eine gute Jagd.«

»Kann man zurückverfolgen, wer hinter diesem Codenamen steckt?«, fragte Brian.

»Ist bereits in Arbeit. Wenn wir Glück haben, dann erhalten wir morgen Nachricht.«

»Dann … dann sind wir dem Kerl ja ganz dicht auf den Fersen«, stotterte Brian.

»Genau«, entgegnete Cathy. »Deswegen ist es eine Falschmeldung, wenn du Stoddart sagst, wir hätten noch keine Spur.«

13

Parish Hall, Hell's Kitchen Island, Maine,
16. März 2007, 23.15 Uhr (Freitag)

Die Dunkelheit hatte sich wie ein bleiernes Tuch über der Insel ausgebreitet. Cathy schaute aus dem Fenster ihres Hotelzimmers hinab auf die spärlich beleuchtete Hauptstraße. Die Lichter in den Häusern entlang der Straße waren verloschen, die letzten Gäste in Hell's End hatten schon vor einer Stunde das Lokal verlassen. Als Cathy zusammen mit Brian von der Parish Hall zu Fuß ins Motel ging, lud er sie noch auf einen Drink an der Bar ein. Sie stimmte zu. Noch einmal unternahm er den Versuch, sich bei ihr zu entschuldigen, doch Cathy winkte ab. Insgeheim hatte sie beschlossen, künftig allein ihren Weg zu gehen. Brian war ein alter Hase, und er war ihr nicht unsympathisch, doch ihr Vertrauen musste er sich erst einmal verdienen. Das belauschte Telefonat hatte ihr gezeigt, dass sie sich auf niemanden im Department verlassen konnte. Doch Brian war nicht der erste Kerl, der sie hintergangen hatte. Ihr eigener Ehemann hatte hinter ihrem Rücken eine Affäre mit ihrer besten Freundin angefangen und sie betrogen. Vermutlich waren alle Kerle gleich.

Die Spur zum Phantom führte über einen Chatroom für Fischer, und sie war sich sicher, dass sie ihrem Ziel, diesem grausamen Mörder das Handwerk zu legen, nach dem Gespräch mit Phelps einen ganzen Schritt näher gekommen war. Und Brian hatte nichts dazu beigetragen, im Gegenteil, er hatte sie zudem noch bei ihrem Chef angeschwärzt, diesem bornierten Captain, der meinte, er habe die Weisheit mit Löffeln gefressen. Bevor sie ins Badezimmer ging, öffnete sie die Minibar. Der Whiskey, den ihr Brian an der Bar spendiert hatte, hatte sie durstig gemacht. Sie nahm ein Sodafläschchen, öffnete es und goss sich das Glas voll. Noch bevor sie es zum Mund führte, hörte sie laute Schritte und ein Rufen draußen auf dem Flur. Es klopfte an ihrer Tür.

»Miss Ronsted, machen Sie bitte auf, es ist dringend!«, rief Mia Honeywell.

Cathy erhob sich, warf sich ihren Morgenmantel über und öffnete.

»Logan hat angerufen«, sagte Mia Honeywell, die noch immer ihre Jeans und ihre weiße Bluse trug. »Sie und Ihr Kollege sollen sofort zum Gemeindehaus kommen, jemand hat versucht, dort einzubrechen.«

Cathy nickte. »Haben Sie Mister Stockwell schon Bescheid gesagt?«

»Er wartet bereits auf Sie.«

»Ich komme!«

Eilends zog sich Cathy an, verließ ihr Zimmer und eilte hinunter in die Bar, wo sie Brian bereits ungeduldig erwartete. Gemeinsam verließen sie das Lokal und liefen hinüber zum Gemeindehaus. Logan stand vor dem hell erleuchteten Gebäude und wies auf die Tür, die ein Stück offen stand.

»Ich wollte gerade zu Bett gehen und habe noch einen Blick aus dem Schlafzimmerfenster geworfen«, berichtete er. »Da sah ich den Lichtstrahl einer Taschenlampe. Jemand schlich um die Gemeindehalle, vor der Tür blieb er stehen.«

»Haben Sie die Person erkannt?«, fragte Cathy.

»Er stand im Schatten und hielt etwas in der Hand«, druckste Logan zögerlich herum. Seine Gesichtszüge verrieten, dass er sich unsicher war, ob er erzählen sollte, was er gesehen hatte.

Cathy warf ihm einen strengen Blick zu. »Reden Sie schon, Mann.«

»Halten Sie mich nicht für verrückt, aber seit den letzten Tagen weiß ich auch nicht mehr recht, was ich glauben soll.«

»Was hatte er in der Hand?«, setzte Cathy nach.

»Auch wenn es verrückt klingen mag, der Kerl trug einen langen, dunklen Mantel und einen Südwester auf dem Kopf, und in seiner Hand hielt er einen Stauerhaken. So einer, wie in Gabriels Holzfigur steckte.«

»Sagen Sie nicht, es war Piratenkapitän Belfour«, unkte Cathy und betrat das Gemeindehaus.

»Ich weiß selbst nicht, was ich glauben soll«, erklärte Logan. »Als ich das Schlafzimmerfenster öffnete, verschwand er gerade hinter der Hauswand. Dann hörte ich ein Klacken. Ich bin sofort runtergegangen und habe Meg gesagt, dass sie Mia anrufen soll. Er muss mich gesehen haben, denn kaum war ich aus meinem Haus, schon ist er in Richtung Applepine Creek davongelaufen.«

»Dann war er noch nicht im Haus?«

»Ganz bestimmt nicht«, antwortete Logan.

Sicherheitshalber, mit Pistolen im Anschlag, betraten sie Parish Hall. Stück um Stück arbeiteten sie sich vor. Erst nachdem sie das Gebäude durchsucht hatten und auch ihr provisorisches Büro unversehrt vorfanden, suchten sie entlang des Pfades zum Applepine Creek nach Spuren. Auch mit ihren Taschenlampen konnten sie nichts erkennen.

»Ich glaube, den Kerl haben Sie vertrieben, Logan«, sagte Brian Stockwell, als sie erneut die Veranda von Parish Hall betraten.

»Was hat er hier bloß gesucht?«, überlegte Logan laut und kratzte sich an der Stirn.

»Dreimal dürfen Sie raten«, erwiderte Cathy und warf einen Blick auf die aufgebrochene Eingangstür.

»Was machen wir jetzt?«, fragte Logan. »Wir können das doch nicht einfach so lassen.«

»Lassen Sie sich etwas einfallen«, antwortete Cathy.

Poundrell Spring, Hell's Kitchen Island, Maine,
16. März 2007, 23.45 Uhr (Freitag)

Alex Breed und Tim Gates hatten unweit der Feldscheune am Poundrell Spring ein kleines Lagerfeuer angezündet. Die Herde, die nahe der Quelle des Applepine Creek graste, wurde unruhig, und auch die beiden American-Shepherd-Hunde hatten sich aufgerichtet und hoben ihre Nasen nervös in den Wind. Seit sich der unheimliche Mörder auf der Insel herumtrieb, hatte der alte Joshua Breed befohlen, dass die Hirten jeweils zu zweit die Schafherden hüteten. Zur Sicherheit hatte Alex ein Jagdgewehr mitgenommen. Außer ein paar Füchsen, die sich von Zeit zu Zeit junge Lämmer holten, gab es keine weiteren Gefahren für die Herde, bis auf die Unwetter, die vor allem im Frühjahr mit Blitz und Donner über das Eiland hinwegzogen und so manches Tier in panische Flucht versetzten, das dann an einer der Klippen endete. Doch das Gewehr erfüllte seit ein paar Tagen noch einen anderen Zweck. Der Tod ging um auf Hell's Kitchen Island.

Schon als die ersten Schafe ihr unruhiges und ängstliches Blöken vernehmen ließen, hatten sich Alex und sein Partner aufgerichtet und zu den starken Handstrahlern gegriffen, die die mondlose und düstere Nacht mit ihrem gleißend hellen Strahl durchschnitten und beinahe einhundert Meter weit reichten.

»Ein Fuchs vielleicht!«, stieß Alex Breed hervor und griff nach dem Jagdgewehr.

»Möglich«, gab sein Begleiter zurück und leuchtete mit dem Strahler in die Nacht. Die beiden Hunde, die sich um ihre Beine geschmiegt hatten, stoben plötzlich los und hielten lauthals bellend auf die Quelle des Applepine Creek zu.

»Body, Lois!«, rief ihnen Alex nach. Im Lichtstrahl rasten die beiden American Shepherds nebeneinander durch die hellen Leiber der unruhigen Schafe. Sieben junge Lämmer waren in den letzten Tagen geboren worden. Im April und Mai würden es bestimmt weitaus mehr sein. Schon jetzt schlichen die Füchse auf der Insel herum und hatten die Witterung der Lämmer aufgenommen. Die Hunde entschwanden dem Lichtstrahl, und nur noch ihr lautes und wütendes Bellen war, überlagert vom ängstlichen Blöken der Schafe, zu hören.

»Komm, wir schauen nach!«

Die Jungtiere lagerten nahe der Scheune, knapp einhundert Meter entfernt in östlicher Richtung, doch die Hunde schlugen den Weg nach Westen ein. Beinahe siebenhundert Schafe standen zwischen der Feldscheune und der Quelle am Poundrell Spring.

»Füchse sind nicht so blöd, dass sie es mit einer ganzen Herde und den Böcken aufnehmen«, bemerkte Alex Breed. »Sie würden die Herde weiträumig umgehen, um an die Lämmer heranzukommen. Es wäre nicht der erste Fuchs, der mit den scharfen Hufen der Böcke Bekanntschaft macht.«

»Vielleicht einer von der weniger schlauen Sorte«, antwortete Gates.

Langsam verließen sie ihr Lagerfeuer und gingen über die feuchte Wiese in Richtung der Quelle. Mit ihren starken Lampen suchten sie die Dunkelheit ab, aber weit und breit sahen sie nichts weiter als Schafe, die ihnen bereitwillig Platz machten.

Sie waren erst ein paar Schritte gegangen, als plötzlich ein schrilles und schauriges Jaulen das Blöken durchdrang.

»Das ist einer der Hunde!«, sagte Alex und beschleunigte seinen Schritt. Tim Gates folgte ihm, glitt aber auf dem feuchten Gras aus und stürzte zu Boden. Sein Handstrahler flog in hohem Bogen davon und das Licht erlosch.

»Warte!«, rief er Alex Breed nach, doch dieser schien ihn nicht zu hören. Er hetzte einfach weiter. Tim Gates richtete sich auf. In der Dunkelheit suchte er nach der Lampe, während sich Alex' Lichtstrahl immer weiter entfernte. Ab und zu war noch immer vereinzeltes Hundegebell zu hören, Tim Gates war überzeugt, dass es aus Richtung der Quelle kam. Er krabbelte durch das feuchte Gras und tastete mit seinen Händen durch die Finsternis. Hin und wieder stieß er gegen die warmen Leiber der Schafe, die ängstlich zurückwichen.

»Alex, warte!«, versuchte er noch einmal, seinen Begleiter zurückzuhalten, doch Alex war vom Jagdfieber erfasst, er hörte einfach nicht, sondern lief weiter den sanft abfallenden Hügel hinab.

Endlich ertastete Tim Gates den Strahler. Er griff nach ihm und versuchte ihn einzuschalten, doch er blieb dunkel. Erst nachdem er ihn ein paar Mal ordentlich schüttelte, funktionierte er wieder. Eilends erhob er sich und hastete ebenfalls in Richtung der Quelle. Das Gras war feucht und glitschig, mehr als einmal strauchelte er. Plötzlich blieb er stehen. Er war außer Atem, und sein Herz schlug ihm bis zum Hals. Knapp dreißig Schritte von ihm entfernt kauerte Alex im Gras. Neben ihm im Gras lag ein dunkles Etwas, ein Hund schlich um seine Beine. Der Hund winselte. Es war Body, der weiß-braun gefleckte Hund. Langsam kam Tim näher. Lois, der schwarz-braune American Shepherd lag am Boden. Sein Körper rührte sich nicht, kleine Dampfschwaden stiegen vom Leib des Hundes auf.

»Was ist passiert?«, fragte Tim Gates, als er seinen Begleiter erreichte. Alex schaute auf. Sein Gesicht war weiß wie eine Wand, seine Augen waren weit aufgerissen, er wirkte verstört.

»Was …«

»Ich … ich habe ihn gesehen«, stammelte Alex Breed. »Er war da, ganz nah. Belfour, ich habe den Geist gesehen.«

»Du spinnst!«, widersprach ihm Tim Gates. »Komm zu dir.«

Langsam richtete sich Alex Breed auf und wies stumm mit dem Zeigefinger auf den dampfenden Hundekörper. Etwas ragte aus dem Nacken des Tieres. Tim Gates richtete seinen Strahler auf den toten Hund.

»Er stand direkt vor mir, dann ist er einfach weggelaufen«,

fuhr Alex Breed wie in Trance fort. »Seine Augen leuchteten wie glühende Kohlen.«

Tim Gates kniete sich nieder. Erst jetzt erkannte er, dass ein Stauerhaken den Hinterkopf des Hundes durchbohrt hatte.

»Er ist noch immer auf der Insel«, stammelte Alex, »und er wird uns alle töten, so wie er Gabriel getötet hat.«

Lower Goose Island, Gulf of Maine,
16. März 2007, 23.50 Uhr (Freitag)

Das Boot schwamm im Wasser, und der Bootskörper hielt dicht. Tyler hatte nichts anderes erwartet. Der Motor bereitete schon mehr Probleme. Trotz des vollen Tanks blieben alle Versuche vergebens, den Mercury-Motor zu starten. Er gluckerte, stotterte und rauchte, dennoch sprang er nicht an.

»Wir müssen die Zündkerzen auswechseln«, sagte Tyler. Er schwitzte.

»Wo zum Teufel soll ich jetzt ein paar Zündkerzen auftreiben?«, protestierte Duval.

Tyler setzte sich entkräftet auf den Boden. Ein Hustenanfall schüttelte ihn. Blut rann aus seinem Mund. Er stürzte zur Seite und blieb liegen.

»Mein Gott, was ist mit dir?«, rief Duval, eilte zu ihm und griff ihm unter die Schulter. »Du kannst mich doch nicht im Stich lassen, jetzt, wo wir schon so weit gekommen sind.«

Tyler versuchte ein Lächeln. Er hatte sich etwas erholt.

»Setz mich dort drüben hin«, sagte er. »Du musst die Zündkerzen wechseln.«

»Wir haben keine …«

Tyler hob den Arm und zeigte auf den Wagen. Duval folgte dem Fingerzeig, dann schlug er sich mit der flachen Hand gegen die Stirn.

»Natürlich, du hast recht, im Wagen sind welche. Aber ich habe keinen blassen Schimmer, wo sie in dem Bootsmotor hingehören.«

»Ich werde dir helfen«, krächzte Tyler.

Die Reparatur dauerte beinahe eine Stunde. In einer Kiste auf dem Regal fand er genügend Werkzeug. Duval befolgte Tylers Anweisungen, säuberte die Zündkerzen, öffnete die Motorabdeckung und schraubte die alten, verölten Kerzen heraus. Draußen wurde es bereits dunkel, als die Arbeiten abgeschlossen waren. Nach dem dritten Versuch schnurrte der 175 PS starke Mercury-Motor im gleichmäßigen Klang.

»Wir haben es geschafft«, freute sich Duval und streckte Tyler die Hand hin. Entkräftet klatschte er ab.

»Wir warten, bis es richtig dunkel ist«, beschloss Tyler.

»Aber ich kenne mich hier nicht aus«, wandte Frank Duval ein.

»Ich bin bei dir.«

Kurz vor Mitternacht legten sie von Bartol Island ab. Frank Duval hatte Tyler an Bord gebracht und in Decken gehüllt. Tyler war völlig entkräftet, er zitterte am ganzen Körper, und das Atmen fiel ihm schwer. Die Schmerzen im Brustkorb waren infernalisch.

Im Scheinwerferlicht lenkte Duval das Boot durch die Gewässer des Golfs. Tyler versuchte, sich zu konzentrieren, denn es gab viele Untiefen in diesem Gebiet, in dem sich Insel an Insel reihte.

Sie hatten Bustins Island passiert und schipperten in Richtung Osten.

»Bin ich noch auf Kurs?«, fragte Duval und schaute auf den kleinen Kompass, doch eine Antwort blieb aus. Er griff zu seiner Taschenlampe und leuchtete Tyler ins Gesicht. Tyler lag im Boot, seine Augen waren geschlossen. Duval drosselte den Motor.

»Tyler!«, rief er laut, doch Tyler rührte sich nicht.

»Verdammt noch mal, Tyler, das kannst du doch nicht machen«, fluchte Duval und drehte den Suchscheinwerfer des Bootes. Eine Insel lag vor ihm. Er suchte den Horizont ab, doch außer Bäumen und Kies war nichts zu erkennen. Lichter gab es dort nicht. Er steuerte auf das Eiland zu und stellte den Motor ab. Es knirschte, als der Bootskörper über den Grund schrammte. Er holte den Motor ein und wartete, bis das Boot zur Ruhe gekommen war, ehe er sich zu Tyler hinabbeugte.

Er hob seinen Kopf an. Tylers Atem ging flach, er lebte. Vorsichtig tätschelte Duval Tylers Backe. »Hey, Tyler, mach keinen Quatsch. Komm zu dir. Ich brauche dich.«

Aber Tyler blieb stumm.

South Philadelphia, Johnston Street, Philadelphia,
17. März 2007, 02.00 Uhr (Samstag)

Stearns Haus wurde lückenlos überwacht. Kameras waren installiert worden, um den Vorder- und den Hintereingang zu beobachten. Zwei Zivilstreifen komplettierten das Observationsteam. Rodger Donovan saß in dem grauen Lieferwagen, der die Aufschrift einer Elektronikservice-Firma aus Camden trug und in dem alle Stränge zusammenliefen. Modernste Überwachungstechnik, bis hin zu satellitengestützter GPS-Peilung, sowie Abhöranlagen standen dem U.S.-Marshall Service für seine Aufgabe zur Verfügung. Inzwischen wusste Donovan sicher, dass sich Clay Stearn zu Hause in seiner Wohnung aufhielt, und er wusste sogar, welcher Pay-TV-Sender über die Mattscheibe im Wohnzimmer flimmerte. Vor dem Fenster angebrachte Mikrokameras lieferten ein verzerrtes Bild. Trotz des gesamten technischen Schnickschnacks kam es noch immer auf das geduldige und vorsichtige Vorgehen der Observationsteams an, denn die Hauptaufgabe einer jeden Observation bestand aus Warten.

Donovan schlürfte einen lauwarmen Kaffee aus einem Pappbecher, als Bewegung in die Sache kam. Aus der Haustür trat Clay Stearn, bekleidet mit einer dunklen Hose und einem dunklen Kapuzenpulli. Stearns Bild prangte auf den Überwachungsmonitoren, und die Kamera lieferte trotz des vom gedämpften Licht einer Straßenlaterne durchsetzten Halbdunkels ein gestochen scharfes Bild.

»Zielperson verlässt Objekt!«, drang die Stimme eines Officers aus dem Lautsprecher.

»Bestätigter Kontakt!«, meldete Team zwei, um die Übermittlung des ersten Teams zu verifizieren.

Donovan griff zum Mikrophon und betätigte die Sprechtaste. »Alles auf Position, Code Alpha«, sagte er kurz, ehe er sich erhob und seine Jacke überzog.

»Und dass ihr ihn mir ja nicht aus den Augen verliert!«, mahnte er den Techniker, als Stearn den klapprigen Pinto bestieg und den Motor startete.

Clay Stearn fuhr rückwärts aus seiner Einfahrt und die Johnston Street hinunter. An der nächsten Ecke bog er nach rechts in Richtung West Oregon Avenue ab.

»Team 1 auf Abstand«, dröhnte Noah Fleischmans Stimme aus dem Mikro, der inzwischen die Einsatzleitung übernommen und mit Donovan den Platz getauscht hatte, während Donovan in Begleitung seines Kollegen Kyle Clarksen in einem blauen Ford Maverick an der Jagd teilnahm.

»Er befährt die Oregon Richtung Osten«, erklang die nächste Standortmeldung aus dem kleinen Lautsprecher des zivilen Einsatzfahrzeuges.

»Wir haben Sichtkontakt«, bestätigte das Verfolgungsteam.

»Na dann«, seufzte Donovan und bog in die West Oregon Avenue ein. »Der Tanz geht los.«

14

Hell's End, Hell's Kitchen Island, Maine,
17. März 2007, 05.15 Uhr (Samstag)

Cathy wälzte sich auf der weichen Matratze in ihrem Zimmer im Hell's End hin und her. Vor einer Stunde erst war sie eingeschlafen, doch ein Traum hielt sie zwischen dem Schlaf und ihrer Phantasie gefangen.

Ein schwarzer Mann mit wallendem Mantel, einem Südwester auf dem Kopf und einem Stauerhaken in der Hand stand in ihrem ehemaligen Schlafzimmer im kleinen Haus in Portland, in dem sie zusammen mit ihrem Ex-Ehemann Douglas gewohnt hatte. Douglas lag mit Rae, ihrer besten Freundin, eng umschlungen im Bett und schien sich überhaupt nicht darum zu scheren, dass Cathy und das Phantom im Zimmer waren und der Seemann mit den leuchtenden roten Augen seinen Stauerhaken wie wild gegen den Schrank donnerte. Dong … dong … dong, krachte es, doch Douglas ließ nicht von Rae ab. So sehr Cathy auch seinen Namen rief, immer und immer wieder und umso wilder trieb es Douglas mit Rae. Sie versuchte das Bild wegzuwischen, drehte sich herum, doch der Ton blieb. Dong … dong … dong, dröhnte es in ihrem Kopf, und sie brauchte eine ganze Weile, um zu realisieren, dass sie längst wach war. Sie fuhr im Bett hoch. Jemand hämmerte an ihre Tür und rief ihren Namen.

»Misses Ronsted, Ma'am, hören Sie mich?«

Cathy beugte sich zu ihrem Nachttisch und suchte im Dunkeln nach dem Lichtschalter. Erst als sie ihn gefunden hatte und das Licht das Zimmer erleuchtete, gab sie Antwort.

»Misses Ronsted, machen Sie bitte auf, es ist etwas passiert.«

Cathy erkannte Logans Stimme. Sie stieg aus dem Bett und warf ihren Morgenmantel über. Als sie die Tür öffnete, stand Logan in einer gelben Öljacke vor der Tür. Seine Haare waren durchnässt.

»Es gab einen Zwischenfall am Poundrell Spring«, empfing sie Logan. »Alex Breed war gerade bei mir. Er erzählte mir, dass er und Tim Gates Schafe hüteten, als die Herde und auch die Hunde plötzlich unruhig wurden. Sie wollten nachsehen, als plötzlich die Hunde wie wild davonjagten. Als Alex den Hunden folgte, sah er plötzlich eine Gestalt im Licht seines Strahlers. Er ist sich sicher, dass es Belfour war. Ein großer Mann mit wallend langem Mantel und einem Südwester. Er meinte, dass die Augen des Mannes wie Kohlen glühten. Als er näher kam, winselte der Hund. Der Mann verschwand in der Dunkelheit, aber vorher hat er noch Alex' Hund getötet.«

Cathy starrte wortlos auf den Boden. Sie schien wie weggetreten und dachte an ihren Traum, der sie noch vor wenigen Minuten gequält hatte. Logan schaute sie verwundert an. »Misses Ronsted, ist Ihnen nicht gut?«

Cathy hob abwehrend die Hände. »Nein, es geht schon. Ich bin nur müde.«

»Alex schwört Stein und Bein, dass es der Geist von Belfour war«, fuhr Logan fort.

»Das ist doch Blödsinn«, konterte Cathy. »Es gibt keine Geister.«

»Wissen Sie, wie er den Hund getötet hat?«, fragte Logan.

Cathy schüttelte den Kopf.

»Er hat ihn mit seinem Stauerhaken erschlagen. Er steckte noch im Kopf des Hundes, als der Geist längst verschwunden war.«

Plötzlich war Cathys Müdigkeit wie weggeblasen. »Wo ist der Haken?«, fragte sie.

»Ich habe zuerst Ihren Kollegen geweckt«, berichtete Logan. »Er ist mit Alex an den Poundrell Spring gefahren und sagte, ich sollte Ihnen Bescheid geben.«

Cathy zerbiss einen Fluch auf den Lippen. Schon wieder ein Alleingang von Brian, und dabei hatte sie gemeint, sie hätte ihren Claim inzwischen eindeutig abgesteckt.

»Sie haben gesagt, dass der Einbrecher am Gemeindehaus ebenfalls einen langen schwarzen Mantel trug«, wandte sie sich an Logan. »Mal angenommen, es war unser Einbrecher, wohin könnte er gehen, wenn er von Parish Hall den Weg an diese Quelle einschlägt?«

»Am Poundrell Spring gibt es nichts, wohin er gehen könnte.«

»Und in der Nähe?«

Logan überlegte. »Es steht eine alte Scheune ein paar Kilometer östlich, und zwei, drei Kilometer weiter befindet sich das Gehöft der Breed-Petersons.«

»Ist das alles?«

»Im Westen am Violent Beach ist das alte Kloster.«

»Das Kloster, wie weit ist es von der Quelle entfernt?«, hakte Cathy nach.

»Etwa fünf Kilometer.«

»Haben Sie Ihren Wagen hier?«

Logan nickte. »Mister Stockwell ist mit Alex gefahren.«

»Dann sollten wir das Kloster besuchen, was meinen Sie, haben Sie Zeit?«

»Schon.«

Cathy lächelte. »Ich ziehe mich an, warten Sie unten auf mich, ich brauche zehn Minuten.«

Palmyra Airport, Palmyra, Philadelphia,
17. März 2007, 05.20 Uhr (Samstag)

Clay Stearn war in Richtung Osten gefahren und hatte über die Betsy Ross Bridge den Delaware überquert, dann war er nach Norden abgebogen. Unweit des alten Flugplatzes von Palmyra hatte er den Wagen auf einem der weitläufigen Parkplätze angehalten und fast eine Stunde dort zugebracht.

»Was macht er da?«, fragte Fleischman die Besatzung des ersten Observationsteams, die in einem silbernen Oldsmobile saß und den Wagen mit einem Fernglas aus sicherer Entfernung beobachtete. Eine Straßenlaterne, die ihr gelbliches Licht über den Parkplatz verströmte, war insoweit hilfreich, dass die Konturen des Fahrers trotz der Dunkelheit erkennbar waren.

»Er sitzt in seinem Wagen«, erhielt Fleischman zur Antwort. »Ganz alleine und wartet. Sein Seitenfenster ist offen.«

»Gibt es Bewegung in der Gegend?«

»Totenstille. Ein paar Wagen parken auf dem Platz, aber die stehen weit entfernt.«

Donovan, der den Funkverkehr aus dem Ford mitverfolgte, schaltete sich ein. »Team eins, wie viele Wagen sind es, und können Sie die Kennzeichen erkennen?«

Es dauerte eine Weile, bis er Antwort erhielt. »Sieben, die Kennzeichen sind alle von hier.«

»Listen Sie die Kennzeichen und Fahrzeuge auf, und geben Sie uns die Daten durch!«, gab Fleischman Anweisung.

Das Observationsteam tat, was ihm aufgetragen wurde, doch keines dieser Fahrzeuge beziehungsweise Kennzeichen waren mit Lukovic und Simmrock irgendwie in Beziehung zu bringen.

Es war kurz vor vier, als die Besatzung des Observationsfahrzeugs meldete, dass Stearn seinen Wagen gestartet hatte und den Parkplatz in Richtung Palmyra Bridge verließ. Clay Stearn fuhr zurück nach South Philadelphia und parkte vor seinem Haus. Bevor er hinter seiner Wohnungstür verschwand, schaute er sich noch einmal um, doch die Straße lag still und friedlich im anbrechenden Tag.

»Hat er uns bemerkt?«, fragte Donovan, nachdem sich die Teams am vereinbarten Treffpunkt getroffen hatten. Nur zwei Fahrzeuge waren an Stearns Wohnung verblieben.

Fleischman runzelte die Stirn. »Ich glaube nicht, dass er uns bemerkt hat. Ich glaube eher, dass es sich bei dem Parkplatz am alten Flughafen um den Treffpunkt handelte, aber seine Freunde sind nicht gekommen, aus welchem Grund auch immer.«

Donovan nickte. »Seit der Aufzeichnung seiner Telefonate hatte er keinen Anruf von Lukovic. Und auf seinem Handy ebenfalls nicht. Sie müssen sich bereits vorher dort verabredet haben.«

Fleischman erhob sich. »Ich will Kameras auf dem Parkplatz. Die Techniker sollen dort Kameras installieren, damit wir den Platz lückenlos überwachen können.«

»Was soll das bringen?«

»Entweder ist der Treffpunkt festgemacht und nur die Zeit variiert, oder die Typen melden sich noch einmal bei ihm«, gab Fleischman zu bedenken.

»Du meinst, er fährt morgen wieder nach Palmyra?«

Fleischman biss sich auf die Lippen. »Ich wette einen Franklin darauf.«

Donovan zog seine Brieftasche hervor und schaute nach seinem Bargeld. »Ich halte zwei Grants dagegen.«

Hell's End, Hell's Kitchen Island, Maine,
17. März 2007, 09.10 Uhr (Samstag)

Als Cathy und Logan an der Saint Benedict Abbey unweit des Violent Beach eintrafen, waren die Mönche in ihr morgendliches Gebet vertieft. Es war Pater Phillip, der Abt selbst, der sie einließ, als sie die altertümliche Glocke über dem Eingang betätigten. Er bat sie zu warten, bis die Morgenandacht vorüber war. Beinahe eine halbe Stunde zog sich die Laudes hin. Ungeduldig wartete Cathy darauf, dass sie endlich mit dem Abt sprechen konnte.

»Ist es nicht ungewöhnlich, dass es hier auf der Insel ein Kloster gibt?«, fragte sie Logan, der an ihrer Seite Platz genommen hatte und mit seiner Schuhspitze kleine Kreise in den sandigen Boden zeichnete.

»Das Kloster gibt es schon seit über einhundert Jahren«, erklärte er. »Früher lebten hier einmal sechzehn Mönche und andere logierten hier, um ihre innere Ruhe und die Nähe zu Gott wiederzufinden. Es handelte sich meist um Mönche, die sich um die Ärmsten kümmerten und viel Not und Elend bei ihrer Tätigkeit erlebten. Wir würden heute sagen, dass das Kloster die Aufgabe eines Erholungsheimes für ausgebrannte Gottesmänner erfüllte, die im Einklang mit der Natur in aller Abgeschiedenheit wieder zu neuen Kräften und Gottesnähe kommen sollten.«

Cathy schmunzelte. »Ein Sanatorium für Burn-out-geschädigte Mönche also.«

»So könnte man sagen. Aber seit zehn Jahren ist hier nicht mehr viel los. Die Mönche hier sind alle um die siebzig, bis auf Pater Thomas, der kam erst vor etwa einem Jahr auf die Insel. Er ist quasi das letzte Burn-out-Opfer, das man hierher geschickt hat. Wenn die letzten Mönche gestorben sind, dann wollen die Benediktiner das Kloster schließen und alles nach Petersham in Massachusetts verlagern.«

»Und woher wissen Sie das alles?«, wunderte sich Cathy.

»Sie vergessen wohl, ich bin der Master of the Island.«

Pater Phillip empfing seine frühmorgendlichen Besucher in seinem Arbeitszimmer, doch das Gespräch mit dem Ordensbruder war nicht sehr ergiebig. Er betonte, dass dieses Kloster ein Ort der Ruhe und inneren Einkehr sei und deswegen nur wenig Kontakt zu den Inselbewohnern bestehe. Natürlich helfe man, wenn die Nähe eines Bruders im Dorf oder auf den Schafsweiden von Nöten sei, aber grundsätzlich erfülle Saint Benedict einen völlig anderen Zweck, als das Fehlen einer örtlichen Pfarrei zu ersetzen. Hin und wieder lese man Messen in der kleinen

Kapelle und es gebe auch eine Mitarbeiterin aus dem Village, aber ansonsten halte sich der Kontakt in Grenzen. Und Geister gebe es nicht, da stimme er ihr zu, doch der Aberglaube sei weit verbreitet im Golf der tausend Inseln. Dafür, dass sich dieser vermeintliche Geist am Poundrell Spring herumtreibe, habe er keine Erklärung, aber sie könne sich darauf verlassen, dass er nicht mit dem Kloster in Verbindung stehe.

Unverrichteter Dinge verließ Cathy zusammen mit Logan das Kloster. Die Sonne und der blaue Himmel versprachen einen warmen und trockenen Märztag. Als Logan vorschlug, zu den Breeds zu fahren, wo sich wohl ihr Kollege derzeit aufhielt, wehrte Cathy ab. »Ich denke, er kommt dort alleine zurecht«, antwortete sie. »Fahren Sie mich wieder zurück in die Stadt.«

»Und Belfour, oder besser gesagt derjenige, der sich dafür ausgibt?«

Cathy klappte die Sonnenblende herunter, die rötlich gefärbte Morgensonne blendete ihre Augen. »Wahrscheinlich ist er aus der Stadt geflüchtet, nachdem Sie ihn am Gemeindehaus gestellt haben. Vielleicht wollte er sich in der Scheune am Poundrell Spring verkriechen und stieß dort ahnungslos auf Breed und den Hirten.«

Logan nickte zustimmend. »So könnte es gewesen sein«, sagte er und gab Gas.

Vor dem Hell's End setzte er Cathy ab, die sich zuerst auf ihr Zimmer begab und kalt duschte. Als sie ihren Laptop einschaltete und sich die Satellitenverbindung zum Internet aufgebaut hatte, erhielt sie eine Mail, die sich durch einen harmonischen Dreiklang ankündigte. Sie setzte sich an die Kommode und rief die Nachricht ab. Es war der Bericht des Gerichtsmediziners. Sie überflog den Anhang.

William Evans war den Feststellungen des zuständigen Pathologen nach bei lebendigem Leib gefoltert und verletzt worden. Das Verletzungsmuster deckte sich mit dem des ermordeten

Leuchtturmwärters. An den Händen des Toten waren Spuren einer Fesselung vorhanden. Offenbar hatte der Täter ein grobes Hanfseil benutzt. Evans war aber nicht an seiner eingeschlagenen Nase gestorben. Er wurde ertränkt. Die Verletzung im Gesicht wurde ihm postmortal zugefügt. Als Tatwerkzeug kam ein Meißel oder ein Haken in Betracht.

Cathy überlegte, ob die Neuigkeiten aus dem Gerichtsmedizinischen Institut irgendeinen neuen Aspekt auf ihre Ermittlungsarbeit warfen, doch alles, was aus dem Bericht hervorging, hatte sie bereits vermutet. Die Folterung, die Zurschaustellung der Leiche, der gleiche Modus Operandi, nein, die einzige Neuigkeit war, dass man William Evans ersäuft hatte wie eine räudige Katze, die man in einen Sack steckt und ins Wasser wirft.

Ihr Magen knurrte. Sie zog sich ihre Jeans über und ging hinunter ins Lokal. Brian war noch immer nicht zurück, also würde sie schon einmal alleine frühstücken.

Als Cathy den Gastraum betrat, saßen zwei Frauen an einem Tisch neben dem Tresen, die sich mit Mia Honeywell lauthals unterhielten und sich offenbar köstlich amüsierten. Erst jetzt bemerkte Cathy den dandyhaften Mann mit Halbglatze, der am anderen Ende des Tisches lümmelte und sich überaus lässig gab.

»Kommen Sie doch zu uns herüber!«, forderte die Wirtin Cathy auf und rückte einen Stuhl am Tisch der Damen und des Herren zurecht.

»Ich will nicht stören«, wehrte Cathy dankend ab, doch Mia Honeywell ließ nicht locker. Schließlich kam sie doch der Aufforderung nach.

»Das sind Chloe Peach und ihre Schwester Lydia Coller«, stellte Mia die beiden Damen vor. »Chloe ist Künstlerin, müssen Sie wissen. Und der Schwerenöter in der Ecke ist Ron Nyman. Er ist hier auf der Insel hängen geblieben, wie er selbst zu sagen pflegt.«

»Schriftstellerin?«, fragte Cathy und nickte den drei Personen am Tisch freundlich zu.

»Nein«, antwortete die etwas dickliche Dame abfällig, die als Lydia Coller vorgestellt wurde. »Meine Schwester malt, aber eine Schriftstellerin haben wir auch auf der Insel.«

»Ich weiß, Misses Crawford in der Villa.«

Cathy reichte den beiden Damen die Hand. Ron Nyman erhob sich und kam auf sie zu. Galant verbeugte er sich und hauchte ihr einen Kuss auf die Hand.

»Nehmen Sie sich vor ihm in Acht«, scherzte Lydia. »Ich traue ihm alles zu.«

»Miss Lydia, wer wird denn so abweisend sein«, scherzte Nyman und wartete, bis sich Cathy gesetzt hatte, ehe er sich wieder auf seinem Platz niederließ.

»Ich bringe Ihnen das Frühstück und einen starken Kaffee«, sagte Mia und verschwand hinter dem Tresen.

»Ich wusste nicht, dass die Polizei so hübsche Frauen beschäftigt«, sagte Nyman. »Da wäre ich vielleicht schon viel früher auf das Festland zurückgekehrt.«

»Sie leben hier auf der Insel?«

»Er ist, wie gesagt, hier hängen geblieben«, nahm Lydia Coller Nymans Antwort vorweg. »Seit zwei Jahren schleicht er hier herum. Aber es gibt keinen Hafen zwischen hier und dem anderen Ende der Welt, den er nicht kennt.«

Cathy lächelte. »Sie sind Seemann?«

»Gott behüte«, entgegnete Nyman. »Ich war viel auf Reisen, Händler und Abenteurer, wenn Sie so wollen. Es gibt sogar Reiseberichte von mir, die ein Magazin veröffentlichte. Ich bin in der ganzen Welt herumgekommen, und dann dachte ich mir, dass es langsam Zeit wird, das Leben etwas ruhiger anzugehen. Ich habe mir hier auf der Insel ein kleines Häuschen gekauft. Man wird nicht jünger, und irgendwann sollte man zur Ruhe kommen. Ich habe hier alles, was ich brauche, und ich habe das

Meer um mich herum. Auf dem Festland würde ich verrückt werden.«

»Ich verstehe«, erwiderte Cathy.

Chloe schlürfte an ihrer Tasse Tee. Sie wirkte zurückhaltend und vermied den Augenkontakt, dagegen war ihre Schwester Lydia eine gehörige Portion aufgeweckter. »Haben Sie schon einen Verdacht, wer den alten Gabriel und William Evans umgebracht haben könnte?«, fragte sie.

»Wir arbeiten daran«, gab Cathy ausweichend zur Antwort.

»Die Leute hier auf der Insel haben den Freund unserer Schriftstellerin in Verdacht«, mischte sich Nyman in die Unterhaltung ein.

»Ich hörte davon.«

Lydia Coller hob abwehrend die Hand. »Ach was, die Crawford ist eine alte Schnepfe, aber sie ist reich, sie hat Geld, und sie ist berühmt. Sie besitzt alles und sogar ihn. Und er hat nichts, nichts außer einen großen schwarzen Schwanz, aber ein Mörder ist er nicht.«

»Lydia«, rief Chloe Peach entrüstet. »Wie kannst du nur …«

»Was willst du, das ist doch die Wahrheit.«

Cathy war froh, als Mia Honeywell mit einem Tablett erschien und das Frühstück vor ihr auf den Tisch platzierte.

»Nun, es ist Zeit für mich«, sagte Ron Nyman und erhob sich. »Ich wünsche noch einen schönen Tag«, verabschiedete er sich mit einer Verbeugung.

»Er ist ein interessanter Mann«, bemerkte Lydia, als Nyman das Lokal verlassen hatte. »Er ist so weltgewandt, aber irgendwie ist er mir nicht geheuer.«

Cathy widmete sich ihrem Frühstück, während sie sich oberflächlich mit den beiden Damen, vorwiegend mit Lydia Coller, unterhielt. Auch Mia Honeywell setzte sich an den Tisch. Cathy hatte ihre zweite Tasse Kaffee ausgetrunken, als plötzlich die Tür aufflog. Ein großgewachsener und kräftiger Mann betrat das Lokal und trat an den Tresen. Cathy sah, dass der Mann hinkte. Er trug eine Augenklappe, und seine linke Gesichtshälfte war grässlich entstellt. Mia erhob sich und trat an seine Seite. Freundschaftlich klopfte sie dem Mann auf die Schulter. »Hast du alles bekommen, Ty?«, fragte sie.

»Alles bis auf die Stoffbahnen, die werden erst nächste Woche geliefert«, antwortete der Mann mit sonorer Stimme. Schließlich verließen er und Mia den Gastraum.

»Wer ist der Mann?«, wollte Cathy wissen.

»Oh, das ist Mister Ashcroft«, klärte Lydia Coller sie auf. »Er ist unser einziges Verbindungsglied zum Festland und betreibt eine Fähre.«

»Was ist mit seinem Gesicht passiert?«

»Das ist schon Jahre her, er hatte einen schweren Bootsunfall, als er noch für die Seafood arbeitete. Säure hat ihm das Gesicht verätzt, und sein Bein ist seitdem steif, aber er ist ganz in Ordnung.«

Cathy schob ihre Tasse zur Seite. »Gut, meine Damen, ich mache mich dann wieder an die Arbeit.«

Lydia lächelte. »Viel Glück, und lassen Sie sich in dieser Männerwelt nicht unterkriegen, diese Kerle sind es nicht wert. Ich bin sicher, Sie legen dem Mörder das Handwerk. Und eins kann ich Ihnen mit Gewissheit sagen, er ist kein Geist.«

»Was macht Sie da so sicher?«, fragte Cathy.

»Ganz einfach, weil es keine Geister gibt!«

Noch bevor Cathy die Treppe zu den Zimmern erreicht hatte, klingelte ihr Handy. Sie nahm das Gespräch entgegen, es war die Dienststelle in Portland.

»Wir haben den Teilnehmer ermittelt, der sich auf der Seite des Fischereiverbandes unter dem Pseudonym *JHunter* herumtreibt«, meldete der Kollege der technischen Abteilung.

»Da bin ich aber gespannt«, entgegnete Cathy.

15

Near Pond Island, Gulf of Maine,
17. März 2007, 09.15 Uhr (Samstag)

Frank Duval gähnte, er hatte die ganze Nacht über keinen Schlaf gefunden. Es lag nicht am Schaukeln des Bootes und an der Kälte, die in der Nacht über den Golf der tausend Inseln gekrochen war, es lag an Tyler. Wesley Tyler war tot. Die Verletzung, die er sich bei seiner Flucht aus dem verunglückten Bus zugezogen hatte, war zu schwer gewesen. Duval hatte gewartet, bis er seinen letzten Atemzug ausgehaucht hatte, und ihn dann in der gottverlassenen Bucht der Lower Goose Island unter Sträuchern und Gehölz bestattet.

Nach all den Jahren, in denen er mit Tyler seine Zelle in Cedar Junction geteilt hatte, war Tyler wie ein Bruder für ihn. Ein großer Bruder, wie er ihn im Leben nie hatte und der ihn vielleicht sogar davor bewahrt hätte, auf die schiefe Bahn zu geraten. Kurz vor seinem Tod hatte Tyler noch einmal genau erklärt, wie er zur Insel gelangen konnte und an wen er sich dort wenden musste. Dennoch würde es kein leichtes Unterfangen, denn Duval war zeit seines Lebens eine Landratte geblieben. Er hasste das Meer, wo stets ein kühler Wind wehte; er hasste die Seefahrt, dieses Auf und Ab der Wellen drehte ihm den Magen um, und Wasser trank er nur aufgelöst in einem jahrzehntealten Bourbon.

Mitten im Golf der tausend Inseln, auf einer schwimmenden Nussschale, durchgeschüttelt durch die raue See, hatte er sich bereits zweimal übergeben. Doch langsam schien er sich an die Schaukelei zu gewöhnen.

Er hatte Lower Goose Island in Richtung Osten verlassen und war an mehreren, zum Teil bewohnten Inseln vorbeigeschippert, ehe er nach Norden abdrehte. Ab und zu fuhr in der Ferne ein Segler oder ein Motorboot vorbei, doch niemand schien sich für den Skipper auf der alten Sea Ray zu interessieren. Und genau darauf kam es an. Nur nicht auffallen, keine Aufmerksamkeit auf sich ziehen, niemanden neugierig machen. Vor Pond Island musste er aus dem Benzinkanister Sprit nachfüllen. Tyler hatte ihm erklärt, was er alles tun musste, um nach Hell's Kitchen Island zu gelangen. Mit halber Kraft fuhr er weiter. Tyler hatte ihm die Silhouette der Insel genauestens beschrieben und ihn angewiesen, die Insel auf der Westseite zu umfahren, um an der Nordseite anzulegen. Dort gab es eine kleine Bucht, in der er das Boot verstecken konnte. Der kleine Kompass würde ihm den Weg schon weisen. Kurs Nordnordost. Das größte Problem würde es werden, auf der Insel unbemerkt zu bleiben, denn die Insel war nicht besonders groß, und die Bewohner, vorwiegend Schafhirten und Fischer, würden Fremden mit Argwohn begegnen. Also durfte er sich nicht sehen lassen, was schon schwierig genug war, denn ihm blieb nichts weiter übrig, als irgendwie in das Dorf zu gelangen. Vor über neunzehn Jahren war Tyler zum letzten Mal auf der Insel gewesen, und in dieser Zeit konnte sich vieles verändert haben.

Er drosselte den Motor, als er eine weitere Insel passierte und sich ein paar Vögel, aufgeschreckt durch den Motorenlärm, aus den Baumwipfeln in die sichereren Höhen aufschwangen. In der Ferne sah er Land. Dort lag eine Insel, größer als die, die er gerade passiert hatte. In einiger Entfernung zog ein Fährschiff an ihm vorbei. Duval war sich sicher, dass er sein Ziel erreicht hatte. Nun kam es darauf an, wie geschickt er sich verhielt und ob ihm der Mann Glauben schenkte, den er auf der Insel zu treffen hoffte. Er beschleunigte, und die Drehzahl des Motors erhöhte sich. Das Land wurde größer und größer, und ein paar hundert Meter östlich vor ihm schien das Wasser zu brodeln. Spitze Felsen ragten aus dem Meer, jetzt gab es keine Zweifel mehr, er hatte des Teufels wilde Küche erreicht.

The Village, Hell's Kitchen Island, Maine,
17. März 2007, 09.40 Uhr (Samstag)

»Ich möchte ihn dabeihaben, ob es dir passt oder nicht«, polterte Cathy laut, während Brian seine Nase rümpfte.

»Ich möchte dich nur noch einmal offiziell darauf aufmerksam machen, dass Logan genauso zu den Verdächtigen zählt wie alle anderen Bewohner dieser Insel.«

»Ich habe es offiziell zur Kenntnis genommen und will, dass du ihn holen gehst.«

»Du bist der Boss«, antwortete Brian verschnupft und verließ das Büro in der Parish Hall.

Cathy nahm die Plastiktüte vom Tisch und betrachtete nachdenklich den Stauerhaken, den Brian von der Peterson Grange mitgebracht hatte und mit dem der arme Schäferhund am Poundrell Spring erschlagen worden war. Wenn es einen Geist auf dieser Insel gab, dann musste er wohl das Sonderangebot eines See- und Hafenausstatters wahrgenommen haben. Im Dutzend gab es diese Dinger wohl billiger. Der Haken glich in seiner Beschaffenheit genau dem Werkzeug, das im Auge der Holzfigur am Leuchtturm gesteckt hatte. Wenn der Täter dieses für ihre Begriffe unhandliche Ding benutzte, dann musste er den Umgang wohl irgendwo erlernt haben. Und diese Haken wurden zuhauf in Häfen und Schiffsanlegestellen zum Entladen von Schiffen benutzt. Ergo musste der Mörder dort gearbeitet haben. Aber was nutzte ihr diese Überlegung, wenn ihre Kollegen vom Homicide Squad in Portland im Schneckentempo arbeiteten und ihr noch immer kein Bericht über die Inselbewohner vorlag? Insgeheim hatte sie den Verdacht, dass Stoddarts Männer bewusst diese überaus wichtigen Ermittlungen verschleppten, nur um sie scheitern zu sehen.

Es rumpelte an der Tür. Logan trat, gefolgt von einem mürrischen Brian, in den Raum.

»Sie wollen mich sprechen?«, fragte Logan, während sich Brian auf einem Bürostuhl niederließ.

»Setzen Sie sich, Mister Logan.«

Logan nahm auf dem Holzstuhl vor ihrem Schreibtisch Platz. »Wie ich hörte, haben Sie heute die beiden Coller-Schwestern kennengelernt. Interessante Damen, nicht wahr? Vor allem Lydia ist nicht auf den Mund gefallen.«

Cathy lächelte. »Es war eine wirklich interessante Unterhaltung. Erzählt Ihnen Misses Honeywell eigentlich alles, was ich den Tag über tue?«

»Ich bin der Master hier auf der Insel, schon vergessen?«

Cathy erhob sich und ging zum Fenster. »Da war noch ein Mister Nyman im Lokal. Was halten Sie von ihm?«

»Ron!«

Cathy nickte.

»Ron ist ein alter Aufschneider«, erzählte Logan. »Er gibt sich als weltgewandter Gentleman, der die ganze Welt bereist hat und durch das Chinesische Meer gesegelt ist, aber ich glaube ihm kein Wort davon.«

»Er sagte, er schrieb Reiseberichte.«

»Ja, die mag es wohl geben, er hat uns den ein oder anderen auch schon gezeigt, aber das alles ist doch nur Show. Wahrscheinlich hat er sie nur irgendwo abgeschrieben.«

Cathy runzelte die Stirn. »Was macht Sie so sicher?«

Logan lachte auf. »Der Typ kann noch nicht einmal ein Vorstag vom Achterliek unterscheiden. Ich weiß nicht, wie er durch das Chinesische Meer gekommen ist, aber gesegelt ist er nur als Passagier, den Rest hat er dazuerfunden.«

Brian lümmelte scheinbar teilnahmslos auf seinem Stuhl und betrachtete gelangweilt die beiden Ölgemälde an der Wand.

Cathy setzt sich wieder hinter ihren Schreibtisch.

»War das alles?«, fragte Logan.

Cathy schüttelte den Kopf. »Erzählen Sie mir von Tom Lawrence!«

»Tom!«, wiederholte Logan. »Wieso Tom, wie kommen Sie auf ihn?«

»Das überlassen Sie mir, also was ist mit Lawrence?«

»Tom ist ein alter Säufer. Die meiste Zeit liegt er in seinem Bett und schläft seinen Rausch aus.«

»Arbeitet er?«

»Er ist Fischer und hat ein Hewes Redfish-Boot im Hafen. Aber das liegt schon seit Wochen unbewegt unten am Liegeplatz. Tom hat Pech gehabt in seinem Leben. Gott hat ihn zu einem verschlossenen und bärbeißigen alten Mann gemacht, der sich schwertut, mit anderen auszukommen. Deswegen ist er auch meist alleine. Früher, als er noch bei Seafood arbeitete, war es mal anders, aber irgendwann hat er dann mit dem Saufen begonnen, und jetzt sieht man ihn im Dorf am liebsten von hinten, Sie verstehen.«

»Hat er einen Computer?«

Logan nickte. »Die anderen Fischer fuhren hinaus und kamen am Abend mit gutem Fang zurück, doch Toms Körbe waren leer. Ich erfuhr dann von dieser Homepage der Fischereibehörde, auf dem die Züge der Fischschwärme veröffentlicht werden. Ich habe Tom gesagt, dass die anderen gezielt fischen, während er immer noch wie früher nach Gutdünken hinausfuhr, aber meist die leer gefischten Zonen aufsuchte und mit leeren Netzen zurückkehrte. Er sagte, dass er den modernen Schnickschnack nicht braucht. Als er sich wieder einmal ein paar Dollar von mir pumpen wollte, da fragte ich gar nicht lange. Ich hatte einen alten PC und habe ihn Tom gegeben. Ich baute ihn sogar auf und richtete ihn ein. Sie verstehen, Internet und so. Ich habe ihn auch auf dem Online-Chat der Fischereibehörde angemeldet. Wenn Tom Lust hatte und der Alkohol nicht sein Gehirn vernebelte, dann fing er mehr als die anderen. Er kann gut mit den Netzen umgehen und hat ein Händchen für die Schwärme. Aber oft kam das nicht vor. Er fischt gerade so viel, dass ihm das Geld zum Essen und vor allem zum Trinken reicht.«

»Wissen Sie, wo er jetzt ist?«

»Ich nehme an, er ist zu Hause in seinem Bett, wo sonst?«

»Könnte Lawrence hinter dem Phantom und den Morden stecken?«

»Tom, das ist doch nicht Ihr Ernst«, entgegnete Logan verblüfft. »Sicherlich, er ist zuweilen schwer im Zaum zu halten, er ist ja nicht gerade schwächlich, aber Mord? Nein, das kann ich mir nicht vorstellen.«

»Arbeitete er einmal in einem Hafen?«

Logan überlegte. »Damals, bei Seafood, da war er Lademeister. Die Frachter wurden unten am alten Anleger beladen. Aber wie kommen Sie darauf, dass Tom …«

»Evans wurde am Morgen, als ihm aufgelauert wurde, über diesen Online-Chat der Fischereibehörde auf See gelockt. Und der Codename des Mannes, der hinter der Sache steckt, lautet *JHunter.*«

»*JHunter,* das ist Toms Pseudonym«, rief Logan überrascht aus. »Ich habe ihm den Namen gegeben. Eine Romanfigur aus Crawfords Bestseller. Tom ist zwar ein echter Stoffel und Säufer, aber als die Crawford auf die Insel kam, war er der Erste, der ihren Roman las.«

Brian war aufgesprungen und an Cathys Seite getreten. »Warum hast du mir das nicht gleich gesagt, dass die Antwort gekommen ist? Ich rufe sofort Verstärkung, dann greifen wir uns diesen Lawrence.«

»Bis Verstärkung eintrifft, ist diese Insel längst untergegangen, es ist Samstag, vergiss das nicht, du glaubst doch nicht, dass Yarmouth oder Portland ein Squadteam für uns bereithalten«, antwortete Cathy und wandte sich Logan zu. »Ist Lawrence gewalttätig?«

»Ich weiß nicht, aber ich denke, wenn ich dabei bin, dann bringe ich ihn schon zur Vernunft.«

Cathy erhob sich und nahm ihre Pistole aus dem Halter. Sie klappte die Trommel ihres Revolvers auf und überprüfte den Ladezustand. »Wenn Sie ihn nicht zur Vernunft bringen, dann wird ihn das wohl stoppen. Er ist dringend verdächtig, und ich will keine weitere Zeit verlieren.«

South Philadelphia, Johnston Street, Philadelphia,
17. März 2007, 11.00 Uhr (Samstag)

Noah Fleischman und Rodger Donovan hatten zusammen in einem benachbarten Café gefrühstückt. Donovan hatte für die drei Kollegen, die im Van saßen und Stearn mittels modernster Elektronik überwachten, Kaffee im Pappbecher mitgenommen. Vom Café aus hatte Fleischman seine Dienststelle in Boston angerufen, wo Macphie hinter dem Schreibtisch saß und alle Daten sammelte, die im U.S.-Marshall-Büro eingingen. Als er nachfragte, ob sich bereits Hinweise auf den Verbleib von Tyler und Duval ergeben hätten, machte Macphie nur wenig Hoffnung. Zwar war am heutigen Morgen ein vager Hinweis auf einen Einbruch in Conway eingegangen, bei dem Lebensmittel und Kleidung gestohlen wurden, doch Hinweise auf den oder die Täter gab es nicht. Carter und Mcqueen, die zwei verbliebenen Deputys aus dem Büro, waren auf dem Weg, den Fall zu untersuchen. Doch alles in allem verhielten sich die beiden Flüchtigen, die offenbar den Weg nach Norden eingeschlagen hatten, ein ganzes Stück ruhiger und konspirativer als Lukovic und Simmrock. Die beiden gebärdeten sich wie ein Elefant im Porzellanladen, und genau deswegen war man ihnen auch so dicht auf den Fersen.

Seitdem Doktor Caven aus dem Wagen der beiden Gewaltverbrecher entkommen war, hatten sie sich allerdings ruhig verhalten.

»Ich hoffe, dass sie bald auftauchen«, sagte Noah Fleischman, als er gegen die Schiebetür des Vans klopfte.

»Sie kommen«, gab Donovan voller Überzeugung zurück.

Als sie die Tür von innen verriegelt hatten, verteilte Donovan den Kaffee an die Techniker.

»Gab's was?«, fragte Donovan.

Der Mann am Aufzeichnungsgerät nahm den Kopfhörer ab. »Drei Anrufe«, sagte er.

»Stearn?«

»Zwei für seine Alte und einen für ihn. Aber den sollten Sie sich anhören, könnte was für uns sein.«

Fleischman erhob sich und beugte sich über die Schulter des Technikers. »Was war das für ein Anruf?«

»Irgend so ein Versicherungsfritze, aber Stearn ist nicht selbst an den Apparat gegangen, seine Angetraute hat mit dem Mann gesprochen.«

»Spielen Sie ihn ab!«

Der Techniker spulte das Aufzeichnungsgerät zurück und kaute ein lang gezogenes *Okay* hervor. Er drehte an den Knöpfen und schaltete auf Lautsprecher.

… Ja …

… Jones, DA-Direct Insurance, kann ich mit Mister Stearn sprechen? …

… der schläft …

… es ist wichtig …

… den krieg ich nicht wach, hat sich die ganze Nacht herumgetrieben …

… Gut, Misses Stearn … ich kann es auch Ihnen sagen. Richten

Sie Ihrem Mann bitte aus, dass heute um Mitternacht seine Lebensversicherungspolice ausläuft, wenn er sie nicht verlängert. Vergessen Sie es nicht, es geht um sehr viel Geld … oder sagen wir, um Leben und Tod …

… *Wer sind Sie, gottverdammt …*

… *Jones, DA-Insurance, und bitte vergessen Sie es nicht. Ihr Mann wird sehr ungehalten sein, wenn das schiefgeht …*

… *Ja, schon gut, ich sag's ihm, wenn er endlich aufsteht, das faule Stück …*

… *Okay, Madam, ich verlasse mich darauf. Und einen schönen Tag noch …*

Es knackte in der Leitung, das Gespräch war beendet. Fleischman sah Donovan lächelnd an und klopfte dem Techniker auf die Schultern.

»Soso, seine Lebensversicherung läuft ab, heute um Mitternacht. Jones von der Versicherung, netter Versuch.«

Donovan griff zum Handy. »Ich informiere das Einsatzteam.«

Fleischman nickte. »Sie sollen sich ab 22.00 Uhr bereithalten. Die Party beginnt.«

Fassungslos beobachtete der Techniker die beiden US-Marshalls, die sich hinter ihren Handys verschanzten und eifrig telefonierten.

»Stellt sich nur noch die Frage, warum Jones dieses Theater vorspielt«, merkte Noah an, nachdem er sein Gespräch beendet hatte.

»Wegen uns sicher nicht«, beruhigte ihn Donovan. »Er kann nichts von uns wissen. Wahrscheinlich darf seine Alte nicht erfahren, was ihr Angetrauter so nebenbei treibt. Schließlich hat er Bewährung und wandert schneller in den Knast, als er sich das vorstellen kann.«

Fleischman überlegte einen Augenblick. Schließlich nickte er zustimmend. »Du hast vermutlich recht, aber das Team soll heute Abend damit rechnen, dass die Typen schießen, bevor sie fragen.«

Donovan breitete die Hände aus. »Ich denke, das weiß mittlerweile jeder, der an diesem Einsatz beteiligt ist.«

The Village, Hell's Kitchen Island, Maine,
17. März 2007, 11.55 Uhr (Samstag)

Tom Lawrence bewohnte ein kleines, heruntergekommenes Häuschen im Osten des überschaubaren Dorfes unmittelbar gegenüber Landsman's Chapel. Zwar gab es offiziell keine Straßennamen im Village, aber die Bewohner hatten allen Wegen, Straßen und Plätzen einen Namen gegeben. Lawrence wohnte also in der Seafood Street, der Straße, die hinter der stillgelegten Fabrik ins Landesinnere führte und an deren Ende Hell's End lag. Das Haus hätte längst einen neuen Anstrich vertragen, und die Fensterläden an der Vorderfront mussten repariert werden. Der kleine Vorgarten war verwildert, und zur Eingangstür führte ein Trampelpfad über niedergetretenes Unkraut und Gestrüpp.

Logan blieb vor dem Grundstück stehen. »Lassen Sie mich zuerst mit ihm reden«, sagte er. »Wenn es Probleme gibt, dann rufe ich.«

»Ich weiß nicht …«, antwortete Cathy.

»Wenn es schiefgeht, dann hat er eine Geisel«, wandte Brian ein.

»Ich kenne ihn schon lange Jahre, und ich glaube, ich bin der einzige Freund, den er hier auf der Insel hat. Er wird mir nichts tun, vorher bringt er sich selbst um.«

Cathy überlegte einen Augenblick. »Gut, Sie haben zwei Minuten, dann kommen wir nach.«

Logan ging auf den Eingang zu, und während sich Cathy und Brian links und rechts der Tür platzierten, klopfte Logan gegen die altersschwache Tür, die einmal hellblau gestrichen gewesen sein musste, bevor der Wind und das Wetter der pastellfarbenen Herrlichkeit ein Ende bereitet hatten.

»Tom!«, rief Logan und klopfte erneut. »Tom, ich bin es, Logan!«

Keine Reaktion. Logan drückte die Klinke nach unten, und die Tür sprang auf. Cathy wollte bereits vorrücken, doch Logan hielt sie zurück.

»Tom schließt eigentlich nie ab«, sagte er. »Zwei Minuten.«

Cathy nickte. Logan betrat das Haus, doch es dauerte nicht einmal eine halbe Minute, bis er wieder auftauchte. Er rannte aus dem Haus und hielt sich die Hand vor den Mund. Sein Gesicht war weiß wie ein Leinentuch. Er sank auf die Knie und versprühte sein Frühstück im Unkraut.

»Was ist los?«, fragte Cathy.

Logan war sichtlich erschüttert. Er zeigte mit dem Zeigefinger auf die offene Tür. »Tom … er … Tom ist … tot!«

Cathy und Brian warfen sich einen Blick zu, zusammen betraten sie mit gezogenem Revolver den Flur. Der Gestank, der sie empfing, war infernalisch. Verfaultes Fleisch, gepaart mit der Süße des Todes. Unzählige Fliegen stieben auf. Cathy riss die Augen auf, als sie im ersten Zimmer, der Küche, auf einen Teil von Tom Lawrence stieß. Auf dem Tisch stand ein Teller. Ein Kopf war darauf drapiert und leere Augenhöhlen glotzten Cathy an. Im Kopf steckte das, was hier auf der Insel den Leuten in den letzten Tagen am meisten Sorge bereitete; ein Stauerhaken.

Cathy blieb stehen, während Brian weiterging.

»Komm, das musst du dir ansehen, da war ein echter Scherzbold am Werk«, rief ihr Brian zu.

Cathy ging den Flur hinab. Brian erwartete sie an der Tür zum übernächsten Zimmer. Darin stand ein altersschwaches Sofa, ein baufälliger Vitrinenschrank und in der Ecke ein kleiner wackeliger Schreibtisch, auf dem ein alter grauer Computer mit riesigem Röhrenbildschirm aufgebaut war.

»Schau dir das an!«, sagte Brian und zeigte auf den Schreibtisch.

Cathy trat näher. Auf der weißen Tastatur lagen zwei Hände und fast schien es, als wollten diese Hände noch eine Nachricht schreiben. Auf dem Bildschirm flimmerte der Bildschirmschoner. *Starfield* nannte sich diese Einstellung, wusste Cathy.

»Unser Geist hat wohl Sinn für Humor«, bemerkte Brian. »Der Rest von Lawrence liegt im hinteren Zimmer auf dem Bett.«

Schon wollte sich Cathy abwenden, da fiel ihr der Zettel auf, der an die Oberseite des Bildschirms geklebt war.

Nutzer: JHUNTER, Code Amalia2, stand dort geschrieben.

Cathy nahm Brian am Ärmel und zog ihn mit sich hinaus. Draußen atmeten sie erst einmal durch. Die frische Luft war eine Wohltat.

»Wie lange ist er schon tot, was schätzt du?«, fragte sie Brian.

Brian zuckte mit der Schulter. »Bestimmt länger als ein Tag.«

Cathy griff in ihre Jackentasche und zog eine Zigarette hervor. Nachdenklich zündete sie die Zigarette an. »Es kann jeder gewesen sein«, murmelte sie.

»Was meinst du?«, erkundigte sich Brian.

»Hast du nicht gesehen? Der Computer läuft noch, und über dem Bildschirm hat er sich die Zugangsdaten zum Online-Chat der Fischereivereinigung aufgeschrieben.«

Logan trat an ihre Seite. Er hatte sich beruhigt und zeigte auf die Zigarette. »Kann ich auch eine haben?«

»Wer ist Amalia2?«, fragte sie Logan, als sie ihm die Schachtel hinhielt.

Logan schaute sie fragend an.

»Sein Zugangscode zu dieser Fischerhomepage hieß Amalia2«, erklärte sie.

Mit zitternden Fingern steckte sich Logan eine Zigarette an. »So heißt sein Boot«, antwortete er und blies den Rauch in den windigen Tag.

16

Parish Hall, Hell's Kitchen Island, Maine,
17. März 2007, 14.25 Uhr (Samstag)

Cathy war mit Logan zum Gemeindehaus zurückgegangen. Sie wollte alles über Tom Lawrence wissen, doch einige Daten hatte selbst Logan nicht im Kopf, wenngleich er auch der Einzige im Ort gewesen war, der regelmäßig Kontakt zu ihm hatte. Brian sollte unterdessen den Tatort sichern und auf Collingdale und dessen Team warten, das mit einem Hubschrauber der Küstenwache nach Hell's Kitchen unterwegs war.

Nachdem Logan das Melderegisterblatt von Lawrence herausgesucht hatte, ließ er sich seufzend auf seinen Schreibtischstuhl fallen. »Es ist unfassbar. Wer tut so etwas?«

Cathy griff nach dem Melderegisterauszug. »Wer wusste, dass Lawrence einen Computer hatte?«, fragte sie und schrieb einige von Lawrences persönlichen Daten in ihr Notizbuch.

»Das ist es ja«, erwiderte Logan. »Ich habe ihm das Ding verschafft, es kann sein, dass ich es einmal irgendwo erwähnt habe, aber ich kann mich nicht erinnern. Und Tom hatte in den letzten Jahren den Kontakt zu den Leuten im Dorf abgebrochen.«

»Das heißt, Sie wissen es nicht.«

Logan sah sie mit großen Augen an. »Das heißt, dass der Mörder mitten unter uns lebt«, versetzte er aufgebracht. »Die ganze Zeit über habe ich gehofft, dass es irgendwie doch ein Fremder war, der auf die Insel gekommen ist und hier sein Unwesen treibt. Kein Geist natürlich, ein Mensch, ein Mörder. Aber die Sache mit Tom, dem Computer und dem Chat, mit dem Willy in den Tod gelockt wurde … Das kann nur jemand von hier gewesen sein. Jemand, der weiß, dass Tom auf der Homepage angemeldet war. Und das ist furchtbar, weil wir uns alle hier schon eine Ewigkeit kennen.«

Cathy reichte ihm den Melderegisterauszug. Draußen war das Dröhnen eines Helikopters zu hören.

»Mein Kollege ist der Meinung, dass auch Sie der Täter sein könnten, was sagen Sie dazu?«

Logan senkte den Blick. »Im Grunde genommen hat er recht, aber ich war es nicht, ich könnte nie einen Menschen töten, und ich könnte ihn niemals derart verstümmeln, wie es dieses Tier mit Gabriel, Willy und Tom gemacht hat.«

Einen Augenblick zögerte er, dann erhob er sich. »Nein, ich habe gelogen«, brummte er nachdenklich. »Ich könnte jemanden töten, ich könnte dieses Schwein töten, der uns auf unserer friedlichen Insel heimsucht. Seit Gabriels Tod ist nichts mehr, wie es war. Die Menschen haben Angst, ich weiß, viele halten uns für einfältig, für rückständig. Manche auf der Insel glauben tatsächlich, dass diese Taten der Geist von Belfour verübt hat und er grausame Rache an uns nimmt, weil wir die Nachfahren derer sind, die ihn zur Strecke gebracht oder vertrieben haben. Aber glauben Sie mir, wir hatten eine friedliche Insel, und unser Leben hier ist zwar hart, aber gut.«

»Ich dachte, Belfour ist damals einfach verschwunden?«, hakte Cathy nach.

Logan trat ans Fenster. Es hatte zu regnen begonnen, und der Wind heulte um Parish Hall. »Manche glauben, dass er hier auf der Insel draußen am Violent Beach seinen Tod fand, aber niemand weiß es wirklich. Er verschwand einfach und man hörte nie wieder von ihm.«

»Logan, komm heraus!«, brüllte jemand heiser und so laut, dass es trotz des geschlossenen Fensters zu hören war.

Logan schaute hinaus. »Was wollen die schon wieder?«, seufzte er. Cathy trat an seine Seite. Eine Gruppe von Männern stand in ihrem gelben und grünen Regenzeug vor dem Haus.

»Logan, erzähl uns, was mit Tom passiert ist!«

Cathy erkannte die Stimme. Sie gehörte Malcom Hurst.

»Ich muss hinunter, ich muss ihnen erzählen, was geschehen ist. Sie haben ein Recht darauf zu erfahren, was Tom widerfahren ist.«

Cathy nickte. »Soll ich Sie begleiten?«

Er schüttelte den Kopf und ging zur Tür. Cathy blieb in ihrem kleinen Behelfsbüro zurück und schrieb die Todesfallmeldung und den Untersuchungsauftrag für das Gerichtsmedizinische Institut von Portland. Noch bevor sie fertig war, dröhnte erneut das laute Motorengeräusch des Helikopters durch das geschlossene Fenster zu ihr herein. Verwundert erhob sie sich und trat ans Fenster. Der Himmel hatte sich verdunkelt, und sie erhaschte gerade noch einen Blick auf das stahlgraue Ungetüm, das über die Häuser in Richtung Festland davonschwebte. Kurz darauf klopfte es an der Tür.

»Ja«, rief sie.

Collingdale betrat den Raum und schüttelte den regennassen Mantel aus. »So ein Scheißwetter, und eigentlich hätte ich heute frei.«

»Wollen Sie einen Kaffee, Collingdale?«

»Gerne, etwas Warmes schadet nicht.«

»Der Hubschrauber ist wieder gestartet?«, fragte Cathy, als sie die Kanne der Kaffeemaschine mit Wasser füllte.

»Er kann nicht länger warten, der Sturm nimmt zu«, erklärte Collingdale und setzte sich auf den Stuhl neben Cathys Schreibtisch. Er legte eine zusammengerollte Akte auf den Tisch und zog ein Taschentuch hervor. Seine Nasenflügel bebten, als er sich schnäuzte. »Mein Team ist noch drüben, aber viele verwertbare Spuren gibt es nicht. Wir haben die vierteilige Leiche in den Heli verladen. Er bringt sie nach Portland.«

»Gut«, antwortete Cathy, nachdem sie Kaffeepulver in den Filter gefüllt hatte und die Maschine einschaltete. »Was haben Sie bislang für mich?«

»Ich habe den Spurensicherungsbericht zu den beiden Todesfällen mitgebracht. Leider haben wir am Leuchtturm nicht mehr sehr viel finden können, außer diesen blutigen Stofffetzen in den Klippen, die von einem Nachthemd stammen und der Blutgruppe nach wohl zur Ehefrau des getöteten Leuchtturmwärters gehören. Der Leichnam der Frau liegt mit Sicherheit im Meer. Die Strömung dort ist tückisch. Für Taucher viel zu gefährlich. Der Stauerhaken stammt übrigens aus heimischer Fertigung. Dutzendware für Hafenarbeiter, Fischer und Seeleute. Der Stiel ist aus einer Eschenart, die hier in Maine vorkommt. Die Haken stammen notabene alle aus der gleichen Produktion. Mit der Kette sind wir noch nicht weiter, aber es ist eine alte Ankerkette, zumindest beinahe zwei Meter davon.«

»Da war unser Geist wohl auf dem Festland shoppen«, unkte Cathy.

Collingdale schmunzelte.

»Dann muss er auch Schuhe gekauft haben«, scherzte er. »Arbeitsschuhe mit grobem Profil, Größe neun.«

»Ein Schuhabdruck?«

»Im Boot, er hat einen Abdruck im Blut hinterlassen. Das Muster ist im Bericht abgebildet. Ich habe ein klein wenig nachgeforscht. Es müssen ein paar Pathfinder oder Swat-Stiefel sein. Sie werden unter anderem auch von unserer Infanterie getragen.«

Cathy griff nach der Akte und blätterte darin, bis sie die Sohlenabdrücke fand. Ein grobes, sternförmiges Profil. Endlich gab es eine handfeste Spur.

»Sie stammen zu einhundert Prozent vom Täter?«, versicherte sie sich.

»Dieser Vogelkundler trug Gummistiefel und das Opfer normale Arbeitsstiefel. Sie stammen vom Täter, im Profil befand sich das Blut von Evans.«

Plötzlich krachte es. Ein greller Blitz zuckte vom Himmel herab.

»Scheißwetter, wenn das so weitergeht, dann sitzen wir auch noch hier fest«, fluchte Collingdale.

»Soll ich eine Übernachtungsmöglichkeit für Sie und Ihre Männer besorgen?«, fragte Cathy.

Collingdale schüttelte den Kopf. »Nein, wir fahren mit dem Schiff. Ein Boot der Küstenwache ist hierher unterwegs. Brian wird uns übrigens begleiten, sagte er.«

Cathy fiel aus allen Wolken. »Was wird er?«, fragte sie fassungslos.

»Er sagte, wir sollen am Pier auf ihn warten«, antwortete Collingdale und erhob sich. »Dann will ich mal wieder. Ich hoffe, das war mein letzter Besuch auf dieser Teufelsinsel.«

»Wo … wo ist Brian?«, fragte Cathy abwesend.

»Im Hotel, er packt«, antwortete Collingdale und zog sich seinen Mantel über.

Violent Beach, Hell's Kitchen Island, Maine,
17. März 2007, 14.35 Uhr (Samstag)

Er hatte das Ziel erreicht, ganz so, wie Tyler es ihm beschrieben hatte. Als er in die kleine Bucht einfuhr, war von Weitem der Turm des alten Klosters zu erkennen. Mittlerweile regnete es, und die Wellen türmten sich meterhoch auf und warfen das kleine Boot hin und her, so dass sein Magen zu rebellieren drohte.

Als er das Flachwasser erreichte, beruhigte sich das Boot. Er holte den Motor ein und ließ es treiben, bis das Kratzen von Steinen und Sand unter dem Kiel zu hören war. Schließlich setzte der Rumpf jäh auf dem Grund auf. Frank Duval sprang ins eiskalte Wasser und schob das Boot an eine Stelle unterhalb einer Klippe, wo es nicht mehr zu sehen war. Als er seine Füße wieder auf die Insel setzte, spürte er kaum noch seine Zehen. Der aufkommende Wind trieb den Regen quer über das Land, so dass Duval trotz seiner Kapuze bald triefend nass war. Ein Wald lag vor ihm, darin war er erst einmal vor dem Regen geschützt. Er schaute sich verstohlen um. Die Abtei lag auf einem sanften Hügel, östlich seiner Position. Mönche lebten dort in Abgeschiedenheit, hatte Tyler erzählt. Es war wohl besser, auf die Dunkelheit zu warten. Er schlug den Weg nach Westen ein, und bald verschlang ihn der dichte Wald. Er hoffte, dass niemand das Boot entdecken und es auch noch an seinem Liegeplatz liegen würde, wenn er es wieder brauchte.

Unter einem Baum mit dichtem Blattwerk ließ er sich nieder. Er zog seine Stiefel aus und rieb seine eiskalten Füße. Er hoffte inständig, dass seine Mühe nicht umsonst war, doch Tyler hatte ihm genau erklärt, wie er vorgehen musste, um an sein Ziel zu kommen. Eine Menge Geld wartete auf ihn, und er würde sich nach all den Strapazen, die er auf sich genommen hatte, diese Beute nicht entgehen lassen.

Parish Hall, Hell's Kitchen Island, Maine,
17. März 2007, 14.50 Uhr (Samstag)

»Wir wollen, gottverdammt, dass endlich etwas unternommen wird«, dröhnte der Admiral. »Das Militär muss eingreifen, oder wollt ihr abwarten, bis er uns alle umgebracht hat?«

Zustimmendes Gemurmel machte sich unter den Männern breit. Malcom Hurst trat einen Schritt vor. »Die Polizisten sind machtlos. Sie sind nun schon drei Tage auf der Insel, aber der Geist mordet weiter, als ob es ihn überhaupt nicht kümmert, dass die Polizei hier ist.«

Logan hob beschwichtigend die Hände. »Miss Ronsted und ihr Kollege tun, was in ihrer Macht steht. Wir müssen ihnen Zeit geben.«

»Das ist nicht genug!«, rief Joseph Stone, der Hummerfischer. »Wir wollen, dass die Nationalgarde oder die Marine oder wer auch immer auf die Insel kommt und uns beschützt. Ich habe eine Frau, die zitternd zu Hause sitzt und die Tür abschließt. Unsere Kinder lassen wir nicht mehr hinaus …«

»Dann habe ich wohl Alyssas Geist gesehen, der gestern in aller Frühe um Henrys Haus schlich«, warf Lionel Haynes ein.

Einige lachten, doch Stone ließ sich nicht beirren. »Du bist der Master auf der Insel, es ist deine Pflicht, für unseren Schutz zu sorgen«, rief er Logan zu, der noch immer mit ausgebreiteten Armen vor der Tür des Gemeindehauses stand.

Als die Tür geöffnet wurde und Cathy erschien, verstummten die Stimmen.

»Mister Logan hat recht«, rief Cathy den Männern zu. »Wir brauchen Zeit, aber wir haben eine Spur, und wir werden den Mörder schnappen. Gehen Sie nach Hause, verschließen Sie die Türen, und gehen Sie nicht alleine hinaus. Melden Sie uns alle ungewöhnlichen Beobachtungen. Alles kann wichtig sein.«

Hurst trat vor. »Ich hörte, Ihr Kollege packt seine Koffer«, sagte er. »Er verlässt die Insel. Er kapituliert vor dem Geist und haut einfach ab, während wir hier zurückbleiben und der Tod auf uns wartet.«

»Woher ..?«

Cathy bemerkte noch rechtzeitig, dass sie im Begriff war, einen großen Fehler zu machen, und biss sich auf die Lippen.

»Mia hat es erzählt«, fuhr Hurst fort.

»Niemand verlässt diese Insel«, antwortete Cathy. »Hurst, Sie liegen genauso falsch wie bei Cole, dem Sie beinahe einen Stein an den Kopf geworfen hätten. Alles, was Sie können, ist Leute aufwiegeln, aber mehr haben Sie nicht drauf.«

Hurst trat verunsichert einen Schritt zurück, doch Cathy ging die Treppe hinab und auf ihn zu. »Ich weiß, dass Sie es waren, und ich kann es beweisen.«

»Ich … ich …«, stotterte Hurst.

»Wer war bei Ihnen, der Admiral?«

»Ich, ich weiß nicht … ich weiß nicht, wovon Sie sprechen.«

»Sie wissen es genau«, herrschte Cathy den Mann an. »Und jetzt nehmen Sie Ihre Meute und verschwinden Sie von hier!«

Hurst warf Logan einen fragenden Blick zu, schließlich wandte er sich um und ging durch die Gasse davon, die die Männer gebildet hatten, bis sie Hurst folgten.

Logan trat an Cathys Seite. »Stimmt es?«, fragte er.

»Was?«

»Stockwell?«

»Welche Schuhgröße haben Sie?«

»Was?«

»Ihre Schuhgröße?«, brüllte sie Logan an.

»Was hat meine Schuhgröße damit zu tun?«

»Jetzt sagen Sie schon, welche Schuhgröße haben Sie?«, ließ Cathy nicht locker.

»Zwölf!«, antwortete Logan. »Was soll die Frage?«

Cathy wandte sich um. »Warten Sie hier auf mich!«, sagte sie und ging durch den Regen die Hauptstraße hinunter.

Hell's End, Hell's Kitchen Island, Maine,
17. März 2007, 15.05 Uhr (Samstag)

Sie klopfte nicht, sie drückte einfach die Klinke herunter. Die Tür war unverschlossen. Als sie das Zimmer betrat, stand Brian am Bett und packte seine Reisetasche.

»Du willst gehen?«, fragte sie und setzte sich auf die Bettkante.

Brian schaute sie nicht einmal an, sondern stopfte weiter seine Wäsche in die schwarze Tasche.

»Ich denke, wir sind Polizeibeamte, ein Mörder läuft hier auf der Insel frei herum, und du packst deine Sachen und gehst?«

»Du brauchst mich nicht, du hast Logan.«

»Du bist sauer auf mich?«

Brian warf den Pullover, den er gerade in der Hand hielt, aufs Bett und beugte sich bedrohlich zu ihr herab. »Die ganze Zeit über behandelst du mich wie einen einfachen Schutzmann. Ich bin nur gut genug, mir auf der Insel die Hacken abzulaufen und einen Tatort zu bewachen. Du hast es nicht einmal für notwendig gehalten, mich zu informieren, dass eine Leiche vor der Insel an einen Felsen gefesselt ist. Aber du hast ja Logan. Obwohl er ebenso ein Verdächtiger ist wie alle anderen hier auf der Insel, scheint er dir wichtiger zu sein als dein Kollege.«

»Ich sagte doch schon, ich hatte keinen Empfang, außerdem hat Logan Schuhgröße zwölf«, widersprach sie, doch Brian überging den Einwurf.

»Ich habe es geahnt«, fuhr er fort. »Du magst wohl eine große Leuchte im Sittendezernat gewesen sein, aber du bist keine Mordermittlerin. Mord hat eine ganz andere Qualität als das Hochnehmen von Nutten und ihren Luden. Mord ist … ist einfach anders.«

Cathy fuhr auf. »So, Mord hat also eine andere Qualität und meine ermittlerischen Fähigkeiten reichen gerade mal für die Sitte. Dann erklär mir mal den Unterschied, du Klugscheißer.«

Brian hob seine Tasche vom Bett und warf sie auf den Boden. »Nutten und Luden treten immer wieder auf, sie müssen jeden Tag auf die Straße, jede verdammte Stunde, die sie verpassen, ist entgangener Profit. Ein Mörder schlägt zu und verschwindet. Er mordet, und dann taucht er einfach wieder in die Gesellschaft ab und benimmt sich, als ob nichts gewesen wäre. Er verwischt seine Spuren und wartet einfach ab, hält sich im Verborgenen oder tanzt dann direkt vor deiner Nase herum, ohne dass du ihn erkennst. Er trägt keine kurzen Röcke und hochhackige Pumps. Es hinterlässt ein Rätsel, das wir zu lösen haben. Es ist ein großes Katz-und-Maus-Spiel. Das ist etwas ganz anderes. Um ihn zu fassen, muss man intelligent sein, man muss eine Systematik entwickeln und versuchen, so wie er zu denken. Was hat er von seiner Tat, und was bezweckt er? Wo liegt das Motiv, verstehst du? Das ist eine ganz andere Arbeit als das stumpfsinnige Abkassieren von Nutten am Straßenrand.«

Cathy senkte nachdenklich den Kopf. Im Grunde genommen lag Brian richtig. Nutten erkannte man auf den ersten Blick, wenn man ihnen begegnete, und wenn man sie nicht sah, dann roch man sie.

»Ich dachte, wir hätten eine Chance«, sagte Brian nach einem Moment des Schweigens. »Ich dachte wirklich, wir könnten diesen Kerl kriegen. Aber alles, was wir bislang erreicht haben, ist in diesem kleinen Haus in der Applepine Street vor die Hunde gegangen. Drei Tage sind wir hier, und wir haben bereits vier Leichen. Wenn wir so weitermachen, dann ist bald außer uns niemand mehr auf dieser gottverdammten Insel.«

»Was machen wir, nein, was mache ich falsch?«, fragte Cathy.

»Du arbeitest allein und hast kein System.«

»Ich habe die Liste mit den Einwohnern der Insel nach Portland geschickt, aber bislang hat niemand die Namen überprüft. Du weißt, dass im Dezernat alle gegen mich sind, sie lassen mich am ausgestreckten Arm verhungern.«

»So wie du mich verhungern lässt«, monierte Brian. »Du wirfst mir ab und zu einen Brocken hin und wartest darauf, dass ich danach schnappe, aber eigentlich brauchst du mich gar nicht. Du hast ja Logan.«

»Verdammt, nun hör schon auf. Man könnte meinen, wir sind ein altes Ehepaar und du bist eifersüchtig.«

»Wir sind Cops, und wir sind ein Team, das ist viel mehr als eine Ehe. Wenn wir einander nicht vertrauen, dann hat es keinen Sinn.«

»Vergiss nicht, du warst es, der Stoddart sagte, dass ich es nicht schaffe. Soll ich dir da vertrauen?«

»Ich habe meine Meinung gesagt, und ich stehe dazu. Wir werden es nicht schaffen, nicht auf diese Weise. Jedenfalls nicht, wenn wir gegeneinander arbeiten und uns das Leben schwer machen. Wir werden verlieren.«

»Ich will nicht, dass du gehst, ich brauche dich«, sagte Cathy und warf ihm einen flehenden Blick zu.

»Du brauchst einen Handlanger, keinen Kollegen«, entgegnete Brian. »Du bist kein Teamplayer, du bist eine Einzelgängerin.«

»Dann hilf mir, ein Teamplayer zu werden.«

Cathys Handy klingelte. Sie zog es aus der Jackentasche und klappte es auf. Captain Stoddart war am Apparat. Sie schaltete den Lautsprecher ein.

»Ronsted, wie weit sind die Ermittlungen?«, fragte Stoddart. »Wie ich hörte, gibt es eine weitere Leiche.«

»Ja«, antwortete Cathy mit belegter Stimme.

»Haben Sie eine Spur, oder tappen Sie noch immer im Dunkeln?«

»Wir sind am Ball.«

»Reden Sie keinen Scheiß, Ronsted. Vier Leichen, und Sie haben nichts, nicht das Geringste. Ich hätte es wissen müssen, Sie sind einfach noch nicht reif genug für diesen Job. Jemand aus der oberen Etage hat Sie mir aufs Auge gedrückt, und ich darf mich nun mit Ihnen herumärgern. Ich will morgen früh einen Bericht auf meinem Schreibtisch haben. Ich will genau wissen, was Sie wissen oder besser, was Sie nicht wissen.«

Brian trat einen Schritt vor und griff nach dem Handy. »Captain, wir haben es hier mit einem Serienkiller zu tun«, sagte er in das kleine Mikrophon. »Seit zwei Tagen liegt eine Liste der Inselbewohner zur Überprüfung im Dezernat, aber noch haben wir keine Antwort erhalten. Wir haben hier keinen Zugriff auf polizeiliche Daten, wir haben keinen Computer, der ans Polizeinetz angeschlossen ist, und wir haben noch nicht einmal überall Empfang mit unseren Handys. Wo, zum Teufel, bleibt unsere Anfrage!«

»Halten Sie sich raus, Stockwell«, fuhr ihn der Captain an. »Das ist eine Sache zwischen Ronsted und mir, verstehen Sie.«

»Ich gehöre zu ihrem Team, und Kritik an ihr ist auch Kritik an mir«, gab Brian unbeeindruckt zurück.

»Was soll das, Stockwell? Ich sagte doch, dass Sie mich informieren sollen, wenn die Sache aus dem Ruder läuft.«

»Nichts läuft aus dem Ruder, Captain, aber wir brauchen endlich die Ergebnisse der Leumundüberprüfungen. Oder sollen wir uns an den Commissioner wenden?«

»Stockwell, wollen Sie mir drohen? Sind Sie noch bei Trost?«

»Ich drohe niemandem, aber wir können unserer Aufgabe nur nachkommen, wenn man uns dabei unterstützt, und ich denke doch, dass vier Leichen genug sind, damit dieser Fall ganz oben auf die Liste kommt. Oder sehe ich das falsch, Captain?«

»Sie kriegen Ihre verdammte Liste am Montag, und ich will den Bericht, pünktlich, klar?«

»Klar, Captain«, antwortete Brian und klappte das Handy zu.

Cathy schüttelte verständnislos den Kopf. »Männer«, sagte sie abfällig.

»Ich bin ein Mann, das ist richtig. Und ich stehe dazu, klar!«

»Vollkommen klar, Partner«, antwortete Cathy und griff nach ihrem Handy. Dann musste sie plötzlich lauthals lachen. Brian blickte sie verständnislos an, doch dann konnte er auch nicht mehr an sich halten und ließ seinem Lachen freien Lauf.

17

Palmyra Airport, Palmyra, Philadelphia,
17. März 2007, 19.50 Uhr (Samstag)

Trotz des Anrufes des vermeintlichen Versicherungsmaklers war es an diesem Tag ruhig geblieben. Clay Stearn saß zu Hause und schaute die Baseball-Übertragung auf ESPN an. Donovan hatte sich mit einem Einsatzteam in der Nähe des stillgelegten Palmyra Airports postiert, während Fleischman mit dem zweiten Einsatzteam Stearns Wohnung observierte. Inzwischen hatten die Techniker an einem Lichtmast auf dem verlassenen Parkplatz am Palmyra Airport eine Kamera installiert. Eine zweite befand sich an der Straße direkt neben der Zufahrt. In der mobilen Einsatzzentrale, die noch immer in South Philadelphia an einer unbefahrenen Straße parkte, liefen alle Fäden zusammen.

Donovan hatte sich auf dem Beifahrersitz seines Dienstwagens zurückgelehnt und die Augen geschlossen. Vor knapp zwanzig Minuten hatte die Dämmerung eingesetzt, und mittlerweile war es stockdunkel geworden. Schwarze Wolken hatten sich am Himmel aufgetürmt und den Mond, der bereits seit über einer Stunde am Himmel stand, einfach verschluckt. Nur jede zweite Straßenlaterne verströmte in der Kennedy Street ihr schummriges Licht. Als das Funkgerät knackte und Fleischmans sonore Stimme im Lautsprecher ertönte, fuhr Donovan erschrocken auf.

»Rover zwei kommen, es geht los!«, sagte Fleischman und fragte die Bereitschaft des zweiten Einsatzteams am stillgelegten Flugplatz ab.

»Ich sehe einen dunkelgrünen Mitsubishi Outlander, der von der 73 in die Zufahrt zum Flugfeld einfährt«, fuhr Fleischman fort. Donovan richtete sich auf und wischte sich die Müdigkeit aus den Augen. Sein Rücken schmerzte. Er hasste diese endlosen Observationen in den engen Fahrzeugen. Er saß in einem schwarzen Oldsmobile Alero des hiesigen US-Marshall-Fuhrparks, bei dem die Ledersitze bereits stark beansprucht worden waren.

Donovan griff nach dem Funkhörer. »Habt ihr den Wagen auf dem Monitor?«

»Kennzeichen lautet DTT 4321, es stammt aus Pennsylvania. Die Überprüfung läuft.«

»Seht ihr, wie viele Personen in dem Wagen sitzen?«

»Noch zu weit entfernt.«

Donovan, Einsatzleiter des Einsatzabschnitts zwei, am stillgelegten Flugfeld in Palmyra in unmittelbarer Nähe des Delaware-River, überlegte. Zwei seiner Teams hatten sich direkt am Flugfeld postiert.

»Rover zwei«, sagte er ins Mikrophon. »Seht ihr den Wagen?«

»Negativ, wiederhole, negativ«, antwortete das angesprochene Team, das zwischen den niedrigen Bäumen und Büschen entlang der Zufahrtsstraße Position bezogen hatte.

»Hier Rover, an alle«, meldete sich Fleischman aus dem Einsatzleitwagen. »Der Wagen hat angehalten, wiederhole, der Wagen hat angehalten. Wir haben ihn auf Monitor zwei, aber er ist zu weit entfernt. Er ist nicht in das Flugfeld eingebogen, sondern geradeaus in Richtung der ehemaligen Zufahrtskontrolle gefahren. Er hat die Lichter ausgeschaltet.«

»Rover zwei, überprüfen Sie die Meldung«, wies Donovan das Team in unmittelbarer Nähe an. »Gehen Sie verdeckt vor und stellen Sie die Anzahl der Insassen fest.«

»Verstanden, rücken vor!«

Es dauerte eine Weile, bis sich die Zentrale meldete und das

Ergebnis der Kennzeichenüberprüfung übermittelte. Der Wagen gehörte einer gewissen Phillys Crane aus Camden und war nicht als gestohlen gemeldet.

»Rover eins von zwei kommen!«, dröhnte es aus dem Lautsprecher. Donovan meldete sich.

»Wir sind dran«, gab der Kollege des zweiten Teams durch. »Zwei Personen im Fahrzeug, vermutlich männlich.«

»Könnten es Lukovic und Simmrock sein?«, fragte Donovan.

»Zu dunkel, aber einer hat eine Glatze, der andere sieht ebenfalls nach einem Mann aus.«

»Was tun sie?«, fragte Donovan und startete seinen Wagen.

»Sie sitzen im Wagen.«

»Rover zwei, sind Aktivitäten im Wagen zu erkennen?«

»Sie sitzen nur dort, mehr nicht«, erhielt er zur Antwort.

Donovan war sich sicher, dass es sich bei den beiden Männern im Mitsubishi um die beiden Schwerverbrecher handelte. Er beorderte alle fünf Teams in den Bereich, in dem der Wagen abgestellt war. Er selbst parkte seinen Wagen auf dem Gelände eines Autohändlers in unmittelbarer Nähe der Zufahrt zu dem stillgelegten Flughafen.

»Warten und beobachten!«, gab er an alle Teams durch. Er versicherte sich, dass Stearn noch immer in seiner Wohnung in der Johnston Street saß. Fleischman bestätigte, dass sich Stearn nicht vom Fleck rührte und noch immer wie eine Ratte in seinem Nest saß.

Beinahe eine Stunde verging, ehe das Licht des Mitsubishis aufflammte.

»Der Motor wird gestartet, was sollen wir tun?«, fragte Team zwei an.

Donovan überlegte. Zwei Wagen standen zur Verfolgung bereit, doch sollte es sich tatsächlich um die Gesuchten handeln, dann bestand zum einen die Gefahr, dass sie sich der Verfolgung entzogen, und zum anderen, dass der Zugriff an einer ungünstigen Stelle erfolgen musste, einer belebten Straße oder mitten in der City. Nicht auszudenken, wenn es in dieser Situation zu einem Schusswechsel kam, die Gefahren für Passanten waren unkalkulierbar. Nein, es blieb keine andere Option. Er nahm das Mikro in die Hand. »Rover eins an alle, Zugriff, wiederhole, Zugriff. Nehmen Sie die beiden Männer fest, aber rechnen Sie mit Gegenwehr, die Täter sind bewaffnet!«

Die beteiligten Teams bestätigten die Durchsage. Donovan startete seinen Alero.

Der Mitsubishi fuhr langsam an, plötzlich schoss ein roter Ford Taurus den kleinen Weg entlang und bremste unmittelbar vor dem grünen Geländewagen. Der Fahrer des Mitsubishi bremste, und schon wurden die Türen des Wagens auf beiden Seiten aufgerissen.

Als Donovan in die Zufahrtstraße zum Flugfeld eingebogen war, dröhnte die Durchsage eines Kollegen aus dem Lautsprecher. Der Kollege atmete schwer. »Zugriff erfolgt, zwei Personen ohne Widerstand festgenommen.«

Donovan beschleunigte. Als er am Einsatzort eintraf, sah er, wie die Kollegen zwei Personen mit Schusswaffen bedrohten, die beleuchtet vom Scheinwerferlicht vor dem grünen Geländewagen im Gras lagen. Ihre Hände waren auf dem Rücken gefesselt. Er stieg aus, als ein Kollege auf ihn zukam.

»Pech gehabt«, sagte der Mann der Einsatzgruppe. »Ein paar Schwule, die sich aussprechen mussten.«

Donovan fluchte und schlug mit der flachen Hand auf das Dach seines Wagens.

»Lasst sie laufen, und dann nichts wie weg hier!«, befahl er und setzte sich wieder in seinen Wagen.

»Rover von Rover eins, kommen!«

Fleischman meldete sich. »Das sind nicht unsere Kunden«, berichtete Donovan. »Waren ein paar Schwule, die ungestört sein wollten. Wir verschwinden wieder und gehen auf Position.«

»Alles klar«, bestätigte Noah. »Übrigens, wir haben eine Spur von Frank Duval. Er hat einen geklauten Wagen bei Bartol Island im Wasser versenkt. Die Kollegen haben seine Fingerabdrücke im Wagen gefunden. Er war nicht allein, ich gehe davon aus, dass Wesley Tyler in seiner Begleitung ist. Sie haben sich wohl ein Boot gekrallt.«

»Bartol Island«, wiederholte Donovan. »Wo zum Teufel liegt das Nest?«

»Bei Freeport, im Yarmouth County«, erhielt er zur Antwort.

Parish Hall, Hell's Kitchen Island, Maine,
17. März 2007, 20.05 Uhr (Samstag)

Der Regen hatte nachgelassen. Cathy und Brian hatten sich in das kleine provisorische Büro im Gemeindehaus zurückgezogen. Auf einer schwarzen Schultafel hingen Fotos aller drei Tatorte. Das grelle Neonlicht brannte, während draußen ein wolkenverhangener Himmel die Insel in eine undurchdringliche Finsternis tauchte.

»Du hast dich für mich weit aus dem Fenster gelehnt«, sagte Cathy, die rittlings auf dem Schreibtischstuhl saß und zusah, wie Brian mit einem Filzstift die Seite eines Flipcharts mit den Namen der Ermordeten beschrieb.

Brian brummte nur Unverständliches und ließ sich in seinem Tun nicht beirren.

»Stoddart ist nachtragend, so schnell wird er dir das nicht verzeihen«, sprach Cathy weiter.

»Stoddart ist ein Sesselfurzer, er hat bislang nur Stabsarbeit geleistet und kam auf den Chefsessel des Dezernats wie die Jungfrau zu einem Kind. Sie wollten einen Theoretiker an der Spitze, und jetzt haben sie ihn, aber von echter Polizeiarbeit hat er keine Ahnung.«

Brian drehte das Blatt des Flipcharts um und schrieb weiter. Das Kratzen des Filzstifts erfüllte den Raum, und Cathy spürte einen unangenehmen Schmerz an ihren Zähnen.

»Was machst du da eigentlich?«

»Moment noch«, antwortete Brian, und erst als er seinen Aufschrieb beendet hatte, drehte er sich um. Wie ein Schulmeister baute er sich vor Cathy auf und zeigte in Richtung des Flipcharts.

»Vergessen wir alles, was wir bislang wissen oder annehmen, und fangen noch einmal von ganz vorne an. Und diesmal mit System.«

Cathy lächelte. »Da bin ich mal gespannt.«

»Die erste Leiche, der Leuchtturmwärter Gabriel Jefferson, Mitte siebzig, lebte abgeschieden von den anderen in seinem kleinen Haus in der Nähe des Leuchtturms. Bei ihm lebte seine Ehefrau. Er wurde gefoltert und an ein Kreuz genagelt. Er starb durch die massiven Verletzungen, und der Täter hat ihm die Augen ausgestochen. Todeszeitpunkt dürfte die Nacht von Dienstag auf Mittwoch gewesen sein. Über den Tod der Frau von Jefferson können wir nur sagen, dass sie höchstwahrscheinlich über die Klippen ging.«

»Das wissen wir bereits«, unterbrach Cathy gelangweilt.

»Was lässt sich aus dem Modus Operandi des oder der Täter erkennen?«

Cathy schaute Brian fragend an. »Ich denke, das liegt doch auf der Hand«, stellte sie fest. »Wie wäre es mit grenzenlosem Hass und Menschenverachtung!«

Brian schüttelte genervt den Kopf. »Siehst du, das ist dein Fehler. Du betrachtest nicht die objektive Tat, sondern bringst deine Interpretation ins Spiel. Wir müssen uns an die Fakten halten. Also weswegen foltert man jemanden, bis er stirbt?«

»Ich sagte doch schon, Hass bis aufs Blut«, antwortete Cathy gereizt.

Brian zeigte auf die Flipcharttafel, dort stand das Wort *Motiv* in großen blauen Buchstaben.

»Könnte es nicht auch sein, dass man etwas von ihm erfahren wollte? Ist dir das schon einmal in den Sinn gekommen?«

Cathy blickte betreten zu Boden.

»Gabriel starb zu einem Zeitpunkt, als es auf der Insel stürmte. Die Stürme tobten bereits seit einigen Tagen, so dass es unwahrscheinlich ist, dass der Täter an diesem Tag auf die Insel kam und nach dem Mord wieder verschwand.«

»So weit waren wir schon«, meldete sich Cathy zu Wort. »Der Täter stammt von dieser Insel und, siehe Lawrence und Evans, er ist noch immer hier.«

»Auch das ist zunächst eine reine Vermutung. Die Insel ist groß, da kann sich jemand tagelang verbergen.«

»Aber der Computer von Lawrence«, protestierte Cathy.

Brian hob abwehrend die Hände. »So weit sind wir noch nicht. Zuerst müssen wir klären, Täter oder Tätergruppe?«

»Einzeltäter, Hurst hat von einem Mann berichtet, den er …«

Brian verzog seine Mundwinkel. »Du hast es noch immer nicht kapiert. Wer sagt denn, dass der Geist dieses Schafhirten auch tatsächlich unser Täter ist?«

»Es liegt doch nahe.«

Brian atmete tief durch. Er wurde langsam ungehalten. »Es liegt nahe, aber es ist nicht sicher. Noch einmal zu Jefferson. Der Täter hat ihn ans Kreuz genagelt. Das Kreuz hat er zuvor gefällt. Kann das ein einzelner Mann schaffen?«

»Vergiss nicht, seine Frau, die von den Klippen gestoßen wurde«, wandte Cathy ein.

»Zu der kommen wir noch. Also, was glaubst du, kann ein einzelner Mann die Tat ausführen?«

»Klar doch«, antwortete Cathy. »Jefferson war ein kleiner und schmächtiger alter Mann, und das Kreuz wurde gefällt, das könnte durchaus ein einzelner Täter schaffen.«

Brian lächelte zufrieden. »Richtig! Erkennst du nun die Systematik?«

»Ich sehe nur, dass du alles oberflächlich betrachtest und nicht in die Tiefe gehst. Quasi von oben herab, wie ein unbeteiligter Zuschauer.«

Brian trat einen Schritt vor und klopfte ihr auf die Schulter. »Ja, genau, das ist der Weg, den wir gehen müssen. Zuerst tragen wir alle objektiven Tatsachen zusammen, ohne sie zu bewerten oder zu deuten, und erst zum Schluss fragen wir nach subjektiven Umständen. Und wenn wir alles richtig machen, dann kommt ein gutes Ergebnis dabei heraus und wir können unsere Nachforschungen zielgerichtet weiterführen.«

Cathy blickte verständnislos. »Ich habe doch bislang nichts anderes gemacht«, sagte sie verdutzt.

»Doch, du fischst im Trüben.«

Die halbe Nacht verbrachten sie damit, alle erdenklichen Tatsachen zusammenzusuchen. Anfänglich war Cathy skeptisch, doch sie hatte sich entschlossen, Brian als ihren Lehrmeister zu akzeptieren und seinen Weg mitzugehen. Und wenn es auch bis in die frühen Morgenstunden dauerte, so war es dennoch ein sehr gewinnbringender Einsatz.

Es war kurz nach drei Uhr in der Früh, als sich Brian zufrieden auf die Schreibtischkante setzte und stolz das beschriebene Blatt des Flipcharts betrachtete. Am Ende waren sie sich einig, dass es sich höchstwahrscheinlich um einen Einzeltäter handelte, der von der Insel stammte oder sich zumindest sehr gut hier auskannte und mit den Menschen hier lebte. Weiterhin musste es ein kräftiger Mann sein, denn Evans wie auch Lawrence waren nicht gerade Leichtgewichte gewesen. Einer Frau oder einem eher schwächlich gebauten Mann waren diese Taten nicht zuzutrauen. Und auch das Alter des Täters dürfte sich in einem Bereich bewegen, in dem man noch kräftig zupacken konnte. Außerdem war klar, dass die malträtierten Leichen der Männer gefunden werden sollten. Es wäre dem Mörder ein Leichtes gewesen, Willy Evans mit der Ankerkette um den Hals für immer im Atlantischen Ozean zu versenken. Doch der Täter hinterließ ein deutliches Zeichen. Aber warum, für wen? Für seine weiteren Opfer oder für die Ermittler, die sich des Falles annahmen? Eines jedoch war klar, es steckte mehr hinter den Morden als die bloße Gier nach Blut. Am Ende standen vierundzwanzig Namen auf ihrer Liste.

»Das ist der engere Kreis der Verdächtigen«, resümierte Brian.

Cathy saß müde hinter ihrem Schreibtisch und hatte den Kopf auf die verschränkten Arme gelegt. Kurz hob sie ihn. »Logan kannst du streichen, und Bould ebenfalls.«

»Weshalb?«, fragte Brian.

»Logan hat Schuhgröße zwölf. Niemand trägt kleinere Schuhe, das gibt es nicht. Es sei denn, der Mörder ist Masochist.«

»Und Bould?«

»Er nahm tatsächlich an einem Ornithologenkongress in New Heaven teil. Ich habe es überprüfen lassen. Er wurde dort auch gesehen und hätte nicht rechtzeitig zur Insel zurückkehren können, um Gabriel Jefferson zu töten. Er hing in seinem Hotel auf dem Festland herum.«

Brian strich die Namen von Bould und Logan von der Liste. »Morgen machen wir weiter. Wir teilen uns auf und nehmen unsere Verdächtigen unter die Lupe.«

»Ich bin hundemüde«, stöhnte Cathy. »Ich brauche jetzt unbedingt ein Bett, bevor ich zusammenbreche.«

»Und ich habe Hunger«, entgegnete Brian und legte den Filzstift in die Ablage des Flipcharts. »Machen wir eine Pause, dann geht es weiter. Wir sind noch nicht fertig.«

Hell's End, Hell's Kitchen Island, Maine,
17. März 2007, 21.15 Uhr (Samstag)

Logan war Cathy und Brian im Flur des Gemeindehauses begegnet, doch als er sich anschickte, ihnen in das kleine Büro zu folgen, hatte ihn Cathy zurückgehalten. Sie müssten sich unterhalten, alleine, es gehe nicht gegen ihn, hatte Cathy gesagt. Logan verstand. Er war bei diesem Gespräch nicht erwünscht, was ihn wurmte, da er sich mittlerweile schon als fester Bestandteil des Ermittlungsteams wähnte und er, das musste er mittlerweile zugeben, Gefallen an seiner detektivischen Tätigkeit gefunden hatte. Sicherlich, er war der Master hier auf der Insel und hatte die Polizeigewalt eines Bürgermeisters wie auf dem Festland, doch zur Polizei gehörte er deswegen noch lange nicht. Er hatte gespürt, dass es Cathys Kollegen nicht recht war, wenn er so tiefen Einblick in die Ermittlungsarbeit erhielt und Cathy ihn mehr und mehr ins Vertrauen zog. Ehrlich gesagt, hatte ihn die Zurückweisung sogar ein klein wenig verletzt. Doch als er in Mias Bar erst einmal ein kühles Bier und einen Bourbon getrunken hatte, verflog seine Verärgerung. Brian Stockwell hatte recht, er war kein Polizist, und er war nicht Cathy Ronsteds Vertrauter. Er war nichts weiter als eine willkommene Quelle für Cathy, um mehr über die Eigenart der Insel und ihrer Bewohner zu erfahren. Es war seine Pflicht als Master of the Island, die Polizeiarbeit zu unterstützen. Und wenn er es objektiv betrachtete, war eben genau das auch seine Aufgabe. Nicht mehr und nicht weniger.

Im Hell's End waren nur wenige Gäste anwesend, obwohl am Samstagabend unter normalen Bedingungen bei Mia meist Hochbetrieb herrschte und aus der Bar ein Tanz- und Vergnügungslokal wurde, in dem sich die Bewohner von Hell's Kitchen und auch die Schäfer trafen, um die Woche bei Musik aus der alten Jukebox und ein paar Pints ausklingen zu lassen. Am einzigen besetzten Tisch, abseits, in der Ecke des Lokals neben dem Eingang, saßen die Ehepaare Bergman und Haverman, vertieft in eine Partie Bridge, so wie an jedem Samstag, wenn im Nebenzimmer die Musik zum Tanz ertönte.

Logan hatte gerade bezahlt, als die Tür aufflog. Admiral Broon, gefolgt von Malcom Hurst, Joseph Stone, seinem Sohn Matt, Henry Phelps, Ron Nyman und Lionel Haynes betraten lautstark das Lokal. Hurst, Phelps und Joseph Stone hielten Gewehre in der Hand. Alle anderen, bis auf den Admiral, führten lange Messer mit sich, und an der Hüfte des Admirals baumelte eine lange Scheide, in der ein Säbel steckte.

Zielstrebig traten sie an die Theke, wo Mia Honeywell und ihr Ehemann Aiden damit beschäftigt waren, die Kühlschränke mit Getränken aufzufüllen.

»Kommst du, Aiden?«, murmelte Hurst. »Wir müssen reden, im Nebenzimmer.«

Logan drehte sich um und lehnte sich lässig mit dem Rücken gegen den Tresen. Die Ellenbogen stützte er locker auf die Oberfläche der Theke.

»Was hast du vor, Malcom?«, fragte er zynisch. »Zieht ihr in den Krieg?«

Hurst schaute Logan abweisend an und ging wortlos an ihm vorüber.

»Mister Logan, Sie entschuldigen uns«, brummte der Admiral, während die anderen Hurst ins Nebenzimmer folgten.

»Was haben Sie vor, Admiral?«

Der Admiral zeigte auf seinen Säbel. »Wir sind nicht gewillt, weiterhin wie harmlose Schafe auf den Wolf zu warten, bis er uns alle auffrisst. Einen nach dem anderen.«

»Das ist Sache der Polizei«, warnte Logan.

Hurst kehrte aus dem Nebenraum zurück. »Kommen Sie, Admiral, wir warten.«

Broon nickte Logan zu und ging in Richtung des Nebenzimmers davon. »Malcom, überlasst die Sache der Polizei!«, rief Logan, doch Hurst winkte ab.

»Der Polizei, dass ich nicht lache«, bemerkte er lakonisch. »Seit die hier ist, gibt es nur noch mehr Leichen. Wir werden uns schützen, das ist unser gutes Recht.«

»Ich bin der Master hier auf der Insel, und ich werde an eurer Versammlung teilnehmen«, entgegnete Logan gelassen.

»Du steckst mit der Schwarzen unter einer Decke«, wies ihn Hurst zurück. »Du bist ihr persönlicher Assistent, deswegen bist du bei unserer Versammlung nicht erwünscht. Aiden, komm jetzt endlich!«

Hurst wandte sich um und folgte dem Admiral in den Raum, schließlich schloss er die Tür. Nur Aiden Honeywell, der noch immer damit beschäftigt war, Flaschen in den Kühlschrank zu stellen, brummte ein lustloses: »Ja, ich komme schon.«

Logan wandte sich dem Ehemann der Wirtin zu. »Aiden, was ist hier los, was habt ihr vor?«

»Du hast Malcom gehört, wir werden nicht warten, bis er uns alle geholt hat, wir werden uns verteidigen.«

»Ihr habt Waffen«, mahnte Logan. »Wäre ein Kreuz und recht viel Knoblauch nicht wirksamer? Schließlich ist Malcom höchstpersönlich der Geist von Kapitän Belfour erschienen.«

Aiden winkte ab und stellte die leere Kiste unter den Tresen, bevor er ohne Erwiderung im Nebenraum verschwand.

»Noch ein Bier?«, fragte Mia.

»Nein danke, ich hoffe nur, sie machen keinen Blödsinn.«

Mia lehnte sich verschwörerisch über den Tresen. »Malcom hat einen Geisterjäger an der Hand. Er will ihn auf die Insel holen.«

»Einen Geisterjäger, wer soll das sein?«

»Ich glaube, Henry hat ihn im Internet gefunden. Der Geisterjäger hat dort eine Homepage, wo er seine Dienste anbietet. Ist natürlich Blödsinn, aber selbst Aiden lässt sich das nicht ausreden. Sollen sie doch die tausend Dollar investieren. Ich habe Aiden gesagt, dass er sich unterstehen soll. Ich gebe keinen Cent für so einen Humbug aus.«

Logan lächelte und winkte ab. »Weißt du was, schenk mir doch noch eins ein. Kann nicht schaden, wenn noch etwas Geld in die Kasse kommt. Vielleicht wird er ja teurer.«

»Keinen Cent, habe ich gesagt«, scherzte Mia und schob ein Glas unter den Zapfhahn.

Anglewood, Hell's Kitchen Island, Maine,
17. März 2007, 23.00 Uhr (Samstag)

Duval fror, wie er noch nie in seinem Leben zuvor gefroren hatte. Seine Kleider waren klamm, und selbst die Decke, die er in einem Rucksack mit sich führte, war feucht geworden. Der Regen hatte nachgelassen, und die Dunkelheit umgab alles, was sich um ihn herum befand. Er saß mit dem Rücken an einen Baum gelehnt und rieb sich seine Glieder, um den Blutfluss zu fördern. Das Rauschen des Wassers und des Windes wurde nur ab und zu vom Schrei eines Nachtvogels durchbrochen, und er wünschte sich, Tyler wäre bei ihm. Das würde alles ein klein wenig leichter machen. Er zog die Decke höher und blickte in die Dunkelheit über ihm. Er hatte gehofft, dass der Himmel aufreißen und ihm zumindest der Mond ein Gefährte für die anbrechende Nacht werden würde, doch er hoffte vergeblich. Das Schicksal hatte es wieder mal nicht gut mit ihm gemeint. Überhaupt war bislang sehr viel in seinem Leben schiefgegangen, und das einzige Glück, an das er sich erninnern konnte, war ein betrunkener Autofahrer, der stockvoll den Gefängnisbus rammte, in dem er gesessen hatte. Und noch ein kleines Stück Glück hatte das Schicksal für ihn übrig gehabt. Er hatte die Zelle in Cedar Junction mit Wesley Tyler teilen dürfen. Und Tyler war zu seinem großen Bruder geworden und vielleicht zum Schlüssel für ein sorgenfreies und glückliches Leben.

Frank Duval schloss die Augen. Er hatte das Gefühl, dass es immer frostiger wurde. Dennoch blieb sein Überlebenswille ungebrochen. Wo sollte er auch hin, er sah nicht einmal die Hand vor seinen Augen. Er brauchte dringend einen Unterschlupf. Morgen, morgen würde er sich auf die Suche machen, morgen, falls er diese Nacht überhaupt überlebte.

18

Landsman's Chapel, Hell's Kitchen Island, Maine,
18. März 2007, 01.50 Uhr (Sonntag)

Der Nachtfrost hielt die Insel im festen Griff umklammert. Die Temperaturen waren bis auf den Gefrierpunkt gefallen. Selbst der Wind hatte der Insel den Rücken gekehrt, und über dem Wasser stiegen Nebelschwaden auf und verhüllten den Hafen. Aber selbst der Nebel wagte es nicht, in dieser mondlosen Nacht über das Ufer an Land zu kriechen. Die Menschen im Village hatten sich in ihre Häuser zurückgezogen und die Türen verriegelt. Die Angst ging um auf dem Eiland. Niemand wusste, wer das nächste Opfer des unheimlichen Mörders werden sollte, der die Leichen grausam verstümmelte und zur Schau stellte. Belfour, der Geist des Piratenkapitäns, davon waren nicht wenige Insulaner überzeugt, steckte hinter den grausamen Taten. Aberglaube war bei den Menschen auf den Inseln im Golf von Maine weit verbreitet. Im Grunde genommen hielten sie sich für Seemänner, nur dass ihr Schiff nicht über den Ozean fuhr und Steine und Erde das Holz der Planken und das Metall des Schiffskörpers ersetzten.

Nur wenige Straßenlaternen brannten im Hafen und entlang der Hauptstraße. Dennoch wollten einige nicht einfach tatenlos abwarten, bis der Geist von Kapitän Belfour erneut zuschlug.

»Es ist viel zu kalt für die Jahreszeit«, sagte Malcom Hurst und schnäuzte in sein Taschentuch.

»Leise!«, zischte Admiral Broon und richtete den Schulterriemen seines Jagdgewehrs aus. Im Halbdunkel stapften die beiden Männer die Hauptstraße zum Hafen hinab.

»Wenn es nur nicht so kalt wäre«, seufzte Hurst erneut. Er trug einen Parka und hatte eine fellbesetzte Kapuze über den Kopf gezogen.

»Du machst einen Krach, dass man uns bereits unten im Hafen hören kann«, beklagte sich der alte Admiral. Sie liefen entlang der kleinen, weiß getünchten Häuser und vermieden einen allzu langen Aufenthalt im hellen Schein der Laternen.

Als sie sich dem alten Fabrikgebäude näherten, drang durch die Dunkelheit ein helles Klirren zu ihnen herüber. Es klang, als ob Glas gegeneinander stieß.

Der Admiral blieb stehen. »Psst!«, zischte er. »Hörst du das?«

»Ja«, flüsterte Hurst. »Was ist das, wo kommt das her?«

Der Admiral huschte trotz seines hohen Alters behände durch die Finsternis und ging an der Ecke des lang gestreckten und halb verfallenen Gebäudes in Deckung. Hurst folgte ihm. Vorsichtig spähten sie um die Ecke. Eine Straßenlaterne in unmittelbarer Nähe des Anlegers verströmte ein fahles Licht. In gespannter Erwartung blickten die beiden Männer in das dunkle Nichts. Die Gewehre hielten sie in ihren Händen. Erneut klirrte es direkt vor ihnen. Hurst fuhr zusammen und riss das Gewehr in die Höhe, während der Admiral nach seiner Taschenlampe griff. Plötzlich löste sich ein Schatten von der Hauswand und schälte sich aus der Dunkelheit.

Hurst stieß einen entsetzten Schrei aus. Starr vor Schreck zog er den Abzug seiner Schrotflinte durch, und ein lautes, unheilvolles Krachen zerriss die nächtliche Stille. Feuer, Rauch und zahllose kleine Rundkugeln bahnten sich ihren Weg und züngelten auf den Schatten zu, der knapp dreißig Schritte entfernt aus der Dunkelheit hervorgetreten war. Ein lauter, vor Schmerzen verzerrter Schrei folgte auf das Donnern des Gewehrs, und der Schatten taumelte. Glas splitterte. Mit weit aufgerissenen

Augen, unfähig zu einer Bewegung, verfolgte der Schütze das Geschehen. Erst als der Admiral seine Taschenlampe aufflammen ließ und der Lichtstrahl einen Leib am Boden erfasste, kehrte das Leben in den vor Schreck erstarrten Körper von Malcom Hurst zurück.

»Wir haben ihn!«, schrie der Admiral laut, während Hurst die Waffe auf den am Boden liegenden Unbekannten richtete.

Der Unbekannte regte sich, stöhnte schmerzverzerrt und hob den Kopf. Als der Lichtstrahl das Gesicht des Mannes erfasste, senkte Hurst die Waffe.

»Bould!«, rief der Admiral. »Was zum Teufel machst du hier draußen?«

In den umliegenden Häusern flammten die Lichter auf. Fenster um Fenster wurde erhellt. Langsam ging der Admiral auf Kelvin Bould, den Vogelkundler, zu. Unmittelbar vor ihm blieb er stehen und leuchtete ihm in das Gesicht.

»Bist du verrückt, dich hier mitten in der Nacht herumzutreiben?«

»Ah … ich … ich …«, stöhnte Bould, mühsam erhob er sich und schaute mit bleichem Gesicht an seinem Körper hinab. Der Admiral folgte seinem Blick mit der Taschenlampe und sah das Blut, das zwischen den auf den Bauch gepressten Händen von Kelvin Bould hervorbrach. Schließlich stürzte der Vogelkundler erneut zu Boden. Eine erlösende Ohnmacht kam über den schwer verletzten Mann.

The Village, Parish Hall, Hell's Kitchen Island, Maine,
18. März 2007, 03.05 Uhr (Sonntag)

Der Schuss hatte Cathy geweckt. Sie war im Bett aufgeschreckt und sofort hellwach. Eilends erhob sie sich und rannte zum Fenster, das den Blick hinaus auf die Hauptstraße ermöglichte.

Mehr als Dunkelheit, unterbrochen von den gelben Lichtstreifen einiger Laternen, erkannte sie nicht. Sie wandte sich um und griff nach ihrer Hose. Schon klopfte es an der Tür.

»Da draußen hat jemand geschossen!«, drang Brians Stimme durch die Tür.

»Ich komme!«, entgegnete sie, als sie sich die Hose überstreifte.

»Ich warte unten.«

Ein paar Minuten später verließen sie Hell's End und trafen vor dem Gebäude auf Henry Phelps, der zielstrebig auf das Gemeindehaus zuhielt.

»Was ist passiert?«, fragte Cathy, als der Fischer an ihr vorüberging. Phelps deutete auf das Gemeindehaus, das hell erleuchtet war, als ob dort ein Ball stattfinden würde.

»Malcom hat Bould angeschossen«, antwortete Phelps.

»Was hat er?«

»Sie sind Patrouille gelaufen, und dabei ist es passiert.«

Wortlos folgten Brian und Cathy dem Fischer. Vor dem Haupteingang des Gemeindehauses hatte sich eine Menschenmenge eingefunden. Die Tür war geschlossen. Cathy und Brian bahnten sich einen Weg durch die Menschen und pochten mit der Faust gegen die geschlossene Tür.

Es dauerte eine Weile, bis die Tür geöffnet wurde. »Ich habe euch doch gesagt, dass ihr nach Hause gehen sollt«, ertönte die erboste Stimme von Logan durch den kleinen Spalt.

»Logan, wir sind es, was ist hier passiert?«, fragte Cathy in barschem Ton.

Logan streckte den Kopf durch den Türspalt. »Entschuldigen Sie, ich habe Sie nicht gleich gesehen«, sagte er, öffnete die Tür und trat ein Stück zur Seite. Cathy und Brian betraten das Foyer von Parish Hall und warteten, bis Logan die Menge draußen aufforderte, nach Hause zu gehen. Cathy wartete, bis er die Tür wieder geschlossen hatte. »Also, Logan, sagen Sie schon, was ist passiert?«

»Malcom und der Admiral haben eine Bürgerwehr ins Leben gerufen, die Tag und Nacht durch die Straßen patrouillieren und für Sicherheit sorgen soll.«

»Sie tragen Waffen?«

Logan nickte. »Malcom hat Kelvin Bould angeschossen, der auf dem Nachhauseweg war.«

»Ist er schwer verletzt?«

Logan zeigte nach oben. »Doktor Cameron ist bei ihm und holt ihm ein paar Querschläger aus dem Bauch. Er hatte großes Glück, es ist nur eine Fleischwunde.«

»Wo ist Hurst?«

»Er und der Admiral sind nebenan.«

»Dann werde ich mir diese Bürgerwehr mal vorknöpfen«, sagte Cathy ruppig.

»Malcom hat sich übergeben, ich glaube, er ist fix und fertig.«

Cathy wies nach oben. »Brian, würdest du dich um Bould kümmern?«

Brian nickte und ging nach oben, während Logan und Cathy im Foyer zurückblieben.

»Sie haben einen Geisterjäger engagiert«, fuhr Logan fort. »Sie hatten am Abend ein Treffen im Hell's End und haben es beschlossen.«

Cathy schüttelte fassungslos den Kopf. »Drehen hier nun alle durch?«

Gemeinsam betraten sie den Nebenraum, in dem Hurst lang ausgestreckt auf einem Sofa lag, während Sophia Stone, die Krankenschwester und Ersthelferin der Insel, eine Spritze aufzog. In der Ecke saß der alte Admiral Broon in einem bequemen Sessel und beobachtete Cathy, die neben der Schwester stehen blieb.

»Was ist mit ihm?«, erkundigte sich Cathy.

Sophia Stones Blick blieb auf der Spritze haften. »Er steht unter Schock. Sein Herz rast. Ich gebe ihm ein Medikament, dass er zur Ruhe kommt. Es hat ihn ganz schön mitgenommen.«

»Kann ich mit ihm reden?«

Sophia Stone schüttelte den Kopf und wies auf den Admiral. »Nehmen Sie sich den alten Mann dort drüben vor. Malcom und die anderen tun sowieso nur das, was er ihnen sagt.«

Cathy wandte sich um und musterte Broon mit eindringlichem Blick. Der alte Admiral erwiderte den Blick mit einer engelsgleichen Unschuldsmiene.

»Ich habe nichts damit zu tun, er hat geschossen«, verteidigte er sich.

»Du bist es doch, der die Leute hier aufhetzt und auf dumme Ideen bringt«, entgegnete Sophia zynisch. »Er ist es, der das Feuer an die Lunte legt und sich hinter seiner treudoofen Unschuldsmiene verbirgt, wenn es plötzlich kracht.«

»Ich verbitte mir diesen Ton«, räusperte sich der Admiral.

»Du warst es doch auch, der die Männer gegen diesen dunkelhäutigen Mann aufgehetzt hat, der bei unserer Diva unterm Dach lebt und dieser alten Schachtel die Nächte versüßt. Malcom wäre nie alleine auf die Idee gekommen, Steine ins Fenster zu schmeißen, wenn du ihn nicht andauernd aufhetzen würdest.«

Cathy verfolgte interessiert das Zwiegespräch zwischen der Krankenschwester und dem alten Mann.

»Sie stecken also hinter dem Anschlag auf Nathan Cole«, sagte sie und es klang nicht wie eine Frage, sondern wie eine Feststellung.

»Ich gebe zu, dass wir uns bei dem Schwarzen wohl ein wenig getäuscht haben, aber …«

»Ich warne Sie, Admiral Broon«, fiel ihm Cathy ins Wort. »Wenn noch irgendetwas auf dieser Insel passiert, dann mache ich Sie dafür verantwortlich. Noch ein solcher Vorfall, und ich lasse Sie nach Portland bringen und sperre Sie eigenhändig wegen Behinderung der Justiz ein.«

Der Admiral winkte ab. »Das alles wäre nicht notwendig,

wenn Sie endlich den Mörder verhaften würden, aber Sie und die ganze Polizei sind unfähig. Sie werden ihn nie kriegen, ein Gespenst lässt sich nicht so einfach fangen. Er hat keine Angst vor der Polizei.«

»Dazu braucht man einen Geisterjäger, was?«

Der Admiral schlug die Augen nieder. »Ich halte zwar nicht viel von diesem Hokuspokus, aber wir müssen mit allem rechnen, verstehen Sie.«

Die Tür wurde geöffnet und Brian betrat das Zimmer. Cathy wandte sich ihm zu. »Wie geht es Bould?«

»Er wird es überleben, und anzeigen will er auch niemanden, es ist nur eine harmlose Fleischwunde«, antwortete Brian und wies auf Hurst. »Und was ist mit dem da?«

»Mit Sicherheit für die nächsten zwei, drei Tage außer Gefecht gesetzt«, nahm ihr Sophia Stone die Antwort vorweg.

»Noch einmal, Admiral Broon, für den Fall, dass Sie mich nicht verstanden haben«, sagte Cathy eindringlich. »Wenn es noch irgendeinen Vorfall hier gibt und Sie dahinterstecken, dann landen Sie im Knast. Ist das klar?«

Der Admiral brummte ein paar unverständliche Worte, ehe Cathy zusammen mit Brian und Logan das Zimmer verließ.

»Was machen wir mit Hurst?«, fragte Brian, als sie wieder im Foyer standen.

»Ich denke, er hat seine Lektion gelernt«, erwiderte Cathy. »Aber ein paar Tage Hausarrest werden ihm nicht schaden.«

Anglewood, Hell's Kitchen Island, Maine,
18. März 2007, 07.45 Uhr (Sonntag)

Als es dämmerte, erwachte er aus seinem unruhigen Schlaf. Trotz der Decke und des Laubes, das er zusammengesammelt und über der Decke verteilt hatte, war der Frost über den Boden in seine Glieder gekrochen. Eine weitere Nacht bei diesen Temperaturen würde er nicht überleben, er musste sich eine Unterkunft suchen. Er erhob sich und rieb die Kälte aus seinen steifen Gliedern. Als das erste Tageslicht durch die Bäume brach, wandte er sich nach Osten. Tyler hatte ihm den Weg in das Dorf erklärt, dennoch war es unklug, bei Tag dort aufzukreuzen. Ein Fremder erregte auf dieser Insel sofort Aufmerksamkeit, und Aufmerksamkeit war das Letzte, das er in seiner Lage brauchen konnte. Also war es erst einmal wichtig, ein Dach über dem Kopf zu finden. Tyler hatte von Feldscheunen berichtet, in denen die Schäfer Heu für ihre Herden einlagerten. Weiches, wärmendes Heu war genau das Richtige für die rauen Tage auf der Insel. Er schlug sich durch die Büsche, und nach einer Weile stieß er auf einen kleinen ausgetretenen Pfad. Rings um ihn erstreckte sich der dicht stehende Wald, er folgte dem Pfad, der auf die Anhöhe des Western Peak führte. Als er den Waldrand erreichte, sah er die kleine Holzhütte, die am Lauf eines Baches stand. Er atmete schwer. Sein Atem kondensierte und weißer Nebel stieg auf, um sich bald darauf im Dunst des Morgens zu verlieren. Als er sich auf den kalten Boden sinken ließ, spürte er das Messer, das in der Gesäßtasche steckte. Mehrere Minuten verharrte er und beobachtete mit wachen Augen die Umgebung. Weiter entfernt, oben auf dem Berg, thronte eine große, weiße Villa, die ihn an die Herrenhäuser in den Städten des Südens erinnerte. Er näherte sich der Hütte, sie schien unbewohnt, nichts regte sich. Ein ideales Zuhause für die nächsten Tage. Er sprang über den Bach und näherte sich dem kleinen Gebäude, an dem die Fensterläden zugeklappt waren. Die Hütte war nicht groß, drei mal drei Meter vielleicht, aber sie würde ihn vor Wind und Wetter schützen. Als er sie vorsichtig umrundet hatte, blieb er vor der Holztür stehen und zog sein Messer aus der Hosentasche. Nur kurz wehrte sich das Bügelschloss gegen seine Aufbruchversuche. Schließlich gab die Verriegelung nach, und die Tür schwang auf.

Drinnen erwartete ihn eine staubige und modrige Dunkelheit. Hier war schon lange niemand mehr gewesen. Der Staub bedeckte nicht nur das Mobiliar, sondern hatte sich auch über dem Boden ausgebreitet. Seine Schuhe hinterließen fein gezeichnete Abdrücke, als er die Hütte betrat. Der Staub störte ihn nicht, als er sich auf das alte Sofa fallen ließ und für einen Moment seine Augen schloss.

19

South Philadelphia, Johnston Street, Philadelphia,
18. März 2007, 08.00 Uhr (Sonntag)

Der Tag war regnerisch und dichte, graue Wolken zogen von Südosten über die Mündung des Delaware in das Landesinnere. Der Regen hatte Rinnsale auf der Windschutzscheibe hinterlassen, und ein kalter Wind drückte die Temperatur bis nahe dem Nullpunkt. Rodger Donovan trank heißen Kaffee aus einem Pappbecher. Der Dampf ließ die untere Seite der Scheibe anlaufen, als er seinen Becher auf dem Armaturenbrett des Multivans platzierte. Das Handy klingelte.

»Donovan«, sagte er knapp.

»Ich bin's, Noah. Tut sich was?«

Noch immer lag die Wohnung in der Johnston Street in dem heruntergekommenen Viertel von South Philadelphia im friedlichen Sonntagsschlummer. Auf der Straße war weit und breit keine Bewegung zu sehen. Sonntag, Familientag, Ausschlaftag. Erst gegen Mittag würde das träge Leben die ersten Menschen aus ihren Wohnungen locken, wenn es überhaupt jemanden gab, der bei diesem Wetter seine Behausung verließ, denn der Wetterdienst hatte für den ganzen Tag Regen und Sturm gemeldet.

»Ich glaube, wir sind hier weit und breit die Einzigen.«

Noah Fleischman lachte kehlig.

»Was hast du herausgefunden?«

Fleischman war, nach dem Bekanntwerden des Einbruchs auf Bartol Island, mit dem Helikopter hinauf nach Maine geflogen, um die örtlich zuständige Polizei des Yarmouth County bei der Suche nach den Flüchtigen zu unterstützen.

»Wir hatten zwei Suchtrupps, Bluthunde und ein paar Boote im Einsatz, bislang gibt es noch keine konkrete Spur. Sie haben wahrscheinlich ein Boot gestohlen. Hier im Golf von Maine gibt es über tausend Inseln, sie können überall sein.«

»Hast du überprüft, ob es einen Anlaufpunkt für die beiden auf den Inseln gibt?«

»Conner sitzt schon seit gestern am Computer und forscht in den Akten«, antwortete Fleischman. »Duval stammt aus dem Süden, aber Tyler könnte dort draußen jemanden kennen. Er wurde damals in Brunswick verhaftet, und noch immer fehlt die Beute aus dem Überfall. Gold im Wert von dreißig Millionen Dollar.«

»Der Goldpreis ist gestiegen«, ergänzte Donovan.

»Stimmt, inzwischen ist die Beute beinahe das Doppelte wert.«

»Dreißig Millionen, wie viele Goldbarren sind das?«, überlegte Donovan laut.

»Tausend«, erhielt er zur Antwort.

Donovan pfiff durch seine Zähne. »Eine Tonne Gold, die ist nicht so leicht zu verstecken und noch viel schwieriger zu Geld zu machen. Er muss ein paar Spezialisten als Hintermänner gehabt haben.«

»Conner meinte, in den Akten gibt es einen vagen Hinweis auf eine Verbindung zur Mafia nach Chicago«, berichtete Fleischman, »aber es gab damals keine Beweise.«

Noch bevor Donovan antworten konnte, wurde der Vorhang zum Laderaum zur Seite geschoben. Ein Techniker streckte seinen Kopf in die Fahrgastzelle.

»Stearn hat einen Anruf erhalten«, sagte der Mann kurz. »Ein Mann bat ihn um ein Treffen, er machte es dringend.«

Donovan nickte. »Ich komme.«

Er nahm das Handy wieder ans Ohr. »Ich muss Schluss machen, Stearn wurde angerufen.«

»Okay«, antwortete Fleischman. »Ich hoffe, das sind die Kerle. Wir haben schon lange nichts mehr von ihnen gehört.«

»Dein Wort in Gottes Ohr«, beendete Donovan das Gespräch, bevor er von seinem Sitz rutschte und über den Durchgang den Laderaum des mit Abhörelektronik vollgestopften Einsatzfahrzeuges betrat. Er hoffte inständig, dass es sich bei dem Anrufer tatsächlich um Simmrock oder Lukovic handelte, denn noch einen Tag in diesem Wagen, das würde ihn endgültig schwermütig werden lassen. Er hasste diese stumpfsinnigen Überwachungsaktionen, bei denen er zum Nichtstun und Abwarten verdammt war.

»Also, was haben wir?«, fragte er den Techniker, der neben dem Aufnahmegerät saß. Ein weiterer Kollege, ausgestattet mit einem Kopfhörer, verglich über den Oszillator die Aufnahme mit einer Referenzsequenz der Stimmen der beiden Flüchtigen.

Der Techniker hob abwehrend die Hand und wies auf seinen geschäftigen Kollegen. Donovan wartete geduldig, bis der Spezialist am Oszillator den Kopfhörer abnahm und zu ihm aufschaute.

»Dreiundneunzig Prozent«, verkündete er. »Das war Simmrock. Das gleiche Muster wie die Hörprobe, die wir aus Cedar Junction zur Verfügung gestellt bekommen haben.«

»Und was hat er gesagt?«, fragte Donovan.

»Sie wollen sich heute um Mitternacht mit Stearn treffen.«

»Hat er auch gesagt, wo?«

Der Techniker schüttelte den Kopf. »Mit keiner Silbe.«

»Egal, wir stehen Gewehr bei Fuß«, versetzte Donovan grimmig. »Wird Zeit, dass sich die Ratten endlich aus ihren Löchern wagen.«

The Village, Parish Hall, Hell's Kitchen Island, Maine, 18. März 2007, 11.05 Uhr (Sonntag)

Über der Insel tobte ein heftiger Sturm. Beinahe behäbig hatte sich der neue Tag auf die Insel geschlichen, doch schon bald trug der Wind graue Wolken über das Meer, die über der Insel zerbrachen und das Eiland mit einer Sturzflut überschütteten. Nach einem üppigen Frühstück im Hell's End hatten sich Brian und Cathy zum Aktenstudium in ihr kleines, notdürftig eingerichtetes Büro in der Parish Hall zurückgezogen. Sie mussten ihren Laptop an das örtliche Kabelnetz anschließen, da die satellitengestützte Übertragung aufgrund des Sturmes nicht funktionierte. Ein Glück, dass man vor Jahren die Inseln durch ein Netzwerk von Strom und Telefonkabeln miteinander verbunden hatte. Der Computer war kaum hochgefahren, als ihr Mailaccount sich zu Wort meldete.

»Schau an, dein Gespräch mit Stoddart hat sich offenbar ausgezahlt«, murmelte Cathy, nachdem sie das Mailprogramm geöffnet hatte.

»Was ist?«

»Ich habe hier den Datenabgleich aller Bewohner dieser Inseln«, sagte sie und überflog das mehrseitige PDF-Dokument. »Verdammt, wenn ich es nur ausdrucken könnte.«

»Frag Logan, unten steht ein Drucker«, antwortete Brian und warf einen nachdenklichen Blick auf das Flipchart.

Eine ganze Weile betrachtete Brian schweigend die Tafel, bevor er sich ans Fenster stellte und nach draußen in den Regen blickte.

»Sieh da, wir haben nicht nur Heilige um uns herum«, murmelte Cathy.

»Wie meinst du das?«, fragte Brian.

»Zac Wollow, einer von Bratts Schafhirten, scheint sich gerne zu prügeln. Er hat zwei Einträge in unserem Computer. Vor drei Jahren hat er in Portland einen Mann niedergeschlagen, und im letzten Jahr war er in einer Bar in Brunswick in eine Schlägerei verwickelt.«

»Meinst du wirklich, das hilft uns weiter?«

Cathy zuckte mit der Schulter. »Zumindest ist er kein Kind von Traurigkeit, wenn es um Gewalt geht.«

»Sonst noch was?«

»Tom Burke hat einen Eintrag der Fischereibehörde, weil er in der Schonzeit auf Hummerfang gegangen ist. Und gegen unseren Weltenbummler Ron Nyman wurde 1980 ein Ermittlungsverfahren geführt, weil er im Verdacht stand, in Bangkok Unzucht mit Minderjährigen getrieben zu haben.«

Brian brummte ein paar unverständliche Worte.

»Sieh an, das passt schon eher in unser Muster«, sagte Cathy nach einem weiteren Augenblick.

»Noch ein Schwarzfischer?«

»Nein, ein Totschläger«, erwiderte Cathy. »Randy Saltner saß fünf Jahre in Fort Leavenworth, weil er bei einer Schlägerei in Norfolk einen Mann getötet hat. Er war damals bei der Navy und geriet mit einem seiner Kollegen wegen einer Liaison mit dessen Frau in Streit. Am Ende lag der andere tot auf der Straße. Er erhielt mildernde Umstände, weil er betrunken war und der andere den Streit vom Zaun gebrochen hat.«

»Randy Saltner, arbeitet der ebenfalls für die Bratts?«

»Nein, er ist bei der Konkurrenz, bei Joshua Breed-Peterson.«

»Ich dachte, Breed ist ein Quäker. Oder hat er sein Herz für gefallene Engel entdeckt?«

»Vielleicht weiß er auch gar nicht, was sein werter Mitarbeiter so alles getrieben hat, bevor er bei ihm anheuerte«, mutmaßte Cathy.

Brian nahm den roten Filzstift vom Schreibtisch und machte einen Kreis um den Namen von Randy Saltner. »Vielleicht hat es jemand herausgefunden, und er hatte Angst, dass er seinen Job verliert, wenn sein Arbeitgeber etwas davon erfährt.«

Cathy überlegte. »Du meinst so etwas wie Erpressung?«

»Okay«, antwortete Brian, »steht auf etwas schwachen Beinen, diese Theorie, aber trotzdem sollten wir uns den Typen einmal genauer anschauen. Er steht sowieso auf unserer Liste, und ich denke, mit seiner Vita ist er jetzt ganz nach oben gerutscht.«

»Es gibt noch jemanden auf der Insel, gegen den wegen eines Todesfalles ermittelt wurde«, erklärte Cathy.

»Und wer ist das?«

»Er steht nicht auf unserer Liste. Die Behörden ermittelten 1975 gegen Elijah Travis, diesem Einsiedler, der an der Südküste lebt, wegen eines Segelschiffunfalls, bei dem seine Ehefrau zu Tode kam. Es ist hier vor der Insel passiert. In den Southern Shoals.«

Brian stieß einen leisen Pfiff aus. »Weiß man Näheres darüber?«

Cathy scrollte mit dem Pfeil über das Dokument. Schließlich schüttelte sie den Kopf. »Die Akten sind schon vernichtet, man stufte die Sache als Unfall ein.«

Nachdenklich setzte sich Brian auf das Fensterbrett. »Ein Leuchtturmwärter und zwei Fischer«, murmelte er.

»Bitte?«

»Gabriel Jefferson war Leuchtturmwärter und Evans und Lawrence Fischer«, überlegte Brian laut. »Was ist, wenn sie irgendwie an der Sache beteiligt waren?«

»Brian, der Unfall war im Jahr 1975, das ist über dreißig Jahre her. Und außerdem ist Travis schon siebzig.«

»Hast du ihn schon einmal gesehen?«

Cathy schüttelte den Kopf.

»Dann sollten wir uns ihn mal ansehen, findest du nicht auch? Ein Siebzigjähriger muss nicht unbedingt gebrechlich sein.«

Cathy dachte einen kurzen Augenblick nach. Schließlich erhob sie sich und schaute aus dem Fenster. »Du hast Recht, ich werde Logan fragen, ob er etwas über die Sache von damals weiß, und dann statten wir Travis einen Besuch ab. Es wird doch wohl nicht den ganzen Tag regnen.«

Es klopfte an der Tür.

Cathy warf Brian einen fragenden Blick zu. »Ja«, rief sie schließlich. Die Tür wurde geöffnet, und Logan streckte den Kopf herein. »Kann ich mit Ihnen reden?«, fragte er.

»Das ist ja Gedankenübertragung«, gab Cathy zurück. »Ich wollte gerade zu Ihnen.«

»Weshalb?«

Cathy zeigte auf den freien Stuhl vor ihrem Schreibtisch und wartete, bis sich Logan gesetzt hatte. Sein Blick wanderte zu dem Flipchart mit den Namen der Verdächtigen. Als Brian Logans Blick bemerkte, stellte er sich vor die Tafel und verdeckte den Aufschrieb.

»Elijah Travis«, sagte Cathy in die Stille. »Was wissen Sie über ihn?«

Logan kratzte sich am Kinn und zögerte. »Travis lebt schon lange auf der Insel. Wegen ihm trägt der Platz oberhalb von Headland den Namen Hermits Home. Er lebt sehr zurückgezogen. Ich glaube, ich habe ihn vor einem Jahr das letzte Mal gesehen.«

»Ist er kräftig?«, fragte Brian.

»Er ist schon alt, aber er ist noch immer gut beieinander«, antwortete Logan. »Wenn man ihn so sieht, dann würde man nicht glauben, dass er bereits siebzig ist.«

»Wissen Sie etwas über seine Geschichte? Er stammte aus Portland und blieb hier auf der Insel hängen. Kennen Sie den Grund?«

Logan nickte. »War eine tragische Geschichte. Travis war ein erfolgreicher Geschäftsmann und liebte das Meer. Eines Tages segelte er mit seiner Frau hinaus und geriet bei einem Unwetter in die Southern Shoals. Das Boot kenterte, und er verfing sich irgendwie in der Takelage. Seine junge Frau hatte weniger Glück. Sie wurde bis heute nicht gefunden. Aber es gibt keinen Zweifel, dass sie in den Southern Shoals ertrunken ist. Er hat einfach alles stehen und liegen lassen und sich eine Hütte oberhalb von Headland gebaut. Wir nennen es Hermits Home, denn er lebt dort wie ein Einsiedler. Ich glaube, öfter als drei- oder viermal war er noch nicht im Village.«

»Wissen Sie, wie es zu dem Unfall kam?«

»Mein Gott, ich war damals ein kleiner Junge, und es gab viele Schiffsunglücke in den Shoals. Ich hörte nur davon, dass es einen Sturm gab und das Boot kenterte. Sie müssen mit Haverman und den Bergmans reden, die waren damals draußen, als es passierte.«

»Gut, das werden wir tun«, antwortete Brian.

Logan zeigte auf die Tafel, die von Brians Körper verdeckt wurde. »Sind das eure Verdächtigen?«

Brian drehte sich um. »Das ist nur eine Liste.«

»Dann bin ich aber froh, dass mein Name durchgestrichen ist.«

»Hätten wir ihn nicht streichen sollen?«, fragte Cathy provokativ.

Logan winkte ab. »Seit hier dieser erbarmungslose Mörder sein Unwesen treibt, ist nichts mehr, wie es war. Menschen, die sich zuvor noch miteinander amüsierten, begegnen sich jetzt mit Argwohn. Ich bin froh, wenn dieser Spuk bald vorüber ist.«

»Haben Sie heute Mittag Zeit?«, entgegnete Cathy.

Logan nickte.

»Dann wäre es gut, wenn Sie uns zu Travis begleiten könnten. Sagen wir um zwei?«

»Ich denke nicht, dass das eine gute Idee ist«, widersprach Logan kleinlaut. »Travis ist nicht gerade gut auf mich zu sprechen. Aber Sie haben ja meinen Wagen, und wenn Sie über den Shepherd Trail fahren, müssen Sie nur auf halber Strecke nach rechts abbiegen, das kann man überhaupt nicht verfehlen.«

Cathy überlegte einen Augenblick. »Okay, dann bleiben Sie hier, Mister Logan.«

Er nickte dankbar und erhob sich. Unmittelbar vor der Tür blieb er stehen und wandte sich noch einmal um. »Ähm, weswegen ich überhaupt gekommen bin«, sagte er. »Otis Bratt war bei mir. Er will wissen, wann ihn Malcom wieder auf der Weide unterstützen kann. Er braucht zurzeit jeden Mann. In einem Monat beginnt die Schafsschur, und er ist auf alle seine Leute angewiesen.«

»Hurst bleibt unter Hausarrest gestellt, so lange, bis wir den Mörder gefunden haben«, antwortete Cathy. »Er kann froh sein, dass ich ihn nicht in den Polizeiarrest nach Yarmouth überführen lasse, bei allem, was er angestellt hat.«

»Aber Bould stellt doch gar keinen Strafantrag«, erwiderte Logan. »Es war gewissermaßen … es war ein Unfall.«

»Wir werden sehen«, beendete Cathy das Gespräch. »Das muss ich mir noch genau überlegen, ob man ihn frei über die Insel spazieren lassen kann, solange wir den Mörder nicht gefasst haben.«

Brian wartete, bis Logan den Raum verlassen hatte. »Wie gehen wir vor?«, fragte er.

»Wir schauen uns Travis an und achten dabei genau auf seine Füße«, erklärte Cathy. »Zuvor besuchen wir die Bergmans und die Havermans. Das sind die ältesten Einwohner auf der Insel. Vielleicht haben die eine Idee. Ich muss nämlich zugeben, deine Theorie von dem Schiffsunglück und einer verspäteten Rache hat etwas.«

Anglewood, Hell's Kitchen Island, Maine,
18. März 2007, 11.25 Uhr (Sonntag)

Der Regen prasselte auf das mit Holztafeln gedeckte Dach der Jagdhütte im Anglewood und bahnte sich hier und da seinen Weg ins Innere. Aber Frank Duval störte das nur wenig. Er hatte in der Hütte ein paar warme Decken und ein Bärenfell gefunden, unter denen es mollig warm war, auch wenn er kein Feuer anschüren konnte. Was war das nur für eine verfluchte Insel! Entweder war es neblig trüb und bitterkalt, oder es stürmte und regnete, als wäre der Jüngste Tag nicht mehr fern. Hell's Kitchen Island, ja verdammt, hier war offenbar tatsächlich des Teufels Küche, wenn er auch früher immer gedacht hatte, dass es in der Hölle heiß wäre.

Er hatte sich auf das altersschwache Sofa gelegt und grübelte darüber nach, wie er Tylers Kontaktmann ausfindig machen konnte. Tyler hatte ihm zwar viel über den Überfall und über die Beute erzählt, die noch immer darauf wartete, endlich wieder unter die Leute gebracht zu werden. Aber alles wusste Frank nicht, offenbar hatte Tyler trotz aller Knastbruderschaft eine Lebensversicherung für sich zurückbehalten. Vertrauen war in dieser Zeit keine Sache mehr von Dauer, sondern hing von vielerlei Umständen ab. Dennoch wäre es Duval viel lieber gewesen, Tyler wäre noch immer an seiner Seite.

Duval erhob sich und griff nach dem durchweichten Rucksack. Hunger nagte in seinen Eingeweiden. Zwei Dosen Roastbeef und ein Glas Marmelade waren noch als Verpflegung übrig. Bald würde er sich auf die Suche nach etwas Essbarem machen müssen, wenn er nicht rechtzeitig seinen Kontaktmann ausfindig machen konnte. Er fluchte und warf die Dose Roastbeef wutentbrannt in die Ecke. Grüner Schimmel bedeckte das übel riechende Fleisch. Offenbar war Luft hineingekommen. Er öffnete die zweite und letzte Dose und atmete auf, als sich ein köstlicher Duft von Fleisch im modrigen Raum ausbreitete. Schmatzend aß er und löffelte mit seinem Messer das Fleisch in kleinen Stücken heraus. Dreißig Millionen Dollar, so viel Geld konnte ein Mensch gar nicht in einem einzigen Leben ausgeben. Gut, er würde teilen müssen, und auch beim Einschmelzen und Verkaufen der Barren würde es Verluste geben. Doch selbst wenn nur fünf Millionen für ihn übrig blieben, eine davon hätte er jetzt gern gegen ein warmes, duftendes Stück Brot eingetauscht, denn seit Tagen ernährte er sich ausschließlich von Fleisch aus der Dose. Bald würde dies ein Ende haben.

New Haven, Hell's Kitchen Island, Maine,
18. März 2007, 12.45 Uhr (Sonntag)

Der Sturm legte sich am Mittag. Der kräftige Wind hatte die Wolken zum Festland getrieben, und der Himmel riss auf. Cathy und Brian hatten erfolglos versucht, die Bergmans zu treffen, doch niemand war zu Hause. Bei den Havermans hatten sie mehr Erfolg. Die in Ehren ergraute Alison bat die beiden Polizeibeamten in ihr schmuckes und aufgeräumtes Haus, in dem Sam Haverman in der Stube saß und Angelhaken sortierte. Nachdem Alison Haverman Tee aufgebrüht und Plätzchen gereicht hatte, lenkte Cathy schnell die Unterhaltung auf das eigentliche Thema.

»Oh, es war grauenhaft«, erinnerte sich Sam Haverman, gefragt nach dem Vorfall mit Elijah Travis vor zweiunddreißig Jahren. »Ich kam dazu, als wir das Boot bargen. Jon und ich. Wir waren auf der See zum Fischen und kehrten nach Hell's Cove zurück. Da trieb das Boot kieloben auf dem Teich. Elijah hing in der Takelage und war am Ende seiner Kräfte. Er schrie immer nur ihren Namen. Mary, die ganze Zeit über schrie er Mary. Jon hat ihn zuerst entdeckt, ich kam nur hinzu. Wir schnitten ihn aus seiner Fesselung und brachten ihn an Land. Er verlor die Besinnung. Aber diese Schreie, das vergesse ich nie.«

»Waren Lawrence und Evans auch draußen, als es passierte?«, fragte Brian.

»Noch einen Tee?«, unterbrach Alison Haverman.

Cathy schüttelte den Kopf.

»Ich glaube nicht, da müssen Sie Jon fragen. Als ich hinzukam, waren nur wir beide da draußen. Wir waren vom Sturm überrascht worden, so wie viele andere Fischer an diesem Tag. Aber wir kennen die See, wir wissen, was wir tun müssen. Elijah wusste es nicht.«

»Und Gabriel Jefferson, hatte er auch etwas mit der Sache zu tun?«

»Gabriel? Nein. Ich nehme an, er war auf seinem Leuchtturm. Das Sturmsignal brannte, das weiß ich, weil ich aus dem Westen kam und vor Elm Island fischte. Später kamen noch andere Helfer von der Insel hinzu. Sie hatten unsere Notsignale gesehen. Damals hatten wir noch keinen Funk an Bord. Das ist nicht so wie heute, wo auf jedem billigen Motorboot ein Funkgerät ist. Damals gaben wir uns noch Signale mit der Lampe, verstehen Sie? Aber fragen Sie Jon, er weiß genau, was passiert ist.«

Brian nickte. »Wir waren schon bei den Bergmans, aber da ist niemand zu Hause.«

»Jon hat sich ein neues Boot zugelegt«, antwortete Sam Haverman. »Er muss es noch streichen. Bestimmt sind er und Kathleen im Hafen.«

»Ich dachte, er ist in Rente gegangen, so wie Sie?«

Sam Haverman klopfte auf sein linkes Bein. »Die See lässt einen nie mehr los. Wenn mein Bein noch mitmachen würde, dann hätte ich auch noch eine Jolle draußen liegen. Aber da geht nichts mehr.«

»Du bist alt genug«, mahnte seine Frau. »Die See ist nichts mehr für alte Männer. Sie gehören an Land. Und jeden Tag, den er damals hinausfuhr, habe ich ein graues Haar mehr bekommen. Jetzt musst du an Land bleiben, alle meine Haare sind jetzt grau.«

Cathy und Brian blieben noch eine kurze Weile, doch von Sam und Alison Haverman war nichts mehr zu erfahren, das sie in Sachen Travis weitergebracht hätte. Offenbar hatte Jon Bergman mehr zu berichten, also schlugen sie den Weg zum Hafen ein und suchten nach den Bergmans an der beschriebenen Anlegestelle. Doch weder das Boot noch die Bergmans waren dort zu finden.

»Sind wohl hinausgefahren«, sagte Brian.

»Heute früh war Sturm, du erinnerst dich.«

»Seit einer Stunde ist es okay, und ich glaube, der Rest des Tages wird richtig angenehm.«

Cathy schaute sich im Hafen um, doch außer ein paar Möwen, die sich auf dem Anleger lautstark um etwas balgten, und anderen, die schreiend und lamentierend durch die Lüfte segelten, war kein Lebenszeichen zu sehen. Als sie den Anleger hinter sich gelassen hatten, drang das Tuckern eines Motors zu ihnen herüber. Admiral Broon und Joseph Stone kamen von der alten Fabrik herübergeschlendert. Cathy packte Brian am Arm. »Warten wir mal, ich bin gespannt, was dieser alte Unruhestifter jetzt wieder im Schilde führt.« Admiral Broon und Joseph Stone grüßten freundlich, als sie an den beiden Polizeibeamten vorüber gingen und den Anleger betraten, wo gerade Ashcrofts Fähre festmachte.

Cathy genoss die wärmende Sonne und lehnte sich gegen ein Geländer in der Nähe des Anlegers. Wortlos beobachteten sie die Szenerie. Nachdem die Fähre festgemacht hatte und ein kleiner Steg ausgelegt war, ging ein kleines, altes Männchen von der Gestalt eines Kobolds von Bord und wurde vom Admiral in Empfang genommen.

»Was ist denn das schon wieder für eine neue Idee von unserem Konteradmiral?«, unkte Brian.

Ashcroft trug zwei riesengroße, braune Koffer über den Landungssteg, und der Kleinwüchsige mahnte ihn lauthals zur Vorsicht, als er einen der Koffer auf dem Anleger abstellte.

»Lass uns mal sehen, was da läuft«, sagte Cathy und schlenderte auf den Anleger zu, auf dem der Kleinwüchsige neben dem Admiral das Ufer ansteuerte, während sich Stone noch um das üppige Gepäck kümmerte.

»Wohl einen alten Freund für das Wochenende eingeladen, Admiral?«, begann Cathy und stellte sich den beiden in den Weg.

Der kleinwüchsige Mann reichte Cathy gerade bis zur Brust. Sein Alter war schlecht zu schätzen, und unter seiner braun karierten Baskenmütze lugten rote Haare hervor.

»Gestatten, Phillip Streng«, gab der Zwerg mit piepsiger Stimme zur Antwort und reichte Cathy die Hand.

»Cathy Ronsted, Portland Police Department«, erwiderte sie den Gruß. »Was tun Sie hier auf der Insel, wenn ich fragen darf?«

»Ich glaube nicht …«, versuchte der Admiral mit einem deutlich abweisenden Unterton in der Stimme, sich selbst und den Kleinwüchsigen an seiner Seite aus der Situation zu befreien.

»Das ist wohl eine Sache zwischen mir und Mister Streng«, fuhr Cathy dem Admiral in die Parade.

»Ich bin auf Einladung von Admiral Broon hier«, antwortete der Zwerg mit einem Unterton, der seine Anwesenheit als äußerst wichtig erscheinen ließ. »Ich bin Parapsychologe und Professor für Spiritismus an der freien Universität für Okkultismus in Oxford. Hier soll es sonderbare Vorgänge geben, die möglicherweise in der metaphysischen Ebene ihren Ursprung haben. Ich bin hier, um diese Vorgänge zu untersuchen.«

»Oxford in England?«, mischte sich Brian ein.

Der Zwerg schüttelte den Kopf. »Oxford, Maine«, antwortete er.

»Gut, ich dachte, unsere Vorfahren auf der kalten Insel in Europa sind nun schon vollkommen durchgeknallt.«

»Meine Dame, meine Herren«, holte Streng aus. »Es gibt Dinge zwischen Himmel und Erde, für die es mit Logik und herkömmlicher Naturwissenschaft keine Erklärungen gibt. Ich weiß, dass viele Menschen skeptisch gegenüber unserer Wissenschaft eingestellt sind, aber ich kann Ihnen versichern, da ist mehr als Schwarz und Weiß. Und wenn hier paranormale Phänomene am Wirken sind, dann werde ich das herausfinden.«

»Da bin ich aber gespannt«, gab Brian zu bedenken.

Cathy trat ein Stück zur Seite, doch bevor sich der Kleinwüchsige zusammen mit dem Admiral und Joseph Stone in Bewegung setzte, hob sie mahnend den Finger.

»Ich warne Sie, Mister Streng. Wir führen hier polizeiliche Ermittlungen durch. Wenn Sie uns im Weg stehen und unsere Ermittlungen behindern, dann werde ich eigenhändig dafür sorgen, dass Sie diese Insel ganz schnell wieder verlassen, und zwar direkt in den Knast. Das ist Ihnen hoffentlich klar.«

Phillip Streng nickte. »Ich bin nicht hier, um jemanden zu behindern, ich bin hier, um herauszufinden, was hinter diesen sonderbaren Vorfällen steckt. Sie können sich sicher sein, dass ich Ihnen nicht im Wege stehen werde. Ganz im Gegenteil, Madam.«

20

Woodwine Trail, Hell's Kitchen Island, Maine,
18. März 2007, 13.45 Uhr (Sonntag)

Duval hatte die kleine Jagdhütte von oben bis unten durchsucht. Im Prinzip bestand sie lediglich aus einem Hauptraum und einem Nebenraum, in dem Werkzeug lagerte. Doch noch etwas hatte er gefunden, etwas, das ihm in seiner Lage wirklich zugutekam. Einen zerschlissenen blauen Overall, eine Lederjacke mit Schaffellbesatz, Socken und ein Paar Gummistiefel, die ihm zwar ein gehöriges Stück zu groß waren, doch mit den dicken Wollsocken lagen sie satt am Fuß an.

Eigentlich hatte er sich ein klein wenig ausruhen wollen, doch der Regen hatte aufgehört, und eine innere Unruhe hatte ihn befallen und ließ ihn nicht mehr los. Lediglich das Glas Marmelade war ihm für morgen geblieben, er musste unbedingt etwas Essbares auftreiben. Und da er sich auf der Insel nicht auskannte, konnte er nicht bis zum Abend warten. Es musste hell sein, wenn er sich auf seine Erkundungstour begab, damit er nicht in einen der Karstbrüche am Tender Hollow stürzte, vor denen ihn Tyler gewarnt hatte.

Bevor er die kleine Hütte am Waldrand verließ, spähte er eine ganze Weile durch das Fenster, und erst als er sich sicher war, trat er vor die Tür, um gleich darauf um die rechte Ecke im Wald zu verschwinden. Der Anglewood bestand aus Birken, Pappeln und Fichten, die noch immer ihr grünes Nadelkleid trugen. Hier und da mischten sich ein paar blattlose Wacholderbüsche in das Stillleben aus Holz, Moos und Farn und dienten Duval hervorragend als Tarnung. Niemand würde ihn in diesem Gestrüpp aufspüren können, und so schlug er den Weg nach Süden ein. Der Wald wurde dichter und die weißen Stämme der entblätterten Birken wechselten mit der silbergrauen Rinde der Pappeln, durchsetzt von den immergrünen Nadelbäumen. Düster und frostig war es hier inmitten des Forsts, doch kaum zehn Minuten später vergrößerten sich die Abstände zwischen den Stämmen und es wurde lichter. Dichtes, undurchdringliches und miteinander verwobenes Buschwerk tauchte vor ihm auf, und das Plätschern eines Baches drang zu ihm herüber. Er umging das Hindernis, und ein breiter, unbewaldeter Einschnitt tat sich vor ihm auf. Von hier aus hatte er einen ausgezeichneten Blick auf das Dorf, das unter ihm in der Talsohle lag. Kleine weiß und blau getünchte Häuschen mit roten Dächern reihten sich entlang eines unbefestigten, breiten Weges. Rauch kam aus einigen Kaminen, und obwohl er schätzungsweiße zwei Kilometer vom Dorf entfernt war, meinte er sogar, einige Menschen dort unten erkennen zu können. Im Hintergrund erhob sich ein großes Gebäude, das aus hellrotem Holz errichtet war. In irgendeinem dieser Häuser wohnte Tylers Kontaktmann. Ihn musste er ausfindig machen, denn er war der Schlüssel zum Reichtum. Tyler hatte ihm nie seinen Namen genannt, doch das Haus, den Garten und die kleine rote Bank rechts neben der Tür, auf der Tyler früher oft gesessen und Pfeife geraucht hatte, hatte er bis ins Detail beschrieben.

Einen Augenblick lang verharrte er. Was würde er dafür geben, wenn er sich einfach dort unten im Dorf unter die Leute mischen könnte. Und niemand würde fragen, wer er ist und woher er kommt, niemand würde ihn wieder dorthin schicken, wo er herkam, nach Cedar Junction in eine feuchte, muffige Zelle!

Im Schutze des Waldrandes schlich er sich voran. Ein klein wenig näher an das Dorf heranzukommen, konnte nicht schaden. Der kleine Hafen, an dem unzählige Boote lagen, kam in sein Sichtfeld. Pilze wuchsen am Boden. Verdammt, in Biologie hatte er nie aufgepasst. Wahrscheinlich waren sie sogar essbar. Er erinnerte sich noch daran, dass irgendjemand mal gesagt hatte, wenn man den Pilz aus dem Boden gräbt und seine Lamellen sich nicht verfärben, dann könne man ihn bedenkenlos essen. Doch wie lang man warten musste, bis sich die Verfärbung einstellt, das wusste er nicht mehr. Er zog sein Taschenmesser hervor, das er im Haus auf Bartol Island mitgenommen hatte, und bückte sich. Er löste einen Pilz aus dem feuchten Erdreich und roch an ihm. Ein Duft von Erde stieg ihm in die Nase. Er hob den Kopf. Plötzlich verharrte er, es war, als wäre er gegen eine imaginäre Wand gelaufen. Er ließ den Pilz und das Taschenmesser fallen und wich ein paar Schritte zurück, bis er über einen kniehohen Busch stolperte. Mit schreckensstarren Augen schaute er auf den Mann, der kopfüber an einem dicken, blattlosen Ast einer Birke knapp zwei Meter über dem Boden baumelte. Das Gesicht des Mannes war blutrot gefärbt, und seine offenen Augen starrten ihn leblos an. Noch etwas fiel ihm auf: Die Ohren des Toten fehlten.

Panisch blickte sich Duval um. Er raffte sich auf und rannte – rannte wie noch nie in seinem Leben. Mitten hinein in den Wald, immer weiter, brach durch Gestrüpp, das seine Wangen aufriss, und sprang über Farne und Wurzeln. So lange, bis sein Blut im Kopf rauschte und er irgendwo mitten im Anglewood kraftlos zu Boden sank.

Welcher Teufel hatte das getan?

Bartol Island, Freeport, Yarmouth County, Maine,
18. März 2007, 13.55 Uhr (Sonntag)

Noah Fleischman hatte sich über die Motorhaube des Streifenwagens gebeugt und studierte sorgfältig die Karte. Der Golf von

Maine und der Küstenstreifen des Yarmouth County waren darauf im Maßstab 1:50 000 abgebildet. Ein riesiges Gebiet voller Inseln, die nur teilweise bewohnt waren. Tyler und Duval konnten überall stecken. Zwar hatten sie die Halbinsel von Bartol Island hinter sich gelassen und waren mit einem gestohlenen Motorboot hinaus in den Golf geschippert, doch bei Pound of Tee, wo die Bucht sich dem Golf öffnete, verlor sich ihre Spur.

Mittlerweile galt es aufgrund aufgefundener Fingerabdrücke im Haus auf Bartol Island und dem zurückgelassenen Wagen als gesichert, dass Duval und Tyler zusammen unterwegs waren und offenbar das Wirrwarr von Inseln, kleinen unbewohnten Eilanden und blanken Felsen im Golf der tausend Inseln zum Entkommen nutzen wollten. Oder verbarg sich etwas anderes hinter dieser Flucht hinaus aufs Meer? Fleischman hatte sich die Akte von Duval und Tyler übermitteln lassen und sie den Vormittag über aufmerksam studiert. Auch die Berichte der Aufseher in Cedar Junction hatte er gesichtet, und ihm war klar, dass Wesley Tyler und der beinahe zwölf Jahre jüngere Frank Duval nach ihrer langen gemeinsamen Zeit in einer Zelle des Bundesgefängnisses so etwas wie Bundesgenossen geworden waren. Duval war ein tumber, eher planloser Mensch, der wegen verschiedener Gewaltdelikte einsaß, die ihn im Leben kaum weitergebracht hatten, außer dass er vielleicht sein Ego bis zum Exzess ausleben konnte. Bei Tyler war es anders, er hatte etwas erreicht, er hatte Verbrechen begangen, um sein Leben finanzieren zu können. Anfänglich hatte er dabei auf Gewalt verzichtet und seine Intelligenz eingesetzt, um seine Ziele zu erreichen. Doch am Ende, bei seinem größten Coup, war plötzlich alles aus dem Ruder gelaufen. Er war bei diesem Verbrechen nicht alleine gewesen, er hatte ein ganzes Gefolge von Räubern und Gesindel aus der Gosse um sich geschart. Vielleicht war der Coup auch deshalb gescheitert. Man hatte damals Tyler verhaftet und nach Cedar Junction verfrachtet. Doch von der Beute fehlte noch immer jede Spur. Eine Tonne Gold im Wert von über dreißig Millionen Dollar.

»Das ist Lance, er ist Fischer«, stellte der Sheriff aus Freeport den alten Mann mit dem grauen Bart, der grünen Gummihose und den schmutzigen, grünen Gummistiefeln vor und riss Fleischman aus seinen Gedanken.

Lance, der Fischer, nahm seine zerschlissene Baseballcap ab und musterte Fleischman mit großen Augen. Seine Hände mitsamt der Kappe verschränkte er vor seinem üppigen Bauch.

»Das ist der US-Marshall, von dem ich dir erzählt habe«, fuhr der Sheriff fort. »Erzähl ihm, was du gestern draußen im Golf beobachtet hast.«

Der Fischer räusperte sich schüchtern. »Ich bin rausgefahren, mit dem Boot, Fischen. Es war noch dunkel. Da habe ich ein Boot gesehen. Es ankerte am Westufer von Lower Goose, besser gesagt, im Nordwesten, da gibt es eine kleine Bucht. Bäume stehen dort bis zum Ufer. Ein paar Meilen nördlich vor Sister Island sind gute Fischgründe. Ich war zwei Stunden draußen. Als ich wieder zurückfuhr, war das Boot noch da, aber es war sonderbar.«

»Was war sonderbar?«, hakte Fleischman nach.

Der Fischer druckste herum. »Ich glaube, ich weiß nicht, aber da waren zuerst zwei an Bord, und als es kurz nach mir auslief, da habe ich nur noch einen gesehen.«

»Wann war das?«

»Gegen sieben und dann gegen neun. Es ist die Insel entlanggeschippert.«

»Haben Sie die Leute darauf erkannt oder können Sie das Boot näher beschreiben?«

Der Sheriff trat einen Schritt vor. »Er hat sogar die Kennung am Bug abgelesen, als er es zum zweiten Mal sah. Es war das Boot, das in Bartol Island gestohlen wurde. Eignerin ist eine Frau aus Australien. Sie hat das Anwesen wohl geerbt.«

»Diese Insel, lebt dort jemand?«

Der Sheriff beugte sich über die Karte und suchte, bis er auf einen kleinen stecknadelgroßen Punkt vor der Küste wies. »Da ist nackter Fels und Baumbestand bis zum anderen Ufer, mehr gibt es dort nicht, die Insel ist unbewohnt.«

»Ich will ein Team, Helikopter, eine Suchmannschaft und Hunde«, sagte Fleischman trocken und deutete auf den Fischer. »Er soll uns die Stelle zeigen, wo das Boot ankerte.«

»Ich ... ich muss. Ich habe meinen Fang noch nicht ...«, stotterte Lance.

»Das ist Bürgerpflicht, Mister«, mahnte Fleischman. »Außerdem gibt es eine satte Belohung für denjenigen, der Hinweise zur Ergreifung der Flüchtigen gibt.«

Hermits Home – Headland, Hell's Kitchen Island, Maine,
18. März 2007, 14.00 Uhr (Sonntag)

Elijah Travis, der Einsiedler, hatte sich bei Hermits Home auf der kleinen Landzunge an der Südspitze der Insel, Headland genannt, ein kleines Paradies geschaffen. Eigentlich hatte Cathy eine ärmliche Hütte als Behausung erwartet, doch sie irrte sich gründlich. Ein in hellem Grün gehaltenes Holzhaus mit einem kleinen Nebengebäude, umgeben von mehreren Beeten, die derzeit brachlagen, hatte sich Travis in einer kleinen Bucht in unmittelbarer Nähe der Southern Shoals als Heim geschaffen. Hier lebte er seit langen Jahren in der Nähe der Untiefen vor der Insel, in denen bei dem Bootsunfall vor mehr als zweiunddreißig Jahren sein Traum vom Leben und sein Glück zerbrochen waren. Seither harrte er am Küstenstreifen aus, hatte alles hinter sich gelassen, was ihm im Leben einst etwas bedeutete, weil damals mit seiner jungen Frau auch der Sinn seines Lebens in den dunklen Fluten des Atlantischen Ozeans versank.

Als Cathy aus dem Wagen stieg, musste sie feststellen, dass der Einsiedler doch nicht ganz so alleine war, wie sie es sich vorgestellt hatte. Ein schwarzer Labrador umrundete das Haus und rannte lauthals bellend auf sie zu. Still, bewegungslos blieb sie stehen, doch noch bevor sie der Hund erreicht hatte, ertönte ein greller Pfiff, und der Hund drehte ab und stieb davon, wie ein Jagdflugzeug, das all seine Munition verschossen hatte. Ein groß gewachsener, muskulöser Mann mit dichtem grauen Haar und einem grauen Vollbart, der das sonnengegerbte Gesicht umrahmte, tauchte auf und rief den Hund zu sich, der sich bereitwillig vor ihm auf den Boden legte.

»Was wollen Sie?«, rief der Mann unfreundlich.

»Sind Sie Elijah Travis?«, antwortete Cathy.

»Ich wüsste nicht, was Sie das angeht!«

Das Alter des Mannes war wirklich nicht leicht zu schätzen, und Cathy war sich ziemlich sicher, dass sie Elijah Travis vor sich hatte, doch er wirkte eher wie ein Mittfünfziger. Kaum zu glauben, dass er bereits siebzig Jahre alt sein sollte.

Inzwischen war auch Brian aus dem Wagen gestiegen und an Cathys Seite getreten.

»Hören Sie, Mister Travis, ich bin von der Polizei und muss mit Ihnen reden«, ließ sich Cathy von dem unfreundlichen Empfang des Einsiedlers nicht abschrecken. »Oder soll ich Sie in die Stadt vorladen?«

Travis zündete sich seine Pfeife an. Seine Miene blieb ernst und abweisend. Er überlegte kurz, schließlich nickte er. »Schon gut, kommen Sie«, lenkte er ein.

Er winkte die beiden Polizisten zu sich heran und führte sie zu einer Bank hinter dem Haus, die unweit der Klippen stand. Der schwarze Labrador legte sich zu seinen Füßen. Die Anwesenheit der Besucher schien dem Tier gleichgültig geworden zu sein. Der Hund gähnte kurz und legte den Kopf auf die Erde.

»Sie kommen wegen der Morde«, stellte der Einsiedler trocken fest und blies den Rauch in den Wind.

»Was wissen Sie darüber?«, fragte Cathy.

»Ich weiß sehr viel«, erwiderte Travis. »Aber wer hier auf dieser Insel die Menschen umbringt, das weiß ich nicht. Ich denke, er wird schon einen Grund dafür haben.« In seiner Stimme lag ein abfälliger Ton, der Cathy nicht verborgen blieb.

»Sie leben hier draußen allein und scheinen nicht viel von den Menschen auf dieser Insel zu halten.«

»Wie kommen Sie darauf?«

»Ich hörte, dass Sie das Dorf und den Kontakt zu den Menschen meiden. Wann waren Sie zuletzt im Village?«

Travis lächelte und ließ seine Hand im hohen Bogen durch die Luft segeln. »Sehen Sie, ich habe hier alles, was ich brauche, und ich bin dort, wo ich sein will. Im Dorf gibt es nur Neid, Missgunst und Hass. Ich will meinen Frieden haben und dieses Land ernährt mich. Außerdem habe ich noch meinen Charly. Er ist treu, und er enttäuscht einen nie.«

Travis beugte sich herab und kraulte seinen Hund liebevoll am Hals.

»Wurden Sie schon einmal enttäuscht?«, mischte sich Brian ein.

»Mein ganzes Leben ist eine Enttäuschung«, antwortete Travis und starrte in das nahe Wasser, das sich im Wind kräuselte. »Gott hat mich enttäuscht. Erst hat er mir das Glück gebracht, und kaum einen Augenblick später hat er es mir wieder entrissen.«

»Sie meinen das Bootsunglück, es war ein Unfall.«

»Es war Schicksal, es war meine Bestimmung. Die Wege des Herrn sind unergründlich, doch mein Schicksal in seinem großen Plan ist es zu leiden. Und deswegen bin ich hier. Eines Tages wird er kommen und mich holen, und dann wird sich mein Schicksal erfüllen, und ich werde sie endlich wiedersehen. Fern vom Schmerz, fern vom Leid und fern von aller Pein, die uns Menschen jeden Tag begleitet.«

»Was haben Sie über die Morde gehört?«, fragte Brian.

»Ich hörte das, was mir der Wind und ein paar Stimmen zutrugen, aber ich weiß nicht, wer hinter den grausamen Verbrechen steckt. Ich interessiere mich nicht für die Gerüchte.«

Cathy erhob sich, dabei warf sie einen Blick auf die Stiefel, die Travis trug. Die Schuhgröße entsprach seinem gesamten Erscheinungsbild. Sie schätzte sie auf mindestens zwölf, eher größer noch. Also konnte auch er nicht der Mörder sein, der Evans auf dem Gewissen hatte. Sie trat an die Klippe heran und warf einen langen Blick in das trübe und ruhige Wasser in der Bucht.

»Wir glauben, dass sich der Mörder auf einem Rachefeldzug befindet«, fuhr Brian fort. »Er muss den Opfern die Schuld für etwas geben, das ihm widerfahren ist. Etwas sehr Schlimmes, vielleicht für den Tod eines geliebten Menschen. Was, glauben Sie, bewegt jemanden dazu, einen Menschen grausam zu Tode zu foltern?«

Travis erhob sich. »Ich verstehe«, sagte er leise. »Und Sie glauben, Sie sind bei mir an der richtigen Adresse. Aber niemand anderes als ich selbst trage die Verantwortung für das, was damals geschehen ist. Ich war jung, ich war verliebt, und ich dachte, die ganze Welt ist auf meiner Seite und nichts und niemand kann mich aufhalten. Ich war sorglos, zu sorglos. Und ich habe die Gefahren unterschätzt, dafür habe ich einen hohen Preis bezahlt. Glauben Sie mir, nicht Mary sollte dort unten sein, ich hätte es verdient, ich alleine und niemand anders.«

»Kann ich mich ein wenig hier umsehen?«, fragte Brian.

»Nur zu, tun Sie sich keinen Zwang an, ich habe nichts zu verbergen«, antwortete Elijah Travis und wartete, bis sich Brian in Richtung des Hauses davonmachte. Charly schaute nur kurz auf, doch als ihm Travis kurz über das dichte Fell fuhr, kehrte die Gleichgültigkeit wieder zurück, und er senkte den Kopf.

»Sie haben es schön hier draußen, schön friedlich ist es hier«, seufzte Cathy.

Travis erhob sich und trat an ihre Seite. Er wies auf das Wasser vor der Bucht, das sich im Reigen der Wellen hob und senkte. »Dort ist es ganz und gar nicht friedlich«, widersprach er. »Direkt unter der Oberfläche lauert die Hölle. Felsen, so spitz und scharf wie ein Messer, liegen nicht einmal einen halben Meter unter der Wasserlinie und durchdringen den Rumpf eines Schiffes mit Leichtigkeit. Wer hier hineingerät, für den gibt es kein Entrinnen. Hunderte von Toten liegen auf dem Grund des Meeres. Schiffe, die vom Kurs abkamen, sorglose Bootsausflügler und sogar erfahrene Fischer haben hier ihr Leben verloren. Dieser Platz ist nicht friedlich, dieser Platz ist grausam, so grausam wie der Mörder, den Sie suchen. Und es ist ganz bestimmt kein Geist, so wie manche sagen. Er ist aus Fleisch und Blut, so wie Sie und wie ich.«

»Ich kann es fast nicht glauben, was Sie über dieses Meer erzählen.«

»Manchmal, in der Frühe, wenn sich die Sonne langsam aus dem Wasser in die Lüfte erhebt, da sehe ich die Gestalt, die an der Spitze von Headland steht und hinunter ins Wasser blickt. Dort gibt es ein Kreuz, ich weiß nicht, wer es dort aufgestellt hat. Manchmal sehe ich ihn, oft sogar stundenlang. Ich glaube, auch er hat dort etwas verloren, das ihm sehr viel bedeutete.«

Cathy wurde hellhörig. »Was für eine Gestalt?«

Travis wies auf die gegenüberliegende Seite der Bucht, auf die Spitze der Landzunge, die beinahe einen Kilometer entfernt von seinem Haus lag.

»Er steht dort, regungslos direkt am Meer der Seelen, dann verschwindet er wieder.«

»Moment, ich verstehe nicht ganz«, hakte Cathy nach. »Sie haben eine Gestalt dort drüben stehen sehen?«

»Ein Mann, ja. Acht-, neunmal war er schon dort. Am Morgen, wenn die Sonne aufgeht.«

»Wissen Sie, wer es ist?«

Travis schüttelte den Kopf. »Ich interessiere mich nicht für ihn. Er hat wohl seinen guten Grund, hierher zu kommen, so wie ich meine Gründe habe, hier zu leben.«

»Aber Sie sind sich sicher, dass es ein Mann ist?«

»Ich sehe seine Bewegungen, und auch wenn ich hier in der Einsamkeit lebe, so kann ich doch einen Mann von einer Frau unterscheiden. Eine Frau bewegt sich filigraner, feinfühliger.«

»Können Sie den Mann beschreiben?«

»Er hat ungefähr die Größe Ihres Kollegen und trägt einen wallenden Mantel. Mehr kann ich von hier nicht sehen, dazu ist er zu weit entfernt.«

Cathy schaute über die Bucht auf die Spitze der Landzunge.

»Wissen Sie noch, wann er das letzte Mal dort drüben war?«, fragte sie.

Travis überlegte. »Es ist noch nicht so lange her. Zum ersten Mal sah ich ihn, als die Bäume noch Laub trugen, und das letzte Mal, das war vor sechs oder sieben Tagen. Ja, ich glaube, am letzten Sonntag war es. Er steht dort, als würde er beten, und dann verschwindet er wieder.«

»Wohin geht er?«, fragte Cathy.

»Er verschwindet in Richtung der Pallans Seeshore, ich nehme an, er geht zurück in das Dorf. Es führt ein Fußweg an der Küste entlang.«

Cathy folgte mit ihren Augen dem Fingerzeig des Einsiedlers. Drei hohe Felsen ragten dort drüben auf, bevor das Gelände weiter abfiel. Sie zeigte auf die Felsen. »Diese Felsennadeln sind wohl Pallans Seeshore?«

Travis nickte. »Ja, dort verschwindet er.«

»Und warum haben Sie das nicht gemeldet?«

»Ich lebe hier mein Leben und will meine Ruhe, außerdem wusste ich nicht, dass es wichtig ist.«

Brian kehrte vom Haus zurück. Unmerklich schüttelte er den Kopf, um anzudeuten, dass er nichts gefunden hatte, das einen Verdacht gegen Travis rechtfertigte.

»Mister Travis hat dort drüben mehrmals eine Gestalt gesehen. Einen Mann deiner Größe, der sich bei Sonnenaufgang auf der Landzunge herumtreibt und dann in Richtung des Dorfes wieder verschwindet.«

Brian betrachtete nachdenklich die Stelle, die ihm Cathy mit ausgestrecktem Arm zeigte.

»Sagen Sie, Mister Travis, gab es dort in letzter Zeit einen Bootsunfall unmittelbar vor der Landzunge?«

Travis seufzte. »Ich sagte doch, das hier ist das Meer der Seelen. Hier lauern unzählige Riffe auf die Schiffe und Boote, die die Fahrrinne zwischen der Insel und Elm Island verlassen. Erst im letzten Jahr ist hier eine Yacht mit Mann und Maus gesunken. Aber fragen Sie Logan, es gibt eine Chronik darüber. Logan wird Ihnen sicher weiterhelfen können.«

Ein paar Minuten später verließen Cathy und Brian Hermits Home. Obwohl Travis schon mit Blick auf seine Schuhgröße sicherlich nicht ihr gesuchter Mörder sein konnte, hatten sie das Gefühl, etwas Wesentliches erfahren zu haben. Mit dem Wagen fuhren sie so dicht wie möglich an das Headland heran. Bei Pallans Seeshore, den drei großen und blanken Felsen vor der Landzunge, ließen sie den Wagen stehen. Zu Fuß gingen sie den steinigen Weg bis zur Spitze der Landzunge, wo ein altes verwittertes Holzkreuz stand, das ihnen nicht höher als bis zur Hüfte reichte und auf dem ein Datum eingraviert war. Cathy beugte sich hinab, doch die Zahlen waren schon beinahe nicht mehr zu entziffern.

»Eins, neun, und hinten eine Eins«, las Cathy laut vor. »Die vorletzte Zahl ist nicht mehr gut lesbar. Könnte eine Eins oder eine Sieben gewesen sein.«

»1911 oder 1971«, entgegnete Brian. »Ich glaube, wir sollten mit Logan reden und einen Blick in diese Chronik werfen, von der Travis erzählt hat.«

Cathy erhob sich. »Vielleicht ist dieses Kreuz der Schlüssel zur Lösung unseres Falles.«

Brian nickte. »Das könnte durchaus möglich sein.«

21

Anglewood, Hell's Kitchen Island, Maine,
18. März 2007, 15.00 Uhr (Sonntag)

Noch bevor Cathy und Brian das Dorf wieder erreicht hatten, erhielten sie einen Anruf von Logan. Er war vollkommen aufgelöst, als er berichtete, dass Zac Wollow und Nic Tyson, zwei Schäfer, die für die Bratts arbeiteten, am Woodwine Trail im Westen der Insel unterwegs gewesen waren, um die Wiesen unterhalb des Anglewoods zu erkunden. Dabei seien sie auf die Leiche eines Mannes gestoßen, der kopfüber an einem Baum hing und übel zugerichtet worden war. Auch eine tote Frau habe nicht weit davon auf der Wiese gelegen.

Brian hielt den Wagen an und zog die Karte der Insel hervor, während sich Cathy genau beschreiben ließ, wo sich der Fundort der beiden Leichen befand. Als sie die beschriebene Stelle lokalisiert hatten, fragte Cathy, ob Logan schon wüsste, wer die beiden Toten seien.

»Es sind Jonathan Bergman und seine Frau Kathleen«, entgegnete Logan. »Sam Haverman ist der Nachbar und beste Freund der Bergmans. Er sagt, dass die beiden manchmal zum Anglewood aufbrachen, um Pilze zu sammeln.«

»Pilze?«, wiederholte Cathy ungläubig. »Um diese Jahreszeit?«

»Hier am Waldrand nahe des Western Creek wachsen Morcheln«, berichtete Logan. »Die findet man auf der Insel bereits nach der Schneeschmelze. Die Bergmans sind Pilzsammler, sie wussten, wo sie suchen mussten.«

»Rühren Sie nichts an, wir kommen!«, befahl Cathy.

Bevor sie weiterfuhren, rief sie das Yarmouth Police Department an und forderte das Spurensicherungsteam an.

»Ich glaube, wir sollten unsere Spurensicherungsabteilung gleich auf der Insel belassen«, meinte der Offizier vom Dienst brummig. »Das käme dem County günstiger.«

Cathy verbiss sich einen Kommentar und beendete das Gespräch. Brian fuhr die ausgefahrenen Wege entlang, passierte das Dorf und lenkte den Wagen auf der gegenüberliegenden Seite den sanft ansteigenden Woodwine Trail entlang, der zwischen dem Anglewood im Norden und dem südlich gelegenen Westwood hindurch zum Western Peak führte. Er fuhr mit dem schwarzen Toyota am kleinen Bachlauf des Western Creek entlang, bis er auf die Abzweigung nach Tender Hollow stieß. Dort stand ein roter GMC-Geländewagen. Bis zum Waldrand waren es noch gut dreihundert Meter. Brian stoppte den Toyota.

»Schätze, den Rest des Weges müssen wir zu Fuß gehen«, bemerkte er einsilbig.

Die letzten dreihundert Meter bis zum Wald, wo Logan zusammen mit drei weiteren Männern wartete, hatten es in sich. Der Anstieg wurde steiler und steiler. Cathy war erschöpft, als sie Logan erreichte.

»Es ist unfassbar«, empfing er sie und wies auf seine Begleiter. »Zac und Nic sahen Jonathan am Baum hängen, dann haben sie die Frau auf der Wiese gefunden und mich sofort verständigt.«

»Wir wollen morgen eine Herde vom Verdana Upland hier herüber treiben«, erzählte der als Zac vorgestellte Schafhirte. »Otis meinte, wir sollten nachsehen, wo der beste Platz für die Schafe ist, da haben wir uns den Wuchs der Wiese angesehen. Wir kamen von oben den Hügel herunter, da sah Nic etwas am Baum hängen. Als wir näher kamen, erkannten wir, dass es eine Leiche ist. Wir wollten wieder zum Wagen laufen, da fanden wir die Frau in der Wiese liegend. Wir sind in die Stadt gefahren und haben es Logan erzählt. Wir sagten ihm, dass wir die Bergmans am Western Creek gefunden haben, tot, ermordet.«

»Sie kennen das Ehepaar?«

Zac Wollow nickte. »Hier kennt jeder jeden«, erklärte er. »Sie spielen ab und zu Bridge in Mias Bar.«

Logan meldete sich zu Wort. »Ich habe sofort bei den Havermans vorbeigeschaut, da war niemand zu Hause. Sam war im Garten. Er hat mir erzählt, dass Jonathan und Kathleen ab und zu hier heraufkamen um Pilze zu pflücken.«

Cathy warf Sam Haverman einen Blick zu, der am Boden kauerte und dessen Gesicht weiß wie ein Bettlaken war.

»Kommen Sie klar?«, fragte sie.

Haverman nickte. »Ich habe so etwas Schreckliches noch nie gesehen«, stammelte er.

Cathy wandte sich Logan zu. »Zeigen Sie uns die Leichen!«

Logan nickte und wies die Höhe hinauf. »Hundert Meter von hier.«

Bevor sie losgingen, wandte sich Cathy noch einmal um, wobei sie einen genauen Blick auf die Füße der drei Männer warf. »Warten Sie bitte hier, wir brauchen Ihre Aussagen.«

Lower Goose Island, Gulf of Maine,
18. März 2007, 17.00 Uhr (Sonntag)

Sie mussten nicht lange suchen. Das Boot der Coast Guard legte unmittelbar an der Stelle an, an der Lance, der Fischer, das verdächtige Motorboot ausgemacht hatte. Fleischman und der Sheriff aus Freeport warteten mit dem Landgang, bis der Hundeführer seine zwei Bluthunde an Land gebracht hatte. Dem schmalen Uferstreifen folgte ein immer dichter und undurchdringlich werdender Nadelwald, bestehend aus einer Kiefernart, die unangenehme Nadeln von sich streckte. Die beiden Hunde schnupperten am Ufer der kleinen Bucht, bis einer von ihnen schließlich eine Spur aufnahm und in Richtung Wald rannte. Fluchend sprang der Hundeführer hinterdrein, während Noah Fleischman und der Rest des knapp zwanzigköpfigen Suchtrupps dem seltsamen Gespann belustigt nachsahen.

»Diese Bloodhounds haben einen guten Zug«, bemerkte der Sheriff beiläufig. »Ich habe Lester gesagt, dass er aufpassen soll. Die Biester verstehen keinen Spaß, wenn sie Witterung aufgenommen haben. Aber er wollte ja unbedingt beide mitnehmen.«

»Er wird es überleben«, antwortete Fleischman und schaute auf die Stelle, wo der Hundeführer mit seinen beiden Tieren im Wald verschwunden war.

Dort knackte und knisterte es, dass sogar das Rauschen der sanften Wellen in der Bucht von Lower Goose Island übertönt wurde. Das aufgeregte Schnüffeln der Vierbeiner war zu hören – und natürlich ab und an Lester, der vergeblich versuchte, die Hunde zu beruhigen. Plötzlich drang lautes Gebell aus dem Dickicht, ein schriller Pfiff, dann folgte Lesters heisere Stimme:

»Kommt rüber, ich hab was!«

Fleischman kletterte als Erster über die Reling, der Sheriff und die Mannschaft folgten.

»Wo bist du, Lester?«, rief der Sheriff in den Wald.

»Hier!«

Der Ruf ertönte ein paar Meter südlich ihrer Position. Der Sheriff übernahm die Führung, während Fleischman und der Kommandant des Suchtrupps folgten. Sie drangen in den Wald ein, und Fleischman hob schützend seine Arme vor das Gesicht, damit er von den stacheligen Kiefernästen nicht getroffen wurde. Schon war das Hecheln der Hunde direkt vor ihnen zu hören. Lester stand breitbeinig auf dem Waldboden und stemmte sich gegen das Ziehen seiner Vierbeiner.

»Hier rüber!«

Der Sheriff änderte die Richtung, und ein kleiner Ast sauste Fleischman schmerzhaft an die Hand.

»Verdammt!«, fluchte er.

»Hier ist was«, sagte der Hundeführer und zeigte auf eine mit Ästen und Blattwerk bedeckte Kuhle im Waldboden. Der Sheriff schaute sich um und griff nach einem Ast, der auf dem Boden lag. Vorsichtig schob er den Reisighaufen auseinander, bis der Oberkörper eines Menschen freigelegt war. Noah Fleischman hatte sich seine Handschuhe übergestreift und bückte sich. Ein unangenehmer Geruch ging von der Leiche aus, doch der Leichnam war beweglich, die Leichenstarre hatte sich bereits gelöst, und die ersten Anzeichen der Autolyse hatten eingesetzt.

»Ich brauche den Fotografen«, sagte Noah zu dem Einsatzleiter des Suchkommandos.

»Ich hole ihn«, antwortete der Officer dienstbeflissen.

»Ist das einer Ihrer Ausbrecher?«, fragte der Sheriff, nachdem Fleischman die Leiche oberflächlich untersucht und den Kopf zu sich gedreht hatte, so dass man das Gesicht sehen konnte.

»Das ist Wesley Tyler«, antwortete er. »Dann war es Duval, der mit dem Boot alleine weitergefahren ist.«

»Wurde … wurde er getötet?«, fragte der Hundeführer, immer noch damit beschäftigt, seine Hunde im Zaum zu halten.

Fleischman zuckte mit der Schulter. »Ich weiß es nicht. Zumindest sehe ich keine äußere Verletzungen.«

»Was machen wir nun?«, fragte der Sheriff.

»Sobald wir hier alle Spuren gesichert haben, nehmen wir ihn mit. Ein Gerichtsmediziner muss ihn untersuchen. Ich will wissen, woran er gestorben ist.«

»Ich rufe die Spurensicherung vom Yarmouth Police Department«, entgegnete der Sheriff, zog sein Handy hervor und trat ein paar Schritte zur Seite. Das Telefonat war kurz.

»Kommt jemand aus dem Department?«, fragte Fleischman.

Der Sheriff schüttelte den Kopf. »Das ganze Team ist auf einer der Inseln, dort läuft ein Serienkiller rum. Sie haben bestimmt schon davon gehört.«

Fleischman schüttelte den Kopf.

»Es gibt einen neuen Mord auf Hell's Kitchen Island. Vor morgen früh können die niemanden schicken.«

Noah Fleischman erhob sich und wischte sich den Mantel ab. »Dann werde ich es selbst tun. Ich brauche meinen Koffer vom Boot und zwei Leute, die mir assistieren.«

»Okay«, seufzte der Sheriff. »Wenn Sie glauben, dass das ausreicht. Sie sind der Boss.«

Parish Hall, Hell's Kitchen Island, Maine,
18. März 2007, 19.00 Uhr (Sonntag)

Ein Hubschrauber der Coast Guard hatte ein elfköpfiges CSI-Team auf die Insel gebracht und war in unmittelbarer Nähe des Fundortes der Leichen gelandet. Ein Pathologe aus Portland gehörte ebenfalls der Gruppe an. Cathy wartete vergeblich auf Collingdale.

»Er hat ein paar Tage Urlaub«, berichtete John Tremblay, ein Indianer vom Stamme der Micmacs, der Collingdale vertrat.

»Indianer sind sowieso die besseren Fährtenleser«, flüsterte Brian Cathy ins Ohr.

Tremblay verschaffte sich einen Überblick über die Fundorte der beiden Toten, die kaum hundert Schritte auseinanderlagen. Kathleen Bergman lag bäuchlings im hohen Gras. Verkrustetes Blut war an ihrem Hinterkopf zu erkennen. Bei Jonathan Bergman hatte sich der Mörder mehr Zeit genommen. Die Verletzungen des Mannes entsprachen dem Muster, das schon die anderen drei getöteten männlichen Opfer auf der Insel aufgewiesen hatten. Überdies waren seine Ohren abgeschnitten. Sie lagen unterhalb der Leiche, die an einem knapp vier Meter hohen Ast mit dem rechten Bein kopfüber aufgehängt worden war.

»Wie schwer schätzt du Bergman?«, fragte Cathy ihren Kollegen. Brian warf dem Leichnam einen abschätzigen Blick zu. »Ich denke, 120 Pfund, mehr nicht.«

»Also brauchte der Täter nicht besonders viel Kraft.«

»Vorsicht!«, mahnte Tremblay, »Sie verlassen den Pfad.«

Cathy zuckte zurück. Collingdales Stellvertreter hatte mit ausgelegtem Absperrband einen Weg zur Leiche gebahnt, um eventuelle Spuren, die der Täter hinterlassen haben könnte, vor Zerstörung zu sichern.

»Gewissenhaft, der Mann«, bemerkte Brian.

»Ich denke, Sie überlassen uns das Feld«, riet der Indianer. »Wer war bislang alles am Fundort?«

Brian wies auf Logan und die kleine Gruppe, die unterhalb des Anstiegs in der Nähe der Wagen standen. »Wir beide und die vier da unten«, antwortete er wahrheitsgemäß.

»Collingdale sagte etwas von Fußspuren«, erwiderte Tremblay. »Wir werden Fußabdrücke von Ihnen nehmen, bevor Sie den Ort hier verlassen.«

Cathy nickte anerkennend. Wenngleich Brian ein wenig zynisch auf Collingdales Vertreter reagierte, so schien er doch etwas von seiner Arbeit zu verstehen.

»Wie lange werden Sie hier brauchen?«, fragte sie.

»Ich denke, bis zum Anbruch der Dunkelheit.«

»Okay, wir warten auf Sie im Gemeindehaus.«

Cathy wies hinunter in das Dorf, wo das große Haus am Rande des Dorfes zu erkennen war.

»Es ist der große Bau mit dem hellroten Dach.«

»Gut, ich werde es finden. Sobald wir hier alles aufgenommen haben, komme ich vorbei. Und jetzt die Fußabdrücke, wenn ich bitten darf.«

Als Logan, Cathy und Brian den total am Boden zerstörten

Sam Haverman bei Doktor Cameron und Schwester Sophia Stone abgeliefert hatten und eine Stunde später zum Gemeindehaus zurückkehrten, hatte sich der Tod der Bergmans im Dorf bereits wie ein Lauffeuer verbreitet. Einige Bewohner des Ortes, darunter der Admiral und sein Gast, der Parapsychologe Streng, warteten vor der Gemeindehalle. Auch Linda Crawford und ihr Lover hatten sich eingefunden. Nur von Hurst gab es keine Spur.

»Wir brauchen die Navy auf der Insel«, wetterte der Admiral sofort los, nachdem Cathy aus dem Wagen gestiegen war. »Die Polizei ist unfähig, sie kann uns nicht beschützen.«

Zustimmendes Gemurmel breitete sich aus. Cathy trat einen Schritt vor. »Admiral, seit wann kämpft die Navy gegen Geister?«, fragte sie zynisch. »Was soll sie tun, den Geist von Belfour mit Torpedos beschießen?«

Linda Crawford drängte sich durch die Gruppe. Ihren Freund hielt sie am Arm fest, als ob sie fürchte, ihn zu verlieren. »Wir werden hier verschwinden«, sagte sie. »Wir bleiben keinen Tag länger auf dieser verfluchten Insel.«

Logan versuchte die Menschenmenge zu beruhigen, doch es gelang ihm nur leidlich. Immer wieder brandeten die wütenden Stimmen der Dorfbewohner auf.

»Wir tun, was in unserer Macht steht«, mischte sich Brian ein. »Aber wir können nicht zaubern.«

»Seit vier Tagen sind Sie auf der Insel und haben nichts erreicht«, rief Lydia Coller aus der Menge. »Im Gegenteil. Zuerst Gabriel und Ava, dann Tom und Willy und jetzt auch noch die Bergmans. Wie soll das weitergehen und wer von uns ist der Nächste?«

»Wir wollen hier weg«, rief Linda Crawford erneut.

»Keiner verlässt die Insel«, wehrte Cathy ab. »Solange die polizeilichen Ermittlungen andauern, bleibt jeder hier. Bleiben Sie zusammen, gehen Sie nicht alleine raus, und schließen Sie sich in Gruppen zusammen.«

»Kathleen und Jonathan waren auch zu zweit«, rief Chloe Peach. »Was hat es ihnen genutzt?«

Der Geisterjäger trat einen Schritt vor. »Ich habe EMF-Sensoren im Dorf installiert, es herrschen hier abnormale Vibrationen. Es sind tatsächlich ungewöhnliche Kräfte am Werk. Vor allem am Haus dieses Fischers, der umkam, habe ich hochfrequente Schwingungen registriert, die für einen solchen Ort außergewöhnlich sind. Und am Leuchtturm sind diese Schwingungen ebenfalls vorhanden. Ich möchte am Fundort der Leichen Messungen vornehmen, um diesem Phänomen auf den Grund zu gehen.«

»Mister Streng«, mahnte Cathy mit Vehemenz. »Wenn Sie auch nur einen Fuß in den Wald setzen, bevor wir unsere Untersuchungen abgeschlossen haben, dann nehme ich Sie wegen Behinderung der Justiz fest.«

»Aber …«

Den Rest des Satzes hörte Cathy nicht mehr, weil sie in das Gemeindehaus stürmte und die Tür hinter sich zuschlug. Sie ging die Treppen hoch und ließ sich entnervt auf ihren Schreibtischstuhl fallen. Brian und Logan folgten zehn Minuten später.

»Ich kann diese Leute verstehen«, sagte sie aufgelöst. »Wir sind seit vier Tagen hier, und das Morden geht weiter, als gäbe es uns überhaupt nicht.«

Brian setzte sich neben ihr auf den Schreibtisch. »Vier Tage, du sagst es selbst.«

»Aber heißt es nicht, dass mit jeder Stunde, die vergeht, die Spur erkaltet?«, nörgelte Cathy.

»Wenn du einen normalen Fall vor dir hast. Aber dies ist kein normaler Fall, hier treibt ein gnadenloser Killer sein Unwesen, der keine Angst davor hat, erwischt zu werden. Er hat einen Plan und folgt ihm, egal, wer sich ihm auch in den Weg stellt. Verstehst du? Der Kerl hat längst mit seinem Leben abgeschlossen. Er ist zu einem Raubtier geworden und lebt nur noch für seine Jagd.«

Cathy atmete tief durch. »Opfer Nummer fünf und sechs, ein älteres Ehepaar mitten aus dem Dorf. Wie passt das zusammen?«

»Es muss eine Gemeinsamkeit geben, irgendetwas, das alle miteinander verbindet«, antwortete Brian und wandte sich Logan zu. »Wir waren heute bei Travis, diesem sonderbaren Eremiten. Wissen Sie, wer das Holzkreuz auf der Landzunge aufgestellt hat?«

»Ich dachte, das Kreuz hat Travis damals aufgestellt, als er auf die Insel kam«, gab Logan verdutzt zur Antwort.

»Er sagt, es stand eines Tages dort, er weiß nicht, wer es dorthin gestellt hat.«

»Das ist sonderbar.«

»Es soll eine Chronik mit Schiffsunfällen in den Southern Shoals geben, was wissen Sie darüber?«, beteiligte sich Cathy wieder an der Unterhaltung. Sie hatte ihren Tiefpunkt überwunden.

»Die gibt es, unten im Archiv.«

»Wir brauchen sie, vielleicht bringt uns das weiter.«

Während Logan hinunter ins Archiv ging, tauchte John Tremblay mit einem Kollegen auf. »Was ist denn da draußen los?«, fragte er und wies aus dem Fenster, wo sich bereits die Dunkelheit über der Insel ausgebreitet hatte.

»Die Leute sind aufgebracht, sechs Leichen innerhalb von fünf Tagen, wer will es den Menschen verdenken«, versetzte Cathy.

Tremblay nickte. »Wir sind fertig, aber ich bleibe mit meinem Kollegen hier. Wir wollen uns morgen früh da draußen noch etwas umsehen. Ich hoffe, Sie können uns irgendwo unterbringen.«

»Haben Sie etwas gefunden?«, fragte Brian.

»Das will ich meinen«, verkündete Tremblay stolz. »Zwei Fußspuren und ein Taschenmesser.«

»Ein Taschenmesser?«, wiederholte Cathy.

»Keinen Stauerhaken?«, fügte Brian hinzu.

»Ein Taschenmesser, keinen Haken, kein Beil und keine Hacke. Und die Fußspuren stammen von Stiefeln und nicht von euch und euren Begleitern.«

»Welche Größe?«, hakte Cathy nach.

»Gemessene dreiunddreißig Zentimeter, das entspricht Größe zwölf.«

Cathy warf Brian einen enttäuschten Blick zu. »Zwölf, das passt nicht«, murmelte sie.

Tremblay überging ihren Einwand. »Das Seil, an dem der Leichnam aufgehängt wurde, ist etwas Besonderes. Es ist sehr festes Hanfseil und an dem Ende, das an den Baum gebunden war, befand sich ein aus Hanf geflochtener Bändsel.«

Brian runzelte die Stirn. »Was ist ein Bändsel?«

»Das ist eine Art gewebter Knoten, man kann damit Takelagen befestigen, ein Segel festmachen oder ein großes Tau. Andere verwenden es, um eine Glocke zu läuten«, erklärte Tremblay. »Jeder Seemann weiß, wovon ich spreche, wenn ich Bändsel sage.«

»Wissen Sie schon, wie die beiden gestorben sind?«, erkundigte sich Cathy leise.

»Der Pathologe meint, dass der Mann am hohen Blutverlust starb, die Frau wurde mit einem stumpfen Gegenstand niedergeschlagen. Ihr Genick war gebrochen. Während der oder die Täter sich für das männliche Opfer Zeit ließen, ging es bei der Frau sehr schnell.«

Die Tür wurde geöffnet, und Logan kam mit einem riesigen, verstaubten, alten Buchdeckel herein.

»Die Chronik der letzten einhundertfünfzig Jahre«, sagte er und warf sie auf den Tisch, dass der Staub im Licht tanzte.

South Philadelphia, Johnston Street, Philadelphia,
18. März 2007, 22.00 Uhr (Sonntag)

Es war genau zehn Uhr, als Clay Stearn sein Haus verließ, in den rostigen Pinto stieg, um dann über die Johnston Street und die Bigler Street auf die Interstate 76 über den Delaware in den Osten der Stadt zu fahren.

Vier Teams hielten sich zur Verfolgung bereit, Stearns Wagen war verwanzt und mit dem Einsatzleitfahrzeug, einem getarnten Van, verbunden, so dass er jederzeit über GPS lokalisiert werden konnte. Da Fleischman irgendwo in Maine war, hatte Donovan an seiner Stelle den Part des Einsatzleiters im Van übernommen. Das Team der Tactical Operation Division wusste ganz genau, was auf dem Spiel stand und wie gefährlich die Verbrecher waren, mit denen sie es zu tun hatten.

Stearn nutzte die Zeit und fuhr erst einmal scheinbar ziellos durch Camden, Pennsauken und Merchantville, bevor er sich in einem Schnellrestaurant in der West Broad Street einen Hamburger und eine Cola kaufte. Donovan seufzte, als der ganze Tross wieder einmal stoppen musste, um der Zielperson beim Abendessen zuzuschauen.

Er hoffte inständig, dass dies nun wirklich seine letzte Nacht in diesem schaukelnden und stickigen Ungetüm in Philadelphia war. Er wollte endlich wieder nach Hause, eine Nacht in seinem eigenen, weichen Bett verbringen und lange und ausgedehnt baden.

»Er wird angerufen!«, rief der Techniker Donovan zu und zeigte auf den freien Kopfhörer.

»Wo treibst du dich schon wieder herum!«, rief eine schrille Frauenstimme in den Apparat.

»Baby, ich habe noch was zu erledigen«, antwortete Stearn.

»Den ganzen Tag liegst du faul herum und säufst, und in der Nacht verfährst du den letzten Sprit. Ich muss morgen früh zum

Kinderarzt, das weißt du genau. Also beweg deinen Arsch hierher, bevor ich dich rausschmeiße.«

Donovan grinste breit.

»Baby. Ehrlich, ich habe was zu erledigen. Morgen hast du den Wagen. Vollgetankt, und ein paar Dollar für ein neues Kleid kriegst du noch dazu.«

»Du hast versprochen, keine krummen Dinger mehr zu machen. Verpiss dich, wenn du wieder …«

»Ich helfe nur einem Freund«, behauptete Stearn.

»Red keinen Scheiß, mitten in der Nacht!«

»Zeitungen, weißt du, die kommen nachts, ich helfe nur einem Kumpel, sein Wagen ist kaputt.«

»Wenn du lügst …«

»Ehrlich, Baby, Ehrenwort.«

»Ich hoffe, du machst keinen Scheiß, sonst brauchst du gar nicht mehr zurückzukommen. Ist das klar?«

»Ich liebe dich, Baby.«

»Ach, halt die Klappe«, rief die Frau, bevor sie das Gespräch beendete.

»Die hat es ihm ganz schön gegeben, was?«, bemerkte Donovan.

»Es geht los!«, verkündete der Techniker am Bildschirm. Donovan richtete sich auf. Er warf einen Blick auf die Uhr, die in der oberen Bildhälfte mitlief. Es waren noch zwanzig Minuten bis Mitternacht. Ein brauner Pontiac fuhr über den Zufahrtsweg auf den Parkplatz am alten Flughafen.

»Wenn das nur diesmal keine Schwulen sind«, sagte der Mann am Tonband.

»Das Kennzeichen, zoom an das Kennzeichen!«, ordnete Donovan an.

»PWZ 6112, Zulassung von Pennsylvania«, meldete der Mann am Bildschirm.

Der Techniker am Tonband gab das Kennzeichen in den

Computer ein. Kurz darauf erschien ein rotes Dreieck auf der Mattscheibe.

»Bingo, der Wagen wurde heute früh in Wilmington vom Parkplatz eines Autohändlers gestohlen.«

Donovan griff zum Funkgerät. »Rover an alle, es geht los. Wiederhole, es geht los.«

Gespannt betrachtete er die Bildschirme, die die drei Kamerapositionen auf dem Parkplatz übertrugen. Der braune Pontiac fuhr über den Zufahrtsweg auf das stillgelegte Rollfeld, dort wendete er, bevor er wieder in die Zufahrtsstraße einbog.

»Hier Rover, stillhalten, Mister X checkt nur die Lage.«

Während Donovan gebannt die Szenerie auf dem Bildschirm verfolgte, warf der Techniker einen Blick auf den anderen Monitor. Er zupfte Donovan am Ärmel.

»Stearn fährt los.«

Donovan nickte. »Rover an alle, Code Alpha, es geht los, alle bereithalten«, befahl er in das Funkgerät.

»Hoffentlich geht die Sache gut«, murmelte er.

»Sie kennen unsere Jungs nicht«, antwortete der Techniker.

22

Parish Hall, Hell's Kitchen Island, Maine,
18. März 2007, 23.00 Uhr (Sonntag)

Brian saß in der Ecke und blätterte in dem riesigen ledergebundenen Buch, in dem der jeweils amtierende Master of the Island seit dem frühen 19. Jahrhundert alle außergewöhnlichen Vorfälle eingetragen hatte. Das umfangreiche Register war nicht einfach zu lesen, denn die Einträge waren handschriftlich verfasst und manchmal nur schwer zu entziffern. Ab und zu notierte Brian auf einem Notizzettel ein Datum und den dazugehörigen Vorfall, doch nach siebzehn Seiten war er noch immer nicht im Jahr 1900 angekommen.

»Vor 116 Jahren wurde hier ein Seemann von einem Schafhirten erschlagen«, murmelte er. »Der Hirte wurde durch das zuständige Bezirksgericht des Cumberland County in Brunswick zum Tode durch den Strang verurteilt.«

Cathy saß hinter ihrem Schreibtisch und warf einen nachdenklichen Blick auf das Flipchart, das neben dem Fenster stand und auf dem die Liste mit den verdächtigen Personen aufgezeichnet war. Inzwischen waren sieben Personen durchgestrichen, weil ihre Schuhgröße nicht mit der aufgefundenen Schuhspur im Boot des ermordeten William Evans in Einklang zu bringen war.

»Was hat das mit unserem Fall zu tun?«, fragte Cathy leicht gereizt.

»Der Ermordete hieß William C. Hurst und stammte von der Insel.«

»Ich glaube nicht, dass die Sache etwas mit den Morden zu tun hat, vor hundertsechzehn Jahren war selbst der alte Admiral noch nicht geboren, und der Mörder wurde ja bestraft.«

»Ich meinte ja nur«, entschuldigte sich Brian, der eigentlich nur versucht hatte, Cathy aus ihren Grübeleien zu reißen.

»Es ist wie verhext«, seufzte sie. »Jetzt können wir wieder von vorne anfangen. Ich habe das Gefühl, wir drehen uns im Kreis. Ich dachte, mit der Schuhgröße hätten wir endlich eine handfeste Spur, auf der wir unsere Ermittlungen aufbauen können, aber jetzt, nachdem dieser Indianer die Spuren bei Bergmans Leiche gefunden hat, ist alles wieder offen. Sogar Logan könnte wieder der Täter sein. Wir kommen hier einfach nicht weiter.«

»Nein, ich glaube mittlerweile auch, dass wir Logan vertrauen können. Und für mich ist die Sache noch nicht so eindeutig. Es könnte sein, dass die Spuren zufällig …«

»Ach, das glaubst du doch selbst nicht. Wenn jemand aus dem Dorf zufällig auf die Leiche gestoßen wäre, dann hätte er das sicher gemeldet.«

»Und wenn sich Tremblay irrt?«

»Ich glaube nicht, dass sich Collingdale von einem Anfänger vertreten lässt, er weiß, was hier auf dieser Insel abgeht.«

Brian blätterte eine weitere Seite im Register um. »Sieh an, 3. Februar 1910, Southern Shoals. Kurs SSO, Viermastschoner SS Jupiter, gesunken. Siebzehn Tote, keine Überlebenden. Heimathafen Boston, Kapitän Dennis Leclerque. Sturm, 10–12 aus NNO. Fünfzehn Seemänner, der Kapitän und der Steuermann ertranken in den Southern Shoals.«

Cathy erhob sich, ging an das Flipchart und blätterte die Seite um.

»Ich werde Stoddart sagen, dass wir hier nicht weiterkommen. Die Leute haben Recht. Wenn ich hier leben würde, dann würde ich auch meine Koffer packen und so schnell es geht verschwinden. Dieser Verrückte macht nicht einmal vor Frauen Halt.«

Brian erhob sich, trat an ihre Seite und legte ihr den Arm um die Schultern. »Gibst du so schnell auf? Hast du auch damals so schnell aufgegeben, damals bei deinem Mann?«

Cathy riss ich los, drehte sich zu Brian um und funkelte ihn mit bösen Augen an. »Was hat das hiermit zu tun?«, sagte sie barsch.

»Ich will nur wissen, woran ich bin«, antwortete Brian gelassen. »Ich habe mich schließlich wegen dir beim Captain weit aus dem Fenster gelehnt. Und da wir uns erst kurz kennen, will ich eben wissen, was in dir steckt.«

»Und da bist du einfach neugierig und fragst mich nach meinem Privatleben? Das geht dich überhaupt nichts an.«

»Du bist Polizistin geworden, dein Vater ist ein hohes Tier bei diesem Verein, und die meiste Zeit hast du auf irgendeiner Akademie zugebracht, um Karriere zu machen. Du warst bei der Sitte, und jetzt bist du zum Morddezernat gewechselt, weil du da Lieutenant werden konntest. Du bist geschieden und redest nie über dein Privatleben. Ich möchte nur wissen, ob du immer wegläufst oder ausweichst, wenn es Probleme gibt. Und ich denke, man lebt sein Leben, und man tut, was in einem steckt, ob privat oder als Polizist. Also, bist du damals einfach abgehauen, weil dir dein Kerl bei deiner Karriere im Weg stand und Schwierigkeiten machte? Hast du ihn einfach zurückgelassen, oder bist du eine Kämpfernatur?«

Cathy schaute betreten zu Boden, ihr böser Blick wich einer tiefgründigen Melancholie.

»Willst du wirklich wissen, was ich bin?«, fragte sie eindringlich.

»Wer bist du, Cathy, und was steckt in dir?«, wiederholte Brian eindringlich.

»Ich habe ihn zum Teufel gejagt«, antwortete sie. »Er hat mich hintergangen und niemand hintergeht mich.«

»Was hat er getan, hat er dein gutes Geld ausgegeben, während du an der Akademie studiert hast, hat er es mit leichten Mädchen durchgebracht, während du die Nächte durch gebüffelt hast?«

»Er hat mich hintergangen.« Tränen sammelten sich in Cathys Augen, bis sie keinen Halt mehr fanden und über ihre Wangen liefen.

Brian ging einen Schritt auf sie zu und umarmte sie. Sie ließ es geschehen.

»Es muss weh getan haben, er muss dir sehr weh getan haben«, flüsterte er.

»Ich … ich kam nach Hause … einen Tag früher … da lag er … er mit … mit Amy … mit Amy im Bett … ich habe beide … ich habe … Amy war meine beste Freundin«, stammelte sie.

»Ich verstehe«, erwiderte Brian. »Du hast ihn mit deiner besten Freundin erwischt. War er ebenfalls Polizist?«

Cathy befreite sich aus seiner Umarmung und wischte sich die Tränen ab. »Er war Musiker, Jazzmusiker, Doug Browning, du hast vielleicht schon von ihm gehört?«

Brian schüttelte den Kopf.

»Jetzt habe ich nur noch diesen Job, diese Karriere, wie du es nennst, und meinen ersten Fall setze ich voll in den Sand. Weißt du, was von mir noch übrig ist, weißt du das?«

Brian nickte. »Ich weiß es, denn ich habe auch nicht viel mehr als meinen Beruf. Alles andere ist kaputt und längst vergessen. Und ich möchte wissen, für wen ich meinen Job riskiert habe. Ich habe nicht mehr und nicht weniger zu verlieren als du, denn ich liebe diesen Job und ich will ihn zu Ende bringen, auch wenn wir manchmal knöcheltief in der Scheiße stecken. Mir fehlen nur noch ein paar Prozente zur Pension. Deshalb möchte ich wissen, ob du bereit bist, dafür zu kämpfen. Wir kriegen das Schwein, wir sind schon ganz dicht dran.«

»Ich verstehe nicht, was du meinst?«, fragte Cathy.

»Er tötet nicht wahllos, er verfolgt einen Plan. Wir brauchen die Verbindung zu seinen Opfern, dann haben wir das Motiv, und nur über diesen Weg kriegen wir ihn.«

»Was macht dich so sicher?«

»All diejenigen, die er umbringen wollte, hat er grausam zu Tode gequält. Die anderen, so wie Ava Jefferson oder Kathleen Bergman, hatten einen schnellen Tod. Er hat sich nicht mit ihnen beschäftigt, er hatte es auf die Männer abgesehen. Und all diese Männer verbindet etwas. Diese Verbindung ist der Schlüssel. Ohren, Hände, Augen, Zunge, Nase, jedem hat er etwas genommen, Sinnesorgane, verstehst du. Das muss einen tieferen Grund haben.«

»Ich schaue noch einmal im Personenregister nach.«

»Und ich kümmere mich um die Chronik«, beschloss Brian. »Ich bin sicher, wir sind auf dem richtigen Weg, Partner.«

Ein Lächeln huschte über Cathys Gesicht. Sie hob die Hand in die Höhe und Brian klatschte ab. »Dann los, Partner«, sagte sie entschlossen.

Palmyra Airport, Palmyra, Philadelphia,
18. März 2007, 23.59 Uhr (Sonntag)

Eine einzelne, schummrige und trübe Laterne beleuchtete den Teil des Parkplatzes, auf dem sich der braune Pontiac positioniert hatte. Noch war nicht zu erkennen, wie viele Personen sich im Fahrzeug befanden. Doch Donovan war sich sicher, dass die beiden gesuchten Ausbrecher darin saßen, deren Spur sie vor zwei Tagen verloren hatten. War Lukovic noch am Leben, oder war er bereits tot? Doktor Caven hatte berichtet, dass Lukovic von der Kugel aus der Waffe von Deputy Merrywheather schwer verletzt worden war. Wo hatten die beiden sich in den letzten beiden Tagen versteckt? Den Wagen hatten sie in einem Vorort von Philadelphia von einem Parkplatz gestohlen, also mussten sie bereits in der Nähe gewesen sein.

»Rover drei in Position«, meldete das Einsatzteam, das sich an der Zufahrtsstraße in Stellung gebracht hatte.

»Die Zielperson biegt in den Zufahrtsweg ein«, meldete ein weiteres Team, das die Verfolgung von Stearn übernommen hatte.

»Dann kann der Zauber ja losgehen«, murmelte Donovan.

»Rover an alle, wir warten!«, gab Donovan Anweisung. »Wenn Stearn kommt, dann müssen sie aussteigen, das ist unsere Chance.«

Stearn lenkte seinen Pinto über die Zufahrtsstraße auf den Parkplatz. Dort stoppte er. Erst nachdem der Pontiac zweimal Lichthupe gegeben hatte, setzte er langsam seine Fahrt fort.

»Rover an alle, fertigmachen zum Zugriff!«, sagte Donovan in das Mikrophon.

Stearn parkte sein Auto direkt neben dem braunen Pontiac und stieg aus. Langsam ging er auf den braunen Wagen zu, wo nun ebenfalls die Fahrertür geöffnet wurde.

»Können wir näher heranzoomen?«, bat Donovan den Techniker am Monitor.

Mit einem Joystick brachte der Techniker die Kamera in Position. Das Licht war schummrig, dennoch reichte es aus, um das Gesicht Simmrocks zu erkennen.

»Da sind noch zwei weitere Personen im Pontiac«, meldete Rover eins. »Drei insgesamt.«

»Drei?«, wiederholte Donovan ungläubig.

»Eine Person auf dem Beifahrersitz, eine weitere im Fond«, bestätigte Rover eins.

»Verdammt!«, fluchte Donovan.

Der Techniker schaute ihn fragend an.

»Ist wirklich niemand anderes in der Nähe?«, fragte Donovan seine beiden Begleiter im Van, die zur Tactical Operation Division des U.S.-Marshall-Büros von Philadelphia gehörten.

»Weit und breit keine weiteren Personen oder Fahrzeuge«, bestätigte der Mann am Monitor.

»Es nützt nichts, wir bringen es hier zu Ende«, knurrte Donovan und griff zum Mikrophon. »Rover an alle, Einsatz, wir greifen zu!«

Aus dem Schatten der Bäume links der beiden geparkten Fahrzeuge lösten sich einige Schatten aus dem düsteren Gestrüpp.

»Rover eins an Rover«, quäkte es aus dem Lautsprecher. »Habe freies Schussfeld!«

»Warten!«, entschied Donovan.

Auch auf der gegenüberliegenden Seite schlichen sich unsichtbare Schatten aus dem nahen Wäldchen auf die beiden Wagen zu, und erst nachdem das zweite Team ebenfalls die Einnahme seiner Position gemeldet hatte, löste sich ein dunkler Van aus der Dunkelheit und hielt mit hoher Geschwindigkeit auf die beiden Wagen zu.

»Achtung, Achtung, hier spricht die Polizei, keine Bewegung, heben Sie die Hände und legen Sie sich auf den Boden!«, dröhnte es aus dem am Van angebrachten Lautsprecher.

Simmrock und Stearn, die neben der Tür des Pontiacs standen und sich unterhielten, duckten sich und suchten hinter ihren Wagen Deckung. Simmrock gab einen Schuss auf den heranbrausenden Van ab, doch er verfehlte den gepanzerten Wagen. Knapp zehn Meter vor den beiden Fahrzeugen bremste der Van ab und stellte sich quer. Auf der abgewandten Seite wurde die Schiebetür geöffnet, und vier Männer in dunklen Kampfanzügen und Schutzwesten, bewaffnet mit Automatikgewehren, gingen hinter dem Wagen in Stellung. Simmrock schoss erneut auf den Van.

»Rover an alle, Zugriff!«, brüllte Donovan in das Mikro.

Kurze Salven zerbrachen die Stille, Lichtblitze zuckten durch die Nacht. Auf dem Parkplatz brach das Inferno los. Auch aus dem Pontiac wurde gefeuert. Beinahe drei Minuten lang zog sich der Schusswechsel hin, bis sich Simmrock, der hinter der Fahrertür des braunen Wagens Schutz gesucht hatte, erhob, vorwärts taumelte und schließlich zu Boden stürzte. Aus dem Pontiac verstummten die Schüsse. Stearn, der sich hinter seinem Pinto flach auf den Boden gelegt hatte, sprang auf.

»Nicht schießen, bitte nicht schießen, ich bin unbewaffnet!«, schrie er in Richtung des Vans.

»Vorrücken und Rettungskräfte zuführen!«, wies Donovan den Techniker an, bevor er an die Fahrraumabtrennung klopfte. Der Fahrer des Einsatzfahrzeuges öffnete das kleine Fenster.

»Fahren Sie auf den Parkplatz!«, befahl Donovan, der auf dem Bildschirm verfolgte, wie sich die schwer bewaffneten Einsatzkräfte langsam auf den Pontiac zubewegten, während Stearn auf dem Boden kniete und die Hände in die Höhe streckte.

Als der Fahrer des Kleinlasters den Motor startete, nahm Donovan auf dem Sitz neben dem Einsatzleitpult Platz. Das Bild flimmerte kurz, als der Wagen anfuhr und kurzzeitig die Übertragungsfrequenz störte. Dennoch war zu erkennen, dass Team eins die Beifahrertür des Pontiac geöffnet hatte und eine Person aus dem Wagen zog.

Ein Rettungswagen, der sich im Hintergrund gehalten hatte, fuhr mit Sirene und flimmerndem Rotlicht an Donovans Laster vorbei und bog in die Zufahrtsstraße zum alten Flugplatz ein.

»Sicherheit«, meldete der Leiter des ersten Teams. »Zwei Personen verletzt, zwei weitere festgenommen, eine Person weiblich, leicht verletzt!«

»Wir kommen!«, antwortete Donovan. »Der Rettungswagen ist auf dem Weg. Gibt es eigene Verluste?«

»Negativ!«, dröhnte es aus dem Mikrophon.

Wenige Minuten später stoppte Donovans Wagen direkt hinter dem Rettungswagen. Die Scheinwerfer der vorgefahrenen

Einsatzfahrzeuge erhellten die Szenerie. Donovan stieg aus und ging hinüber zum Pontiac, wo ihn der Einsatzleiter bereits erwartete. Zwei Sanitäter waren damit beschäftigt, eine Person, die neben dem Pontiac lag, zu reanimieren, während ein Polizist eine Decke über den Mann auf der Fahrerseite deckte.

»Eigene Verletzte?«, versicherte sich Donovan noch einmal persönlich beim Leiter des Einsatzteams.

Der Captain zog seine Sturmhaube vom Kopf. »Keine«, vermeldete er und deutete auf den Mann, der von den Rettungssanitätern versorgt wurde. »Lukovic wird es wohl nicht schaffen, und Simmrock ist tot. Zwei Treffer in der Brust. Stearn hat sich die Hand verletzt, und die Frau ist im Rettungswagen. Sie hat eine Kugel in der Schulter, aber sie ist ansprechbar.«

»Wissen Sie, wer es ist?«

Der Captain zog einen Führerschein aus seiner Tasche hervor. »Ella Barton aus Trenton, ist dort Krankenschwester.«

»Eine Geisel?«, fragte Donovan.

»Nein, muss wohl die Freundin von Lukovic gewesen sein, sah aus, als wäre sie freiwillig im Wagen.«

Donovan griff nach dem Führerschein und nickte dem Captain zu. Er ging hinüber zum Rettungswagen, klopfte kurz und öffnete die Tür. Die blonde Frau, Donovan schätzte sie auf Mitte dreißig, lag auf der Liege, während ein Sanitäter damit beschäftigt war, ihre Wunde zu verbinden. Donovan nickte kurz und präsentierte ihr seinen Dienstausweis.

»Miss Barton«, sagte Donovan. »Sie sind vorläufig festgenommen.«

Die Frau blieb stumm und starrte an die Decke des Rettungswagens.

»Sie haben gesuchten Gewaltverbrechern Unterschlupf und Hilfe gewährt, Sie brauchen nichts zu sagen und können einen Rechtsanwalt hinzuziehen.«

»Er hat mich gezwungen«, stöhnte die Frau. »Er ist bei mir

aufgetaucht und war verletzt, sein Freund hatte eine Waffe. Sie haben mich dazu gezwungen.«

»Es war eine zweite Waffe im Spiel«, überlegte Donovan laut. »Können Sie sich erklären, woher die zweite Waffe stammt, mit der Lukovic auf meine Kollegen schoss?«

Die Frau blickte verlegen an die Decke des Rettungswagens. »Er hatte sie bei mir in der Wohnung versteckt, ich wusste es nicht, er hat es mir nicht gesagt. Ich schwöre es, ich hatte keine Ahnung.«

Die Tür des Rettungswagens wurde geöffnet und ein Sanitäter schaute herein. »Der Mann auf der Beifahrerseite ist verstorben«, berichtete er.

Donovan nickte und wandte sich wieder der Frau zu. »Wir reden später darüber«, sagte er zu ihr, bevor er den Rettungswagen verließ.

Anglewood, Hell's Kitchen Island, Maine,
19. März 2007, 01.00 Uhr (Montag)

Phillip Streng schlich durch die mondlose Nacht, doch er war nicht allein. Henry Phelps, Joseph Stone und Aiden Honeywell begleiteten ihn. Dichte Wolken zogen über den Himmel und verdeckten die Sterne. Über den Woodwine Trail hatten sie sich bei Anbruch der Dunkelheit aufgemacht, um an der Stelle, an der Jonathan Bergman ermordet worden war, Messungen vorzunehmen. Strengs Begleitern war nicht ganz wohl in ihrer Haut, doch Streng hatte erklärt, dass – sollte tatsächlich ein Geist hinter dem grausamen Tod des ehemaligen Fischers stecken – unverzüglich Überprüfungen vor Ort durchgeführt werden müssten, da sich die Aura des Geistes mit jeder Stunde, die verstrich, weiter verflüchtigen würde.

Der Admiral hatte die drei Männer aus dem Dorf dazu überredet, den Geisterjäger zu begleiten.

»Ist es noch weit?«, fragte Streng.

Phelps leuchtete mit der Taschenlampe in die Umgebung. »Es muss hier irgendwo sein«, gab er zur Antwort. Er wollte nicht zugeben, dass er sich verlaufen hatte. Sie hatten die Südspitze des Anglewood verfehlt und waren erst an der Weggabelung zum Barrish Dagger nach Norden eingeschwenkt.

»Wir sind ganz in der Nähe«, bemerkte Aiden Honeywell, als sie an den schmalen Bachlauf des Western Creeks kamen.

»Verdammt!«, fluchte Henry Phelps, »so dunkel wie heute Nacht war es schon lange nicht mehr. Bis wir den Baum finden, an dem der arme Jonathan aufgeknüpft wurde, wird es bestimmt wieder hell.«

Phillip Streng blieb stehen. »Sind Sie sicher, dass sich der Tatort hier in der Nähe befindet?«, fragte er in die Runde.

»Keine zweihundert Schritte von hier«, bestätigte Aiden Honeywell selbstsicher. »Logan hat Mia erzählt, dass es in der Nähe des Baches war.«

Streng nahm seinen Rucksack von der Schulter und zog seine Maglite aus der Hosentasche. »Dann muss es genügen«, brummte er. Er zog ein Teleskopstativ und eine aufwändig verpackte Kamera aus dem Rucksack.

»Wenn wir in der Nähe sind, dann müsste es reichen«, fügte er hinzu, als er das Stativ aufbaute.

»Leuchten Sie mir bitte!«

Phelps richtete seine Taschenlampe auf das Stativ, während Honeywell und Stone mit ihren Lampen die Umgebung ausleuchteten.

»Was ist das, was machen Sie da?«, fragte Phelps.

»Jeder Geist hinterlässt nach seinem Erscheinen eine Spur«, erklärte Streng. »Eine Art Aura, diese Kamera ist in der Lage, diese Aura aufzuspüren.«

»Sollten wir nicht noch auf die andere Seite des Baches? Dann wären wir näher am Waldrand«, wandte Stone ein.

»Gute Idee«, lenkte Streng ein. »Nehmen Sie meinen Rucksack, aber seien Sie bitte vorsichtig, darin befinden sich wertvolle Instrumente.«

»Was machen wir, wenn Belfour plötzlich auftaucht und uns an den Kragen will?«, gab Honeywell zu bedenken.

Streng fasste in seine Jackentasche und leuchtete den schwarzen Stein an, der in seiner Hand lag. »Das ist ein Tumalin«, sagte er, »das wird ihn vertreiben. Außerdem habe ich Weihwasser, ein Silberkreuz und eine gnostische Gemme aus Hämatit bei mir. Auf eine dieser Waffen wird er reagieren.«

»Ich dachte immer, dass Knoblauch hilft«, warf Stone ein.

»Vielleicht bei deiner Frau«, entgegnete Honeywell.

»Meine Herren, Geistwesen sind allgegenwärtig«, holte Phillip Streng zu einem Vortrag aus. »Auch wenn man uns Parapsychologen belächelt, so werden Sie alle feststellen, dass uns die Welt der Geister stetig umgibt. Es gibt Wesen, die auf christliche Symbole reagieren, aber es gibt auch vorchristliche Wesen, gegen die ein Kreuz keinen Schutz bietet. Aus diesem Grund muss man wissen, welche Art Geist man vor sich hat. Es gibt Tiergeister, Trolle, Poltergeister, Hexen oder auch Spukgeister. Man muss da genau unterscheiden. Aber wir wollen jetzt keine Zeit verlieren, es wäre zu mühselig, es Ihnen jetzt zu erklären.«

Er nahm das Stativ in die Hand und schritt voran. Das Bachbett war an der Stelle kaum breiter als einen Meter, dennoch brauchte er Phelps' Hilfe, um es zu überqueren. Unmittelbar am Waldrand blieb er stehen und platzierte das Stativ mit der Kamera so, dass das Objektiv den Waldrand erfasste.

»Was machen wir jetzt?«, fragte Stone und stellte den Rucksack vor Streng auf den Boden.

»Die Kamera läuft etwa eine halbe Stunde«, sagte Streng und fasste in seinen Rucksack. Er zog eine Schachtel hervor und öffnete sie. Darin befanden sich kleine Würfel aus Holz, knapp vier auf vier Zentimeter groß.

»Die verteilen wir hier entlang des Waldrandes in Richtung Norden«, sagte er zu den drei Männern.

»Was ist das für ein Spielzeug?«, fragte Honeywell.

»Wenn sich der Geist in diesem Wald aufhält, dann werden uns diese EMP-Tracker behilflich sein. Es befindet sich eine magnetische Nadel darin, die einen Kontakt schließt und eine Diode zum Leuchten bringt. Die Batterie reicht drei Tage, wenn der Kontakt ausgelöst wurde. Wir binden sie an die Bäume, Sie müssen sich nur ungefähr die Stelle merken, damit wir sie wiederfinden.«

»Bei dieser Dunkelheit ist es wohl schwer möglich«, monierte Phelps.

»Auch daran ist gedacht«, antwortete Streng. »Sie geben ein Signal von sich, wenn man einen lauten Pfiff ausstößt.«

Streng verteilte die Würfel an seine Begleiter, dann kniete er sich nieder und zog eine graue Dose aus Metall hervor.

»Und was ist das für ein Gerät?«, fragte Phelps.

»Das ist eine Ghost Box«, erläuterte Streng. »Es befindet sich ein Voice Recorder darin, der alle Geräusche aufzeichnet, die eine bestimmte Lautstärke oder Frequenz überschreiten. Ich werde sie dort drüben im Wald platzieren, während Sie die EMP-Tracker verteilen. Aber großzügig bitte und in diese Richtung, es darf während der Aufnahme niemand der Kamera zu nahe kommen.«

Phelps warf Honeywell einen fragenden Blick zu. Ihm war die ganze Sache nicht geheuer.

»Beeilen Sie sich, meine Herren. Wir treffen uns wieder hier an der Kamera.«

Die drei Männer stapften los. Ihre Skepsis war Streng nicht verborgen geblieben, doch er war daran gewöhnt. Es gehörte schon eine gehörige Portion Mut dazu, an Geister zu glauben, doch noch viel mehr Mut brauchte man, wenn man sich offen dazu bekannte, denn die wenigsten Menschen konnten das verstehen.

Während die drei Inselbewohner in nördlicher Richtung verschwanden, machte Phillip Streng die Ghost Box klar, um sie ein paar Meter weit im Wald aufzustellen. Auch sie war mit einem Signalgeber ausgestattet, so dass er sie leicht wiederfinden konnte. Im Lichtstrahl seiner handlichen Maglite drang er ein paar Meter tief in den Wald ein, bis er an ein Gebüsch kam, das ihm den weiteren Weg versperrte. Am herunterhängenden Ast einer blattlosen Birke band er die Ghost Box fest und aktivierte den Schalter. Als er sich wieder umwandte, knackte es zu seiner Linken.

»Ist da wer?«, fragte er und leuchtete auf die Stelle, aus der das Knacken gekommen war. Die Taschenlampe erfasste einen Schatten, kurz nur, für nicht mehr als einen Augenblick. Plötzlich sprang der Schatten auf ihn zu. Streng strauchelte und stürzte nach hinten, bevor ihn ein harter Schlag im Gesicht traf. Ein Schrei kam über seine Lippen, bevor er die Besinnung verlor.

Er blinzelte, als er wieder wach wurde und in das grelle Licht einer Taschenlampe blickte.

»Was ist passiert?«, fragte Stone, der den Kopf über ihn beugte und ihn mit seiner Lampe untersuchte.

»Da war jemand, dort im Gebüsch!«, sagte er und richtete sich blitzartig auf. Die Taschenlampen seiner Begleiter fuhren herum und schossen ihren hellen Strahl in die Richtung, in die Streng zeigte.

»Da ist nichts«, flüsterte Honeywell ängstlich.

Stone leuchtete auf den Waldboden, wo sich eine Wurzel den Weg durch das Gestrüpp bahnte.

»Wahrscheinlich sind Sie darüber gestolpert und mit dem Kopf gegen den Baum geschlagen«, murmelte er. »Ich denke, Sophia sollte sich das einmal ansehen.«

Strengs Kopf brummte. »Nein, ich bin mir sicher, da war jemand.«

»Ein Geist?«, fragte Honeywell.

Streng fuhr sich über die Beule am Hinterkopf. »Nein, nein.«

»Ich denke, wir sollten hier verschwinden«, mahnte Phelps.

Honeywell und Stone stimmten zu. »Ja, das reicht für heute.«

Sie halfen Phillip Streng auf die Beine und stützten ihn, bis sie den Wald hinter sich gelassen hatten. Nachdem sie die Kamera wieder abgebaut und eingepackt hatten, traten sie den Weg ins Dorf an. Nur einmal noch versuchte Streng zu erklären, dass er von einem Schatten umgestoßen worden war, doch seine Begleiter wiegelten ab.

»Wenn es Belfour gewesen wäre, dann würde ein Stauerhaken in Ihrem Kopf stecken«, versicherte Phelps. »Sie sind über die Wurzel gestolpert. Die Nacht ist verdammt dunkel.«

Den Rest des Weges schwiegen sie. Phillip Streng wusste, dass ihm die Männer nicht glaubten.

23

Anglewood, Hell's Kitchen Island, Maine,
19. März 2007, 07.00 Uhr (Montag)

John Tremblay hatte Logan gebeten, ihn und seinen Kollegen in aller Frühe zum Fundort der Leichen an den Anglewood zu fahren, da sie dort noch einige Untersuchungen vornehmen mussten. Am gestrigen Tag war es sehr schnell dunkel geworden, und Strom war auf dieser Insel Mangelware und nicht überall vorhanden. Vor allem nicht am knapp drei Kilometer entfernten Woodwine Trail, an den der Wald von Anglewood grenzte. Die Spuren rund um den Fundort hatten sie abgedeckt, damit sie nicht vernichtet werden konnten.

»Sie können uns in vier Stunden wieder abholen, ich denke, bis dahin sind wir so weit«, sagte Tremblay, nachdem er seine beiden Spurensicherungskoffer aus Logans Wagen geholt hatte. Den Rest des Weges über die feuchte Wiese musste das Spurensicherungsteam zu Fuß zurücklegen. Tremblay war sehr vorsichtig und wählte einen weiten Bogen, bis er an den Baum gelangte, an dem sie die verstümmelte Leiche von Jonathan Bergman geborgen hatten, bevor sie dann zusammen mit seiner getöteten Frau in das Gerichtsmedizinische Institut nach Portland überführt wurde. Sie entfernten vorsichtig die Abdeckungen. Alles hier schien noch im gleichen Zustand zu sein, wie sie es gestern verlassen hatten. Es war ein Glück, dass es in der Nacht nicht wieder geregnet hatte, und auch heute schien es ein trockener und warmer Frühlingstag werden zu wollen. John Tremblay suchte den engeren Tatort nach weiteren Spuren im feuchten Boden ab, während sein Kollege im nahen Wald verschwand.

Die beiden gesicherten Fußspuren, von denen Tremblay Gipsabdrücke angefertigt hatte, waren direkt unterhalb der Leiche entdeckt worden. Im Bereich der Schnur, mit der Bergman am Baum aufgehängt worden war und die um den Stamm herum führte, war das Erdreich aufgewühlt. Komplette Abdrücke hatten sie dort keine entdeckt, jedoch einzelne Fragmente, die auf einen Fußabdruck hindeuteten. Hier war zweifellos ein Mann mehrfach um den Baumstamm herumgegangen. Ein Mann, der schwere Arbeit zu verrichten hatte, so tief wie die Schuhe sich hier offenbar eingegraben hatten!

Bevor Tremblay die hinterlassenen Strukturen näher hatte untersuchen können, war es jedoch dunkel geworden. Deshalb hatte er den gesamten Erdaufwurf mit einer Folie gesichert. Vorsichtig deckte er jetzt die Spuren auf, kniete sich hin und untersuchte den Erdaufwurf. Schwach waren Profilstrukturen in der Erde zu erkennen. Tremblay nahm ein Vergrößerungsglas zur Hand. Das Profil unterschied sich von dem der gesicherten Gipsabdrücke. Während sich im Gips ein klassisches Rillenprofil abzeichnete, schienen hier im Erdreich einzelne Dreiecke nebeneinander zu liegen. Tremblay erhob sich und holte den Fotoapparat aus einem der Koffer. Nachdem er drei Nahaufnahmen gefertigt hatte, rührte er ein klein wenig Gips in der Schale an, platzierte vorsichtig den Metallring um die Spur und goss vorsichtig den flüssigen Gips hinein. Er war gerade damit fertig, als sein Kollege am Waldrand erschien und ihm zurief: »John, komm mal rüber, das musst du dir selbst anschauen!«

»Was ist los?«, fragte er zurück.

»Dahinten sind noch ein paar Spuren, aber das andere musst du dir selbst anschauen, da werd' ich nicht schlau draus.«

Der Kollege führte Temblay an eine Stelle im Wald, wo zwei dicke Baumstämme wie ein Tor nebeneinander standen. Dort war das Erdreich weich, wahrscheinlich gab es hier irgendwo eine Quelle, die Wasser an die Oberfläche beförderte, das direkt unterhalb der dicken Birkenstämme wieder im Boden versickerte. Genau dort befanden sich weitere vier Stiefelabdrücke, die ihr Rillenprofil im feuchten Boden hinterlassen hatten und weiter in den Wald hinein führten.

»Die sehen genauso aus wie die beiden Abdrücke, die wir gestern gesichert haben«, murmelte John Tremblay.

»Ich habe noch ein paar gefunden, die führen die kleine Anhöhe hinauf, und dort oben ist eine Hütte.«

»Eine Hütte?«

»Ja, sie ist leer, aber die Tür ist aufgebrochen. Da war jemand drinnen. Und auf dem Weg zurück habe ich noch etwas entdeckt.«

»Was?«

Tremblay folgte dem Kollegen über die Anhöhe zum westlichen Waldrand. In Höhe eines Gebüsches hielten sie an und sahen eine kleine graue Dose, die an einem Ast hing und an deren Außenseiten sich ein paar Schalter sowie Rillen wie bei einem Lautsprecher befanden.

»Was ist das für ein Ding?«, fragte Tremblay. Sein Kollege zuckte mit den Schultern.

Vorsichtig griff Tremblay nach der Dose, die in Art und Umfang einer Coladose entsprach. »Mal sehen, was passiert«, sagte er und nahm sie vom Ast. Nachdem er sie eine Weile untersucht hatte, drückte er auf einen Schalter mit einem Play-Symbol wie bei einem Kassettenrecorder.

Ein kurzes elektrisches Summen war zu hören, dann drangen Geräusche aus dem Lautsprecher. Zuerst hörte man Schritte, dann stöhnte ein Mann auf, und Äste knisterten, als ob jemand mitten durchs Dickicht brach.

»Das ist ein Aufnahmegerät«, sagte Tremblay.

»Und das da vorne?«

Tremblays Kollege wies auf einen kleinen Würfel, der zwei Bäume weiter an einen tief hängenden Ast gebunden war.

»Das nehmen wir ebenfalls mit«, sagte er entschlossen. »Außerdem rufen wir unser Team noch mal herüber. Die Hütte muss untersucht werden. Ich habe rund um den Fundort ein paar neue Spuren entdeckt. Es sieht aus, als ob es zwei Täter waren.«

Parish Hall, Hell's Kitchen Island, Maine,
19. März 2007, 10.00 Uhr (Montag)

Cathy war müde, beinahe die ganze Nacht hatte sie durchgemacht und nur drei Stunden geschlafen. Da mittlerweile das Hell's End vor Übernachtungsgästen nur so wimmelte, weil die Bewohner des Dorfes es vorgezogen hatten, die kleine Pension aufzusuchen, statt allein in ihren Häusern zu bleiben, hatten sie und Brian ihre Zimmer Tremblay und seinen Leuten überlassen müssen. Brian hatte sich ins Archiv zurückgezogen und studierte die Inselchronik, während Cathy an ihrem Bericht arbeitete, den Captain Stoddart eigentlich schon gestern auf seinem Schreibtisch haben wollte. Der gestrige Sonntag hatte viel verändert. Es gab zwei weitere Leichen, und Tremblays Fund der Fußspuren hatte Cathys Ermittlungen weit zurückgeworfen. Auch wenn Brian ihr am gestrigen Abend in ihrer Verzweiflung sehr geholfen hatte und sie sich schließlich in die Hand versprochen hatten, den Mut nicht zu verlieren und nicht aufzugeben, so fühlte sie dennoch tief in sich eine Leere und Machtlosigkeit wie am ersten Tag, als sie auf die Insel gekommen war. Sie stand mit vollkommen leeren Händen da, und das Morden auf Hell's Kitchen Island nahm kein Ende. Sechs Leichen pflasterten die Wege auf der Insel im Golf von Maine, und dabei hatte zunächst alles so einfach ausgesehen. Der Mörder musste von der

Insel stammen, er kannte sich gut aus, schlug erbarmungslos aus dem Hinterhalt zu und kannte die Gewohnheiten seiner Opfer, als habe er sie zuvor lange studiert. Er wusste sogar, wie er durch Lawrences Computer den arglosen William Evans in den Tod locken konnte. Außerdem hätte zum Zeitpunkt des ersten Mordes niemand vom Festland hierher übersetzen können. Zweiundfünfzig Einwohner gab es hier, zweiundfünfzig potentielle Verdächtige, sechs davon waren bereits tot. Ein überschaubarer Kreis von möglichen Tätern, sollte man meinen. Dennoch waren Cathy und Brian in ihren Ermittlungen nicht weitergekommen. Schuhgröße neun oder zwölf oder gar zwei Täter?

Cathy wurde jäh aus ihren Gedanken gerissen, als ihr Telefon klingelte. Sie nahm ab und meldete sich. Ein Mitarbeiter der forensischen Abteilung der Yarmouth Police war am Apparat.

»Eigentlich wollte ich mit Detective Sergeant Tremblay sprechen, aber ich kann ihn nicht erreichen«, entschuldigte sich der Anrufer. »Er wollte sofort informiert werden, wenn es Neuigkeiten gibt.«

»Gibt es denn welche?«, fragte Cathy.

»Das Messer, das er uns zur Untersuchung zugeschickt hat, es gab einen ausgezeichnet erhaltenen Fingerabdruck. Der rechte Zeigefinger. Und wir haben auch schon einen Treffer in der Datei.«

»Einen Treffer?«, wiederholte Cathy aufmerksam.

»Der Fingerabdruck gehört einem Frank Duval, geboren am 12. Mai 1970 in Boston, derzeit flüchtig nach einem Ausbruch aus Cedar Junction am 12. März. Er saß wegen Totschlag ein und hat noch eine Reststrafe von mehreren Jahren zu verbüßen. Die US-Marshalls aus Boston fahnden nach ihm.«

Cathy schluckte. Frank Duval, ein gesuchter Ausbrecher und Gewaltverbrecher, sollte er der gesuchte Mörder sein?

»Schicken Sie mir alles zu, was Sie über den Mann haben«, sagte sie und nannte dem Mann am anderen Ende des Telefons ihre E-Mail-Adresse. Kurz nachdem sie aufgelegt hatte, traf die Mail auf ihrem Laptop ein. Eilends suchte sie nach einer Möglichkeit, das mehrseitige Dokument auszudrucken. Auf dem Gang lief sie Logan in die Arme, der gerade aus seinem Büro kam.

»Guten Tag, Sie sehen müde aus«, sagte er und lächelte.

»Hallo Mister Logan, ich brauche Ihre Hilfe«, antwortete Cathy. »Ich muss ein Dokument ausdrucken und habe an meinem Laptop keinen Drucker. Wäre es möglich …«

»Sicher, ich habe meinen Computer gerade am Laufen«, entgegnete Logan. »Haben Sie einen Stick?«

Cathy lächelte und präsentierte den kleinen silbernen USB-Stick in ihrer Hand. Logan schaute auf die Uhr. »Eine halbe Stunde habe ich noch, bevor ich Ihre Kollegen wieder am Anglewood abholen muss.«

Er bat sie in ihr Büro und steckte den Stick in den USB-Anschluss. Cathy betrachtete den Bildschirm, auf dem Kleidung und Schuhe speziell für Fischer abgebildet war.

»Gehen Sie ebenfalls fischen?«, fragte Cathy.

»Bei allem, was hier in letzter Zeit los ist, muss ich mich ab und zu auch um meine Geschäfte kümmern«, erwiderte Logan. »Schließlich betreibe ich zusammen mit meiner Frau den einzigen Laden im Umkreis von einhundert Seemeilen. Und bei mir können Sie alles kaufen. Vom Bootsanker über einen Regenmantel bis zu Stiefeln. Glauben Sie mir, der Andrang ist groß, und es ist ein schönes Zubrot zu meiner schmalen Aufwandsentschädigung als Inselbürgermeister.«

Cathy lachte. »Sie verkaufen auch Schuhe?«

»Sicher, woher sollen die Leute sonst ihre Sachen beziehen? Nicht jeder hat Zeit, aufs Festland zu fahren. Ich glaube, Sie finden keinen auf der Insel, der nicht bei mir kauft. Sogar die Mönche kommen ab und zu und geben mir eine Bestellung mit. Und die Gemeinde verzeiht mir sicher, dass ich die Bestellungen über den gemeindeeigenen Computer hier abwickle. Ich habe im Laden leider keinen Zugriff zum Netz.«

Cathy schüttelte den Kopf. »Da hetzen wir über die ganze Insel, und die Lösung unserer Frage sitzt direkt neben uns im Büro. Na ja, scheint jetzt auch gar nicht mehr so wichtig«, seufzte Cathy.

»Ich verstehe nicht?«

»Gestern haben wir noch alle männlichen Einwohner wegen ihrer Schuhgröße überprüft, aber jetzt hat sich offenbar alles geändert.«

Logans Miene erhellte sich. »Haben Sie mich deshalb damals nach meiner Schuhgröße gefragt?«

»Wir hatten eine Schuhspur gesichert, Größe neun, aber offenbar haben wir uns zu früh gefreut. Collingdales Vertreter hat bei Bergmans Leiche einen Abdruck der Größe zwölf gefunden.«

»Dann stehe ich also doch wieder unter Verdacht?«, unkte Logan.

Cathy schüttelte den Kopf.

Logan zog die Stirne kraus. »Größe neun ist für einen Mann ein auffällig kleiner Fuß. Ich glaube, nur Nyman und Randy Saltner haben neun. Das sind ja beinahe Kinderfüße.«

Während ihrer Unterhaltung hatte Logan den Inhalt des Sticks aufgerufen und das Dokument an den Drucker auf dem Gang weitergeleitet. Ein Glockenton zeigte an, dass das Schriftstück inzwischen ausgedruckt war.

»Deswegen dachte ich auch, dass wir endlich einen guten Ansatzpunkt hätten, doch jetzt sieht alles wieder anders aus. Wir haben jetzt einen Verdächtigen, der seinen Fingerabdruck auf einem Messer hinterlassen hat, das unter dem Baum lag, an dem er Bergman aufknüpfte.«

»Ist es unverfroren, wenn ich frage, wer es ist, oder ist es ein Dienstgeheimnis?«

Cathy überlegte kurz. »Früher oder später müssten wir sowieso darüber sprechen. Also, was soll's. Sagt Ihnen der Name Frank Duval etwas?«

»Duval?« Logan überlegte. »Duval, noch nie gehört.«

»Ist ein Ausbrecher aus einem Gefängnis auf dem Festland. Ein Gewaltverbrecher.«

»Und der sucht unsere Insel heim?«

»Sieht so aus.«

»Ein Verbrecher, was will der hier?«

»Der Mann ist am 12. März aus Cedar Junction geflohen.«

Logan kratzte sich am Kinn. »Am 12. März, vor sieben Tagen, dann kann er aber mit Gabriel und Avas Tod nichts zu tun haben.«

»Wieso nicht?«

»Der Sturm, Sie erinnern sich.«

»Und wenn er es trotzdem riskiert hat?«

»Vollkommen unmöglich, bei Windstärke elf bis zwölf fährt keiner hinaus, und vor allem kommt auch niemand dort an, wo er hin will.«

Cathy wandte sich um. »Irgendwie hat er es wohl doch geschafft«, sagte sie, als sie wieder hinaus in den Flur ging, um mit dem Dokument aus dem Drucker Brian aufzusuchen.

Portland Police Department, 109 Middle Street, Portland, Maine, 19. März 2007, 13.15 Uhr (Montag)

»Nehmen Sie Platz, meine Herren«, sagte Captain Stoddart zu seinen beiden Besuchern und schloss die Tür zu seinem Büro.

Noah Fleischman schob sich den Stuhl vor dem Schreibtisch zurecht und wartete, bis der Captain Platz genommen hatte.

»Das ist mein Kollege Rodger Donovan«, stellte er seinen Begleiter vor und nahm ein Dokument aus seiner Aktentasche, das er dem Captain reichte. Es war ein Haftbefehl des Bundesgerichts, ausgestellt auf Frank Duval.

»Sie bearbeiten eine Mordserie, draußen auf einer der Inseln im Golf«, erklärte Fleischman. »Offenbar wurden an einem Tatwerkzeug die Fingerspuren unseres Gesuchten festgestellt. Wir sind hier, um die Fahndung nach dem flüchtigen Ausbrecher zu übernehmen.«

Stoddart runzelte die Stirn und überflog den Haftbefehl. »Es ist richtig, wir haben eine Mordserie auf Hell's Kitchen Island. Inzwischen wurden dort sechs Menschen auf grausame Art gefoltert und ermordet. Detective Lieutenant Ronsted bearbeitet den Fall.«

»Gibt es bislang Hinweise darauf, warum die Menschen umgebracht wurden?«, fragte Donovan.

Stoddart schüttelte den Kopf. »Leider haben wir bislang noch keine konkreten Hinweise«, antwortete er und ärgerte sich darüber, dass sich Cathy Ronsted bislang noch nicht gemeldet hatte, obwohl er sie aufgefordert hatte, bis zum gestrigen Sonntag einen Bericht vorzulegen. »Frank Duval ist am 12. März auf einem Transport zusammen mit drei weiteren Inhaftierten geflohen. Zwei Flüchtige konnten wir in Philadelphia stellen, und der dritte, ein gewisser Wesley Tyler, wurde inzwischen auf einer Insel im Golf von Maine tot aufgefunden. Er war zusammen mit Duval unterwegs und ist offensichtlich an den Folgen der Verletzungen gestorben, die er bei dem Unfall des verunglückten Gefängnisbusses erlitten hat. Nun ist Duval alleine auf der Flucht. Es könnte sein, dass die Morde im Zusammenhang mit einem Überfall stehen, den dieser Tyler vor zwanzig Jahren in der Nähe von Duxbury verübt hat. Damals verschwand ein Geldtransporter mit Goldbarren im Wert von dreißig Millionen Dollar. Zwar konnten einige der Täter, unter anderem auch Tyler, der wohl der Kopf der Bande war, geschnappt werden, aber die Beute ist bis zum heutigen Tag verschwunden und wir glauben, dass Tyler wusste, wo sich das Gold befindet.«

»Sie meinen, Duval ist auf Hell's Kitchen, um nach der Beute zu suchen?«

»Duval und Tyler teilten sich in Cedar Junction eine Zelle, sie waren wie Vater und Sohn oder wie der große und der kleine Bruder«, erklärte Fleischman. »Duval war zwar bei dem Überfall damals nicht dabei, aber Tyler hat ihn möglicherweise in alles eingeweiht. Und jetzt ist Duval auf der Suche nach dem Gold.«

Stoddart rümpfte die Nase. »Wie um Gottes willen kann man einen ganzen Transporter voller Gold im Wert von dreißig Millionen verschwinden lassen?«

»Das haben wir uns auch überlegt«, fuhr Donovan fort, »und wir sind der Meinung, dass ein Boot dazu benutzt wurde. Eine Fähre oder ein Transportschiff.«

Stoddart erhob sich und trat vor die Karte an der Wand, die seinen Zuständigkeitsbereich und weite Teile des Golfs von Maine zeigte. Er kratzte sich am Kinn. »Sie sagten, dass es Festnahmen gab. Hat denn keiner der Bandenmitglieder gesungen, um sich ein paar Jährchen Knast zu ersparen?«

Fleischman lächelte. »Das Ganze war gut organisiert und eingefädelt. Jeder aus der Bande wusste nur so viel, wie er wissen musste, um seinen Job zu machen. Es muss Hintermänner gegeben haben, die diesen Coup eingefädelt haben, die damaligen Ermittler glauben sogar, dass Kreise der Mafia von Chicago an dem Überfall beteiligt waren. Aber beweisen konnten sie das nie. Wir gehen davon aus, dass es Mittäter auf der Insel gibt und das Gold möglicherweise sogar noch immer dort ist.«

»Mein Gott, und wir dachten, da läuft ein Wahnsinniger herum«, seufzte Stoddart.

»Es gab mal eine Firma auf Hell's Kitchen Island, die Transportschiffe hatte, mit denen man durchaus einen Goldtransporter hätte verschwinden lassen können«, erklärte Donovan.

»Ja, stimmt, die Atlantic Seafood, aber die Firma ist schon mehrere Jahre bankrott.«

»Gut, lange Rede kurzer Sinn«, sagte Fleischman. »Wir wollen Frank Duval und die Beute aus dem Überfall, der Rest ist Ihre Sache.«

»Wir sind derzeit knapp an Personal«, antwortete Stoddart. »Ich habe nur zwei Beamte auf der Insel. Sie werden vom zuständigen Police Department des Yarmouth County unterstützt. Wäre es nach allem, was Sie in Erfahrung gebracht haben, nicht sinnvoller, wenn die Ermittlungen in diesem Fall in einer Hand liegen?«

Fleischman schüttelte den Kopf und zeigte auf den Haftbefehl, der auf Stoddarts Schreibtisch lag. »Es wird in dieser Sache sehr viele Überschneidungen geben, unser Job ist es, Duval und die Beute zu finden. Die Morde muss Ihr Department aufklären, und wenn es Duval war, dann denke ich, wird die Zusammenarbeit nur umso intensiver. Aber bislang erstreckt sich unsere Tätigkeit einzig und alleine darauf, Frank Duval aufzuspüren und dem Bundesgericht zu überstellen sowie, wenn es überhaupt eine Möglichkeit gibt, nach dem Verbleib der dreißig Millionen zu forschen. Für den Rest sind Sie zuständig.«

»Gut, ich werde Detective Lieutenant Ronsted über den Stand der Dinge informieren«, entgegnete Stoddart und ließ sich auf seinen Schreibtischstuhl fallen.

Parish Hall, Hell's Kitchen Island, Maine,
19. März 2007, 13.20 Uhr (Montag)

Cathy hörte die schweren Schritte draußen auf dem Gang und seufzte, als sie die Enter-Taste an ihrem Laptop drückte. Der Bericht an Captain Stoddart war gesendet. Doch viel war daraus nicht zu entnehmen, denn die neue Wendung im Fall warf mehr

Fragen auf, als dass sie Antworten enthielt. Sie hatte Brian über den Anruf der Spurensicherungsabteilung informiert. Er hatte ihr schweigend zugehört. Sie hatte auch erzählt, dass Logan der Meinung war, dass Duval zumindest nicht für den ersten Mord an Gabriel Jefferson in Frage kommen konnte. Brian hatte ihre Worte auf sich wirken lassen und eine ganze Weile überlegt. Schließlich hatte er sich wieder der Chronik zugewandt.

»Es ist ein neuer Spieler auf dem Platz, aber deswegen sollten wir unsere Taktik nicht ändern«, waren seine Worte gewesen, was immer er damit auch ausdrücken wollte. Zumindest hatte er ihr geraten, bei der Polizei in Yarmouth um Verstärkung zum Schutz der Inselbewohner zu ersuchen und die Insulaner, die sich, abgesehen von den Schafhirten, inzwischen allesamt im Ort aufhielten, entsprechend zu warnen. Der Anruf in Yarmouth war ernüchternd. Vier Beamte sollten auf der Insel Dienst verrichten, mehr konnte das Police Department nicht entbehren. Logan hatte die Warnung der Inselbewohner übernommen, wenngleich der Umstand, dass sich ein Ausbrecher aus Cedar Junction auf der Insel aufhielt, nur für noch mehr Unruhe sorgen würde. Zuletzt hatte sie alle bislang erlangten Kenntnisse in ihrem Bericht zusammengefasst und an Stoddart gesandt, damit der endlich zufrieden war.

Es klopfte an der Tür.

»Ja«, rief Cathy laut und schaute auf die Uhr. Sie war müde und abgespannt. John Tremblay trat ein.

»Hallo Tremblay, schon fertig am Fundort der Bergmans?«, begrüßte ihn Cathy. »Sie haben wohl schon gehört, dass die Fingerabdrücke zu einem flüchtigen Verbrecher namens Frank Duval gehören?«

»Habe ich, und ich bin noch nicht fertig«, entgegnete der Micmac-Indianer. »Ich habe ein paar Leute angefordert, wir müssen eine Jagdhütte durchsuchen.«

»Jagdhütte, ich verstehe nicht?«

»Wir haben weitere Spuren im Wald gefunden, sie führen zu einer Hütte am nördlichen Waldrand«, erklärte Tremblay. »Darf ich mal Ihren Laptop benutzen? Ich hatte mit meinem draußen kein Netz.«

Cathy drehte ihren Computer zu Tremblay um und erhob sich.

»Einen Kaffee?«

»Gerne.«

Während Cathy einen frischen Kaffee aufsetzte, loggte sich Tremblay in die Datenbank des Yarmouth Police Departments ein. Beinahe zehn Minuten verstrichen, in denen der Spurensicherungsexperte wortlos durch die Datenbank surfte. Ungeduldig wartete Cathy am Fenster stehend und ihren Kaffee schlürfend, bis der am Computer in seine Arbeit vertiefte Mann wieder aufschaute und den Bildschirm in ihre Richtung drehte.

»Dachte ich mir doch«, stellte er fest und zeigte auf das Bild einer Schuhsohle.

Cathy beugte sich zum Bildschirm und wartete gespannt auf Tremblays Erklärung.

»Das sind Swat-Stiefel«, sagte er. »Unsere Army trägt sie.«

Cathy kam einen Schritt näher. »Das heißt?«

»Wir haben am Fundort von Bergmans Leiche rund um den Baumstamm Spuren solcher Stiefel entdeckt«, antwortete Tremblay. »Während sich die anderen Schuhspuren, dem Abdruck nach wahrscheinlich normale Gummistiefel, im äußeren Bereich des Baumes befanden, gibt es direkt um den Baumstamm herum nur Fragmente solcher Sohlen.«

»Und was schließen Sie daraus?«

»Mein Kollege und ich haben die Szenerie nachgestellt und etwas Schweres an einem Baum festgezurrt«, berichtete Tremblay und griff nach einem Stück Papier. »Wenn man einen schweren Gegenstand oder einen Körper an einen Baum bindet und das Seil um den Baustamm zurrt, dann entsteht genau dieses Spurenbild.«

»Welche Größe haben diese Spuren?«, hakte Cathy nach.

»Ich sagte bereits, es waren nur Fragmente, nur Profilabdrücke im feuchten Boden …«

»Collingdale hat ebenfalls einen Schuhabdruck gefunden, bei dem er der Meinung ist, dass es sich um Swat-Stiefel der Größe neun handelt«, fiel ihm Cathy ins Wort.

»Ich weiß«, antwortete Tremblay. »Es könnten die gleichen Stiefel gewesen sein. Die anderen Spuren führen in den Wald und in Richtung der Jagdhütte, die ich eingangs erwähnte.«

»Das würde aber bedeuten, dass es durchaus möglich ist, dass unser Mörder Schuhgröße neun hat.«

»Es könnte sich um zwei Täter handeln, oder die Person mit den Gummistiefeln war nur zufällig dort draußen. Von Bergman stammen sie auf alle Fälle nicht.«

Cathys Miene erhellte sich. »Das ist eine gute Nachricht«, seufzte sie. »Wann kommen Ihre Kollegen zur Durchsuchung?«

»Ach, da ist noch etwas«, fügte Tremblay hinzu und fasste in seine Umhängetasche. Er platzierte die Ghost Box auf dem Schreibtisch und spielte die Aufnahme ab.

Cathy lauschte gespannt der Aufzeichnung. »Was ist das?«

»Das haben wir am Waldrand, knapp zweihundert Meter vom Tatort entfernt, gefunden. Es hing an einem Baum.«

Er fasste erneut in die Tasche und legte den kleinen Holzwürfel neben die Ghost Box. »Und das war keine zwanzig Meter weiter an einem Baum aufgehängt.«

»Was zum Teufel ist das?«, fragte Cathy.

»Es besteht aus einer einfachen Schaltung mit einem Magnetkontakt. Sobald elektromagnetische Wellen den Schalter aktivieren, wird der Kontakt geschlossen und eine Leuchtdiode aktiviert. Aber welchen Sinn das haben soll, da habe ich keine Ahnung.«

Cathy nahm den Würfel in die Hand und überlegte. »Aber

ich«, stöhnte sie. »Ich habe dem Kerl eindeutig gesagt, dass er unsere Ermittlungen nicht behindern soll.«

»Wem?«

Sie legte den Würfel zurück auf den Schreibtisch. »Wir haben einen Geisterjäger auf der Insel, und ich denke, es wird Zeit, einmal eindringlich mit ihm zu reden.«

24

Westwood, Hell's Kitchen Island, Maine,
19. März 2007, 13.30 Uhr (Montag)

In welcher Hölle war er hier auf dieser Insel nur gelandet? Er war bei Gott nicht zart besaitet, doch wo hingen schon aufgeschlitzte Leichen an den Bäumen wie Christbaumkugeln an Weihnachtsbäumen? Und dann auch noch der nächtliche Zwischenfall im Wald, als er in der alten Jagdhütte am Waldrand beinahe erwischt worden wäre. Gerade noch rechtzeitig hatte er das Licht der Taschenlampen gesehen, um aus der Hütte in den Wald zu fliehen. Dennoch war er mit einem dieser unheimlichen Gestalten zusammengetroffen, doch er war entkommen. Er war weggerannt, einfach weggerannt, gerannt, bis seine Lungen schmerzten.

Waren die Mörder zurückgekommen, die den alten Mann am Baum auf dem Gewissen hatten?

Frank Duval hatte den Anglewood hinter sich gelassen und war über den Woodwine Trail in den Westwood geflüchtet, den Wald, der im Süden an Tender Hollow grenzte. Seinen warmen Unterschlupf musste er wohl oder übel aufgeben, dafür hatte er unweit der Klippen eine kleine Erdkuhle entdeckt, in der er zumindest vor dem scharfen Wind geschützt war, der seit dem Mittag über die Insel blies. Die dunklen Wolken, die vom Norden heranzogen, verhießen nichts Gutes. Wenn er nicht erfrieren wollte, dann musste er einen geeigneten Unterschlupf finden.

Das quälende Hungergefühl ließ ihn nicht in Ruhe. Er hatte

alles, was er besaß, in der Jagdhütte zurückgelassen. Sogar das Taschenmesser hatte er verloren. Er richtete sich auf und spähte vorsichtig aus seinem Unterschlupf. Weit und breit war keine Menschenseele zu sehen, nur das Rauschen der Brandung drang von den Klippen zu ihm herüber. Wenn Tyler nur hier wäre. Er wüsste bestimmt, was zu tun wäre.

Im Osten unten im Tal stieg Rauch aus den Kaminen der kleinen Häuser auf. Das Dorf war nur ein paar Kilometer entfernt, dennoch war es für ihn unerreichbar. Hier auf Hell's Kitchen Island trieben offenbar Wahnsinnige ihr Unwesen und er hatte keine Lust, kopfüber an einem Baum zu enden, aufgeschlitzt wie ein Schwein.

Duval zog den Reißverschluss seiner Jacke hoch und stieg aus seinem Unterschlupf. Er wandte sich nach Osten und schlug den Weg entlang des Waldrandes ein. Als er den Westwood Forrest passiert hatte, entdeckte er eine kleine Hütte, die auf einer abfallenden Wiese stand. Das erste Problem schien gelöst. Das Blöken von Schafen übertönte das Rauschen der Wellen, die gegen die Klippen von Tender Hollow brandeten. Er hielt inne und entdeckte die Schafe, die nördlich der Hütte auf dem sanft abfallenden Hügel grasten. Doch noch etwas sah er, das ihn Deckung hinter einem der dicken Baumstämme suchen ließ. Zwei Männer standen unweit der Herde und unterhielten sich, während ein großer schwarzer Hund damit beschäftigt war, die Herde beieinanderzuhalten.

Ein Fluch kam über seine Lippen, als er sich weiter in den Wald zurückzog. Er musste umkehren, es gab keine andere Möglichkeit, hier konnte er nicht bleiben. Sein Magen knurrte laut, als er durch den Wald wieder in Richtung Westen stapfte.

Parish Hall, Hell's Kitchen Island, Maine,
19. März 2007, 15.25 Uhr (Montag)

Phillip Streng sah erbärmlich aus. Sein Kinn war rot-gelb marmoriert, und um das linke Auge hatte sich ein Bluterguss in allen Violettstufen gebildet. Seine ehemals spitz zulaufende Nase hatte sich in einen geschwollenen roten Knollen verwandelt, und sein Blick war mitleiderregender als der eines geprügelten Hundes. Cathy hatte den Mann zu sich bestellt, und Logan war losgegangen, um ihn zu holen, denn Brian hatte sich wieder in seine stille Kammer zurückgezogen und durchforschte die Inselchroniken akribisch nach einem Hinweis auf seine Rachetheorie.

Cathy hatte die beiden Gegenstände, die Tremblay vom Fundort Bergmans mitgebracht hatte, auf ihrem Schreibtisch platziert, so dass Streng sie erst sehen konnte, wenn er vor Cathys Schreibtisch Platz genommen hatte und sie einen dicken grauen Ordner zur Seite schob.

»Nehmen Sie Platz, Mister Streng«, sagte Cathy und bedankte sich bei Logan, dass er Streng bei ihr abgeliefert hatte. Streng stöhnte, als er sich langsam auf den Stuhl niederließ.

»Wurden Sie niedergeschlagen, oder was ist mit Ihnen passiert?«, fragte Cathy beiläufig und tat, als ob sie noch einen Eintrag in ihrem Laptop beenden musste.

»Ich … es gehen sonderbare Dinge vor auf dieser Insel«, antwortete er und seine Artikulation klang wie unmittelbar nach einem Zahnarztbesuch.

»Das beantwortet nicht, warum Ihr Gesicht so zerschunden ist.«

»Ich bin gefallen.«

Phillip Streng senkte verlegen seinen Blick.

»Ich weiß«, erwiderte Cathy und schob den grauen Ordner zur Seite, hinter dem die sonderbare Dose und der Holzwürfel lagen. »Und ich weiß auch, wann und wo.«

»Woher …«

»Ich sagte Ihnen bereits bei Ihrer Ankunft, dass Sie sich aus unseren Ermittlungen heraushalten sollen«, belehrte Cathy ihren schwer malträtierten Besucher. »Was ist passiert, Streng? Und keine Ausflüchte, sonst überlege ich mir noch, ob ich ein Verfahren wegen Behinderung der Justiz gegen Sie einleite.«

Phillip Streng hob abwehrend die Hände. »Wir waren nicht an dem Ort, an dem die Leiche am Baum hing, wir waren weit genug davon entfernt«, erklärte der Geisterjäger. »Ich wollte in der Nähe am Waldrand ein paar EMP-Tracker installieren. Drei Männer aus dem Dorf begleiteten mich. Wir waren an diesem vermaledeiten Waldrand, als ich an einem Baum die Ghost Box festmachen wollte. Plötzlich brach etwas aus dem Gebüsch, und mich traf ein harter Schlag. Ich bin zu Boden gegangen, was dann passiert ist, das weiß ich nicht. Ich weiß nur, dass zweifellos ein bösartiger und grausamer Poltergeist auf der Insel sein Unwesen treibt. Aber sehen Sie selbst.« Streng griff in die Tasche seiner Jacke und holte ein paar Papiere heraus. »Das sind Bilder, die ich gemacht habe, sehen Sie den Schatten?«

Cathy griff nach den Bildern, einfache und unscharfe Ausdrucke eines Computers auf billigem Kopierpapier. Drei unterbelichtete Aufnahmen, die ein graues Etwas in unterschiedlichen Farbstufen zeigte. In der Mitte schien das Grau in ein leichtes Grün überzugehen. Der vierte Ausdruck enthielt eine Tabellenkalkulation mit einer eingezeichneten Kurve, die weit über eine rote Markierung reichte.

»Was ist das?«, fragte Cathy.

»Das sind Bilder einer Infrarot-Kamera. Sie sehen doch selbst diesen grünlichen Schatten in der Bildmitte.«

Cathy nahm die Aufnahmen noch einmal zur Hand und warf einen langen Blick darauf.

»Sehen Sie die Form«, sagte Streng und beugte sich über den Schreibtisch.

Cathy zuckte mit der Schulter. Streng erhob sich, griff nach den Aufnahmen. Die seiner Meinung nach aussagekräftigste suchte er heraus und fuhr mit dem Zeigefinger an der grünlichen Schattierung entlang. »Das ist fraglos eine Aura, sehen Sie, die Form eines Körpers, der in der Luft schwebt. Typisch für einen Poltergeist.«

Er reichte die Aufnahme zurück. Cathy warf einen langen Blick darauf. Zugegeben, mit viel Phantasie könnten die grünlichen Linien in dem Grau einen menschlichen Körper darstellen, der knapp einen Meter über dem Boden hing. Doch je länger sie daraufstarrte, umso mehr verschwamm das Gebilde zu einem undefinierbaren Etwas.

»Und hier, die EMP-Daten«, fuhr Streng fort, »Ausschläge über 360 Kilohertz, das ist nicht normal. Das Böse ist auf der Insel, und es sucht nach herumirrenden Seelen. Ein Poltergeist ist äußerst gefährlich und nur schwer zu vertreiben.«

»Trägt ein Poltergeist Stiefel?«, fragte Cathy trocken.

Phillip Strengs Augen funkelten Cathy böse an. »Ich weiß, dass Sie nicht an Geister glauben, aber Sie werden lernen müssen, dass es mehr zwischen Himmel und Erde gibt als das, was Sie bisher kannten. Sie werden schon zu mir kommen, glauben Sie mir.«

Cathy schaltete die Ghost Box ein, und aus dem Lautsprecher des kleinen dosenförmigen Recorders dröhnten blechern die Geräusche des nächtlichen Ausfluges. Phillip Streng hörte angestrengt zu. Die Aufnahme stoppte erst, nachdem die Stimmen mehrerer Männer verklungen waren. »Wie funktioniert das Gerät?«

»Es zeichnet Geräusche auf«, erklärte Streng. »Es wird über eine automatische Schaltung aktiviert. Sobald die Lautstärke ein bestimmtes Level überschreitet, nimmt es über das Mikrophon die Geräusche auf. Sobald es wieder still wird, schaltet es sich ab.«

»Sie haben die Aufnahme gehört«, sagte Cathy. »Das war die Aufnahme auf dem Gerät, als Sie vom Poltergeist angegriffen wurden. Ich nehme an, dass der Schrei und das Stöhnen von Ihnen stammen?«

Streng nickte.

»Wer hat Sie begleitet?«

Streng druckste herum.

»Wer?«, fragte Cathy noch einmal nachdrücklich.

Phillip Streng seufzte. »Phelps, Stone und Honeywell.«

»Was genau ist passiert?«

Phillip Streng erzählte alles.

»Ich sagte den anderen, dass mich jemand angegriffen hat, aber sie wiegelten ab und meinten nur, dass mich ein Ast am Kopf getroffen hat, der sich irgendwo verhakt hatte. Sie waren nicht dabei, als es passierte.«

»Haben Sie jemanden erkannt?«

»Ich sah nur einen Schatten.«

Cathy spulte den Voicerecorder zu der Stelle zurück, als Strengs lauter Aufschrei zu hören war. Sie ließ die Aufnahme weiterlaufen. Das Knacken von Ästen war zu hören. Es klang, als würde sich jemand von der Stelle wegbewegen, dann folgte ein Stöhnen und die Aufnahme brach ab, bis der Recorder wieder durch laute Stimmen aktiviert wurde.

»Haben Sie gehört, dass die Äste brachen? Das Geräusch hört sich an, als wenn jemand wegläuft. Sie können es ja nicht gewesen sein.«

Streng nickte. »Man könnte es meinen, da haben Sie recht.«

Cathy erhob sich. »Ich möchte Sie bitten, sich in der nächsten Zeit nicht mehr außerhalb des Dorfes herumzutreiben, haben Sie mich verstanden?«

»Ja«, krächzte Phillip Streng, als es an der Tür klopfte.

»Gut, dann können Sie gehen«, verabschiedete sie den kleinwüchsigen Mann, als sie sich erhob und zur Tür ging. Sie öffnete, Logan stand davor. Er ging einen Schritt zur Seite, als Phillip Streng wortlos an ihm vorbeiging.

»Ich soll Ihnen ausrichten, dass Tremblay und seine Mannschaft mit der Durchsuchung des Anglewood begonnen haben.«

»Wie viele Leute sind es?«

»Dreißig und zwei Hunde, kamen mit zwei Hubschraubern.«

»Ist Brian mitgegangen?«

Logan schüttelte den Kopf. »Ich habe Tremblay und seinen Kollegen zum Treffpunkt gefahren.«

»Okay, dann werden wir beide rausfahren«, gab Cathy entschlossen zurück.

Cathy zog sich ihre gefütterte Jacke an und streifte sich Handschuhe über. »Sie sagten vorhin, alle auf dieser Insel kaufen in Ihrem Laden ein.«

»Im Grunde genommen versorge ich die ganze Insel«, erwiderte Logan. »Sogar die Schäfer geben mir eine Liste mit den Dingen, die sie brauchen. Gut, wer aufs Festland kommt, der nimmt sich das ein oder andere mit, aber im Grunde genommen, habe ich den einzigen Laden hier. Nur die Mönche werden von Zeit zu Zeit von ihrem Orden beliefert. Aber manche Dinge kaufen sie auch bei mir.«

»Und wo besorgen Sie die Sachen?«

»Im Großmarkt in Portland«, antwortete Logan. »Ashcroft kauft für mich ein und besorgt mir die Waren. Er hat eine Fähre.«

»Ein großer Mann, der hinkt, mit Augenklappe?«

Logan nickte. »Sie fragen wegen der Stiefel?«

Cathy umrundete den Schreibtisch und suchte einen Papierausdruck aus dem Ablagekorb. Er zeigte Swat-Stiefel mit einem besonderen Profil. »Haben Sie jemals solche Stiefel gesehen oder jemandem besorgt?«

Logan betrachtete die Abbildung der Stiefel, die aus einem Online-Katalog stammte und auch den Preis zeigte. »Die Schäfer kaufen Schuhe. Gummistiefel oder gefütterte Schnürschuhe, aber solche Stiefel habe ich noch niemandem besorgt. Die Leute verdienen nicht sehr viel Geld und Dreihundert-Dollar-Stiefel, das kann sich hier niemand leisten.«

Cathy legte das Foto wieder in die Ablage zurück. »Sie sagten, Saltner und Nyman hätten Schuhgröße neun, kennen Sie sonst noch jemanden?«

»Neun ist verdammt klein für einen Mann«, versetzte Logan. »Ich habe nachgeschaut, nur Nyman und Saltner haben diese Größe. Nein, stimmt nicht ganz, die dicke Lydia auch, aber Sie suchen ja einen Mann.«

»Was halten Sie eigentlich von Nyman?«, erkundigte sich Cathy, während sie das Büro verließen und im Regen zum Wagen gingen.

»Aus Nyman werde ich nicht schlau. Er ist vor vier Jahren hier aufgetaucht und hat das leerstehende Haus in der Applepine Street gekauft. Ich traue ihm nicht. Er soll die ganze Welt bereist haben, hat Bücher darüber geschrieben und ist angeblich in der Südsee gesegelt. Aber irgendetwas stimmt nicht. Ich habe ihn einmal mit rausgenommen, da hat er sich die Seele aus dem Leib gekotzt. Außerdem sagte ich bereits, er kann ein Achterstag nicht von einem Vorsegel unterscheiden. Also wenn Sie mich fragen, dann war er noch nie zuvor auf einem Segelboot. Wahrscheinlich hat er alles nur erfunden. Er ist eben ein Aufschneider.«

»Und Saltner?«

»Randy Saltner ist schon seit acht Jahren auf der Insel. Er kam hierher, weil er einen Job suchte. War beim Militär und wurde dort entlassen. Josh suchte damals einen tüchtigen Mann und gab ihm eine Chance. Seither gehört er zu Joshuas Mannschaft. Er ist ein klein wenig eigenbrötlerisch und still, aber wer ist das nicht auf dieser Insel?«

Völlig durchnässt erreichten sie den Pick-up. Cathy setzte sich stumm auf die Beifahrerseite.

»Falls Sie glauben, dass Saltner oder Nyman etwas mit den

Morden zu tun haben, dann würde ich eher auf Nyman tippen.«
Cathy nickte, während Logan den Motor startete.

Woodwine Trail, Hell's Kitchen Island, Maine,
19. März 2007, 16.00 Uhr (Montag)

Als Cathy und Logan oberhalb des Woodwine Trails ankamen, hatte Officer Tremblay zusammen mit dem Durchsuchungsteam bereits mit der Durchsuchung des Waldgebietes begonnen. Tremblay hatte die Männer in zwei Gruppen eingeteilt, die unabhängig voneinander operierten und jeweils einen Suchhund dabeihatten. Tremblay kümmerte sich derzeit mit einem Spurensicherungsteam um die Jagdhütte oberhalb des Anglewoods. Einen abgenutzten Rucksack hatten sie darin aufgefunden, in dem sich noch ein halbes Glas Marmelade befand. Verschimmeltes Roastbeef in einer Dose neben dem zerschlissenen Sofa verriet, dass erst vor kurzem jemand in dieser Hütte gehaust hatte. Außerdem fand Tremblay eine Art Regenponcho mit Kapuze, in der er Haare auffand und fein säuberlich mit einer Pinzette in ein kleines Reagenzglas beförderte.

Cathy blieb mit Logan im Wagen sitzen, der Regen hatte zugenommen und ein kalter Wind fegte von Norden her über die Anhöhe des Western Peak. Beinahe eine Stunde wartete Cathy, ehe sich Tremblay vor der Hütte blicken ließ. Er rannte durch den Regen herüber zum Wagen und klopfte gegen die Scheibe. Cathy rutschte ein Stück und ließ ihn ins Innere.

»Verdammtes Sauwetter«, fluchte Tremblay. »Sie müssen mich mit zurück ins Dorf nehmen. Ich bleibe hier im Ort. Wir sollten die Durchsuchung abbrechen, der Wind wird zu stark. Der Wetterdienst meldet Windstärke 9 bis zum Anbruch des Abends. Dann können die Helikopter nicht mehr starten.«

»Haben Sie etwas in der Hütte gefunden?«, fragte Cathy.

»Ich nehme an, dass der flüchtige Verbrecher eine Weile in der Hütte hauste, aber irgendetwas oder irgendwer hat ihn vertrieben. Er hat Lebensmittel zurückgelassen. Er wird Hunger haben und ins Dorf kommen.«

»Oder er bricht in die Villa ein. Die Diva und ihr Begleiter wohnen derzeit ja im Hell's End«, warf Logan ein.

»Wir brauchen mehr Leute, wir müssen mit dem Commissioner reden«, riet Tremblay.

»Das habe ich schon«, antwortete Cathy. »Vier Mann kommen morgen hier an, mehr Personal steht nicht zur Verfügung.«

»Ich bleibe ebenfalls hier, dann sind wir schon sieben«, antwortete Tremblay.

»Ich bin auch mit von der Partie«, fügte Logan hinzu. »Was machen wir jetzt?«

»Jetzt fahren wir meinen Kollegen an die Stelle, an der die Helikopter stehen, und setzen ihn dort ab«, antwortete Tremblay. »Er wird zurückfliegen und mit der Spurenauswertung beginnen.«

Der Weg über den schlammigen Weg hinunter ins Dorf wurde zu einem gefährlichen Unterfangen, und wenn Logans Pickup nicht über Allradantrieb verfügt hätte, wären sie dort wohl niemals angekommen. Zuvor hatten sie Tremblays Kollegen am Landeplatz der Sikorsky-Hubschrauber abgeliefert und gewartet, bis die beiden großen Hubschrauber mit lautem Getöse im dunkelgrauen Himmel verschwanden. Beinahe eine halbe Stunde dauerte es, bis sie die kleine Brücke über den Applepine Creek passierten und über die mit Pfützen übersäte Straße bis zum Gemeindehaus fuhren. Noch bevor sie das große Haus am Nordrand des Dorfes erreichten, sahen sie den schwarzen Jet-Ranger, der neben der Parish Hall gelandet war.

»Wer ist das?«, wunderte sich Cathy. »Hoher Besuch vom Festland?«

Logan parkte den Wagen direkt neben dem Gebäude an einer

Seitentür. Mittlerweile schüttete es wie aus Kübeln. Sie rannten in das Haus, dennoch wurden ihre Kleider durchnässt. Als Cathy die Tür zu ihrem Büro öffnete, stand Brian neben dem Schreibtisch. Zwei Männer, ein großer dunkelhäutiger mit Bürstenhaarschnitt und ein kleiner dicklicher, saßen mit dem Rücken zu ihr und erhoben sich.

Cathy streifte ihre Jacke ab und hängte sie an den Kleiderhaken. Die Männer nickten kurz, und der Dunkelhäutige kam auf sie zu und streckte ihr einen Ausweis unter die Nase.

»Ich bin US-Marshall Fleischman und das ist mein Kollege Donovan vom US-Marshall Service Boston«, stellte er sich vor. »Wir fahnden nach dem Ausbrecher Frank Duval, der sich auf dieser Insel aufhält. Das ist jetzt unser Fall.«

Cathy war verblüfft. Eine ganze Weile starrte sie auf Fleischmans Dienstausweis.

»Aber … wir ermitteln hier in einer Mordsache«, stotterte Cathy.

»Ich weiß«, antwortete Noah Fleischman und grinste breit. »Dennoch ist Duval unsere Sache.«

25

Westwood, Hell's Kitchen Island, Maine,
19. März 2007, 16.40 Uhr (Montag)

Es stürmte und schüttete wie aus Kübeln. Frank Duval war auf der Flucht. Er hatte sich tief in den Westwood zurückgezogen und in einer Erdkuhle Schutz gesucht. Hier war er wenigstens ein klein wenig vor Sturm und Regen geschützt.

Es war gegen vier Uhr gewesen, als die Hubschrauber im Tiefflug über der Westhälfte der Insel schwebten. Das Knattern der Rotoren war durchsetzt mit dem Bellen von Hunden und Duval wusste, dass der ganze Aufwand ihm galt. Sein Versuch, die Schäfer unterhalb des Waldes südlich zu umgehen, war gescheitert. Die Helikopter hatten ihn wieder zurück in den Wald getrieben, und er war sich sicher, hätte der Sturm die weitere Suche nicht unmöglich gemacht, dann wären sie ihm bestimmt längst dicht auf den Fersen. Er überlegte, welche Optionen ihm blieben. Sicher war, dass er schnellstmöglich von diesem Teil der Insel verschwinden musste. Hier war es viel zu gefährlich geworden. Noch immer quälte ihn der Hunger, wenngleich er sich inzwischen auch ein paar Pilze einverleibte, die er am Waldrand gefunden hatte. Es blieb keine andere Möglichkeit, er musste sich wieder nach Norden wenden, wo er sein Boot festgemacht hatte. Von der kleinen Bucht aus, wo er gelandet war, hatte er damals eine Kirche gesehen. Vielleicht gab es dort eine Möglichkeit, sich zu verbergen. Ansonsten blieb ihm nur, sich zu stellen und für den Rest seines Lebens in einer Zelle in Cedar Junction zu schmoren. Er hatte sein Taschenmesser verloren und wusste genau, dass er es noch bei sich hatte, als er auf die Leiche des alten Mannes gestoßen war. Mit Sicherheit hatte er es verloren, als er zu Boden gestürzt war. Wenn es die Polizei in der Nähe des Tatortes gefunden hatte, dann würden sie nicht zögern, ihm den Mord anzuhängen, dessen war er sich bewusst.

Er zuckte zusammen, als die Bäume unter dem heftigen Wind knackten, und drückte sich noch ein ganzes Stück tiefer in die Kuhle. Seit über einer Stunde regnete es ununterbrochen, dennoch blieb ihm nichts anderes übrig, als sich auf den Weg zu machen. Bald schon würde die Dunkelheit über die Insel hereinbrechen, und dann würde es noch schwieriger, den Weg nach Norden zu finden. Trotzdem musste er es versuchen. Der Suchtrupp und die Hubschrauber würden bestimmt bald wieder auftauchen, und damit sanken seine Chancen, nicht entdeckt zu werden, auf den Nullpunkt. Noch einmal atmete er tief durch, bevor er sich erhob. Zumindest schützten ihn die Bäume ein klein wenig vor dem Regen. Als er den Waldrand im Westen der Insel erreichte, schlug er die nördliche Richtung ein. Der Wind blies so stark, dass er sich mit aller Kraft gegen ihn stemmen musste. Er zitterte vor Kälte, doch er kämpfte sich voran. Er war nicht aus Cedar Junction ausgebrochen und auf diese Insel gekommen, um sich erwischen zu lassen. Unermesslicher Reichtum wartete auf ihn, und wenn zurzeit das Dorf auch für ihn nicht zu erreichen war, dann musste er sich eben eine Weile in Geduld üben. Einen warmen und trockenen Unterschlupf und Essen, das war alles, was er brauchte. In den Knast würde er auf alle Fälle nicht mehr gehen, das hatte er sich geschworen, als vor ein paar Tagen der Bus die Böschung hinabgestürzt war.

Parish Hall, Hell's Kitchen Island, Maine,
19. März 2007, 16.50 Uhr (Montag)

Goldbarren im Wert von dreißig Millionen Dollar. War die Beute aus dem Überfall von Duxbury der Grund dafür, dass auf dieser Insel Menschen auf grausame Art und Weise den Tod fanden? Waren die Opfer an dem Verbrechen beteiligt, und gab es jemanden, der Wind von der Sache bekommen hatte und den Gangstern von damals ihre Beute abjagen wollte? Sicherlich, dreißig Millionen Dollar waren ein ausgesprochen plausibles Motiv, um Menschen zu ermorden. Doch wer steckte hinter den Taten? Frank Duval konnte es jedenfalls nicht gewesen sein, er war erst seit ein paar Tagen auf der Insel, und nachdem Tremblay die weiteren Stiefelabdrücke am Fundort von Bergmans Leiche gesichert hatte, war es eher unwahrscheinlich, dass Bergmans Mörder Frank Duval hieß. War er nur zufällig am Tatort aufgetaucht, oder kannte er den Mann, der auf dieser Insel sein Unwesen trieb? Hatte er sich mit dem Phantom der Insel verabredet? Cathy war hin- und hergerissen, nachdem ihr Noah Fleischman von der Flucht von Tyler und Duval und seiner Theorie zu den Morden auf Hell's Kitchen Island erzählt hatte.

»Irgendwie passt es nicht ganz zusammen«, murmelte Cathy.

Noah Fleischman zog die Augenbraue hoch. »Ich sehe es so: Der Mörder treibt sich schon lange auf der Insel herum, deswegen auch die komischen Einbrüche mit den Löchern und Gräben in der Scheune, von denen Sie mir erzählt haben. Er hat nach der Beute gesucht, das ist für mich ganz klar. Dann muss er noch am gleichen Tag erfahren haben, dass Wesley Tyler aus Cedar Junction geflohen ist. Er sah seine Felle davonschwimmen und hat sich Tylers Komplizen hier auf der Insel gegriffen. Er hat sie gefoltert, um zu erfahren, wo sich die Beute befindet. Und ich bin sicher, das Gold ist noch immer hier. Und genau aus diesem

Grund ist auch Duval auf der Insel. Ich sagte schon, Tyler und Duval waren Zellengenossen.«

Logan stand neben dem Fenster und betrachtete nachdenklich die Fotos von Wesley Tyler und Frank Duval. »Ich habe weder den einen Kerl noch den anderen jemals hier auf der Insel gesehen. Ich wüsste auch nicht, wen ich von unseren Leuten verdächtigen sollte. Bergman war ein guter Mensch, und auch von Gabriel, wenn er auch ein klein wenig verschroben war, kann ich mir nicht vorstellen, dass er an dem Verbrechen in irgendeiner Form beteiligt war.«

»Es wäre schön, wenn wir Verbrecher auf den ersten Blick erkennen könnten«, konterte Fleischman. »Sie sagten selbst, dass damals schwere Zeiten für die Bewohner von Hell's Kitchen Island angebrochen waren. Um die einzige Firma, die es auf der Insel gab, stand es schlecht, und es gab sonst keine Arbeit. Das bisschen Fischfang warf nicht viel ab. Da geraten auch ehrliche Menschen in Versuchung, wenn man ein kleines Stück von einem großen Kuchen abhaben kann.«

»Sie sagten, dieser Wesley Tyler starb, als er mit Duval auf dem Weg auf die Insel war?«, fragte Cathy.

»Er hat sich wohl bei dem Busunfall schwer verletzt«, antwortete Donovan. »Der Gerichtsmediziner sagte, es ist ein Wunder, dass er überhaupt so weit gekommen ist.«

Brian, der in der Ecke saß und die ganze Zeit über geschwiegen hatte, meldete sich zu Wort.

»Goldbarren im Wert von dreißig Millionen, wie viel ist das? Ich meine, von welcher Menge müssen wir ausgehen?«

»Eine Tonne, in Barren zu je einem Kilo«, erwiderte Fleischman. »Es passt also in jeden Schuppen oder auch in jedes Haus. Und bei den heutigen Goldpreisen ist es mehr als das Doppelte wert.«

Brian pfiff durch die Zähne. »Dafür kann man schon mal jemanden über den Jordan schicken. Aber ich glaube trotzdem nicht, dass unsere Fälle zusammenhängen. Ich glaube, dass der Mörder auf einer ganz persönlichen Rachetour ist. Und ich glaube auch, dass die Ermordeten auf irgendeine Weise dazu beigetragen haben, dass sie zum Opfer wurden. Das kann schon Jahre zurückliegen, aber ich bin da in der Chronik auf einige Dinge gestoßen, und die würde ich gerne näher untersuchen.«

Fleischman räusperte sich und warf einen Blick aus dem Fenster, wo die Regentropfen mehrere Rinnsale hinterließen. »Sei es, wie es ist«, sagte er. »Die Morde sind eure Sache, aber um Duval und um die Beute kümmern wir uns. Wenn sich dieses elende Wetter endlich verzogen hat, dann beginnen wir mit der Suche nach Duval. Zwei Helikopter fliegen bereits die Westhälfte der Insel ab, außerdem habe ich zusätzliche Suchmannschaften angefordert. Einhundert Mann mit Ausrüstung treffen in Kürze hier ein, und sie bleiben hier, bis wir den Kerl erwischt haben. Wir brauchen eine Unterkunft, und wir brauchen einen Raum, den wir als Einsatzzentrale nutzen können.«

»Einhundert Mann!«, wiederholte Logan. »Wo soll ich die nur unterbringen? Im Hotel ist selbst für Sie beide nichts mehr frei.«

»Der Suchtrupp besteht aus der Nationalgarde, die sind es gewohnt, auch im Freien zu campen. Sie werden eben ein Zeltlager vor dem Dorf errichten müssen. Aber für die Zentrale brauchen wir Licht, Strom und Anschlüsse für die Computer.«

Logan überlegte. »Sie können im unteren Stock bleiben, dort ist ein kleiner Saal, den können Sie nutzen. Und wir haben drei leerstehende Häuser um die alte Fabrik. Sie sind nicht groß, aber dreißig bis vierzig Mann finden darin zumindest einen trockenen Platz zum Schlafen. Wir haben die Gebäude im letzten Jahr restauriert.«

»Das ist gut«, antwortete Donovan. »Bei dem Wetter hat wohl keiner große Lust auf Camping.«

»Was ist mit der Fabrik?«, fragte Fleischman.

»Keine Chance«, entgegnete Logan. »Das Dach ist undicht,

und einige der Mauern sind schon eingestürzt. Das Gebäude gehört den Gläubigern der Seafood oder besser gesagt einer Inkassoverwaltung. Da kommt keiner ran. Wir haben schon ein paarmal versucht, es aufzukaufen, um es abzureißen und den Schandfleck endgültig zu beseitigen. Aber finden Sie mal jemand in so einer Firma, der eine Entscheidung treffen darf.«

»Gut, dann eben die Häuser«, willigte Fleischman ein. »Und jetzt zeigen Sie uns bitte, wo wir uns niederlassen können.«

Logan nickte und ging zur Tür. Fleischman und Donovan folgten ihm. Als sie den Raum verlassen hatten, lehnte sich Cathy auf ihrem Stuhl zurück und warf Brian einen fragenden Blick zu.

»Was hältst du von ihrer Theorie?«

Brian kratzte sich an der Stirn. »Das sagte ich schon, ich glaube, dass alles nur Zufall ist und die Morde nichts mit dem Ausbrecher zu tun haben. Gabriel Jefferson wurde nach Feststellung der Gerichtsmedizin in der Nacht vom 13. auf den 14. umgebracht, das war einen Tag nach dem Ausbruch aus dem Gefängnis. Es herrschte Sturm, so wie heute, da war niemand auf dem Festland.«

»Du vergisst, man kann telefonieren, und außerdem gab es noch am Tag des Ausbruchs eine Öffentlichkeitsfahndung, in der die Namen der Geflohenen bekannt gegeben wurden. Auf Radio KFrog und WHRA liefen die Meldungen den ganzen Tag rauf und runter, und Radioempfang war selbst hier auf der Insel möglich. Also hätte noch nicht einmal jemand vom Festland aus anrufen müssen, damit man hier auf der Insel vom Ausbruch der Verbrecher erfahren hätte.«

Brian griff sich an die Nase. Er stand auf und trat ans Fenster. Draußen war es dunkel geworden, nur ab und zu erhellte ein Blitz die Nacht, doch das Gewitter tobte weitab von der Insel im Süden. »Ich weiß nicht, was ich glauben soll. Auf alle Fälle sollten wir jemanden vom Festland nach Cedar Junction schicken. Vielleicht gibt es noch Listen von Tylers Besuchern.«

Cathy lächelte. »Das lassen wir mal schön die US-Boys für uns erledigen.«

»Glaubst du, die sagen uns alles, was sie herausfinden?«

»Das werden wir sehen«, antwortete Cathy. »Und was hast du bislang herausgefunden?«

Brian wandte sich um. »Die Chronik ist sehr ergiebig. Beinahe fünfhundert Menschen haben in den letzten einhundert Jahren ihr Leben vor der Insel verloren. Im Jahr 1911 gab es neun Unfälle mit insgesamt neunundzwanzig Toten, 1971 waren es drei, mit neunundvierzig Verstorbenen oder Vermissten. Ich habe die Vorfälle von 1911 mal näher unter die Lupe genommen, aber bislang noch keinen Ansatzpunkt gefunden, der jemand zu einem Racheakt veranlassen würde. Außerdem glaube ich, liegt das schon zu weit zurück. Aber gleich der erste Unfall im Jahr 1971 ist etwas mysteriös. Damals kamen zwei Fischer ums Leben, als ihr Boot in die Southern Shoals geriet. Sie stammten von einer Nachbarinsel und waren sehr erfahren. Nur fischten sie in den Gewässern vor der Insel, die offenbar den hiesigen Fischern vorbehalten waren. Es gibt einen Zeitungsartikel von damals, der mit *Fischereikrieg im Golf von Maine* überschrieben ist. Es gab offenbar Leute, die meinten, dass die hiesigen Fischer ihre Finger im Spiel gehabt hätten und die beiden Unglücklichen regelrecht in die Shoals trieben. Ich bin gerade dabei, die Story auszuwerten.«

»Das klingt wirklich interessant«, bemerkte Cathy. »Übrigens, Logan hat mir erzählt, dass es zwei Leute auf der Insel gibt, die Schuhgröße neun haben. Nyman und Saltner, beide haben keine blütenreine Weste mehr. Ich werde die beiden morgen überprüfen und hätte dich gerne dabei.«

»Kein Problem«, gab Brian zurück. »Ich grab dann mal weiter, vielleicht stoße ich ja auch auf die Namen Saltner oder Nyman, dann können wir sie morgen vielleicht schon festnageln.«

The Village, Hell's Kitchen Island, Maine,
19. März 2007, 19.35 Uhr (Montag)

Samuel Haverman ging in seinem kleinen Wohnzimmer auf und ab. Eine tiefe Beunruhigung, besser gesagt Angst, saß ihm im Nacken und ließ ihn nicht mehr los. Zuerst Gabriel, dann Tom, dann Willy und jetzt Jonathan, wer war der Nächste? Alison war zur Heiligen Messe gegangen, die Pater Thomas in Landsman's Chapel für Jonathan las, doch ihm war nicht danach. Er hatte seiner Frau einen Schwächeanfall vorgetäuscht und war zu Hause geblieben. Er hatte etwas anderes im Sinn. Seit er die Nachricht erhalten hatte, war er aus dem Grübeln nicht mehr herausgekommen. Was sollte er tun? Er war zum Schweigen verdammt, doch es ging um Leben und Tod.

Als er am heutigen Morgen die Nachricht erhalten hatte, war ihm schlagartig bewusst geworden, was sich in den letzten Tagen hier auf der Insel abgespielt hatte. Als Gabriel und Ava ermordet worden waren, hatte er nur kurz einen Gedanken an den alten schrulligen Leuchtturmwärter verschwendet, und als man Willy draußen am Goose Rock gefunden hatte, war es wiederum nur ein kurzer Impuls gewesen, der ihn an die Schatten der Vergangenheit erinnert hatte. Beim Tod von Tom war das Gefühl schon intensiver, und als man dann Jonathan an einem Baum hängend fand, wusste er, dass die Zeit gekommen war. Der Tag der Abrechnung war nah, doch wann war es an ihm, die Zeche zu bezahlen?

Dann hatte ihn die Nachricht erreicht. *Wir müssen reden, heute Nacht, eine Stunde nach Mitternacht an der Fabrik, MH.* Nicht viel mehr als diese Worte umfasste die Nachricht, und er wusste auch sofort, wer MH war, doch diese Nachricht hatte eine Tür in seiner Seele aufgestoßen, in der tiefe Finsternis herrschte. Er hatte das Geschehene verdrängt, hatte es abgelegt in der untersten Ebene seines Gedächtnisses. Er musste vorsichtig sein, und er durfte Alison nicht in Gefahr bringen. Der unheimliche Mörder machte keinen Halt vor Unschuldigen. Er hatte Ava die Klippen hinabgestoßen und Kathleen das Genick gebrochen. Alison wollte er dieses Schicksal ersparen. Er wusste nicht, was er unternehmen sollte, und selbst die Polizei hatte die weiteren Morde nicht verhindern können. Wer nur, wer steckte hinter diesen Taten, und woher wusste er, welche Namen er auf seine Liste des Todes schreiben musste?

Er schaute aus dem Fenster und sah, dass die Messe zu Ende war und die Leute die Kapelle verließen. Er erkannte Alison, die mit Marsha Haynes redete. Verdammt, er musste Alison beschützen, sie war unschuldig und hatte nichts mit der Sache zu tun. Sie sollte auf keinen Fall das Schicksal von Ava und Kathleen teilen. Sein Entschluss stand fest, er würde sich heute Nacht aus dem Haus schleichen und pünktlich an dem vereinbarten Treffpunkt auftauchen. Vielleicht gab es eine Lösung, vielleicht würde die Polizei, die seit heute zahlreich auf der Insel vertreten war, den unheimlichen Mörder von Hell's Kitchen vertreiben. Vielleicht …

26

Headland, Hell's Kitchen Island, Maine,
19. März 2007, 21.15 Uhr (Montag)

Der Sturm und der Regen hatten sich genauso schnell verzogen, wie sie gekommen waren, nur die Kälte war geblieben. Die Temperatur lag unter dem Gefrierpunkt, und am Himmel, an dem nur noch vereinzelte Wolkenfetzen in Richtung Festland zogen, zeigten sich die Sterne. Die schmale Sichel des Mondes stand über dem Meer. Elijah Travis hatte nachgedacht, der Besuch der Polizistin und ihres Kollegen hatte ihn nicht mehr zur Ruhe kommen lassen. Dreimal war er inzwischen aufgebrochen, um am Zugang zu der kleinen Halbinsel bei den Felsen der Pallans Seeshore Ausschau nach dem sonderbaren Fremden zu halten, der sich offenbar sehr für das alte verwitterte Holzkreuz an der Spitze des Halbinsel zu interessieren schien. Obwohl er hier draußen ein zurückgezogenes Leben führte und die Dorfbewohner seine Unterkunft seit Jahren schon Hermits Home, das Zuhause des Einsiedlers, nannten, wusste er über die Morde an den Inselbewohnern Bescheid. Mit seinem Labrador war er aufgebrochen und beinahe schon zwei Stunden unterwegs. Es wurde Zeit, sich in die warme Stube zurückzuziehen, sicherlich würden die Temperaturen noch ein Stück weit fallen, wenn der leichte Wind auch noch die letzten Wolken auf das Festland getrieben hatte. Er pfiff nach seinem Hund, der zwischen den drei nackten Felsen verschwunden war und der in der Dunkelheit nur durch das Leuchten seiner Augen verriet, wo er sich gerade aufhielt. Elijah Travis steckte seine qualmende Pfeife wieder in den Mund, als er das Hecheln des Labradors vernahm.

»Komm, Charly, wir gehen nach Hause!«, sagte er. »Der Platz am Kamin wartet auf dich.«

Erst im letzten Moment erkannte er in der Dunkelheit den kniehohen Schatten, der auf ihn zuhetzte. Er kniete sich hin und empfing Charly mit offenen Armen. Er fing ihn auf, streichelte ihn und knurrte: »Guter Hund, jetzt lass uns gehen.«

Elijah Travis kannte jeden Stein, der hier lag, und jeden Grashalm, der hier wuchs, denn diese Insel war zu seiner Heimat geworden. Hier war er dem einzigen Menschen nahe, der ihm je im Leben etwas bedeutet hatte und für den die Southern Shoals zur Grabstätte geworden waren. Blind würde er den kleinen Pfad finden, der um die Bucht bis zu seinem Haus führte. Er hatte den ersten Felsen bereits hinter sich gelassen, als Charly nervös wurde und die Nase in den Wind hielt. Lauthals begann er zu bellen.

»Still!«, befahl Travis, doch Charly ließ sich nicht beruhigen. Er beugte sich zu ihm hinab und kraulte sein Fell, doch plötzlich stieb der Hund los und rannte in Richtung der Felsen. Travis rief ihm nach, er pfiff, doch Charly hetzte einfach weiter.

»Charly, was ist nur in dich gefahren?«, schimpfte Travis, ehe er die Verfolgung aufnahm.

Noch bevor er den ersten Felsen erreichte, erkannte er die schemenhafte Gestalt, die zwischen den Felsen stand. Charlys Augen funkelten, und sein Bellen klang wild und hysterisch.

»Wer ist da?«, rief er dem Schatten zu.

Sogleich winselte Charly laut und stieb in die entgegengesetzte Richtung davon.

»Wenn du meinen Hund anrührst …!«, brüllte Travis und rannte auf die Gestalt zu, die plötzlich zwischen den beiden nackten Felsen verschwand. Er sah nur noch den langen wallenden Mantel, und als er die Felsen erreichte, war die Gestalt verschwunden. Einfach wie vom Erdboden verschluckt. Vorsichtig umrundete er die Felsen, doch weit und breit war niemand mehr zu erkennen. Es war, als hätten ihn die Felsen einfach verschluckt. Von weitem sah er das Mondlicht im Wasser schimmern. Er kratzte sich am Kinn und wandte sich um.

»Charly!«, schrie er, doch der Labrador schwieg. Kein Bellen, kein Jaulen, und auch das Hecheln war verstummt.

»Wenn du ihm etwas angetan hast, dann gnade dir Gott«, murmelte Travis und ging den Pfad entlang, der um die Bucht führte und an seinem Haus endete. Hier entlang war Charly davongerannt, nachdem das schmerzverzerrte Winseln zu hören gewesen war. Hin und wieder rief er den Namen des Hundes oder pfiff nach ihm. Erst als er am Haus ankam und die Petroleumlampe auf der Veranda entzündete, fand er Charly wieder, der sich unter die Treppe zurückgezogen hatte.

»Charly, komm, komm zu mir!«

Nur zögerlich folgte der Hund und kroch unter der Treppenstufe hervor. Travis empfing ihn am Boden kniend und mit offenen Armen. Zärtlich fuhr er ihm über den Kopf. »Da hat dich wohl jemand sehr erschreckt«, sagte er sanft, bevor er die Feuchtigkeit auf seiner Handfläche fühlte. Er nahm Charly in die Arme und schob das zitternde Tier auf die Veranda. Erst im Licht der Petroleumlampe erkannte er die blutende Wunde oberhalb der Nase.

»Was hat dieses Schwein mit dir gemacht!«, fluchte Travis, als er mit Charly in seinem Haus verschwand. Der Fremde war wie vom Erdboden verschluckt, doch er hatte Charly verletzt, und das würde Travis kein zweites Mal zulassen. Charly war sein einziger Freund hier draußen in der Einsamkeit, er ging mit ihm durch dick und dünn. Niemand durfte Hand an ihn legen, niemand. Elijah Travis ging an seinen Wandschrank, öffnete die Tür und griff nach seiner Schrotflinte. Er würde gewappnet sein, wenn er das nächste Mal diesem unheimlichen Schatten begegnete.

Seafood Inc., Hell's Kitchen Island, Maine,
20. März 2007, 00.55 Uhr (Dienstag)

Er hatte gewartet, bis Alison fest schlief. Als sie von der Kirche zurückgekommen war, hatte er so getan, als wäre er in der Stube eingeschlafen. Alison hatte ihn gefragt, ob er sich besser fühle, und er hatte nur genickt. Es gehe schon wieder, hatte er geantwortet, ehe Alison in der Küche verschwand und er sich wieder auf der Couch niederließ. Bevor sie zu Bett ging, mimte er den tief Schlafenden. Sie gab die Versuche, ihn zu wecken, auf und holte seine Bettdecke aus dem Schlafzimmer, deckte ihn zu und verschwand wieder im Schlafzimmer. Er hörte, wie das Bett knarrte. Mit offenen Augen starrte er an die Decke, wo der Schein einer Straßenlaterne durch das Fenster fiel und sich spiegelte. Beinahe eine Stunde wartete er, bevor er sich erhob. Leise öffnete er die Schlafzimmertür. Das gleichmäßige Schnarchen von Alison beruhigte ihn. Er warf einen Blick auf die fluoreszierenden Uhrzeiger. Eine halbe Stunde nach Mitternacht. Es war Zeit zum Aufbruch. Er zog seinen Mantel über und die Stiefel an, bevor er sich aus dem Haus schlich. Er überquerte die Main Street und nutzte dabei die Dunkelfelder zwischen den Straßenlaternen. Um diese Zeit war weit und breit niemand mehr unterwegs. Nur in Haynes' Werkstatt brannte noch Licht, die Fenster der Häuser waren dunkel. Er schlich sich an der langen Wand des ehemaligen Fabrikgebäudes entlang, bis er zu der Stelle gelangte, an der ein Teil der Mauer eingestürzt war. Mit seiner Taschenlampe suchte er den Weg. In der alten Fabrik erinnerte nichts mehr an die guten Zeiten von einst, als hier noch Seefisch zerlegt, portioniert und teilweise in Dosen verpackt wurde. Alle Maschinen hatte man damals abgeholt, als die Fabrik pleiteging. Im Inneren durchschritt er die große Halle, in der auch er einst an einem Band gestanden und Fisch ausgenommen hatte, doch noch nicht einmal der Gestank hatte die Zeit überdauert. Einzelne, von der Decke herabgestürzte Steine und Mörtel zeigten deutlich, dass das baufällige Gebäude die nächsten Jahre wohl nicht überstehen würde. Er wandte sich nach rechts, wo sich früher am Ende eines langen Ganges die Aufenthaltsräume und der Speisesaal befunden hatten und wo lange Zeit über Fisch in allen Variationen zu, wie er damals fand, fairen Preisen angeboten wurde. Als er in den finsteren Gang eingetaucht war, hörte er ein schepperndes Geräusch. Mit seiner Taschenlampe leuchtete er in die Richtung, wo sich einst das Büro des Vorarbeiters Chester Glandale befunden hatte. Chester war mit der Firma verheiratet gewesen und hatte es nicht verkraftet, dass man Seafood geschlossen und abgewickelt hatte. Nach der Pleite hatte er Hell's Kitchen Island in Richtung Festland verlassen. Er war schon damals ein sehr gläubiger Mensch gewesen, und man sagte, er habe sich immer mehr Gott zugewandt, um auf seine alten Tage Priester zu werden, doch dann habe er sich umgebracht. Er sei in New York von einer Brücke gesprungen. Das passte so überhaupt nicht zu Chester, aber vielleicht war es auch nur ein Gerücht.

Sam Haverman spähte in das Büro. »Malcom, bist du hier?«, fragte er, doch er erhielt keine Antwort. Wahrscheinlich streunte irgendwo eine Katze herum. Er ging weiter und suchte den ehemaligen Aufenthaltsraum auf, in dessen Mitte sich noch immer eine gemauerte Bank befand. Rechts zweigten die Duschen ab, denn nach einem Arbeitstag bei Seafood war eine Dusche unumgänglich gewesen, wollte man nicht zehn Meilen gegen den Wind nach Fisch stinken.

»Hallo Malcom, wo bist du?«, flüsterte Sam Haverman und betrat den Aufenthalts- und Umkleideraum, in dem selbst die Metallspinde abgeholt worden waren.

»Malcom?«

Ein lautes Knarren ließ ihn herumfahren. Im Schein der Taschenlampe sah er die Gestalt, die vor dem Zugang zum Aufenthaltsraum stand. In ihrem wallenden Mantel, mit dem Südwester auf dem Kopf wirkte sie wie ein Gespenst, Sam fuhr zusammen, er spürte einen Stich in der Herzgegend.

»Was … was … wer bist du?«, stammelte Sam und erkannte im Schein der Taschenlampe den Stauerhaken in der Hand des unheimlichen Fremden.

Sam wandte sich um und versuchte zu entkommen, doch der Fremde hetzte ihm nach, er spürte ihn in seinem Nacken. Noch bevor er den Kopf drehen konnte, traf ihn ein heftiger Schlag im Rücken. Es brannte höllisch, als sich die Spitze des Hakens tief zwischen seine Schulterblätter grub. Wie vom Blitz getroffen, blieb er stehen, ein Seufzer kam noch über seine Lippen, bevor er zu Boden ging.

Als er wieder erwachte, brannte sein Körper wie Feuer, er wollte etwas sagen, aber in seinem Mund steckten glühende Kohlen. Er schaute in das gleißende Licht einer Taschenlampe und schloss die Augen, so blieb es ihm erspart, im letzten Augenblick seines Lebens mit ansehen zu müssen, wie sich der Stauerhaken tief in seine Stirn grub. Er starb unter Schmerzen, doch er blieb stumm, nur ein undefinierbares Röcheln drang durch den Geschmack von Blut aus seiner Kehle. Sein letzter Gedanke galt Chester, und ihm wurde klar, dass sich Chester niemals selbst hätte umbringen können, denn das verbot ihm alleine schon sein Glaube.

Parish Hall, Hell's Kitchen Island, Maine,
20. März 2007, 07.15 Uhr (Dienstag)

Der Lärm mehrerer Hubschrauber weckte die Bewohner von The Village noch bevor die Sonne aufgegangen war. Die Nationalgarde war auf dem Anmarsch. Cathy blickte aus dem Fenster und beobachtete Noah Fleischman, der draußen vor der Gemeindehalle einen Offizier der Nationalgarde begrüßte. Logan stand daneben und reichte dem Nationalgardisten die Hand.

Brian trat an ihre Seite. »Solche Aufschneider«, brummte er.

»Wen meinst du?«

»Diese Marshalls«, antwortete Brian. »Die suchen einen Mann und mobilisieren eine ganze Armee, und wir suchen einen Serienmörder und sind zu zweit. Wenn wir so aus dem Vollen schöpfen könnten, dann hätten wir das Schwein schon längst.«

»Du arbeitest für die Polizei von Portland und die Marshalls für die Regierung. Bist du so weit?«

Brian nickte.

»Dann lass uns aufbrechen, wir haben noch viel zu tun.«

Cathy verließ das Büro, Brian folgte. Als sie durch das große Portal der Gemeindehalle nach draußen traten, empfing sie ein milder Frühlingstag. Noch bevor sie Logans Pick-up bestiegen hatten, fuhr ein blau-weiß gestreifter Ford Maverick des Yarmouth Police Departments vor das Gebäude.

»Warte mal«, sagte Cathy. »Ich glaube, das ist unsere Verstärkung.«

»Vier Mann, die Marshalls haben über einhundert«, lästerte Brian.

»Besser als nichts«, versetzte Cathy und stieg noch einmal aus. Ein Sergeant salutierte, als sie ihm ihren Ausweis zeigte. Kurz sprach sie mit dem Officer, dann führte sie ihn in die Gemeindehalle, die Kollegen folgten. Brian wartete beinahe zehn Minuten, bevor Cathy wieder zu ihm in den Wagen kam.

»Ich habe sie kurz eingewiesen und ihnen den Bericht zu lesen gegeben«, erklärte Cathy. »Sie sind bis auf Weiteres zum Schutz der Leute hier auf die Insel abgeordnet. Ich hoffe, ihre Anwesenheit schreckt den Täter ab, denn ich habe keinen Bock mehr auf weitere Leichen.«

Brian startete den Wagen. Über den Shepherd Trail fuhren sie hinaus zur Peterson Grange, wo sie sich Randy Saltner zur Brust nehmen wollten.

»Ich bin gestern Abend noch einmal die Akten durchgegangen«, eröffnete Cathy die Unterhaltung. »Unsere Opfer sind alle im gleichen Alter und haben bis auf Jefferson bei der Atlantic Seafood Incorporation gearbeitet, bevor sie Pleite machte. Möglicherweise könnte das eine Verbindung sein.«

»Könnte …«, bestätigte Brian einsilbig.

»Und was hast du über die Schiffsunglücke vor der Insel erfahren?«

»Ich bin noch mittendrin und muss aufs Festland. In den Archiven der *Portland Post* oder des *Maine Observer* müsste noch mehr Material zu finden sein. Ich habe mal meine Beziehungen spielen lassen.«

»Wann willst du übersetzen?«

»Morgen«, antwortete Brian.

Knapp zwanzig Minuten später stoppte Brian den Pick-up auf dem Hof der Peterson Grange, wo Joshua Breed-Peterson vor dem Haus auf einer Bank saß und genüsslich eine Pfeife rauchte. Es roch nach Schafsdung, als Cathy und Brian den Wagen verließen.

»Die Kriminalisten aus Portland«, begrüßte sie der alte Mann, »was verschafft mir die Ehre?«

Cathy nickte freundlich. »Wir müssen uns mit Randy Saltner unterhalten, ist er hier?«

»Ich kann ihn holen lassen.«

»Das hat Zeit«, erwiderte Cathy und nahm neben dem alten Breed auf der Bank Platz. »Was wissen Sie über Randy?«

»Oh, Randy ist ein feiner Kerl. Er arbeitet schon seit acht Jahren für mich, und ich bin sehr zufrieden mit ihm.«

»Er war bei der Armee.«

Joshua Breed nickte.

»Wissen Sie, wo er sich zwischen dem 13. und dem 14. März befand, war er hier?«

Breed überlegte. »Sie glauben, er ist Ihr gesuchter Mörder?«

»Wir überprüfen alle, die …«

»Sie wissen, dass er einen Menschen umgebracht hat, damals bei der Armee«, mischte sich Brian ein, dem die Unterhaltung ein wenig zu schleppend voranging.

Der Alte klopfte seine Pfeife aus. »Er hat es mir erzählt. Er hat mir erzählt, dass er im Gefängnis der Armee einsaß und für das Verbrechen gebüßt hat. Er war damals dem Alkohol verfallen, aber wenn Sie glauben, dass Randy hier auf dieser Insel Menschen tötet, dann irren Sie sich. Ich führe kein Buch über meine Mitarbeiter, deswegen kann ich nicht sagen, ob er tatsächlich unten am Poundrell Spring die Schafe bewachte, als der alte Gabriel starb, aber ich kann mit Sicherheit sagen, dass er nichts mit den Morden an Willy und Tom zu tun haben kann. Als es sie erwischte, war er nämlich im Quartier und kotzte sich die Seele aus dem Leib. Irgend so ein Virus hatte ihn erwischt, und Ella hat sich mit Olivia um ihn gekümmert, aber fragen Sie ihn ruhig selbst.«

Joshua Breed rief nach seinem Sohn Alex. »Hol mal Randy hierher, diese Herrschaften wollen mit ihm reden!«

Alex schaute die beiden Polizisten an und nickte. Ein paar Minuten später kam er mit Randy Saltner zurück. Randy war ein kräftiger Kerl, wohl knapp eins achtzig groß mit schütterem roten Haar und blauen Augen. Er trug grüne Gummistiefel und einen blauen Overall.

»Die Polizei will mit dir reden«, sagte der alte Breed und machte sich davon.

Randy Saltner nickte Cathy und Brian freundlich zu. »Mister Saltner, Sie wissen, weswegen wir hier sind?«, begann Cathy.

Er zuckte mit der Schulter. »Ich kann es mir denken, Sie suchen einen Mörder, und Sie haben erfahren, dass ich vorbestraft bin.«

»Wo waren Sie in der Nacht, als Gabriel Jefferson starb?«, fragte Brian ohne Umschweife.

Randy dachte nach. »Das war der Dreizehnte, stimmt's?«
Cathy nickte.

»Da habe ich auf die Schafe am Poundrell Spring aufgepasst. Tom Burke war mit draußen. Sie können ihn fragen, wir haben uns mit der Wache abgewechselt.«

»Haben Sie noch Ihre Armeestiefel?«

»Meine Armeestiefel?«, wiederholte Saltner überrascht.

»Sie waren bei der Navy«, sagte Cathy.

»Ja, ich wurde unehrenhaft entlassen, aber das wissen Sie bestimmt. Mir wurde alles abgenommen, was ich von der Navy erhalten habe. So geht man mit Soldaten um, die gegen Gesetze verstoßen haben.«

»Wie ich hörte, sind Sie schon einmal dem Phantom begegnet. Logan hat mir so was Ähnliches erzählt.«

»Ja, es war ein oder zwei Tage bevor der alte Leuchtturmwärter starb, es war am Violent Beach. Wir hatten Schafe in der Nähe, da sah ich ihn. In der Nähe des Klosters.«

»Können Sie ihn beschreiben?«

»Es dämmerte bereits, er war zu weit weg. Aber er trug einen dunklen Ölmantel und einen Hut, so wie ihn die Seeleute tragen.«

»Wie weit war er weg?«

»Er war auf der anderen Seite der Anhöhe, ich schätze mal so an die tausend Fuß.«

»In der Nacht, als man Tom Lawrence umbrachte und kurz darauf Willy Evans, lagen Sie hier im Bett.«

»Ich hatte Magenkrämpfe«, bestätigte Saltner. »Olivia und Mum Breed haben sich um mich gekümmert.«

»Die ganze Zeit?«

»Früher war die Navy meine Familie, jetzt sind es die Breeds.«

Brian und Cathy unterhielten sich noch eine Weile mit Randy Saltner, und er willigte sogar ein, dass sich Brian seine Habseligkeiten ansah. Doch weder hatte er eine Idee, warum die Menschen auf Hell's Kitchen Island sterben mussten, noch besaß er ein paar Swat-Stiefel. Für Cathy, die von sich glaubte, über eine gute Menschenkenntnis zu verfügen, war es bereits nach der Unterhaltung mit Joshua Breed klar, dass Saltner nicht als Täter in Frage kam. Also blieb nur noch Nyman übrig. Er würde der Nächste auf ihrer Liste sein. Es war kurz nach zehn, als sie von der Peterson Grange ins Village zurückkehrten und auf einen aufgeregten Logan stießen. Einige der Männer aus dem Dorf und die Polizisten aus Yarmouth liefen suchend durch die Gassen des Dorfes.

»Was ist denn hier los?«, fragte Cathy, als sie vor Logan stehen blieb, der sie ungeduldig erwartet hatte.

»Sam Haverman ist in der Nacht verschwunden, niemand weiß, wo er ist«, erklärte Logan und reichte Cathy eine Karte. »Das fand Havermans Frau auf dem Sofa, auf dem sich ihr Mann gestern Abend niedergelegt hatte.«

»Wir müssen reden, heute Nacht, eine Stunde nach Mitternacht an der Fabrik, MH«, las Cathy vor. »Habt ihr in der Fabrik nachgeschaut?«

Logan nickte. »Wir haben im Umkleideraum eine Blutlache gefunden, aber von Sam Haverman keine Spur.«

Cathy nickte. »Vielleicht können uns die Marshalls helfen. Fahren Sie mich zum Woodwine Trail!«

27

The Village, Hell's Kitchen Island, Maine,
20. März 2007, 11.35 Uhr (Dienstag)

Inzwischen suchte das halbe Dorf nach Sam Haverman. In der Fabrik, am Hafen, in der Nähe der Applepine Bridge, doch von dem alten Mann gab es keine Spur. Er blieb wie vom Erdboden verschluckt. Cathy hatte sich von Logan zum Woodwine Trail bringen lassen und Fleischman gebeten, ihm einige Männer der Nationalgarde für die Suche zur Verfügung zu stellen. Fleischman hatte zähneknirschend zugestimmt. Er war ungehalten, weil es keine ausreichenden Fahrzeuge für die Männer der Nationalgarde gab und sie mit einem Hubschrauber ins Dorf verlegt werden mussten. Die Suche nach Frank Duval auf der Westseite von Hell's Kitchen war in vollem Gange, und die Hunde hatten bereits eine Spur aufgenommen. Eine Gruppe, acht Mann, und einen Blackhawk-Hubschrauber, mehr konnte Fleischman nicht entbehren.

Als Cathy zurück ins Dorf kam, gab es noch keine weiteren Erkenntnisse. Brian hatte mit Tremblay und dessen Kollege die Spurensicherung in der stillgelegten Fabrik übernommen, und es gab keine Zweifel, das Blut war noch nicht alt, vielleicht ein paar Stunden, und es war eine gehörige Menge, die nicht nur von etwas Nasenbluten stammen konnte.

»Das sieht gar nicht gut aus«, murmelte Brian. »Ob Haverman das nächste Opfer unseres Phantoms ist?«

»Bei der Menge an Blut scheint es sehr wahrscheinlich, vorausgesetzt, es ist überhaupt das Blut des Vermissten.«

»Wo ist die Nachricht an Haverman?«, fragte Cathy den Spurensicherungsexperten.

Tremblay legte den Pinsel aus der Hand, streifte seine Handschuhe ab und ging zu seinem Koffer, den er außerhalb des Umkleideraumes auf dem Boden abgestellt hatte. Er zog eine Plastiktüte hervor, in der die mit Schreibmaschine auf einer Grußkarte verfasste Nachricht steckte.

»Geht alles heute noch ins Institut«, sagte er und reichte Cathy die Tüte. Sie steckte sie in ihre Jackentasche und wandte sich um.

»Was hast du vor?«, wollte Brian wissen.

»Ich werde jetzt zu Hurst gehen und ihm auf den Zahn fühlen«, antwortete sie entschlossen. »MH, das sind bestimmt seine Initialen.«

Logan, der außerhalb des Raumes im Gang stand und die Arme vor der Brust verschränkt hatte, schüttelte den Kopf. »Es könnte auch Mia Honeywell oder Marsha Haynes heißen. Marsha ist die Frau von Lionel, dem Mechaniker, und Mia …«

»Ich weiß, wer Mia ist«, fiel ihm Cathy ins Wort.

»Soll ich dich begleiten?«, fragte Brian.

»Ich nehme Logan mit, oder hast du etwas dagegen?« Man sah ihr an, dass sie sehr erregt war.

Brian hob abwehrend die Hände. »Nein, habe ich nicht«, entgegnete er rasch, bevor Cathy noch explodierte.

Malcom Hurst bewohnte das Haus am Ende der Woodwine Street, die vom Hafenanleger nach Westen abzweigte. Seit dem Vorfall mit Bould stand er unter Hausarrest und hatte sich bislang nicht mehr auf der Straße blicken lassen. Der alte Admiral war die meiste Zeit bei ihm, der normalerweise ein Zimmer im Hell's End bewohnte, und natürlich der Geisterjäger Phillip Streng, der sich bei Hurst einquartiert hatte.

Als Cathy klopfte, öffnete der alte Admiral. »Was will die Staatsmacht von uns? Sam ist nicht hier, oder glauben Sie, wir haben ihn unter dem Bett versteckt?«, empfing er sie mit einem breiten Grinsen.

Cathy schob ihn zur Seite und betrat das Haus. Vom Gang zweigte eine Tür ab, die in die Stube des Hauses führte. Malcom Hurst saß auf einem Schaukelstuhl, während Phillip Streng vor einem Laptop saß und geschäftig Daten eingab, die er aus einem Notizbuch ablas.

»Ich wusste, dass so etwas passieren würde«, sagte der Geisterjäger, als Cathy in das Zimmer preschte. »Die EMP-Wellen hatten in der Nacht einen extremen Anstieg hier im Dorf. Der Poltergeist war wieder aktiv.«

Cathy ignorierte den kleinen Mann mit der verbeulten Nase und baute sich vor Hurst auf. Sie zog die Karte mit der Nachricht aus der Tasche und zeigte sie dem korpulenten Mann im Schaukelstuhl.

»Ich nehme an, das ist von Ihnen«, sagte sie.

»Malcom war die ganze Zeit über hier und hat das Haus nicht verlassen«, mischte sich der Admiral in ihrem Rücken ein.

»Ich möchte alleine mit Ihnen sprechen!«

Phillip Streng warf ihr einen fragenden Blick zu.

»Alleine, sagte ich.«

Streng klappte seinen Laptop zu und erhob sich zögernd. Sie wartete, bis ihn Logan hinaus in den Gang führte und die Tür vor der Nase des Admirals und des Geisterjägers schloss. Cathy trat einen Schritt vor und hielt Malcom Hurst die Nachricht unter die Nase. Er wollte danach greifen, doch sie zog sie weg.

»Ich verstehe nicht«, stammelte Hurst, der sich ohne seine Rückendeckung sichtlich unwohl fühlte.

»Sam Haverman ist verschwunden«, erklärte Cathy. »Aber das wissen Sie bereits. Er hat offenbar mitten in der Nacht sein Haus verlassen, weil er eine Nachricht von Ihnen bekam. Was war so wichtig, dass Sie sich mitten in der Nacht mit ihm treffen mussten?«

»Ich habe keine Ahnung«, antwortete Hurst. »Diese Nachricht ist nicht von mir, ich habe noch nicht einmal eine Schreibmaschine.«

»MH steht unter der Nachricht, und MH steht für Malcom Hurst, auch wenn Sie es nicht geschrieben haben. Trotzdem erschien Haverman ein Treffen mit Ihnen so wichtig, dass er mitten in der Nacht sein Haus verlassen hat, um in die alte Fabrik zu gehen. Also reden Sie schon, was geht hier vor, was verbergen Sie vor mir?«

Malcom Hurst schaute verlegen auf den Boden. »Sie irren sich«, erwiderte er leise. »Sie reden sich da etwas ein. MH kann alles bedeuten.«

»Reden Sie keinen Blödsinn«, schnitt ihm Cathy das Wort ab. »Sie wissen, dass Haverman glaubte, dass Sie ihn treffen wollten, und ich weiß es. Also raus mit der Sprache, was wird hier gespielt?«

Hurst kratzte sich am Kinn. »Marsha, es könnte auch Marsha Haynes gemeint sein. Marsha ist manchmal … wie soll ich sagen, vielleicht hatten die beiden ein Verhältnis.«

»Marsha Haynes ist eine junge Frau, und Sam war dreiundsiebzig«, mischte sich Logan ein, der die ganze Zeit über geschwiegen hatte und an der Tür lehnte. »Du glaubst doch nicht im Ernst daran, dass die beiden etwas miteinander hatten.«

»Wieso nicht? Marsha ist nicht glücklich mit Lionel, und du kannst dich doch sicherlich noch an die Geschichte mit Dan vor zwei Jahren erinnern, und Dan ist wohl auch kein junger Spund mehr. Sie steht eben auf ältere Herren, was ist daran so abwegig?«

Cathy warf Logan einen fragenden Blick zu. Er verzog die Mundwinkel. »Ja, könnte schon sein. Lionel hat seine Marsha vor etwa zwei Jahren mit Dan Boyd im Bett erwischt, aber er hat ihr verziehen. Ich kann mir nicht vorstellen, dass Sam und Marsha …«

»Sehen Sie«, konterte Hurst, der deutlich Oberwasser bekommen hatte. »Lassen Sie mich in Ruhe, und machen Sie endlich Ihre Arbeit.«

Draußen im Flur waren Gemurmel und Schritte zu hören. Die Tür wurde aufgestoßen und Brian streckte seinen Kopf herein.

»Kommst du, es ist wichtig!«, sagte er geheimnisvoll.

»Wir sprechen uns noch«, zischte Cathy ärgerlich. »Und wenn Sie mich angelogen haben, dann werden Sie mich erst richtig kennenlernen, das verspreche ich Ihnen.«

Ohne ein weiteres Wort machte sie auf dem Absatz kehrt und verließ den Raum. Draußen atmete sie erst einmal durch. »Er lügt!«, brummte sie.

»Wir haben Sam Haverman gefunden«, sagte Brian, der neben ihr stehengeblieben war.

»Wo?«

»Auf dem Friedhof. Er liegt in dem Grab, das für Gabriel Jefferson ausgehoben wurde. Er war mit Erde bedeckt, deswegen hat man ihn nicht gleich gefunden.«

»Wie sieht er aus, steckt unser Phantom dahinter?«

»In seinem Kopf steckte ein Stauerhaken, und seine Zunge hat man herausgeschnitten, außerdem hat er unzählige Wunden am ganzen Körper.«

Cathy atmete tief ein. »Verdammt!«, fluchte sie.

Western Peak, Hell's Kitchen Island, Maine,
20. März 2007, 12.15 Uhr (Dienstag)

Die Suchtrupps hatten eine Spur ausgemacht. Noah Fleischman hatte die Suchhunde auf die Insel bringen lassen, die schon Tylers Leiche auf Lower Goose Island aufgespürt hatten, und tatsächlich konnten die Bluthunde oberhalb von Anglewood eine

Fährte aufnehmen und waren ihr bis hinab zum Violent Beach gefolgt.

»Diese verfluchten Karten, die uns dieser Inselkönig gegeben hat, sind viel zu ungenau«, fluchte Fleischman, der in der Nähe von Barrish Dagger an einem gepanzerten Humvee-Geländefahrzeug der Nationalgarde lehnte und dem kommandierenden Captain die weiteren Suchgebiete zuwies. Drei Hubschrauber kreisten über der Westhälfte der Insel, einer davon mit einer Wärmebildkamera ausgestattet, die jedoch nicht viel nützte, weil sowohl an der Westwood Lounge als auch unterhalb des Anglewood mehrere hunderte Schafe grasten. Die Schafhirten von Otis Bratt hatten es vorgezogen, den Anweisungen der Nationalgarde Folge zu leisten, und das Gebiet verlassen. Die Schafsgatter mussten genügen, um zu verhindern, dass sich die Schafe im Unterholz verirrten.

Als Otis Bratt von seinen Männern erfahren hatte, dass sie von den Marshalls und der Armee aufgefordert worden waren, ihre Herde im Stich zu lassen, hatte er sich in seinen Wagen gesetzt und war hinauf auf den Western Peak gefahren. Er hatte geschnaubt wie ein wild gewordener Büffel, doch Noah Fleischman blieb unbeeindruckt. Er hatte ihm sogar gedroht, ihn festzunehmen, wenn er die Arbeit der Suchtrupps weiter erschwere. Otis Bratt war schließlich laut lamentierend von dannen gezogen, aber nicht ohne ausdrücklich zu betonen, dass er sich beim Gouverneur persönlich beschweren werde.

Das bewaldete Gebiet im Westen der Insel bot genügend Unterschlupfmöglichkeiten für einen Mann auf der Flucht, der nichts zu verlieren hatte. Vor allem die Klüfte, Kuhlen und Höhlen von Tender Hollow im Südwesten der Insel, wo der Kalkstein durch die Witterung teilweise löchrig war wie ein Schweizer Käse, würden die Suchmannschaften für eine lange Zeit binden. Andererseits gab es hier auch zahlreiche Verstecke, in denen man durchaus eine Tonne Gold verbergen konnte. Fleischman war heilfroh gewesen, als die Hundeführer meldeten, dass die Tiere endlich Witterung aufgenommen hätten. Donovan hatte vorsorglich Kleidung von Duval aus Cedar Junction besorgen lassen, damit die Hunde die Duftmarke des Ausbrechers aufnehmen konnten. Doch der Regen und der Sturm des Vortags erschwerten die Suche.

»Wenn wir so weitermachen, dann sind wir im nächsten Jahr auch noch auf der Insel«, unkte Donovan und beobachtete einen Trupp Nationalgardisten, der sich in der Nähe von Barrish Dagger anschickte, eine Höhle zu durchsuchen. Niemand wusste, ob Frank Duval bewaffnet war, doch man musste vom Schlimmsten ausgehen.

»Er ist auf alle Fälle hier langgekommen!«, meldete der Hundeführer, der Mühe hatte, seine beiden Bluthunde zu bändigen. »Und es war nach dem Regen.«

»Wohin führt der Weg?«, fragte Fleischman.

Donovan breitete noch einmal die Karte aus. »Dort hinten liegt die Henderson-Villa. Sie ist derzeit unbewohnt.«

»Dort war bereits ein Trupp zur Durchsuchung«, berichtete der Captain.

Das Funkgerät im Humvee knisterte. Der Captain nahm das Gespräch entgegen.

»Ich denke, dass wir uns von der Villa zum Kloster hin orientieren sollten«, schlug Fleischman vor. »Diese Amateure von der Yarmouth Police haben gestern schon mit Hunden hier gesucht. Sie mussten die Suche wegen des Sturmes abbrechen. Bestimmt haben sie ihn verscheucht und er versucht, auf die Ostseite der Insel zu gelangen.«

»Die Insel ist groß«, seufzte Donovan. »Er könnte auch schon wieder weg sein.«

Der Captain stieg aus dem Humvee. »Einer unserer Hubschrauber hat ein Boot ausgemacht. Es liegt dort hinten versteckt in der Bucht. Ein Trupp ist dorthin unterwegs.«

Fleischman warf Donovan einen vielsagenden Blick zu. »Er ist noch hier, und jetzt haben wir sein Boot. Er kommt nicht mehr von hier weg.«

»Trotzdem, die Insel ist zu groß, wir brauchen mehr Männer.«

»Wir kriegen ihn, glaub mir«, sagte Fleischman. »Es ist kalt, er hat keinen Unterschlupf und wahrscheinlich weder Essen noch Trinken. Früher oder später wird er sich zeigen.«

»Und wenn er seinen Kontaktmann längst getroffen hat?«

»Glaubst du, dann wäre er noch hier draußen unterwegs? Dann säße er längst in einer warmen Stube und würde über uns lachen! Aber er hat sich hier irgendwo in den Büschen verkrochen. Er hat seinen Kontaktmann noch nicht gefunden. Vielleicht weiß er noch nicht einmal, wer er ist. Tyler wird ihm nicht alles verraten haben. Quasi so eine Art Lebensversicherung.«

»Tyler ist tot, er kann ihm vor seinem Tod alles erzählt haben.«

»Er ist noch hier draußen«, wiederholte Fleischman, »und jetzt komm!«

Parish Hall, Hell's Kitchen Island, Maine,
20. März 2007, 14.45 Uhr (Dienstag)

»Die Zunge wurde ihm herausgeschnitten, als er noch lebte«, sagte Tremblay und wies auf die Fotos der Leiche von Sam Haverman. »Er starb wohl wie die anderen an der Vielzahl der Verletzungen. Der Mörder hat ihn dann in das offene Grab geworfen, das man für die Beerdigung von Gabriel Jefferson ausgehoben hatte, und hat dann die Leiche mit Erde bedeckt. Gerade so viel, dass man sie nicht auf den ersten Blick sehen konnte.«

»Wer hat ihn gefunden?«, fragte Cathy.

»Einer der Polizisten aus Yarmouth. Er hat Spuren entdeckt, die zum Grab führten, und sah einen Fetzen der Jacke.«

»Die Spuren …«

»Swat-Stiefel«, fiel ihr Tremblay ins Wort. »Dazu noch der Stauerhaken, der in seinem Kopf steckte. Mit Sicherheit der gleiche Täter wie bei den anderen.«

»MH«, murmelte Cathy. »Er wurde in eine Falle gelockt, und er ist mitten in der Nacht rausgegangen, obwohl er wusste, dass sich hier ein irrer Mörder herumtreibt. Es muss ihm sehr wichtig gewesen sein.«

Es klopfte an der Tür und Logan betrat das kleine Büro im ersten Stock der Gemeindehalle. »Marsha wartet unten«, sagte er.

»Wir kümmern uns um sie«, antwortete Cathy.

Das Telefon klingelte. Brian nahm ab. Erfreut begrüßte er die Teilnehmerin am anderen Ende der Leitung. Kurz deckte er mit der Handfläche den Hörer ab. »Das ist eine alte Bekannte von der *Portland Post,* sie hat für mich einige Dinge bezüglich des Fischereikrieges im Jahr 1971 ausfindig gemacht.«

»Welcher Fischereikrieg«, fragte Cathy.

»Du erinnerst dich, ich habe dir von der Chronik erzählt.«

Cathy fiel wieder ein, was Brian meinte, und nickte. »Gut, dann rede ich mit Marsha Haynes.«

»Sie können mein Büro benutzen«, bot Logan an.

Marsha Haynes saß im Erdgeschoss neben der Treppe und erhob sich, als Cathy vor sie trat. Sie war einfach gekleidet und hatte ihre braunen Haare hochgesteckt. Zweifelsfrei war Marsha eine sehr interessante Frau, wenngleich ihre Gesichtzüge verrieten, dass sie ein hartes und entbehrungsreiches Leben führte.

»Misses Haynes, wir haben ein paar Fragen an Sie. Wenn Sie mir bitte folgen.«

Marsha nickte stumm. Schüchtern folgte sie Cathy in Logans Büro. Nachdem sie Platz genommen hatte, setzte sich Cathy auf die Schreibtischkante. Sie warf der Kriminalbeamtin einen scheuen und erwartungsvollen Blick zu.

»Sam Haverman ist tot«, sagte Cathy und beobachtete aufmerksam die Regung in Marshas Gesicht.

»Ich habe schon davon gehört, der arme Sam.« Marshas Miene verriet ihre Trauer, aber von Bestürzung, so wie es Cathy erwartet hatte, wenn die junge Frau tatsächlich ein Verhältnis mit dem Ermordeten gehabt hätte, war nichts zu erkennen.

»Wo waren Sie in der vergangenen Nacht?«

Marsha dachte einen Augenblick lang nach. »Gestern war Kirche. Ich war dort und bin mit Alison nach dem Gottesdienst hinausgegangen. Sam, so erzählte mir Alison, fühlte sich nicht gut. Er war zu Hause geblieben.«

»Und wohin sind Sie gegangen?«

»Nach Hause«, antwortete Marsha, als ob es das Selbstverständlichste wäre und diese Frage eigentlich unsinnig sei.

»Ist Ihnen jemand begegnet?«

Sie schüttelte den Kopf.

Cathy überlegte, ob sie weiter um den heißen Brei schleichen sollte, entschied sich dann aber für den Frontalangriff.

»Hatten Sam Haverman und Sie ein Verhältnis?«

Marshas Augen wurden so groß wie Tennisbälle. Ihr ungläubiger Blick sprach Bände. »Also so etwas, wie kommen Sie darauf, ich bin verheiratet.«

»Es wird erzählt, dass Sie vor zwei Jahren eine Affäre mit einem älteren Mann hatten«, fuhr Cathy fort. »Sehen Sie, ich will nicht indiskret sein, aber wir fanden eine Nachricht bei Sam Haverman, die mit MH unterzeichnet war.«

»MH, Marsha Haynes«, wiederholte Marsha. »Nein, bestimmt nicht, da sind Sie auf dem Holzweg. Sehen Sie, ich habe eine Tochter, die behindert ist. Das Leben auf der Insel ist nicht leicht, und nicht immer läuft alles so, wie man will. Lionel und ich hatten uns auseinandergelebt und nur noch Streit. Dazu noch Tamy, die mich auch sehr viel Kraft kostete. Lionel und ich saßen oft nebeneinander und schwiegen uns an. Es schien, als würde ich ihn überhaupt nicht mehr interessieren. Dan hat mir damals zugehört, er hat mich verstanden, und ich konnte mit ihm reden. Es war nichts, auch wenn man auf der Insel etwas anderes behauptet. Ich war und ich bin Lionel immer treu gewesen, aber ich hatte jemanden gefunden, mit dem ich reden konnte und der mir zuhörte. Alles andere sind Gerüchte und Sie wissen, Gerüchte sind viel beständiger und langlebiger als die Wahrheit. Mehr war nicht. Im Gegenteil, nur weil es Dan gab, sind Lionel und ich noch immer zusammen. Sie können Lionel fragen, Dan hat uns wieder zusammengebracht, und dafür sind wir ihm sehr dankbar, und alles andere sind falsche Behauptungen. Nichts anderes als üble Gerüchte, die manche wie Öl ins Wasser gießen und damit einen reinen See verseuchen.«

Cathy nickte verständnisvoll. Sie schaute Marsha mitleidig an und erhob sich. »Entschuldigen Sie, dass ich Sie verdächtigt habe, aber wir mussten die Sache überprüfen.«

»Ich verstehe das, und ich bin Ihnen deswegen nicht böse«, antwortete Marsha Haynes. »Ich würde alles dafür tun, dass man endlich diesen abscheulichen Mörder fängt. Aber glauben Sie mir, MH bedeutet niemals Marsha Haynes, egal in welchem Zusammenhang Sie auf diese Initialen gestoßen sind.«

Cathy reichte ihr die Hand. »Ich danke Ihnen für Ihre Offenheit.«

Nachdem sie Marsha Haynes wieder hinausbegleitet hatte, ging sie ins Büro im ersten Stock zurück. Brians Telefonat war beendet.

»Hat dich das Gespräch mit deiner Bekannten von der Zeitung weitergebracht?«

Brian zuckte mit der Schulter. »Ich weiß es nicht. Die beiden Fischer, die damals ums Leben kamen, stammten von Bailey Island. Einer von ihnen war ledig und der andere geschieden, aber das hat nichts zu sagen. Nur hatten beide offenbar keine Kinder. Und ich glaube nicht, dass sich einer der Angehörigen der Fischer auf einen Rachefeldzug begeben hat. Dazu wären sie außerdem zu alt, wenn sie überhaupt noch leben.«

»Schade, es wäre eine Option gewesen«, meinte Cathy, obwohl sie von Beginn an nicht an diese Verbindung zu den Morden geglaubt hatte.

Es klopfte. Cathy öffnete die Tür und schaute den groß gewachsenen Mann im langen Mantel entgeistert an. »Mister Travis, ich dachte, Sie kommen nicht ins Dorf.«

»Nicht, wenn es sich vermeiden lässt«, brummte Elijah Travis. »Aber der Fremde war gestern in der Nacht wieder am Kreuz. Er hat meinen Charly verletzt.«

Cathy trat ein Stück zur Seite und zog einen Stuhl heran. »Dann erzählen Sie mal«, forderte sie ihn auf und setzte sich hinter ihren Schreibtisch.

28

Headland, Hell's Kitchen Island, Maine,
20. März 2007, 16.05 Uhr (Dienstag)

Detective Sergeant John Tremblay begleitete Cathy und Travis hinauf nach Headland. Er hatte seinen schweren Spurensicherungskoffer auf der Ladefläche des Pick-up deponiert. Der Weg zu den Pallans Seeshores war holprig, und die drei Insassen des Toyotas wurden im engen Fahrgastraum ordentlich durchgeschüttelt. Während John Tremblay schweigend aus dem Fenster schaute, genoss Elijah Travis die Fahrt.

»Ich glaube, das letzte Mal, als ich in einem Wagen saß, fuhr ich zu einem Boot, um auf die Insel überzusetzen«, sagte Travis nachdenklich.

»Es tut mir leid, was damals geschehen ist«, antwortete Cathy und lenkte den Wagen um eine Kurve.

»Es war mein Schicksal, meine Prüfung, und ich habe das Zeichen verstanden«, sprach Travis weiter. »Eines Tages werde ich sie wiedersehen, dann werde ich diese Insel verlassen, aber nur einer weiß, wann diese Stunde über mich kommt und sich meine Seele vom Körper befreit.«

»Glauben Sie an Gott?«

»Gott, Allah oder der große Geist, wie ihn die Ureinwohner nennen«, antwortete Travis und warf dem Indianer neben ihm einen kurzen Blick zu. »Nennen Sie ihn, wie immer Sie wollen. Ja, ich glaube, dass uns jemand in Empfang nimmt, wenn unser Geist diese Erde verlässt. Aber ich bin nicht religiös, wenn Sie das damit meinen. Es gibt viele Ansichten über das Leben nach dem Tod, und ich finde, jeder hat ein Recht, seine eigenen Vorstellungen davon zu haben. Gotteshäuser und Männer, die Kutten tragen, spielen in meinem Glauben keine Rolle.«

»Ich verstehe«, erwiderte Cathy.

Sie hatten den ersten Felsen erreicht, der sich wie ein Fremdkörper aus dem Weideland steil erhob.

»Pallans Seeshore, wie kamen diese Felsen eigentlich zu ihrem Namen? Sie haben überhaupt nichts mit einem Strand zu tun, finde ich«, bemerkte John Tremblay und blickte gebannt auf die drei nackten Felsen aus grauem Stein.

»Das Meer soll einmal bis hierher gereicht haben, erzählt man, dann hat sich die Insel nach einem Erdbeben aus dem Wasser erhoben, und aus dem Strand wurde eine Steilküste mit einer Halbinsel. Diese Felsen sollen vor beinahe einer Million Jahren entstanden sein, als sich die Insel noch bewegte. Sie sollen sogar einmal mit Erde und Gras bedeckt gewesen sein, dann hat der Wind die Oberfläche abgetragen, und der nackte Stein blieb übrig.«

»Und wer war Pallan?«, wandte sich der Indianer an den Einsiedler.

»Keine Ahnung, vielleicht der erste Bewohner, der sich hier niedergelassen hat.«

»Ist es noch weit?«, fragte Cathy.

Elijah Travis wies mit dem Zeigefinger auf die größte der drei Felsnadeln, die wohl an die zehn Meter maß. »Dort können wir anhalten.«

Cathy bremste und schaltete in den zweiten Gang. Der ausgefahrene Weg beschrieb einen weiten Bogen und führte direkt zu dem großen Felsen. Sie stoppte den Wagen.

»Er stand dort drüben und ist dann hinter dem Felsen in Richtung des Dorfes verschwunden.«

John Tremblay stieg aus und schaute sich um. Die Dächer des Village schmiegten sich in das schmale Tal, bis im Westen der Woodwine Trail hinauf zum Western Peak führte. Im Süden, keine fünfzig Schritte entfernt, lag die steil abfallende Küste. Knapp zwanzig Meter unterhalb der Klippe tobte die Brandung, die sich in dem Wirrwarr aus Felsen und Riffen brach.

»Dort hinten!« Travis deutete in Richtung der Felsnadel.

Tremblay beeilte sich und überholte ihn. »Lassen Sie mich vorangehen«, sagte er und setzte sich an die Spitze der kleinen Gruppe.

Die Wiese rund um den Felsen war durchweicht und matschig, und hier und da hatten sich kleine Wasserlachen gebildet. Wie kleine Seen inmitten einer grünen Landschaft. Tremblay musste nicht lange suchen, er sah den Fußabdruck im schlammigen Boden auf den ersten Blick.

»Hier stand er, als ich ihn sah«, bestätigte Travis, als sich Tremblay auf den Boden kniete. Er wies auf den Fußabdruck, der unbeschadet, wie festzementiert, im weichen Boden zu erkennen war.

»Swat-Stiefel, ein relativ kleiner Abdruck des rechten Stiefels«, sagte Tremblay. »Ich schätze, das ist unser Mann.«

»Der Mörder?«, fragte Travis.

Cathy nickte. »Ich fürchte ja. Er war hier an den Felsen, wahrscheinlich am Kreuz, bevor er in das Dorf ging und Sam Haverman ermordete.«

»Dieses Kreuz, wo ist es?«, fragte Tremblay seine Kollegin.

Cathy wies nach Osten. »Zehn Minuten von hier, an der Spitze der Halbinsel.«

»Ich werde mich hier um die Spuren kümmern und nehme auch das Kreuz unter die Lupe, vielleicht finde ich dort etwas.«

Travis schaute in Richtung seiner Hütte, die etwa tausend Schritte entfernt an der kleinen windgeschützten Bucht lag.

»Ich muss mich um Charly kümmern«, sagte er.

»Ich fahre Sie rüber, Sie sollten sich Ihren Hund schnappen

und im Dorf bleiben, solange sich der Mörder hier draußen herumtreibt.«

Travis schüttelte den Kopf. »Ich gehe hier nicht weg.«

»Aber er weiß, dass Sie ihn gesehen haben. Sie sind eine Gefahr für ihn.«

»Ich sagte doch, es ist meine Bestimmung, hier zu bleiben, bis ich abberufen werde. Und wenn es durch die Hand eines Mörders ist, so ist es ein Teil meines Schicksals. Ich gehe hier nicht fort!«

Jeder weitere Versuch, den Einsiedler davon zu überzeugen, dass er in großer Gefahr schwebte und sich in Sicherheit bringen musste, blieb erfolglos.

»Ich habe Ihnen gezeigt, was ich Ihnen zeigen wollte, meine Aufgabe ist erledigt, der Rest ist Ihre Sache«, sagte er, bevor er sich aufmachte und in Richtung Hermits Home davonstapfte.

»Entweder ist er verdammt mutig oder er ist einfach nur verrückt«, murmelte Tremblay nachdenklich, als sie ihm nachschauten, bis er hinter den Felsen verschwand.

»Er ist ein freier Mann, ich kann ihn nicht zwingen, ins Dorf zu gehen.«

»Ich glaube nicht, dass es einen Sinn hat, mit ihm weiter darüber zu diskutieren. Er hat einen ganz schönen Dickschädel«, stimmte ihr Tremblay zu und machte sich daran, die Fußspur mit einem Spray so weit zu versteifen, dass er sie unbeschadet mit Gips ausgießen konnte. Sie blieben noch eine Stunde in der Gegend, denn es wimmelte nur so von Spuren der Swat-Stiefel. Auch am Kreuz fanden sie Fragmente der Abdrücke. Damit war es Gewissheit, dass das Kreuz mit den Morden etwas zu tun hatte. Doch mehr als die verblichene Jahreszahl konnte auch Tremblay nicht am Kreuz entdecken.

Es wurde bereits dunkel, als sie den Rückweg antraten und mit dem Pick-up zurück ins Dorf fuhren.

Peterson Grange, Hell's Kitchen Island, Maine,
20. März 2007, 16.15 Uhr (Dienstag)

»Wenn Sie etwas über die Insel und ihre Vergangenheit wissen wollen, dann bin ich der falsche Mann«, sagte Logan und zog sich seine Stiefel an. »Wenn Ihnen jemand helfen kann, dann ist es der alte Josh. Seine Familie lebte schon hier, als es hier nur grüne Wiesen und Wälder gab. Der alte Josh weiß sogar mehr, als in allen Büchern steht, die Sie in unserem Archiv finden. Nur ist es nicht immer einfach mit ihm.«

Brian hatte Logan gefragt, ob er ihm etwas über die verzeichneten Schiffsunfälle erzählen könne, doch Logan hatte mit dem Kopf geschüttelt.

Er musste unbedingt mit dem alten Joshua Breed-Peterson sprechen.

»Begleiten Sie mich?«, fragte Brian.

Mit Logans Zweitwagen, einem alten verrosteten Armee-Jeep, fuhren sie hinauf zur Peterson Grange, wo geschäftiges Treiben an den Schafspferchen herrschte.

»Wir wollen zu deinem Vater«, sagte er zu Alex Breed, der an einem Gatter lehnte und Logan neugierig musterte.

»Er ist drinnen bei Olivia!«, antwortete Alex und zeigte auf den Eingang des Hauses.

Logan tippte mit dem Finger an die Stirn und wandte sich um. Brian folgte ihm zur Tür. Nachdem Logan geklopft hatte, erschien eine Frau, deren Alter schwer zu schätzen war.

»Hallo Olivia, wir wollen zu Josh.«

Die Frau nickte, trat einen Schritt zur Seite und wies den Gang entlang. Brian grüßte sie freundlich, als er an ihr vorüberging. Joshua Breed-Peterson saß in der Stube an einem Tisch und las in der Bibel. Er schaute nicht einmal auf, als Brian und Logan das Zimmer betraten.

»Hallo Josh, du kennst Officer Stockwell ja schon, er hat ein paar Fragen, bei denen du ihm bestimmt helfen kannst«, begann Logan.

»Ich kenne ihn«, erwiderte Joshua Breed-Peterson, »und ich habe nichts zu verbergen. Meine Seele ist rein.«

Er schob die Bibel zur Seite und bot seinen beiden Besuchern einen Platz an.

»Mister Breed-Peterson, es geht um die Vergangenheit dieser Insel, und Mister Logan sagte mir, dass Sie mir da helfen können, weil Ihre Familie schon lange hier auf der Insel lebt.«

»Das ist richtig«, bestätigte der alte Schäfer. »Meine Vorfahren waren schon auf der Insel, bevor es hier ein Dorf gab und sich die Brut dieser diebischen Bratts hier niederließ. Dies ist unser Land, wenn es manche auch nicht wahrhaben wollen und sich gegen uns stellen.«

»Josh, der Officer ist nicht hierhergekommen, um sich deine alten Geschichten über Recht und Unrecht anzuhören. Diese Insel gehört zum Bundesstaat Maine und in der Charta der Verfassung steht, dass das Weideland für die Schäfer freies Land ist und niemandem gehören soll …«

Joshua Breed-Peterson hob abwehrend die Hände. »Es ist ein altes Lied, das du anstimmst, doch keiner hat damals diejenigen gefragt, die es jeden Tag singen müssen. Also, Officer, was wollen Sie wissen?«

Brian räusperte sich. »Es geht um das alte Holzkreuz, das auf der Halbinsel steht. Wissen Sie, wer es damals aufgestellt hat und weswegen es dort steht?«

Joshua Breed zuckte mit der Schulter. »Es steht bestimmt schon seit zwanzig Jahren dort. Ich nehme an, dass es gottesfürchtige Hinterbliebene dort errichtet haben, deren Angehörige in den Southern Shoals umgekommen sind. Sie wissen, dass die Insel ihren Namen von diesen Untiefen erhalten hat, denn selbst an einem schönen, windstillen und sonnigen Tag treiben die Felsen und Riffe ihr Spiel mit der Strömung, und es sieht aus, als würde das Wasser kochen. Eben wie in der Küche des Teufels, denn der Teufel selbst hat sich dort schon hunderte Seelen braver und sittsamer Menschen geholt.«

»Es ist eine Jahreszahl in das Kreuz geschlagen, aber die Gravur ist schon stark verwittert, es könnte 1911 oder 1971 heißen. Mehr steht dort nicht.«

»Ich kenne das Kreuz, es muss 1971 heißen, ich war viel mit meinen Schafen dort, als diese Rattenbrut der Bratts sich noch nicht überall breit gemacht hatte. Das Gras bei den Pallans Seashores ist saftig und von guter Qualität. Aber ich weiß nicht, wer es dort errichtet hat.«

»Ich habe in der Inselchronik von drei dokumentierten Unfällen im Jahr 1971 gelesen. Bei einem gerieten zwei Fischer einer Nachbarinsel in Seenot und kenterten. Es heißt, sie wurden von hiesigen Fischern in die Shoals getrieben, können Sie sich noch daran erinnern?«

Über Breeds Gesicht huschte der Anflug eines Lächelns. »Ich kann mich gut an diese Geschichte erinnern, aber in Wahrheit waren diese beiden Fischer dem Fluch des Alkohols erlegen. Sie waren schon sturzbetrunken, als sie damals von Bailey Island aufgebrochen sind. Sie fischten illegal vor Hell's Kitchen und gerieten in die Shoals. Irgendein Reporter vom Festland plusterte die Geschichte auf. Wahrscheinlich wollte er den Pulitzer-Preis gewinnen. Die Wahrheit kam schnell ans Licht, als man die Namen der beiden Männer erfuhr. Glauben Sie mir, sogar auf Bailey Island hielt sich die Trauer in Grenzen. Man soll nicht schlecht über die Toten reden, aber wenn das Kreuz den beiden nichtsnutzigen Säufern gewidmet sein sollte, dann hätte man eher eine Schnapsflasche darauf eingravieren sollen als eine Jahreszahl.«

»Im April sank ein Küstenschiff vor Hell's Kitchen«, fuhr Brian fort. »Können Sie mir darüber etwas erzählen?«

»Es scheint mir, dass Sie zu mir gekommen sind, um eine Geschichtsstunde abzuhalten«, unkte der alte Schäfer und lehnte sich zurück, während er sich eine Pfeife stopfte. »Das war eine tragische Sache, damals, als der Frachter sank. Mit Mann und Maus ist er von den Shoals verschlungen worden. Es geschah in den frühen Morgenstunden bei Dunkelheit, als der Frachter vom Kurs abkam und in den Shoals endete. Sechsundvierzig Menschen kamen ums Leben. Männer, Frauen und Kinder. Keiner konnte ihnen helfen, das Unglück wurde erst bemerkt, als der Frachter überfällig war und man nach ihm suchte. Das Suchkommando fand einige Wrackteile, Koffer, Kleidung, eben das, was an der Oberfläche übrig bleibt, wenn ein Schiff sinkt. Es geschah bei Feargalls End, einem großen Felsen in den Shoals.«

»Sechsundvierzig Tote auf einem Frachter, diese Zahl erscheint mir sehr hoch für ein Küstenschiff. Normalerweise besteht eine Besatzung aus fünf oder sechs Männern.«

Breed zündete sich seine Pfeife an und grinste. »Gut kombiniert, Herr Polizist. Es waren Passagiere an Bord, das ist richtig. Menschliche Fracht, bestimmt für Hell's Kitchen Island. Billige Arbeitskräfte für Hendersons Firma, der Seafood. Kam nie an, die Bestellung vom Festland.«

Brian runzelte die Stirn. »Das verstehe ich nicht, was meinen Sie damit?«

»Sehen Sie, wir liegen weit vom Festland entfernt. Schafe oder Fische, um nichts anderes dreht es sich hier auf der Insel. Auch heute noch. Im Dorf lebt man ebenfalls davon. Glauben Sie, eine Pension würde sich hier rentieren, wenn nicht im Sommer und im Herbst die Händler vom Festland kämen, um Wolle zu ersteigern oder das Fleisch unserer Schlachttiere und Lämmer? Mit dem Fischfang ging es bergab. Schon damals, 1971, stand Hendersons Firma kurz vor dem Ruin. Egon Henderson war kein feiner Mensch. Alle Bewohner des Village arbeiteten bei ihm, und er beutete sie aus. Die großen Kutter fuhren hinaus und kamen mit prall gefüllten Netzen wieder in den Hafen zurück. Es war eine gute Zeit für Henderson, der mich oft belächelt und als stinkenden Schafhirten bezeichnet hat. Er machte einen guten Schnitt, während seine Arbeiter einen Vierzehn-Stunden-Tag hatten und mit Almosen abgespeist wurden. Es war Chester Glandale, ein Vorarbeiter, der sich zur Wehr setzte, und die anderen folgten ihm. Beinahe drei Wochen blieben die Leute zu Hause und die Boote im Hafen. Ein herber Verlust für Henderson. Doch der hatte schon vorgesorgt. Flüchtlinge, Auswanderer von den Philippinen, hatte er auf dem Festland anheuern lassen, die bereit waren, für noch weniger Geld in seiner Fabrik zu malochen. Im Dorf behauptete man, es seien Kommunisten, Angehörige der damaligen NPA, die vor dem Marcos-Regime in die USA geflohen waren. Wobei das Blödsinn war, denn kein Kommunist hätte sich damals in den Staaten niederlassen können, dafür sorgte schon die Einwanderungsbehörde. Und wie durch eine schicksalhafte Fügung geriet das Schiff in die Shoals und Henderson musste sich zähneknirschend mit seinen Mitarbeitern einigen, damit er nicht noch mehr Geld verlor. Ein paar Monate später war Henderson dann doch pleite. Er verließ die Insel und starb in einem Armenhaus in Portland. Manchmal holen die Sünden, die man begeht, einen schon zu Lebzeiten ein.«

»Waren unter den Toten auch Amerikaner?«, erkundigte sich Brian.

»Der Kapitän«, antwortete Breed. »Der Steuermann stammte aus Irland, aber der Rest der Besatzung waren allesamt Filipinos. Die überschwemmten damals die Häfen des Ostens und heuerten auf den Schiffen an. Ein Knochenjob, aber diese Leute waren sich für nichts zu schade. Es gab eine Untersuchung der Küstenwache. Man machte den Kapitän des Schiffes für den Unfall verantwortlich. Ein schwerer Navigationsfehler wurde als Ursache festgestellt, aber da er auch in den kalten Fluten der Shoals versunken war, wurde das Verfahren vor dem Seegericht eingestellt. Einen faden Beigeschmack gab es dennoch. Es ist Tradition, dass für die Opfer der Shoals eine Heilige Messe gehalten wird. Doch der Prior von Saint Benedict weigerte sich, für Ungläubige und Kommunisten eine Messe zu lesen. Ich hielt das für einen Fehler, denn im Tod sind alle Seelen gleich und bedürfen der Führung ins Himmelreich. Pater Phillip verweigerte sich und so, fürchte ich, sind alle Seelen beim Teufel gelandet.«

»Wissen Sie noch, wie dieses Schiff hieß?«

Breed blies den weißen und wohlriechenden Rauch seiner Pfeife gegen die Decke des Hauses. »Sinclair, Jonathan Sinclair, war der Name des Schiffes. Es kam aus Boston.«

Noch eine Weile redete er mit dem alten Schäfer über den Unfall, doch Joshua Breed-Peterson wusste keine weiteren Details mehr. Über den weiteren Schiffsunfall, der sich Ende des Jahres 1971 ereignete, konnte er nur berichten, dass ein junger und reicher Collegeboy auf einem Segeltörn mit einer Yacht in die Untiefen geriet und sank. Soviel er sich noch erinnerte, war der Junge damals allein an Bord der Motoryacht seines Vaters gewesen. Auf der Rückfahrt schwirrten Brians Gedanken um die Jonathan Sinclair und die sechsundvierzig Toten vom April des Jahres 1971. Falls es überhaupt noch Aufzeichnungen gab, dann schlummerten sie irgendwo in den Archiven der Küstenwache in Portland. Heute noch würde er dort anrufen und sich nach dem Unfall der Jonathan Sinclair erkundigen. Und irgendwie wurde er das Gefühl nicht los, dass er auf etwas gestoßen war, das einer weiteren Überprüfung wert war.

29

Violent Beach, Hell's Kitchen Island, Maine,
20. März 2007, 16.25 Uhr (Dienstag)

Die Sea Ray dümpelte in einer kleinen Bucht vor dem Violent Beach und war mit Segeltuch und Schwemmgut so weit abgedeckt, dass man sie nicht so einfach entdecken konnte. Beschreibung und Kennnummer passten auf das gestohlene Motorboot von Bartol Island. Zweifellos war Duval mit diesem Boot auf die Insel gekommen und wollte – so gut, wie er es versteckt hatte – damit sicher auch wieder von hier verschwinden. Deputy Clarkson trat an Donovans Seite. »Funkspruch von Noah Fleischman, sie haben den Wald durchsucht und das ganze Gebiet bis zum Strand durchkämmt. Die Hunde haben die Spur verloren, Noah lässt jetzt den Ostteil der Insel durchsuchen. Er glaubt, dass er sich dorthin durchgeschlagen hat.«

Ein kleiner und wendiger Rettungskreuzer der Küstenwache mit geringem Tiefgang war in die kleine Bucht eingefahren, um das Boot in Schlepp zu nehmen.

»Er wird unsere Operation von irgendwo beobachten«, murmelte Donovan und blickte auf die Anhöhe im Osten, wo sich am Horizont der Turm der Kirche der alten Abtei von Saint Benedict in den wolkenverhangenen Himmel reckte. »Von dort oben hat man einen ausgezeichneten Blick, ich denke, wir sollten uns mal mit den Mönchen unterhalten.«

»Wer kommt auf die Idee, ein Kloster mitten in diese Einöde zu bauen«, versetzte Clarkson und spuckte seinen Kaugummi auf die Wiese. »Ist dort überhaupt noch jemand?«

Donovan wies auf das Kloster. »Es ist ein Hort der Ruhe und der Zwiesprache mit Gott, steht über diese Abtei im Internet«, erklärte er. »Benediktiner leben dort. Mönche, die sich in sozialer Arbeit auf dem Festland aufgerieben haben, werden hierher geschickt, um wieder zu Gott und zu sich selbst zu finden.«

»Ein Erholungsheim für Klosterbrüder?«

»Richtig, nur ohne Sauna und Wellnessoase«, bemerkte Donovan spöttisch. »Vier Mönche wohnen noch dort. Sie betreuen das Dorf und leben hier in Ruhe und Abgeschiedenheit.«

»Woher weißt du das alles?«, wunderte sich Clarkson.

»Hat mir dieser Dorfbürgermeister und Inselkapitän erzählt. Das Kloster steht schon seit über hundert Jahren hier. Die Mönche sind alt, früher waren dreißig bis vierzig Brüder hier. Aber auch bei den Benediktinern herrscht inzwischen Personalmangel, fast so wie bei uns.«

Donovan wartete, bis der Rettungskreuzer das Boot aus der Bucht auf die offene See geschleppt hatte, bevor er sich in den geländegängigen Humvee setzte, der ihm von der Nationalgarde überlassen worden war. Clarkson klemmte sich in den Fond des Wagens.

»Schauen wir mal, wie es den Brüdern da oben geht, und fragen nach, ob sie etwas beobachtet haben«, schrie Donovan dem Fahrer des Militärfahrzeuges zu. »Zum Kloster bitte.«

Das Dröhnen des Motors klingelte in seinen Ohren. Der Fahrer, ein Corporal der Nationalgarde, nickte kurz und lenkte den Wagen über die Wiese die kleine Anhöhe hinauf. Vor dem großen Portal des Klosters stoppte er. Donovan und Clarkson stiegen aus und traten vor das verschlossene Tor. Eine Glocke mit einem Zugseil hing an der gemauerten Zarge.

»Ich denke, so etwas wie einen elektrischen Türöffner haben die wohl nicht«, scherzte Donovan und zog an dem Seil, bis das helle Läuten der Messingglocke erklang. Nach drei kräftigen Zügen ließ er das Seil wieder los, dennoch dauerte es eine Weile, bis das Läuten verstummte.

»Wohl keiner zu Hause«, sagte Clarkson, nachdem sie eine Weile gewartet hatten.

Donovan griff erneut nach dem Seil, doch bevor er daran ziehen konnte, wurde eine Klappe im Tor geöffnet. Ein grauhaariger Mann warf einen Blick durch den übergroßen Spion.

»Sie wünschen?«, fragte der Mönch.

Donovan präsentierte seine Dienstmarke. »Ich bin US-Marshal Donovan, und das ist Deputy Clarkson. Wir würden gerne mit dem Prior sprechen.«

»Haben Sie Geduld«, gab der Klosterbruder zurück. »Ich werde Pater Phillip Ihr Anliegen übermitteln.«

Die Klappe wurde wieder geschlossen, und Clarkson warf Donovan einen erstaunten Blick zu. »Ich werde Ihr Anliegen übermitteln«, äffte er den Mönch nach. »So wie der spricht, leben die noch im Mittelalter, ich bin mir gar nicht sicher, ob die wissen, was ein US-Marshall ist.«

Beinahe fünf Minuten warteten sie schweigend, bis das laute Knacken des Türschlosses erklang und ein rostiger Riegel quietschte. Eine Tür in dem großen Portal schwang knarrend auf.

»Der Prior erwartet Sie«, sagte der Mönch und verbeugte sich, als Donovan und Clarkson eintraten. »Ich geleite Sie in das Quartier des Priors«, fuhr der Mönch fort und übernahm die Führung. Vorbei an einer übergroßen Figur von Jesus Christus mit ausgebreiteten Armen führte sie der Klosterbruder entlang der Stallungen durch den Klostergarten in das kleine Zimmer, in dem Pater Phillip auf einem spartanischen Stuhl hinter einem einfachen Schreibtisch saß und etwas in ein Buch schrieb. Er erhob sich, als die beiden US-Beamten das kleine weiß gekalkte Zimmer betraten.

»Meine Herren«, grüßte er förmlich. »Bruder Samuel berichtete mir, dass Sie mit mir sprechen wollen?«

Er wies auf zwei einfache Holzstühle in der Ecke, und Donovan und Clarkson nahmen Platz.

»Hochwürden, Sie haben bestimmt schon gehört, dass wir einen entflohenen und gefährlichen Straftäter hier auf der Insel suchen. Er ist offenbar mit einem Boot vor drei oder vier Tagen angekommen. Das Boot haben wir in einer kleinen Bucht ein paar Kilometer von hier entfernt am Strand gefunden. Können Sie etwas dazu sagen, Hochwürden?«

Pater Phillip setzte sich. »Hat er etwas mit den Todesfällen hier auf der Insel zu tun?«

»Wäre durchaus möglich.«

»Seit sich dieser verirrte und vom Teufel beseelte Mörder auf der Insel herumtreibt, halten wir die Tore geschlossen. Wir sind vier Brüder und meiden seitdem den Weg ins Dorf. Nur hin und wieder hält einer unserer Brüder in der Dorfkapelle eine Messe. Wir sind vorsichtig, Officer. Man weiß nie, was diese verirrte Seele umhertreibt.«

»Das heißt im Klartext, Sie haben niemanden gesehen und nichts Verdächtiges bemerkt.«

»Das ist richtig, mein Sohn. Wir alle leben in Gottes Hand, und die Pfade des Herrn sind manchmal seltsam und verschlungen.«

»Könnte sich jemand hier hereinschleichen und sich in der Abtei verstecken?«

Pater Phillip wies aus dem Fenster. »Die Mauern sind hoch und die Tore verschlossen. Aber wir halten keine Wache. Gott wacht über uns. Dennoch glaube ich kaum, dass ein Fremder in unseren Mauern lange unentdeckt bliebe. Meine Herren, ich kann Ihnen in dieser Sache leider nicht weiterhelfen.«

Donovan erhob sich und nickte dem Pater freundlich zu. »Gut, dann wollen wir Ihre Zeit nicht länger beanspruchen.«

Der Prior griff nach einer kleinen Glocke und klingelte. »Ich lasse Sie hinausgeleiten, und der Herr möge mit Ihnen sein. Ich hoffe, dass Ihre Suche von baldigem Erfolg gekrönt ist, denn für alle Menschen hier auf der Insel waren die letzten Tage eine Heimsuchung.«

Die Tür zum Quartier wurde geöffnet, und ein bärtiger Pater, Donovan schätzte ihn auf Anfang fünfzig, trat ein.

»Führe unsere Gäste bitte hinaus, Bruder Thomas.«

»Wir tun, was in unserer Macht steht«, verabschiedete sich Donovan und folgte dem Pater. Über den Kreuzgang führte er sie zum großen Tor, durch das sie das Kloster betreten hatten.

»Pater Thomas, wenn ich richtig verstanden habe?«, wandte sich Donovan noch einmal dem Mönch zu. »Falls Sie etwas Ungewöhnliches beobachten, dann rufen Sie uns bitte an. Ich gehe davon aus, dass es hier ein Telefon gibt?«

Er überreichte dem Pater eine Visitenkarte. Pater Thomas lächelte. »Dies ist ein Ort des Glaubens, ich denke nicht, dass der Sünder bei uns Zuflucht sucht. Aber selbst wir verfügen über ein Telefon. Wir werden es melden, wenn ein Fremder hier auftaucht.«

»Mehr kann ich nicht erwarten.«

»Gelobt sei Jesus Christus«, verabschiedete sich Pater Thomas und schloss die Tür, nachdem Donovan und Clarkson das Kloster verlassen hatten. Donovan blieb stehen und lauschte. Als er das Knacken des Schlosses und das Quietschen des Riegels vernommen hatte, folgte er Clarkson in den Humvee.

»Sonderbare Menschen sind das«, empfing ihn sein Kollege. »Ich habe das Gefühl, sie interessieren sich überhaupt nicht dafür, was auf der Insel vorgeht.«

Donovan nickte. »Aber Angst haben sie dennoch. Sie schieben einen Riegel vor die Tür.«

»Keiner will so einfach sterben, selbst die Gottesbrüder nicht«, antwortete Clarkson.

Der Fahrer des Humvee schaute Donovan fragend an.

»Gibt es Neuigkeiten?«, fragte Donovan und zeigte auf das Funkgerät. Der Fahrer schüttelte den Kopf.

»Dann fahren Sie uns ins Dorf. Es wird Zeit, eine Kleinigkeit zu essen.«

Der Fahrer nickte und startete den Motor.

Hell's End, Hell's Kitchen Island, Maine,
20. März 2007, 17.45 Uhr (Dienstag)

Tremblay hatte einen ganzen Haufen Tütchen mit allerlei gesichertem Material bei sich, als sie den Pick-up vor dem Gemeindehaus parkten. Cathy trug den ausgehärteten Sohlenabdruck in ihr Büro. Sie musste die Tür mit dem Schlüssel öffnen. Weder Logan noch Brian waren irgendwo zu finden. Tremblay packte die Tütchen mit Fasern und Mikrospuren, die er an den Pallans Seashores und auf dem Headland in der Nähe des Kreuzes gesichert hatte, in einen Karton, verschloss ihn und klebte einen roten Aufkleber mit der Aufschrift *Vorsicht – Spurenträger* auf den Deckel.

»Wo bloß Brian und Logan stecken?«, wunderte sich Cathy.

»Es ist mir eigentlich egal«, erwiderte Tremblay, »aber in meinem Magen tobt ein Unwetter.«

»Etwas zu essen schadet nicht«, entgegnete Cathy. »Gehen wir ins Hell's End, das Essen ist zwar nichts Besonderes, aber es ist gut und preiswert. Ich lade Sie ein, Detective Sergeant.«

»Ich könnte ein ganzes Schaf verspeisen, es kann teuer werden.«

Cathy löschte das Licht und schloss die Tür zum Gemeindehaus ab. Auf ihrem Weg zum Gasthaus begegneten ihr zwei Polizisten vom Festland, die in der Main Street patrouillierten.

»Alles in Ordnung?«, sprach Cathy die beiden an.

»Keine Verdächtigen, hier ist alles ruhig«, gab der Officer Auskunft.

Sie setzten ihren Weg fort und betraten das Hell's End, in dem es vor Gästen nur so wimmelte. Der einzige Tisch, an dem noch Platz war, befand sich in der Ecke, neben der Tür zur Toilette. Ron Nyman, Linda Crawford und Nathan Cole saßen dort. Drei Stühle waren noch frei.

»Das trifft sich gut«, murmelte Cathy und ging schnurstracks auf den Tisch zu.

»Wie bitte?«, fragte Tremblay, doch Cathy blieb ihm die Antwort schuldig.

»Hier ist doch wohl noch ein Plätzchen für uns frei«, wandte sich Cathy an die Runde.

»Nehmen Sie Platz, ich wollte morgen sowieso zu Ihnen kommen«, antwortete Linda Crawford.

Cathy setzte sich neben Nyman, während sich Tremblay auf der gegenüberliegenden Seite niederließ. Mia Honeywell hetzte am Tisch vorbei.

Cathy griff nach ihrem Arm. »Wir hätten gerne etwas zu essen.«

»Es gibt Irish Stew«, sagte Mia.

»Zweimal bitte und zwei Glas Bier.«

Mia Honeywell nickte und hetzte weiter.

»Nathan und ich müssen dringend verreisen, ich habe einen Termin mit meinem Verleger auf dem Festland«, fuhr Linda Crawford fort, nachdem Mia verschwunden war. »Es ist dringend und sehr wichtig für mich.«

Cathy war überhaupt nicht auf eine Unterhaltung mit dieser eingebildeten Diva aus. »Kommen Sie morgen zu mir ins Büro, dann können wir darüber reden«, antwortete sie und wandte sich Nyman zu. »Ich hoffe, Sie können bleiben, oder haben Sie auch einen Termin?«

Nyman spielte mit seinem Bierglas und lächelte. »Auf mich wartet niemand auf dem Festland. Ich habe nicht vor, meine Zelte hier abzubrechen.«

»Das ist gut«, antwortete Cathy und rutschte ein Stück zur Seite, als Mia Honeywell die Getränke auf dem Tisch abstellte und das Besteck vor Cathy platzierte. Cathy griff danach und ließ die Gabel zu Boden fallen. Sie bückte sich. Ron Nyman rutschte ein Stück zur Seite, um sich ebenfalls um die Gabel zu bemühen. Doch schon tauchte Cathy wieder auf. Nyman hatte wirklich kleine Füße, doch er trug keine Stiefel, sondern einfache, weiße Segelschuhe.

»Oh, Ihre Schuhe könnten auch mir passen«, seufzte Cathy. »Ich brauche unbedingt etwas Bequemeres als diese ewigen Absätze. Ich dachte nicht, dass sich unsere Ermittlungen so lange hinziehen.«

Nyman nahm einen Schluck aus seinem Glas. »Nicht jeder lebt auf großem Fuß«, gab er zur Antwort.

»Ach übrigens, ich habe Ihre Reiseberichte gelesen. Das waren ja aufregende Touren. Die Südsee, das Kap der Guten Hoffnung, das Polarmeer, Thailand und die Palau-Inseln. Das muss eine sehr aufregende Zeit gewesen sein.«

»Ja, das war es, aber das ist Vergangenheit. Das Alter, verstehen Sie. Mit dem Alter wird man langsam auch vernünftig und sesshaft. Ich denke, ich habe meine Heimat gefunden. Auch wenn es zuweilen ein klein wenig einsam ist.«

»Keine neue Reise geplant? Sie sind doch noch lange nicht zu alt dafür.«

Nyman trank sein Glas leer, während Mia erschien und zwei Teller auf dem Tisch platzierte. Linda Crawford und Nathan Cole warteten, bis Mia wieder verschwunden war, ehe sie sich erhoben.

»Wir sehen uns dann morgen, sagen wir gegen zehn?«

»Zehn ist in Ordnung«, bestätigte Cathy und griff zum Besteck.

»Das Polarmeer muss ein echtes Erlebnis gewesen sein. Mir ist es schon zu kalt, wenn sich die Sonne ein paar Tage nicht zeigt.«

Ron Nyman rutschte unruhig auf der Bank hin und her. Diese Unterhaltung schien ihm nicht zu behagen. Er schob das leere Bierglas zur Seite und versuchte ein Lächeln, das ihm gründlich misslang. »Ich muss Sie leider verlassen«, sagte er. »Ich habe noch etwas Dringendes zu erledigen. Tut mir leid.«

»Schon gut«, versetzte Cathy. »Unterhalten wir uns ein anderes Mal, wenn Sie mehr Zeit haben, Mister Nyman.«

Nyman nickte Cathy und Tremblay freundlich zu, erhob sich und verließ geradewegs das Lokal.

»Ein sonderbarer Kauz«, sagte Tremblay und schob sich mit der Gabel eine Portion Irish Stew in den Mund.

Mia Honeywell kam erneut am Tisch vorbei. Sie blieb stehen. »Ich hoffe, es schmeckt Ihnen. Es ist nur ein einfaches Gericht, aber genau richtig für diese Jahreszeit.«

»Es ist sehr gut«, antwortete Cathy.

Als Mia zu Nymans geleertem Glas greifen wollte, hielt Cathy ihren Arm zurück. »Das brauchen wir noch«, sagte sie. »Haben Sie eine Tüte?«

Mia schaute Cathy fragend an. »Eine saubere Tüte, bitte!«

Mia nickte kurz, ehe sie verschwand.

Tremblay legte seine Gabel zur Seite. »Ausgezeichnete Idee«, lobte er Cathys Scharfsinn.

»Ich werde nicht schlau aus dem Kerl. Logan meinte, er habe keine Ahnung vom Segeln, und dabei hat er Reiseberichte über seine Segeltörns geschrieben. Und im Polarmeer war er auch nie, das habe ich erfunden. Ich habe mir sein Buch über das Internet heruntergeladen, er war nur in südlichen Gefilden unterwegs, er schreibt selbst, dass er Sturm und Kälte hasst. Und nun lebt er hier auf dieser Insel, wo es die meiste Zeit stürmt, regnet oder Nebelschwaden über die Wasser wabern. Ich will wissen, wer dieser Nyman ist.«

»Ich kümmere mich sofort um die Fingerabdrücke«, sagte Tremblay und wies auf das Glas. »Dürfte kein Problem sein.«

»Es gab im Jahr 1980 ein Verfahren gegen ihn. Seine Fingerabdrücke müssten irgendwo gespeichert sein.«

Tremblay nahm seine Gabel wieder in die Hand. »Sehen Sie es mir nach, zuerst esse ich noch eine Portion. Ich habe noch immer Hunger wie ein Wolf.«

»Er läuft uns nicht weg«, antwortete Cathy und führte ihre Gabel zum Mund.

Sandfort, Hell's Kitchen Island, Maine,
20. März 2007, 18.35 Uhr (Dienstag)

Er hatte es geschafft und sich rechtzeitig in die Büsche geschlagen. Es war knapp gewesen, das Bellen der Hunde hatte ihn zur Eile angetrieben, doch dann war der Sturm über die Insel hereingebrochen. Die Hunde hatten seine Spur verloren, und er hatte sich durch den Regen und den Wind nach Osten durchgeschlagen. Über Poundrell Spring und den Shepherd Trail hinauf auf die östlichen Hügel. Dann war er auf die unverschlossene Hütte bei Sandfort gestoßen. Es war wie ein Geschenk des Himmels. Frierend und durchnässt wie er war, kam ihm die Hütte wie gerufen. Und als er dann auch noch trockene und warme Kleidung und vier Dosen Bohnensuppe in den Schränken fand, schien ihm das Glück, das ihm zuteilgeworden war, schier unfassbar.

Er wusste, dass er hier nicht lange bleiben konnte. Diese Hütten waren für die Schafhirten errichtet, die mit ihren Herden über die Insel von Weide zu Weide zogen, um ihre Tiere dort grasen zu lassen, wo das Gras noch üppig und saftig war. Aber für diese Nacht war er erst einmal in Sicherheit. Er machte sich keine Illusionen, er wusste, dass er sich auf der Insel nicht lange verstecken konnte. Andererseits glaubte er, dass die Suchaktion weniger ihm, sondern eher diesem unheimlichen Mörder galt, der sich hier herumtrieb.

Leider hatte sich seine Lage dadurch extrem verschlechtert, denn bestimmt patrouillierten auch im Dorf Streifen der Polizei. Dennoch, er musste ins Dorf, wenn er sich nicht sein restliches Leben lang in irgendeinem Loch verkriechen wollte. Das Gold würde ihm ein Leben im Luxus irgendwo in Südamerika bescheren, wo es keinen Auslieferungsvertrag mit den Staaten gab. Und mit dem notwendigen Kleingeld würde er sich seine Ruhe erkaufen können. Aber jetzt, nach dem reichhaltigen Essen, spannte sein Bauch, und er wollte nur noch schlafen. Er schnäuzte ins Taschentuch. Das Wetter der letzten Tage hatte ihm einen starken Schnupfen beschert, aber auch damit würde er fertig werden. Bevor er sich in der Ecke auf das Feldbett legte und mit beiden Decken zudeckte, warf er noch einen Blick hinaus in die Dunkelheit. Draußen schien alles ruhig und friedlich.

30

Sunlight Grange, Hell's Kitchen Island, Maine,
20. März 2007, 18.55 Uhr (Dienstag)

Der Suchtrupp, zu dem Noah Fleischman gehörte, war hinter dem Applepine Creek in Richtung Süden abgebogen und entlang des Shepherd Trails auf den Ostteil der Insel gewechselt. Drei Gruppen waren unterwegs, um jeden Stein auf Hell's Kitchen Island umzudrehen und Frank Duval dingfest zu machen. Doch außer unzähligen ängstlichen Schafen, die hier und da vor den Männern davonliefen, hatten sie noch nichts entdeckt. Es war bereits dunkel, als Fleischmans Trupp unterhalb der Sunlight Grange, dem Gehöft der Bratts, auf eine Gruppe bewaffneter Schäfer stieß, die ihre Waffen gegen seine Männer richteten.

Im Licht der starken Suchscheinwerfer trat Otis Bratt vor. »Wer hat hier das Kommando?«, rief er dem Suchtrupp zu. Fleischman trat einen Schritt vor, hob seine Dienstmarke in die Höhe und nannte seinen Rang und seinen Namen.

»Hören Sie, Marshall«, entgegnete Otis Bratt. »Ich bin Otis Bratt, der Besitzer der Sunlight Grange. Sie befinden sich auf meinem Land und Sie machen meine Schafe nervös. In ein, zwei Monaten steht die Schur an, so geht das nicht, auch wenn Sie Bundesbeamter sind. Es gibt Gesetze in diesem Land, und niemand ist befugt, meine Weiden heimzusuchen wie die Heuschrecken und meine Tiere zu verängstigen.«

»Wir suchen einen flüchtigen Straftäter, falls es Ihnen entgangen ist. Und es ist eine Tatsache, dass er sich auf dieser Insel befindet.«

»Und wenn Sie der Präsident höchstpersönlich wären«, widersprach Otis Bratt. »Sie machen meine Schafe unruhig und hinterlassen breite Spuren mit Ihren Jeeps in unseren Wiesen. Die armen Tiere sind nur noch auf der Flucht und wissen nicht mehr wohin. Das Fell und auch das Fleisch werden darunter leiden. Wollen Sie uns ruinieren? Ihr Verbrecher ist nicht hier auf meinem Land. Meine Schäfer hätten ihn längst schon bemerkt.«

»Mir wurde gesagt, dass dies freies Weideland ist«, erwiderte Fleischman.

»Es ist nur frei, wenn niemand seine Tiere darauf weiden lässt, aber sobald meine Schafe darauf grasen, ist es mein Land. Muss ich jetzt noch einen Gesetzeshüter über die Verfassung der Vereinigten Staaten belehren?«

»Wir wollen nur hinauf auf das Verdana Upland, und wir sind nicht irgendwelche dahergelaufene Strolche, wir sind US-Marshalls und auf der Suche nach einem Ausbrecher.«

»Das ist mir scheißegal«, schrie Otis Bratt. »Sie haben hier nichts verloren. Und Sie haben auch nicht das Recht, meine Leute unter Hausarrest zu stellen. Ich brauche hier jeden Mann. Entweder nehmen Sie Malcom fest und klagen ihn an, oder Sie lassen ihn laufen.«

»Ich verstehe nicht, was Sie meinen, Mister Bratt.«

»Malcom Hurst, er wird von Ihrer Kollegin, dieser dunkelhäutigen Polizistin, im Dorf festgehalten, nur weil er von seinem Recht Gebrauch machte, sich gegen Verbrecher zur Wehr zu setzen, so wie es uns unsere Verfassung garantiert. Seit einer Woche ist auf der Insel die Hölle los, und die Menschen hier sterben wie die Fliegen. Sie und Ihre ganze Armee sind nicht in der Lage, diesen Wahnsinn zu stoppen. Und jetzt ruinieren Sie noch die Menschen, die auf der Insel leben und jeden Tag für ihr Brot hart arbeiten. Was glauben Sie, wie viele Fellaufkäufer und Fleischhändler werden noch hier auf die Insel kommen, wenn jeden Tage eine weitere Leiche entdeckt wird? Fangen Sie den Verbrecher, aber lassen Sie uns in Ruhe!«

Noah Fleischman wischte sich den Schweiß von der Stirn. »Hören Sie, wir sind US-Marshalls und haben mit den Mordermittlungen hier nichts zu tun. Die Polizistin im Dorf gehört zur Mordkommission von Portland. Sie müssen mit ihr reden, wenn Sie Ihren Mann wiederhaben wollen. Das geht mich nichts an. Ich suche lediglich nach dem Ausbrecher von Cedar Junction, und wenn Sie uns nicht aus dem Weg gehen, dann tragen Sie die Konsequenzen. Sie bedrohen US-Marshalls und ein unterstelltes Kommando der Nationalgarde. Packen Sie Ihre Männer und verschwinden Sie. Lassen Sie uns unsere Arbeit machen, ansonsten lasse ich das Feuer auf Sie und Ihre Gruppe eröffnen, und vergessen Sie nicht, wir haben automatische Waffen. Also was ist, gehen Sie zur Seite oder legen Sie es darauf an?«

Otis schaute Noah Fleischman feindselig an. Schließlich gab er seinen Leuten, sieben an der Zahl, ein Zeichen. Die Männer nahmen ihre Schrotflinten und Jagdgewehre herunter und wandten sich ab.

»Das werden Sie noch bereuen, Marshall.«

»Mister Bratt, seien Sie doch vernünftig, niemand will etwas von Ihnen, und niemand will Sie und die Tiere schädigen, aber wir haben einen Auftrag zu erfüllen.«

»Und warum verwüsten Sie dann nicht das Land der Bibelfreunde auf der anderen Seite und kommen zu mir?«

»Mister Bratt, wenn Sie mit Bibelfreunden die Breeds meinen, auch dort ist ein Suchtrupp unterwegs. Ich sagte bereits, die ganze Insel wird durchsucht. Glauben Sie mir.«

»Dann halten Sie sich wenigstens von den Weiden fern und nutzen die Wege«, entgegnete Bratt. »Wenn Ihr Gesuchter auf dem Weideland wäre, dann hätten wir ihn längst aufgespürt.«

Fleischman nickte und wandte sich an den Sergeant, der die Gruppe Nationalgardisten befehligte. »In Gottes Namen«, seufzte er. »Die Männer und die Fahrzeuge sollen auf den Wegen bleiben, geben Sie das an Ihre Gruppe weiter.«

Der Sergeant salutierte.

»Sobald Sie etwas Ungewöhnliches bemerken, möchte ich informiert werden«, sagte er dann zu Otis Bratt und reichte ihm seine Karte. »Ich gehe davon aus, dass Sie ein Telefon besitzen.«

Bratt lachte krächzend. »Hell's Kitchen Island mag wohl einige Seemeilen vom Festland entfernt sein, aber wir sind hier immer noch in den Staaten und nicht am Ende der Welt.«

Coast Guard Headquarter, District 1, Boston,
21. März 2007, 08.35 Uhr (Mittwoch)

Semper paratus stand unter dem Wappen der Coast Guard, das über dem großen Portal des Hauptquartiers in der Commerical Street im Bostoner Hafen angebracht war. Hier befand sich die zentrale Verwaltung des 1. Bezirks, zu dem auch die Gewässer vor Maine und New Hampshire bis hinauf zur kanadischen Grenze gehörten. Brian war am frühen Morgen mit einem Polizeihubschrauber nach Boston geflogen. Bereits am gestrigen Abend hatte er bei der Küstenwache nachgefragt, ob es Akten über ein Schiffsunglück gab, das sich vor sechsunddreißig Jahren vor der Insel Hell's Kitchen im Golf von Maine ereignet hatte. Er war an eine gewisse Rose Garden aus der Registratur verwiesen worden und hatte für den heutigen Tag ein Treffen mit ihr vereinbart. Im Zentralcomputer war kein Verzeichnis aus dieser Zeit mehr gespeichert, aber im Keller gab es noch genügend Räume, die bis unter die Decke mit Papierakten angefüllt waren.

Nachdem er das Hauptquartier der Küstenwache betreten und sein Anliegen dem Pförtner vorgetragen hatte, musste er nur kurz warten, bis eine dunkelhäutige, untersetzte Frau mit grell geschminkten Lippen und dunklen, gelockten Haaren in der Uniform der Coast Guard erschien.

»Rose Garden«, sagte sie und streckte ihre Hand aus. »Sie sind der Polizist, der eine Akte sucht?«

Brian lächelte freundlich und nickte. »Rose Garden, das ist Ihr richtiger Name?«

»Ich bin mit Lynn Anderson weder verwandt noch verschwägert, aber ich glaube, meinen Eltern gefiel der Titel ganz gut, wenngleich wohl eher der Blues durch die Adern meiner Familie fließt. Also, sparen Sie sich weitere Witze, ich kenne schon alle.«

Brian hob entschuldigend die Hände. »Ich wollte Sie nicht beleidigen«, tat er Abbitte.

»Können Sie auch nicht. Also, wollen wir hier noch ein klein wenig Konversation betreiben oder gehen wir an die Arbeit? Ich sage Ihnen, bevor ich die Registratur übernahm, war das hier ein Chaos, und bis in den Keller zu den Altlasten bin ich noch gar nicht vorgedrungen.«

»Das klingt nicht gerade ermutigend«, antwortete Brian und folgte der Frau zum Treppenhaus.

Rose Garden führte Brian durch einen mit Neonröhren erhellten Gang, an dessen Decke die Versorgungsrohre verliefen.

»Wir haben im Jahr rund zehntausend Anforderungen, manchmal geht es nur darum, ein paar Verrückte aus dem Wasser zu holen, die mit ihrem Boot nicht zurechtkamen, aber bei vielen Einsätzen geht es um Leben und Tod. Manchmal wird lediglich ein Bericht verfasst. Um was geht es bei Ihnen?«

»Ein Schiffsunfall im April 1971, ein Frachter sank vor Hell's Kitchen Island in den Southern Shoals. Sechsundvierzig Tote gab es damals. Es hat eine Untersuchung stattgefunden. Der Kapitän wurde verantwortlich gemacht, er ist wohl bei der Dunkelheit vom Kurs abgekommen.«

»Dann haben wir vielleicht Glück«, erwiderte Rose Garden. »Bei großen Schiffsunfällen übernehmen wir für den District

Court die Ermittlungen. Wir haben Sachverständige und Spezialisten in unseren Reihen. Bei Anklageerhebung geben wir unsere Akten an das FBI ab.«

»Es gab damals keine Überlebenden.«

Rose Garden blieb vor einer Stahltür stehen und zeigte auf das Türschild. »Hier sind wir richtig«, murmelte sie. »1960 bis 1980, aber erschrecken Sie nicht, das wird ein staubiger Vormittag.«

Sie öffnete die Tür, indem sie einen Code in das Verriegelungssystem gab. Es dauerte ein paar Sekunden, bis der elektrische Türöffner summte. Brian schaute ungläubig auf die deckenhohen Regale, die von grauen Ordnern überquollen.

»Also dann, gehen wir es an«, sagte sie und stapfte an den Regalen vorbei. Die Akten waren nach Jahreszahlen geordnet.

Im Raum roch es muffig, und die Luft war abgestanden. Der Staub der letzten Jahrzehnte hatte sich im ganzen Raum ausgebreitet. Brian suchte auf der linken Seite, während sich Rose Garden dem Regal zur Rechten widmete. Während der Suche erzählte Brian alles, was er aus der Inselchronik über den Untergang der Jonathan Sinclair erfahren hatte. Teilweise waren die Aktendeckel derart vergilbt, dass die Schrift darauf kaum noch zu entziffern war. Beinahe eine Stunde verging, bis Rose Garden erleichtert aufstöhnte. »SS Jonathan Sinclair, Montag 19. April 1971, gekentert vor Hell's Kitchen, Maine«, las sie laut vor und holte ein dick geschnürtes Paket vom Regal. »Das ist keine Akte, das ist ein ganzes Buch, wenn Sie mich fragen«, stöhnte sie und legte den grauen Karton auf einen Tisch neben der Tür.

Brian trat näher. »Ist das alles?«, fragte er.

»Oh, das reicht dem Polizisten wohl nicht, er hätte gerne noch ein klein wenig Lektüre für das nächste Jahr.«

Brian lächelte. »Ich meine ja nur.«

»Das ist ganz schön viel für einen banalen Schiffsunfall, Detective.«

Hell's End, Hell's Kitchen Island, Maine,
21. März 2007, 9.55 Uhr (Mittwoch)

Cathy Ronsted saß im Hell's End und frühstückte. Sie war alleine, das Lokal war leer, nur Mia Honeywell leistete ihr Gesellschaft und verschwand hin und wieder, um das Mittagessen vorzubereiten.

Brian Stockwell und John Tremblay waren am frühen Morgen mit einem Polizeihubschrauber auf das Festland geflogen. Noch in der gestrigen Nacht hatte der Micmac-Indianer der Spurensicherungseinheit aus Yarmouth vier ausgezeichnete Fingerabdrücke von dem Glas abgenommen, das Ron Nyman gehörte. Bereits heute Abend würden sie wissen, ob Nyman tatsächlich der war, für den er sich ausgab. Ron Nyman war auf der Liste der Verdächtigen ganz nach oben gerutscht. Logan hatte schon seine Zweifel an der Identität des Mannes angemeldet, weil es einfach nicht zusammenpasste, dass ein Segler, der Reiseberichte von seinen Segeltouren schrieb und Kap Hoorn schon allein umsegelt haben wollte, an einem schönen Sommertag seekrank wurde und offenkundig keine Ahnung vom Segeln hatte. Außerdem hatte er gestern nicht widersprochen, als Cathy das Nordmeer in die Unterhaltung einfließen ließ. Obwohl Nyman in seinem Buch, das sie sich über ein Internetportal als PDF-Datei besorgt hatte, ausdrücklich schrieb, dass er den Norden und auch die Kälte hasste. Und ausgerechnet er war auf diesem kalten Eiland gelandet, um hier seinen Lebensabend zu verbringen. Nein, irgendetwas passte hier nicht. Außerdem war er im Vergleich zu den meisten anderen hier neu auf der Insel, hatte keine großartigen sozialen Kontakte und überdies Schuhgröße neun, genauso wie der Täter. Noch war es zu wenig, um den Mann festzusetzen und eine Durchsuchung seines Hauses zu erwirken, noch brauchte sie mehr als nur Vermutungen. Sie brauchte Tatsachen, die eine Täterschaft wahrscheinlich erscheinen lassen, so wie es das Gesetz forderte.

Die Polizisten aus Yarmouth waren die ganze Nacht über im Dorf auf Streife gewesen, und Cathy war erst einmal froh, dass es keine weitere Leiche gab.

Sie schlürfte von ihrem Kaffee und aß mit Ei überbackenen Schinken.

»Ist hier noch frei?«, ertönte eine Stimme in ihrem Rücken. Sie wandte sich um, Noah Fleischman stand hinter ihr. Er wirkte müde und zerzaust.

»Sie sehen nicht gut aus«, antwortete Cathy und zeigte auf den freien Stuhl an ihrem Tisch.

»Drei Stunden habe ich geschlafen, das vierte Mal hintereinander«, erklärte Noah Fleischman und nahm Platz. »Wenn ich die Sache hinter mir habe und Duval endlich wieder dort einsitzt, wo er hingehört, dann werde ich eine Woche lang nur schlafen.«

Mia Honeywell kam auf den Tisch zu und wünschte Fleischman einen guten Morgen. Er bestellte ebenfalls ein Frühstück und wartete, bis die Barbesitzerin wieder in der Tür hinter dem Tresen verschwand.

»Keinen Erfolg gehabt?«, fragte Cathy.

»Nicht die kleinste Spur, wie vom Erdboden verschluckt.«

»Und wenn er schon das Weite gesucht hat und längst wieder auf dem Festland ist?«

»Wir haben sein Boot, im Hafen sind alle Boote vorhanden, und niemand ist hinausgefahren. Nein, er ist noch hier und verkriecht sich unter irgendeinem Stein.«

»Ich glaube nicht, dass er im Dorf ist.«

Fleischman nickte und zeigte in Richtung Osten. »An diesem Strand, in der Nähe der Abtei, haben wir seine Spur verloren. Er hat sich in den Osten abgesetzt.«

»Da sind die Schafsfarmen«, gab Cathy zu bedenken. »Das Risiko ist groß, dort von ein paar Hirten entdeckt zu werden. Sie sind mittlerweile zu zweit und bewaffnet.«

»Ich weiß«, erwiderte Fleischman. »Ich habe gestern Bekanntschaft mit einem Farmer gemacht. Otis Bratt, ein ganz unangenehmer Zeitgenosse. Ich soll Ihnen übrigens einen Gruß bestellen. Offenbar halten Sie hier im Dorf einen seiner Schäfer fest?«

»Malcom Hurst, nicht viel netter als Bratt. Ich habe ihn unter Hausarrest gestellt.«

»Haben Sie eine richterliche Verfügung?«

Cathy schüttelte den Kopf. »Es war im Einvernehmen. Er war kurz davor, einen Vogelkundler zu erschießen. Außerdem sind er und ein alter, seniler Admiral die Rädelsführer einer Schutztruppe, die mehr Unheil auf der Insel anrichtet, als es der Sache nutzt.«

»Na ja, ohne Anordnung eines Richters ist es bedenklich, und Otis Bratt ist kein Mensch, mit dem man gut Kirschen essen kann. Es ist Ihr Kopf, der rollt, wenn das jemand spitzkriegt.«

»Ich weiß, ich bekomme aber keine Anordnung, weil der Vogelkundler, der von Hurst angeschossen wurde, keine Anzeige macht. Und ich halte ihn auch nicht mehr fest, ich habe bei all der Hektik und den Leichen nur vergessen, ihm zu sagen, dass der Hausarrest aufgehoben ist.«

Fleischman grinste. »Ich verstehe. Und wie weit sind Sie mit Ihrem Fall?«

»Ich habe einen Verdächtigen, aber es ist noch zu früh, heute Abend weiß ich mehr.«

Noch bevor Fleischman antworten konnte, klingelte sein Handy. Er nahm das Gespräch an und meldete sich. Das Gespräch war nur kurz und bestand aus zweimaligem *Ja* und einmaligem *Nein,* doch am Ende sagte er, dass er sofort kommen würde.

»Sie müssen entschuldigen«, verabschiedete er sich. »Die Wirtin soll das Frühstück auf meine Rechnung schreiben.«

Cathy sah dem bedauernswerten Bundesbeamten nach, der – weder ausgeruht noch satt – schon wieder abberufen worden war. Als Mia Honeywell mit einem Tablett erschien und sich suchend nach dem US-Marshall umblickte, teilte ihr Cathy mit, dass er gerufen worden war und gehen musste.

»Na ja, habe ich wohl wieder umsonst gekocht«, ärgerte sich Mia und nahm das Tablett mit zurück in die Küche. Das Schlagen der Tür war kaum verklungen, als zwei Männer das Lokal betraten. Cathy schaute sich um und war überrascht, als ihre Kollegen Tom Hagen und Israel Jarwood von der Mordkommission Portland den Raum betraten.

»Na, das ist eine Überraschung«, sagte sie.

Hagen und Jarwood nickten ihr zu und schauten sich im Gastraum um. »Genauso tot wie das Nest da draußen«, sagte Hagen, der sich im gleichen Dienstrang wie Cathy befand. Hagen war ein großer, schlaksiger Kerl mit schütterem rotblondem Haar und einem steten Grinsen um den Mundwinkel, der jeden auf die Palme brachte, mit dem er sich umgab. Er zog den freien Stuhl zu sich heran und setzte sich rittlings darauf, während der kleine und bullige Jarwood neben Cathy stehen blieb.

»Ich dachte, ihr ertrinkt in Arbeit auf dem Festland. Was verschafft mir denn die Ehre?«, fragte Cathy.

»Du hast wohl keine Ahnung, was in Portland los ist«, brummte Hagen mit sonorer Stimme. »Der District-Gouverneur ruft jeden Tag zweimal auf der Dienstelle an, der Staatsanwalt ist außer sich, und die Presse überschlägt sich mit immer neuen Horrormeldungen. Sogar ein Geisterjäger soll hier auf der Insel sein. Aber das hat jetzt ein Ende, wir übernehmen. Du und Stockwell dankt ab. Aber vorher sollst du uns noch in die Sache einweisen. Befehl vom Boss.«

»Stoddart … Stoddart hat mir gar nichts davon gesagt«, stammelte Cathy betreten.

»Er kann dir auch nichts sagen, seine Pumpe macht nicht mehr richtig mit. Er liegt im Krankenhaus, und die Maschinen pressen den guten roten Saft durch seine Adern. Ihr beide habt ihn beinahe ins Grab gebracht.«

»Wir?«

»Jetzt seid ihr eine Woche hier und habt gar nichts. Außer, dass sich zu den Leichen noch ein paar weitere gesellt haben, steht ihr mit leeren Händen da. Und die Presse grillt gerade die Kriminalpolizei von Portland auf dem Barbecue-Grill, bevor sie uns mit Haut und Haaren verspeist. Ihr hattet eure Chance, jetzt sind wir dran.«

»Wer hat das angeordnet?«, fragte Cathy.

»Stoddart, bevor er in seinem Büro umfiel wie eine Bahnschranke und an den Strom angeschlossen wurde.«

»Und was sagt Blight?«

»Was soll der Commissioner sagen? Er beruhigt die Gemüter, beschwichtigt den Staatsanwalt und redet mit dem Gouverneur.«

»Stoddart hat mir kein Sterbenswörtchen …«

»Ich sagte doch, er liegt im Krankenhaus. Und jetzt schlage ich vor, du erzählst uns, was ihr bislang unternommen habt, und packst deine Koffer. Und deinen Handlanger kannst du gleich mitnehmen.«

Jarwood grinste überheblich.

»Wenn ihr hier auf der Insel bleiben wollt, dann müsst ihr euch ein Zelt anschaffen«, antwortete Cathy. »Hier ist nämlich kein Zimmer mehr frei.«

Jarwood warf Hagen einen fragenden Blick zu.

Hagen beugte sich vor und versuchte für einen Augenblick, das Dauergrinsen aus seinem Gesicht zu entfernen, was ihm nur leidlich gelang.

»Ihr seit hier fertig, kapiert!«, zischte er.

Cathy erhob sich. »Ich bin hier fertig, wenn ich es will, und solange ich offiziell keine Abberufung habe, läuft hier gar nichts.«

»Ich habe es dir gesagt, das ist doch wohl offiziell genug!«

Cathy zeigte mit dem Finger auf Hagen. »Du bist Detective Lieutenant, ich bin Detective Lieutenant, also hast du mir gar nichts zu sagen.«

Hagen musterte sie ungläubig, als sie sich umwandte und ihn und Jarwood im Gastraum allein zurückließ. Draußen zündete sie sich erst einmal eine Zigarette an und atmete tief durch. Sie hätte vor Wut platzen können, aber sie wusste, dass ihr nur noch wenig Zeit blieb, einen irren Mörder auf dieser Insel zu fangen. Doch diese Zeit würde sie nutzen, das schwor sie sich, als sie die Zigarette im hohen Bogen auf die Main Street schnippte.

31

The Village, Hell's Kitchen Island, Maine,
21. März 2007, 10.05 Uhr (Mittwoch)

Die Nacht war wie im Flug vergangen. Unruhig war sein Schlaf, mehr als einmal war er aufgewacht und hatte durch die Ritzen des Rollladens nach draußen geblickt. Mit der Morgendämmerung war er aufgestanden und hatte sich über das Weideland in den Süden der Insel durchgeschlagen. Drei große, kahle Felsen hatten ihm Deckung gegeben, als er eine Rast einlegte. Entlang der Steilküste tastete er sich nach Westen voran, bis er den ersten Häusern nahe kam. In der Nähe des Bootshafens versteckte er sich in einem Erdaufwurf. Aufmerksam beobachtete er die nahen Häuser. Ein halb verfallenes, lang gestrecktes Gebäude lag im Hintergrund. Die Häuser, die sich kaum einhundert Meter von ihm entfernt befanden, schienen unbewohnt. Über eine Stunde hatte er in seiner Deckung ausgeharrt, und niemand hatte sich bislang dort blicken lassen. Nur einen Steinwurf entfernt, weiter im Norden, lag hinter den Häusern eine Kapelle mit einem angrenzenden Friedhof. Dort hatte er einen Mann gesehen, der damit beschäftigt war, ein Grab auszuheben. Für ein Fernglas hätte er so manches gegeben, doch er hatte keines. Ihm blieb nichts weiter übrig, als das Risiko auf sich zu nehmen und sich durch den verwilderten Garten des ersten Hauses in das zerfallene Fabrikgebäude zu schleichen. Dort hoffte er, sich aus dem oberen Stockwerk einen guten Überblick über das Dorf verschaffen zu können. Tyler hatte das Haus beschrieben, in dem der Mann lebte, den er ausfindig machen musste. Den

Namen des Mannes hatte ihm Tyler vor seinem Tod nicht mehr nennen können.

Er wartete, bis der Mann auf dem Friedhof sein Werk vollendet hatte, die Schaufel schulterte und im Schatten der Kapelle verschwand. Das war seine Chance. Blitzschnell glitt er aus seiner Kuhle und hastete über das freie Feld, bis er in die Büsche im verwilderten Garten des kleinen, grauen Häuschens direkt neben dem Hafen eintauchte. Von nun an war es ein Kinderspiel. Er kletterte über den Jägerzaun an der Rückfront des Hauses und überwand die wenigen Meter. Durch eine Öffnung, in der sich einmal ein Fenster befunden hatte und jetzt nur noch ein Teil des hölzernen Rahmens steckte, drang er in die alte Fabrik ein. Er rümpfte die Nase, denn der Gestank in dem Gebäude reizte seine Schleimhäute. Teile der Trennwände waren eingestürzt, und auch sonst wirkte der Rest des Mauerwerks hinfällig, doch das kam ihm nur zugute, denn die Gefahr, dass sich jemand aus dem Dorf in der alten Fabrik herumtreiben würde, erschien eher abwegig, und Kinder hatte er bislang nicht entdeckt. Er ging den Flur entlang, bis er auf einen Treppenaufgang stieß, der in den ersten Stock führte. Das einzige Problem war, dass keine Treppe mehr vorhanden war. Doch dafür stand eine hölzerne Leiter dort, wo sich einst breite Stufen befunden hatten. Vorsichtig kletterte er die Leiter empor, die beinahe so alt erschien wie das Gebäude selbst. Im Obergeschoss gab es keine Wände mehr, und auch Teile des Daches waren eingestürzt. Zerbrochene Ziegel und Schutt lagen umher. Ein großes Loch direkt vor ihm zeigte, in welcher Gefahr er sich befand. Nur ein falscher Schritt, und er würde mitsamt des Bodens in die Tiefe stürzen. Er ging auf die Knie und versuchte, sein Gewicht so gut wie möglich zu verteilen. Er bewegte sich, als hätte er eine Eisdecke unter sich, von der er nicht wusste, wie dick sie war. Als er ein weiteres Loch im Boden passierte, legte er sich auf den Bauch und robbte so auf die Fensterfront im Westflügel des Gebäudes zu, wo durch die großen, mittlerweile fensterlosen Öffnungen der Wind fegte. Stück um Stück, Meter um Meter schob er sich voran. Schweiß tropfte von seiner Stirn, denn der Mantel, den er aus der Schäferhütte mitgenommen hatte, war warm und dick. Als er unterhalb einer Fensteröffnung angekommen war, verschnaufte er erst einen Moment, bevor er sich langsam aufrichtete und vorsichtig aus dem Fenster ins Dorf spähte. Die Main Street lag zu seinen Füßen. Da niemand auf der Straße zu sehen war, lehnte er sich ein weiteres Stück hinaus, um dann blitzschnell wieder zurückzuzucken. Zwei Polizisten in blauer Uniform schlenderten die Main Street entlang zum Hafen hinab. Er duckte sich und lehnte sich mit dem Rücken gegen die Wand. Die beiden Beamten schienen es nicht eilig zu haben, doch es war kaum zu befürchten, dass sie dieses marode Gebäude betreten würden. Also übte sich Frank Duval in Geduld. Er hatte es nicht eilig, den ganzen Tag hatte er Zeit, wenn es darauf ankam. Er hatte heute nichts weiter vor, als den Mann ausfindig zu machen, der ihm zu einem besseren Leben verhelfen konnte.

Beinahe eine halbe Stunde war vergangen, bevor er es wagte, einen weiteren Blick aus der fensterlosen Öffnung zu werfen. Und offenbar sollte er heute Glück haben, denn am Ende der Straße sah er es, und es gab keine Zweifel. Es war genau so, wie Tyler es ihm beschrieben hatte. Rote Fensterläden und eine rot gestrichene Bank neben der Treppe zur Haustür, und wenn er seinen Augen trauen konnte, denn das Haus war wohl knapp einhundert Meter entfernt, dann hing über der Tür der präparierte Kopf eines Stieres. Er starrte auf das Haus und empfand ein Gefühl dabei, als hätte er in den letzten acht Jahren keinen glücklicheren Moment erlebt. Schon wollte er sich wieder auf den Boden niederlassen, als die Tür des Hauses geöffnet wurde. Ein groß gewachsener Mann kam heraus und ging den Fußweg entlang. Dort stand eine zweirädrige Karre, die er ergriff, bevor er das Grundstück verließ und in Richtung Hafen ging. Er kam direkt auf ihn zu, immer näher kam er, und Duval würde das Gesicht des hinkenden Mannes nie mehr vergessen. Er duckte sich, als der Mann mit der Karre direkt vor ihm die Straßenseite wechselte.

Duval griff in seine Hosentasche und holte einen goldenen Ring mit einem schwarzen Stein daraus hervor. »Heute Nacht werden wir beide uns kennenlernen, mein Freund«, murmelte er leise, während er den Ring zwischen seinen Fingern drehte.

Parish Hall, Hell's Kitchen Island, Maine,
21. März 2007, 10.15 Uhr (Mittwoch)

Linda Crawford war ein nerviges Frauenzimmer. Und Nathan Cole hing an ihr, besser gesagt an ihrem Geld, wie eine Klette. Dennoch, die beiden hatten weder mit der Mordserie auf Hell's Kitchen Island noch mit Frank Duval etwas zu tun, dessen war sich Cathy sicher. Sie lebten zwar in einer Villa am Western Peak, aber sie waren kein Bestandteil der Einwohnerschaft auf dieser Insel. Sie waren Zaungäste, nicht mehr und nicht weniger, so sahen sie sich selbst, und so wurden sie auch von den meisten Insulanern gesehen. Außerdem gab es keine rechtliche Handhabe, die beiden auf der Insel festzuhalten. So hatte Cathy ihrer Abreise zugestimmt, als die beiden zu ihr kamen. Vorsichtshalber hatte sie Crawfords Telefonnummer und Adresse in Chicago notiert, falls ihre Aussage noch einmal notwendig sein sollte. Cathy glaubte das allerdings nicht, da beide unabhängig voneinander ihre Alibis bestätigt und ansonsten nichts weiter von den Morden mitbekommen hatten. Sie war erleichtert, als die nervige Frau mit ihrem Begleiter ihr Büro verlassen hatte, und kochte sich erst einmal einen starken Kaffee, bevor sie die zweite offene Sache, das Gespräch mit Malcom Hurst, erledigen wollte. Hagen und Jarwood schlichen irgendwo auf der Insel herum, und da Captain Stoddart wohl längere Zeit ausfiel, würde Commissioner Blight nicht umhinkommen, einen neuen Leiter der Mordkommission zu bestimmen. Hagens Aussichten waren da auf Grund seiner langjährigen Dienstzeit und seines Alters nicht die schlechtesten. Aber eines war klar, sie würde diesen Fall erst aus der Hand geben, wenn sie eine offizielle Abberufung von einem Dienstvorgesetzten erhielt. Bis dahin dachte sie nicht im Traum daran, das Feld zu räumen.

Nach dem Kaffee suchte sie zunächst Kelvin Bould auf, der sich von seiner Schussverletzung, die er Hursts Traumtänzer-Kommando verdankte, inzwischen wieder einigermaßen erholt hatte. Bould verzichtete ausdrücklich auf eine Anzeige und hatte sogar Verständnis für Hurst. Er gab sich selbst an dem Vorfall die größte Schuld.

»Ich hätte mich angesichts der grausamen Morde nicht wie ein Verbrecher durch die Nacht schleichen sollen«, hatte er auf Cathys Frage geantwortet, ob er Hurst anzeigen wolle. »Schließlich habe ich ja selbst gesehen, wozu diese Bestie fähig ist.«

Cathy sollte es recht sein. Keine Anzeige bedeutete keine Ermittlungen, keine Anklageerhebung und keine zusätzliche Arbeit für sie. Dennoch ließ sie sich Boulds Aussage für den Fall quittieren, dass ihm früher oder später noch einfiel, gegen Hurst Klage einzureichen.

Auf dem Weg zu Hursts Haus begegnete ihr Ashcroft, der offensichtlich in Richtung Hafen unterwegs war. Ihr fröstelte, als sie dem groß gewachsenen, hinkenden Mann mit der Augenklappe und der entstellten Gesichtshälfte gegenüberstand. Niemand sonst war zu dieser Zeit auf der Straße, und irgendwie kam ihr der Film über Frankensteins Monster in den Sinn. Sie überwand ihr mulmiges Gefühl und trat dem Mann, der einen zweirädrigen Handkarren hinter sich herzog, in den Weg.

»Guten Tag, Mister Ashcroft«, grüßte sie.

Der Angesprochene blieb stehen und musterte die Frau mit seinem gesunden Auge, bevor er ein paar unverständliche Worte brummte.

»Ich bin Cathy Ronsted von der Polizei in Portland«, stellte sie sich vor und präsentierte ihre Polizeimarke.

»Ich weiß, wer Sie sind«, antwortete Ashcroft in sattem Basston.

»Sie fahren aufs Festland?«

Ashcroft nickte. »Ich laufe in einer Stunde aus, zwei Passagiere kommen mit an Bord, aber das wissen Sie ja schon.«

»Ja, ich wollte nur hören, ob Sie mir etwas zu den Morden sagen können, die hier passiert sind«, erkundigte sich Cathy. »Haben Sie jemanden beobachtet, irgendetwas gesehen, auch wenn es im ersten Augenblick unwichtig erscheint …«

»Hören Sie, Detective«, brummte Ashcroft. »Ich weiß nichts, und ich habe auch nichts gesehen. Und wenn Sie glauben, dass ich der abartige Mörder sein könnte, dann mag es wohl in schlechten Gruselfilmen so sein, aber in der Wirklichkeit ist es anders. Sie glauben, dass die Leute von ein und derselben Person abgeschlachtet wurden?«

Cathy nickte. »Ja, das glauben wir.«

»Als der alte Bergman tot am Baum hing, war ich nicht auf der Insel. Ich war auf dem Festland. Ich war in Portland, und ich habe auch Zeugen dafür …«

Cathy lächelte. »Wenn ich Sie verdächtigen würde, Mister Ashcroft, dann hätten Sie das sicherlich schon bemerkt. Bringen Sie Misses Crawford und Mister Cole gut an Land und passen Sie auf sich auf. Und wenn Ihnen noch etwas einfällt, Sie finden mich im Gemeindehaus.«

Ashcroft nickte stumm und ging wortlos seines Weges. Ein komischer Kauz, dachte Cathy, doch ernsthaft gab es keinerlei Verdachtsmomente gegen ihn. Nyman, Nyman war ihr erster Kandidat. Vielleicht hatten Fleischman und Donovan recht, und die Morde standen tatsächlich im Zusammenhang mit dem Raub des Goldtransporters in Duxbury vor etwa zwanzig Jahren. Dreißig Millionen in Gold waren ein überzeugendes Argument für diese These, und alle bisherigen Opfer wären auch in der Lage gewesen, aufgrund ihrer seemännischen Erfahrung einen Goldtransporter vom Festland verschwinden zu lassen. Allerdings blieb immer noch die Frage, wer hinter den Morden steckte. Die Opfer waren bei lebendigem Leib schwer misshandelt worden. Entweder steckte eine abgrundtief böse Seele oder ein eiskalter Killer hinter den Taten, der von seinen Opfern etwas erfahren wollte, das für ihn sehr wichtig war.

Als sie in die Woodwine Street einbog, die entlang des Hafens nach Westen führte, schlug ihr ein kalter Wind entgegen. Sie warf einen Blick in den sich langsam verdüsternden Himmel. Bestimmt würde es bald wieder zu regnen beginnen. Am Ende der Straße lag das Haus von Malcom Hurst. Schon als sie die Gartentür unter lautem Quietschen öffnete, schwang die Haustür auf. Admiral Broon kam aus dem Haus. Er musterte sie kurz, dann drehte er sich um und rief seinen Freund Malcom Hurst herbei.

»Sind Sie schon einen Schritt weitergekommen?«, fragte der Admiral.

»Wir arbeiten daran«, gab sie kaltschnäuzig zurück und ließ ihn einfach stehen.

Wortlos schob sie die Tür weiter auf und ging an Hurst vorüber in den dunklen Gang. »Wir müssen reden«, sagte sie und wartete, bis der konsterniert dreinblickende, grauhaarige Mann die Tür schloss und ihr in den Raum folgte. Phillip Streng saß am Tisch in der Stube und arbeitete an seinem Computer. Er blickte auf, als Cathy vor ihm stehen blieb. Noch immer sah er bemitleidenswert aus. Die Hämatome in seinem Gesicht hatten mittlerweile eine tiefblaue Färbung angenommen.

»Wollen Sie zu mir?«, fragte Streng.

»Wie ich sehe, geht es Ihnen gut, Mister Streng«, antwortete Cathy. »Haben Sie Ihren Geist schon ausfindig gemacht?«

Streng blickte grimmig. »Ich weiß, dass Sie an meinen Fähigkeiten zweifeln, aber glauben Sie mir, seine düstere Aura liegt über der gesamten Insel, und die Intensität seiner Ausstrahlung ist noch immer gigantisch. Er ist noch immer hier, und er wird stärker.«

Cathy schmunzelte. »Dann hoffe ich, dass Sie ihn bald lokalisieren, damit wir ihn festnehmen können. Ich habe schon eine Tupperdose vorbereitet.«

Streng schüttelte den Kopf und murmelte eine unverständliche, aber mit Sicherheit auch unflätige Bemerkung.

»Und jetzt wäre es schön, wenn Sie uns allein lassen könnten, ich habe mit Mister Hurst zu reden.«

Hurst stand noch immer an der Tür zur Stube und wirkte wie ein Fremder in seinem eigenen Haus. Streng warf ihm einen fragenden Blick zu, und als Hurst nickte, klappte er seinen Laptop zu. »Ich mache einen Spaziergang«, sagte er, bevor er das Zimmer verließ.

»Aber meiden Sie die Tatorte und stöbern Sie nicht in meinen Angelegenheiten herum«, rief ihm Cathy nach, die sich inzwischen in einen Sessel gesetzt hatte und Hurst mit einer Geste aufforderte, ebenfalls Platz zu nehmen.

Hurst folgte ihrem Wink. »Was gibt es?«, fragte er leise.

»Wir müssen miteinander reden«, kam Cathy zur Sache. »Sie haben Glück gehabt. Bould verzichtet auf eine Anzeige, aber ich werde einen Bericht schreiben, und wenn ich Sie noch einmal bei einer bewaffneten nächtlichen Exkursion erwische, dann lasse ich Sie einsperren. Ist das klar?«

»Heißt das, dass ich wieder …«

»Ja«, fiel ihm Cathy ins Wort. »Aber vorher will ich noch etwas von Ihnen wissen.«

»Ich dachte, der Mörder …«

»Nicht zu diesem Vorfall mit Bould«, stellte Cathy klar. »Ich will wissen, wo Sie am 19. Oktober des Jahres 1987 waren, und zwar am Vormittag.«

Hursts Miene verriet, dass er die Frage zwar gehört, aber nicht wirklich verstanden hatte.

»Ich fragte, wo Sie am 19. Oktober des Jahres 1987 waren. Kann es sein, dass Sie sich an diesem Tag auf dem Festland aufhielten?«

»Ich weiß nicht einmal, was für ein Tag das gewesen sein soll.«

»Es war ein Montag, ein Tag, der in die Geschichte als Schwarzer Montag einging, vor allem für einige Banken in Chicago.«

»Sorry, aber ich habe keine Ahnung, was das soll«, antwortete Hurst. »Wenn es ein Montag im Jahr 1987 war, und Sie sagten, an einem Vormittag, dann war ich entweder draußen zum Fischen, oder ich habe in der Fabrik Heringe ausgenommen. Fragen Sie …«

Hurst stockte.

»Wen könnte ich fragen, wer hat mit Ihnen in der Fabrik gearbeitet?«

»Es … es sind nicht mehr viele übrig«, stammelte Malcom Hurst. »Dan Boyd, vielleicht Tom Burke oder Tyler Ashcroft. Sie arbeiten mittlerweile als Schäfer, seit die Fabrik geschlossen wurde, und Ashcroft kennen Sie ja, er hatte einen Unfall.«

»Lawrence, Evans, Haverman und Bergman kann ich nicht mehr fragen, stimmt's?«

Hinter Hursts Stirn arbeitete es fieberhaft. »Sie glauben, die Fabrik hat etwas damit zu tun … nein, das kann nicht sein … Gabriel hat nie bei Seafood gearbeitet.«

»Aber er war als Leuchtturmwärter doch irgendwie Mitglied in der großen Familie der Seeleute, oder?«

»Gabriel hat nie wirklich zu uns gehört, er war hier auf der Insel, und das war schon alles. Wir kannten ihn ja kaum, und was hat das mit diesem Montag im Jahr 1987 zu tun?«

»Es gab einen Überfall auf dem Festland«, erklärte Cathy. »In der Nähe von Boston wurde ein Goldtransport überfallen. Das Fahrzeug samt der Beute sind bis zum heutigen Tag verschwunden. Ich frage mich, ob nicht ein Schiff der ideale Ort ist, um Beute und Fahrzeug verschwinden zu lassen.«

Hursts Miene verdüsterte sich. »Ach so, und jetzt passt es ganz gut in den Kram, dass so ein paar einfältige Inselbewohner reihenweise umgebracht werden. Schön, schieben Sie uns doch gleich noch die Krise in der Schweinebucht in die Schuhe oder den Vietnamkrieg. Wir sind ja für alles gut, aber da täuschen Sie sich, Frau Polizistin. Ich bin Kutter gefahren. Wissen Sie, was passiert wäre, wenn man da drauf einen schweren Wagen parkt? Ich glaube, wir wären schon vor Erreichen der Hafenmauer gekentert. Sie kriegen keinen Wagen an Bord eines Kutters, da bräuchten Sie schon eine Fähre. Also vergessen Sie es.«

»Es gibt eine Fähre, Ashcroft hat so ein Boot.«

»Dann reden Sie mit Ashcroft darüber, aber lassen Sie mich damit in Ruhe.«

Cathy erhob sich. Entweder war Malcom Hurst ein hervorragender Schauspieler, oder er hatte tatsächlich keine Ahnung von dem Überfall auf den Goldtransporter. Sie verließ das Haus und schlenderte über den Hafen, wo gerade Ashcrofts Fähre hinaus auf die hohe See tuckerte. Nachdenklich schaute sie dem Schiff nach.

Sie blickte auf ihre Armbanduhr. Vielleicht hatte John Tremblay schon etwas erreicht. Sie griff nach ihrem Handy und sah, dass sich die Batterieanzeige bereits rot gefärbt hatte. Sie musste unbedingt den Ersatzakku holen. Doch noch bevor sie die Gemeindehalle erreicht hatte, klingelte das Telefon. Hastig griff sie in ihre Tasche. »Hallo Tremblay, sind Sie weitergekommen?«

»Ich bin es nur«, dröhnte Brians Stimme aus dem Telefon. »Ich wollte dir nur sagen, dass ich heute nicht zurückkomme.

Ich bin da auf etwas gestoßen, dem ich unbedingt nachgehen muss. Es stimmt etwas nicht bei dem Schiffsunfall, von dem ich dir erzählt habe.«

»Wo bist du jetzt?«, fragte Cathy.

»Ich bin in Newark und überprüfe …«

Das Gespräch brach ab.

»Brian … Brian, melde dich«, rief Cathy, doch der schrille Piepton zeigte ihr unmissverständlich, dass der Akku kurz vor dem Zusammenbruch stand. Als sie das Gemeindehaus erreichte, wartete dort bereits US-Marshall Donovan auf sie.

»Wir haben noch ein paar Fragen an Sie«, sagte Donovan. »Ich hoffe, Sie haben ein klein wenig Zeit für einen Marshall, der sich fragt, was hier vor sich geht.«

Cathy seufzte. »Um was geht es?«

»Können wir uns drinnen unterhalten?«, fragte Donovan. »Sonst bin ich bald zu einem Eiszapfen gefroren.«

»Kommen Sie mit«, antwortete Cathy und schloss die Tür auf.

Hell's End, Hell's Kitchen Island, Maine,
21. März 2007, 16.55 Uhr (Mittwoch)

Beinahe zwei Stunden hatte Donovan mit ihr geredet und über die Mordfälle gesprochen. Cathy war zufrieden, das Gespräch hatte auf Augenhöhe stattgefunden, und sie hatte nicht den Eindruck, dass Donovan die Ermittlungen an sich reißen wollte. Aufgrund der bislang erfolglosen Suche nach Frank Duval benötigte er Hintergrundinformationen, um einen möglichen Ansatzpunkt für eine gezielte Suche nach dem flüchtigen Straftäter zu finden. Die gesamte Insel war überprüft, doch irgendwie war ihnen Duval durch die Maschen geschlüpft. Donovan und Fleischman waren deshalb zu der Auffassung gelangt, dass sich Duval wohl längst schon bei seinem Kontaktmann im Village verborgen hielt. Doch sie hatten keinen blassen Schimmer, wer dieser Mann sein konnte. An das Gespräch mit Hurst erinnert, riet sie Donovan, Ashcroft etwas näher unter die Lupe zu nehmen, denn er hatte nach Hursts Auskunft schon damals sein Fährboot in Betrieb.

Nachdem Donovan sie verlassen hatte, suchte sie nach ihrem Ersatzakku, doch noch bevor sie ihn gefunden hatte, betrat Hagen ihr Büro. Dieses Gespräch verlief nicht so angenehm wie das mit dem Marshall. Hagen drohte ihr. Entweder sie würde jetzt klein beigeben, oder er würde, sobald ihm die Leitung der Mordkommission übertragen werde, dafür sorgen, dass sie bis an ihr Karriereende Parksünder in der Innenstadt von Portland verwarnen durfte. Aber Cathy blieb hart.

»Ich leite die Ermittlungen, Stoddart hat den Fall an mich übertragen«, schrie sie Hagen an. »Wenn der Commissioner meint, dass ich damit überfordert bin, dann soll er mir den Fall entziehen, aber solange das nicht passiert, ist das mein Fall und damit basta!«

Hagen fluchte wie ein Rohrspatz, als er das Zimmer verließ. Draußen war es bereits dunkel und es hatte zu regnen begonnen. Ihr Magen knurrte. Es wurde Zeit für eine warme Mahlzeit. Sie nahm ihre Jacke und griff nach einem Schirm.

Mias Bar war gut gefüllt, doch in der Ecke neben dem Eingang war noch ein Tisch frei. Hagen, Jarwood und Fleischman saßen inmitten des Lokals und aßen. Demonstrativ wandte sich Cathy dem freien Tisch zu. Sie bestellte Tee und ein Steak. Als Mia den Tee servierte, dröhnte der Lärm eines Hubschraubers in das Lokal. Doch das Geräusch ging in der geräuschvollen Kulisse der Gäste unter. Donovan kam zu ihr herüber. Sie hatte ihn nicht an Hagens Tisch sitzen sehen.

»Ist der Platz noch frei?«, fragte er.

»Wollen Sie sich nicht zu Ihrem Kollegen setzen?«

Donovan schüttelte den Kopf. »Ich habe gehört, dass Sie in

Schwierigkeiten stecken. Ihre Kollegen sind nicht besonders gut auf Sie zu sprechen.«

»Das kann schon sein!«, zischte Cathy feindselig.

Donovan zuckte zurück. »Ich bin nicht Ihr Feind«, sagte er.

»Entschuldigung.«

»Ich kann Sie verstehen«, antwortete Donovan, doch seine Antwort ging unter, als sich plötzlich John Tremblay einen Stuhl heranzog und sich neben Cathy niederließ.

»Ich habe seit Stunden versucht, Sie zu erreichen«, sagte er vorwurfsvoll.

»Oh Gott, mein Handy«, stöhnte Cathy. »Ich habe vergessen, es aufzuladen.«

»Jetzt bin ich ja hier, können wir … Ihr Näschen lag richtig.«

Der Blick, den John Tremblay Donovan zuwarf, sprach Bände.

»Sie können sprechen, Tremblay«, forderte ihn Cathy auf. »Vielleicht sind die Neuigkeiten auch für das U.S.-Marshall-Büro Boston interessant.«

Tremblay setzte sich und beugte sich verschwörerisch vor. »Das will ich meinen, denn so wie es aussieht, arbeiten wir sogar alle am gleichen Fall.«

Cathys Interesse war geweckt. »Was haben Sie herausgefunden, raus mit der Sprache!«

Tremblay nickte. »Ron Nyman ist nicht der, für den er sich ausgibt.«

»Na los, reden Sie schon!«, sagte Cathy ungeduldig und schaute sich im Lokal um, doch Nyman war nicht anwesend.

»Gut, die Kurzform«, räusperte sich Tremblay. »Ron Nyman ist in Wirklichkeit eine gesuchte Mafiagröße. Sein Name ist Antonio Castelliani, Spitzname *Il Tesoriere,* der Kassierer. Er arbeitete für die Manzonis in Chicago und verschwand vor etwa zwanzig Jahren von der Bildfläche.«

»Ein Mafiakiller?«

»Nein, kein Killer. Er hatte die Finanzen der Familie verwaltet.

Es heißt, er schulde den Manzonis zwei Millionen Dollar, weil ein Deal, den er einfädelte, gründlich in die Hose ging. Quasi eine Fehlinvestition. Die Manzonis verzeihen nicht so leicht. Er musste untertauchen. Es gibt sogar einen Haftbefehl gegen ihn, wegen Nötigung und Steuervergehen.«

Donovan rieb sich das Kinn. »Es heißt, dass damals in den Überfall auf den Goldtransporter auch die Mafia verwickelt sein soll. Ein Mafiaclan aus Chicago.«

Der Indianer richtete den Zeigefinger wie einen Pistolenlauf auf Cathy. »Bingo, hier schließt sich der Kreis. Ich verwette meinen Medizinbeutel darauf, dass Nyman unser Mann ist und sich das Gold unter den Nagel reißen will.«

»Er ist schon längere Zeit auf der Insel«, warf Cathy ein.

»Die Löcher im Boden der Scheune, die ominösen Einbrüche, verstehen Sie, er sucht das Gold. Irgendwie hat er herausbekommen, dass es auf der Insel ist, und als er erfuhr, dass Wesley Tyler geflohen ist, lief ihm die Zeit davon. Er musste etwas unternehmen«, ereiferte sich Tremblay.

»Es gibt einen Kontaktmann hier auf der Insel, deswegen ist auch Duval hier aufgetaucht. Aber er weiß nicht, wer dieser Mann ist, deshalb foltert er die männlichen Opfer«, warf Donovan ein. »Wer etwas weiß, wird schon gestehen.«

»Das klingt sehr plausibel, finde ich«, triumphierte Tremblay.

»Mein Kollege ist nicht auf der Insel«, sagte Cathy zu Donovan. »Sie sollten mich begleiten, er hat Schuhgröße neun. Wir nehmen ihn fest!«

»Ich bin dabei«, erwiderte Donovan.

32

South Bench, Hell's Kitchen Island, Maine,
21. März 2007, 18.55 Uhr (Mittwoch)

Sie hatten die Schafe vom Verdana Upland herüber auf die ausgedehnte Grasfläche unterhalb von South Bench getrieben, wo es noch reichlich Nahrung für die Tiere gab. Im Sommer gab es auf der Insel mit ihren üppigen Hochebenen und den riesigen, sanft ansteigenden grünen Hängen alles im Überfluss. Doch wenn der Winter langsam verebbte, wurden die Weideflächen knapp. Dan Boyd hasste die Kälte, er sehnte wie noch nie in seinem Leben den Frühling herbei, denn es könnte sein letzter werden. Dan Boyd war krank, die Lunge stach und schmerzte, und sein letzter Atemzug hatte ihm Gewissheit gebracht, nachdem er wieder einmal die Nacht hindurch nur Blut gehustet hatte. Ein Geschwür breitete sich in seinem Brustkorb aus, und eines Tages würde es ihm den Atem nehmen. Abgesehen davon, dass er sich eine Behandlung überhaupt nicht leisten konnte, würde diese das Unvermeidliche ohnehin nur hinauszögern. Wirklich helfen würde sie ihm nicht mehr, hatte der Arzt auf dem Festland gesagt. Dan war auf die Insel zurückgekommen, hatte geschwiegen und für sich beschlossen, die letzten Monate seines Lebens auf der Weide zu genießen. Noch war er weitestgehend von Schmerzen verschont geblieben. Für den Fall, dass es unerträglich für ihn werden sollte, hatte er vorgesorgt. In einem kleinen braunen Fläschchen befand sich genug Cardiotoxin, um dem Leiden ein schnelles Ende zu machen. Zusammen mit den starken Beruhigungsmitteln, die er mit dem Gift auf dem Schwarzmarkt in Boston erworben hatte, ein absolut tödlicher Mix. Er würde einfach einschlafen und nie wieder aufwachen. Dan Boyd war fünfundsechzig. Auch er hatte zunächst bei Seafood gearbeitet, bis die Firma in Konkurs gegangen war, und anschließend eine Anstellung als Schafhirte bei Otis Bratt gefunden. Otis zahlte schlecht, doch zum Leben reichte es, und er war froh, überhaupt einen Job auf der Insel gefunden zu haben. Außerdem war er ein sehr genügsamer Mensch, der nicht viele Ansprüche an das Leben stellte. Er hatte sein Leben gelebt, bei Gott, und er hatte nicht alles in seinem Leben richtig gemacht. Oft hatte er in letzter Zeit daran gedacht, dass ihm sein Schöpfer die Rechung präsentieren würde, wenn er in Kürze vor ihn trat, und dass er ihn vielleicht auffordern würde, Cent um Cent seiner Schuld zu begleichen. Er wusste, was das für ihn bedeutete, doch seit den damaligen Tagen hatte er sein Leben und seine Einstellung geändert. Er war ein besserer Mensch geworden, und er betete zu Gott, den er damals noch verhöhnt hatte. Nachdem es passiert war, hatte er oft mit Chester Glandale über die Angelegenheit gesprochen. Chester hatte es nicht verkraftet, er war fortgegangen und hatte der Insel und den anderen den Rücken gekehrt. Nur einmal noch hatte er von Chester gehört, der damals meinte, dass die Ewigkeit allein nicht reichen würde, um seine Seele reinzuwaschen. Zu Lebzeiten musste man schon etwas dafür tun. Chester, der Vorarbeiter bei Seafood gewesen war und sich angeblich im letzten Jahr von einer Brücke in die eisigen Fluten des Hudsons stürzte. Das passte überhaupt nicht zu Chester. Es war ganz und gar gegen seine Ideale, aber bei Gott, er hatte es getan, hieß es. Wie verzweifelt musste er gewesen sein, dass er alles, an das er glaubte, einfach über Bord warf und sich das Leben nahm.

Das laute und hitzige Bellen von Virginia, der schwarzen American Shepherd-Hündin, riss ihn aus seinen Gedanken.

Um ihn herum blökten die Schafe, die unruhig geworden waren, den Kopf hoben und das Grasen eingestellt hatten. Seit dieser unheimliche Killer auf der Insel sein Unwesen trieb, gingen die Schäfer nur noch zu zweit oder in Gruppen hinaus auf die Weide, und die Schrotflinte war zu ihrem ständigen Begleiter geworden. Auch Dan hatte eine Schrotflinte geschultert, doch er dachte nicht daran, sie herabzunehmen.

»Virgi!«, rief er in die Dunkelheit, doch eine Antwort blieb aus. Er spuckte in das feuchte Gras und stieß einen Fluch aus, als er sich seinen Weg durch die dampfenden Leiber aus Fleisch und dichter Wolle bahnte.

»Virgi, wo bist du?«, rief er erneut.

Das Bellen von Virginia wurde lauter und noch ein ganzes Stück hektischer. Hatte sich etwa ein Fuchs vom Shepherd Wood an den Rand der Herde verirrt? Er ging weiter die feuchte Wiese hinauf, wo der Leuchtturm von Hell's Kitchen Island nur zu erahnen war. Das Bellen des Hundes verklang in einem herzzerreißenden Jaulen. Dan Boyd beschleunigte seinen Schritt. »Virginia, komm hierher!«, rief er durch die Nacht. Sein Atem schmerzte, und der Schweiß rann ihm über die Stirn. Er pfiff über die Lippen, doch von Virginia war nichts mehr zu hören. Aus den Augenwinkeln sah er den Schatten. Erschrocken blieb er stehen. Im letzten Moment versuchte er, das Gewehr von der Schulter zu nehmen, doch schon drang ein Sirren an sein Ohr, etwas Metallisches sauste durch die Luft. Kurz bevor ihn ein schmerzhafter Schlag auf seinen Kopf zu Fall brachte und seine Sinne schwanden, nahm er die gedrungene Gestalt im langen Mantel wahr, die neben ihm stand.

»Belfour«, seufzte er, dann knickten seine Beine ein, und er stürzte in das feuchte und kalte Gras.

Als er wieder zu sich kam, schnitten Fesseln tief in seine Handgelenke, doch noch schlimmer war der Schmerz in seinen Beinen. Es war, als würde er über glühende Kohlen gehen. Der

Schein eines Feuers erhellte die Nacht, und sein Blick streifte über die Silhouette des Leuchtturms. Stöhnend richtete er sich auf. Seine Beine gehorchten ihm nicht mehr. Ihm war kalt, und sein Kopf drohte zu zerspringen. Mühsam versuchte er sich aufzusetzen, doch seine Hände waren auf dem Rücken zusammengeschnürt. Trotzdem erhaschte er einen kurzen Blick auf seine Beine, doch dort, wo sich einst seine Füße befanden, waren nur noch leblose Stümpfe. Ein Beil lag neben seinem Stiefel, aus dem ein blutiges Fußgelenk ragte. Die Schmerzen wurden unerträglich und raubten ihm seinen Verstand. Ein gellender Schrei kam über seine Lippen, als sich eine dunkle Gestalt über ihn beugte und ihm diabolisch ins Gesicht lachte. Er schloss die Augen, und ihm wurde klar, der Teufel war gekommen, um ihn zu holen. Früher, viel früher als gedacht.

»Ich wusste, dass du kommen wirst«, stöhnte er unter Schmerzen, bevor ihn die Dunkelheit ergriff und in die Finsternis stürzte.

The Village, Hell's Kitchen Island, Maine,
21. März 2007, 19.05 Uhr (Mittwoch)

Ron Nyman war nicht zu Hause. Sein Haus am Ende der Applepine Street war leer. Auch im angrenzenden Schuppen war er nicht. Der Vogel war ausgeflogen. Cathy fluchte, nachdem sie die Türen aufgebrochen hatten und Ron Nyman nirgends zu finden war. Sie steckte ihren Smith-&-Wesson-Revolver wieder in das Holster zurück und warf den beiden uniformierten Polizeibeamten einen enttäuschten Blick zu.

»Er kommt bestimmt bald«, beruhigte Logan die Kriminalbeamtin. »Bestimmt streunt er wieder irgendwo herum. Es heißt, er sei oft bei den Schwestern, sie erinnern sich. Chloe und Lydia.«

»Dann suchen wir ihn dort!«, sagte Cathy entschlossen.

Tremblay fasste sie an die Schulter und hielt sie zurück. Er wies auf den Kleiderständer hinter der Eingangstür, an dem ein schwarzer Ölmantel und ein Südwester hingen. »Trägt der Geist von diesem Piraten nicht genau so einen Hut und so einen Mantel?«

»Schauen Sie, was wir gefunden haben«, rief ihr Donovan zu, der vom Schuppen herüberkam und den Flur von Nymans Haus betrat. Er hielt eine kleine schwarze Schatulle in der Hand.

»Was ist das?«, fragte Cathy.

»Es ist zwar nur eine leere Box, aber normalerweise liegt eine Beretta, Kaliber 9 mm hier drinnen. Die Pistole fehlt allerdings, dafür haben wir im Schuppen eine richtige Schatzsucherausrüstung gefunden. Spaten, Pickel, Hacke, sogar ein Metallsuchgerät liegt da drüben. Dazu ein Fernglas und ein Kompass. Nur die Schatzkarte haben wir noch nicht.«

»Stiefel, habt ihr Stiefel gefunden?«

»Gummistiefel, ja, natürlich. Gefüttert sogar.«

»Nein, ich meine Swat-Stiefel, so wie die vom Militär?«, fragte Cathy.

Donovan schüttelte den Kopf.

Cathy überlegte. »Er ist nicht hier, aber ich glaube auch nicht, dass er auf der Flucht ist. Es könnte schon sein, dass er bei den Schwestern ist. Ich saß vor kurzem in der Bar mit ihm und den Schwestern am Tisch, und er hat mit ihnen Süßholz geraspelt, wenngleich diese Lydia auch ein paar Kilo zu schwer für ihn ist. Aber wenn wir schon mal hier sind, dann schadet es nicht, sich umzusehen. Schließlich schließt der Haftbefehl auch eine Durchsuchung ein, wenn wir ihn nicht antreffen. Ich denke, wir teilen uns auf.«

»Das wäre auch mein Vorschlag gewesen«, erwiderte Donovan.

»Bei der Beweislage ist eine Durchsuchung auf alle Fälle gerechtfertigt, und wir haben ja sogar den Bürgermeister als Zeugen mit dabei. Also, worauf warten wir noch?«

Während die beiden uniformierten Polizisten vom Festland das Haus sicherten, teilten sich Cathy und ihre Kollegen in zwei Gruppen auf. Tremblay und Donovan übernahmen den Schuppen, während sie und Logan sich im Haus zu schaffen machten.

In der Wohnung sah es gepflegt aus. Offenbar war Nyman – oder besser gesagt *Il Tesoriere* – ein ordentlicher Mensch. Wenngleich es nicht viel im Haus gab und nur die Stube, die Küche und das Schlafzimmer möbliert waren, erschienen die Räume im Obergeschoss dennoch interessanter. Auf einer großen Karte der Insel, die in einem leerstehenden Zimmer im Obergeschoss an der Wand hing, waren einzelne Stellen markiert. Die Landkarte, die Vergrößerung einer topografischen Maßstabskarte, war außerordentlich genau und musste vom Militär stammen, denn nur das Militär verfügte über solche maßstabsgetreuen Pläne der Inseln im Golf von Maine. Vor der Karte stand ein kleiner Beistelltisch, auf dem eine Zigarrenkiste lag. Cathy bückte sich und öffnete den Deckel. Neben mehreren Farben und Stiften kam ein zusammengefalteter Zettel zum Vorschein. Als Cathy ihn auffaltete und eingehend betrachtete, schnalzte sie mit der Zunge.

»Bingo!«, sagte sie.

Logan drehte sich zu ihr um. Sie präsentierte die Liste, auf der die Namen einiger Bewohner von Hell's Kitchen handschriftlich vermerkt waren.

»Logan, Stone, Honeywell, Ashcroft, Lawrence, Boyd, Hurst, Haverman, Bergman, Travis, Bould, Evans, Jefferson, Bratt«, las Cathy vor. »Interessant, Logan, Stone, Lawrence, Haverman, Bergman, Evans, Jefferson und Bratt sind durchgestrichen, Ashcroft ist unterstrichen und hinter Hurst befindet sich ein Fragezeichen.«

»Eine Todesliste?«, fragte Logan.

»Dann müssten Sie bereits tot sein, denn Ihr Name ist durchgestrichen«, antwortete Cathy und drehte die Liste um. Auf der Rückseite waren einige undefinierbare Nummern vermerkt, manche davon unterstrichen, andere nicht, und dahinter standen wiederum Namen wie Ashcroft oder Bratt oder die von anderen Insulanern. Sie zeigte Logan die Liste. »Weißt du, was das sein könnte?«

Logan nahm die Liste an sich und warf einen langen Blick darauf. Er kratzte sich am Kopf. Dann huschte ein Lächeln über seine Lippen. »Ja, doch, klar«, rief er mit dem freudigen Ton der Erkenntnis. »Das sind die Registriernummern der Boote im Hafen und die dazugehörigen Besitzer.«

»Warum sind einige unterstrichen und andere nicht?«, wandte Cathy ein.

Logan zögerte und verlagerte das Kratzen an sein stoppeliges Kinn. »Klar doch, die kleineren Motorboote ließ er unmarkiert und die größeren Pötte, so wie Ashcrofts Fähre oder Bratts Dampfer, unterstrich er.«

»Dann haben die US-Marshalls wohl doch recht«, entgegnete Cathy.

»Womit haben sie recht?«, fragte Logan.

»Die Morde hängen mit dem verschwundenen Goldtransporter zusammen«, sagte sie nachdenklich. »Nyman ist auf der Suche nach der Beute, und dafür geht er über Leichen.«

»Weil er Lawrence, Evans, Jefferson und die anderen Toten durchgestrichen hat?«

»Ja.«

»Aber ich bin auch durchgestrichen und Stone ebenfalls, und ich fühle mich noch verdammt lebendig.«

Cathy griff nach der Liste. »Wie alt ist Stone?«

»Er ist sechsunddreißig«, antwortete Logan.

»Dann war er ein Teenager, als der Überfall stattfand«, bemerkte Cathy.

»Wann war der Überfall?«

»1987.«

»Da war ich sechsundzwanzig«, erklärte Logan.

»Waren Sie damals auf der Insel?«

»Ich war in Norfolk bei der Marine und kreuzte auf der USS Iowa vor den Kapverdischen Inseln.«

Cathy überlegte. »Kann Nyman davon wissen?«

Logan nickte. »Sie waren wohl noch nie in meinem Laden«, sagte er. »Ich habe dort ein paar Erinnerungsfotos an der Wand hängen. Vielleicht hat er mit meiner Frau darüber gesprochen.«

»So wird es wohl gewesen sein«, murmelte Cathy und betrachtete nachdenklich die Namensliste. Bould, Boyd und Honeywell waren außerdem noch offen.

»Hinter Hurst hat er ein Fragezeichen gesetzt, und Ashcroft hat er unterstrichen. Was kann das bedeuten?«

Cathy zuckte mit den Schultern. »Ich denke, bei Ashcroft ist er sich ziemlich sicher, dass er mit von der Partie war, und bei Hurst wohl ebenfalls. Nur Boyd, Bould und Honeywell sind noch offen, die hat er noch auf seiner Rechnung stehen.«

»Bould kam erst sehr viel später auf die Insel, und Honeywell war auch beim Militär, das könnte ebenfalls zu der Zeit gewesen sein. Dan Boyd lebte immer schon hier auf der Insel.«

»Und die anderen, die er durchgestrichen hat, wurden ermordet. Das kann kein Zufall sein. Wir müssen ihn unbedingt finden!«

Logans Mund stand offen, mit weit aufgerissenen Augen starrte er auf den Bogen Papier. »Sie meinen … er könnte wieder … auf der Jagd sein?«

»Er ist nicht hier, und seine Stiefel haben wir auch nicht gefunden«, fiel ihm Cathy ins Wort. »Ich denke, wir sollten keine Zeit verlieren und die anderen alarmieren!«

Seafood Inc., Hell's Kitchen Island, Maine,
21. März 2007, 19.35 Uhr (Mittwoch)

Noch war der humpelnde Mann nicht wieder auf die Insel zurückgekehrt. Frank Duval hielt sich noch immer im baufälligen Gemäuer der alten Fabrik auf, doch inzwischen hatte er seinen Beobachtungsposten gewechselt und behielt den Hafen im Auge. Die Fähre war noch nicht zurückgekehrt, wahrscheinlich würde sie erst morgen wieder auf der Insel eintreffen. Duval hatte überlegt, ob er sich in der Dunkelheit zum Haus des humpelnden Mannes schleichen sollte, um ihn dort in Empfang zu nehmen, doch dann hatte er es sich anders überlegt. Er wartete lieber ab, bis es dunkel im Ort wurde und sich auch die Streifenpolizisten, die hin und wieder auf der Straße zu sehen waren, in die Häuser zurückzogen. Er blieb in seinem Versteck. Hier war er wenigstens einigermaßen vor Wind und Wetter geschützt, wenngleich sich die Wolken am Mittag schnell wieder verzogen hatten und es trocken geblieben war.

Er drückte sich in eine Ecke des ersten Stockwerks und wartete. Als es dunkel wurde, ging eine Laterne nach der anderen im Hafen an. Der Lichtschein breitete sich aus und tauchte Duvals Versteck in ein schummriges Grau. Obwohl er sehr hungrig war, blieb er in seiner Ecke sitzen. Als die Müdigkeit über ihn kam, strich er sich über die Augen. Schließlich schlummerte er ein. Er fuhr hoch, als ihn ein metallisches Geräusch in unmittelbarer Nähe weckte. Er riss die Augen auf und schaute sich ängstlich um, bis seine Augen an dem grauen Schatten haften blieben, der kaum drei Schritte neben ihm, an die Wand gelehnt, auf dem Boden saß.

»Ich dachte mir, dass du früher oder später hier auftauchst«, flüsterte die heisere Stimme.

Er zuckte zusammen und wollte sich erheben. »Das würde ich bleiben lassen«, mahnte der Schatten. »Du kannst dir vorstellen, was ich hier in meiner Hand halte, außerdem patrouillieren Polizisten in der Main Street. Wenn du unbedingt wieder in den Knast willst, nur zu.«

Duval entspannte sich, der Mann aus dem Dunkeln war zumindest kein Bulle. »Wer sind Sie, und woher kennen Sie mich?«, brachte er leise hervor.

»Sagen wir, ich bin ein Freund, und ich bin aus dem gleichen Grund hier wie du. Seit ein paar Tagen bist du Tagesgespräch auf der Insel. Es vergeht keine Stunde, wo dein Name und dein Konterfei nicht über den Bildschirm flackern. Wo ist Tyler?«

»Tyler, ich kenne keinen Tyler.«

»Verarsch mich nicht«, zischte der Fremde. »Hast du ihn umgebracht?«

Duval schwieg.

»Wir können hier sitzen bleiben und schweigen, oder wir könnten uns zusammentun. Ich denke, es ist genug da für uns beide.«

Frank Duval überlegte. Welche Chancen hatte er? Er zweifelte keine Minute daran, dass der Kerl, der kaum drei Schritte entfernt neben ihm saß, eine Pistole in der Hand hielt. »Haben Sie die Leute hier auf der Insel umgebracht?«

»Das wäre schlecht für das Geschäft«, gab der Schatten zurück.

»Woher wissen Sie, dass ich hier bin?«, fragte Duval.

Der Fremde lachte heiser. »Junge, ich bin seit einigen Jahren auf der Insel. Ich schaue mich um und beobachte. Und ich sage dir, hier in diesem Dorf solltest du vorsichtig sein. Du darfst niemandem trauen. Ich bin hier, verhalte mich ruhig und beobachte. Und dich habe ich bereits heute Mittag gesehen, als du dich über Pallans Seashore in das Dorf geschlichen hast.«

»Wer sind Sie?«

»Ein Freund«, erwiderte der Schatten ausweichend. »Und jetzt sag mir, wo Wesley Tyler ist!«

Duval seufzte. »Er hat es nicht geschafft.«

»Er hat dich in die Sache eingeweiht, richtig?«

»Wir saßen acht Jahre in der gleichen Zelle.«

Das leise, krächzende Lachen war wieder zu hören. »Dann weißt du sicherlich, wo das Gold liegt. Ich denke, wir sollten uns zusammentun, was hältst du davon?«

»Abgesehen von der Pistole in Ihrer Hand, weshalb sollten wir das tun?«

»Die Goldbarren tragen das Wappen der US-Notenbank, sie sind absolut wertlos in diesem Zustand. Hast du schon einmal richtig darüber nachgedacht? Was willst du damit tun? In die nächste Bank spazieren und in Bucks umwechseln? Ich sage dir, wenn du keine Verbindungen hast, dann sind die Barren nicht viel mehr wert als ein dreckiger Batzen Dung, verstehst du?«

»Und Sie haben diese Verbindungen?«

»Genau deswegen hat mich Wesley Tyler damals in den Plan eingeweiht, aber leider hat er sich erwischen lassen, bevor wir den Deal durchziehen konnten. Und jetzt liegen die Barren irgendwo auf der Insel und setzen Grünspan an. Das sollten wir beide ändern, meinst du nicht auch?«

»Und wenn ich nicht weiß, wo das Gold ist?«, konterte Duval.

»Red keinen Blödsinn, du hast keine Chance ohne mich«, widersprach der Schatten. »Eine ganze Armee sucht nach dir. Sie durchkämmen die Insel und sind gerade oben auf dem Verdana Upland. Es sind US-Marshalls dabei, die geben erst auf, wenn sie dich haben. Außerdem bin ich ja auch noch da. Wenn ich dich jetzt erschieße, dann kräht kein Hahn mehr nach dir.«

Frank Duval überlegte. Im Grunde genommen hatte der Fremde recht, ohne Hilfe war es wohl unmöglich, die Barren wieder in den Verkehr zu bringen und echte Dollars dafür zu kassieren. Doch wie würde der Mann mit der Waffe reagieren, wenn er ihm eingestand, dass er nicht wusste, wo sich das Gold befand? Er musste zumindest zum Schein darauf eingehen und

Zeit gewinnen. Der Mann auf der Fähre war zweifellos Wesley Tylers Kontaktmann.

»Okay, Partner, aber es gibt noch jemand, den wir mit ins Boot nehmen müssen, sonst haben wir keine Chance«, antwortete Duval.

»Dachte ich mir, du meinst bestimmt Tyler Ashcroft«, versetzte der Schatten.

»Du glaubst doch nicht, dass ich dir das jetzt sage«, entgegnete Duval. »Ich habe nicht den weiten Weg gemacht, damit du mich jetzt abknallst. Ohne mich wirst du nicht einmal in die Nähe des Goldes kommen.«

»Schon klar, Partner, übrigens Ashcroft ist mit seiner Fähre aufs Festland gefahren, er kommt erst morgen wieder.«

Duval lächelte verwegen. Er würde abwarten, den Kerl könnte er immer noch beseitigen. Dennoch war er sich sicher, dass Ashcroft der Dritte im Bunde war … Tyler Ashcroft. Wie einfach es doch gewesen wäre, Wesley Tylers Komplizen ausfindig zu machen. Der eine trug den Vornamen, den der andere als Nachnamen benutzte. Keine besonders originelle Idee für eine Tarnung, wenngleich die Geheimhaltung auch über Jahre hinweg funktioniert hatte.

»Ich habe Hunger«, antwortete Frank Duval, um vom Thema abzulenken.

»Gut, warten wir noch ein wenig, dann ziehen wir los.«

»Eigentlich arbeite ich nur mit Leuten zusammen, die ich kenne.«

»Ron, du kannst mich Ron nennen«, antwortete der Schatten, und wieder war das krächzende Lachen zu vernehmen. »Ich finde, das ist ein sehr schöner Name.«

33

South Bench, Hell's Kitchen Island, Maine,
21. März 2007, 20.45 Uhr (Mittwoch)

Nic Tyson erwachte aus seiner tiefen Ohnmacht. In seinem Kopf veranstaltete ein Schwarm Hornissen ein Wettrennen. Als er sich aufrichtete, wurde ihm schwindlig. Einen Augenblick verharrte er sitzend im feuchten Gras des Verdana Uplands in der Nähe des Leuchtturms von South Bench. Er dachte darüber nach, was passiert war, doch alles, an das er sich noch erinnerte, war ein dunkler Schatten, der sich direkt vor ihm aus der Dunkelheit geschält hatte. Dann wurde er von einem harten Schlag am Kopf getroffen und verlor die Besinnung. Er fuhr sich über die Stirn und fühlte die klebrige Feuchtigkeit, als er sich über das Gesicht wischte. Das Blöken der Schafe drang zu ihm herüber. Er erinnerte sich, dass er sich zum Austreten vom Lager entfernt hatte. Dan Boyd war zurückgeblieben, und dann stand plötzlich der Schatten direkt vor ihm. Als er versuchte, sich aufzurichten, schien sein Kopf platzen zu wollen. Die Kopfschmerzen wurden unerträglich, und sein Magen verkrampfte. Er beugte sich zur Seite und spie das Abendessen in hohem Bogen heraus. Schweiß brach aus seinen Poren und vermischte sich mit der klebrigen Flüssigkeit auf seiner Backe. Er wartete eine Weile, bis sich sein rasendes Herz beruhigte und sich das flaue Gefühl in seinem Magen langsam verzog. Er wagte einen zweiten Versuch. Diesmal vorsichtiger. Als er wie ein Schaf im Vierfüßerstand durch das kalte und feuchte Gras krabbelte, berührten seine Hände den kalten, metallischen Gegenstand. Er griff nach seiner Maglite-Stabtaschenlampe und richtete sich wie in Zeitlupe auf. Erst als er stand, unsicher und schwankend, und sich die erneute Schmerzattacke in seinem Kopf verzogen hatte, knipste er sie an. Der gleißende Strahl durchschnitt die finstere Nacht. Das Licht erfasste die nahen Leiber der Schafe, und er zuckte erschrocken zusammen. Nicht weit von ihm entfernt, im Gras, lag ein braunes Knäuel. Unsicher, mit zitternden Beinen, ging er darauf zu, bis er erkannte, was da lag. Virginia, die treue Hündin, und die wenigen weißen Flecken in ihrem Fell waren blutig rot. Nic Tyson fuhr die Furcht in die Glieder, zitternd vor Angst schaute er sich um und schwenkte die Lampe hin und her. War der Schatten noch hier, war es Belfour, der gekommen war, um sich das nächste Opfer zu holen? Und wo war Dan?

Leise und mit unsicherer Stimme begann er zu rufen. Die Antwort blieb aus, sein Rufen wurde lauter, bis die Schafe ängstlich davonstoben. Er wandte sich nach Osten und taumelte den sanften Hügel hinauf, er peilte die Stelle an, an der er sich von Dan getrennt und wo er seinen Rucksack zurückgelassen hatte. Eigentlich hatte Dan vorgehabt, ein Lagerfeuer zu entzünden, doch weit und breit umgab ihn nur die Dunkelheit.

»Dan!«, schrie er. »Dan, verflucht, wo bist du?«

Als er den Lagerplatz erreichte, stieß er auf seinen und Dans Rucksack. Er beugte sich hinab und holte aus seiner Außentasche ein Handy hervor. Er deaktivierte die Tastensperre und wählte die Nummer von Jermaine Bratt, Otis' Sohn. Er fluchte, als niemand abhob. Schon wollte er das Gespräch wieder beenden, als er das Knacken hörte. Die helle Stimme von Jill Summers, Otis' Tochter, ertönte im Lautsprecher.

»Nic, was ist los bei euch?«, fragte sie.

»Hilfe!«, stöhnte Nic Tyson. »Hilfe, wir sind überfallen worden. Dan ist verschwunden, und ich blute am Kopf, helft uns, wir brauchen dringend Hilfe.«

»Wo bist du jetzt?«

»Eine halbe Meile unterhalb vom South Bench Lighthouse«, antwortete Nic Tyson. »Ich brauche Hilfe, schnell. Belfour, es muss Belfour gewesen sein. Ich kann Dan nicht finden!«

»Wir kommen, ist er noch in deiner Nähe?«

Nic Tyson nahm das Handy vom Ohr und leuchtete ängstlich in die Nacht. »Ich sehe niemand, kommt, kommt schnell!«, sagte er, bevor er entkräftet auf den Boden sank.

Knapp fünfzehn Minuten später hörte er das Brummen von Motoren. Scheinwerfer näherten sich von Westen. Sie fuhren querfeldein. Er schloss geblendet die Augen, als der rote GMC-Geländewagen unmittelbar vor ihm anhielt. Ein zweiter Wagen stoppte. Jermaine Bratt sprang aus dem Wagen. Ein Gewehr lag in seiner Hand. Jill Summers folgte ihm. Sie rannten auf ihn zu, während der andere Wagen ebenfalls zum Stehen kam.

»Nic, was ist passiert!«, rief ihm Jermaine von weitem zu.

»Ich weiß es nicht«, stieß Nic Tyson hervor. »Plötzlich tauchte ein Schatten vor mir auf, dann spürte ich einen Schlag, und von da an habe ich einen Filmriss.«

»Ich sagte doch, ihr sollt zusammenbleiben«, hielt Jermaine Bratt ihm vor.

»Du siehst schrecklich aus«, fügte Jill Summers hinzu und stellte den Erste-Hilfe-Koffer neben Nic ab, ehe sie sich zu ihm herabbeugte. Sein Kopf war blutüberströmt.

»Was sollen wir tun?«, fragte Zac Wollow, der Jermaine gefolgt war.

Die gesamte Mannschaft der Bratts, sogar Malcom Hurst, war gekommen, um Nic und Dan zu helfen.

»Schwärmt aus und sucht nach Dan, er muss hier irgendwo sein«, befahl Jermaine seinen Männern.

Zac Wollow nickte und verschwand in der Dunkelheit.

»Jetzt erzähl erst einmal, was genau passiert ist«, wandte sich Jermaine wieder Nic Tyson zu, während Jill Summers dem Verletzten einen Kopfverband anlegte.

»Wir haben die Schafe hier rüber getrieben, wie du es gesagt hast, und wollten gerade das Lager errichten«, knurrte Nic Tyson genervt. »Ich musste mal und ging ein paar Schritte vom Lager weg, plötzlich stand er vor mir. Ein dunkler Schatten, und von da an weiß ich nichts mehr.«

»Hast du nach Dan gerufen?«

Nic Tyson versuchte den Kopf zu schütteln, doch Jill hielt ihn fest.

»Er muss zu Doktor Cameron, hilf mir mal, den Verband zu fixieren!«, forderte Jill Summers ihren Bruder auf, während das laute Rufen der Männer, die nach Dan Boyd suchten, zu ihnen herüberdrang.

Plötzlich verstummte das Rufen und wich aufgewühltem Fluchen und Hadern. Schließlich rannte Zac Wollow herbei. Heftig atmend blieb er vor Jermaine Bratt stehen.

»Wir haben Dan gefunden, er ist tot.«

»Tot?«, wiederholte Jermaine Bratt.

»Dieser Bastard hat ihm seine Füße abgehackt, am Leuchtturm. Alles ist voll Blut. Dan ist verblutet. Dieses elende Schwein!«

Jermaine richtete sich auf und griff nach seinem Mobiltelefon. »Wir müssen die Polizei verständigen, Otis muss ins Dorf fahren und …«

»In Dans Brust steckt ein Stauerhaken«, berichtete Zac Wollow.

The Village, Hell's Kitchen Island, Maine,
21. März 2007, 22.30 Uhr (Mittwoch)

Sie warteten, bis es dunkel geworden war und sich niemand auf der Straße mehr blicken ließ. Nur die Polizeistreifen patrouillierten von Zeit zu Zeit durch das nächtliche Village. Sie schlichen über die Nordseite den Friedhof entlang, nachdem zwei Polizisten an der Fabrik in Richtung Hafen gegangen waren.

»Wir sollten noch warten, ab Mitternacht ist es sicherer«, hielt Duval seinen Begleiter zurück, als der sich anschickte, die Main Street zu überqueren.

»Die Polizisten sind im Hafen«, antwortete Ron Nyman. »Sie brauchen mindestens eine halbe Stunde, bis sie wieder zurückkommen.«

»Aber es sind bestimmt noch mehr unterwegs«, warf Frank Duval ein.

»Die Marshalls und ihre Armee durchkämmen die Insel, und mehr als vier Polizisten haben die vom Festland nicht rübergeschickt«, entgegnete Ron Nyman. »Bei der heiligen Scheiße, die hier läuft, verdammt wenig. Du hast bestimmt schon von den Morden gehört?«

»Ich bin in einem Wald im Westen auf einen Toten gestoßen, der an einem Baum hing.«

»Hier läuft irgendein Privatkrieg. Mittlerweile gibt es sieben Tote. Irgendjemand räumt hier auf.«

»Und wer sagt, dass du nicht der Mörder bist oder ich vielleicht sogar?«, fragte Duval provokant.

»Du kannst es nicht gewesen sein«, gab Nyman gelassen zurück. »Du warst noch nicht auf der Insel, als das Morden begann, und ich bringe nur jemanden um, wenn es sich lohnt. Und jetzt komm!«

Noch ehe das letzte Wort verklungen war, hetzte Ron Nyman los und überquerte die Main Street, um auf der anderen Seite in das Gebüsch auf dem Grundstück der Havermans abzutauchen. Frank Duval folgte. Nyman schlug sich durch die Büsche und stieg über den Jägerzaun auf das Nachbargrundstück. Dabei machte er einen Krach, der Tote aufwecken konnte.

»Leise!«, zischte Duval, »oder willst du, dass man uns erwischt?«

»Es ist niemand hier«, antwortete Nyman, als er an die Hintertür von Ashcrofts Haus trat und die kleine Seitenscheibe oberhalb der Türklinke einschlug. »Haverman im Nachbarhaus wurde ermordet, und seine Frau ist zu ihren Verwandten auf das Festland gefahren, und Ashcroft ist noch nicht zurück. Er lebt allein, aber das weißt du sicher.«

Duval nickte. Über die Hintertür gelangten sie in Ashcrofts Haus.

»Ich wusste, dass ich recht hatte«, triumphierte Nyman, als Duval neben ihm im Flur stand. »Ashcroft ist dein Kontaktmann, und er weiß auch, wo das Gold liegt.«

Langsam zog er die Pistole aus dem Hosenbund.

»Du hast mich hierher geführt«, versetzte Duval. »Ich bin dir nur gefolgt.«

Einen kurzen Augenblick zögerte Nyman, und ehe er sich versah, griff Duval zu und verdrehte Nymans Handgelenk. Die Pistole fiel zu Boden. Duval gab seinem Widersacher einen Stoß, so dass Nyman auf den Boden stürzte, dann bückte er sich, griff zur Pistole und zielte damit auf Nymans Kopf.

Der hob abwehrend die Hände in die Höhe. »Mach keinen Quatsch«, stöhnte er. »Wenn du jetzt abdrückst, dann dauert es keine Stunde und sie bringen dich wieder in den Knast.«

»Und wenn schon«, antwortete Duval kalt.

»Ohne mich ist das Gold wertlos, glaube mir«, stammelte Nyman ängstlich.

Duval schwieg. Noch immer zielte er auf Nymans Kopf. Im Haus war es plötzlich so still, dass man eine Stecknadel hätte fallen hören können. Schließlich nahm er die Pistole herunter. »Du hast recht, wir ziehen das gemeinsam durch, aber es ist besser, wenn ich die Pistole behalte, und jetzt sage mir, wo der verdammte Kühlschrank ist, ich verhungere sonst noch.«

Nyman erhob sich langsam. »Schon gut, Partner.«

Sie vermieden es, das Licht einzuschalten. Duval fand eine Dose Thunfisch und einen halben Laib Brot. Auch ein Bier gönnte er sich, das er im Kühlschrank gefunden hatte. Schließlich ließ er sich gegenüber Nyman im Wohnzimmer auf der Couch nieder. Argwöhnisch behielt er ihn im Auge.

»Was machen wir jetzt?«, fragte Nyman eingeschüchtert.

»Wir warten auf Ashcroft, was sonst«, entschied Duval schmatzend.

Eine Weile schwiegen sie, schließlich ergriff Duval das Wort. »Ich verstehe nicht, warum du dir nicht schon längst das Gold geholt hast, wenn du schon ein paar Jahre auf der Insel lebst.«

Nyman ließ ein kaltes Lachen hören. »Hätte ich auch schon, wenn ich wüsste, wo es liegt und wie ich rankomme. Du kennst Wesley Tyler, er war schlau, er hat vorgesorgt. Jeder aus seinem Team wusste nur so viel, wie er wissen musste, um seinen Job zu erledigen, und von den anderen wusste er nichts. Ich habe viel Zeit gebraucht, um erst einmal seinen Kontaktmann ausfindig zu machen. Ich war mir nie wirklich sicher, was Ashcroft weiß. Und dabei wäre es so einfach gewesen, ich wollte einfach nur warten, bis Tyler hier auftaucht. Aber mit eurer Flucht lief mir die Zeit davon. Schön blöd von Wesley, er wäre sowieso bald entlassen worden.«

»Wir hatten keine andere Wahl.«

Einen Augenblick herrschte Schweigen.

»Dir ist sicherlich schon aufgefallen, dass sie die gleichen Namen tragen«, fuhr Nyman fort.

»Wesley Tyler und Tyler Ashcroft, das erscheint mir nicht besonders schlau«, entgegnete Duval.

»Wieder ein Irrtum. Nur weil sie zufällig den gleichen Namen tragen, heißt es nicht zwangsläufig, dass sie zusammengehören, zumal es bei einem der Nachname und beim anderen der Vorname ist. Ich brauchte ganz schön lange, um herauszufinden, dass Tyler Ashcroft und Wesley Tyler Stiefbrüder sind. Ashcroft heißt eigentlich John mit richtigem Vornamen. John Tyler Ashcroft. Irgendwie hat er es geschafft, auf seinem Seemannspatent aus dem ersten Teil des Doppelnamens seinen neuen Vornamen zu machen. Außerdem war mir klar, dass wohl auch Ashcroft nicht alles weiß. Also wartete ich und suchte nach dem Gold, ich hatte ja nichts anderes zu tun. Ich habe beinahe die gesamte Insel umgegraben, aber ich habe nichts gefunden.«

»Dann hättest du dir einfach diese Bude hier vornehmen sollen«, antwortete Frank Duval.

»Ich bin heute das vierte Mal hier und habe bereits jeden Schrank durchwühlt und jede Diele überprüft, aber hier ist nichts, und Ashcroft hat in den ganzen Monaten auch nicht einmal versucht, sich dem Versteck zu nähern. Wahrscheinlich wollte er abwarten, bis sein sauberer Halbbruder wieder aus dem Knast kommt. Außerdem glaube ich, dass es noch mehr Komplizen auf der Insel hier gibt und Ashcroft nicht alleine ist.«

»Du warst bei dem Überfall dabei?«

»Du glaubst wohl, das ist eine Quizsendung hier, oder?«

»Und ich dachte, wir arbeiten zusammen. Schließlich sind wir ja irgendwie aufeinander angewiesen, wenn ich dich richtig verstanden habe.«

Ron Nyman überlegte. »Ist nun auch egal, du kannst sowieso niemandem etwas davon erzählen«, brummte er nachdenklich.

»Weil du mich umbringen wirst, wie die anderen, wenn du die Chance dazu hast?«

»Nein, weil du nicht einfach hier herausspazieren und Volksreden halten kannst«, entgegnete Nyman. »Die US-Marshalls warten nur darauf. Und bei eurer Flucht gab es Tote. Ich bin sicher, wenn sie dich erwischen, werfen sie dich in das tiefste Loch, das sie in irgendeinem Knast finden, und warten darauf, bist du endlich vermoderst.«

Duval entspannte sich und legte seine Beine auf den Tisch. »Da hast du nun wieder Recht«, feixte er. »Also, was ist, erzählst du mir nun deine Geschichte? Ich sagte doch, ich arbeite nur mit Leuten zusammen, die ich kenne.«

»Also gut«, seufzte Nyman, »ich war nicht dabei, aber ich habe Wesley unterstützt. Ich habe die Leute geschmiert, um die Fahrtroute herauszufinden, und habe ihm ein paar Männer für den Job besorgt. Spezialisten, die ihr Handwerk verstehen. Und hinterher sollte ich das Gold in Bares umtauschen. Kurs eins zu drei. Wir wollten uns vier Wochen nach dem Job auf dieser gottverfluchten Insel treffen, mehr hat mir Wesley nicht gesagt. Geheimhaltung, du verstehst. Was man nicht weiß, kann man auch nicht ausplaudern.«

»Ja, Wesley war ein schlauer Kerl.«

»Wie ist er eigentlich gestorben?«, fragte Nyman. »Hast du etwas damit zu tun?«

»Er wurde bei dem Unfall im Gefängnisbus verletzt und hat es nicht überlebt. Ich glaube, dass er sich ein paar Rippen gebrochen hat, die seine Lunge verletzten. Am Ende hat er Blut gespuckt, und ihm sind einfach die Lichter ausgegangen. Das war auf einer Insel, gar nicht weit von hier. Ich habe ihn dort begraben.«

»Er war ein anständiger Kerl«, stellte Nyman fest.

»Und du, bist du auch ein anständiger Kerl?«, fragte Duval.

»Wie meinst du das?«

»Ich wundere mich, Ron, weshalb sich ein Kerl wie du so lange auf dieser Insel herumtreibt und einer Beute nachjagt, die es vielleicht schon längst nicht mehr gibt. Und Ron ist auch nicht dein richtiger Name, stimmt's?«

Für einige Minuten breitete sich Schweigen aus. Schließlich richtete sich Ron Nyman im Sessel auf und reckte demonstrativ seine Handflächen, so als ob er sich ergeben wolle. »Gut, du hast Recht. Aber ich hatte keine andere Wahl. Ich musste untertauchen. Ich arbeitete für eine einflussreiche Familie in Chicago, als ich den Deal einfädelte. Leute, die keinen Spaß verstehen, wenn du weißt, was ich meine. Der Job war nur zu machen, wenn man im Vorfeld ein klein wenig Geld investierte. Natürlich wäre es kein Problem gewesen, wenn alles geklappt hätte, aber wie du weißt, ging es schief. Und jetzt wollen die Leute ihr Geld wieder.«

»Wie viel schuldest du ihnen?«

»Zwei Millionen, deswegen musste ich untertauchen.«

»Das ist eine Menge Geld«, erwiderte Frank Duval.

»Ja, und ich will endlich wieder mein altes Leben zurück. Wesley hat dich sicherlich eingeweiht. Zwei Drittel gehen an mich und meine Hintermänner, das war damals so abgemacht. Den Rest kannst du dir mit den anderen teilen, wer auch immer noch dazugehört. Es war dumm von mir, dich überrumpeln zu wollen, vorhin. Ich bin … ich bin kein Mörder.«

Duval dachte nach. »Zwei Drittel, und vorhin hast du etwas von eins zu drei gesagt. Wie viel bleibt dann überhaupt noch übrig, frage ich mich.«

»Zehn Millionen nach heutigem Goldpreis«, antwortete Nyman.

»Dann gehen zwanzig Mille an dich, findest du das gerecht?«

»Ich kann nur zurück, wenn ich einen ordentlichen Batzen Geld auf den Tisch lege, sonst muss ich mich mein Leben lang hinter dieser Fassade verstecken, und das ist nicht einfach, selbst auf dieser verfluchten Insel nicht. Außerdem ist es ein fairer Preis, du darfst nicht vergessen, dass die Barren heiß sind und nur einen Wert haben, wenn sie bearbeitet werden. Für mich bleibt weniger als für euch, glaub mir.«

»Ich frage mich sowieso, wie du es geschafft hast, die Leute hier zu täuschen, Ron Irgendwer. Sozialversicherung, Stadtverwaltung, Polizei. Entweder sind die Leute hier einfach nur zu blöde, oder deine Tarnung ist wirklich bombensicher.«

»Als der Deal scheiterte, habe ich mir ein klein wenig Bargeld verschafft und mich abgesetzt. Die Leute, von denen ich dir erzählte, haben ausgezeichnete Verbindungen. In den Staaten und in Südamerika wäre ich sicherlich aufgeflogen, deswegen habe ich mich als Tourist über das Meer davongemacht. Ich war auf Bali, in Indien und in Thailand. Mein Pass war eine gute Fälschung, aber für die Staaten und Europa hätte es sicherlich nicht gereicht. Dort drüben kam ich überall durch. Nur ging mir langsam das Geld aus. In Bangkok traf ich auf Ron Nyman, einen Weltenbummler, der mir sehr ähnlich sah. Irgendwie hatte ich Glück, der Kerl ist auf seinem Hausboot verstorben, und ich habe mir seine Papiere geschnappt. Aus mir wurde der Weltenbummler Ron Nyman. Ich wusste damals nicht, dass der Kerl auch Reiseführer und Abenteuergeschichten geschrieben hat, sonst hätte ich mir den Stress nicht angetan. Jeder spricht mich auf meine Segeltörns an und lädt mich zu einem Ausflug ein, dabei werde ich schon seekrank, wenn ich nur Fahrstuhl fahre. Ich hätte nichts dagegen, wenn ich mein altes Leben zurückbekommen würde. Aber dazu brauche ich die Bucks.«

»Dann ist die Mafia hinter dir her?«

»Mafia, 'Ndrangheta, Cosa Nostra, nenn es, wie du willst«, sagte Ron Nyman. »Und jetzt möchte ich gerne wissen, was du so getrieben hast in deinem Leben, damit wir uns besser vertrauen können, wie du ja schon gesagt hast.«

»Ich hoffe, du hast Zeit mitgebracht«, antwortete Frank Duval lakonisch.

»Zeit ist alles, was ich noch im Überfluss habe.«

Mt. Olivet Cemetery, Newark,
22. März 2007, 07.55 Uhr (Donnerstag)

Allan Clark war ein untersetzter Mann mit grauem Haarkranz und einer centgroßen Warze auf der linken Wange. Er hielt eine Rose in der Hand und legte sie neben den kleinen grauen Stein des Urnengrabes, auf dem lediglich der Name Sophia Haywood geschrieben stand. Brian Stockwell zog seinen Mantelkragen höher. Es war trocken, doch ein scharfer Wind blies vom Meer her über den Friedhof im Zentrum von Newark.

»Als ihr Mann starb, brach ihre kleine und wohlige Welt einfach in sich zusammen«, seufzte Clark, als er sich wieder erhob. »Sie ist nie darüber hinweggekommen.«

Brian hatte die Familie des Kapitäns ausfindig gemacht, der am 19. April im Jahr 1971 an Bord der Jonathan Sinclair in den Southern Shoals vor Hell's Kitchen Island auf ein Riff gelaufen und untergegangen war.

Damals wurde dem Kapitän vor dem Seegericht in Boston die alleinige Schuld für die Katastrophe zugesprochen, was für die Hinterbliebenen die Konsequenz hatte, dass sie plötzlich ohne jede Absicherung dastanden. Sie verloren das Haus in Boston, und auch die Pensionsansprüche des Kapitäns erloschen. Nicht nur das: Der Zivilklage der Reederei wurde entsprochen, so dass Sophia Haywood sämtliche Ersparnisse verlor und mit ihren beiden Kindern zu ihrer Schwester nach Newark ziehen musste, um nicht auf der Straße zu landen. Dort wurde sie vom Ehemann der Schwester wie eine zweitklassige Dienstmagd behandelt. Ihre Tochter Diana, damals dreizehn, und der Sohn Dennis, elf Jahre alt, lebten mit ihr in einem kleinen Verschlag im Keller. Morton Benjamin, der Ehemann der Schwester, ging nicht zimperlich mit seinen ungeliebten Gästen um. Er misshandelte die Kinder und zwang Sophia zu einem Leben, das von Arbeit und Enthaltsamkeit geprägt war. Letztlich hielt es Diana nicht mehr aus. Sie lief weg und landete in der Gosse, wo man sie ein paar Wochen später missbraucht und ermordet auffand. Der Täter wurde nie ermittelt. Die Spannungen zwischen Dennis und seinem neuen Ziehvater gipfelten immer mehr in gewaltsamen Auseinandersetzungen, nach denen der Körper des Jungen oft Blutergüsse und Platzwunden aufwies. Irgendwie fühlte er sich dann zur Kirche hingezogen und verbrachte sehr viel Zeit in der nahen Newark Abbey. Mehrmals büxte er aus, wurde jedoch immer wieder von seinem Ziehvater zurückgeholt, dem inzwischen das Sorgerecht für Dennis übertragen worden war. Und jedes Mal bedeutete es neue Wunden, neue Blutergüsse.

»Als ich Sophia kennenlernte, war sie nicht mehr in der Lage, Liebe zu geben. Sie war ausgebrannt. Ich wollte, dass sie zu mir kommt, aber ich glaube, sie hatte sich längst schon aufgegeben. Sie hatte alles verloren, ihren Mann, ihre Tochter, ihr Geld und nun drohte auch noch, dass sie ihren Sohn verlieren würde. Doch sie war zu schwach, um sich zu wehren. Am achtzehnten Geburtstag von Dennis passierte es, Morton Benjamin war wieder einmal betrunken. Er schlug Sophia, weil er der Meinung war, sie hätte ihm Geld gestohlen. Fünf Dollar, um Dennis etwas kaufen zu können. Dennis griff zu einem Hammer und schlug zu. Mortons Kopf platzte wie eine reife Tomate. Es blieb nicht viel davon übrig. Er wurde verhaftet, und man steckte ihn in das Newark State Prison. Zwölf Jahre bekam er. Sophia hat das nie überwunden. Jetzt hatte sie auch noch die letzte Hoffnung in ihrem Leben verloren. Und ich konnte ihr nichts davon ersetzen. Sie hat sich vergiftet. Sie muss einen grausamen Tod gehabt haben.«

»Wissen Sie, was aus Dennis Haywood wurde?«, fragte Brian.

»Ich habe keine Ahnung«, entgegnete Clark. »Man verscharrte Sophia hier in einem Armengrab. Ab und zu kam ich hierher, um das Unkraut zu jäten. Niemand kümmerte sich darum. Es war vor zwei Jahren, als ich das Grab besuchte und ein großer Strauß Rosen darauf lag. Jemand hatte das Unkraut entfernt. Auch auf dem Grab von Dennis' Schwester, das ein paar Reihen entfernt von hier liegt, hatte jemand Ordnung gemacht.«

»Wissen Sie wer?«

»Ich nehme an, dass es Dennis war. Aber ich bin ihm hier nie begegnet, obwohl ich öfters nach Sophias Grab schaute. Eines

Tages war auf dem Grabstein von Diana eine Platte montiert, auf der *Kapitän Ronald S. Haywood, died 1971, United in Death* geschrieben stand. Dennis muss dafür gesorgt haben. Aber vor einem Jahr etwa waren die Gräber wieder ungepflegt. Ich nehme an, dass Dennis weggezogen ist. Er soll ein paar Jahre beim Militär gewesen sein. Anschließend, so munkelt man, wäre er in die Fußstapfen seines Vaters getreten und zur See gefahren. Mir erschien diese Erklärung plausibel.«

»Sonst war nie jemand hier, Sophias Schwester, Verwandte?«

»Von Verwandten weiß ich nichts und Sophias Schwester war kein einziges Mal hier. Sie starb ein Jahr nach ihrem Tod. Sie liegt auf einem Friedhof im Westen der Stadt. Nicht einmal im Tode wollte sie wohl ihrer Schwester nahe sein. Die Ehe der Mortons blieb kinderlos. Aber vor etwa eineinhalb Jahren saß dort drüben ein älterer Mann auf der Bank, als ich zu Sophias Grab kam. Er sprach mich an und wollte wissen, was aus der Familie geworden sei. Ich fragte den Mann, ob er Sophia kannte, doch er schüttelte nur den Kopf. Er sagte, er habe ihren Mann gekannt, und es wäre eine himmelschreiende Ungerechtigkeit von der Reederei gewesen, ihn für das Unglück verantwortlich zu machen. Aber als ich weiter nachfragte, behauptete er, dass er zufällig vorbeigekommen sei und das Grab entdeckt hätte.«

Brian blickte nachdenklich auf den schmucklosen Stein. Wie viele Sophia Haywoods mochten wohl auf den Friedhöfen dieser Stadt liegen, dachte er bei sich.

»Sie haben nicht zufällig nach seinem Namen gefragt?«

Clark überlegte. »Mein Gott, das ist schon lange her, aber ich glaube, er hieß Glenn Chester oder so ähnlich. Er war bestimmt schon an die siebzig.«

»Schade, dass Sie nicht wissen, wo Dennis abgeblieben ist. Er müsste jetzt wohl so um die fünfzig sein, richtig?«

Clark nickte. »Als ich Sophia kennenlernte, war er dreizehn. Das war vor einunddreißig Jahren. Also müsste er vierundvierzig sein. Fragen Sie im Gefängnis von Newark nach ihm, dort weiß man vielleicht, wohin er gegangen ist. Wie gesagt, seit eineinhalb Jahren hat sich nichts mehr an den beiden Gräbern getan. Nur ich kümmere mich darum. Es wäre schon möglich, dass er auf einem Frachter angeheuert hat.«

Brian reichte dem alten Mann die Hand. »Vielen Dank, Mister Clark, Sie haben mir sehr geholfen«, verabschiedete er sich.

34

South Bench, Hell's Kitchen Island, Maine,
22. März 2007, 10.00 Uhr (Donnerstag)

Dan Boyd war verblutet. Der Mörder hatte ihm seine Füße unterhalb des Schienbeinknochens abgehackt und gewartet, bis er verblutet war. Anschließend hatte er seinem Opfer einen spitz zulaufenden und geschärften Stauerhaken mit voller Wucht in die Brust geschlagen. Die Spitze war über sieben Zentimeter im Bereich des zwölften Brustwirbels in den Körper eingedrungen. Doch diese Wunde war dem Opfer zweifelsfrei postmortal zugefügt worden, führte der Rechtsmediziner aus Portland aus, nachdem er sich die Leiche betrachtet hatte. Natürlich unter Vorbehalt, hatte er hinzugefügt, denn die Obduktion stand noch aus. Der Todeskampf von Dan Boyd hatte der Einschätzung des Spezialisten nach mindestens eine halbe Stunde gedauert. Wie viel Hass und Mordlust musste in einem Mann stecken, der sich am qualvollen Sterben seines Opfers ergötzte? Weil aus der Brustwunde nur sehr wenig Blut ausgetreten war, ging der Rechtsmediziner davon aus, dass der Täter den Stauerhaken erst kurz nach dem Tod in den Körper seines Opfers rammte. Das bestätigte die Theorie, dass sich der Mörder während des Todeskampfes von Dan Boyd in dessen Nähe aufhielt, ja wahrscheinlich sogar neben ihm im feuchten Gras saß. Die Spuren, die John Tremblay gesichert hatte, deckten sich mit dem Spurenbild der anderen Tatorte. Wiederum waren die typischen Stiefelabdrücke der Swat-Stiefel im Bereich des Leichenfundortes großflächig verteilt. Die Tatwaffe war ein scharfes Beil, das wohl aus dem Schuppen des ermordeten Gabriel Jefferson stammte. Zumindest standen Jeffersons Initialen auf dem Werkzeug. Wohl eine Ironie des Schicksals oder ein weiteres Zeichen des Mörders, dass er keinerlei Furcht vor der Polizei hegte und, ganz im Gegenteil, ein wahnwitziges Spiel mit den Ermittlern trieb.

»Ist Nyman schon aufgetaucht?«, fragte Cathy den neben ihr stehenden Polizisten des Yarmouth Police Departments, der Kontakt zu den Kollegen im Village halten sollte, die verdeckt Nymans Haus überwachten.

»Bislang habe ich noch keine Meldung erhalten, er ist noch nicht nach Hause zurückgekehrt«, meldete der Kollege.

»Verdammt, und ausgerechnet jetzt treibt sich Brian irgendwo auf dem Festland herum und jagt einer fiktiven Geschichte hinterher.«

Tremblay trat an Cathys Seite. »Für mich ist eins und eins noch immer zwei«, sagte er. »Nach allem, was wir im Haus von Nyman gefunden haben, ist klar, wer hinter dieser Sache steckt. Er ist nicht zu Hause, weil er einen weiteren Namen auf seiner Liste streichen wollte.«

»Ich dachte wirklich, dass das Morden endlich vorbei ist«, stöhnte Cathy, »aber es wird erst enden, wenn wir ihn zur Strecke gebracht haben.«

»Die US-Marshalls, unsere Kollegen und eine Kompanie der Nationalgarde sind auf der Suche nach ihm, wir werden ihn schon finden«, versuchte Tremblay Cathy zu beruhigen.

Cathy wandte sich von der Leiche ab und schlug die Hände vor die Augen. »Es ist wie verhext, das ist mein erster Fall und wird wahrscheinlich auch mein letzter sein. Hagen wird diesen neuen Mord nutzen und mich an die Wand nageln. Wenn ich zurück auf das Festland komme, dann kann ich mir einen neuen Job suchen, so viel ist sicher. Und ausgerechnet jetzt ist Brian auf das Festland gefahren. Verdammt, er hätte hier bei mir bleiben müssen.«

Tremblay legte ihr den Arm um die Schultern. »Sie sehen die Sache zu schwarz, er handelt im guten Glauben und ist von seiner Theorie überzeugt, vielleicht stößt er ja tatsächlich auf eine Spur.«

Cathy schob Tremblays Arm von ihrer Schulter und ging hinüber zum Wagen. »Das Motiv ist klar, hier irgendwo liegt das Gold aus dem Überfall von Duxbury, und bei Gott, dreißig Millionen in Gold reichen mir vollkommen als Motiv aus.«

»Können wir die Leiche abtransportieren?«, erkundigte sich der Rechtsmediziner.

Tremblay nickte. »Wir sind hier fertig.«

Als Cathy in den Wagen stieg, klingelte das Handy des uniformierten Polizisten. Er meldete sich und redete knapp eine Minute, bevor er es wieder zuklappte.

»Was ist los?«, fragte Cathy ungeduldig.

»Das waren unsere Kollegen aus dem Krankenhaus«, berichtete der Polizist. »Der Verletzte, Mister Tyson, hat eine schwere Gehirnerschütterung erlitten, aber er wird es überleben.«

»Gibt es was Neues von Nyman?«

Der Polizist schüttelte den Kopf, als er den Motor des GMC-Geländewagens startete.

The Village, Hell's Kitchen Island, Maine,
22. März 2007, 11.00 Uhr (Donnerstag)

Tyler Ashcroft war gegen zehn Uhr in den Hafen von Hell's Kitchen eingelaufen und hatte seine Fähre am Anleger festgemacht. Nachdem er die Waren, die Logan bei ihm bestellt hatte, in seinen Handwagen verladen hatte, lieferte er zuerst die Bestellung aus, bevor er nach Hause zurückkehrte und vollkommen unbedarft die Haustür öffnete. Er zog seine Stiefel aus, hängte seinen Ölmantel an die Garderobe und wollte gerade in die Küche gehen, als er wie vom Blitz getroffen stehen blieb. Nyman stand vor ihm und grinste ihn diabolisch an. Noch bevor er etwas sagen konnte, spürte er plötzlich einen harten Gegenstand in seinem Rücken.

»Überraschung!«, erklang hinter ihm eine Stimme, in der allerdings jegliche Heiterkeit fehlte.

»Darf ich vorstellen«, fuhr Nyman fort. »Das hinter dir ist Frank Duval, du kennst ihn sicherlich. Er soll dir Grüße von Tyler bestellen. Wesley Tyler, du verstehst?«

Tyler Ashcroft wollte sich umdrehen, doch der Druck in seinem Rücken verstärkte sich. »Keine Bewegung, los, in die Stube!«

Tyler Ashcroft verharrte und reagierte erst, als der Druck in seinem Rücken weiter zunahm. Als er sich langsam in Bewegung setzte, grinste ihm Ron Nyman überheblich ins Gesicht.

»Nyman, was soll diese Scheiße?«, brummte Ashcroft.

Duval dirigierte Ashcroft in die Stube und platzierte ihn in einem Sessel. Danach ließ sich Nyman neben Duval auf dem Sofa nieder, der seine Waffe unmissverständlich auf Ashcrofts Brustkorb gerichtet hielt.

»Was wollt ihr, und wer ist das?«

»Los, erzähl ihm deine Geschichte!«, forderte Nyman seinen Komplizen auf.

Frank Duval räusperte sich und erzählte von seinem Aufenthalt in Cedar Junction und von seinem Zellengenossen Wesley Tyler. Anfänglich wandte Ashcroft noch ein, dass er keinen Wesley Tyler kenne, bis ihn Nyman mit seinem richtigen Namen anredete und ihm den Ring von Wesley übergab.

»Wesley ist tot, er hat es nicht überlebt«, endete Duval mit seinem Bericht.

Ashcroft griff sich an die Stirn. »Und wo ist Wesley jetzt?«

»Er liegt auf der Nachbarinsel, ich habe ihn dort beerdigt«, antwortete Duval.

Nyman klatschte sich mit der linken Hand auf den Schenkel

und erhob sich. »So, da diese Sache jetzt geklärt ist, kommen wir zu unserem Geschäft. Wo ist das Gold?«

Tyler Ashcroft lächelte und zeigte dabei seine beiden schwarzen Schneidezähne. »Welches Gold?«

»Mach keinen Scheiß«, zischte Nyman und baute sich bedrohlich vor Ashcroft auf. »Ich habe mir hier nicht den Arsch aufgerissen, damit du mir jetzt eine Abfuhr erteilst. Das Gold ist hier auf der Insel. Und es ist wertlos, wenn man niemanden kennt, der es verarbeiten kann. Klar?«

»Die Pistole ist übrigens von ihm«, mischte sich Duval ein. »Und ich kann ihn auch nicht leiden, aber ich fürchte, wir brauchen ihn.«

»Was willst du hier?«, fragte Ashcroft.

»Wesley hat mich hierher geschickt, um mit dir Kontakt aufzunehmen«, beschwichtigte Duval die angespannte Situation. »Er hätte gewollt, dass wir zusammenarbeiten. Er sagte immer, dass dieses Gold unsere einzige Chance ist.«

Ashcroft wandte sich Nyman zu. »Hast du deshalb die Leute umgebracht, um zu erfahren, wo das Gold ist?«

Nyman entspannte sich und schüttelte den Kopf. »Seit etwa einem Monat kenne ich deinen Vornamen und deine Familiengeschichte. Es war nicht leicht, dir auf die Schliche zu kommen. Warum hätte ich da jemanden umbringen und die Aufmerksamkeit der Polizei auf die Insel lenken sollen. Ich bin vielleicht nicht der Schlaueste, aber ich bin bestimmt nicht blöd. Ich brauche keine Publicity, ich will nur das Gold und meine Schulden in Chicago bezahlen, damit ich mich endlich wieder frei in dieser Welt bewegen kann. Auf dieser verfluchten Insel möchte ich nicht einmal begraben sein.«

Tyler Ashcroft ließ sich in seinem Sessel zurücksinken. »Wesley hätte sich niemals auf diesen Wahnsinn einlassen dürfen. Weshalb ist er überhaupt geflüchtet? In ein paar Monaten wäre er als freier Mann aus dem Gefängnis herausspaziert und alles wäre in Ordnung gekommen. Und jetzt stirbt er, einfach so, das … das ist Wahnsinn.«

Duval fuhr sich über die Stirn. »Wir hatten keine andere Wahl. Nach dem Unfall hat sich einer unserer Mitgefangenen die Pistole eines Wachmannes gekrallt und wild um sich geballert. Er hat den Polizisten einfach in den Kopf geschossen. Was hätten wir tun sollen? Wenn wir zurückgeblieben wären, dann hätten die Bullen uns ans Kreuz genagelt.«

»Ihr hättet nur zu sagen brauchen, was passiert ist.«

»Du vergisst, dass wir im Gefängnis saßen und für die Bullen nur Abschaum sind. Sie drehen dir deine Geschichte im Mund um und stecken sie dir in den Arsch. Wer gibt uns schon eine Chance? Wenn wir geblieben wären, hätten uns die Bullen für den Mord verantwortlich gemacht und in Einzelhaft gesteckt, bis wir verrotten.«

»Aber jetzt ist Wesley tot«, entgegnete Tyler Ashcroft traurig.

»Aber er ist als freier Mann gestorben«, antwortete Nyman. »Und jetzt Schluss mit der Gefühlsduselei, wo ist das Gold?«

»Es ist nicht hier.«

»Wo ist es, zum Teufel?«

»Wesley hielt es immer so, dass nie jemand über alles Bescheid wusste, und wir werden es ebenso halten. Ich weiß, wo das Gold ist, und Nyman weiß, wie man es zu Geld macht. Aber unser Team ist noch nicht komplett. Wir brauchen noch einen Mann. Wir müssen zu viert sein, sonst wird daraus nichts.«

»Wir sind zu dritt, das reicht«, wehrte Nyman ab.

»Kannst du tauchen, dreißig Meter tief?«, fragte Ashcroft.

Nyman schaute Duval fragend an. »Tauchen?«, wiederholte er.

»Also nicht«, folgerte Tyler Ashcroft aus der Reaktion. »Dann brauchen wir noch jemanden, der es kann.«

»Wer ist es?«

Ashcroft schüttelte den Kopf. »Das erfährst du noch früh genug.«

Nyman kratzte sich am Kinn. »Ich wusste, dass du nicht alleine warst, als du die Beute in Sicherheit gebracht hast. Es ist Boyd, stimmt's?«

»Du hast meinen Vornamen erfahren, obwohl der längst in Vergessenheit geraten ist, aber alles scheinst du doch nicht zu wissen.«

»Es ist kalt draußen, wer geht bei solch einem Wetter in das eisige Wasser?«, fragte Duval ungläubig.

»Jemand, der mit einem Trockenanzug umgehen kann«, erwiderte Ashcroft und legte die Beine hoch. »Und dazu müssen wir zu viert sein. Aber das erfahrt ihr noch früh genug. Jetzt muss ich erst einmal schlafen. Übrigens, da draußen wimmelt es vor Polizei. Wir müssen noch warten.«

Parish Hall, Hell's Kitchen Island, Maine,
22. März 2007, 12.00 Uhr (Donnerstag)

Cathy hatte sich neben Donovan an den langen Tisch gesetzt, an dem neben Fleischman und Tremblay auch der Kommandant der Nationalgarde Platz genommen hatte.

»Ron Nyman, oder besser gesagt Antonio Castelliani, fällt in unseren Zuständigkeitsbereich, und da die Morde mit ziemlicher Sicherheit von ihm verübt wurden und die Taten wohl mit dem Überfall von Duxbury zusammenhängen, sollten wir die weiteren Ermittlungen übernehmen.«

Fleischman wandte sich an Cathy, nachdem er die Katze aus dem Sack gelassen hatte.

»Ist das jetzt ein Bundesfall?«, konterte Cathy. »Ich kann mich nicht daran erinnern, dass sich die Bundesanwaltschaft gemeldet hat. Noch immer liegen die Ermittlungen bei der Distriktstaatsanwaltschaft des Yarmouth County, und wir arbeiten für den Distrikt, also bleibt der Fall bei uns.«

Donovan hob die Hand. »Ich denke, wir sollten uns jetzt nicht in einem Streit über die Zuständigkeiten verlieren. Bislang stehen wir beide noch mit leeren Händen da. Weder Duval noch Nyman sitzen in einer Zelle und das Gold ist noch immer verschwunden. Wir sollten zusammenarbeiten. Feiern können wir hinterher. Und außerdem denke ich, wenn es uns gelingt, alles aufzuklären, was in dieser Geschichte noch offen ist, dann reicht das dicke Lob für uns alle. Also, warum lassen wir hinterher die Sonne nicht auf all unsere Köpfe scheinen?«

Fleischman kratzte sich am Kopf. »Gut, arbeiten wir zusammen«, seufzte er.

»Das sehe ich genauso«, pflichtete ihm Cathy bei.

Donovan nickte und erhob sich. Er ging zu einem Flipchart und klappte die erste Seite auf. Er zwinkerte Cathy zu. »Miss Ronsted gab mir den Tipp. Ich habe Ashcroft unter die Lupe nehmen lassen und bin da auf einige interessante Aspekte gestoßen.«

»Jetzt spann uns nicht auf die Folter«, fiel ihm Fleischman ins Wort.

»Also gut, dann eben die Kurzform«, sagte Donovan. »Tyler Ashcroft, geboren als John Tyler Ashcroft, und Wesley Tyler sind Stiefbrüder. Er ist der Komplize des Bankräubers und hatte schon damals eine Fähre in Betrieb, die geeignet war, einen Goldtransporter verschwinden zu lassen. Und, jetzt haltet euch fest, die Fähre lag damals, nach den Aufzeichnungen des Hafenamtes, für vier Tage in der Sandy Hook Bay, das liegt nur ein paar Kilometer von Duxbury entfernt.«

»Dann haben sie den Transporter einfach auf die Fähre verladen«, warf Fleischman ein. »Kein Wunder, dass damals die Fahndung nichts brachte.«

»Wo ist er jetzt?«, meldete sich Cathy zu Wort. »Ich glaube kaum, dass er einen Laster von der Fähre abladen konnte, ohne dass es jemandem hier auf der Insel aufgefallen wäre.«

Donovan klappte die nächste Seite des Flipcharts auf. Eine

Seekarte war darauf geheftet. »Ich verwette meine Rolex, dass der Transporter hier irgendwo vor der Insel im Teich liegt. Ich habe mit der Coast Guard gesprochen. Die Shoals haben eine unberechenbare Strömung, aber vor der Westküste ist das Wasser stellenweise nur zwanzig bis dreißig Meter tief und beinahe strömungsfrei. Eine ideale Stelle, um etwas ins Wasser zu lassen, das man später auch wiederfinden will.«

»Wo ist Ashcroft jetzt?«, fragte Fleischman aufgeregt.

»Er ist zu Hause, aber er ist nicht allein«, berichtete Donovan. »Ich habe Conner und Kyle auf ihn angesetzt. Carter verkabelt gerade seine Fähre. Ich denke, er wird sie brauchen, wenn er hinausfährt, um das Gold zu bergen.«

Cathy runzelte die Stirn. »Wie will er da rankommen, das Wasser ist eiskalt? Ich friere bereits, wenn ich nur daran denke, bei diesem Wetter da rauszufahren.«

»Man braucht dazu einen Taucher, einen Spezialisten, der mit einem Trockenanzug umgehen kann. Es muss noch jemanden geben, der zu der Bande gehört.«

»Hast du schon jemanden im Auge?«, wollte Fleischman wissen.

Donovan nickte.

»Hier scheinen wohl einige nicht diejenigen zu sein, die sie vorgeben«, unkte Cathy.

Noch bevor Donovan antworten konnte, wurde die Tür aufgestoßen. Hagen betrat den Raum, Jarwood folgte in seinem Schlepptau. Hagen ging schnurstracks auf Cathy zu und warf eine Mappe vor ihr auf den Tisch.

»Sie sind raus, Miss Ronsted, Jarwood und ich übernehmen. Der Commissioner möchte Sie morgen früh in seinem Büro sehen«, sagte er kalt.

Draußen hatte es zu regnen begonnen, und eine Windböe ließ die Fensterscheiben erzittern.

35

The Village, Hell's Kitchen Island, Maine,
22. März 2007, 16.00 Uhr (Donnerstag)

Ashcroft hatte sich tatsächlich in sein Zimmer zurückgezogen und sich schlafen gelegt, während Duval und Nyman in der Stube zurückgeblieben waren.

»Ich verstehe nicht, warum er nicht längst das Gold geholt und dieser verfluchten Insel den Rücken gekehrt hat, er hätte sich ein schönes Leben in der Karibik machen können«, lästerte Duval, »stattdessen bleibt er hier in dieser Einöde und verblödet vollkommen.«

Nyman grinste. »Ich sehe, du hast keine Ahnung von einem solchen Deal. Was hast du getrieben, alten Omas die Handtasche gestohlen oder harmlosen chinesischen Ladenbesitzern die Tageseinnahmen geraubt?«

»Das ein oder andere war schon dabei«, gab Duval zu.

Nyman erhob sich und trat ans Fenster, vorsichtig warf er einen Blick nach draußen.

»Da sind eine Menge Leute auf der Straße«, sagte er. »Sie kommen vom Friedhof.«

»Na und?«

»Polizisten sind auch darunter, wir müssen warten, bis es dunkel wird.«

»Das sieht Ashcroft wohl ähnlich«, entgegnete Frank Duval.

Nachdenklich strich sich Nyman über das Kinn. »Ich möchte bloß wissen, wer noch mit von der Partie ist«, überlegte er laut. »Ein Taucher, wer könnte das sein?«

»Ist doch egal, Hauptsache der Kerl taucht und holt das Zeug aus dem Wasser, ich habe keine Lust mehr auf dieses Wetter.«

»Einen Taucher, da hätte ich noch lange suchen können.«

Duval richtete sich auf. »Was hast du eigentlich die ganze Zeit über auf dieser Insel getrieben?«

»Ich habe beobachtet«, antwortete Nyman. »Beobachtet und erkundet, seit ich hier bin. Ich hatte nichts anderes zu tun. Keiner stellt hier Fragen, es gibt keine Polizei, man sieht nur ab und an ein Boot der Küstenwache vorbeifahren. Diese Insel war ein hervorragender Unterschlupf, verstehst du? Niemand kümmert sich um den anderen. Ich sagte dir doch, ich schulde einigen Männern Geld, die keinen Spaß verstehen. Wo kann man besser untertauchen als da, wo kein Hahn nach einem kräht. Und am Ende springt vielleicht sogar etwas dabei heraus.«

»Ich wäre trotzdem im Süden geblieben«, versetzte Duval.

»Die Leute, die hinter mir her sind, haben gute Verbindungen, und irgendwann ging mir das Geld aus. Ich glaube, du machst dir keine Vorstellung davon, wie man dich in Thailand behandelt, wenn du keine Kohle hast und noch dazu Amerikaner bist. Sie pissen auf dich, sage ich dir.«

»Warum hast du dir Ashcroft nicht schon vorher geschnappt, wenn du schon so lange weißt, dass er Tylers Halbbruder ist?«

»Ist das hier eine Fragestunde?«

»Ich meine nur.«

Nyman zog die Stirne kraus und ging zurück zu seinem Sessel. »Ich war mir nicht sicher. Wenn ich mich geirrt hätte, wäre es nur zu Verwicklungen gekommen, und das Letzte, was man bei so einer Sache brauchen kann, ist zu viel Aufmerksamkeit. Ich wusste ja, dass Tyler im Herbst herausgekommen wäre. Dann wäre alles viel einfacher gewesen. Als ich erfuhr, dass er abgehauen ist, hat das die Situation natürlich grundlegend verändert. Und jetzt sitzen wir hier und ziehen das Ding durch.«

»Heute Abend«, stimmte Duval zu. »Ich habe keinen Bock mehr, länger zu warten.«

»Wir müssen geduldig sein, noch wimmelt es hier von Polizei. Dieser irre Killer hat uns einen ganz schönen Strich durch unsere Rechnung gemacht.«

»Trotzdem«, erwiderte Duval. »Wir ziehen es so schnell wie möglich durch, ich will hier verschwinden. Dann werde ich dir irgendwann einmal schreiben, wie Mexikaner reiche Amerikaner behandeln.«

Newark Harbor, New Jersey,
22. März 2007, 16.10 Uhr (Donnerstag)

Brian Stockwell war verzweifelt. Über der südlichen Ostküste lag ein schwerer Sturm, der die Wellen des Atlantiks meterhoch auftürmte, so dass die Gischt über die Kaimauer wehte und er zu dem Regen auch noch einen Schwall Altantikwasser abbekam. Weit und breit war keine Schiffspassage nach Portland zu bekommen, und auch die Flughäfen hatten angesichts des heftigen Frühjahrssturms ihre Flüge entlang der Ostküste ausgesetzt. Und was noch schlimmer war, seit einer Stunde gab es keine Telefonverbindungen hinaus auf die Inseln mehr! Selbst das Handynetz war an der Küste ausgefallen. Nur kurz hatte er mit Mia Honeywell sprechen können. Cathy war irgendwo auf der Insel unterwegs, hatte ihm die Wirtin vom Hell's End berichtet.

Am Nachmittag hatte er sich mit Paul Vaughn getroffen, der im Newark Prison den C-Block beaufsichtigt hatte, in dem Dennis Haywood seine langjährige Haftstrafe verbüßt hatte. Der Mann war inzwischen pensioniert und genoss sichtlich seine Tage abseits der Gefängnis-Gitter von Newark. Sein gewaltiger Bauch saß auf zwei stämmigen Beinen, und das tiefrote Gesicht von Vaughn zeigte, dass es mit dem Blutdruck des ehemaligen

Aufsehers nicht zum Besten stand. Sie hatten sich in Smith's Coffeeshop getroffen, wo Vaughn in kürzester Zeit zwei Apfelkuchen auf Brians Rechung verspeiste und dazu einen Irish Coffee mit viel Sahne trank.

»Wissen Sie«, sagte Vaughn. »In meinem Job habe ich nur sehr selten die Sonne gesehen. Manchmal wusste ich gar nicht mehr, wer die Aufseher und wer die Gefangenen sind.«

»Ich verstehe«, antwortete Brian, der keine Lust auf Smalltalk hatte und sofort das Thema anschnitt, weswegen er den korpulenten Mann aufgesucht hatte.

»Ja, er war ein guter Junge«, begann Vaughn und schob ein Stück Apfelkuchen in seinen großen Mund. »Er war fleißig und hat immer gemacht, was man ihm gesagt hat. Er war vollkommen falsch untergebracht in dieser Hölle von Newark. Ich habe ihm zu einem Job in der Bibliothek verholfen. Tagsüber hat er gearbeitet, abends hat er gelesen. Er wollte alles wissen und hat eine Ausbildung zum Mechaniker mitgemacht. Das hat er mir zu verdanken. Aber er war immer dankbar. Selbst als er entlassen wurde, hat er sich noch ein paar Mal bei mir gemeldet. Zuerst war er beim Militär, aber nicht lange, das war nichts für ihn. Das letzte Mal, als er anrief, erzählte er mir, dass er einen guten Job hat, irgendwo im Hafen. Ja, er hatte den Knast nicht verdient. Ich weiß das, ich kenne die Jungs, und ich sage, Haywood passte dort nicht hin.«

»In seiner Akte ist eingetragen, dass er an seine ehemalige Adresse entlassen wurde«, stellte Brian fest. »Aber dort lebte doch niemand mehr. Seine Stiefmutter war längst gestorben. Wissen Sie, wo er wohnte, oder vielleicht, wo er beim Militär war?«

»Da habe ich keine Ahnung«, sagte Vaughn kauend. »Das war nicht meine Sache. Wohin er entlassen wurde, das müssen Sie andere fragen. Soviel ich weiß, bekam er einen Bewährungshelfer.«

»Thomas Proud«, warf Brian ein. »Er ist im Oktober letzten Jahres gestorben.«

»Das tut mir leid, aber ich kann nicht mehr dazu sagen. Dennis ist ein guter Junge. Er sagte mir einmal, dass er zur See fahren wolle. Als er sich in letzter Zeit nicht mehr meldete, nahm ich an, dass er auf einem Schiff angeheuert hat und über den Ozean schippert.«

»Und Sie haben nie mehr etwas von ihm gehört?«

Vaughn schüttelte den Kopf. »Nein, und ehrlich gesagt, bin ich in Pension gegangen und habe einen Schlussstrich unter mein altes Leben gezogen, verstehen Sie. Die meisten, denen ich noch begegnet bin, kamen wieder hinter Gitter. Deswegen ist es gut, dass er nicht wieder auftauchte. Und ich lege meine Hand ins Feuer, dass die Justiz und Dennis Haywood nichts mehr miteinander zu tun haben werden.«

»Ich verstehe«, antwortete Brian.

Nach einem weiteren Irish Coffee und einem großen Stück Himbeerkuchen verabschiedete sich Brian von Vaughn, und er war genauso schlau wie vorher.

»Hier meine Karte«, sagte Brian, bevor er sich erhob und die Rechnung bezahlte. »Falls Sie noch etwas in Erfahrung bringen, dann rufen Sie mich einfach an.« Er zahlte und verließ das Café. Vielleicht hatte der ehemalige Gefängnisaufseher recht und Brian Haywood war in die Fußstapfen seines Vaters getreten und fuhr zur See. Doch nun stand er vor einem anderen Problem. Wie zum Teufel sollte er heute noch nach Hell's Kitchen Island kommen? Er hatte es Cathy versprochen, doch ihm war klar, dass er sein Versprechen nicht halten konnte.

The Village, Hell's Kitchen Island, Maine,
22. März 2007, 16.15 Uhr (Donnerstag)

Wut, Enttäuschung, Niedergeschlagenheit, Frust und Hilflosigkeit, abwechselnd wurde sie von diesen Gefühlen beherrscht, als sie die Seafood Street überquerte. Was hatte sie falsch gemacht, wo lag ihr Fehler? Was hätte sie besser machen können? Warum hatte sie der Commissioner von den Ermittlungen abgezogen, jetzt, wo sie so kurz vor dem Ziel stand? Hagen und Jarwood würden nun die Lorbeeren ernten, und eines war klar, sie würde nicht einfach ins Präsidium zurückkehren können. In den Augen des Commissioners hatte sie versagt, damit war kein Platz mehr für sie in der Mordkommission von Portland. Sie würde sich eine andere Dienststelle suchen müssen, denn Commissioner Blight hatte sie den Wölfen zum Fraß vorgeworfen. Sie wollte weg, einfach nur weg, dieser Insel, diesem sinnlosen Morden, dieser persönlichen Niederlage den Rücken kehren. Und was das Schlimmste an der Sache war, Brian hatte sie im Stich gelassen. Mehrfach hatte sie versucht, ihn zu erreichen, doch er meldete sich einfach nicht. Sicherlich wusste er bereits, dass der Fall an Hagen übertragen wurde, und war einfach zu feige, ans Telefon zu gehen.

Es hatte zu regnen begonnen und ein heftiger Wind blies von Süden her, doch die Kälte machte ihr nichts aus, sie war mit ihren Gedanken dieser Welt entrückt. Plötzlich hielt sie inne, jemand rief ihren Namen. Dumpf drang das Rufen durch die Kapuze an ihr Ohr. Sie blieb stehen und blickte sich um. Logan stand vor der Kapelle und hielt einen Schirm in der Hand. Der Prior des Klosters Saint Benedict, Pater Phillip, stand neben ihm und drückte sich unter den großen Schirm. Ihr fiel ein, dass das erste Mordopfer Gabriel Jefferson heute auf dem Friedhof von Landsman's Chapel beigesetzt worden war.

»Miss Ronsted!«, rief Logan und winkte ihr zu.

Cathy gab sich einen Ruck und ging auf die beiden zu.

»Guten Tag, Hochwürden, hallo Logan«, begrüßte sie die beiden.

Der Pater neigte sein Haupt zum Gruß. »Gott mit Ihnen, Miss Ronsted«, sagte er, »ich hoffe, dass das Morden endlich aufhört und Sie diesen gottlosen Mörder dingfest machen.«

Cathy versuchte ein Lächeln, eine Antwort blieb sie schuldig.

»Brian hat versucht, Sie im Hell's End zu erreichen«, meldete sich Logan zu Wort. »Sie waren unterwegs und Ihr Handy hatte keinen Empfang.«

»Wann?«, fragte Cathy und fühlte sich schuldig, weil sie Brian wohl falsch eingeschätzt hatte.

»So gegen Mittag.«

»Was hat er gesagt?«

»Ich soll Ihnen von Mia ausrichten, dass er festsitzt. Ein Sturm tobt über New York, und der Fährbetrieb wurde eingestellt. Auch die Flugzeuge bleiben am Boden. Er versucht mit der Bahn nach Boston zu kommen, aber er glaubt nicht, dass er es heute noch auf die Insel schafft.«

Ein roter Kleinlaster bog in die Seafood Street ein und fuhr langsam bis vor die Kapelle.

»Ah, meine Abholung«, sagte der Prior. »Auf Pater Thomas ist Verlass. Gott mit euch.«

Cathy und Logan verabschiedeten sich von dem Prior und schauten ihm nach, bis er in den roten Ford eingestiegen war.

»Es war eine sehr ergreifende Beerdigung, ich dachte, Sie wollten ebenfalls kommen?«, eröffnete Logan das Gespräch, als der Wagen bei Haynes' Werkstatt um die Ecke bog.

Cathy warf einen Blick auf den Friedhof, wo zwei weitere Gräber ausgehoben worden waren.

»Morgen sollen die Leichen von Will Evans und Tom Lawrence hier beigesetzt werden. Die Bergmans wurden in Portland beerdigt, dort lebt eine Nichte.«

Cathy nickte.

»Schreckliche Geschichte mit Dan«, fuhr Logan mit der etwas einseitigen Unterhaltung fort. »Ich dachte, es wäre vorbei, aber …«

»Der Mord an Dan Boyd hat uns alle überrascht«, antwortete Cathy. »Aber es wird bald vorbei sein.«

»Gibt es eine Spur von Nyman?«

Cathy atmete tief ein. »Okay, Sie erfahren es sowieso, ich wurde von dem Fall abgezogen. Hagen und Jarwood, zwei Kollegen aus meiner Abteilung, übernehmen die weiteren Ermittlungen. Ich denke, es ist nur noch eine Frage der Zeit, bis Nyman und auch dieser Duval festgenommen werden. Dann wird es wieder ruhiger auf der Insel.«

»Ich hoffe es, im Augenblick liegen bei allen die Nerven blank«, entgegnete Logan. »Aber ich verstehe nicht, warum man Sie von dem Fall abzieht. So wie es aussieht, steckt doch Nyman hinter den Morden, und das haben wir nur erfahren, weil Sie …«

»Lassen Sie es gut sein, Logan, und danke für Ihre Unterstützung. Ich glaube nicht, dass wir so weit gekommen wären, wenn Sie uns nicht geholfen hätten.«

Logan nickte. »Darf ich Sie noch auf einen Kaffee einladen?«

Cathy schüttelte den Kopf. »Ich will nur noch meine Koffer packen und so schnell wie möglich runter von dieser Insel.«

»Daraus wird wohl nichts«, entgegnete Logan. »Durch den Sturm wurde der Schiffsverkehr im ganzen Golf eingestellt, und ich glaube auch nicht, dass ein Hubschrauber bei diesem Wetter kommen wird, um Sie abzuholen.«

»Verflucht!«, zischte Cathy.

»Sie werden wohl noch ein klein wenig bleiben müssen. Also, wie wäre es mit einem Kaffee?«

Cathy überlegte einen Augenblick, schließlich stimmte sie zu.

»Dann nichts wie rein in die gute Stube, bevor wir noch alle hier wegfliegen.«

36

The Village, Hell's Kitchen Island, Maine,
22. März 2007, 16.35 Uhr (Donnerstag)

Ashcroft hatte ausgeschlafen. Wortlos betrat er die Stube, in der Nyman und Duval faul in ihren Sesseln lümmelten und sich am Inhalt seines gut gefüllten Kühlschranks vergriffen. Er trat ans Fenster und warf einen Blick hinaus in den regnerischen und düsteren Tag.

»Hast du keinen Fernseher?«, fragte Duval gelangweilt.

»Brauch ich nicht«, gab Ashcroft knapp zurück.

»Diese verdammte Warterei geht mir auf die Nerven. Wir sollten endlich was tun.«

Eine Windböe fegte brausend um das Haus und trieb die Regentropfen gegen die Glasscheibe des Fensters.

»Heute nicht mehr«, antwortete Ashcroft und wandte sich um. Er ging zum Kühlschrank und holte sich einen Tomatensaft heraus. Duval hatte sich in seinem Rücken erhoben und kam bedrohlich auf ihn zu.

»Verarsch uns nicht, wir meinen es ernst«, zischte er.

Ashcroft ignorierte den einen ganzen Kopf kleineren Mann, der sich bedrohlich vor ihm aufgebaut hatte, und ging einfach an ihm vorbei. Seufzend ließ er sich auf dem Sofa nieder.

»Ich habe keinen Bock mehr auf die Scheiße«, fuhr Duval fort. »Entweder du machst mit oder …«

»Oder?«, fragte Ashcroft provokant.

Duval warf Nyman einen hilfesuchenden Blick zu, doch Nyman grinste nur.

»Jetzt einmal Klartext, Kleiner«, fuhr ihn Ashcroft an. »Ohne mich habt ihr keine Chance. Dann könnt ihr gleich wieder von dieser Insel verschwinden, ist das klar?«

»Er hat Recht, Frankieboy«, stimmte Nyman dem bulligen Ashcroft zu. »Wir brauchen ihn, also behandle ihn gut.«

Frank Duval trottete wie ein begossener Pudel zurück zu seinem Sessel, wo er sich niederließ und zu einem Becher Fruchtsalat griff.

»Nenn mich nicht Kleiner, und dein Frankieboy bin ich auch nicht«, bemerkte er trotzig.

»Schon gut«, beschwichtigte Nyman. »Wir müssen einen klaren Kopf behalten und endlich kapieren, dass wir alle nur gemeinsam eine Chance haben, an das Gold zu kommen. Wie ist dein Plan, John?«

John Tyler Ashcroft richtete sich auf und zeigte mit dem Finger zum Fenster. »Solange dieses Unwetter tobt, können wir nichts unternehmen. Es ist Wahnsinn, bei diesem Wetter hinauszufahren. Wir warten.«

»Was ist mit dem 'Taucher?«, wollte Duval wissen.

»Ich hole ihn, wenn die Zeit gekommen ist«, antwortete Ashcroft gelassen. »Er wird kommen, wenn wir ihn brauchen.«

»Wer ist es?«, fragte Nyman.

»Das erfahrt ihr noch früh genug.«

Eine Weile saßen sie schweigend um den Wohnzimmertisch und hingen ihren Gedanken nach, schließlich meldete sich Duval wieder zu Wort. »Wenn wir das Gold gehoben haben, wie geht es dann weiter?«

Ashcroft zuckte mit der Schulter.

»Ich sagte doch bereits, dass man Verbindungen braucht, um Geld aus dem Metall zu machen«, meldete sich Nyman zu Wort. »Ich werde die Sache in die Hand nehmen, und euch bleibt nichts weiter, als mir zu vertrauen.«

»Du verschwindest mit den Barren, und wir hocken hier auf

der Insel fest, während du uns alle ausbootest. Keine Chance, Mann. Der Deal ist mir zu windig.«

Ashcroft klopfte sich ein Kissen zurrecht und legte sich zurück. »Wenn wir das Gold gehoben haben, werden wir zusammenbleiben, bis jeder seinen Anteil erhalten hat.«

Nyman nickte und wandte sich Ashcroft zu. »Ich habe damit kein Problem. Das Einzige, was ich dafür brauche, ist ein Telefon und eine Bankverbindung. Ich gehe davon aus, dass du ein Bankkonto hast.«

»Klar«, antwortete der bullige Mann, bevor er sich auf das Sofa legte.

Hell's End, Hell's Kitchen Island, Maine,
22. März 2007, 17.00 Uhr (Donnerstag)

Als Logan zusammen mit Cathy das Hell's End betrat, waren noch drei Gäste anwesend, die sich allerdings nach und nach erhoben und das Lokal verließen. Bald würde es dunkel werden, und niemand hatte vor, sich bei der Dunkelheit noch außerhalb seines sicheren Heims aufzuhalten. Der Mord an Dan Boyd hatte gezeigt, dass selbst ein Großaufgebot der Polizei und der Nationalgarde den irren Mörder nicht zu stoppen vermochten. Eine Situation, in der Phillip Streng, der schrullige Geisterjäger, wieder in den Fokus der Bevölkerung gerückt war, denn ein menschliches Wesen würde wohl kaum eine solche Gefahr eingehen, von einer Polizeistreife dingfest gemacht zu werden. Überall, wo Streng auftauchte, erzählte er von seinen zweifelhaften Forschungsergebnissen und behauptete, dass seinen Ermittlungen nach ein Poltergeist sein Unwesen auf der Insel trieb. So ein Poltergeist sei durchaus in der Lage, sich mit den Gedanken der Menschen zu verlinken, die er drangsalierte. Also sei es auch nicht verwunderlich, dass er meist als Inkarnation des sagenumwobenen und gefürchteten Piratenkapitäns erschien, schließlich spuke dieser Geist in den meisten Köpfen der Inselbewohner herum.

Logan lud Cathy zu einem Kaffee ein, und Mia Honeywell gesellte sich an ihren Tisch, nachdem auch der letzte Gast den Schankraum verlassen hatte.

»Die Leute fürchten sich, wenn es dunkel wird«, sagte Mia, als sie sich an den Tisch setzte. Sie hatte sich selbst auch einen Kaffee eingeschenkt.

»Ja, wir dachten auch, dass es ruhig bleiben würde«, entgegnete Logan. »Aber wir haben uns getäuscht. Offenbar ist sich der Kerl seiner Sache sicher und hat keine Angst vor der Polizei.«

»Streng war heute Morgen hier«, erzählte Mia. »Alle, die da waren, saßen um ihn herum. Er erzählte von einem Poltergeist.«

»Glaubst du den Quatsch?«

Mia zuckte unsicher mit der Schulter. »Ich weiß nicht, was ich noch glauben soll. Nach dem Mord an Sam kehrte Ruhe ein. Als die Nationalgarde hier auftauchte, dachte ich, es ist nur eine Frage von Stunden, bis es endlich vorbei ist. Und dann greift er sich Dan. Manchmal weiß ich nicht mehr, was ich glauben soll, verstehst du?«

»Der Mörder ist aus Fleisch und Blut«, mischte sich Cathy in die Unterhaltung ein.

Mia biss sich auf die Lippen. »Wahrscheinlich haben Sie recht«, stimmte sie zu.

»War Ron Nyman in der letzten Zeit hier?«

»Nein. Glauben Sie, er hat etwas mit den Morden zu tun?«, fragte Mia Honeywell.

»Was glauben Sie?«, konterte Cathy.

Mia überlegte einen Augenblick, schließlich schüttelte sie den Kopf. »Das kann ich mir beim besten Willen nicht vorstellen. Zugegeben, er ist manchmal ein bisschen komisch, aber ich glaube nicht, dass er ein kaltblütiger Mörder ist.«

»Er ist erst seit ein paar Jahren auf der Insel, und er ist ein Einzelgänger, der oft draußen herumstreunt, erzählt man über ihn.«

»Ja, das schon. Aber irgendwie passt er hierher. Und so wenige Kontakte, wie man behauptet, hat er nicht. Er ist nur sehr wählerisch, und das mit dem Streunen, das könnte ich bestätigen.«

»Wie meinen Sie das?«

Mia beugte sich vor, verschwörerisch raunte sie: »Er ist ein streunender Kater, der auf der Suche nach einer Eroberung ist.«

»Sie meinen, er …«

»Mir ist er auch schon nachgestiegen, er hat es so lange versucht, bis ich ihm eine Abfuhr erteilte, die er wohl ein paar Tage spürte.«

»Er ist hinter Frauen her?«

»Fragen Sie doch mal Lydia«, flüsterte Mia.

»Die beiden haben ein Verhältnis?«, fragte Cathy interessiert.

Mia wehrte ab. »Es gibt Gerüchte, dass er sich gern am Peach-Anwesen herumtreibt. Gut, Lydia ist keine Schönheit und hat ein paar Pfunde zu viel auf den Rippen, aber sie ist eine Frau, und ich glaube, Ron ist es egal, wenn er so richtig in Fahrt kommt.«

Logan räusperte sich. »Da wüsste ich Besseres, außerdem ist das dummes Geschwätz.«

»Weiß man es?«, erwiderte Mia und zwinkerte vielsagend. »Gerüchte entstehen nicht einfach so, oftmals verbirgt sich ein Korn Wahrheit dahinter. Aber vielleicht hast du recht, vielleicht ist es nur dummes Geschwätz. Ach ja, Mister Stockwell hat gegen Mittag für Sie angerufen und ausgerichtet, dass er an der Küste festsitzt. Der Sturm tobt wohl nicht nur hier, sondern auch auf dem Festland.«

»Logan hat es mir bereits ausgerichtet«, erklärte Cathy.

»Gegen Mitternacht soll es schon wieder vorbei sein, und morgen soll die Sonne über dem Golf scheinen«, antwortete Mia. »Ich habe es gerade im Wetterbericht gehört.«

»Ich hoffe, dass Sie sich nicht irren«, entgegnete Cathy.

Mia Honeywell richtete sich auf und warf einen Blick in die leeren Tassen von Logan und Cathy.

»Noch einen Kaffee?«

Logan blickte Cathy fragend an.

»Gut, warum nicht«, antwortete sie. »Ich habe ja Zeit.«

Boston Harbor, Massachusetts,
22. März 2007, 18.45 Uhr (Donnerstag)

Brian hatte eine Zugverbindung von New York nach Boston erwischt. Vier Stunden hatte die Fahrt gedauert, bis der Zug in die Back-Bay-Station eingefahren war. Als er ausstieg, fegte eine Windböe über den Bahnsteig. Regen prasselte auf das Dach. Brian zog seinen Mantelkragen höher und beeilte sich, über den zugigen Bahnsteig die Ankunftshalle zu erreichen. Ein Strom von Menschen bewegte sich auf den Eingang zu, und Brian ließ sich darin treiben, bis ihn das dunkle Portal verschluckte. Er durchquerte die Halle, wich ein paar spielenden Kindern aus und schaute sich auf dem Bahnhofsvorplatz nach einem Taxi um. Ein heller Ford Crown der Metro Cab Taxigesellschaft stand direkt vor dem Portal. Zielstrebig ging er darauf zu und überholte einen Mann im dunklen Anzug, der ebenfalls das Taxi angepeilt hatte. Mit einem leisen *»Sorry«* schob er sich an dem Manteltträger vorbei, öffnete die Tür und ließ sich auf der Rückbank nieder.

»Hallo Mister, wohin soll's gehen?«, fragte der Fahrer mit russischem Akzent.

»Zum Hafen«, antwortete Brian.

»Für eine Bootstour haben Sie sich den falschen Tag ausgesucht«, sagte der Fahrer, nachdem er den Motor gestartet hatte und unter dem Schutzdach des Bahnhofsvorplatzes in die Dartmouth Street einbog. Die Scheibenwischer liefen auf höchster Stufe.

»Ich komme aus New York, da ist das Wetter auch nicht besser«, gab Brian zurück.

»Ja, es ist aus dem Süden hergezogen, normalerweise kommt es von Norden«, erklärte der Taxifahrer. »Ein Frühjahrssturm, aber morgen soll es besser werden.«

Über den Massachusetts Turnpike lieferte der Taxifahrer seinen Fahrgast am Boston Harbor ab. Doch Brian hatte kein Glück. Wegen des Wetters waren alle Schiffspassagen nach Portland oder hinaus auf die Inseln gestrichen. Selbst kleine Bootsgesellschaften auf dem Shipyard lehnten mit Hinweis auf den Sturm eine Überfahrt ab. Auch sein Besuch in der Commercial Street, wo sich das Hauptquartier der Coast Guard befand, brachte ihm kein Glück.

»Das ist viel zu gefährlich«, sagte der Beamte hinter dem Tresen, als er dort vorsprach und seinen Dienstausweis zückte. »Bei dieser Windstärke dürfen wir keine Passagiere an Bord nehmen.«

»Ich bin doch kein Passagier«, widersprach Brian.

»Wir laufen nur mit geschultem Personal bei Rettungseinsätzen aus«, beharrte der Officer. »Passagiere von anderen Behörden können wir nicht befördern, Sir, tut mir leid, aber das ist Vorschrift.«

Enttäuscht verließ Brian das Gebäude der Coast Guard. Einen letzten Versuch unternahm er noch, nachdem er sich mit Hilfe seines Dienstausweises Zutritt zu den Docks verschafft hatte. Dort, wo die Frachter beladen wurden, herrschte trotz des miesen Wetters geschäftiges Treiben. Es regnete noch immer wie aus Kübeln. Er war bereits völlig durchnässt, als er einem Containerlader ausweichen musste, der durch eine Pfütze dicht an ihm vorbeifuhr und ihn von oben bis unten nassspritzte. Entnervt gab er sein Vorhaben auf und kehrte um. Vorbei an den Lade- und Frachthallen bahnte er sich seinen Weg zum Zollhof.

Als er an einer hell erleuchteten Lagerhalle vorbeikam, blieb er kurz stehen. Ein bulliger Kerl, mit Wollmütze und einem blauen Pullover bekleidet, war damit beschäftigt, Baumwollballen auf einen Transportanhänger zu verladen. Der Mann hielt einen Stauerhaken in der Hand, den er in den Ballen schlug und ihn damit anhob, um ihn sich anschließend auf die Schultern zu setzen. Brian blieb einen Augenblick lang stehen und schaute dem Hafenarbeiter zu. Sein Blick glitt über die Säcke und den Anhänger und blieb schließlich an der Wand haften. Eine Leine war dort gespannt, an der mindestens dreißig Stauerhaken hingen. Brian trat näher und nahm einen der Haken von der Leine. Es handelte sich um genau solch einen Haken, wie ihn der Mörder auf Hell's Kitchen Island benutzte.

»Hey Mister, was tun Sie da!«, rief der Hafenarbeiter streng und walzte auf Brian zu.

»Ich schaue mir nur dieses Werkzeug an«, entgegnete er.

»Wohl neu in der Branche«, scherzte der Mann. »Das ist zum Arbeiten gedacht und nicht zum Anglotzen.«

»Interessantes Werkzeug.«

»Ich wüsste nicht, was daran interessant ist«, brummte der bullige Kerl. »So wie der Zimmermann einen Hammer hat, hat ein Stauer einen Haken.«

»Hängen die hier nur so herum, oder hat jeder Arbeiter seinen eigenen?«

Der Mann streifte sich seine Wollmütze zurecht. »Ist Dutzendware, besorgt die Firma.«

»Könnte ich so einen mitnehmen?«

»Ich bin nicht der Chef«, antwortete der Arbeiter.

Brian fasste in seine Tasche und zog einen Fünf-Dollar-Schein heraus. »Und wenn ich ihn bezahle?«

Der Arbeiter nickte und griff nach dem Geld.

Brian bedankte sich und steckte den Stauerhaken in seine Manteltasche, ehe er seinen Weg fortsetzte.

Parish Hall, Hell's Kitchen Island, Maine,
22. März 2007, 19.20 Uhr (Donnerstag)

Die Gemeindehalle glich der Einsatzzentrale der CIA in Langley. Bildschirme und Computer beherrschten das Bild. Der U.S.-Marshall Service Boston hatte all seine Ausrüstung aufgeboten, die bereits am gestrigen Tag mit dem Helikopter auf Hell's Kitchen Island eingetroffen war.

Die Männer der Nationalgarde waren in ihr Lager zurückgekehrt, ihre Abreise würde sich verschieben. Ihre Suche war abgeschlossen, die US-Marshalls führten in eigener Regie die Ermittlungen weiter. Ein TOP-Team des Bostoner Büros wartete auf dem Festland auf besseres Wetter, denn die Jungs der Tactical Operation Squad waren für den bevorstehenden Einsatz geschult und weitaus besser zu gebrauchen als die Nationalgarde.

Unterstützt von Hagen und Jarwood von der Portland Police, arbeiteten Noah Fleischman und Rodger Donovan einen Einsatzplan aus, bei dem es vor allem darauf ankam, nicht nur Frank Duval festzunehmen, sondern auch das Gold aus dem Raubüberfall von Duxbury sicherzustellen. Und natürlich galt es auch, Tylers Komplizen sowie den irren Mörder von Hell's Kitchen Island dingfest zu machen.

»Wir brauchen noch etwas Zeit«, begann Hagen, nachdem Donovan seinen Einsatzplan vorgestellt hatte. »Wir müssen uns erst noch in die Materie einarbeiten. Es ist sehr umfangreich.«

Jarwood mit seinem gewohnten stupiden Gesichtsausdruck nickte zustimmend, doch Donovan hob abwehrend die Hände. »So geht das nicht, entweder wir arbeiten zusammen oder wir ziehen das in eigener Regie durch«, sagte er erbost. »Noch sitzen die Kerle in ihrem Bau, aber bald werden sie es riskieren. Schon heute Nacht bessert sich das Wetter, und dann werden wir zuschlagen. Wir haben keine Zeit. Diese Banditen bestimmen den Zeitplan, und ich habe nicht vor, den Einsatz zu gefährden, nur weil ein paar Detectives aus Portland erst einmal ihre Hausaufgaben machen müssen. Sie haben doch Miss Ronsted aus der Partie gedrängt, und wer den Platz übernimmt, der geht mit oder er steigt bei dem Spiel aus, so einfach ist das.«

Hagen blickte Fleischman unsicher an, doch dieser nickte nur.

»Ich müsste kurz telefonieren«, sagte Hagen.

»Dann tun Sie das«, antwortete Donovan.

Conner Macqueen trat an Donovans Seite und reichte ihm einen Bogen Papier. »Das sind die Haftbefehle für Nyman und Ashcroft«, erklärte er, während Hagen in einer Ecke stand und sein Handy ans Ohr hielt. Es dauerte eine Weile, dann kehrte er an den Tisch zurück.

»Ich habe keinen Empfang«, stöhnte er.

»Die Haftbefehle sind da, wenn Sie die Sache mit Nyman nicht regeln können, dann gehört er uns und wird in das Bundesgefängnis überführt«, gab Donovan zurück.

»Aber ich müsste erst … ich wusste ja nicht, dass die Dinge schon so weit gediehen sind … ich kenne die Aktenlage noch nicht …«

»Holen Sie Ihre Kollegin wieder an den Tisch oder Nyman bleibt im Staatsgefängnis, dann müssen Sie eben das Bundesgericht um Erlaubnis fragen, wenn Sie mit ihm reden wollen.«

Hagen überlegte, schließlich seufzte er. »Okay!«, erwiderte er und wandte sich Jarwood zu. »Hol Ronsted hierher und beeil dich!«

»Aber ich … ich dachte, sie ist raus«, stammelte er, als ob er überhaupt nicht kapierte, um was es hier ging.

»Überlass das Denken den Pferden, die haben eine größere Rübe als du«, versetzte Hagen bissig.

Zögerlich erhob sich Jarwood.

»Geht das ein bisschen schneller«, schnauzte ihn Hagen an. »Wir brauchen einen Haftbefehl von einem Richter aus dem Yarmouth District, verdammt, sonst verschwindet Nyman auf

Nimmerwidersehen in einem Bundesgefängnis und wir schauen in die Röhre, hast du das endlich kapiert?«

Jarwoods Grinsen im Gesicht erstarb. »Ich … ich … klar«, stotterte er.

»Dann noch einmal im Klartext«, fuhr ihn Hagen an. »Du holst jetzt sofort die Ronsted, und zwar schnell, irgendwann geht auch der letzte Richter nach Hause, also beeil dich gefälligst!«

Jarwood wandte sich um und hastete aus dem Büro.

37

Hell's End, Hell's Kitchen Island, Maine,
22. März 2007, 20.15 Uhr (Donnerstag)

Cathy hatte sich im Lokal etwas zu essen bestellt. Logan leistete ihr noch eine Weile Gesellschaft, ging dann aber nach Hause, um sich um seinen Laden zu kümmern, den er in den letzten Tagen vernachlässigt hatte.

Kurz darauf betrat der Admiral zusammen mit seinen ständigen Begleitern Malcom Hurst und Phillip Streng das Lokal. Als die drei sich an den Tisch direkt neben dem Tresen setzten, miteinander tuschelten und Cathy spöttische Blicke zuwarfen, zog sie es vor, das Lokal zu verlassen und sich auf ihr Zimmer zurückzuziehen.

Doch noch bevor sie das Lokal verlassen hatte, trat ihr der Admiral in den Weg. Er lächelte überheblich. »Soweit ich mich erinnere, haben Sie uns versprochen, dass Sie den Mörder fassen werden. Doch offenbar sind es nur leere Versprechungen, wie man sieht, sonst wäre Dan noch am Leben.«

Cathy verbiss sich eine Antwort und ließ den Admiral einfach stehen.

»Ho, offenbar habe ich da mitten ins Schwarze getroffen, Missy. Geben Sie es doch endlich zu, dass Sie noch immer vollkommen im Dunkeln tappen. Aber jetzt sind ja ein paar Kollegen hier aufgetaucht, denen ich durchaus mehr zutraue als dieser Lady hier. Frauen sollten wissen, wohin sie gehören, und ihre Finger von Männerberufen lassen – und Farbige noch dazu!«

Cathy verlangsamte ihren Schritt, blieb vor der Tür stehen

und wandte sich um. »Genau, der Admiral hat Recht, Frauen gehören in die Küche, und ihre einzigen Waffen sind der Besen und der Putzeimer. Und Schwarze gehören in einen Käfig und müssen bewacht werden. Aus welchem Jahrhundert stammen Sie eigentlich, Mister Broon?«

Der Admiral warf seinen Begleitern einen höhnischen Blick zu. »Ich sehe, die Missy hat es endlich kapiert.«

»Genau, deswegen haben wir auch den Vietnamkrieg verloren«, konterte Cathy. »Weil es Männer wie Sie gibt, die keine Ahnung von der Welt haben und sich jeden Tag in ihr Schneckenhaus zurückziehen. Einen schönen Abend noch, Admiral.«

Cathy spülte ihren Ärger auf ihrem Zimmer mit einem Bourbon aus der Minibar herunter und legte sich aufs Bett. Es machte keinen Sinn, mit diesem einfältigen alten Mann zu streiten. Doch irgendwie schien sich auf dieser Welt noch nicht viel geändert zu haben, denn der Admiral stand mit seiner Meinung nicht alleine da. Stoddart, Commissioner Blight und auch Hagen, all diese Ignoranten waren nicht viel besser als Broon. Warum musste man als Frau immer doppelt so gut sein wie die Männer, um ernst genommen zu werden, und warum musste man jeden Tag aufs Neue beweisen, dass man es draufhatte? Diese Welt war ungerecht, und gegenüber früher hatte sich gar nichts verändert. Offenbar war zumindest bei manchen Vertretern der Gattung Mann die Zeit einfach stehen geblieben.

Cathy wusste nicht, wie lange sie so dagelegen und an die Decke gestarrt hatte. Das Klopfen an der Tür riss sie endlich aus ihren düsteren Gedanken. Sie erhob sich und öffnete die Tür. Der glatzköpfige Jarwood stand vor der Tür und grinste breit.

»Was willst du?«, fragte Cathy.

»Mach dich fertig, Hagen will dich sehen!«, antwortete er im Befehlston.

»Du kannst mich mal am Arsch lecken«, entgegnete Cathy und knallte die Tür zu.

Erneut hämmerte es an der Tür, diesmal eine ganze Spur heftiger als zuvor. »Ich gehe hier nicht weg«, rief Jarwood durch die geschlossene Tür. »Hagen hat mich beauftragt, dich zu holen.«

Cathy wandte sich um und öffnete die Tür einen Spaltbreit. »Soweit ich mich erinnere, hat er die Ermittlungen übernommen, jetzt muss er sehen, wie er damit klarkommt.«

Jarwoods Grinsen wich der üblichen einfältigen Miene. »Aber er hat mir gesagt, dass ich dich holen soll. Wir kommen sonst nicht weiter.«

»Dann soll er hierherkommen und es mir selbst sagen«, erwiderte Cathy. »Und noch eins, Jarwood, wenn er mich nett bittet, dann komme ich vielleicht.«

»Aber …«

Noch bevor Jarwood antworten konnte, knallte sie die Tür vor seiner Nase zu. Sie ging zurück zum Bett und ließ sich darauf nieder.

Zehn Minuten später klopfte es erneut. Diesmal stand Hagen höchstpersönlich vor der Tür, und auch das Wort *Bitte* vergaß er nicht, als er Cathy bat, ihn zu unterstützen.

»Wir brauchen Ihre Hilfe«, sagte er zerknirscht, und Cathy wusste, dass er sich zu diesen Worten zwingen musste. »Wir konnten uns noch nicht in den Fall einarbeiten, und ohne einen schlüssigen Ermittlungsbericht wird uns der Richter wohl kaum einen Haftbefehl für Nyman ausstellen.«

»Ich dachte, ich bin draußen?«

Hagen fasste sich an die Nase. »Das war natürlich … ich habe … ohne Ihre Hilfe verschwindet Nyman im Staatsgefängnis, und wir stehen mit leeren Händen da. Wir brauchen Sie, bitte!«

Cathy ahnte, wie schwer Hagen diese Worte fielen. Schließlich willigte sie unter der Bedingung ein, dass sie weiterhin an den Ermittlungen teilnehmen konnte und sich Hagen dafür beim Commissioner einsetzte. Zögernd und zähneknirschend stimmte Hagen zu. Was blieb ihm anderes übrig, wenn er Nyman nicht den Bundesbehörden überlassen wollte.

Portland Harbour, Maine,
22. März 2007, 21.50 Uhr (Donnerstag)

Brian Stockwell hatte überlegt, ob er in Boston ein Zimmer nehmen sollte, um dort die Nacht zu verbringen. Doch dann entschied er sich anders. Mit einem Bus der Concorde Line fuhr er weiter nach Portland. In der Hafenstadt des Cumberland Countys ließ er sich mit einem Taxi aufs Revier fahren, aber er kam zu spät. Weder die Fahrbereitschaft noch die Kollegen der Wasserschutzpolizei konnten ihm weiterhelfen. Immerhin flaute wenigstens der Regen ab, der Wind hatte sich gelegt.

Im Morddezernat traf er auf die jungen Kollegen Cramer und Shultz, die ihren Bereitschaftsdienst versahen und ihm von Stoddarts Herzinfarkt berichteten.

»Das ist das Erste, was ich höre«, antwortete Brian entsetzt.

»Stoddart hätte eben nicht so viel rauchen sollen«, erklärte Shultz. »Zwei Schachteln am Tag sind einfach zu viel. Kein Wunder, dass die Pumpe da mal aussetzt.«

»Der Captain liegt noch immer im Medical Center«, berichtete Cramer. »Hagen und Jarwood sind auf die Insel geflogen. Blight hat Hagen kommissarisch die Leitung des Dezernats übertragen.«

»Habt ihr etwas von Cathy gehört?«, fragte Brian bestürzt, der sich ausmalen konnte, wie Hagen mit Cathy umspringen würde. Hagen und Jarwood waren von Anfang an gegen eine Frau in der Abteilung gewesen.

»Der Ronsted?«

»Ja, verdammt«, fluchte Brian. »Ich habe versucht, sie telefonisch zu erreichen, aber bei dem Sturm …«

Cramer zuckte mit der Schulter. »Die Morde auf der Insel geistern hier den ganzen Tag durch die Presse. Die Pressefuzzis gehen nicht zimperlich mit uns um, und Blight steht unter Beschuss. Du und deine Kollegin sind mittlerweile zu einer traurigen Berühmtheit im Cumberland County geworden. Manche meinen, ihr könntet noch nicht einmal aufklären, was es im Restaurant um die Ecke alles zu essen gibt.«

Cramer warf Shultz einen erheiterten Blick zu.

»Leitet Hagen jetzt die Ermittlungen?«

»So ähnlich«, antwortete Shultz, der erst seit einem halben Jahr zum Dezernat gehörte.

Brian schlug mit der flachen Hand auf den Schreibtisch, so dass die beiden Kriminalbeamten erschrocken zusammenzuckten. »Ja, das passt zu Hagen, er hat Blight bestimmt schon um den Finger gewickelt«, brauste er auf. »Ich muss unbedingt auf die Insel.«

»Wie stellst du dir das vor, hast du schon einmal auf die Uhr gesehen? Nur die Bereitschaftsdienste sind um diese Zeit noch hier.«

»Das ist mir egal«, fluchte Brian. »Ruft die Flugbereitschaft!«

Cramer schüttelte den Kopf. »Ich werde den Teufel tun, du glaubst wohl, ich will wieder auf der Straße Strafzettel verteilen. Die Flugbereitschaft hat anderes zu tun, als einen Passagier auf irgendeine verdammte Insel zu fliegen. Was glaubst du, was hier los ist? In den letzten Tagen gab es allein drei Morde hier in Portland, und unten im Süden streiten sich zwei Gangs um die Vorherrschaft im Hafengebiet. Wenn du unbedingt auf die Insel willst, dann musst du schwimmen.«

Brian erhob sich und stürmte durch die Tür. Vor der Polizeidirektion in der Middle Street war kein Taxi zu finden. Brian ging die Straße hinunter, an der Ecke Pearl Street fuhr ein ASAP-Taxi an ihm vorbei. Brian stoppte den weißen Lincoln und ließ sich zum Hafen fahren. Zwei Stunden suchte er vergeblich nach einer Überfahrt. Dann ließ er sich in seine Wohnung in der Simmons Road bringen. Erst am nächsten Morgen gegen acht Uhr würde ihn ein Bootsservice hinaus in den Golf bringen, so lange musste er warten.

The Village, Hell's Kitchen Island, Maine,
22. März 2007, 22.55 Uhr (Donnerstag)

Tyler Ashcroft wartete, bis es dunkel geworden war. Das Unwetter hatte sich verzogen, und einzelne Wolkenfetzen zogen am Himmel ihre Bahn. Ab und zu lugte der Mond zwischen den Wolken hervor.

Gegen elf Uhr wollte Ashcroft das Haus verlassen, alleine bat er sich aus, obwohl Duval überhaupt nicht damit einverstanden war.

»Und wenn er verschwindet und den Deal alleine durchzieht«, gab er zu bedenken.

Nyman wiegelte ab. »Er hatte dazu zwanzig Jahre Zeit, wenn er es gewollt hätte. Ich sagte schon, einen Goldbarren mit dem Stempel einer Bank einfach zu Barem zu machen, ist nicht so einfach. Man spaziert nicht einfach in ein anderes Geldinstitut, legt ihn auf den Tresen und sagt, was man dafür haben will. Für so eine Sache braucht man Kontakte, und ich glaube nicht, dass diese Insel hier das Tor zur weiten Welt ist.«

Duval beruhigte sich, lehnte sich in seinem Sessel zurück und wandte sich Ashcroft zu. »Eine halbe Stunde, wenn du dann noch nicht zurück bist, dann stinkt was.«

Ashcroft zog stumm seine Jacke über. »Alles braucht seine Zeit, und du, junger Freund, solltest dich in Geduld üben.«

»Ich tippe auf Honeywell«, mischte sich Nyman ein. »Honeywell ist auf meiner Liste ganz oben.«

Ashcroft zog die Augenbrauen hoch. »Wir werden sehen«, antwortete er.

»Honeywell, ich setze hundert Dollar.«

Ohne auf Nyman einzugehen, verließ Ashcroft das Haus. Draußen war es ruhig geworden. Keine Menschenseele war um diese Zeit noch in den düsteren Straßen des Village unterwegs. Die wenigen Straßenlaternen kämpften gegen die Finsternis, und Tyler Ashcroft wechselte die Straßenseite.

»Du traust ihm?«, fragte Duval, nachdem Ashcroft gegangen war.

»Er hat keine andere Wahl, als sich an uns zu halten. Sein Bruder ist tot, und damit sind auch alle Verbindungen zum Festland gekappt. Ihm bleibt gar nichts anderes übrig, als mit uns zusammenzuarbeiten.«

»Wenn er falschspielt, dann leg ich ihn um.«

»Und was ist dann?«

Duval zuckte mit der Schulter.

»Ich sage es dir: Du und ich bleiben arme Schlucker, aber ich kann hier auf der Insel weiterleben, während eine ganze Armada hinter dir her ist. Und irgendwann kriegen sie dich, weil du dich nicht ewig verstecken kannst.«

Duval neigte den Kopf zur Seite und schwieg.

Sie warteten knapp eine Stunde, doch Duval blieb ruhig. Nyman hatte mit seiner Einschätzung wohl recht: Wenn dieser Deal scheiterte, dann wäre es nur noch eine Frage der Zeit, bis er verhaftet werden würde.

Als an der Eingangstür Schritte zu hören waren, richtete sich Duval auf, nahm die Pistole in die Hand und platzierte sich hinter der Tür. Als Erstes betrat Ashcroft das Haus, ein Mann im dunklen Mantel mit einer Mütze auf dem Kopf folgte ihm. Als der Mann die Mütze vom Kopf nahm, trat Duval mit der Waffe im Anschlag aus seinem Versteck hervor.

»Stone«, sagte Nyman überrascht, als er in das Gesicht des Mannes blickte.

»Jetzt sind wir komplett«, raunte Ashcroft.

Stone blickte unsicher auf die Waffe in Duvals Hand. Als dieser Stones Blick bemerkte, nahm er sie herunter, trat einen Schritt auf Stone zu und schob ihn in das Wohnzimmer.

»Er stand auch auf meiner Liste«, sagte Nyman.

»Gut, dann gehen wir es an«, bemerkte Duval entschlossen.

Ashcroft warf einen Blick auf seine Armbanduhr. »In drei Stunden fahren wir raus.«

Parish Hall, Hell's Kitchen Island, Maine,
23. März 2007, 00.30 Uhr (Freitag)

»Ich will alles über ihn wissen!«, sagte Fleischman in die Runde. Donovan und Conner Macqueen saßen auf der rechten Seite, ihnen gegenüber hatte Cathy zusammen mit Hagen und Jarwood Platz genommen, während Kyle Clarkson vor dem Einsatzleitrechner saß und auf dem Monitor jede Bewegung verfolgte. Er hatte den Kopfhörer in den Nacken geschoben. Zwei Richtmikrophone waren inzwischen auf Ashcrofts Haus gerichtet, und eine heimlich installierte Stethoskopkamera übertrug Bilder aus dem Wohnzimmer. Conner Macqueen war Spezialist, was die moderne Überwachungstechnik betraf, und mit Kyle Clarkson hatte er einen Mann, der sich lautlos wie eine Schlange bewegen konnte. Nicht umsonst hatte er vier Jahre im Marinecorps bei den Scharfschützen gedient, bevor er sich dem US-Marshall Service angeschlossen hatte.

»Joseph Stone ist neunundvierzig, er lebt hier seit dreißig Jahren, ist verheiratet und hat einen Sohn und eine Tochter«, berichtete Macqueen und schaute auf den Laptop, der vor ihm auf dem Tisch stand. »Er führt ein absolut unauffälliges Leben, ist ein angenehmer und zurückhaltender Mensch. Polizeilich ist er noch nicht einmal wegen Falschparkens in Erscheinung getreten. Damals bei dem Überfall war er neunundzwanzig.«

»Wenn er damals überhaupt am Überfall beteiligt war«, räumte Cathy ein.

»Er hat zwei Jahre bei der Navy in Portsmouth gedient. Dort hat man ihn zum Taucher ausgebildet. Er ist Fischer, spezialisiert auf Hummer, und hier auf der Insel der Hafenmeister.«

Fleischman nickte kurz. »Danke, Conner«, sagte er. »Ich denke, damit ist das damalige Team komplett. Sie haben ein Schiff, das groß genug für die Operation ist, und sie haben einen ausgebildeten Taucher.«

Donovans Handy klingelte. Fleischman verstummte und wartete, bis Donovan das Gespräch beendet hatte.

»Gibt es Neuigkeiten?«

Donovan nickte. »Das TOP-Team ist bereit. Sie landen in zwanzig Minuten im Westen der Insel oben bei der Villa und halten sich bereit. Zwei Helikopter. Außerdem haben die Polizeiboote ihre Position eingenommen und warten auf den Einsatzbefehl.«

»Check noch einmal den Sender«, wandte sich Fleischman an Kyle Clarkson. Der öffnete darauf ein Programm auf dem Einsatzleitrechner, und es tat sich eine Karte der Insel auf. Im Hafen war ein rotierender, roter Punkt zu sehen. »Alles klar, das Boot liegt im Hafen und schlummert vor sich hin«, meldete er.

»Gehen wir die Sache noch einmal durch«, sagte Noah Fleischman. »Wir haben zwei Helis und zwei Boote, außerdem werden wir mit einem Boot der Küstenwache folgen. Nyman ist bewaffnet. Nyman und Duval sind die beiden, von denen die größte Gefahr ausgeht. Wir warten ab, bis der Taucher im Wasser ist und die Bergung begonnen hat. Conner, funktionieren die Kameras?«

»Wenn wir nahe genug heran sind, haben wir ein Bild wie bei einer Liveübertragung des Super Bowls. Da draußen gibt es keine Berge und keine Täler, und die Kameras stammen aus dem Fundus der CIA, was soll da noch schiefgehen?«

Hagen meldete sich räuspernd zu Wort. »Nyman gehört uns, das ist klar«, sagte er noch einmal zur Verdeutlichung.

Fleischman nickte. »Wir schnappen uns Duval und das Gold. Ashcroft und dieser Stone sind Sache der Bostoner Polizei, und Nyman gehört der Portland Police, so ist es besprochen. Ich gehe davon aus, dass der Haftbefehl noch rechtzeitig eintrifft.«

Hagen warf Cathy einen abfälligen Blick zu. »Er wäre schon längst hier, wenn es diese Verzögerung nicht gegeben hätte«, antwortete er verschnupft.

»Also gut, wir haben noch zwei Stunden. Zeit, uns ein klein wenig auszuruhen, bevor es losgeht.«

Cathy erhob sich zuerst. »Ich brauche jetzt dringend einen starken Kaffee«, seufzte sie.

38

New Haven, Hell's Kitchen Island, Maine,
23. März 2007, 02.50 Uhr (Freitag)

Sie hatten bis weit nach Mitternacht gewartet, bevor sie aufbrachen. Der Sturm hatte sich gelegt, und eine sanfte Brise wehte vom Süden herauf. Getrennt verließen sie das kleine Haus mit der roten Bank vor der Tür an der Ecke von Main und Applepine Street. Ashcroft machte den Anfang, nachdem er sich versichert hatte, dass niemand mehr auf der Straße unterwegs war. Als er im Hafen ankam, blieb er stehen. Ein klein wenig ungewöhnlich war es schon, denn vor Tagen hatte es hier im Village vor Sicherheitskräften, Polizei und Nationalgarde nur so gewimmelt. Wo waren diese ganzen Menschen nur abgeblieben? Er schob den Gedanken einfach weg, als er über den schmalen Steg an Bord seiner Fähre ging.

Marilyn hatte er das Schiff getauft, denn die einzige Frau, die ihm im Leben jemals etwas bedeutete, hatte diesen Namen getragen. Aber sie war nur noch eine verblasste Erinnerung; sie hatte die Einsamkeit auf Hell's Kitchen Island nicht ertragen und war davongelaufen. Sie hatte nicht mehr als einen Brief hinterlassen, einen Brief, den Tyler Ashcroft noch immer in der Schublade seines Nachttisches aufbewahrte, doch in den letzten Jahren hatte er ihn nur selten hervorgeholt. Was war wohl aus ihr geworden? Aus Michigan stammte sie und war für einen kurzen Sommer hier auf der Insel hängen geblieben.

Joseph Stone war der Nächste, der im Hafen eintraf. Kaum fünf Minuten später folgten Duval und Nyman.

»Seid ihr gesehen worden?«, knurrte Ashcroft.

Nyman schüttelte den Kopf.

»Heute Nacht ist hier niemand unterwegs«, fügte Duval hinzu. Er klopfte sich den Schmutz aus seinen Kleidern, denn er hatte sich zusammen mit Nyman durch die Büsche geschlagen und die hell erleuchtete Main Street gemieden.

Stone warf den beiden einen unsicheren Blick zu. Trotz aller Beteuerungen Nymans und auch Duvals, dass sie nichts mit den Morden auf der Insel zu tun hatten, war ihm die Sache nicht geheuer.

»Die Leinen los, wenn der Motor läuft«, befahl Ashcroft und verschwand im Ruderhaus.

Nyman bemerkte im Halbdunkel des Hafens Stones forschenden Blick. »Du glaubst wohl immer noch, dass wir die Kerle abgemurkst haben«, sagte er.

Stone zuckte mit der Schulter.

»Verdammt, wir sind hier, um unseren Job zu machen«, mischte sich Duval ein. »Mir ist egal, wie viel Blut an deinen Händen klebt. Da draußen liegen Barren, die nur darauf warten, dass wir sie holen. Es ist wie Hummerfischen, wir fahren raus und holen uns den Fang. Nur, dass wir alle hinterher reich sind.«

Der Motor der Fähre sprang mit einem gurgelnden Laut an.

»Brauchst du nicht deine Ausrüstung?«, fragte Nyman und warf einen Blick zum Ruderhaus.

Stone zeigte auf die graue Kiste, die neben dem Ruderhaus stand. »Ist schon an Bord«, erwiderte er und schickte sich an, die Leinen der Fähre zu lösen.

Nyman schaute dem Mann schweigend nach, bis Duval an seine Seite trat. »Er traut uns nicht«, sagte er.

»Dann habe ich mit ihm etwas gemeinsam, ich traue den beiden auch nicht.«

»Weshalb?«

»Die Ausrüstung ist bereits an Bord«, antwortete Nyman.

»Sie werden sie schon heute Abend geholt haben.«

»Oder sie ist hier an Bord, weil die beiden Idioten längst schon über einen Alleingang nachgedacht haben.«

Duval wischte Nymans Bedenken mit einer Handbewegung weg. »Ist doch egal, jetzt sind wir hier, und wir haben die Waffe. Sie werden den Teufel tun und etwas gegen uns unternehmen. Diese Inselaffen sind zu dumm dazu. Stone hat die Hosen gestrichen voll.«

»Sei dir da mal nicht so sicher«, versetzte Nyman, als sich Stone zurück an Bord schwang. »Ich will, dass du ein Auge auf ihn wirfst.«

»Aye, Käpt'n«, entgegnete Duval.

Die Leinen waren gelöst, und Ashcroft lenkte die Fähre langsam von der Hafenmauer hinaus ins Hafenbecken. Der Motor tuckerte friedlich vor sich hin, und Nyman, Duval und auch Stone drückten sich in den Schatten des Ruderhauses. Erst als Ashcroft die Fähre gewendet hatte, den Gashebel zurückzog und das Boot mit zunehmender Geschwindigkeit den Hafen von Hell's Kitchen Island verließ, traten sie wieder auf das Vordeck hinaus.

»In ein paar Stunden sind wir reich«, rief Duval und klatschte voller Tatendrang in die Hände.

Parish Hall, Hell's Kitchen Island, Maine,
23. März 2007, 03.10 Uhr (Freitag)

Die Anwesenden hatten sich allesamt hinter den beiden Bildschirmen versammelt, die auf dem Schreibtisch aufgebaut waren. Gespannte Blicke verfolgten das Bild auf dem Monitor.

»Was ist das?«, fragte Cathy, als sich eine Gestalt über eine Kiste beugte und mit einem runden, glänzenden Ball in der Größe einer Bowlingkugel wieder auftauchte. Das Bild, das die kleine Spionagekamera lieferte, die Conner Macqueen am Funkmasten der Fähre installiert hatte, war schemenhaft und verschwommen. Die lichtstarke Linse übertrug trotz der Dunkelheit, die auf dem Boot herrschte, Bilder von ausreichender Qualität.

»Wie beim Super Bowl ist das aber nicht«, witzelte Donovan und zeigte auf den Bildschirm.

»Das liegt an der Dunkelheit, deswegen ist das Bild grobkörnig und leicht verschwommen«, antwortete Macqueen.

»Das ist ein Tauchhelm«, erklärte Fleischman. »Er benutzt einen Helm und einen entsprechenden Anzug, damit kann er sehr lange unter Wasser bleiben.«

»Die Luftversorgung erfolgt über einen Schlauch und einen Kompressor«, fügte Kyle Clarkson hinzu.

»Ist das Einsatzteam bereit?«, fragte Fleischman und verfolgte das blinkende Signal, das der Signalgeber an Bord der Marilyn abstrahlte und zu mehreren GPS-Satelliten im Orbit schickte.

»Sie halten Kurs nach Südsüdost, 205 Grad«, verkündete Donovan.

»Was liegt da draußen?«

Donovan beugte sich vor und schaltete das Display auf die Seekarte um, in der der Golf von Maine und alle Inseln und Untiefen verzeichnet waren.

»So wie ich das sehe, geht es runter zur Two Bush Island«, sagte er und wies auf eine kleine Insel, die genau auf dem angegebenen Kurs lag.

»Bewohnt?«

»Nein, sicher nicht.«

Cathy schaute noch immer gebannt auf den Bildschirm, der Bilder von der Fähre übertrug. Inzwischen hatte Stone mit Hilfe von Nyman und Duval den Anzug angezogen. Schläuche liefen vom Helm nach rechts und verschwanden aus dem Bildausschnitt. Die Tonübertragung vom Boot wurde durch das laute

Motorengeräusch an Bord der Marilyn gestört. Sie hielt den Haftbefehl in der Hand, der ihr kurz nach Mitternacht auf ihren Laptop übertragen worden war. Nyman gehörte ihr, beziehungsweise dem Morddezernat von Portland.

»Es geht los!«, raunte Macqueen in die Runde und legte den Zeigefinger vor den Mund, zum Zeichen, dass alle ruhig sein sollten. Stimmen drangen durch den Lautsprecher. Wortfetzen, doch das ein oder andere Wort, das an Bord der Fähre gesprochen wurde, war zu verstehen.

»Wo sind sie jetzt?«, fragte Fleischman.

»Knapp drei Meilen südwestlich von New Haven«, erklärte Macqueen. »Da gibt es einen Felsen, der aus dem Wasser ragt. Blind Peak. Das Wasser ist gerade mal achtzig Fuß tief.«

Fleischman wandte sich Donovan zu. »Das Einsatzteam soll sich vorarbeiten, so nahe es geht, und die Helis auf Standby. Wir warten, bis der Taucher im Wasser ist und den Fang an Bord gebracht hat. Klar?«

»Klar!«, salutierte Donovan und griff nach dem Mikrophon, um die Befehle weiterzugeben. Schließlich erhob er sich und blickte Hagen an. »Es ist Zeit, an Bord zu gehen.«

»Ich gehe mit, Nyman ist mein Mann«, mischte sich Cathy ein und trat Hagen in den Weg. Hagen blieb stehen und musterte Cathy, deren Gesicht voller Entschlossenheit war. Ihre Augen funkelten und duldeten keinen Widerspruch. Hagen zögerte.

»Es wird Zeit«, mahnte Donovan noch einmal und zog sich seine Jacke über. Er war damit beauftragt worden, den Einsatz vor Ort zu koordinieren.

Hagen trat einen Schritt zur Seite. »Okay, aber Jarwood begleitet dich«, antwortete er.

Cathy schnaubte abfällig und warf Jarwood einen geringschätzigen Blick zu. Schließlich nickte sie.

Blind Peak vor Hell's Kitchen Island, Maine,
23. März 2007, 04.30 Uhr (Freitag)

Seit über einer Stunde ankerte die Marilyn am Blind Peak und schaukelte in den unruhigen Gewässern des Golfs von Maine. Ashcroft und Nyman halfen Stone, den schweren Helm aufzusetzen, während Duval ungeduldig an der Reling lehnte und in die dunkle Nacht hinausspähte. In weiter Entfernung waren die Lichter eines Leuchtturms zu sehen, und der leichte Wind verfing sich in seinen Haaren. Es war mild geworden, und der beginnende Frühling würde wohl nicht mehr lange auf sich warten lassen.

Ashcroft hielt den messingfarbenen Helm in der Hand, und im Licht der beiden Suchscheinwerfer wirkte der Helm mit den drei Fenstern wie eine Kirchenglocke.

Ungeduldig sah Duval dem Treiben zu. Beinahe fünf Minuten vergingen, bis der Helm am Anzug fixiert war. Anschließend ging Ashcroft in das Ruderhaus, um den Arm des Kranauslegers auszurichten. Unterdessen öffnete Nyman die vordere Ladeluke, um die kleine Pontonbrücke in Position zu bringen, die als Arbeitsplattform dienen und von der aus Stone ins Wasser gehievt werden sollte.

»Mein Gott, geht das nicht schneller«, beschwerte sich Duval, als Nyman an ihm vorüberging.

»Das ist nicht wie bei *Flipper.* Wie wäre es, wenn du ein klein wenig mithilfst?«

»Ashcroft meinte, ich soll die Insel im Auge behalten«, erwiderte Duval.

»Quatsch, komm, hilf mir!«

Zögernd setzte sich Duval in Bewegung. Gemeinsam trugen sie den Kompressor für die Luftversorgung des Tauchers zur Arbeitsplattform am Bug der Fähre.

Ashcroft, der damit beschäftigt war, das Sicherungskabel mit der Gummileitung der Luftversorgung zu verbinden, fluchte laut, als der Kabelbinder riss und die beiden Seile wieder auseinanderklafften.

»Bringt das Ding dort oben hin«, wies Ashcroft seine Helfer an.

Duval und Nyman platzierten das Aggregat unmittelbar neben der Seilwinde. Weitere zehn Minuten vergingen. Duval blickte in das schwarze Wasser. »Kaum zu glauben, dass dort unten ein Laster mit einem Goldschatz liegt«, sagte er.

»Dort unten liegt kein Laster«, antwortete Ashcroft. »Oder glaubst du, wir sind so blöde und lassen das Zeug im Transporter?«

»Wieso nicht?«, fragte Duval.

»Man sieht, du hast keine Ahnung davon«, lachte er. »Was, glaubst du, passiert, wenn man einen Transporter hier versenkt?«

Duval zuckte mit der Schulter.

»Die Strömung nimmt ihn mit und er landet irgendwo, nur nicht dort, wo du ihn wiederfinden willst.«

Nyman trat an Ashcrofts Seite. Er hatte das Gespräch mitgehört. »Dann liegt es einfach dort unten auf dem Meeresgrund?«

Ashcroft zeigte auf den kahlen Felsen, der knapp einen Meter hoch aus dem Wasser ragte und auf den der Schein eines der Scheinwerfer fiel. »Der Blind Peak ist wie ein Berg unter Wasser, und er ist löchrig wie ein Käse. Dort gibt es viele Höhlen und Verwerfungen. Selbst wenn jemand die Position des Goldes gekannt hätte, wäre es für ihn nicht leicht gewesen, die Barren zu finden.«

Nyman klopfte Ashcroft voller Anerkennung auf die Schulter. »Ich frage mich sowieso, wie ihr es geschafft habt, den Transporter unbemerkt an Bord dieser Fähre zu bringen.«

»Das war einfach«, entgegnete Ashcroft. »Es gibt unzählige unbenutzte und verborgene Slip-Anlagen an der Küste. Mit einer Pontonbrücke, so wie dieser, war das kein Problem.«

Ashcroft wies auf die Arbeitsfläche, wo Stone auf einem Stuhl saß und die Leitung für die Luftversorgung anschraubte.

»Und der Transporter?«, wollte Duval wissen.

»Der schwimmt irgendwo vor Cape Elizabeth, dort ist das Wasser tief genug, dass er nie gefunden wird.«

Stone richtete sich auf und reckte den Daumen in die Höhe.

»Also, los geht's«, sagte Ashcroft und beugte sich zu dem Kompressor hinab. »Einer von euch kontrolliert den Kompressor, und der andere übernimmt die Seilwinde und entlädt das Netz, wenn es nach oben kommt. Ich bin im Ruderhaus und versuche, den Kurs zu halten. Alles klar?«

Nyman und Duval nickten.

»Jetzt wird es ganz schön laut«, warnte Ashcroft noch, bevor er den Kompressor startete, der Luft in den Helm pumpen sollte. Nach zwei Zügen am Startseil sprang das Gerät unter lautem Getöse an. Stone war bereit, die Anlage funktionierte. Langsam wurde der Taucher in die Höhe gehoben, bis er am Ausleger in das kühle Nass schwebte. Neben ihm folgte ein Gittergestell, das stabil genug war, um die Last aufzunehmen.

»Wie lange werden wir brauchen?«, rief Duval Ashcroft ins Ohr.

»Wenn es gut läuft, drei Stunden«, brüllte Ashcroft, so dass es auch Nyman trotz des infernalischen Lärms an Bord der Fähre vernehmen konnte.

Brandon Peak vor Hell's Kitchen Island, Maine,
23. März 2007, 05.25 Uhr (Freitag)

Im Schatten des Brandon Peak lauerten zwei Patrouillenboote der Küstenwache auf ihren Einsatz. Knapp eineinhalb Seemeilen entfernt vom Einsatzort waren die Boote für die Männer an Bord der Fähre außerhalb ihrer Sichtweite. Die installierten Kameras übertrugen Bilder auf den Zentralcomputer an Bord der Admiral Stoke, auf der sich ein Einsatzteam befand und die quasi als Flaggschiff für den Einsatz auserkoren war. Die Führung der gesamten Operation oblag dennoch Noah Fleischman, der im Gemeindehaus auf Hell's Kitchen Island die Bergungsaktion beobachtete. Nachdem der Taucher zu Wasser gelassen worden war, drang aus dem kleinen Übertragungsmikrophon, das Macqueen an Bord der Marilyn auf dem Vorschiff platziert hatte, ein lautes Knattern, das sämtliche Gespräche an Bord überlagerte. Eine der beiden Kameras war so platziert, dass zumindest Teile des Vorschiffs eingesehen werden konnten. So hatten die Ermittler den Beginn der Bergungsaktion verfolgen können, und ihnen war nicht entgangen, dass bereits sieben Mal der Korb nach oben gefahren war. Aufgrund der Größe des Bergungsgerätes ging Fleischman von jeweils fünfundzwanzig bis dreißig Barren aus, die darin Platz fanden. Das hatte zur Folge, dass maximal vierzig Bergungen notwendig waren.

»Es sind tausend Barren, wir warten, bis sie den Taucher wieder an Bord nehmen«, sagte Fleischman. »Dann haben wir die Täter und das Gold, ohne einen Finger zu rühren.«

»Unsere Leute auf den Booten brauchen etwa zwanzig Minuten bis zum Einsatzort, die Hubschrauber etwa zehn«, meldete Macqueen und blickte vom Bildschirm auf.

»Wenn sie den Taucher einholen, dann geben wir grünes Licht«, beschloss Noah Fleischman.

*

Der letzte Korb schwebte kurz nach sieben Uhr in die Dämmerung des beginnenden Tages. Als der Skipper den Taucher einholte, gab Fleischman den Einsatzbefehl an alle Einheiten. Die beiden Sea-King-Helikopter auf Hell's Kitchen Island stiegen in den Himmel auf und verließen die Insel in südwestliche Richtung. Cathy Ronsted schaute aus dem Bullauge zu ihrer Linken, doch unter ihr lag noch die Dunkelheit der verklingenden Nacht. Das Brummen im Hubschrauber war derart laut, dass eine Unterhaltung nahezu unmöglich war, dennoch beugte sich Donovan zu ihr herüber. »Das TOP-Team geht voran«, rief er ihr zu. »Landen ist nicht möglich, deswegen verfolgen wir den Einsatz von hier oben.«

Cathy nickte zum Zeichen, dass sie verstanden hatte, und warf Jarwood einen abweisenden Blick zu, als der sie fragend anblickte. Den Rest des Weges schwiegen sie. Erst als Donovan sie am Arm berührte und auf das Bullauge hinter ihr zeigte, schaute sie wieder hinaus. Unter ihr lag der Ozean in der beginnenden Morgendämmerung.

»Es geht los!«, brüllte ihr Donovan zu. Doch so sehr sie sich auch anstrengte, es gelang ihr nicht, einen Blick auf den zweiten Helikopter zu erhaschen, der sich an die Spitze setzte und langsam in den Sinkflug überging.

*

Das infernalische Dröhnen des Kompressors überlagerte sämtliche Geräusche, und Duval bedauerte es, dass er auf einen Gehörschutz verzichtet hatte. Korb um Korb hievte die Seilwinde in die Höhe, und Nyman stapelte den goldenen Fang in eine der beiden Materialkisten, die sich neben der Reling befanden und in der normalerweise Spanngurte und Bremskeile lagerten. Beide Kisten würden ausreichen, das Gold aufzunehmen und erst einmal sicher zu verstauen.

Nyman, der zu einem gelben Gehörschutz gegriffen hatte, schwitzte vor Anstrenung, doch das kalte, wertvolle Metall in den Händen zu halten, war der Lohn der Mühe. Sorgfältig stapelte Nyman das Gold aufeinander. Nur noch fünfundzwanzig Barren fehlten, und als der Gitterkorb das letzte Mal in den dunklen und kalten Fluten versank, konnte er seine Ungeduld kaum bremsen. Er war am Ziel, und ein großer Traum war in greifbarer Nähe. In seinen kühnsten Vorstellungen hatte er sich schon ausgemalt, wie er weiter vorgehen würde. Schon gleich heute Morgen würde er den Kontakt nach Chicago herstellen. Und dann wäre alles nur noch ein Kinderspiel. Der Kurs lag bei eins zu drei, es würde genügend für alle übrig bleiben, und er könnte endlich wieder in das Leben zurückkehren, das er so lange vermisste.

Gespannt wartete er darauf, dass Stone an dem Seil zog, damit er den Korb wieder in die Höhe hieven konnte. Knapp fünf Minuten hatte es bislang immer gedauert, bis Stone das ersehnte Zeichen gab. In Gedanken an sein neues Leben, hätte er beinahe das Ziehen des Seils übersehen.

»Er kommt!«, rief er Duval zu, nachdem er die Winde in Gang gesetzt hatte. Doch Duval schien ihn nicht zu verstehen. Gespannt blickte Nyman auf das Wasser. Dann tauchte der Korb endlich auf, und er klatschte vor Freude in die Hände. Als der Korb in Kopfhöhe schwebte, stoppte er den Seilzug und schwenkte den Ausleger nach innen, bevor er den Korb abließ.

Ashcroft hatte inzwischen das Ruderhaus verlassen und war an Duvals Seite getreten. Er klopfte ihm auf die Schulter und gab ihm ein Zeichen, dass er den Kompressor übernehmen würde. Duval nickte kurz und verließ seinen Platz, um Nyman beim Verstauen der letzten Barren zu helfen. Es war geschafft, eintausend Goldbarren lagerten nun an Bord der Fähre.

Jetzt galt es, Stone wieder an Bord zu holen, der am Auslegerkran noch immer in knapp siebzehn Meter Tiefe schwebte. Kurz nachdem Ashcroft den Kran neben der Brücke betätigt hatte, setzte sich die große Rolle in Bewegung und zog den Taucher nach oben. Ashcroft beugte sich hinab und schaltete den Kompressor ab. Der laute Zweitaktton des Aggregats verstummte, doch ein tiefes, basslastiges Grollen blieb. Ashcroft blieb keine Zeit, sich zu wundern, denn die Fähre wurde in ein gleißend helles Licht getaucht. Duval kniete neben der Materialkiste.

Plötzlich fuhr er herum, riss die Pistole hervor und blickte mit weit aufgerissenen Augen in die Höhe. Ein greller Blitz, gefolgt von einem ohrenbetäubenden Knall, zerriss diesen Augenblick der Überraschung. Ashcroft sank in die Knie. Aus den Augenwinkeln sah er, wie Duval die Waffe nach oben riss und feuerte, doch plötzlich wurde er wie von einer unsichtbaren Faust gegen die Reling geschleudert. Nyman, der unmittelbar neben Duval gestanden hatte, stürzte über die Materialkiste. Erneut blitzte und krachte es, die gleißende Helligkeit schmerzte in den Augen des Skippers, dann sah er nur noch bunte Flecken vor seinen Augen. Er spürte, wie er gepackt und zu Boden gebracht wurde, dann drehte jemand seine Arme auf den Rücken. Ein Schmerzensschrei kam über seine Lippen, ehe die Handschellen klickten.

*

In der Zwischenzeit hatten auch die Boote der Küstenwache Kurs auf den Blind Peak aufgenommen. Mit zwanzig Knoten näherten sie sich der Marilyn, doch noch bevor sie eintrafen, schwebte einer der Helikopter knapp zwanzig Fuß über der Fähre. Zweimal krachte es laut, und grelle Blitze zuckten von der Fähre hinaus in die Dämmerung, bevor sich an mehreren Seilen schwer bewaffnete Männer mit Helmen und in schwarzen Anzügen abseilten. Nachdem die Blendgranaten explodiert waren und die ersten Einsatzbeamten die Fähre erreicht hatten, war der peitschende Knall einer Pistole zu hören, kurz darauf donnerten mehrere Salven aus automatischen Gewehren durch die Morgendämmerung. Schließlich kehrte Ruhe ein. Vier Minuten später trafen die Boote am Einsatzort ein. Der Taucher, der immer noch am Kran baumelte, wurde eingeholt und ebenfalls festgenommen.

Donovan an Bord des zweiten Sea-King-Helikopters presste den Kopfhörer mit den Händen an seine Ohren, damit er die

Meldungen trotz des Lärms verstehen konnte. Schließlich beugte er sich vor. »Wir gehen runter, der Einsatz ist vorbei!«, rief er Cathy zu. Er erhob sich und zog sie mit sich. Jarwood, der sich ebenfalls erheben wollte, hielt er zurück. »Nur wir beide«, schrie er Jarwood zu, der keine Zeit mehr zur Erwiderung fand, da sich Donovan längst wieder umgewandt hatte.

»Sie lassen uns runter«, wandte er sich an Cathy. »Haben Sie so was schon einmal gemacht?«

Cathy schüttelte den Kopf.

»Ist nicht schlimm, halten Sie sich nur an die Anweisungen«, sagte Donovan. An der Schiebetür wartete ein Offizier der Besatzung. Cathy musste sich einen Overall überstreifen, bevor man ihr in ein Tragegeschirr half. Erst nachdem sich das Besatzungsmitglied der Küstenwache versichert hatte, dass das Tragegeschirr ordentlich verzurrt war, hängte er das Seil in den Flaschenzug ein. Als er die Tür öffnete, ergoss sich ein Schwall kalter Morgenluft in den Helikopter. Das Brummen steigerte sich zu einem infernalischen Brausen. Der Offizier schob den Ausleger des Flaschenzuges nach draußen und zeigte Cathy an, dass sie auf eine der Kufen klettern sollte. Cathy war ein klein wenig mulmig im Bauch, doch als sie sicheren Halt auf den Kufen fand und kaum drei Meter unter sich den Boden des Schiffes erspähte, beruhigte sie sich ein wenig. Langsam schwebte sie einer Gruppe von Männern entgegen, die sie in Empfang nahmen. Als Donovan ebenfalls an Bord der Admiral Stoke gelandet war, beobachtete sie von weitem, wie Joseph Stone von Polizisten aus seinem Tauscheranzug befreit wurde.

Nachdem sich nun auch Donovan an Bord des Schiffes befand und die beiden Helikopter abdrehten, kehrte eine beinahe himmlische Ruhe ein. Ein Offizier der Einsatzgruppe trat vor Donovan. »Einsatz abgeschlossen, ein Toter, ein Verletzter!«, meldete er mit militärischem Unterton.

»Wer wurde verletzt?«, fragte Cathy.

»Eine der Zielpersonen brachte eine Waffe in Anschlag und musste ausgeschaltet werden, eine zweite Person hat ein gebrochenes Bein. Auf der Fähre ist alles sicher.«

Gemeinsam folgten sie dem Offizier zum Bug des Schiffes, wo eine kleine Landungsbrücke an Bord der Fähre führte.

39

Blind Peak vor Hell's Kitchen Island, Maine,
23. März 2007, 07.15 Uhr (Freitag)

»Duval hat die Waffe hochgerissen und geschossen, er musste ausgeschaltet werden«, berichtete Donovan. »Er ist tot.«

»Und Nyman?«, fragte Cathy und schaute auf das Gold, das in den Materialkisten neben der Reling aufgestapelt war.

»Er hat sich das Bein gebrochen. Ist nicht weiter schlimm. Er kommt nach Portland in die Klinik. Sie sollen ihn begleiten, soll ich von Ihrem Boss ausrichten. Eine Streife wird Sie im Hafen abholen.«

Cathy zeigte auf das Gold. »Alles vorhanden?«

»Das sind eintausend Barren«, entgegnete Donovan. »Grund zum Feiern.«

»Wo ist Nyman? Ich will mit ihm reden.«

Donovan wies auf den kleinen Rettungskreuzer, der neben der Fähre im Wasser tanzte.

»Ist er ansprechbar?«

Donovan nickte.

Cathy setzte sich in Bewegung. »Ich gebe Ihnen zwei Mann zur Bewachung mit«, sagte Donovan, ehe er sich mit dem Einsatzleiter davonmachte. Über einen kleinen schwankenden Steg, an dem Halteseile befestigt waren, gelangte Cathy an Bord des kleinen Kreuzers. Für die US-Marshalls war der Einsatz ein voller Erfolg, Duval war tot, das Gold aus dem Überfall in Duxbury war bis auf den letzten Barren sichergestellt und mit Ashcroft und Stone waren zwei weitere Mitglieder der Bande dingfest gemacht worden. Während Ashcroft schwieg, plauderte Stone aus dem Nähkästchen und versuchte, damit seine Situation zu verbessern.

Als Cathy an Bord des Rettungskreuzers Steven Cross vom Kapitän in Empfang genommen worden war, führte man sie unter Deck, wo Ron Nyman auf einer Tragbahre festgeschnallt lag. Eine Frau in weißem Mantel kümmerte sich um ihn, während zwei Einsatzbeamte Nyman argwöhnisch beobachteten. Cathy ließ sich Nymans Schuhwerk zeigen. Er hatte Turnschuhe getragen, aber die Schuhgröße passte.

Nyman schaute auf, als Cathy den Raum betrat. »Ich hätte es mir denken können, die Lady von der Polizei steckt dahinter.«

»Kann ich mit ihm sprechen?«, fragte Cathy.

Die Frau im weißen Mantel nickte.

»Die letzten beiden Tage war es einfach zu ruhig gewesen«, fuhr Nyman fort.

»Hallo Mister Nyman, oder soll ich Signore Castelliani zu Ihnen sagen?«

Nyman machte große Augen. »Wie haben Sie das herausgefunden?«, fragte er.

»Ihre Fingerabdrücke haben Sie verraten.«

Einen Augenblick schwieg Nyman, bevor ein Lächeln über sein Gesicht huschte. »Man sollte Frauen eben nie über den Weg trauen.«

Cathy zog sich einen Hocker heran und setzte sich. »Wir haben Ihr Haus durchsucht und ein paar interessante Dinge gefunden. Unter anderem eine Liste mit Namen. Manche davon sind durchgestrichen. Ist das Ihre Todesliste?«

»Ich verstehe nicht?«

»Sie verstehen mich ganz gut. Ich nehme Sie fest, weil Sie unter dem Verdacht stehen, Gabriel Jefferson, William Evans …«

»Moment!«, fiel ihr Nyman ins Wort. »Sie glauben doch nicht im Ernst daran, dass ich diese Leute umgebracht habe.«

»Sie standen auf Ihrer Liste.«

»Sie standen auf der Liste, weil ich nach Tylers Kontaktmann auf der Insel suchte. Ich wusste, dass das Gold aus dem Überfall irgendwo versteckt sein musste. Aber ich habe niemanden umgebracht. Oder glauben Sie, ich wäre so blöd, die Polizei auf die Insel zu lotsen? Außerdem kann ich es nicht gewesen sein, ich habe …«

»Ein Alibi?«, hakte Cathy nach, nachdem Nyman so rasch verstummt war.

»Ich sage nur, ich war es nicht. Ich habe niemanden umgebracht. Zugegeben, mit dem Gold hätte ich einen Teil meiner Probleme lösen können, aber Mord, das ist nicht mein Ding.«

»Sie haben für die Mafia gearbeitet.«

»Ich habe … ich werde … bevor ich nicht mit einem FBI-Agenten geredet habe, sage ich gar nichts mehr.«

»Warum sollte ich einen FBI-Agenten mit Ihrer Geschichte belästigen?«, fragte Cathy.

»Weil ich denke, dass er sich sehr für die Geschäfte der Manzonis in Chicago interessiert.«

»Das könnte schon möglich sein«, entgegnete Cathy. »Aber Sie könnten mir auch einfach nur sagen, wo Sie waren, als die Morde passierten.«

Nyman drehte den Kopf nach der anderen Seite. »Ich rede nur noch mit dem FBI, Lady. Das ist nicht wegen Ihnen, aber ich habe keine Lust, mit einem Messer im Rücken in einer Knastdusche zu enden, verstehen Sie?«

»Und was bekomme ich dafür?«

»Ich weiß, dass Sie diesen Spruch wahrscheinlich schon mehr als tausendmal gehört haben, aber ich kann Ihnen nur beteuern, ich bin nicht der Killer, den Sie suchen. Das müssen Sie mir glauben.«

Cathy nickte, bevor sie sich erhob.

Portland Harbor, Maine,
23. März 2007, 07.45 Uhr (Freitag)

Die Perseus war ein uraltes Postschiff. Einst hatte es die Post für den USPS im Golf von Maine verteilt und war dann vor knapp vier Jahren ausgemustert worden. Jetzt fand sie als Charterboot vor allem für Touristen und Bootsausflügler Verwendung. Wenngleich der zweihundert PS starke John Deere-Motor schon mehrmals generalüberholt werden musste, so war die Laufruhe des Dieselaggregats für Brian Stockwell die ersts positive Überraschung des heutigen Tages. Nach einer sehr kurzen und unruhigen Nacht hatte er sich ins Hafengebiet begeben, um bei Hale's Sunshine Tours seine Passage nach Hell's Kitchen Island anzutreten, die er am gestrigen Abend gebucht hatte. Einhundert Dollar aus eigener Tasche musste er bezahlen, um festzustellen, dass er nicht der Einzige an Bord war. Neben allerlei Waren für die Insulaner draußen im Golf hatten sich noch ein blasses Pärchen um die zwanzig und ein kauziger alter Mann als Passagiere eingefunden.

Mehrmals hatte er am frühen Morgen versucht, Cathy auf ihrem Handy zu erreichen, doch seine Anrufe waren vergeblich geblieben. Als er die Nummer von Logan wählte, dauerte es eine Weile, bis sich die verschlafene Stimme des Inselbürgermeisters meldete.

»Ich muss unbedingt mit Cathy sprechen, können Sie …«

»Sie ist nicht hier«, unterbrach ihn Logan. »Sie nimmt an einer Polizeiaktion teil, außerdem ist da euer Chef, ein gewisser Hagen, aufgetaucht. Der hat jetzt das Sagen.«

»Ich habe schon davon gehört. Was für eine Polizeiaktion läuft da ab?«

»Ich habe keine Ahnung, diese Marshalls wollen nicht, dass ich in ihre Karten schaue. Sie haben beinahe das gesamte Gemeindezentrum konfisziert und Computer und Bildschirme reingeschleppt, dass ich mich frage, wer am Ende die Stromrechnung zahlt.«

»Kommen Sie, Logan, Sie wissen doch, was da läuft. Oder halten Sie mich für blöd?«

»Es geht um Nyman«, antwortete Logan nach einer Weile des Schweigens. »Hagen und die Marshalls glauben, dass Nyman der Mörder ist.«

»So ein Blödsinn, weshalb sollte er das tun?«

»Da geht es um die Beute aus dem Überfall. Die Marshalls glauben, dass er deshalb die Leute umgebracht hat.«

»Das ist ausgemachter Schwachsinn, da hätte er ja gleich Plakate drucken und verteilen können.«

»Cathy ist jedenfalls nicht hier auf der Insel, und ich weiß auch nicht, wann sie wiederkommt.«

»Okay, falls sie wieder auftaucht, sagen Sie ihr, dass ich etwa gegen zehn Uhr im Hafen ankomme.«

»Ich richte es aus, wenn ich sie sehe«, versprach Logan.

Brian setzte sich auf eine Bank neben der Reling und zog seinen Mantelkragen höher. Nachdenklich betrachtete er die sanften Wellen, die sich im Morgenlicht brachen. Hagen hatte die Ermittlungen an sich gerissen. Ausgerechnet Hagen, dem er noch nicht einmal zutraute, in der Nacht allein den Weg zur Toilette zu finden. Und diese US-Marshalls hatten nur ihr Gold im Sinn. Cathy wurde da vor eine Karre gespannt, die nicht so leicht zu ziehen war. Es wurde höchste Zeit, dass er wieder auf die Insel kam, denn schließlich lief dort noch immer ein Mörder frei herum.

The Village, Hell's Kitchen Island, Maine,
23. März 2007, 09.55 Uhr (Freitag)

Im Hell's End war kein Platz mehr frei. Beinahe jeder Insulaner hatte sich dort eingefunden, nachdem sich die Nachricht von der Festnahme Nymans wie ein Lauffeuer auf der Insel verbreitet hatte.

»Dem habe ich noch nie getraut«, sagte Admiral Broon in die Runde. Lediglich Phillip Streng saß wie ein begossener Pudel am Tisch. Seine Theorie von einem Poltergeist hatte sich unter lautem Lachen in Luft aufgelöst.

»Er hat sich nie sonderlich mit uns abgegeben«, bestätigte Aiden Honeywell.

Logan, der am Tresen stand und einen Kaffee schlürfte, hatte sich von den Leuten im Lokal abgewandt.

»Kommen Sie, Logan, jetzt sagen Sie schon. Wir wissen, dass Nyman heute Morgen vor Blind Peak festgenommen worden ist«, fuhr Malcom Hurst fort. »Auch Tyler Ashcroft und Joseph Stone sind verhaftet worden, und dieser flüchtige Verbrecher war bei ihnen und wurde erschossen. Stimmt es, dass Nyman unsere Freunde hier auf der Insel umgebracht hat?«

Logan schwieg.

»Kommen Sie, Logan, wir haben ein Recht darauf, zu erfahren, was passiert ist.«

»Es gibt noch immer ungewöhnliche Schwingungen im Dorf«, meldete sich Streng kleinlaut zu Wort.

»Halten Sie Ihren Mund, Streng!«, unterbrach ihn barsch der Admiral. »Ihre Schwingungen kenne ich mittlerweile. Zweitausend Dollar will dieser Bastard von Geisterjäger von mir. Zweitausend Dollar für irgendwelchen übersinnlichen Quatsch, den kein Mensch versteht. Wenn ich noch einmal das Wort Schwingung aus seinem Mund höre, dann vergesse ich mich.«

»Selbst schuld, an diesen Humbug habe ich von Anfang an nicht geglaubt«, unkte Otis Bratt, der den weiten Weg ins Dorf hinter sich gebracht hatte, um die Neuigkeiten aus erster Hand zu erfahren. Doch bislang schwiegen die Ermittler, die sich in das Gemeindehaus zurückgezogen hatten.

»Ich finde, du solltest ihnen erzählen, was du erfahren hast«, flüsterte Mia Logan ins Ohr. »Früher oder später erfahren sie es ja sowieso.«

Logan stellte seine Kaffeetasse auf dem Tresen ab. »Also gut, es stimmt«, sagte er. »Ron Nyman wurde heute Morgen verhaftet, als er zusammen mit Joseph Stone und Tyler Ashcroft versuchte, Gold aus dem Meer zu bergen, das von einem Überfall auf einen Goldtransport in der Nähe von Boston stammt. Auch ein gewisser Duval war dabei. Duval ist vor ein paar Tagen aus dem Gefängnis ausgebrochen. Er war zusammen mit Ashcrofts Halbbruder, einem gewissen Wesley Tyler, auf der Flucht. Duval wurde bei der Festnahme erschossen und Nyman hat sich den Fuß gebrochen. Es wurden an die tausend Goldbarren sichergestellt.«

Lautes Pfeifen war zu hören.

»Dann ist die Geschichte endlich ausgestanden?«, fragte Malcom Hurst.

Logan zuckte mit der Schulter. »Wie es scheint, hat man so eine Art Todesliste bei Nyman gefunden. Er war auf der Suche nach dem Gold und nach Duvals Kontaktmann. Außerdem soll er unter falschem Namen bei uns gelebt haben, um uns auszuspionieren. Er wusste nicht, wer Wesley Tylers Kontaktmann war, und wollte das herausfinden.«

»Okay, das reicht uns«, antwortete Malcom Hurst. »Dann ist der Spuk endlich vorbei.«

»Ich zahle eine Runde für alle«, rief der alte Admiral in die Runde. Die Anwesenden klatschten.

Otis Bratt wandte sich Malcom Hurst zu. »Dann kannst du ja endlich wieder zurück an deine Arbeit, ich brauche nämlich heute Nacht einen Mann am Northern Trail.«

Hurst, der sein Glas erhoben hatte, ließ es wieder sinken. »Wenn es sein muss«, knurrte er.

Die Tür zum Lokal wurde geöffnet und Brian Stockwell trat ein. Die Anwesenden waren in allgemeinen Freudentaumel vertieft und nahmen keine Notiz von Brian. Er trat an Logan heran, der sich wieder umgewandt hatte, und tippte ihm auf die Schulter.

»Wo ist Cathy?«, fragte Brian den überraschten Inselbürgermeister.

»Hallo Mr Stockwell«, antwortete Logan und musste sich anstrengen, um das Getöse im Lokal zu übertönen. »Sie ist auf dem Weg nach Portland, habe ich gehört. Bei Nyman, sie soll ihn bewachen.«

»Verdammt!«, fluchte Brian. »Das ist wohl auf Hagens Mist gewachsen.«

40

Portland Police Department, Maine,
23. März 2007, 10.05 Uhr (Freitag)

Nyman hatte trotz aller Versuche Cathys, ihn zum Reden zu bringen, während der restlichen Überfahrt geschwiegen. Er bestritt vehement, Stiefel zu besitzen, und blieb widerwillig und verstockt. Jeden neuen Versuch, das Gespräch aufzunehmen, blockte er mit dem Hinweis auf das FBI ab. Cathy überlegte, ob es tatsächlich ratsam war, das FBI über die Festnahme des ehemaligen Kassierers der Manzoni-Familie zu informieren. Sie hatte so etwas schon einmal erlebt. Damals, als sie einen Mann wegen Zuhälterei festgenommen hatte und sich im Rahmen der weiteren Ermittlungen herausstellte, dass er einer Triade angehörte, hatte sie schließlich das FBI zur Unterstützung hinzugezogen. Aus der versprochenen Zusammenarbeit war nichts geworden. Die FBI-Agenten waren in ihrem Büro aufgetaucht, hatten ihr einen Beschluss eines Bundesrichters vor die Nase gehalten und waren mit dem Verdächtigen verschwunden. Sie hatte nie mehr von ihm gehört, und all ihre Anfragen waren unbeantwortet geblieben. So ein Debakel wollte sie kein weiteres Mal erleben. Auf der anderen Seite machte es keinen Sinn, sich mit jemandem unterhalten zu wollen, der eine Kommunikation beharrlich verweigerte. Als das Boot in den Hafen von Portland einlief, hatte Cathy einen Entschluss gefasst. Sie zog ihr Handy aus der Tasche und rief beim FBI-Büro in Boston an, das für den gesamten nördlichen Bereich der Ostküste zuständig war.

Im Hafen warteten ein Krankentransporter und zwei Streifenwagen des Portland Police Department auf die Übernahme des Gefangenen. Nachdem Nyman auf einer Bahre in den Krankenwagen gebracht worden war, stieg auch Cathy ein und nahm auf einem Sitz neben der Schiebetür Platz. Als Jarwood ebenfalls zusteigen wollte, schob Cathy einfach die Tür zu und ließ den verblüfften Kollegen draußen stehen.

»Wohin geht die Reise jetzt?«, fragte Nyman.

»Wir fahren ins Maine Medical Center, wo man Sie erst einmal anständig verarztet …«

»… bevor Sie mich wegsperren«, vervollständigte Nyman den Satz. »Hören Sie, Ma'am, wenn Sie mich in ein Gefängnis stecken, dann bin ich tot. Die Manzonis werden erfahren, wo sie mich finden können, und dafür sorgen, dass ich ihnen nicht mehr gefährlich werden kann. Das ist eine ihrer leichtesten Übungen.«

»Sie können reden, dann werde ich mir die Sache mit dem FBI noch einmal durch den Kopf gehen lassen.«

Nyman lächelte matt. »Sie werden von mir nicht erfahren, was Sie hören wollen, und alles andere ist für Ihre Ermittlungen nicht von Bedeutung. Mein Wissen ist das einzige Kapital, das ich habe und das mir garantiert, noch ein paar Jahre zu leben. Das werfe ich nicht so einfach über Bord. Nur so viel, Lady, ich habe lange genug auf dieser Insel gelebt, um zu erkennen, dass dort etwas oberfaul ist. Diese Leute haben etwas zu verbergen, und sie lassen Fremde nicht gerne in ihre Karten schauen.«

»Es sind nicht alle gleich.«

»Nicht alle, aber trotzdem steckt das halbe Dorf unter einer Decke, sogar die Mönche im Kloster sind mit dem Teufel im Bunde, glauben Sie mir. Wenn Sie einen Mörder suchen, dann tun Sie es auf der Insel, denn hier werden Sie ihn nicht finden.«

»Eines würde mich noch interessieren: Warum sind Sie auf dieser Insel geblieben? Ging es nur um das Gold?«

Nyman reckte seine mit Handschellen gefesselten Hände in

die Höhe und fuhr sich über die Stirn. »Ich hatte keine andere Chance. Ich hatte in die Kasse gegriffen, und das vergessen die Manzonis nicht. Ich wollte meinen Schnitt machen und habe das Risiko einfach ausgeblendet. Als der Deal scheiterte und Tyler verhaftet wurde, hatte ich keine Chance mehr. Ich musste verschwinden. Niemand bestiehlt die Mafia, verstehen Sie?«

Cathy nickte.

»Ich bin aus dem Land verschwunden und habe mich in den Süden durchgeschlagen, doch alles schien umsonst. In Ciudad Juárez entging ich nur knapp einem Anschlag. Ich reiste weiter in den Süden, nach Brasilien, doch auch da spürten mich Manzonis Killer auf. Ich hatte Glück und entkam, eine Schiffspassage nach Bangkok, dort traf ich auf den echten Nyman. Er sah mir ähnlich, er hätte mein Bruder sein können.«

»Haben Sie ihn umgebracht?«

Nyman schüttelte den Kopf. »Er lebte auf einem Boot und starb an Syphilis, dieser Bastard. Da sah ich meine Chance und nutzte sie.«

»Und Nyman?«

»Ich habe ihm ein exklusives Seemannsbegräbnis verschafft. Er wurde zu Fischfutter. Ich hoffe nur nicht, dass sich die Fische infiziert haben, als sie ihn auffraßen.«

Der Krankenwagen bog in die Zufahrt zum Hospital ein und verlangsamte seine Fahrt.

»Vergessen Sie nicht das FBI, sonst ist dieser Ausflug mein Todesurteil.«

Der Krankenwagen stoppte und die Tür wurde aufgerissen. Ein grauhaariger Mann in dunklem Anzug stand vor der Tür und hielt einen Dienstausweis in die Höhe.

»FBI-Agent Schoemaker«, sagte er mit sonorer Stimme. »Sie haben angerufen?«

Cathy nickte und trat einen kleinen Schritt zur Seite. Sie zeigte auf Nyman, der festgeschnallt und gefesselt auf der Bahre lag.

»Darf ich vorstellen, Antonio Castelliani, genannt *Il Tesoriere.* Soviel ich weiß, würde sich das FBI gerne mit ihm unterhalten.«

Der FBI-Agent beugte sich in den Krankenwagen und betrachtete den Verletzten. »Da haben Sie verdammt recht, Lady«, antwortete er.

Nyman blickte Cathy mit großen Augen an. »Danke«, sagte er. »Ich wünsche Ihnen, dass Sie Ihren Mörder fangen, aber glauben Sie mir, er lebt auf der Insel, und er ist sehr geschickt, denn ich war auf meiner Suche nach dem Gold nächtelang auf der Insel unterwegs und habe ihn nicht einmal zu Gesicht bekommen. Sie jagen einen Schatten, Ma'am.«

Als der Gefangene ausgeladen wurde und die FBI-Agenten übernahmen, blieb Jarwood, der aus dem nachkommenden Streifenwagen gestiegen war, wie versteinert stehen. »Was wird hier gespielt?«, fragte er.

Cathy zuckte mit der Schulter. »Offenbar sind wir nicht die Einzigen, die an dem Kerl Interesse haben. Das ist nun Sache des FBI.«

»Aber … Hagen … ich dachte …«

Cathy nahm ihn an der Schulter und zog ihn mit sich. »Das ist eben Pech«, sagte sie noch, bevor sie ihn wieder in den Streifenwagen schob.

»Fahren Sie aufs Revier und berichten Sie Hagen, dass das FBI unseren Verdächtigen übernommen hat. Sie haben einen Beschluss des Bundesrichters, dagegen ist unser Haftbefehl wie ein alter, verrotteter Burger aus einem Schnellrestaurant im Vergleich zu einem frischen Hummercocktail von Five Fifty Five.«

»Woher wussten die vom FBI, dass wir mit ihm hier ankommen?«, erwiderte Jarwood mit verstörtem Gesichtsausdruck.

»Die haben wohl ihre Quellen«, gab Cathy lakonisch zurück.

Cathy wartete, bis sich der Streifenwagen mit Jarwood an Bord in Bewegung setzte, bevor sie ein Taxi rief. Sie ließ sich geradewegs ins Präsidium fahren. Mit dem Aufzug erreichte sie den obersten Stock, wo die Vorzimmerdame von Commissioner Blight vergeblich versuchte, sie zurückzuhalten. Sie stürmte durch das Vorzimmer und riss einfach die Tür zum Büro des Commissioners auf.

»Commissioner Blight, ich muss mit Ihnen reden«, sagte sie und trat einfach ein.

Der Commissioner, der hinter seinem Schreibtisch saß und in einer Akte las, blickte erschrocken auf. »Was soll das?«, antwortete er konsterniert.

»Hagen sagt, dass er die Ermittlungen leitet und ich draußen bin«, fuhr Cathy fort. »Und er sagt, dass Sie hinter der Sache stecken.«

»Sind Sie verrückt geworden?«, fragte der Commissioner.

»Sie machen einen großen Fehler. Hagen sieht den Wald vor lauter Bäumen nicht. Und glauben Sie bloß nicht, dass ich so einfach klein beigebe. Seit ich im Morddezernat angefangen habe, tritt mir laufend jemand auf die Füße oder wirft mir Knüppel zwischen die Beine. Ich habe es satt, dass man mich für unfähig hält, nur weil ich eine Frau bin. Ich kenne mein Geschäft und bin nicht erst seit gestern bei der Polizei. Wir waren ganz nahe vor dem Ziel, bis Hagen und sein einfältiger Begleiter plötzlich auftauchten und uns in die Suppe spuckten.«

»Was wollen Sie? Hagen berichtete mir, dass der Mörder festgenommen wurde«, entgegnete der Commissioner.

»Ja, es wurde jemand festgenommen, nur ist der Kerl nicht unser Mörder. Der läuft noch immer frei herum, und er ist bei Gott noch nicht am Ende. Er wird weitermorden, darauf können Sie sich verlassen.«

Der Commissioner legte die Akte auf den Schreibtisch und wies auf einen Stuhl. »Jetzt halten Sie mal die Luft an, Cathy. Sie sind genauso impulsiv, wie es Ihr Vater war. Ich habe Hagen auf die Insel geschickt, damit er Sie unterstützt. Mein Gott, auf dieser Insel wimmelt es nur so vor Leichen. Was glauben

Sie, was ich mir deshalb jeden Tag vom Bezirksstaatsanwalt und der Presse anhören muss? Glauben Sie vielleicht, ich sitze hier nur herum und drehe Däumchen? Man macht mich dafür verantwortlich, wenn etwas schiefgeht, und deshalb mussten wir handeln. Hagen ist ein erfahrener Beamter, der schon seit Jahren beim Morddezernat arbeitet, und Stoddart liegt im Krankenhaus. Was sollte ich Ihrer Meinung nach tun?«

Cathy missachtete den Fingerzeig des Commissioners und blieb stehen. »Geben Sie mir meinen Fall zurück«, sagte sie.

»Welchen Fall? Hagen ist überzeugt, dass wir den Richtigen festgenommen haben, und er wird ihn sicher zum Sprechen bringen. Der Rest ist Routine.«

»Das glaube ich nicht.«

»Jetzt setzen Sie sich schon«, forderte Blight Cathy erneut auf. »Ich will es mal Ihrem ausgeprägten Ehrgeiz zugutehalten, dass Sie gerade über das Ziel hinausgeschossen sind. Aber Sie werden schon sehen. Wenn sich Hagen erst einmal mit diesem Verdächtigen beschäftigt hat, dann wird er die Morde schon zugeben. Und das Motiv klingt doch durchaus plausibel. Dreißig Millionen Dollar sind schließlich kein Pappenstiel.«

»Nyman war es nicht. Außerdem wird sich das FBI weiter um Nyman kümmern. Sie haben ihn im Krankenhaus abgeholt.«

Blight fuhr auf. »Sie haben was?«

»Nyman, besser gesagt Castelliani, wird gegen die Manzonis aussagen, die FBI-Agenten hatten einen Beschluss vom Bundesgericht.«

Blights Gesicht wurde puterrot »Das ist … das ist …«

»Nyman ist nicht der Mörder.«

»Und was macht Sie so sicher?«, blaffte der Commissioner.

Cathy lächelte. »Weil er keine Stiefel trägt.«

»Stiefel, was soll der Blödsinn?« Blight runzelte die Stirn.

»Lassen Sie mich zurück auf die Insel«, sagte Cathy.

Blight ließ sich in seinen Stuhl fallen. »Das FBI, wie haben die nur Wind davon bekommen?«, murmelte der Commissioner und starrte auf seinen Schreibtisch.

»Ich werde den Fall lösen.«

»Der Bezirksstaatsanwalt wird mir die Hölle heißmachen. Das ist unfassbar.«

Blight schien sich überhaupt nicht mehr zu beruhigen. Cathy wartete eine ganze Weile schweigend, bis der Commissioner langsam wieder zu sich kam.

»Lassen Sie mich weitermachen. Ich weiß, wir stehen dicht vor der Lösung. Da nimmt jemand Rache. Rache für irgendetwas oder irgendwen. Ich bin mir sicher …«

Der Commissioner fuhr sich mit der Hand über die Glatze und wischte ein paar Schweißperlen weg. Schließlich schaute er auf. »Sie haben achtundvierzig Stunden«, antwortete er.

Parish Hall, Hell's Kitchen Island, Maine,
23. März 2007, 11.25 Uhr (Freitag)

Brian Stockwell lehnte an der Säule vor dem Portal zum Gemeindehaus und schlürfte einen dampfenden Kaffee. Logan hatte sich gegen die Wand gelehnt und blickte die Hauptstraße hinunter, wo ein Transporter stand, in den die Beamten des U.S.-Marshall-Büros ihre Ausstattung verluden.

»Nyman hat die Leute nicht umgebracht, das hätte niemals seinem Plan entsprochen«, erklärte Brian dem frierenden Logan. »Er brauchte Ruhe, Ruhe und Frieden und alles andere als Aufmerksamkeit. Das ist vollkommen unlogisch, Mann.«

Logan zeigte auf die US-Marshalls. »Sie haben Beweise gefunden, die ihn eindeutig belasten. Wer weiß, er hat wahrscheinlich von der Flucht aus dem Gefängnis erfahren und dachte, dass ihm die Zeit davonläuft.«

»Bullshit!«, konterte Brian. »Genau darauf, dass nämlich die

Zeit vergeht, hat er gewartet. Denn nur wenn dieser Tyler aus dem Knast rausgekommen wäre, und spätestens im Herbst wäre das der Fall gewesen, wäre wieder Bewegung in die Angelegenheit gekommen. Außerdem ist es sonderbar, dass niemand wusste, dass Ashcroft der Bruder von Tyler war. Und Stone, ihn hatte auch niemand auf der Rechnung. Es gibt doch so etwas wie ein Melderegister, und dafür sind Sie verantwortlich.«

Logan biss sich auf die Lippe. »Ich habe den Job des Masters vor vier Jahren übernommen. Mein Vorgänger war nicht gerade ordentlich, was die Pflege von Daten anging. Ich brauchte beinahe ein Jahr, bis ich erst einmal einen Überblick hatte. Alles war durcheinander, Einträge waren unvollständig oder gar nicht vorhanden, und alles war in dicken Ordnern wild abgeheftet, ohne jegliche Ordnung. Das ist nicht so einfach …«

»Scheiß drauf, ich mache Ihnen keinen Vorwurf, Logan«, antwortete Brian. »Was wissen Sie eigentlich über die Schiffskatastrophe im April 1971?«

Logan überlegte. »Nicht mehr als das, was in den Chroniken steht. Verdammt, ich war damals dreizehn Jahre alt. Was wissen Sie noch von Ihrem dreizehnten Lebensjahr?«

Brian zuckte mit der Schulter. »Wer auf dieser Insel könnte etwas davon wissen, haben Sie eine Idee?«

»Wenn ich recht überlege, gibt es da nicht mehr so viele«, antwortete Logan nachdenklich und strich sich über das Kinn. »Da ist Hurst, Ashcroft vielleicht, aber der sitzt ja jetzt in Haft, ansonsten … ich denke … ach ja, Pater Phillip aus dem Kloster und einige seiner Mönche waren damals auch schon hier.«

»Könnten die Bratts und die Breeds oder ihre Hirten etwas über die Sache wissen?«

»Das möchte ich bezweifeln. Otis und Josh sind Schäfer seit Menschengedenken. Ich glaube nicht, dass sie damals viel mitbekommen haben, zumindest nicht viel mehr als das, was über den Unfall bekannt ist.«

»Und ihre Helfer?«

»Joshuas Leute sind noch nicht so lange auf der Insel, und Otis hat ja seine halbe Mannschaft eingebüßt. Hurst ist für mich die erste Adresse. Er war damals auf alle Fälle mit dabei.«

Brian lächelte. »Gut, dann Hurst, mit dem werde ich beginnen.«

Hagen und Tremblay kamen die Hauptstraße herauf. Tremblay steckte in unförmigen gelben Stiefeln und trug einen Metallkoffer bei sich. Als Hagen Brian erspähte, beschleunigte er seinen Schritt. Direkt vor ihm blieb er stehen. »Da ist ja der verlorene Sohn«, begann er. »Ich dachte, du bleibst bei deiner dunkelhäutigen Freundin auf dem Festland, Stockwell.«

»Hagen, freut mich ebenfalls«, entgegnete Brian, während Tremblay stöhnend seinen Koffer abstellte.

»Ich brauche jetzt erst einmal eine heiße Dusche«, sagte er. »Wir haben das ganze Gelände um Nymans Haus umgegraben, aber von diesen verdammten Stiefeln keine Spur.«

»Ihr werdet sie nicht finden, weil Nyman nicht der Mörder ist.«

»Quatsch keinen Bockmist, Stockwell«, erwiderte Hagen. »Du bist zu lange mit dieser dunkelhäutigen Besserwisserin zusammen gewesen, übrigens habe ich dich nicht gesehen, als ich auf der Insel ankam. Wo hast du dich herumgetrieben, bezahlter Urlaub ohne Urlaubsschein?«

Bevor Brian etwas entgegnen konnte, klingelte Hagens Handy. Er ging ein paar Schritte zur Seite und nahm das Gespräch an.

Tremblay beugte sich verschwörerisch ein Stück vor. »Dieses penetrante Arschloch will, dass wir heute Mittag weitersuchen. Er will unbedingt diese verdammten Stiefel finden.«

»Hagen ist ein Blindfuchs.«

»Übrigens, Cathy will, dass Sie hier auf sie warten.«

»Woher …«

»Sie hat Hagen angerufen, vor einer guten Stunde.«

Ein lauter Fluch Hagens unterbrach das Tuscheln. Hagen fluchte wie ein puerto-ricanischer Autohändler in der Bronx. Wütend klappte er das Handy zu.

»Da seht ihr, was diese inkompetente Kuh angerichtet hat«, schrie er erbost. »Der Commissioner hat mir die Leitung des Falles übertragen, und diese unfähige, dumme Nuss lässt sich unseren Hauptverdächtigen vom FBI wegschnappen. Das ist unerhört. Ich muss sofort aufs Festland. Tremblay, Sie und Stockwell werden hier bleiben und weitersuchen, haben Sie mich verstanden? Und kommen Sie mir nicht ohne diese verdammten Stiefel nach Portland!«

Tremblay nickte. »Ich bin der Portland Police unterstellt, also mache ich, was ich gesagt bekomme.«

»Das gilt auch für dich, Stockwell«, raunte Hagen.

»Und wie lange sollen wir noch nach den Stiefeln suchen?«, fragte Brian provokant.

»Bis ihr sie gefunden habt. Ist das klar, verdammt?«

»Und wenn wir sie nicht finden?«

»Dann sucht ihr bis zum Tag des Jüngsten Gerichts«, blaffte Hagen und raste wie ein wild gewordener Stier in Richtung Hafen davon.

Brian schaute ihm schmunzelnd nach. »Diese Stiefel finden wir beim Täter«, sagte er. »Und genau dort werden wir suchen.«

»Sie wissen, wer es war?«, fragte Logan.

»Noch nicht, aber bald.«

New Haven, Hell's Kitchen Island, Maine,
23. März 2007, 13.15 Uhr (Freitag)

Cathy traf mit einem Boot der Küstenwache auf der Insel ein, das die verbliebenen US-Marshalls zum Festland bringen sollte. Hagen hatte bereits vor einer Stunde die Insel verlassen. Brian holte sie im Hafen ab, nachdem sie kurz vor dem Einlaufen des Schiffes angerufen hatte. Seinen Plan, mit Malcom Hurst zu sprechen, musste er verschieben, denn Hurst war längst auf dem Verdana Upland, um Otis Bratts Schafe zu hüten. Nachdem Bratts Mannschaft durch die Mordfälle derart dezimiert worden war und Malcom Hurst in den letzten Tagen unter Hausarrest gestanden hatte, musste er nun zum Ausgleich eine Doppelschicht übernehmen. Er würde frühestens morgen wieder ins Village zurückkehren. Als Cathy über den schmalen Steg an Land ging, umarmte Brian sie zur Begrüßung.

»Was ist denn nun los?«, fragte Cathy erstaunt. »Das ist ja wie bei einem alten Ehepaar.«

»Logan hat mir erzählt, was hier passiert ist«, antwortete Brian schuldbewusst. »Ich hätte dich nicht alleine lassen sollen.«

»Schon gut, und wie ist es bei dir gelaufen?«

»Ich glaube, ich bin ein ganzes Stück vorangekommen.«

Gemeinsam bogen sie in die Main Street ein. »Das mit Nyman ist Blödsinn«, fuhr Brian fort.

»Blödsinn, ja.«

»Du glaubst doch auch nicht, dass er der Mörder ist?«

Cathy wippte mit dem Kopf hin und her. »Zu Anfang war er ganz oben auf meiner Liste. Die Beweise, die wir gefunden haben, sprachen dafür, aber inzwischen ist er ein ganzes Stück nach unten gerutscht.«

»Publicity war das Letzte, das er brauchen konnte.«

»Ja, da hast du wohl recht«, antwortete Cathy.

Sie gingen an der alten Fabrik vorbei und bogen in Richtung Hell's End ab.

»Wie gehen wir jetzt weiter vor?«, fragte Brian.

Cathy blieb stehen und atmete tief ein. »Zuerst brauche ich Gewissheit.«

»Gewissheit, mit Nyman?«

»Ja.«

»Und wie willst du die bekommen? Ich denke, das FBI hat ihn jetzt in der Kur.«

»Er hat Andeutungen gemacht.«

»Andeutungen?«

»Ja«, sagte Cathy. »Ich muss noch etwas überprüfen, und dann können wir uns voll auf deine Ermittlungsergebnisse stürzen. Ich weiß doch, dass du nur darauf wartest, dass ich danach frage.«

»Das merkt man?«, fragte Brian überrascht.

»Wir treffen uns um drei Uhr im Restaurant.«

»Soll ich dich nicht begleiten?«

Cathy winkte ab. »Ich denke nicht, dass es eine gute Idee ist, wenn du mich dorthin begleitest.«

Brian verzog seine Miene zu einer Grimasse. »Ich habe den Eindruck, du schließt mich wieder einmal von der Ermittlungsarbeit aus, das finde ich nicht fair.«

»Das hat nichts mit dir zu tun, eher mit … sagen wir … eher mit deinem Geschlecht.«

Brian zog die Stirne kraus. »Das kapier noch einer«, murmelte er.

»Frauengespräche, verstehst du?«, entgegnete Cathy mit einem Augenzwinkern.

41

The Village, Hell's Kitchen Island, Maine,
23. März 2007, 14.00 Uhr (Freitag)

Das Haus, in dem Lydia Coller zusammen mit ihrer Schwester Chloe und deren Ehemann David wohnte, lag am Ende der Applepine Street unmittelbar neben dem kleinen Bach, der sich vom Poundrell Spring bis in den New Haven ergoss. Die Peaches waren Künstler; Chloe malte, und David führte feinste Schnitzarbeiten aus. Im Nebengebäude hatte sich David ein kleines Atelier eingerichtet, in dem er arbeitete, doch im ganzen Haus standen seine Figuren herum. Sakrale Figuren, die durchaus einen gewissen Charme besaßen und auf dem Markt einen guten Preis erzielten, während Chloes Malerei eher von bescheidenem Erfolg gekrönt war.

Die einzige Kunst, deren die deutlich übergewichtige Lydia mächtig war, war das Essen. Sie hatte ein nicht zu verleugnendes Faible für Süßspeisen. So war es auch nicht verwunderlich, dass sie gerade aß, als Cathy an die Tür klopfte.

»Oh, die Kriminalbeamtin, welch hoher Besuch«, empfing Lydia ihren Gast mampfend, nachdem sie die Tür geöffnet hatte. »Was verschafft mir die Ehre?«

»Ich muss mit Ihnen sprechen«, sagte Cathy und drängte sich an ihr vorbei in den Flur. Lydia führte sie in die Wohnstube, wo beinahe auf jedem Quadratzentimeter des Schrankes ein anderer hölzerner Heiliger den Besucher erwartete. Cathy ging einfach vorüber und nahm den ihr durch Lydias Geste zugewiesenen Platz auf dem Sofa ein.

»Sind wir alleine?«, fragte Cathy verschwörerisch.

»David ist draußen und schnitzt, und Chloe versucht oben wieder einmal, in Mirós Fußstapfen zu treten. Außerdem ist da noch Sally, meine Hündin, die tollt irgendwo draußen bei David herum, und Moses, mein Kater. Aber wo der ist, das weiß ich nicht. Weshalb fragen Sie?«

»Sagen wir, es handelt sich um eine sehr intime Angelegenheit. Ich hätte da ein paar Fragen.«

»Intime Fragen an mich, das klingt spannend. Schießen Sie los!«

Cathy räusperte sich, schließlich blickte sie auf. »Haben Sie ein Verhältnis mit Ron Nyman?«

Lydia, die sich weiter an ihrem Pudding gütlich getan hatte, blieb beinahe der Bissen im Hals stecken. Schallendes Gelächter durchdrang den Raum, und die Pfunde auf den Rippen der Frau gerieten in Wallung.

»Ein Verhältnis«, wiederholte sie lachend. »Hören Sie, Missy, ich habe einen Hund, und ich habe eine Katze, und mein Liebhaber liegt in meinem Nachttisch. Er ist immer bereit, solange die Batterien funktionieren, also, was glauben Sie, wozu bräuchte ich einen Mann?«

Die Antwort schien ihr sehr zu gefallen, denn sie kam aus dem Glucksen und Feixen gar nicht mehr heraus.

»Wo ist Ihre Schwester?«, fragte Cathy.

Noch immer in ihrer Belustigung gefangen, zeigte Lydia mit dem Zeigefinger nach oben. Doch bevor Cathy weiterfragen konnte, wurde die Tür aufgeschoben, und Chloe trat ein.

»Lass uns alleine, Lydia!«, sagte sie bestimmt.

Es dauerte eine Weile, bis sich Lydia Coller beruhigt hatte und die Segel strich. Chloe wartete, bis Lydia die Tür hinter sich zugezogen hatte, überprüfte erst noch einmal, dass sie auch wirklich zu war, bevor sie in dem Sessel gegenüber Cathy Platz nahm.

»Sie sind wegen Ron hier?«

Cathy nickte.

»Hat er Ihnen von uns erzählt?«

Cathy schüttelte den Kopf. »Kein Sterbenswort, er hat nur gesagt, er käme als Mörder nicht in Frage, weil er ein Alibi für die Tatzeit habe. Der Rest war Intuition oder, sagen wir, Wahrnehmung.«

»Wissen Sie, David hat nur noch seine Heiligenfiguren im Kopf, und auf dieser Insel ist es verdammt einsam …«

»Sie sind mir keine Rechenschaft schuldig. Ich will nur wissen, ob Ron Nyman mit Ihnen zusammen war, als einer der Morde geschah. Das ist wichtig für mich, deswegen überlegen Sie genau.«

Chloe blickte betreten zu Boden. »In der Nacht, als Evans umgebracht wurde, war David unterwegs. Er war aufs Festland gefahren, um die Märkte abzuklappern und seine Figuren anzubieten. Ron war bei mir.«

»Die ganze Nacht?«

»Bis der Morgen graute. Ron ist kein Mörder.«

Cathy erhob sich. »Wahrscheinlich haben Sie recht.«

»Was wird nun aus ihm?«, beeilte sich Chloe zu fragen.

»Ron Nyman hat hier unter falschem Namen gelebt, er wird vom FBI gesucht. Wussten Sie das?«

Chloe schüttelte den Kopf. »Er hat nur komische Andeutungen gemacht, mehr nicht.«

»Ja, das macht er offenbar gerne. Ich glaube nicht, dass er jemals wieder auf die Insel kommt.«

Chloe fuhr sich über das lange Haar. »Vielleicht ist es besser so«, murmelte sie.

Sandfort, Hell's Kitchen Island, Maine,
23. März 2007, 17.00 Uhr (Freitag)

Malcom Hurst fluchte, nachdem ihm das Jungtier abermals entkommen war, das er einfangen wollte. Den ganzen Tag hatte er mit Bratts Schafen auf dem Verdana Upland zugebracht und sie bei Anbruch der Dämmerung nach Norden getrieben, wo er die Nacht in der Schutzhütte bei Sandfort verbringen wollte. Gott sei Dank war es den Tag über trocken geblieben, und die Temperaturen schienen sich langsam auf den anbrechenden Frühling umzustellen. Petsy, ein schwarzer Hirtenhund, leistete ihm gute Dienste und trieb das aufmüpfige Jungtier in die Herde zurück, so dass er weiterziehen konnte, ohne allzu viel Zeit zu verlieren. Bei Anbruch der Nacht wollte er es sich in der Hütte bequem machen. Er hatte sich zwei Flaschen Bier mitgenommen, denen er sich in der einsamen Nacht widmen wollte, bis er am nächsten Morgen von Jermaine Bratt abgelöst werden sollte. Die Mordserie hatte einigen seiner Kollegen das Leben gekostet, doch nun war es ausgestanden. Ron Nyman war verhaftet worden, und die Taten hatten überhaupt keinen Bezug zur dunklen Vergangenheit der Insel und einiger ihrer Bewohner. Er hatte sich in den letzten Tagen in das Gesetzbuch eingelesen, interessehalber, und schwarz auf weiß gesehen, was er längst vermutete: Mord verjährt nie.

Als das schilfgrasgedeckte Dach von Sandfort am langsam immer dunkler werdenden Horizont auftauchte, atmete er auf. Weniger aus Erleichterung, sondern vielmehr, weil er es sich endlich mit einem Bier gemütlich machen konnte.

»Pass gut auf die Burschen und Mädels auf«, befahl er Petsy, bevor er die Hütte betrat. Doch ehe er es sich bequem machen konnte, musste er erst einmal für Holz sorgen, denn die kleine Vorratskiste neben dem Bollerofen war leer.

Er fluchte, als er hinausging und ihn die Kälte der beginnenden Nacht empfing, die sich langsam auf die Insel schlich. Das Thermometer war in der letzten Stunde um über sieben Grad gefallen, und eine frische Brise kam auf.

Das Holz lagerte an der Rückfront der Hütte. Inzwischen war es schon fast dunkel. Er griff ein paar Scheite Holz und legte sie in die Vorratskiste. Als er sich aufrichtete, blieb ihm vor Schreck das Herz stehen.

»Belfour«, murmelte er, als er die Gestalt neben sich wahrnahm, die sich lautlos an ihn herangeschlichen hatte.

Schon sauste etwas Silbernes, Metallisches durch die Luft, und in einem grellen Lichtblitz schien sein Schädel zu explodieren. Er bemerkte nicht einmal mehr, dass er zu Boden sank und in das feuchte Gras stürzte.

Als er wieder erwachte, war es eiskalt. Er spürte seine Glieder nicht mehr. Stricke schnitten ihm in das Fleisch. Eine Träne lief über seine Wange, als er sah, dass er nackt und ausgestreckt auf dem Bett in der Hütte lag. Er sah ihn nicht, doch er spürte ihn, und er wusste, Belfour war gekommen, um auch ihn zu holen. Er zuckte zusammen, als er hinter sich eine Bewegung wahrnahm.

»Ich bin gekommen, um Gerechtigkeit zu fordern«, sagte die dunkle und kalte Stimme. »Ihr habt ihm seine Augen genommen, damit er nicht mehr sehen konnte, seine Ohren, damit er nichts mehr hörte, seine Nase, damit er nicht mehr riechen konnte, seine Zunge, damit er das Unrecht nicht mehr hinausschreien konnte, seine Hände, damit er nicht mehr greifen konnte, und seine Beine, damit er nicht mehr fliehen konnte. Und dann habt ihr sein Herz in die kalte Tiefe gerrissen, und nun bin ich gekommen, damit die Schuld beglichen wird. Und du bist das Herz, du warst die Kraft, die sie vorantrieb, nun werde ich mir dein Herz nehmen, damit alle Schuld getilgt ist. Und wenn ihr vor sein Angesicht tretet, dann begegnet ihm mit Reue. Auge um Auge, Zahn um Zahn, so steht es geschrieben im Buch der Bücher. Nun ist der Tag der Rache gekommen, und die Rache ist mein, so spricht der Herr. Und nun ist es an der Zeit, vor den Schöpfer zu treten, doch zuvor sollst du geläutert werden durch Schmerz und Pein.«

Hurst liefen dicke Tränen über die Wangen. »Nein, nein … ich … ich bereue … ich bereue alles … ich …«, schluchzte er.

The Village, Hell's Kitchen Island, Maine,
23. März 2007, 18.10 Uhr (Freitag)

»Er müsste vierundvierzig sein«, sagte Brian und warf Logan einen fragenden Blick zu. Cathy betrachtete nachdenklich den Stauerhaken, den ihr Brian aus dem Hafen von Boston mitgebracht hatte.

»Er war bei der Armee, daher die Stiefel«, fuhr Brian fort. »Aber niemand weiß, wo er stationiert war. Es gibt keine Aufzeichnungen mehr, nachdem sein Bewährungshelfer verstorben ist.«

»Wir können gerne noch einmal die Listen durchgehen«, schlug Logan vor.

Brian hatte Cathy alles erzählt, was er auf seiner Exkursion nach Newark erfahren hatte, und welche Theorie er zu dem Schiffsunglück im April 1971 entwickelt hatte. Cathy musste eingestehen, dass Brians Mutmaßungen Hand und Fuß hatten.

»Vierundvierzig, Schuhgröße neun, das sind doch eindeutige Fakten, damit müssten wir ihn doch kriegen«, sagte Cathy und legte den Stauerhaken zur Seite.

»Es kann nur einer aus Joshuas Truppe sein, der sich unter falschem Namen hier eingenistet hat«, entgegnete Logan. »Die Leute aus dem Dorf kenne ich schon lange Jahre.«

Als Cathy sich am frühen Nachmittag nach dem Besuch bei Chloe mit Brian im Hell's End getroffen hatte, fand gerade die Beerdigung von William Evans statt. Nachdem ihr Brian von seinem Trip in den Süden und seinen Erkenntnissen berichtet hatte, beschlossen sie, so wie das gesamte Dorf an der Beerdigungsfeier teilzunehmen. Auch Tremblay hatte sie begleitet, der es mit Hagens Auftrag, Nymans Haus und Grundstück umzukrempeln, nicht mehr sehr genau nahm, nachdem er von Cathy erfahren hatte, dass Ron Nyman ein Alibi für den Zeitpunkt des Mordes an Willi Evans vorweisen konnte. Gemeinsam waren sie auf den Friedhof gegangen, auf dem Pater Phillip gemeinsam mit Pater Thomas die Zeremonie durchführte. Die Anwesenheit der Polizisten auf dem Friedhof hatte für Unruhe gesorgt, dennoch waren sie bis zum Schluss geblieben.

»Der Kerl soll ruhig wissen, dass wir noch da sind«, meinte Brian, als ihm Cathy ein Zeichen gab, den Ort des Geschehens zu verlassen. Im Anschluss an die Beerdigung hatten Cathy und Brian dann ihr altes Büro im Gemeindehaus wieder in Beschlag genommen und Logan gebeten, alle Listen des Einwohnermelderegisters auszudrucken. Drei Mal waren sie die Liste durchgegangen, und auch die Schafhirten, die nur zeitweise auf der Insel arbeiteten, waren darin mit ihren persönlichen Daten verzeichnet. Tim Gates und der Tierarzt Doktor Cameron waren ihnen dabei aufgefallen. Ihr Alter bewegte sich zumindest in der Nähe des Sohnes von Kapitän Haywood, der mit seinem Schiff am 19. April 1971 in den Southern Shoals untergegangen war.

»Wir fahren morgen zu den Breeds«, sagte Cathy entschlossen. »Cameron kann es nicht gewesen sein, er war nicht hier, als der erste Mord passierte.«

»Und wenn er doch hier war?«

»Sein Alibi.«

»Könnte gefälscht sein«, gab Brian zu bedenken.

»Schwer möglich, ich habe es überprüft, du erinnerst dich. Wir können nicht einfach alles in Frage stellen, am Ende trauen wir uns selbst nicht mehr über den Weg.«

Brian schaute auf die Uhr. »Hurst ist der Schlüssel, vielleicht ist er sogar der Letzte, der uns sagen kann, was damals geschah.«

»Hurst ist auf der Weide«, sagte Logan.

»Ich weiß.«

»Ich habe jetzt erst einmal einen Bärenhunger«, seufzte Cathy. »Gehen wir ins End?«

Zustimmendes Gemurmel machte sich breit.

Sandfort, Hell's Kitchen Island, Maine,
23. März 2007, 20.30 Uhr (Freitag)

Jermaine Bratt hatte sich kurz nach Anbruch der Dunkelheit mit dem GMC-Truck in Marsch gesetzt, um noch einmal die Weiden zu inspizieren und Malcom Hurst einen kleinen Vorrat zu bringen. Selbstgebackenen Kuchen und etwas Honigwein, den Amy Bratt zubereitete und der bei den Hirten sehr gut ankam. Schließlich musste Malcom wegen des akuten Personalmangels eine Doppelschicht ableisten und hatte sie ohne zu murren angetreten. Da hatte er sich eine kleine Zuwendung verdient. Überhaupt war das fehlende Personal ein großes Problem, denn in zwei Monaten stand die Schafsschur bevor und die Kunden erwarteten termingerechte Lieferung. Jermaine hatte sich den ganzen Tag im Internet herumgetrieben, um zwei bis drei Leute zu rekrutieren, denn ohne Hilfe würde es schwierig werden, alle Verträge zu erfüllen. Doch überall, wo er nach geschultem Personal suchte, gab es entweder keine geeigneten Bewerber, oder die Hirten, die ihr Handwerk verstanden, verlangten ihren Preis.

Als er über den kleinen Feldweg fuhr, der über das Verdana Upland hinauf zum Leuchtturm bei South Bench führte, fiel ihm auf, dass einzelne versprengte Schafe in seinem Scheinwerferlicht auftauchten. Und je näher er Sandfort kam, umso mehr Schafe zählte er, die – getrieben von ihrem Drang nach Gras – den Feldweg säumten. Malcom schien es nicht besonders genau zu nehmen mit seiner Aufgabe.

Vor der Hütte stoppte Jermaine den GMC und stieg aus. In der Hütte brannte Licht, das sich durch das kleine Fenster und die Ritzen den Weg hinaus in die Dunkelheit bahnte.

»Malcom!«, rief Jermaine laut und kam näher. Er sah die offene Tür und beschleunigte seinen Schritt. »Malcom, was ist los?«, rief er noch einmal, aber eine Antwort blieb aus. Er beugte sich herab und trat durch die niedrige Tür in die Hütte ein. Sein Atem stockte, als er den nackten und leblosen Körper entdeckte, der an den Bettpfosten gefesselt war. Langsam ging er näher. Alles war mit Blut benetzt, und unterhalb des Bettes hatte sich eine große Lache gebildet.

»Malcom, was ist …«

Es verschlug ihm die Sprache, als er den geöffneten Leib des Schafhirten erblickte. Ungläubig blieb er stehen. Ein fleischiger Klumpen lag neben dem Gesicht des Toten, der Jermaine mit offenen Augen anstarrte.

Jermaine wandte sich angewidert um und kniete sich in eine Ecke, bevor er erst einmal kräftig durchatmete.

Der Fleischklumpen entpuppte sich als Malcoms Herz, das ihm mitten aus der Brust gerissen worden war.

42

Hell's End, Hell's Kitchen Island, Maine,
23. März 2007, 22.40 Uhr (Freitag)

Die Nachricht vom Tod Malcom Hursts erreichte Cathy, Brian, Logan und Tremblay noch in der Bar, wo sie nach dem Essen noch eine Weile zusammensaßen und darüber spekulierten, was sie übersehen haben konnten. Sie verbreitete sich sofort wie ein Lauffeuer. Malcom Hurst lag ermordet vom Geist des Piratenkapitäns Belfour in der Hütte am Sandfort. Es hieß, der Unhold habe ihm sein Herz bei lebendigem Leib herausgerissen. Nach Nymans Verhaftung zweifelte keiner mehr an der Existenz Belfours. Der Admiral wärmte die alte Geschichte wieder auf. Und einige der Anwesenden hörten ihm angsterfüllt zu.

»Sehen Sie, Polizistin«, bemerkte Admiral Broon, als sie mit Brian, Logan und Tremblay im Gefolge zur Tür ging. »Doch ein Geist, ich wusste es ja.«

»Wo ist Ihr Freund, der Geisterjäger?«, konterte Cathy abfällig. »Sie sollten ihn zurückholen, vielleicht wird er doch noch gebraucht. Sie haben doch sicherlich noch ein paar Bucks übrig.«

In Logans Pick-up fuhren sie das Verdana Upland hinauf. Tremblay hatte seinen Spurensicherungskoffer geholt, und Cathy hatte vom Gemeindehaus aus die Dienststelle in Yarmouth verständigt und um Verstärkung gebeten. Es wurden ihr umgehend ein Hubschrauber und weiteres Personal zugesagt. Den Anruf bei Commissioner Blight schenkte sie sich, er würde noch früh genug davon erfahren.

Logan bremste scharf, als plötzlich vor ihm der unbeleuchtete GMC-Truck der Bratts den Feldweg blockierte.

»Gehen wir den Rest zu Fuß«, sagte Cathy, doch Logan schüttelte den Kopf.

»Ich komme schon daran vorbei, außerdem dürfte ein klein wenig Licht nicht schaden.«

In unmittelbarer Nähe zur Hütte bremste er den Wagen ab. Cathy, Brian und Tremblay stiegen aus. Auf einer kleinen Holzbank vor der Hütte saß Jermaine Bratt. Er war in sich zusammengesunken und sichtlich gezeichnet. Er rauchte eine Zigarette und hielt das Handy in der anderen Hand.

»Er … er ist da drinnen, es ist schrecklich, so etwas habe ich noch nie gesehen«, stammelte Jermaine.

»Wann haben Sie ihn gefunden?«, fragte Cathy.

»Vor einer halben Stunde etwa«, antwortete der Schäfer.

»Brauchen Sie einen Arzt?«

Jermaine Bratt schüttelte den Kopf. Das Dröhnen eines Hubschraubers drang vom Meer herüber. Cathy wandte sich zu Brian und Logan um. »Sie werden Hilfe brauchen, wenn sie hier landen wollen.«

Brian nickte stumm und zog Logan mit sich, damit sie den Wagen entsprechend platzieren konnten, um dem Hubschrauber ein Landefeld anzuzeigen.

»Sehen wir ihn uns mal an«, richtete Cathy das Wort an Tremblay, der ihr mit dem Koffer in der Hand in die Hütte folgte. Nachdem Cathy eingetreten war, blieb sie erst einmal stehen, um sich im Schein der Petroleumlampen einen groben Überblick zu verschaffen. Doch ihre Blicke wurden immer wieder von dem Leichnam auf dem Bett angezogen. Tremblay ging an ihr vorüber und wies auf den Boden. Zweierlei Schuhprofile hatten im Blut ihre Zeichnung hinterlassen. Das grobstollige Profil eines Stiefels und das gezackte Dreiecksmuster, das ihnen bereits an den anderen Tatorten begegnet war.

»Er ist noch auf der Insel«, flüsterte Tremblay.

»Daran habe ich keine Sekunde gezweifelt«, stimmte ihm Cathy zu, die einen Stauerhaken entdeckt hatte, der aus einem Fleischklumpen direkt neben Hursts verzerrtem Gesicht lag.

Draußen wurde das Dröhnen des Hubschraubers immer lauter, bis es langsam abflaute und in ein helles Surren überging.

»Er hat ihm das Herz herausgeschnitten«, sagte Tremblay. »Was für eine Schweinerei.«

»Hat er noch gelebt?«

»So wie es hier aussieht, hat es noch gepumpt, als er es getan hat, sonst gäbe es nicht diese großflächigen Spritzer.«

Cathy schaute sich um, es roch nach Moder und nach Tod. Tremblay schraubte den Blitz auf seinen Fotoapparat und begann damit, erste Tatortfotos zu schießen.

Cathy trat einen Schritt näher. »Wie lange, glaubst du, ist das her?«, fragte sie und wies auf die Leiche.

»Schwer zu sagen, aber nach der Konsistenz des Blutes noch nicht sehr lange.«

Schritte waren draußen zu hören. »Ist das zu fassen«, seufzte eine wohlbekannte Stimme. »Ich dachte, der Fall ist abgeschlossen.«

Cathy wandte sich um und sah in das Gesicht von Collingdale.

»Hallo, falsch gedacht. Jetzt hat Hurst endlich seinen Geist gefunden«, antwortete sie.

»Muss ich das verstehen?«, fragte er verdutzt.

Cathy schüttelte den Kopf.

»Also gut, dann raus hier«, fuhr Collingdale fort. »Der Arzt kommt gleich, dann sind wir dran. Wie waren Sie übrigens mit meinem besten Mann zufrieden?«

Cathy warf Tremblay einen wohlwollenden Blick zu. »Sehr gut, mit dem CSI Yarmouth kann man hervorragend zusammenarbeiten.«

»Das will ich meinen, und jetzt hopp, der Tatort gehört uns.«

Cathy verließ die Hütte. Draußen teilte Brian die weiteren Suchkräfte ein. Auch ein Hundeführer war mitgekommen. Logan saß neben Jermaine und rauchte ebenfalls. Sie ging zu ihnen hinüber.

»Kein schöner Anblick da drinnen«, sagte sie.

Jermaine nickte nur. Er rang noch immer nach Fassung, so sehr hatte ihn der Leichenfund mitgenommen.

»Kann ich Ihre Stiefel sehen?«

Jermaine nahm einen Zug seiner Zigarette. Seine Hände zitterten. »Es war schrecklich, es kam einfach …«

»Ich verstehe«, schnitt ihm Cathy das Wort ab. Sie nahm eine Taschenlampe aus ihrer Jackentasche und leuchtete auf Jermaines Stiefel.

»Schuhgröße zwölf, würde ich sagen«, murmelte sie.

Jermaine hob die Stiefel etwas an, so dass Cathy das Profil sehen konnte. Er war der Träger des grobstolligen Profils.

»Elfeinhalb.«

»Was wollten Sie eigentlich hier oben?«

»Ich wollte ihm Verpflegung bringen, da sah ich, dass die Schafe in Gruppen herumstreunten. Der Hund ist ebenfalls verschwunden.«

»Ein Hund?«

»Malcoms Schäferhund, er hört auf den Namen Petsy.«

Parish Hall, Hell's Kitchen Island, Maine,
24. März 2007, 02.40 Uhr (Samstag)

Die Tatortarbeit verlief in gewohnter Manier, und auch Petsy konnte gefunden werden, knapp einhundert Meter von der Hütte entfernt lag das Tier tot im Gras. Außer dem Stauerhaken und den Stiefelspuren gab es keine weiteren Hinweise.

Tremblay hatte mit seiner Vermutung recht behalten, was den

Todeszeitpunkt anging, und auch der Rest wurde vom herbeigerufenen Rechtsmediziner unter Vorbehalt bestätigt. Als Tatwerkzeug für den Schnitt und das Eindringen in den Brustkorb kam ein massives Messer, ein Dolch mit gezackter Klinge, wie man ihn bei der Army verwendet, in Betracht. Doch auch das Messer tauchte nirgends auf.

Nachdem Collingdale mit der Leiche und der ganzen Einsatzcrew im Sikorsky-Hubschrauber der Küstenwache verschwunden war, fuhren auch Cathy, Brian, Tremblay und Logan zurück ins Dorf.

Im Gemeindehaus setzten sie sich noch zusammen und diskutierten die ersten Ergebnisse.

»Was haben wir übersehen?«, fragte Brian und schaute auf die Tafel, auf der die noch nicht überprüften Schafhirten aufgelistet waren. Drei Namen standen noch dort.

»Gates scheidet ebenfalls aus«, sagte Logan, erhob sich und strich den Namen des Genannten durch. »Er hat im letzten Jahr ein paar Tanzschuhe bei mir bestellt. Ich habe sie über ein Spezialgeschäft besorgen müssen, weil er unterschiedliche Absätze braucht. Irgendetwas mit seiner Beinlänge stimmt da nicht. Er hat Schuhgröße elf.«

Brian fuhr sich durch die Haare. »Damit ist auch er draußen.«

»Ich glaube, egal wie wir es drehen und wenden, wir machen bei unseren Überlegungen einen Fehler und kommen deshalb nicht darauf. Es ist spät. Ich schlage vor, dass wir uns ausruhen und uns morgen um neun Uhr hier treffen.«

Kaum hatte Cathy den Satz beendet, klingelte ihr Telefon. Sie nahm ab. Commissioner Blight war am Apparat. »Das ist eine gottverdammte Scheiße, die da läuft. Hagen rennt hier herum und ist immer noch auf Nyman fixiert. Cathy, lassen Sie mich nicht im Stich. Denken Sie daran, wer Ihnen diese zweite Chance verschafft hat.«

»Commissioner, wir arbeiten daran.«

»Das ist mir zu wenig.«

»Aber mehr habe ich bislang nicht, ich kann den Mörder nicht aus dem Hut zaubern.«

»Und wenn wir diese verdammte Insel umgraben lassen. Vielleicht haust ja doch jemand in irgendeiner Höhle. Wäre nicht das erste Mal.«

»Dann müsste es ein Geist sein«, antwortete Cathy.

Landsman's Chapel, Hell's Kitchen Island, Maine,
24. März 2007, 08.45 Uhr (Samstag)

John Tremblay hatte schlecht geschlafen und war früh aufgewacht. Draußen dämmerte es und ein wolkenloser Himmel versprach einen schönen Tag. Tremblay öffnete das Fenster und machte ein paar Kniebeugen. Cathy und Brian würden bestimmt noch schlafen, doch für ihn selbst war an Schlaf nicht mehr zu denken. Er duschte und verließ sein Zimmer. Unten im Gastraum war es noch dunkel. Frühstück gab es am heutigen Samstag erst ab acht Uhr, deshalb beschloss John Tremblay, einen kleinen Spaziergang zum Hafen zu unternehmen, vielleicht brachte ihn das auf andere Gedanken. Vorbei an Haynes' Werkstatt schlug er den Weg nach New Haven ein. Im Osten, über dem Meer, war der Himmel glutrot. Möwen schwebten kreischend durch den Morgenwind, und hätte es nicht diese Morde auf der Insel gegeben, hätte John Tremblay sich wie in seinem wohlverdienten Urlaub gewähnt.

Er spazierte an der Hafenmauer entlang und schlug den Weg zum alten Anleger ein. Zwischendurch ließ er seine Arme kreisen, machte Kniebeugen und Dehnübungen, um die Schatten der vergangenen Nacht zu vertreiben. Ein probates Mittel, wie er fand. Sein Kopf schmerzte ein klein wenig, aber mit jedem Schritt an der frischen Luft besserte sich sein Zustand.

Am alten Anleger verharrte er und blickte hinaus auf das Meer. Boote schaukelten im leichten Wellengang, und zu den Möwen gesellten sich andere Vögel mit prächtigem Gefieder und blutroten Schnäbeln. Er warf einen Blick auf seine Armbanduhr, es war kurz vor acht Uhr, Zeit, den Rückweg anzutreten. Diesmal mied er die Main Street, passierte die alte Fabrik und bog in das kleine Gässchen ein, das zur Kapelle von Landsman's Chapel führte. Es war wohl nur noch eine Frage der Zeit, bis das marode Gemäuer endgültig in sich zusammenbrach.

Als er am Friedhof vor der Kapelle vorüberging, blieb er stehen. Das Grab, in dem William Evans gestern beerdigt worden war, war von einem dunkelbraunen Erdhügel bedeckt. Er öffnete das schmiedeeiserne Tor, das quietschend aufschwang, und ging durch die Reihen der Gräber. Am Grab von Gabriel Jefferson hielt er inne. Jefferson war das erste Opfer dieses irren Mörders gewesen, bald würden weitere Gräber folgen, dachte John Tremblay bei sich und setzte seinen Weg zum Grab von Evans fort. Dort faltete er die Hände und verharrte schweigend, den Kopf zu Boden gesenkt. Er hielt nicht viel von der Kirche, das lag wohl auch an seinem Job, dennoch glaubte er an eine größere Macht und an einen Sinn des Lebens. Kurz verneigte er sich, bevor er den Kopf wieder hochreckte. Drei Schritte waren es, die er gemacht hatte, bevor er stehen blieb, als wäre er gegen eine Wand gelaufen. Er wandte sich um und ging zurück zu der Stelle, an der er gestanden hatte. Er kniete sich hin und betrachtete den Boden. Das Jagdfieber stieg in ihm auf. Sie waren zart, nicht sehr deutlich ausgeprägt, doch sie waren für das geübte Auge sichtbar. Und noch etwas war ungewöhnlich, die Abdrücke befanden sich in einem kleinen verlorenen Häufchen Graberde und nicht im gelben Lehmboden, den man sonst überall hier fand. Er war gestern hier gewesen und hatte beobachtet, wie man morgens die dunkle Erde mit einer Schubkarre an das Grab transportiert hatte. Er war hier gewesen, er, der Mörder, er hatte sich hierher, mitten in das Dorf begeben, um das Grab seines Opfers zu betrachten. Wie kaltblütig war dieser Mensch. John Tremblay folgte dem Weg, der hinter die Kapelle zur kleinen Sakristei und der Leichenhalle führte. Überall war das zarte Muster abgebildet, bis es sich schließlich vor der Sakristei verlor.

John Tremblay rüttelte an der Tür, aber sie war verschlossen. Er umrundete die Kirche, doch auch am Westflügel ließ sich die Tür nicht öffnen, und Aufbruchspuren gab es ebenfalls nicht. Er verließ den Friedhof und ging zurück ins Hell's End. Er hatte sich verspätet, dennoch war er gespannt, was die anderen dazu sagen würden.

43

Parish Hall, Hell's Kitchen Island, Maine,
24. März 2007, 09.30 Uhr (Samstag)

Sie hatten sich pünktlich und wie verabredet getroffen, alle bis auf Tremblay. Eine halbe Stunde hatten sie gewartet, ehe sie sich gemeinsam in das Gemeindehaus begaben.

»Es war eine anstrengende Nacht«, sagte Cathy, »bestimmt schläft er noch. Geben wir ihm noch eine Stunde.«

In dem kleinen Büro mit Blick auf die Hauptstraße ließen sie sich nieder. Brian schaute nachdenklich auf die Fotos der Opfer, die an die Pinnwand geheftet waren.

»Augen, Zunge, Ohren, Beine, die Nase und jetzt das Herz«, murmelte Brian nachdenklich. »Das ist ein Zeichen. Er verstümmelt sie nicht wahllos. Das Sehen, das Riechen, das Schmecken. Er nimmt ihnen die Sinne. Jedem Einzelnen von ihnen. Stück um Stück.«

»Aber weshalb tut er das?«

»Malcom Hurst ist der letzte aus der Gruppe hier auf der Insel, die damals bei Seafood arbeiteten und beim Untergang der Jonathan Sinclair hier auf der Insel lebten. Das Seegericht hat dem Kapitän die alleinige Schuld zugesprochen.«

»Aber Gabriel Jefferson hat nie bei Seafood gearbeitet«, wandte Cathy ein.

»Und der letzte Augenzeuge, der noch etwas dazu sagen könnte, ist Pater Phillip. Er hatte sich damals geweigert, eine Beerdigungszeremonie für die Schiffbrüchigen durchzuführen, weil es angeblich alles Kommunisten gewesen sein sollen. Sie stammten von den Philippinen, alle bis auf den Kapitän und den Steuermann, einem Iren.«

»Es ist Dennis Haywood, und er nimmt grausame Rache«, behauptete Brian nachdrücklich. »Doch hinter welcher Maske verbirgt er sich?«

Cathy schüttelte den Kopf. Die Skepsis lag offen in ihrem Gesicht. »Weshalb sollte er das tun?«, fragte sie. »Was haben die Inselbewohner mit dem Schiffsunglück von damals zu tun? Es ist nicht das einzige Boot, das dort draußen vor der Insel gesunken ist. Er kann doch nicht einfach die Insulaner dafür verantwortlich machen.«

»Damals haben die Arbeiter bei Seafood für bessere Arbeitsbedingungen und höhere Löhne gestreikt«, antwortete Brian. »Die Filipinos an Bord der Sinclair sollten für Henderson arbeiten. Wenn sie hier angekommen wären, dann hätte er sicherlich die Streikenden einfach entlassen.«

Cathy schaute aus dem Fenster. »Das klingt alles plausibel, aber warum Gabriel Jefferson, was hatte er damit zu schaffen?«

Logan warf einen Blick auf die Tafel, an der nun alle Namen durchgestrichen waren, nachdem man die noch ausstehenden beiden Schafshirten überprüft hatte. »Auch wenn Ihre Theorie stimmen sollte«, sagte er zu Brian gewandt. »Wo versteckt er sich? Unter den Schafshirten jedenfalls nicht.«

In Cathys Kopf arbeitete es fieberhaft. Brians Theorie klang wirklich überaus plausibel. »Nyman sagte, dass er glaubt, dass einige hier etwas zu verbergen haben. Was könnte das sein, Logan?«

Logan zuckte mit der Schulter. »Wenn es etwas mit dem Schiffsunglück zu tun hat, muss ich passen. Damals war ich noch ein kleiner Junge.«

Cathy trat an das Fenster und blickte die Main Street hinab, die am Hafen endete. Ein Boot tuckerte behäbig über die Wellen aufs freie Meer hinaus. »Wie hat man damals eigentlich navigiert?«, fragte sie eher beiläufig.

Logan malte mit einem Stift Kreise auf ein Papier. »Seekarten und Kompass«, glaube ich. »Heute haben alle Schiffe GPS an Bord.«

»Und Leuchtfeuer«, fügte Brian hinzu, der Cathy erwartungsvoll musterte.

»Leuchtfeuer«, wiederholte sie. »Das könnte es gewesen sein. Mal angenommen, in einem Sturm, wo das ganze Schiff verrücktspielt, setzt jemand falsche Signale. Ein Leuchtturmwärter zum Beispiel. Wann wurde eigentlich der Leuchtturm außer Dienst gestellt?«

Brian schoss auf wie von einer Tarantel gestochen. »Genau das ist es. Wir müssen feststellen, wann der …«

»… das weiß ich noch, das war damals sogar ein feierlicher Akt. Eine Kapelle spielte, und ein Offizier der Küstenwache hielt eine Rede. Das ist noch gar nicht so lange her, zehn Jahre vielleicht. Man hat damals den Leuchtturm abgeschaltet und den Sender in Betrieb genommen. Jetzt leuchtet er nur noch bei Sturm und sendet das Sturmsignal. Aber das geht heute alles vollautomatisch.«

»Also navigierte man damals, als die Jonathan Sinclair sank, noch mit Kompass, Karte und Leuchtfeuer«, folgerte Brian.

»Ein falsches Leuchtfeuer«, sinnierte Cathy. »Das könnte das Unglück ausgelöst haben.«

»Und die Leute hier steckten damals unter einer Decke.«

Logan starrte entgeistert auf die Kreise, die er auf dem Papierbogen hinterlassen hatte. »Hurst war der letzte von den Arbeitern bei Seafood, die anderen hat er bereits ermordet. Chester Glandale, der Vorarbeiter, muss von dem falschen Leuchtfeuer gewusst haben. Er steckte immer mit den Arbeitern unter einer Decke. Deshalb ist er damals verschwunden.«

»Und bevor er starb, traf er sich mit Dennis Haywood und erzählte ihm, wie übel die Insulaner seinem Vater damals mitgespielt haben.«

»So könnte es gewesen sein«, bestätigte Logan. »Aber wo oder, besser gesagt, wer ist Dennis Haywood jetzt?«

»Und wenn er sich doch irgendwo auf der Insel verborgen hält?«, überlegte Brian und blickte Logan fragend an.

»Das schließe ich aus«, antwortete der Master of the Island. »Das wäre nicht unbemerkt geblieben. Er muss essen, er muss trinken, er braucht Wärme. Rauch, Spuren, Abfall, hier sind so viele Schafe und Hirten unterwegs, das hätte auffallen müssen.«

»In Arkansas gab es einen Überlebenskünstler, der vierzehn Jahre in den Wäldern hauste, sich von Beeren und Wurzeln ernährte und in einer Erdhöhle hauste«, berichtete Brian. »Dennis Haywood muss ebenfalls irgendwie überleben.«

»Was hat noch einmal dieser Clark erzählt?«, fragte Cathy. »Er hat auf einem Schiff angeheuert?«

»Er nimmt es an«, bestätigte Brian. »Er wusste es nicht genau.«

Logan saß schweigend vor dem Schreibtisch und dachte angestrengt nach. Schließlich räusperte er sich. »Wenn sich jemand hier verbergen will, dann wären die Höhlen von Tender Hollow die einzige Möglichkeit.«

»Haben wir schon durchsucht«, erwiderte Cathy. »Dort gab es keine Hinweise auf eine Person, die sich in den Höhlen aufhält. Außerdem wusste der Täter alles über seine Opfer. Das könnte er nicht, wenn er sich irgendwo auf der Insel verkrochen hat. Nein, er ist hier, mitten unter uns. Aber wir sehen ihn nicht. Er will nicht, dass wir ihn sehen können.«

Bevor Logan antworten konnte, waren hastige Schritte auf dem Gang zu hören. Die Tür wurde aufgestoßen und Tremblay stürzte in den Raum. »Ihr werdet es mir nicht glauben, aber ich habe Stiefelabdrücke gefunden. Der ganze Friedhof ist voll davon.«

»Frische Spuren?«, fragte Brian.

»Nicht älter als einen Tag, schätze ich.«

Landsman's Chapel, Hell's Kitchen Island, Maine,
24. März 2007, 09.40 Uhr (Samstag)

Cathy, Brian und Logan folgten Tremblay in gebückter Haltung über den Friedhof. Zuerst erklärte er ihnen, warum die Spuren nicht viel älter als ein Tag sein konnten. Zumindest diejenigen, die er im Bereich des Grabes von William Evans entdeckt hatte.

Logan richtete sich auf. »Er hat Recht, die Erde wurde erst kurz vor der Beerdigung hier aufgeschüttet.«

»Wer kümmert sich darum?«, fragte Cathy.

»Haynes«, entgegnete Logan. »Haynes hat eine kleine Maschine, ein dreirädriges Fahrzeug, mit dem er hier durch die schmalen Gänge kommt.«

»Also war der Mörder hier«, folgerte Brian. »Wir waren alle auf der Beerdigung, wer noch, vielleicht einer der Schafhirten?«

Logan überlegte. »Beinahe das gesamte Dorf war hier, von den Schäfern habe ich nur Otis Bratt und seine Frau gesehen. Joshua Breed war nicht da, Sie kennen seine Einstellung zum Dorf und den Bewohnern.«

Tremblay schlich den schmalen Gang durch die Gräber entlang. »Hier ist der nächste Abdruck!«, sagte er und zeigte auf den erdigen Boden. »Überall dort, wo keine Schottersteine liegen, kann man die Abdrücke feststellen. Aber man muss schon genau hinsehen.«

»Es war trocken die letzten beiden Tage, da nimmt der Boden die Feuchtigkeit gut auf«, bemerkte Logan.

»Und wohin führen die Spuren?«, fragte Cathy.

Tremblay richtete sich auf und zeigte auf den kleinen seitlichen Anbau der Kapelle, die Sakristei, wo eine massive Eichentür eingelassen war. »Sie führen dort hinüber und enden vor der Tür.«

Logan schüttelte ungläubig den Kopf. »Da ist immer verschlossen, es sei denn, es findet ein Gottesdienst …«

»… oder eine Beerdigung statt«, ergänzte Brian den Satz. »Wer hat einen Schlüssel?«

Logan zog einen Schlüsselbund hervor, an dem ein langer Bartschlüssel hing. »Ich habe einen, Miss Stone, die die Kapelle reinigt, Haynes, der sich um die Kapelle kümmert, und im Kloster befindet sich noch ein weiterer.«

»Schauen wir nach!«, entschied Cathy.

Sie gingen hinüber zur Sakristei, und Logan schob seinen Schlüssel in das Schloss, nachdem er sich versichert hatte, dass tatsächlich abgeschlossen war. Er drehte den Schlüssel um, bis es knackte und die Tür sich öffnen ließ.

»Haben Sie etwas bemerkt?«, wollte Tremblay wissen. »War es schwergängig?«

Logan schüttelte den Kopf. »Wie immer, das Schloss hakt manchmal.«

Brian schaute sich den Türrahmen rund um das Schloss an. »Es sind auch keine Aufbruchsspuren vorhanden. Wenn der Kerl hier hineinging, dann war offen.«

»Und er hatte einen guten Grund«, fügte Cathy hinzu.

Brian schaute sie fragend an. »Wir hatten uns damals unterhalten und ich kam auf vierundvierzig Verdächtige, aber du hast achtundvierzig daraus gemacht, erinnerst du dich?«

Brian überlegte, schließlich wusste er, worauf Cathy hinauswollte.

»Pater Thomas hat gestern bei der Beerdigung mitgewirkt, wie alt könnte er sein?«, fragte Cathy.

Logan kratzte sich am Kopf. »Er ist erst seit etwas über einem Jahr hier, ich denke, er ist so um die fünfzig.«

»Der Bart macht ihn älter, als er vielleicht wirklich ist«, mutmaßte Cathy.

»Was wissen wir von ihm?«, fragte Tremblay.

Logan blickte nachdenklich zu Boden. »Pater Phillip weigerte sich damals, für die Toten des Schiffsunglücks eine Messe zu lesen. Er ist der Einzige, der noch übrig ist, ich meine, der damals beim Untergang dieses Frachters eine Rolle spielte.«

»Wenn wir richtigliegen, dann schwebt er in höchster Gefahr«, antwortete Cathy wie aus der Pistole geschossen.

»Wir haben keine Zeit zu verlieren, wir nehmen den Pick-up.«

»Was ist mit Verstärkung?«, gab Tremblay zu bedenken.

»Keine Zeit«, sagte Cathy entschlossen, »ich informiere die Kollegen auf dem Festland auf der Fahrt zum Kloster.«

Saint Benedict, Hell's Kitchen Island, Maine,
24. März 2007, 10.20 Uhr (Samstag)

Das alte Kloster mit den hohen weißen Mauern am Violent Beach lag im hellen Sonnenschein eines milden Frühlingstages. Der hohe Glockenturm der Klosterkapelle überragte die Mauern, und auf seinen Ziegeln spiegelte sich das Sonnenlicht. Alles wirkte friedlich, und das große hölzerne Tor war verschlossen. Logan stoppte den Pick-up direkt vor der Zufahrt.

»Was glaubst du, Cathy«, fragte Brian, »was glaubst du, wird er tun, jetzt wo er seinen Vater und seine Familie gerächt hat und der Einzige, der in seinen Augen noch eine Schuld trägt, unter einem Dach mit ihm wohnt?«

»Das ist eine gute Frage.« Cathy zog ihren Revolver aus dem Hüfthalfter, um sich zu versichern, dass sich in allen der sechs Kammern eine Patrone befand.

»Ich glaube«, fuhr Brian fort, »er wird es drauf anlegen. Ich glaube sogar, genau das ist sein Plan.«

»Logan, Sie bleiben hier!«, befahl Cathy. »Das ist unsere Sache. Tremblay, sind Sie bewaffnet?«

Tremblay nickte und schob seinen Pullover etwas höher, damit das Griffstück seiner Pistole sichtbar wurde. »Ich bin nur bei der CSI gelandet, weil ich es hasse, das Ding zu benutzen.«

Gemeinsam traten sie vor das große Tor, in das eine kleine Tür eingelassen war. Cathy klopfte, während Brian den Seilzug betätigte, der die kleine Glocke auf der anderen Seite des Tores zum Schwingen brachte. Cathy behielt ihre Waffe in der Hand und stellte sich gegenüber der Tür auf.

Beinahe fünf Minuten verstrichen, doch trotz des Läutens und des Klopfens blieb die Tür geschlossen. Logan kam hinzu. »Das ist ungewöhnlich«, sagte er.

»Gibt es noch einen anderen Zugang?«, fragte Cathy.

Logan nickte. »Eine kleine Tür auf der gegenüberliegenden Seite.«

44

Main Medical Center, Portland, Maine,
24. März 2007, 10.30 Uhr (Samstag)

Hagen saß am Bett von Captain Stoddart, dem es inzwischen besser ging. Nach mehreren Eingriffen und einer Bypassoperation befand sich der Captain wieder auf dem Weg der Besserung. Hagen hatte ihm einen Krankenbesuch abgestattet, weil Stoddart selbst darum gebeten hatte. Er wollte sich aus erster Hand informieren, wie sich die Dinge auf Hell's Kitchen Island entwickelten.

»Sie hat von Anfang an ihr Spiel mit uns gespielt«, berichtete Hagen, der noch immer verschnupft war, weil man ihm seinen Verdächtigen weggenommen hatte. »Ich bin auch felsenfest davon überzeugt, dass sie es war, die das FBI über die Festnahme von Nyman in Kenntnis gesetzt hat.«

»Sie fällt den eigenen Kollegen im Department in den Rücken«, murmelte Stoddart. »Sie ist überhaupt nicht teamfähig. In der nächsten Woche werde ich die Klinik verlassen. Wenn ich zurück ins Dezernat komme, werde ich eigenhändig dafür sorgen, dass diese Spielchen ein Ende haben. Ich werde mit Blight reden. Auch wenn ihr Vater im Headquarter ein hohes Tier ist, es wird ihr nichts nützen.«

Als die Tür aufgerissen wurde und Jarwood aufgeregt ins Zimmer stürzte, warf ihm Hagen einen bösen Blick zu. »Ich sagte doch, dass du draußen warten sollst«, stutzte Hagen Jarwood zurecht.

»Ein Anruf von der Dienststelle«, verkündete Jarwood atemlos. »Die Ronsted hat Verstärkung angefordert. Sie hat durchgegeben, dass die Verhaftung des Hell's-Kitchen-Schlitzers bevorsteht. Sie hat das Yarmouth Police Department informiert und gesagt, dass sie in Portland Bescheid geben sollen.«

Hagen fuhr auf, so dass sein Stuhl umkippte. »Diese elende Schlampe, genau das ist es, was ich meine. Sie passt absolut nicht in unser Team.«

»Hat sie gesagt, wen sie festnehmen wird?«, fragte Stoddart.

Jarwood schüttelte den Kopf. »Sie sagte nur, dass sie ein TOP-Team am alten Kloster braucht.«

»Mehr nicht?«

Jarwood schüttelte den Kopf.

»Warten Sie draußen, Jarwood«, befahl Stoddart.

Jarwood knurrte ein kurzes »Aye, Sir«, ehe er die Tür von außen schloss.

»Hagen, Ihnen ist doch klar, was passieren wird, wenn sie tatsächlich den Richtigen verhaftet? Nach dem Fehlschlag mit Nyman hat sie Oberwasser. Wenn sie einen Treffer landet, dann wird Blight ihrer Versetzung zum Betrugsdezernat niemals zustimmen.«

»Und was soll ich Ihrer Meinung nach tun, Captain?«

»Es wäre gut, wenn Sie rechtzeitig auf der Insel sind, bevor sie zuschlägt. Das sähe zumindest ein klein wenig nach einem Teamerfolg aus.«

»Ich mach mich sofort auf den Weg«, antwortete Hagen und stellte den Stuhl wieder auf.

Saint Benedict, Hell's Kitchen Island, Maine,
24. März 2007, 10.35 Uhr (Samstag)

Sie ließen den Pick-up vor dem Haupttor stehen und gingen entlang der Mauer zur Nordseite. Logan führte die Gruppe, bis sie zu der kleinen Tür kamen, die sich an der Nordwestseite befand. Die Tür war verschlossen, jedoch bei weitem nicht so massiv wie das Tor am Haupteingang.

Logan hatte ein Brecheisen aus seinem Wagen mitgenommen. Gemeinsam mit Brian und Tremblay versuchte er, die Tür aufzubrechen, doch es wollte ihm nicht gelingen.

»Wir müssen da rein, egal wie«, feuerte Cathy die Männer an, die unter großer Anstrengung einen weiteren Versuch unternahmen. Endlich schienen ihre Bemühungen von Erfolg gekrönt zu werden, denn die ersten Fasern der alten Eichentür knackten. Erneut setzten sie den Hebel zwischen Türblatt und Rahmen an. Ein heftiger Ruck, und das Holz splitterte. Cathy umfasste die Türklinke und drückte fest dagegen. Die Tür sprang auf. Ein Garten lag vor ihnen. Vorsichtig spähte Cathy um die Ecke. Vor ihr lag das alte Gemäuer des Klosterbaus. Sie tastete sich an der Mauer entlang. Gegenüber dem Eingang stand die kleine Klosterkapelle. Der Glockenturm ragte vor ihr auf.

»Sei vorsichtig!«, mahnte Brian, der seine Waffe gezückt hatte.

Cathy zog ihren Revolver und wies auf die Tür, die sich im Seitenflügel der Kapelle befand. Brian nickte. Mit schnellen Schritten ließen sie den Garten hinter sich.

»Kennen Sie sich hier aus?«, flüsterte Cathy und warf Logan, der das Brecheisen wie eine Waffe in der Hand hielt, einen fragenden Blick zu.

Der Gebäudekomplex erschien wie ein riesiges Labyrinth.

»Von der Kapelle kommen wir in den Klosterhof«, flüsterte Logan. Als sie die Tür erreicht hatten, ergriff Cathy die eiserne Klinke. Sie war überrascht, als sich die Tür einfach öffnen ließ.

Der Duft von Weihrauch und Kerzen empfing die kleine Gruppe. Leise schlich sich Cathy voran, Brian und Logan folgten ihr, und Tremblay bildete den Abschluss.

»Hier lang!«, raunte Logan und zeigte mit seiner Brechstange auf die gegenüberliegende Seite der Kapelle. Einfache Holzbänke versperrten den Weg. Vor dem Altar brannten Kerzen.

»Moment!«, zischte Cathy, hielt die Hand hoch und verharrte schweigend. Einen Augenblick lauschte sie in die Stille. »Hört ihr das?«

Brian wandte den Kopf. »Da klopft jemand!«

»Es kommt von dort drüben!« Tremblay wies auf den Zugang, der hinauf auf den Turm führte.

»Was liegt dahinter?«, fragte Cathy.

Logan schaute sich um und versuchte sich zu orientieren. »Soviel ich weiß, ist da die Küche.«

Sie gingen weiter, Schritt um Schritt schlichen sie voran. Das Klopfen wurde lauter. Plötzlich blieb Brian stehen. »Riecht ihr das?«

Cathy zog die Luft in ihre Nase.

»Rauch, das ist Rauch«, sagte Tremblay und blieb stehen.

»Er brennt das Kloster nieder, so will er sein Ende finden, und er nimmt alle mit«, mutmaßte Brian. »Schnell, kommt!«

Brian hastete auf die gegenüberliegende Tür zu und stieß sie auf. Der Kräutergarten lag vor ihm. Direkt gegenüber befand sich die Küche des Klosters, die an den Garten grenzte. Dort gab es eine weitere Tür, aus der lautes Klopfen drang. Ein Wimmern war zu hören.

»Da drinnen, sie sind da drinnen!«, rief Tremblay.

Schwarzer Rauch quoll unter der Tür hervor, durchdrang Spalten und Ritzen. Tremblay fasste mit der Hand nach der Türklinke und zog sie sofort wieder zurück. Die Klinke war heiß.

»Es muss noch eine andere Tür geben«, schrie Logan und hetzte an der Wand entlang durch den Kräutergarten. Cathy und die anderen folgten ihm. Sie gelangten an die Tür, die vom Kräutergarten in den hinteren Teil der Küche führte. Tremblay versuchte sie zu öffnen, doch sie war verschlossen. Logan rammte das Stemmeisen in das Holz, bis sich ein kleiner Spalt auftat. Wieder und wieder schlug er zu, bis sich Teile der Holztüre lösten. Schließlich sprang sie unter lautem Krachen auf.

Tremblay war der Erste, der in die Küche eindrang, die sich bereits mit Rauch gefüllt hatte. Auf der gegenüberliegenden Seite brannten Teile des Inventars. Tremblay hielt die Luft an. Nur ein paar Schritte von ihm entfernt lag eine Gestalt auf dem Boden. Der Rauch nahm ihm die Sicht. Tremblay hustete. Er sprang vor, griff zu und zog den Körper mit sich. Logan tauchte vor ihm auf. Er beugte sich hinab und half Tremblay, den leblosen Körper hinaus ins Freie zu ziehen. Cathy und Brian schoben sich an ihnen vorbei. Cathy hielt sich ein Taschentuch vor den Mund.

Draußen sahen sie, dass es sich bei dem leblosen Körper um Bruder Samuel handelte. Seine Arme und seine Beine waren gefesselt. Er hatte die Augen geschlossen. Logan beugte sich hinab und legte das Ohr an den Mund des Mönches.

»Er atmet noch«, stellte er fest.

Unterdessen kehrten auch Brian und Cathy mit einem dunklen Bündel aus der brennenden Küche zurück. Pater Anselmo war ebenfalls an Armen und Beinen gefesselt, ein Knebel steckte in seinem Mund. In sicherer Entfernung ließ Brian den Mönch zu Boden gleiten. Cathy entfernte den Knebel. Er war bei Sinnen und hatte mit seinen Beinen gegen eine Zwischentür gepocht, doch das Holz hatte seinen Versuchen, die Tür zur Vorratskammer aufzutreten, standgehalten.

»Ist noch jemand da drinnen, Pater Thomas oder Pater Phillip?«

Bruder Anselmo schüttelte den Kopf. »Der … der Teufel ist in … Bruder Thomas gefahren. Der … der Teufel …«

»Wo ist er, und wo ist der Prior?«

Cathy brüllte den eingeschüchterten alten Mann in der braunen Kutte regelrecht an. »Sagen Sie schon, wo sind die beiden?«

Das riss Bruder Anselmo aus seiner Lethargie. Er wies mit dem Finger in Richtung des Haupttores. »Er … er hat ihn mitgenommen, er wird ihn töten«, stammelte der Pater.

Ein Motor heulte auf. Cathy erhob sich. »Kümmert euch

um sie!«, rief sie und deutete auf die Mönche, bevor sie durch den Innenhof in Richtung des Säulenganges stürmte, der zum Haupttor führte.

Brian versuchte, sie zurückzuhalten, doch schon war sie hinter dem Mauerwerk verschwunden.

»Sie müssen ihr helfen!«, brüllte ihm Logan zu. »Folgen Sie ihr!«

Brian richtete sich auf. Ohne ein weiteres Wort rannte er hinter Cathy her. Er bog in den Säulengang ein und hetzte weiter. Mit der Waffe in der Hand durchquerte er den Gang und gelangte am Refektorium vorbei in den Vorhof. Ein roter Ford stand dort, der Motor lief. Als er um die Ecke bog, blieb er stehen, als hätte ihn der Blitz getroffen. Cathy lag vor ihm auf dem Boden.

»Cathy, was ist mit dir?«, sagte er und beugte sich zu ihr hinab. Ein metallisches Geräusch ließ ihn herumfahren. Ein Zischen lag in der Luft. Noch bevor er sich aufrichten konnte, traf ihn der Stauerhaken an der Schläfe. Ein ächzender Laut kam über seine Lippen, ehe er zu Boden ging.

Violent Beach, Hell's Kitchen Island, Maine,
24. März 2007, 10.50 Uhr (Samstag)

Als Brian wieder zu sich kam, standen Tremblay und Logan mit den beiden Mönchen vor ihm. Er spürte das feuchte Tuch, mit dem Tremblay seine Schläfe abtupfte. Brian brauchte eine Weile, bis er wieder einigermaßen klar im Kopf wurde. Sie hatten ihn an einen kleinen Brunnen gelehnt. Das große Tor stand offen, und der rote Ford fehlte.

»Wo ist Cathy?«, fragte er.

Tremblay schüttelte den Kopf. »Er hat Cathy und Pater Phillip mitgenommen.«

»Worauf warten wir noch, wir müssen hinterher!«, rief Brian

außer sich. Er versuchte sich zu erheben, doch seine Knie knickten ein.

»Er hat die Reifen an unserem Wagen zerstochen, wir können ihm nicht folgen. Außerdem wissen wir nicht, wohin er fährt.«

»Wie lange war ich weg?«, fragte Brian. »Und wo ist meine Waffe?«

»Fünf Minuten vielleicht«, antwortete Logan und reichte ihm die Pistole, die neben ihm auf dem Boden gelegen hatte.

Das Dröhnen von Motoren drang zu ihnen herüber.

Brian fuhr mit seiner Hand über die Wunde. »Er fährt zum Kreuz, ich bin mir sicher. Er wird es dort beenden, wo alles begonnen hat. Wir müssen dort hin.«

»Ein Hubschrauber!«, rief Logan und wies in die Luft.

»Die Einsatzkräfte«, stöhnte Brian. »Wir müssen sie zu der Landzunge lotsen, bevor es zu spät ist.«

Brian versuchte erneut, sich zu erheben, doch ihm fehlte die Kraft. Ein Hubschrauber flog im Tiefflug über sie hinweg und drehte nach Westen ab.

»Sie landen am Violent Beach«, sagte Logan.

»Jemand muss zu ihnen«, rief Brian.

Tremblay nickte. »Ich übernehme das«, antwortete er und verschwand bereits durch das Haupttor.

Brian wandte sich um. Schwarzer Rauch quoll aus dem Gebäude, in dem die Küche untergebracht war. Er griff in seine Jackentasche und zog sein Handy hervor. Er wählte Cathys Nummer, doch nach mehrmaligem Klingeln schaltete sich die Mailbox ein.

»Verdammt!«, fluchte Brian, bevor er sich zur Seite beugte und erst einmal kräftig durchatmete.

45

Hell's Kitchen Island, Maine,
24. März 2007, 11.10 Uhr (Samstag)

Pater Thomas lenkte den roten Ford F 150 mit hoher Geschwindigkeit über die holperigen Straßen. Cathy lag auf dem Beifahrersitz. Als sie durch das Rütteln und Schütteln aus ihrer tiefen Ohnmacht erwachte, öffnete sie langsam die Augen. In ihrem Kopf hämmerte und pochte es, als wäre ein Trupp Zimmermannsleute bei der Arbeit. Sie versuchte, sich zu bewegen, stellte aber schnell fest, dass ihre Hände mit ihren eigenen Handschellen gefesselt waren. Sie vernahm ein leises Stöhnen. Langsam hob sie den Kopf. Das Stöhnen wiederholte sich, und sie blinzelte. Das Sonnenlicht stach wie ein Messer in ihren Kopf.

»Sie sollten sich nicht bewegen«, sagte Pater Thomas, der angespannt hinter dem Lenkrad saß und den Ford über die Unebenheiten des Weges hinauf auf das Verdana Upland steuerte.

»Was haben Sie mit mir vor?«, fragte Cathy und fuhr sich mit der Zunge über ihre trockenen Lippen.

»Als ob Sie das nicht wüssten«, antwortete der Pater, in dessen Schoß Cathys Dienstwaffe lag.

Erneut vernahm sie ein Stöhnen. Sie wandte sich um und sah den Prior, der verschnürt wie ein Paket im Fond des Wagens lag. Er war gefesselt und geknebelt, und eine blutende Wunde zierte seine Stirn.

»Warum haben Sie all diesen Menschen diese Grausamkeiten angetan?«, fragte Cathy. »Sie verstecken sich in der Kluft eines Paters und sind in Wahrheit ein Teufel, der sich am Leiden anderer ergötzt. Wie ist es, wenn man Menschen tötet? Bringt es Ihr Blut in Wallung, Pater, oder sollte ich Sie Dennis nennen? Dennis Haywood aus Boston?«

»Sie haben lange dazu gebraucht, das herauszufinden. Zu lange, Miss Ronsted von der Polizei in Portland.«

»Sie tragen die Kutte eines Gottesdieners. Glauben Sie an Gott, glauben Sie daran, dass er Rache gutheißen wird? Die Rache ist mein, sagte der Herr. Sie kennen doch bestimmt einige Zitate aus der Bibel.«

»Gesetzt, ein Mann hat das Auge eines Freigeborenen zerstört, so wird man sein Auge zerstören. Gesetzt, ein Mann hat einem anderen ihm gleichstehenden Manne einen Zahn ausgeschlagen, so wird man ihm einen Zahn ausschlagen. Gesetzt, er hat ein Auge eines Hörigen zerstört oder den Knochen eines Hörigen gebrochen, so zahlt er eine Mine Silber.

Ist jedoch weiterer Schaden entstanden, dann musst du geben: Leben für Leben, so steht es geschrieben, denn es ist der Wille des Herrn.«

»Es war nicht Gottes Wille, der all den Menschen das Leben nahm, es war Ihr Wille«, erwiderte Cathy. »Und jetzt wollen Sie den Prior und mich ebenfalls töten, dabei haben wir nichts mit dem Tod Ihres Vaters zu tun.«

Pater Thomas fuhr sich über die Stirn. »Ich habe alles verloren, meinen Vater, meine Mutter, sogar meine Schwester haben sie mir genommen, und dafür tragen diese Menschen die Verantwortung. Gott ist schwach, sein Einfluss auf diese Welt ist im Schwinden, doch ich trat an seine Stelle. Sie haben meinen Vater ermordet, und dafür mussten sie bezahlen. Sie haben ihm seine Sinne genommen, sie täuschten ihn, indem sie ein falsches Leuchtfeuer setzten, und trieben ihn in die Southern Shoals. Der Prior hat davon gewusst, und am Ende hat er meinem Vater sogar noch den Segen Gottes verweigert. Nun wird ihm nichts anderes übrig bleiben, denn er wird noch heute meinem Vater von Angesicht zu Angesicht gegenüberstehen, und dann wird er ihn um Verzeihung bitten …«

»Woher wollen Sie das so genau wissen?«, fiel im Cathy ins Wort. »Sie waren noch ein kleiner Junge, als Ihr Vater starb.«

Pater Thomas blickte eine Sekunde lang wie abwesend durch die Windschutzscheibe, bis ein neues Schlagloch ihn aus seinen Gedanken riss.

»Es gab einen Menschen unter ihnen, den das Gewissen plagte, und dieser Mensch kam zu mir«, erzählte Pater Thomas. »Er kam zu mir, um mich um Verzeihung zu bitten, bevor er von einer Brücke in den Tod sprang. Er hat mir erklärt, warum mein Vater zusammen mit über vierzig Auswanderern an Bord des Schiffes sterben musste, warum sie Hell's Kitchen Island nie erreichen durften. Er hat es getan, um sein Gewissen zu erleichtern, bevor er sich in die Fluten stürzte. Doch sie alle hier lebten weiter, als ob nichts geschehen wäre. Sie feierten, sie lachten und sie amüsierten sich, ohne Reue führten sie ihr Leben. Und jetzt haben sie nur bekommen, was sie verdienen. Auge um Auge, Zahn um Zahn.«

»Aber warum so viele Menschen, warum nicht nur Jefferson? Er war doch für den Leuchtturm verantwortlich«, wandte Cathy ein.

Pater Thomas schüttelte den Kopf. »Sie haben sich zusammengetan, sie haben gemeinsam ihr Urteil über meinen Vater gefällt. Es war ihr Plan, und jeder Einzelne muss für seine Schuld bezahlen. Auch der Prior, der sie alle im Angesicht des Herrn von ihrer Schuld freisprach. Aber Gott hat ihnen nicht verziehen, eine Blutschuld kann nur durch Blut getilgt werden.«

»Aber die Frauen der Männer, die haben Ihrem Vater nichts getan, dennoch haben Sie die ermordet.«

»Jede von ihnen wusste, was hier auf der Insel geschehen ist. Und wer schweigt, ist nicht besser als derjenige, der das Messer führt. Ich schenkte ihnen einen leichten Tod, mehr hatten sie nicht verdient. Und jetzt schweigen Sie, ich tue nur, was getan werden muss, damit die Seelen endlich ihren Frieden finden.«

Cathy hatte nicht vor zu schweigen. »Ich verstehe nicht, wie ist es Ihnen gelungen, hierher zu kommen, noch dazu als Mönch?«

»Das ist eine lange Geschichte«, antwortete Pater Thomas mit einem Lächeln auf den Lippen.

Cathy richtete sich ein klein wenig auf, doch das Hämmern in ihrem Kopf wurde beinahe unerträglich, so dass sie sich gegen die Seitenscheibe lehnte. »Erzählen Sie ruhig, ich habe gerade nichts anderes vor.«

Wieder legte sich dieser Hauch von Verklärtheit über das Gesicht des Paters. »Ich habe nie ein Gelübde abgelegt«, sagte er. »Aber dennoch gab es einen Menschen, der mich beinahe dazu brachte. Damals in Newark, als ich bei meinem Pflegevater lebte …«

»Den Sie ebenfalls umgebracht haben.«

»Er hatte es verdient«, entgegnete Pater Thomas barsch. »So wie es auch diese Bestien auf dieser Insel verdient haben. Ich bin nur ein Werkzeug Gottes, der in seinem Namen Rache nimmt, weil er selbst zu schwach dazu ist.«

»Aber wie ist es Ihnen gelungen, in diese Verkleidung zu schlüpfen?«, fragte ihn Cathy, um Zeit zu gewinnen. Sie war nicht so naiv zu glauben, ihn umstimmen zu können. Doch wenn es ihr gelänge, ihn abzulenken, würde sie sich vielleicht in einer Blitzaktion der Waffe bemächtigen können, die auf dem Schoß des Paters lag. Die Handschellen lagen nur locker um ihre Handgelenke, und mit ein bisschen Glück würde es ihr gelingen, sich von den Fesseln zu befreien.

»Ich wusste schon damals in Newark, als ich die meiste Zeit meiner Kindheit in der Newark Abbey verbrachte, dass es hier auf Hell's Kitchen Island ein Kloster gibt«, fuhr Pater Thomas fort. »Ich lernte damals einen jungen Pater kennen, mit dem ich viel Zeit verbrachte. Pater Anthony war sein Name. Wenn er damals nicht nach Südamerika gegangen wäre, dann trüge ich heute vielleicht zu Recht die Kutte der Benediktiner. Doch dann kam alles anders …«

»Sie haben Ihren Ziehvater getötet und mussten ins Gefängnis«, sagte Cathy und nestelte währenddessen heimlich an ihren Handschellen.

»Ich habe mich nur zur Wehr gesetzt, doch niemand hat mir geglaubt. Mister Benjamin war ein angesehener Mann, und ich war nur der Sohn eines Versagers.«

»Sie haben ihn erschlagen«, hielt Cathy dagegen.

»Er hat nur bekommen, was er verdiente.«

»Das ist Ihre Ansicht.«

»Als ich aus dem Gefängnis freikam, versuchte ich es bei der Army, doch dort war es nicht viel anders als im Knast«, erzählte der falsche Pater. »Danach heuerte ich im Hafen an. Aber ich hatte kein Glück, ich geriet zwischen die Fronten der Hafengewerkschaften und musste mich zur Wehr setzen. Sie nannten sich Gewerkschafter, doch wenn man nicht bereit war, ihre Forderungen zu begleichen und Mitglied zu werden, damit sie sich ein Viertel meines Lohnes unter den Nagel reißen konnten, dann hatte man keine Ruhe vor ihnen. Ihre Schlägertrupps haben mich zusammengeschlagen, mitten in der Nacht. Und sie haben mir nachgestellt. Ich flüchtete und versteckte mich in der kleinen Klosterkapelle in Newark, wo mich Pater Anthony fand. Ich war mehr tot als lebendig. Es war wie ein Wunder. Er erinnerte sich an mich und bot mir eine Stelle als Hausmeister und Mädchen für alles an. Pater Anthony war alt geworden, und krank war er auch. Die Jahre in Südamerika hatten seine Lebenskraft verbraucht. Er starb, und kurz darauf tauchte Chester Glandale auf und beichtete mir die Wahrheit über den Tod meines Vaters. Er erzählte mir alles, was damals vorgefallen war, und er nannte mir alle, die an dieser Verschwörung teilgenommen hatten. Und glauben Sie mir, das war kein Zufall, das war ein Zeichen Gottes. Er selbst hat mich an den Quell geführt, dem seine Rache entspringt, ich selbst bin nur das Werkzeug.«

»Kommen Sie zu sich, Dennis Haywood«, unterbrach ihn Cathy. »Sie hätten Ihre Geschichte der Polizei erzählen können, dann wäre …«

»Was wäre dann?«, fiel er ihr harsch ins Wort. »Die irdische Justiz hat sich schon einmal einen Dreck um den Tod meines Vaters geschert. Diesmal sollte Gottes Wille geschehen. Durch meine Hand. Er hat mir den Weg gezeigt. Es war ein Leichtes für mich, in die Kutte eines Paters zu schlüpfen und hierher zu kommen, um Gottes Wille zu vollenden. Und nun ist das Ende nah, und der Tag des Jüngsten Gerichts ist gekommen, und es wird nur einen Richter geben, der Recht sprechen wird, und dieser Richter ist nicht von dieser Welt.«

Der Motor des Ford heulte laut auf, als der Pater den Wagen in der Nähe der Felsen von Pallans Seashore abbremste.

»Von hier aus werden wir zu Fuß gehen!«, sagte Pater Thomas entschieden und griff nach Cathys Waffe in seinem Schoß. Noch immer hielt sie der eiserne Griff der Handschellen umklammert, doch wenn sie nur noch ein klein wenig mehr Zeit gehabt hätte …

Saint Benedict Abbey, Hell's Kitchen Island, Maine,
24. März 2007, 11.20 Uhr (Samstag)

Inzwischen war Großalarm ausgelöst worden. Männer vom Dorf waren mit der Spritze, die auf Haynes' Lastwagen stand, und einem Anhänger mit aufmontiertem Wassertank unterwegs zur alten Abtei am Violent Beach.

Die Einsatzgruppe war gelandet, und während sich einige mit Feuerlöscher und Wassereimer daranmachten, dem Feuer in der Küche zu Leibe zu rücken, scharte sich der Einsatzleiter mit seinem Team, sechs Mann in Einsatzanzügen und automatischen Gewehren, um Tremblay und Brian. Ein Sanitäter, ebenfalls aus dem Einsatzteam, kümmerte sich um Cathys Kollegen, der sich offenbar eine schwere Gehirnerschütterung zugezogen hatte. Dennoch versuchte er, sich zu erheben.

»Ihr müsst ihr helfen«, stammelte er.

»Können Sie sich vorstellen, wohin er fährt?«, fragte der Einsatzleiter.

Inzwischen hatten die Mönche ausgesagt, dass Pater Thomas sie in der Küche eingesperrt hatte, bevor er den Brand legte. Er sei wie von Sinnen.

»Sie fahren zum Kreuz, verdammt«, fluchte er. »Dort wird er es zu Ende bringen, und er wird den Prior und auch Cathy mit sich nehmen.«

»Ist er bewaffnet?«, fragte der Leutnant des Spezialkommandos, das bei Überfällen und Geiselnahmen zum Einsatz kam.

»Wahrscheinlich hat er Cathys Pistole«, antwortete Brian. »Hören Sie, er wird es zu Ende bringen, so viel ist sicher, und er wird sich selbst nicht schonen. Ich glaube, es gehört zu seinem Plan, den er schon verfolgte, als er auf die Insel kam, dass er seinem Vater nachfolgen wird. Er hat nichts mehr zu verlieren, hören Sie, sein eigener Tod ist Teil des Plans.«

»Dieses Kreuz, sagen Sie, steht auf einer Halbinsel. Gibt es dort Deckung, ich meine, können wir uns unbemerkt …?«

Brian schüttelte den Kopf, was er sofort bereute, weil es höllisch schmerzte. »Dort gibt es nichts außer Gras, Erde und nackten Fels. Keine Chance. Sie müssen versuchen, einen gezielten Schuss anzubringen, bevor er überhaupt kapiert, was los ist. Er wird Cathy und den Prior töten.«

Der Einsatzleiter nickte. »Dann kommen Sie!«, sagte er zu Tremblay, der sich bereit erklärt hatte, den Pilot einzuweisen.

Gemeinsam sprinteten sie in Richtung des ersten Hubschraubers. Die Einsatzgruppe folgte. Brian blieb nichts weiter, als abzuwarten und – der Gedanke schoss ihm durch den Kopf, als sein Blick auf die Klosterkapelle fiel – zu beten, was er bestimmt schon seit Jahren nicht mehr getan hatte.

Headland, Hell's Kitchen Island, Maine,
24. März 2007, 11.55 Uhr (Samstag)

Cathy lag gegenüber dem Holzkreuz im feuchten Gras. Die Brandung rauschte und ein leichter, frühlingshafter Wind strich über die Halbinsel und führte eine milde und würzige Luft mit sich. Der Prior, der vor dem Holzkreuz kniete, schrie vor Schmerz auf, als ihm Pater Thomas mit einem Ruck das Klebeband vom Mund riss und ihm anschließend die Fesseln zerschnitt. Der Sohn des Kapitäns stand breitbeinig hinter dem Prior und zielte mit Cathys Revolver auf dessen Hinterkopf.

»Nun ist es an der Zeit zu bereuen, so wie auch die anderen ihre Sünden unter Schmerzen bereuten«, sagte Pater Thomas kalt. »Sie werden jetzt nachholen, was Sie damals versäumt haben. Ich will, dass Sie für die Seelen der Ertrunkenen beten, und ich will, dass Sie meinen Vater um Verzeihung bitten. Hier, unter diesem Kreuz soll es geschehen.«

Der Prior wimmerte. Tränen liefen über seine Wangen. »Ich habe nichts Unrechtes getan«, stammelte er immer wieder. »Oh Herr, ich lege mein Leben in Deine Hände, und der Heilige Geist halte Seine Hände über mich. Bring dieses verlorene Schaf …«

Noch bevor der Prior zu Ende gesprochen hatte, schlug ihm Pater Thomas von hinten in den Nacken, so dass der Prior lauthals aufheulte.

»Still, verhöhne nicht die, die durch die Hände der Meuchelmörder gestorben sind!«

Cathy, keine fünf Schritte vom Pater entfernt, kämpfte mit ihren Handschellen. Den rechten Handballen hatte sie hinter ihrem Rücken bereits halb durch die Öffnung der Handschließe gedreht, doch noch war sie nicht frei. Fieberhaft nestelte sie daran herum, immer darauf bedacht, dass der falsche Pater nichts von ihrem Tun bemerkte.

Der Prior fuhr sich mit den befreiten Händen über den Nacken. Er schluchzte, und Speichel troff aus seinem Mund. Er zitterte am ganzen Körper.

»Gib diesen verlorenen Seelen endlich den Segen der Kirche, damit sie ihren Weg in die Ewigkeit finden«, befahl der Pater barsch und richtete erneut den Revolver auf den Prior.

Der Prior hob flehend die Hände zum Himmel, unmerklich nickte er, während er um Fassung rang.

»So sei es denn, oh Herr, nimm diese Seelen auf in Dein Reich und lass sie Deine Herrlichkeit erblicken, vergib ihnen ihre Sünden und schenke ihnen das ewige Leben«, jammerte der Prior, während er vor dem Kreuz kniete und sich verneigte.

»Steh auf!«, befahl der Pater und warf Cathy einen kurzen Blick zu. »Dir wird nichts geschehen, das ist eine Sache zwischen mir und ihm.«

»Ist nicht schon genug Blut geflossen?«, erwiderte Cathy. »Spricht Jesus nicht von Vergebung, von Großmut und Gnade? Legen Sie die Waffe nieder und lassen …«

»Sie haben überhaupt nichts verstanden«, kreischte Pater Thomas und richtete die Waffe auf Cathy. »Ich gehe nach Hause. Ich gehe zu meinem Vater, und dieser heidnische Hund wird mich begleiten, damit er ihn um Verzeihung bitten kann. Verstehen Sie jetzt?«

Cathy hatte die Hände hinter ihrem Rücken verschränkt. Inzwischen war sie so gut wie frei. Doch was sollte sie tun angesichts einer Smith & Wesson, die auf ihren Kopf gerichtet war?

»Gut, dann gehen Sie, aber lassen Sie den Prior am Leben. Er ist nicht mehr als ein alter, gebrochener Mann. Sie hatten Ihre Rache, Jefferson, Hurst, Haverman, alle sind sie tot, all jene, die sich am Tod Ihres Vaters beteiligten. Was wollen Sie denn noch?«

»Gerechtigkeit«, antwortete Pater Thomas trotzig. »Er wusste Bescheid, er wusste Bescheid über all die Jahre und hat geschwiegen. Im Angesicht Gottes hat er geschwiegen, und jeden Tag trat er vor den Altar und verhöhnte damit meinen Vater und all die anderen Toten, die das Meer zu sich holte. Jeden verdammten Tag, an dem er weiterlebte, während die anderen tot waren, hat er ihnen ins Gesicht gespuckt, und dafür wird er bezahlen. Jetzt und hier, im Angesicht dieses Kreuzes, das für die Toten errichtet worden ist.«

Cathy schwieg und der Pater wandte sich wieder dem knienden Prior zu. Unsanft riss er ihn am Kragen seiner Kutte in die Höhe und schob ihn langsam auf die Klippen zu. Cathy drehte ihre rechte Hand hin und her, und immer weiter rutschte sie aus ihrer Fesselung, bis sie schließlich die Hand freibekam. Sie schaute sich um. Unmittelbar neben ihr lagen drei Steine, faustgroß und rund, und während der Pater den Prior immer weiter hin zum Abgrund schob, ergriff Cathy einen Stein. Sie wusste nicht, ob sie auf die Entfernung traf, es mochten wohl sieben bis acht Schritte sein, doch konnte sie nicht einfach zusehen, wie der Pater den Prior von den Felsen stürzte. Sie richtete sich auf und holte aus, als der Motorenlärm aufbrandete. Pater Thomas fuhr herum. Ungläubig schaute er in den Himmel, wo von Weitem ein dunkler Fleck im strahlend blauen Himmel auftauchte, der immer näher kam.

Als der falsche Pater den Blick auf Cathy richtete und den Stein in ihrer Hand erkannte, riss er den Revolver in die Höhe. Cathy warf, sie warf so fest und so genau sie nur konnte, und das Klatschen des Steines auf der Haut ging im brechenden Schuss unter, der über die Insel hallte. Eine Woge des Schmerzes durchflutete Cathys Körper, und es war, als ob ihr eine glühend heiße Nadel in den Brustkorb gerammt worden wäre. Doch der

Schmerz verzog sich so schnell, wie er gekommen war. Sie erhob sich, sprang auf, als wäre nichts geschehen, und lief auf Haywood zu, der wie vom Blitz getroffen einfach nur dastand und die Waffe sinken ließ. Hart prallte sie gegen den Mann in der braunen Kutte und schlug mit ihrer linken Hand, in der sie einen weiteren Stein hielt, auf den Kopf des Mörders ein, bis dieser röchelnd und stöhnend zu Boden sank. Die Waffe fiel ihm aus der Hand, und Cathy stürzte auf die Knie. Es war, als bliebe ihr einfach das Herz stehen. Ein letzter Blick ging nach oben in den Himmel, bevor sie die Augen schloss. Der Hubschrauber schwebte direkt über ihr und dunkle Gestalten seilten sich daraus zu ihr ab.

Epilog

Cathys Attacke hatte den falschen Pater außer Gefecht gesetzt, so dass er widerstandslos von Kräften der Einsatzgruppe festgenommen werden konnte. Der Stein, den Cathy mit voller Wucht geschleudert hatte, hatte Dennis Haywood am Schläfenbein getroffen. Er erlitt einen Trümmerbruch und eine schwere Gehirnerschütterung, doch er überlebte. Am Dienstag, den 25. Juni 2007, begann vor dem Portland District Court das Verfahren gegen ihn. Dem Richter erzählte er in allen Einzelheiten, wie die Bewohner von Hell's Kitchen Island seinen Vater und die Passagiere der Jonathan Sinclair in den Tod geschickt und dann ohne jegliche Reue ihr Leben weitergeführt hatten, während er und seine Familie alles verloren. Damals, als der reumütige Chester Glandale ihm erzählte, wie er gemeinsam mit einigen Insulanern das Schiff mitsamt seinem Vater und den Auswanderern durch falsche Signale in den Tod gelockt hatte, hatte er eine ganze Nacht in der Kapelle der Newark Abbey verbracht, hatte vor dem Christuskreuz am Boden gekniet und mit Gott gesprochen – und Gott hatte geantwortet. Und an diesem Morgen, als sich die blutrote Sonne über dem Meer erhob, habe er gewusst, was zu tun war. Henderson, der Inhaber der Seafood, hatte die Auswanderer, Filipinos allesamt, angeworben, um die aufmüpfigen Arbeiter zu ersetzen, die nach Hendersons Weigerung, bessere Löhne zu zahlen, in den Streik getreten waren. Doch das wollten die Insulaner mit allen Mitteln verhindern. Über vierzig Menschen hatten sie deswegen in den Tod geschickt, und dafür sollten sie endlich zur Rechenschaft gezogen werden. Im Auftrag der Gerechtigkeit habe er gehandelt und nicht der Rache wegen. So war er in die Rolle des Benediktinerpaters Thomas geschlüpft. Als Hausmeister hatte er Zugang zum Büro und zu den Siegeln der Bruderschaft. Aus Dennis Haywood, einem Niemand, einem Verlierer, war Bruder Thomas geworden, der von seiner Kirchengemeinde zur Besinnung und inneren Einkehr in die kleine Abtei auf der Insel geschickt worden war. Und so nahm die Gerechtigkeit, jedenfalls wie er sie verstand, ihren Lauf. Als Dennis Haywood sein Geständnis ablegte, geriet er nur einmal ins Stocken. Als er berichtete, was seiner Schwester und seiner Mutter widerfahren war, liefen ihm Tränen über die Wangen. Als der Staatsanwalt ihn fragte, warum er bei seinen Taten so grausam vorgegangen war und seine Opfer Höllenqualen durchleiden ließ, zitierte er einen Spruch aus der Bibel:

Auge um Auge, Zahn um Zahn

Mehr sagte er nicht, und in seinen Augen lag keine Reue. Nach siebzehn Verhandlungstagen wurde er zu einer lebenslangen Freiheitsstrafe verurteilt, die er ohne Aussicht, jemals wieder als freier Mann die Gefängnistore hinter sich zu lassen, im Maine State Prison in Warren verbüßt.

Der Prior Pater Phillip wurde nach seiner Befreiung mit einem schweren Schock in das Portland Medical Center eingeliefert, wo er sieben Tage später einem Herzinfarkt erlag. Dennis Haywood hatte sein Ziel letztendlich doch noch erreicht. Alle, die in irgendeiner Form am Untergang der Jonathan Sinclair beteiligt gewesen waren, hatte der Tod ereilt. Die kleine Abtei am Violent Beach fiel den Flammen zum Opfer, und auf der Insel kehrte langsam Ruhe ein. Dennoch würde es nie wieder so sein wie zuvor.

Ron Nyman, oder besser gesagt *Il Tesoriere,* wie er in den einschlägigen Kreisen genannt worden war, wurde in das Zeugenschutzprogramm aufgenommen und reiste unter Polizeischutz drei Jahre durch den Osten des Landes. Als Kronzeuge sagte er gegen die Manzoni-Familie aus und half damit, Chicago von einer Krake zu befreien, die die Stadt und die Region jahrzehntelang mit eisernem Griff umklammert hatte.

John Tyler Ashcroft und Joseph Stone wurden wegen Beteiligung am Überfall von Duxbury zu langjährigen Haftstrafen verurteilt. Ashcroft musste für sieben Jahre hinter Gitter, während Joseph Stone zu dreieinhalb Jahren Haft im Gefängnis von Cedar Junction verurteilt wurde.

Cathy Ronsted erholte sich schnell von ihrer Verwundung. Das Projektil hatte keine lebenswichtigen Organe verletzt und war an einer Rippe abgeprallt. Nach ihrem siebenwöchigen Krankenhausaufenthalt kehrte sie auf ihre Dienststelle zurück, wo Brian sie bereits erwartete.

Captain Stoddart wurde aus gesundheitlichen Gründen in den Innendienst versetzt. Hagen, der sich eine Chance auf den Posten des Dezernatsleiters ausgerechnet hatte, war bitter enttäuscht, als er erfuhr, dass die Wahl auf eine Kollegin aus Augusta gefallen war.

*

»Ich dachte schon, du lässt dich wieder zum Sittendezernat versetzen«, sagte Brian Stockwell, als er an Cathys erstem Arbeitstag in der Mittagspause an ihrem Tisch in der Kantine Platz nahm.

»Hätte ich?«, fragte Cathy.

»Sag du es mir.«

»Du glaubst doch nicht, dass ich so einfach gehe, gerade jetzt, wo es langsam anfängt, Spaß zu machen«, antwortete Cathy mit einem Lächeln und reichte Brian eine Postkarte.

»Von wem ist die?«, fragte Brian.

»Von Logan, er lädt mich für ein paar Tage nach Hell's Kitchen Island zum Urlaub ein.«

Brian runzelte die Stirn. »Und, gehst du?«

Cathy schüttelte den Kopf. »Nein, eher nicht. Ich glaube, auf der Insel ist es mir ein klein wenig zu ruhig.«

Ende

Christiane und Benno,
danke für Eure Unterstützung.